다섯 순간 이야기

홍사만 교수 정년기념 산문집

다섯 순간 이야기

초판 인쇄 2009년 8월 10일
초판 발행 2009년 8월 20일

지은이 홍사만
엮은이 간행위원회
펴낸이 최종숙

기 획 홍동선
편 집 이태곤 · 권분옥 · 이소희 · 추다영
디자인 이홍주
마케팅 문택주 · 안현진
관 리 심용창
펴낸곳 글누림출판사
주 소 서울 서초구 반포4동 577-25 문창빌딩 2층
전 화 02-3409-2055(편집부), 2058(영업부)
팩 스 02-3409-2059
등 록 제303-2005-000038호(등록일 2005년 10월 5일)
이메일 nurim3888@hanmail.net

정 가 40,000원
ISBN 978-89-6327-037-1 03810

* 파본은 교환해 드립니다.
* 저자와의 협의에 의하여 인지는 생략합니다.

다섯 순간 이야기

홍사만 교수
정년기념 산문집

간행위원회

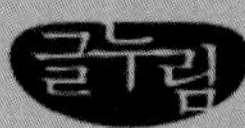

홍사만 교수 근영

저
자
연
보

貫鄕 南陽, 1944년 3월 5일(음력 甲申 2월 11일) 대구광역시 중구 봉산동 172번지에서 아버지 諱 喆裕(1909~1977), 어머니 陽川 許 씨(1915~1988)의 4남 3녀 중 차남으로 출생

현주소 : 대구광역시 수성구 수성 4가 1090-5, 화성·쌍용타운 102동 1112호
Tel. (053) 755-2905, HP : 016-276-2905
E-mail : hongsm@knu.ac.kr
Home page : bh.knu.ac.kr/~hongsm(또는 hongsm.wo.to)

학 력

1950.4.	~ 1956.3.15.	경북대학교 사범대학 부속국민학교
1956.4.	~ 1959.3.20.	경북대학교 사범대학 부속중학교
1959.3.	~ 1962.2.7.	경북대학교 사범대학 부속고등학교
1965.3.2.	~ 1969.2.25.	경북대학교 문리과대학 국어국문학과
1971.3.2.	~ 1973.2.24.	경북대학교 대학원 국어국문학과, 문학석사
1977.10.1.	~ 1979.3.31.	일본 쓰쿠바(筑波)대학 대학원 문예·언어학계 수학
1989.12.31.		일본 쓰쿠바대학 대학원 문예·언어학계, 문학박사

1969.4.	~ 1972.3.	육군 복무
1972.3.2.	~ 1973.9.30.	대구 성광고등학교 교사
1973.9.21.	~ 1974.2.28.	경북대학교 교양과정부 강사
1973.10.1.	~ 1974.10.31.	경북대 교양과정부 조교
1974.11.1.	~ 1976.2.28.	경북대 교양과정부 전임강사
1975.12.24.	~ 1980.1.4.	경북대 ’76~’80 대학입학고사 출제·채점위원
1976.2.29.	~ 1979.8.31.	경북대 문리과대학 전임강사
1976.3.24.	~ 1978.2.28.	경북대 교양과정부 교무과장보
1977.10.1.	~ 1979.3.31.	일본 쓰쿠바(筑波)대학 「일본어 교육 프로젝트」 외국인 연구원
1979.10.1.	~ 1983.9.30.	경북대 문리과대학 조교수
1980.3.5.	~ 1996.11.30.	경북신학교 외래강사
1980.9.5.	~ 1982.9.4.	경북대신문사 지도교수
1980.3.2.	~ 1986.2.28.	계명대학교 대학원 외래강사
1983.6.15.		충청북도 제2회 지방공무원시험 출제위원
1984.3.24.	~ 1985.6.14.	대구동산국민학교 육성회 이사
1984.8.22.		경북대 대학작문 교재편찬위원
1984.10.1.	~ 1990.9.30.	경북대 인문대학 부교수
1985.1.16.	~ 1985.2.28.	경북대 인문대학 일어일문학과 개설준비위원
1985.3.1.	~ 1987.1.31.	경북대 인문대학 일어일문학과장
1985.4.1.	~ 1987.3.31.	경북대 인문과학연구소 간사
1985.11.22.	~ 1986.12.31.	경북대 ’86~7 대학입시 논술고사 연구위원
1986.1.6.	~ 1988.1.11.	경북대 ’86~7 대학입시 논술고사 출제·채점 책임위원

1986.9.10. ~ 1987.9.9.	경북대 대학일본어 교재편찬위원장
1987.4.10. ~ 1993.4.18.	경북대 환태평양연구소 운영위원
1987.8.1. ~ 1989.7.31.	경북대 교양과목 주임(한국언어문학, 문장이론의 실제, 한문, 문학개론)
1987.8.1. ~ 1990.7.31.	경북대 인문대 국어국문학과 동창회 부회장
1987.8.12. ~ 1988.3.15.	경북대 '88 대학입시 실무위원
1987.9.16. ~ 1989.9.15.	경북대 어학연구소 한국어연수부장
1988.2.1. ~ 1990.1.31.	경북대 인문대학 교무과장
1988.8.24. ~ 1995.3.16.	경북대 '89~'95 대학입시 관리위원회 실무위원
1988.11.12.	한국대학교육협의회 국어국문학과 교육프로그램 개발 연구자문위원
1988.12.9. ~ 1990.12.8.	경북대 기획연구실 기획위원
1989.9.17. ~ 1991.9.16.	경북대 전자계산소 운영위원
1990.2.1. ~ 1991.1.31.	경북대 인문대학 국어국문학과장
1990.4.1. ~ 2009.8.31.	경북대 인문대학 교수
1990.8.1. ~ 1992.7.31.	경북대 대학원 국어국문학과 국어학 전공주임
1990.8.28.	제8회 경북대 특별채용시험 출제위원
1990.9.11.	경북대 '91 대학입시 관리위원회 자문위원
1990.12.18.	경상북도 7, 9급 공개경쟁 임용시험 출제위원
1991.6.5. ~ 1993.6.4.	경북대 기획연구실 기획위원
1991.9.17.	경북대 '94 대학입학고사 제도 연구위원
1991.12.1. ~ 현재	대구 삼덕교회 장로 장립, 시무
1992.2.1. ~ 1994.1.31.	경북대 대학원 국어국문학과장
1992.5.8. ~ 1996.5.7.	경북대 어학연구소 한국어연수부장
1992.11.1. ~ 2002.10.30.	재구 봉화군 향우회 이사
1993.2.11.	경북대 대학입시 대학별고사 연구위원

1993.4.10.		경북대 기성회 예산 연구위원
1993.6.24.	~ 1995.6.23.	경북대 지역개발연구소 운영위원
1993.9.16.	~ 1994.9.15.	경북대 대학입시 공정관리 대책위원
1993.11.25.	~ 1998.1.31.	경북대 교육대학원 운영위원
1994.3.1.	~ 1994.12.31.	(대학 종합평가인정을 위한) 경북대 자체평가 연구위원
1994.6.14.		경북대 '95 대학별고사 모의고사 출제·채점위원
1994.12.31.		경북대 입학시험 출제·채점위원장
1995.3.1.	~ 1995.12.31.	경북대 장기발전계획 연구위원장
1995.4.10.	~ 1995.12.31.	한국학술진흥재단 운영위원회 분과위원
1995.5.2.		경북대 '96 대학입시 관리위원회 논술과목 전문위원장
1995.6.23.		경북대 '96 대학입시 논술과목 실험평가 출제·채점 위원장
1995.6.		경북대 대학개혁 연구위원
1995.10.1.		중국 25개 대학 한국어 교재 편찬위원
1995.10.1.	~ 1997.9.30.	대구 평생교육대학 겸임교수
1995.11.6.	~ 1996.8.31.	경북대 특성화방안 연구위원장
1996.1.23.	~ 1998.1.22.	경북대 농업과학기술연구소 운영위원
1996.2.1.	~ 1996.8.31.	경북대 인문대 국어국문학과장 겸 대학원 학과장
1996.4.13.	~ 현재	한·일언어문화연구소 연구위원장
1996.7.1.	~ 1997.2.28.	경북대 인문대학 외부포상 추천위원
1996.9.1.	~ 1997.8.31.	경북대 기획연구실장
1996.9.1.	~ 1997.8.31.	재단법인 경북대 발전기금 상임이사
1996.9.1.	~ 1997.8.31.	경북대 국책사업위원회 이사
1996.9.1.	~ 1997.8.31.	사단법인 대구·경북 종합정보센타 이사
1996.9.1.	~ 1997.8.31.	경북대 사단법인 공학설계원 이사
1996.9.1	~ 1997.8.31.	경북대 제2캠퍼스 조성위원회 부위원장

1996.9.1. ~ 1997.8.31.	경북대 테크노파크 추진위원회 부위원장
1996.9.1. ~ 1997.8.31.	경북대 도서관 운영위원
1996.9.1. ~ 1997.8.31.	경북대 인문사회과학 연구원 운영위원
1997.1.23. ~ 1997.8.31.	전국 국립대학 기획실장 협의회 회장
1997.3.26. ~ 1998.3.25.	대구 사회문화대학 겸임교수
1997.4.1. ~ 2000.3.31.	일본 筑波대학 동서언어문화 유형론 특별프로젝트 연구조직 객원연구원
1998.4.1. ~ 2000.3.31.	일본 島根県立 国際短期大学 교류교수
1998.4.3. ~ 1999.4.20.	일본 浜田市 시민대학 강사
1998.4.10. ~ 1999.4.12.	일본 島根スクくにびき学園西部校 강사
1998.5.27. ~ 1999.12.7.	일본 浜田市 地球ビト 시민공개강좌 강사
1999.9.14.	일본 島根県 町村議会 강사
1999.12.21.	일본 島根県 사회복지협의회 보육소 강사
2000.3.14. ~ 2005.2.	일본 島根友好大使「遣島使」(島根県지사)
2000.3.15. ~ 현재	일본 浜田市「虹の大使」(浜田시장)
2000.3.20. ~ 2002.2.28.	한글날 국경일제정 범국민운동본부 추진위원회 부위원장
2000.6.29. ~ 2004.6.28.	경북대 영남문화연구원 운영위원
2000.12.27. ~ 2001.6.26.	제2주기 대학종합평가 자체평가 연구위원장
2003.11.4.	경상북도 문화상 심사위원(44회)
2003.12.11. ~ 2004.12.10.	경북대 기독교수회 회장, 복음화 후원회 회장
2003.12.15. ~ 2003.12.24.	계명대 신임교수 초빙 심사위원
2004.4.1. ~ 2006.4.	한마음 우리말협회 자문위원
2004.10. ~ 2005.9.	주기도 새번역위원회 전문위원(교단, 초교파)
2004.11.1. ~ 2010.10.31.	경상북도 지명위원회 위원
2005.1. ~ 현재	재단법인 2·28 기념사업회 이사
2005.2.24. ~ 2006.2.23.	「靑士會」(대구·경북 일본유학 교수회) 회장

2005.4.7.		제2회 전라북도 지방 공무원 임용시험 출제위원
2005.7.11.	~ 2007.10.18.	경북대 국어생활상담소장
2005.9.26.		경상북도 문화상 심사위원(46회)
2006.2.20.	~ 2007.7.31.	경북대 대학원 국어국문학과 국어학 전공주임
2006.7.1.	~ 2008.4.30.	문화관광부 국어심의위원
2007.1.6.	~ 2008.1.5.	대구·경북 교수선교회 회장, 전국대학 교수선교연합회 이사
2007.1.10.		충남대학교 교수 초빙 외부 심사위원
2009.2.1.	~ 현재	국제정음선교회 이사
2009.9.1.	~	경북대 명예교수

상 훈

1969.2.25.	문교부장관상
1976.12.24.	경북대학교 학술장려상(제151호)
1989.12.9.	언어과학회 「鳳雲」 학술상(제89-1호)
1994.5.28.	경북대학교 20년 근속 표창장(제1798호)
1995.2.28.	경북대학교 우수 저술상(제1875호)
2004.5.28.	경북대학교 30년 근속 표창장(제2004-6호)
2004.10.20.	대구광역시 문화상(학술 I 부문)(제545호)
2007.5.15.	교육공로상(한국교원단체총연합회)(제071936호)
2007.11.30.	「四未軒」 학술상(사미헌 선생 기념사업회)
2008.5.27.	「원암」 학술상(원암문화재단)(제2008-1호)
2009.5.28.	경북대학교 35년 근속 표창장(제2009-21호)
2009.8.31.	대한민국 홍조 근정 훈장

1971.3.	~ 2005.12.	한국어문학회 회원, 이사, 감사
1973.10.	~ 현재	국어국문학회 회원, 이사
1976.3.	~ 현재	국어학회 회원
1971.4.	~ 1986.12.	한국국어교육학회 회원
1981.9.	~ 현재	이중언어학회 회원
1980.4.	~ 1998.11.	대구언어학회 이사, 감사
1990.3.	~ 1991.2.	경북어문연구회 회장
1991.3.	~ 현재	경북어문학회(현 한국문학언어학회) 회원
1980.3.	~ 현재	한글학회 대구지회 회원
1980.3.	~ 현재	문학과언어연구회 명예회원
1997.8.	~ 현재	한국의미학회 회원
2000.2.	~ 2002.2.	언어과학회 회장
2002.3.	~ 현재	언어과학회 고문
2002.12.	~ 2007.2.	한국문학언어학회 편집위원
2003.7.21.	~ 현재	우리말글학회 회원
2004.4.	~ 2006.4.	한글학회 대구지회장
2004.6.	~ 2006.5.	언어과학회 편집위원
2005.11.	~ 현재	한글학회 평의원
2005.8.	~ 현재	우리말학회 회원
2006.1.	~ 2007.1.	한국어문학회 회장
2006.1.	~ 2007.1.	한국어문학회 편집위원
2007.2.	~ 현재	한국어문학회 평의원
2006.2.	~ 2008.1.11.	한국문학언어학회 회장

2007.10. ～ 현재	사단법인 훈민정음학회 회원
1977.11.	일본 朝鮮学会 회원
1977.11.	일본 国語学会 회원
1977.11.	일본 計量言語学会 회원

일본에서의 학술 활동

1977.10.1. ～ 1979.3.1.	일본 문부성 초청으로 筑波大学에서 한・일어 문법대조 연구
1977.12.1. ～ 1979.3.1.	筑波大学 文芸・言語学系 「日本語教育プロジェクト」 연구멤버로 연구 활동
1977.12. ～ 1979.3.	筑波大学「古代朝鮮語研究会」(대표: 馬淵和夫 교수) 회원으로 공동연구
1977.11.	일본 朝鮮学会, 国語学会, 計量言語学会 정회원
1977.12.5.	筑波大学 文芸・言語学系에서 강연(연제: "韓国語と日本語の音韻体系の対照分析")
1978.3.1.	筑波大学 연구논문집『外国語と日本語』3집에「韓国人の日本語学習における難易度の分析, -とくに両国語間の音韻組織の対照を中心に-」게재
1978.10.8.	朝鮮学会 전국발표대회에서 논문발표(논제:「特殊助詞と副助詞の副詞的連用修飾機能研究」), 東京外国語大学
1979.1.26.	朝鮮学会 논문집『朝鮮学報』90집에「日本語の副助詞と韓国語の特殊助詞との対照研究(2), -その接続機能を中心に-」게재

1979.3.1.	筑波大学 연구논문집 『外国語と日本語』 4집에 「日本語の副助詞と韓国語の特殊助詞との対照研究(1), -その副詞的連用修飾機能を中心に-」 게재
1979.3.	筑波大学 연구논문집 『文芸・言語研究』 3집에 「〈三国史記〉記載の百済地名より見た古代百済語の考察」(共) 게재
1980.10.6.	筑波大学 文芸・言語学系 「古代朝鮮語研究会」 초청으로 "韓・日語の依存形態素の対照研究" 발표
1986.12.3. ～ 1986.12.18.	中央大 人文科学研究所(소장: 安川定男 교수) 초청 강연(연제: 韓日語法の対照研究) 및 한・일 양어 대조 공동연구
1989.12.31.	筑波大学 大学院 文芸・言語学系에서 논문 「韓国語の特殊助詞と日本語の副助詞との対照研究」로 문학박사 학위 취득
1990.3.20. ～ 1990.3.27.	筑波大学 文芸・言語学系 「筑波大学文法研究会」 (대표: 北原保雄 교수) 초청으로 "外延的含意と内包的含意" 발표 및 "韓・日兩言語の対照言語学的研究" 공동연구
1997.4.1. ～ 2000.3.31.	筑波大学 東西言語文化 類型論 特別プロジェクト 연구조직 객원연구원
1998.4.1. ～ 2000.3.31.	島根県立 国際短期大学 교류 교수로 한국어(Ⅰ・Ⅱ・Ⅲ) 및 한국문화 강의, 「ハングル」 써클 지도교수
1998.5.27. ～ 1998.12.7.	島根県 浜田市 地球ビト 시민공개강좌 「さわやか'ハングル'」 특강 40회 실시, 国際短期大交流センタ
1998.6.19.	筑波大学 北原保雄 학장 예방
1998.10.29.	浜田시민대학 강연, "韓国の今日と明日への哲学", 浜

	田市民会館
1998.9.13.	島根県 くにびき学院 特강, "韓国の文化 1", サンマリン浜田
1998.10.27.	島根県 くにびき学院 特강, "韓国の文化 2", サンマリン浜田
1999.1.19. ～ 1999.2.22.	재학생 韓國異文化體驗 오리엔테이션(1)-(5)
1999.3.1.	島根県立 国際短期大学 논문집 『島根県立国際短期大学紀要』5집에 연구 논문「中世・近代韓国語の語彙意味の研究(7), -「어리다」と「졈다」の意味分析-」게재
1999.3.8. ～ 1999.3.29.	韓國異文化體驗 학생 인솔
1999.5.5.	浜田 소년소녀 합창단 제23회 정기연주회(石映文化ホール)에서 우리 가곡 "보리밭" 독창
1999.5.27. ～ 1999.12.7.	島根県 浜田市 地球ビト 시민공개강좌「さわやか‘ハングル’」특강 40회 실시, 国際短期大交流センタ
1999.7.4.	広島大 총동창회(尚志会) 島根지부 하계총회 특강(연제: 韓国人の意識の一端), 浜田市 스테이션호텔
1999.9.21.	浜田市 시민대학 특강, "韓日言語文化の比較", 国府公民館
1999.9.28.	島根県 くにびき学院 特강, "韓国の文化 1", サンマリン浜田
1999.10.9.	島根縣 新大学 개설 島根國際심포지엄 참석
1999.10.13.	島根県「町村議会」사무국 직원 연수회 강연, "先進意識について", 桜江町「風の国」
1999.10.21.	島根県 くにびき学院 特강, "韓国の文化 2", サンマリン浜田

1999.12.14.	경상북도 慶道大 학생 내교 특강
2000.1.20.	島根県立 国際短期大学 논문집 『島根県立国際短期大学紀要』6집에 연구 논문「日本語の副助詞における格との無関係性の研究」게재
2000.1.20. ～ 2000.2.1.	재학생 韓國異文化體驗 오리엔테이션 특강
2000.2.1.	島根県 주임보육사 연수회 특별강연, "韓国から見た日本の現状", 島根県教育センタ
2000.2.11.	広島大 총동창회(尚志会) 총회 특별강연, "先進意識の点検", 松江市「水明荘」
2000.2.18.	浜田市 고별강연회, "言語の普遍性と特殊性, －韓国語と日本語－", 国際短大 大講義室
2000.3.6. ～ 2000.3.27	韓國異文化體驗 동행
2000.3.14.	우호대사「遣島使」위촉
2000.3.15.	민간외교대사「虹の大使」위촉
2000.3.25.	筑波大学 東西言語文化 類型論 特別プロジェクト 연구보고서에 연구 논문「韓・日両言語の格助詞省略に関する対照研究」게재
2000.10.8.	경북대학교와 島根県立大学과의 학술교류 협정 체결 (총장 대리) 및 개교기념식 참석
2000.10.9.	島根県立大学「北東アジアセンタ」주최 국제학술대회에 패널리스트로 참석 발표(주제: "北東アジアを展望する"), 島根県立大学 대강당
2002.3.3.	『島根県立国際短期大学記念誌』에 "韓国慶北大学校との国際交流"와 "国際短大での二年" 게재
2009.2.13. ～ 2009.2.17.	北海道大学 國際심포지엄(東アジア言語・文化の比較)에 초청 강연, 연제: "韓・日語対照研究の一端"

• 저서

1. 『朝鮮前期의 言語와 文學』(공저) 螢雪出版社, 276면, 1976.11.10.

2. 『南北韓語彙의 形態論的 意味論的 比較研究, -言語統一의 対策과 展望의 樹立-』(全在昊 공저) 국토통일원, 92면, 1981.12.

3. 『國語特殊助詞論』學文社, 342면, 1983.8.10.

4. 『言語學概說』(공저) 學文社, 372면, 1983.8.20.

5. 『國語語彙意味研究』學文社, 356면, 1985.9.30.

6. 『新言語學概論』(공저) 學文社, 324면, 1987.6.30.

7. 『韓・日語比較文法論』慶北大出版部, 378면, 1988.9.30.

8. 『現代韓国語の特殊助詞の研究』慶北大出版部, 380면, 1990.2.20.

9. 『한국어독본』(편저) 경북대 어학연구소, 160면, 1993.3.1.

10. 『한・일어대조어학/논고』탑출판사, 380면, 1993.7.30.

11. 『國語意味論研究』螢雪出版社, 388면, 1994.8.25.

12. 『우리말과 글의 이해』(편저) 경북신학교 신학과, 214면, 1995.3.1.

13. 『韓国語教本(初級)』東方社, 240면, 1998.3.1.

14. 『의미론 연구의 새 방향』(공저) 박이정, 380면, 1998.6.8.

15. 『現代韓国語教本』図書出版 映韓, 242면, 2000.9.15.

16. 『표준한국어교본』(공저) 경북대 어학당, 221면, 2001.6.30.

17. 『한・일어 대조분석』도서출판 「亦樂」, 384면, 2002.8.10.

18. 『국어 특수조사 신연구』도서출판 「亦樂」, 424면, 2002.8.10.

19. 『국어 어휘의미의 사적 변천』한국문화사, 382면, 2003.6.15.

20. 『쉽게 고쳐 쓴 우리 민법』(김문오 공저) 국립국어연구원, 606면, 2003.12.30.

21. 『북한 문화어 어휘 연구』-『조선문화어사전』 분석-, 경북대 출판부, 159면,

2004.7.15.

22. 『韓・日語 言語文化 對照研究』(全在昊 공저), 도서출판「亦樂」, 378면, 2005.
    9.30.

23. 『국어 의미 분석론』 한국문화사, 400면, 2008.1.31.

24. 『한국어와 외국어 대조분석론』(공저) 도서출판「亦樂」, 620면, 2009.3.20.

25. 『국어 형태・의미의 탐색』(공저) 도서출판「亦樂」, 810면, 2009.8.20.

• 번역

1. 『變形生成文法槪論』(공역) B.L. Liles : An Introductory Transformational
   Grammar 원저, 螢雪出版社, 392면, 1975.12.20.

2. 『생성・구조이론의 언어교육론』(공역) K.C. Diller : Generative Grammar,
   Structual Linguistics, and Language Teaching 원저, 창학사, 254면, 1976.7.31.

3. 『生成變形文法入門』(공역) J. Bechert・D. Clément・W. Thümme・K.H.
   Wagner : Eingführung in die generative Transformationsgrammatik 원저, 學文
   社, 500면, 1979.7.15.

• 논문

1. 「助詞「-도」에 대한 考察」, 『국어국문학 연구논문집』 17, 3-16, 1968.6.27.

2. 「特殊助詞의 硏究, -는, -도, -만의 기능을 중심으로-」, 경북대 대학원 석사학위
   논문, 1-71, 1972.12.

3. 「語辭「-만」에 대한 意味機能의 史的研究」, 『어문론총』 8, 경북대 문리대,
   95-117, 1973.10.15.

4. 「助詞「-는/-은」과「-도」의 意味機能 對比」, 『東洋文化研究』 1, 경북대 동양
   문화연구소, 109-130, 1974.7.31.

5. 「國語 後置辭의 副詞的 機能 研究」, 『文理學叢』 2, 경북대 문리대, 1-16,

1974.8.1.

6. 「國語 後置辭의 格에 대한 無標性 研究」, 『語文學』 33, 한국어문학회, 293-314, 1975.10.25.

7. 「15世紀 國語語辭「뭇」과「マ장」의 比較」, 『朝鮮前期의 言語와 文學』 형설출판사, 201-219, 1976.11.26.

8. 「國語 後置辭의 下位分類」, 『東洋文化研究』 3, 경북대 동양문화연구소, 1-18, 1976.12.15.

9. 「國語 接尾辭 目錄에 대한 再考(1), -N類 派生接尾辭와 助詞와의 動搖-」, 『語文學』 36, 한국어문학회, 101-134, 1977.11.15.

10. 「國語 程度副詞와 狀態副詞의 比較 研究」, 『東洋文化研究』 4, 경북대 동양문화연구소, 39-54, 1977.11.30.

11. 「韓国人の日本語学習における難易度の分析, -とくに両国語間の音韻組織の対照を中心に-」, 『外国語と日本語』 3, 筑波大学 文芸・言語学系, 49-62, 1978.3.1.

12. 「『三国史記』記載の百済地名より見た古代百済語の考察」, 『文芸・言語研究』 3, 筑波大学 文芸・言語学系, 73-128, 1979.3.

13. 「日本語の副助詞と韓国語の特殊助詞との対照研究(1), -その副詞的連用修飾機能を中心に-」, 『外国人と日本語』 4, 筑波大学 文芸・言語学系, 93-113, 1979. 3.

14. 「日本語の副助詞と韓国語の特殊助詞との対照研究(2), -その接続機能を中心に-」, 『朝鮮学報』 90, 朝鮮学会, 1-22, 1979.1.26.

15. 「助詞「-도」의 意味分析」, 『語文學』 38, 한국어문학회, 125-158, 1979.12.30.

16. 「助詞「-만」의 意味分析」, 『東洋文化研究』 6, 경북대 동양문화연구소, 23-46, 1979.12.25.

17. 「〈前提〉에 대한 一考察」, 『여천 서병국 박사 화갑기념논문집』 353-362, 1979. 12.

18. 「韓・日語 依存形態素의 對照研究(2), –特殊助詞「-는/-은」과 副助詞「-は」의 比較를 中心으로-」, 『어문론총』 13・14, 경북대 문리대, 91-122, 1980.8.10.

19. 「南北韓語彙의 形態論的 意味論的 比較研究, –言語統一의 對策과 展望의 樹立-」, 국토통일원, 1-98, 1981.12.

20. 「國語 性狀形容詞 小考, –下位分類의 試論-」, 『東洋文化研究』 8, 경북대 동양문화연구소, 1-16, 1981.12.31.

21. 「助詞「-나」의 意味分析」, 『조규설 교수 회갑기념논집』 713-737, 1982.9.20.

22. 「韓・日語 依存形態素의 對照研究(3), –極端例示 助詞語類의 意味機能 對比-」, 『어문론총』 16, 경북대 인문대, 67-96, 1982.12.30.

23. 「韓国語의 特殊助詞と日本語의 副助詞との対照研究(3), –‘極端例示語’類の 意味分析を中心に-」, 『言語研究』 2, 대구언어학회, 115-133, 1982.10.31.

24. 「大學新聞과 一般新聞의 比較研究, –그 內容分析을 中心으로-」, 『경북대 논문집』 33, 1-29, 1982.8.31.

25. 「極端例示의 表現樣相」, 『人文學叢』 7, 경북대 인문대, 1-14, 1982.12.15.

26. 「助詞「-라도」의 意味分析」, 『語文學』 43, 한국어문학회, 207-226, 1983.5.30.

27. 「韓国語의 特殊助詞と日本語의 副助詞との対照研究(4), –「-만」と「-だけ」との意味機能対比-」, 『言語研究』 3, 대구언어학회, 115-133, 1983.12.10.

28. 「‘表別’의 對立樣相」, 『어문론총』 17, 경북대 인문대, 87-105, 1983.12.30.

29. 「助詞「-야」의 意味分析」, 『語文學』 44・45, 한국어문학회, 317-333, 1984.4.25.

30. 「下義關係와 含意」, 『목천 유창균 박사 환갑기념논문집』, 계명대 출판부, 775-793, 1984.12.30.

31. 「LEECH의 意味論」, 『어문론총』 18, 경북대 인문대, 47-67, 1984.12.30.

32. 「身體語의 多義構造 分析(1), –「손」의 意味에 대하여-」, 『소당 천시권 박사 화갑기념 : 국어학논총』, 513-536, 1985.5.18.

33. 「南北韓 語彙의 意味論的 比較分析」,『北韓』166, 북한연구소, 80-87, 1985.
10.1.

34. 「南北韓語의 言語 異質化의 實態分析과 그 統一方案」,『人文科學』1, 경북대 인문과학연구소, 89-108, 1985.12.30.

35. 「韓・日語 依存形態素의 對照研究(4), -助詞「-를/-을」과「-を」의 比較-」,『어문론총』19, 109-140, 1985.12.30.

36. 「身體語의 多義構造 分析, -「머리」의 意味에 대하여-」,『약천 김민수 교수 화갑기념 : 국어학신연구』, 604-624, 1986.10.9.

37. 「韓・日語の依存形態素の対照研究(5), -特殊助詞と副助詞との分布・機能の比較-」,『人文科學』2, 경북대 인문과학연구소, 167-236, 1986.12.25.

38. 「N類 派生接尾辭의 意味構造」,『人文學叢』11, 경북대 인문대, 1-16, 1986.12.25.

39. 「AUSTIN의 言語行爲論」,『한국방송통신대 논문집』6, 193-207, 1986.12.30.

40. 「外延的 含意와 內包的 含意」,『우정 박은용 박사 회갑기념 논총 : 한국어학과 알타이어학』, 효성여대 출판부, 625-639, 1987.6.20.

41. 「'旣知・未知'의 情報構造」,『우해 이병선 박사 화갑기념논총』, 339-356, 1987.8.31.

42. 「言語構造의 對照研究와 外國語敎育에의 活用方案, -國, 英, 獨, 日語를 對象으로-」,『言語研究』6, 대구언어학회, 1-193, 1988.6.30.

43. 「韓・日語 音韻・文法의 對照研究」,『言語研究』6, 대구언어학회, 139- 193, 1989.10.10.

44. 「現代韓国語の特殊助詞の研究, -日本語の副助詞との対比を中心に-」, 筑波大学 文芸・言語学系 문학박사 학위 논문, 380면, 1989.12.31.

45. 「韓・日語 依存形態素의 對照研究(6), -特殊助詞와 副助詞의 承接關係 比較-」,『言語研究』7, 대구언어학회, 129-150, 1990.12.15.

46. 「北原의 構文論(1), -補充成分과 連用修飾成分-」,『어문론총』24, 경북어문

연구회, 151-171, 1990.12.31.

47. 「北原의 構文論(2), -「うなぎ文」의 分裂文說-」, 『語文硏究』15, 경북대 어학연구소, 1-15, 1990.12.31.

48. 「身體語의 多義構造 分析(3), -「눈」의 意味-」, 『들메 서재극 박사 환갑기념 논문집』, 계명대 출판부, 839-856, 1991.10.18.

49. 「韓・日語 依存形態素의 對照硏究(7), -助詞「-만」과「-だけ」의 意味機能 對比-」, 『李相泰敎授 回甲記念論文集 : 伏賢日文學』, 75-110, 1991.12. 15.

50. 「北原의 構文論(3), -助動詞 相互承接의 構文論的 考察-」, 『어문론총』25, 경북어문학회, 163-197, 1992.12.30.

51. 「韓・日語 慣用的 表現의 對照硏究, -身體語의 多義構造 比較를 中心으로-」, 『어문론총』26, 경북어문학회, 151-209, 1992.12.30.

52. 「신체어의 다의 구조 분석(4), -「발」, 「낯(얼굴)」의 의미-」, 『어문론총』27, 경북어문학회, 307-324, 1993.12.30.

53. 「신체어의 다의 구조 분석(5), -인간 반응어로서의 신체어 관용구-」, 『어문론총』 28, 경북어문학회, 125-163, 1994.12.30.

54. 「자석어의 변천 연구, -『倭語類解』와『日語類解』의 비교-」, 『권재선 박사 환갑 기념논문집』, 721-758, 1994.10.

55. 「환태평양 제언어의 정중성 표현 연구」, 『言語硏究』11집, 대구언어학회, 1- 20, 1994.12.30.

56. 「신문기사 교열의 사례분석, -오용례를 중심으로-」, 『어문론총』29, 경북어문학회, 187-207, 1995.12.30.

57. 「'머리'考」, 『한국어학』3, 한국어학회, 501-535, 1996.1.

58. 「중세・근대어 {빈}과 {값}의 의미」, 『어문론총』30, 경북어문학회, 213-241, 1996.12.5.

59. 「중세・근대어「싁싁ᄒ다」의 의미」, 『言語硏究』13, 대구언어학회, 123-137, 1996.12.30.

60. 「말에 관한 「잠언」서 분석, -화자(話者)의 양태를 중심으로-」, 『하나님 말씀과 우리말 성경』 나채운 교수 정년 퇴임 논문집, 장로회 신학대학, 608-626, 1997. 3.25.

61. 「재외동포 재학생의 한국어 작문능력 점검, -오류 형태의 사례 분석-」, 『雨江 李相泰 教授 停年退任紀念論文集』, 1-18, 1997.4.15.

62. 「한·일어 파생어 형성에 관한 비교연구, -접미파생법을 중심으로-」, 『어문론총』 31, 경북어문학회, 271-320, 1997.8.31.

63. 「특수조사의 의미론」, 『이승명 박사 회갑기념 논문집: 의미론 연구의 새방향』, 박이정, 223-251, 1998.6.8.

64. 「중세·근대어 어휘의미 연구(5), -「ᄉᆞ랑ᄒᆞ다」, 「ᄉᆡᆼ각ᄒᆞ다」, 「너기다」의 의미-」, 『어문론총』 32, 경북어문학회, 179-204, 1998.12.30.

65. 「中世·近代韓国語の語彙意味の研究(7), -「어리다」と「졈다」の意味分析-」, 『島根県立国際短期大学紀要』 6, 島根県立国際短期大学, 1-28, 1999. 3.1.

66. 「일본학생들의 초급한국어 테스트 결과 분석」, 『韓·日言語文化研究』 3, 韓·日言語文化研究所, 45-64, 1999.11.30.

67. 「日本語の副助詞における格との無関係性の研究」, 『島根県立国際短期大学紀要』 7, 島根県立国際短期大学, 27-53, 2000.3.1.

68. 「韓·日両言語の格助詞省略に関する対照研究, 『東西言語文化の類型論特別プロジェクト研究報告書』 3-2, 筑波大学, 655-680, 2000.3.25.

69. 「중세·근대국어 「어리다」, 「졈다」의 의미분석」, 『언어과학연구』 17, 언어과학회, 225-250, 2000.6.30.

70. 「어휘 의미의 생태적 추이」, 『어문론총』 34, 경북어문학회, 187-200, 2000.8.30.

71. 「언어의 보편성과 특수성, -한국어와 일본어-」, 『韓·日言語文化研究』 4, 韓·日言語文化研究所, 47-64, 2000.12.31.

72. 「한·일어 파생어 형성에 관한 비교 연구, -접두파생법으로 중심으로-」, 『언어과학연구』 18, 언어과학회, 333-363, 2000.12.31.

73. 「한・일어 격조사 생략에 관한 대조연구」,『梅田博之敎授 古稀記念: 韓日語文學論叢』, 太學社, 352-380, 2001.4.24.

74. 「중세・근대국어 어휘의미 연구(8), -「짓다」,「만들다」의 의미분석-」,『언어과학연구』19, 언어과학회, 339-374, 2001.6.30.

75. 「韓・日語 接頭辭에 관한 對照硏究」,『韓・日言語文化硏究』5, 韓・日言語文化硏究所, 67-98, 2001.12.30.

76. 「어휘 생태계의 역학적 현상」,『새국어생활』11권-4호, 국립국어연구원, 109-118, 2001.12.26.

77. 「국어 정도 부사의 피한정어 연구」,『語文學』76, 한국어문학회, 153-175, 2002.6.30.

78. 「국어 정도 부사의 하위분류」,『어문론총』36, 경북어문학회, 31-72, 2002.6.30.

79. 「〈古代朝鮮語と日本語〉의 분석, -한・일어 屬格(連體)조사의 비교-」,『金思燁 博士 追慕文集』, 293-331, 2002.8.1.

80. 「한・일어 정도 부사의 대조 연구」,『언어과학연구』21, 언어과학회, 3-20, 2002.6.30.

81. 「日本語 程度副詞 小考」,『韓・日言語文化硏究』6, 韓・日言語文化硏究所, 3- 34, 2002.11.30.

82. 「한・일어 대조 연구의 어제와 오늘」,『이중언어학』22, 이중언어학회, 49-89, 2003.5.30.

83. 「중세・근대국어 어휘의미 연구(9), -의존명사 {듸}와 {줄}의 의미 분석-」,『어문론총』38, 한국문학언어학회, 1-42, 2003.6.30.

84. 「중세・근대 국어 의존명사 {줄}의 분포와 의미」,『嶺南學』3, 경북대 영남문화연구원, 263-302, 2003.6.30.

85. 「우리 민법 속에 남아있는 일본어식 용어(1), -격조사 용법을 중심으로-」,『韓・日言語文化硏究』7, 韓・日言語文化硏究所, 3-72, 2003.12.30.

86. 「북한어 연구의 어제와 오늘」,『평화연구』28, 경북대 평화문제연구소, 1-40,

2003.12.30.

87. 「우리 민법 속에 남아있는 일본어식 용어(2), -훈독 일본고유어와 음독 한자어-」,『어문론총』40, 한국문학언어학회, 1-73, 2004.6.30.

88. 「우리 민법 속에 남아있는 일본어식 용어(3), -법률 전문용어-」,『韓・日言語文化研究』8, 韓・日言語文化研究所, 27-82, 2004.12.30.

89. 「우리 민법 속에 남아있는 일본어식 표현(1), -명사구 표현-」,『어문론총』41, 한국문학언어학회, 57-98, 2004.12.30.

90. 「일본에서의 한국어 연구사와 한・일어 대조 연구」,『語文學』87, 한국어문학회, 1-46, 2005.3.31.

91. 「〈倭語類解〉의 어휘 분석(1), -구개음화 표기를 중심으로-」,『어문론총』42, 한국문학언어학회, 1-38. 2005.6.30.

92. 「우리 민법에 남아있는 일본어식 문체, -'-때'와 '-경우'의 선행 시제사-」,『韓・日言語文化研究』9, 韓・日言語文化研究所, 23-48, 2005.12.30.

93. 「국어 의존명사 {것}의 사적 연구」,『어문론총』43, 한국문학언어학회, 101-144, 2006.6.30.

94. 「〈倭語類解〉의 어휘 분석(2), -치음 아래 /j/ 유지 표기-」,『韓・日言語文化研究』9, 韓・日言語文化研究所, 19-54, 2006.12.30.

95. 「〈韓・日言語文化研究〉의 분석」,『백민 전재호 박사 팔순기념문집』, 간행위원회, 200-215, 2007.1.10.

96. 「연역적 논증과 귀납적 추론」,『어문론총』46, 한국문학언어학회, 131-172, 2007.6.30.

97. 「국어 분류사와 일본어 助數詞」,『韓・日言語文化研究』9, 韓・日言語文化研究所, 23-52, 2007.12.30.

98. 「한・일어 분류사의 대조 연구」,『언어과학연구』44, 언어과학회, 1-27, 2008.3.31.

99. 「중세・근대 국어 {하다}, {만ᄒ다}, {크다}의 유의 분석」,『어문론총』48, 61-95,

한국문학언어학회, 2008.6.30.

100. 「보조동사 {-내다}와 {-버리다}의 양태적 기능 대비」, 『語文學』101. 한국어문
    학회, 25-53, 2008.9.30.

101. 「‘한·일어 대조론」의 분석(1), -조사류의 분포와 기능 대조-’, 『한국어와 외국
    어 대조분석론』, 도서출판 「역락」, 13-70, 2008.10.30.

102. 「〈倭語類解〉와 〈日語類解〉의 표기형 대비, -모음 표기 변화를 중심으로-」,
    『韓·日言語文化硏究』12, 韓·日言語文化硏究所, 29-56, 2008.12.30.

103. 「한·일어 이중주격 구문론의 대조 분석, -三上 章설을 중심으로-」, 『어문
    론총』50, 한국문학언어학회, 33-71, 2009.6.30.

◆ 창작 성가 합창곡 작곡·편곡집

『주여, 내 맘에 오서서』 보람기획, 133면, 2000.1.20.

◆ 논설

1. “誠實 위한 努力만이”, 「젊은이의 架橋」, 매일신문, 1969.2.19.

2. “東이 西에서 먼 것 같이”, 「경북대학보 : 靑柿餘滴」, 1979.10.23.

3. “격려사”, 「AMUSE」 창간호, 경북대 합창단, 1980.2.1.

4. “80년 신춘에”, 「AMUSE」 1-2, 경북대 합창단, 1980.3.1.

5. “부조화의 조화”, 「매일춘추」 매일신문사, 1981.7.4.

6. “산새 한 마리” 「매일춘추」 매일신문사, 1981.7.11.

7. “生과 死의 거리”, 「매일춘추」 매일신문사, 1981.7.18.

8. “니 배는 똥배”, 「매일춘추」 매일신문사, 1981.7.25.

9. “인생도 푸르고”, 「매일춘추」 매일신문사, 1981.8.1.

10. “디딘 땅이 어디든”, 「매일춘추」 매일신문사, 1981.8.8.

11. “適正線을”, 「매일춘추」 매일신문사, 1981.8.15.

12. "영특한 그들", 「매일춘추」 매일신문사, 1981.8.22.

13. "이른 아이", 「매일춘추」 매일신문사, 1981.8.29.

14. "교회 교육의 지향점", 「신망애」 2, 1981.10.11.

15. "부활의 계절", 「신망애」 8, 1982.4.18.

16. 이 달의 찬송(1), "주 예수 내 맘에 들어와 계신 후", 「신망애」 11, 1982.7.18.

17. 이 달의 찬송(2), "십자가를 내가 지고", 「신망애」 12, 1982.9.5.

18. 이 달의 찬송(3), "주 너를 지키리", 「신망애」 13, 1982.10.17.

19. "범사에 감사함은", 「신망애」 14, 1982.11.21.

20. 이 달의 찬송(4), "추수 찬송", 「신망애」 14, 1982.11.21.

21. 서평: 金宗澤 저 『國語話用論』 매일신문, 1982.11.23.

22. 이 달의 찬송(5), "오, 작은 마을 베들레헴", 「신망애」 15, 1982.12.26.

23. 이 달의 찬송(6), "시온의 영광이 빛나는 아침", 「신망애」 16, 1983.1.26.

24. "내 집같이, 내 몸같이, -제직, 동역자로서의 사명-", 「신망애」 17, 1983.2.20.

25. 이 달의 찬송(7), "불길 같은 성령", 「신망애」 17, 1983.2.20.

26. 이 달의 찬송(8), "무덤에서 살아나셨다", 「신망애」 18, 1982.3.27.

27. 이 달의 찬송(9), "내 주여 뜻대로", 「신망애」 19, 1982.4.24.

28. "격려사", 「AMUSE」 5-1, 경북대 합창단, 1983.5.1.

29. "교육관, 그 소망의 장(場) 신축에 즈음하여", 「신망애」 20, 1983.6.12.

30. 이 달의 찬송(10), "인애하신 구세주여", 「신망애」 20, 1983.6.12.

31. "보다 밝고 깊고 정직한 눈을", 「경북대신문」 918, 1983.6.13.

32. "교육의 달에", 「신망애」 24, 1983.10.30.

33. "내 누님같이 생긴 꽃이여", 『동아백화점 사보』 32, 1983.11.1.

34. "격려사", 「AMUSE」 6-2, 경북대 합창단 창단 10주년 기념호, 1984.9.8.

35. "빛의 논리", 「신망애」 37, 1984.12.30.

36. "출렁이는 바다가 되라", 『寒溪 李康鎬 先生 華甲記念文集』 1985.5.30.

37. "가르치는 자와 배우는 자", 「신망애」 42, 1985.6.30.

38. “對話와 演說”, 「경상북도 공무원 연수원」, 1985.9.1.

39. “쓰쿠바(筑波)대학과 연구도시”, 「경북대신문」 968, 1985.10.14.

40. “남북한 언어 이질화의 실태분석과 그 통일방안”, 「경북대신문」 970, 1985.11. 18.

41. “On Essay-Type Written Test”, The Kyungpook University Times, 1986.2.25.

42. “격려사”, 「AMUSE」 8-1, 경북대 합창단, 1986.7.1.

43. “친교의 의의와 그 방향”, 「신망애」 54, 1986.8.31.

44. “격려사”, 「AMUSE」 8-2, 경북대 합창단, 1986.12.1.

45. “말”, 『尼師今』 8, 경북대 치의대, 1987.2.25.

46. “격려사”, 「AMUSE」 9-1, 경북대 합창단, 1987.7.1.

47. 서평: 이상규 『방언연구방법론』, 「경북대신문」, 1988.3.28.

48. “원시림 홋카이도 찾기 위한 석 달간의 아르바이트”, 『빛』 7월호, 1988.7.1.

49. 창단 15주년 격려사, 경북대 합창단 창단 15주년 기념, 1988.10.25.

50. “1960년, 그 해 성탄절”, 「신망애」 76, 1988.12.24.

51. “격려사”, 「AMUSE」 10-2, 경북대 합창단, 1989.1.1.

52. “기념사”, 「AMUSE」 경북대 합창단 창단 15주년 기념호, 1989.10.10.

53. “‘통석(痛惜)’의 의미”, 「주간매일」 매일신문사, 1990.6.3.

54. “격려사”, 「AMUSE」 12-1, 경북대 합창단, 1990.8.1.

55. “인기의 虛와 實”, 『사보 金福』 주식회사 금복주, 1990.11.

56. “「文草」 속간에 부쳐”, 『文草』 7, 경북대 국어국문학과, 1991.2.23.

57. “교회 발전과 함께 한 「신망애」, -그 발전을 위한 제언-”, 「신망애」 100, 1991. 5.21.

58. “남북 언어통일의 전망과 대책”, 「경북대신문」 1067, 1991.6.10.

59. “언어의 힘, 카피의 힘”, 『社報 우진기획』 1991.10.10.

60. “언어의 힘”, 「경북신학교 신문」 1992.6.

61. “책 곁에서”, 『제일서적 社報』, 1992.10.

62. “갈릴리는”, 「갈릴리 소리」 1, 1992.1.31.

63. “격려사”, 「AMUSE」 13-2, 경북대 합창단, 1992.3.1.

64. 바흐 “마태 수난곡” 해설, 「신망애」 110, 1992.4.26.

65. “신구교 공동 「주님의 기도」에 대하여”, 「신망애」 112, 1992.6.28.

66. “잘못 쓰이고 있는 우리말들”, 『빛』 9월호, 1992.9.1.

67. “격려사”, 「AMUSE」 14-1, 경북대 합창단, 1992.9.1.

68. “햇곡과 알곡의 의미”, 「신망애」 114, 1992.9.27.

69. “창립 40주년에”, 「신망애」 115, 1992.10.

70. “습작하는 자세로, -새해를 열며-”, 「경북대신문」, 1993.1.25.

71. “신령과 진정으로”, 「신망애」 118, 1993.2.28.

72. “언어와 언어생활”, 『한국 언어와 문학』 경북대, 1993.3.1.

73. “찬양 일기”, 「신망애」 123, 1993.7.24.

74. “일본을 바로 알자”, 『慶潮』 10, 1993.12.10.

75. “자유로운 삶”, 「신망애」 129, 1994.1.30.

76. “언어와 민족의식”, 「한국 언어와 문학」, 경북대, 1994.2.28.

77. 축사: 「AMUSE」 15-2, 경북대 합창단 창단 20주년 특집호, 1994.7.10.

78. 영남일보 논술 심사평(1), 1994.7.15.

79. 영남일보 논술 심사평(2), 1994.8.26.

80. 영남일보 논술 심사평(3), 1994.9.16.

81. 영남일보 논술 심사평(4), 1994.10.7.

82. 영남일보 논술 심사평(5), 1994.11.18.

83. 영남일보 논술 심사평(6), 1995.2.3.

84. “갈릴리, 영원한 생명의 노래”, 「갈릴리 소리」 1월호, 1995.1.31.

85. “온유와 절제로 -고 정환탁 원로장로 추모의 글-”, 「신망애」 142, 1995.3.

86. 심사 강평: 장애인 문예 현상공모 작품 심사, 1995.5.

87. “언어로 본 북한(1)”, 「매일신문」, 1995.8.18.

88. “언어로 본 북한(2)”, 「매일신문」, 1995.8.25.

89. “언어로 본 북한(3)”, 「매일신문」, 1995.9.1.

90. “진(眞)하며, 선(善)하며, 미(美)한 …”「AMUSE」16-2, 경북대 합창단, 1995.9.1.

91. “언어로 본 북한(4)”, 「매일신문」, 1995.9.8.

92. “언어로 본 북한(5)”, 「매일신문」, 1995.9.15.

93. “언어로 본 북한(6)”, 「매일신문」, 1995.9.22.

94. “언어로 본 북한(7)”, 「매일신문」, 1995.9.29.

95. “언어로 본 북한(8)”, 「매일신문」, 1995.10.6.

96. “언어로 본 북한(9)”, 「매일신문」, 1995.10.13.

97. “언어로 본 북한(10)”, 「매일신문」, 1995.10.20.

98. “언어로 본 북한(11)”, 「매일신문」, 1995.10.27.

99. “언어로 본 북한(12)”, 「매일신문」, 1995.11.3.

100. “급변하는 시대 경북대학교의 미래상”, 「경북대신문」 1161, 1995.11.22.

101. “말에 관한 「잠언」서 분석”(1)(2)(3), 「신망애」 149-151, 1995.11-1996.1.

102. 영남일보 논술 심사평(7), 1995.12.9.

103. “기쁨, 평화, 감격의 노래로…”, 「갈릴리 소리」 1월호, 1996.1.5.

104. “신입생에게 주는 말”, 「매일신문」, 1996.2.22.

105. “신문 언어는 곧 대중 언어”, 「매일신문 창간 50주년」, 대구매일신문, 1996.3.1.

106. 영남일보 논술 심사평(8), 1996.3.1.

107. 영남일보 논술 심사평(9), 1996.5.10.

108. 영남일보 논술 심사평(10), 1996.7.26.

109. “믿음의 본질과 믿음의 삶”, 「신망애」 154, 1996.5.

110. “교회학교, 무엇을 어떻게 가르칠까”, 「신망애」 156, 1996.8.

111. “격려사”, 「AMUSE」 17-2, 경북대 합창단, 1906.12.1.

112. “「갈릴리」, 영원한 찬양의 사랑 공동체”, 「갈릴리 소리」 2월호, 1997.2.28.

113. “결실의 가을에”, 「신망애」 166, 1997.9.

114. “이것은 나의 간증이요”, 「갈릴리 소리」 2월호, 1998.2.27.

115. “내일을 여는 국어 생활”, 『한국의 언어와 문화』, 경북대, 1998.2.28.

116. “신문 기사 교열의 사례 분석”, 『국어와 매체 언어』, 경북대, 1998.3.

117. “일본 유감(有感)”, 『햇볕처럼 촛불처럼 : 아람 서정수 교수 정년기념 문집』, 1998.12.25.

118. “삼덕교회 성도 여러분께”(1), 「신망애」 172, 1998.5.6.

119. “일본 땅에 다시 와서”, 『韓・日言語文化硏究』 2, 韓・日言語文化硏究所, 1998.11.30.

120. “삼덕교회 성도 여러분께”(2), 「신망애」 179, 1999.6.6.

121. “賀辭”, 『一山 金漢洙 敎授 停年退任紀念論文集』, 1999.8.28.

122. “상호(相互)와 호상(互相)”, 「매일춘추」, 매일신문사, 2000.9.7.

123. “향기”, 「매일춘추」, 매일신문사, 2000.9.16.

124. “향수”, 「매일춘추」, 매일신문사, 2000.9.23.

125. “진・선・미”, 「매일춘추」, 매일신문사, 2000.9.30.

126. “질서와 조화”, 「매일춘추」, 매일신문사, 2000.10.7.

127. “침묵의 힘”, 「매일춘추」, 매일신문사, 2000.10.4.

128. “선진 의식”, 「매일춘추」, 매일신문사, 2000.10.21.

129. “지금 일본은”, 「매일춘추」, 매일신문사, 2000.10.28.

130. “논리적 사고 확립 典範 제시”, 「知와 삶」, 매일신문사, 2001.1.22.

131. “韓国慶北大学校との国際交流”, 『島根県立国際短期大学のあゆみ』, 2001.3.

132. “国際短大での二年”, 『島根県立国際短期大学のあゆみ』, 2001.3.

133. “임마누엘 하나님”, 「신망애」 189, 2001.1・2.

134. “말의 힘과 바람직한 대화”, 「최고산업경영자 과정 강의 교재」, 경북대, 2001.4.

135. “고락을 같이 한 우리의 노래(학과가)”, 『경북대 국어국문학과 50년』, 편찬위원회, 2001.10.13.

136. “창간 20주년에”, 「신망애」 193, 2001.9・10.

137. "賀辭", 『惠泉 南源植 敎授 停年退任 紀念論文集』, 2002.2.1.

138. "「선진 봉화」의 길로", 『淸凉』 6, 재구봉화군 향우회, 2002.10.20.

139. "200 행보의 장정(長程)", 「신망애」 200, 2002.12.8.

140. "남북 언어 이질화와 언어 통일의 전망", 「경북대신문」, 2003.10.13.

141. "새해 인사", 「경북대 복음화 소식지」, 경북대 기독센터, 2004.1.10.

142. "가라", "가르치라", 「대구·경북 교수선교회 소식지」, 대구·경북 교수선교회, 2004.6.19.

143. "「택민(澤民)」과 「묵헌(黙軒)」", 『澤民 김광순 교수 정년퇴임 기념논문집』, 2004.11.9.

144. "찬양하는 삶이 주는 복", 「신망애」 212, 2004.11.30.

145. "겸손의 주님을", 「대구·경북 교수선교회 소식지」, 대구·경북 교수선교회, 2006.6.29.

146. "일어나라, 빛을 발하라", 「대구·경북 교수선교회 소식지」, 대구·경북 교수선교회, 2007.3.17.

147. "과학적 사고와 방법", 『南溪 이정도 교수 정년퇴임 기념문집 : 正道經營』, 2008.2.

148. "두 개의 눈", 『世山 이덕동 교수 정년퇴임 기념문집 : 지난날 돌아보고 오는 날 헤아리며』, 2008.3.1.

149. "회고사", 「대구·경북 교수선교회 소식지」, 대구·경북 교수선교회, 2008.1.5.

150. "기도의 종이 되소서", 『한줌 이기부 교수 정년퇴임 기념문집』, 2008.2.25.

151. "성실한 믿음의 여정", 『療懶 배준웅 교수 정년기념 논문집』, 2008.2.25.

152. "지난날들", 「대구·경북 교수선교회 소식지」, 대구·경북 교수선교회, 2008.3.15.

153. "간행사" 학술 총서 『四未軒 張福樞의 문학과 사상』, 한국문학언어학회, 2008.3.20.

154. "우리말 자산, 보존과 관리를(1)", 「경북대신문」 1422호 사설, 2008.10.6.
155. "우리말 자산, 보존과 관리를(2)", 「경북대소식」 1048호 권두언, 2008.10.9.
156. "언어 예절", 「대구시 공무원교육원 국어전문과정」, 대구광역시, 2009.3.18.

가족 상황

처 허복자(許福子, 1947.11.15. 생) 아버지 김해 허씨 諱 再龍, 어머니 연안 차씨

자 대선(大善, 1974.4.16. 생) 포항공대 졸업, 미국 University of Southern California 대학원 화학공학과 박사과정 재학 중

여 나영(娜英, 1977.7.3. 생) 독일 Leipzig 국립음대 피아노 디플롬 졸업, 피아노 최고연주자 과정, 실내악 최고연주자 과정 졸업, 경북대 강사

이 세상에 누구든지 나름대로 자신의 삶의 역정 속에서 매우 짧은 순간이 삶의 방향을 역전시키거나 혹은 새로운 방향으로 향하도록 하는 매우 소중한 계기를 갖고 있음을 경험하지 않은 사람은 없을 것이다. 이러한 순간적 경험이 어떤 이는 지극히 자신만을 위해서, 또 어떤 이는 보편적인 이웃 사람들의 삶까지 변화에 영향을 줌으로서 세상의 지각을 변화시키기도 한다. '인류는 변화함으로서 종의 최상위 자리를 지킬 수 있다.'는 다윈의 이야기처럼 홍사만 선생님은 대학 교직 36년의 성상을 지켜오면서 자신의 삶은 물론이거니와 학문과 신앙생활을 통해 끊임없는 변화의 드라마를 엮어내어 이제 한 권의 예쁜 책으로 꾸몄다.

홍 선생님은 복현 동산에서 평생을 학문 탐구로, 그리고 묵직한 침묵과 엄전한 선비의 모습으로 많은 제자들에게 감동과 진리의 깨우침으로 일관해 온, 이 시대에 보기 드문 고결한 대학자이다. 36년간 제자로서 또 동학으로서 옆자리를 지키며 바라본 홍사만 선생은 국어학의 국제적 학문적 교류가 활발하지 않았던 시기에 일찍 일본 문부성 초청으로 쓰쿠바대학에서 수득하기 힘든 문학박사 학위를 받고 한일 간의 학문 교류뿐만 아니라 대조언어학의 연구방법론을 정착시켰던 큰 업적을 이루어 내었다. 저서 25권과 논문 103편 등 무게를 가늠하기 어려울 정도의 미려한 옥고들을 남겨 국어학의 발전에 큰 자취를 남겼으니 그 빛, 오래오래 발하리라.

홍사만 선생님은 신앙인으로서 또 학자로서 어쩌면 딱딱한 듯한 성직자의 기품을 가진 분이지만 그의 내면의 모습과 인간적인 정의는 결코 그렇지 않다. 특히 음악을 좋아했던 그분의 국어학에 대한 학문적 열정과 창의적인 논저 활동은 눈부신 논문으로, 또 저술활동으로 그 성과를 남겨 앞으로 후학에게는 큰 학문적인 버팀목이 될 것이다. 8월이 정년이라고 하지만 아직 그의 젊은 학구적 에너지는 결코 식지 않았다. 인문대 401호 건너편 나의 연구실에까지 열기에 찬 강의를 하시는 목소리가 울려온다. 한편으로는 매우 엄격한 모습으로 또 한편으로는 자애로운 모습으로 가파른 학문의 길을 오르는 제자들을 따뜻하게 이끌어 왔고 또 앞으로도 그러할 것이다.

홍 선생님은 30대에는 국어학 연구 분야 가운데 특수조사의 무표성 특질에 대한 연구와 또 특수조사의 의미적 관계망을 매우 정교하게 체계화하였고, 그 후 일본 유학의 길에 올라 한·일 대조언어학의 새로운 연구 분야를 개척하였다. ≪국어 어휘의미의 사적 연구≫와 ≪한·일어 대조분석≫ 등 어휘의 역사적 연구, 어휘 의미의 체계 분석, 한·일어 대조분석 등 연구 방법에서의 새로움뿐만 아니라 어휘 분석과 체계화를 향한 미려한 기술 능력은 아마도 선생님의 수학적 재능과도 관련이 있으리라 생각된다. 홍 선생님이 이룩한 학문적 큰 성과는 아직 마무리 단계에 있는 것이 결코 아니다. 쉼 없는 열정으로 이어질 그의 학문적 성과의 결실은 한 줄기의 물길을 이루며 흘러갈 것이다.

홍 선생님의 또 다른 매력은 여러 부분에서 찾을 수 있으나 특히 음악성에서 찾을 수 있다. 35년간 경북대학교 합창단 지도교수로 지냈으며, 지금도 합창 단원이었던 졸업생 중에서 지난 시절을 회고하며 홍 선생의 매력을 흠모하는 친구들이 많이 있다. 경북대학교 입학식에서 학교 교가를 지도하며 눈을 지그시 감고 머리를 살짝살짝 흔들며 힘찬 지휘봉을 젓는 모습에서는 어떤 위엄도 괴팍함도 찾아 볼 수 없는 따뜻한 사람의 냄새를 느낄 수 있었다. 대학교 입학식 교가를 배우던 첫 인상적인 만남과 인연이 그렇게 하여 우리들의 오랜 추억으로 남게 되는 것이리라.

올해 초 홋카이도 국제학술회의에 동행하면서 외투 깃을 세우고 눈길을 함께 걷기도 했고 호젓한 어느 카페, 피어오르는 난로 가에서 함께 와인을 마시며 선생님의 인생역정을 들은 적도 있다. 그가 작곡한 주옥과 같은 가곡들 가운데 '망각'이라는 곡이 있다. 2년 전 서울에 살던 나는 밤늦게 광화문 집으로 가는 도중 어디선가 귀에 익은 '망각'이라는 곡의 피아노 연주 소리를 듣고 가던 발걸음을 잠시 멈추었다. 아니 이 곡이 이 깊어가는 밤, 서울의 효자동 골목길에서 흘러나오리라고는 전혀 예상하지 못했다. 노래의 전파력이 이처럼 큰 것일까? 내가 국문과 학회장을 맡고 있을 때 '국문과의 밤' 행사 무대에 올렸던 홍사만 작곡의 '망각'이라는 합창곡을 아직 생생하게 기억하고 있다. 어둑한 70년대, 경북대 합창단 제자들을 가르치며 어둠을 밝음으로 조금씩 바꾸어 내었던 그 크디큰 열정의 무게를 누가 쉬 알 수 있을까?

홍 선생님과 나와는 개인적으로 사제라는 인연 말고도 또 큰 인연이 있다. 홍 선생님의 형님과 나의 매형과는 아주 가까운 고등학교 동창이었다. 시골 출신인 나의 매형이 고등학교 시절 홍 교수댁에 가서 밥도 많이 얻어먹고 애도 많이 먹였지만 홍 교수님의 자당께서는 언제든지 따뜻하게 보살펴 주고 챙겨 주시더라는 추억 어린 이야기를 자주 들었다. 어느 날 나와 홍 교수와 나의 매형이 한 자리를 한 적이 있었다. 나의 매형이 내일 모레 정년을 앞둔 홍 교수님께 '사만아'라고 이름을 부르며, 홍 교수님 자당의 자애로웠던 옛 추억의 이야기를 더듬으면서 지난 30여 년 홍 선생님과 이어온 우리들의 인연을 반추해 본다. 선생님의 디없이 깊은 사랑과 학문적 열정이 그냥 이루어진 것이 아니라 따뜻한 그의 가정적 배경과 독실한 종교적 사랑이 하나가 되어 이루어낼 수 있었던 것이리라. 이젠 홍 선생님이 키워온 그 큰 나무 그늘 아래에 힘에 겨운 제자들이 모여들고 학문에 목마른 학동들이 찾아들어서 세월의 연륜과 학문의 경륜이 새겨진 그 나무의 나이테를 헤아려갈 것이다.

이번에 출간하는 "다섯 순간 이야기"라는 퇴임기념 산문집의 행간 사이에 우리는 손과 손을 어깨와 어깨를 걸고 부르는 우렁찬 코러스가 다시 이 복현의 언덕을 따스하게 데워줄 것이리라.

한순간도 소홀함이 없었던 튼튼한 학문의 오랏줄로 제자들을 이끌어 주시길 바라며 또 늘 건강하시길 기원하면서 퇴임기념 산문집 간행의 머리글을 놓아둔다. 끝으로 "다섯 순간 이야기"라는 퇴임기념 산문집의 간행을 위해 고생한 백두현 교수와 남길임 교수 그리고 학과 여러 교수님들께 이 자리를 빌어서 감사드리며, 예쁜 책으로 엮어준 글누림 출판사 최종숙 사장께도 감사드린다.

2009년 6월 20일 복현 언덕에서

간행위원장 **이상규** 삼가 씀

홍사만 교수님의 정년퇴임을 맞아 간행하는 산문집의 서두에 축하의 말씀을 드리게 되어 기쁘게 생각합니다. 이번 산문집은 교육과 연구를 통해 일가(一家)를 이루신 교수님의 모습과는 달리 일상의 단상과 감성을 느낄 수 있는 글들을 모았기에 그 의미가 더욱 크다고 생각합니다. 지난 36년간 학교와 학문의 발전에 헌신해 오시면서 느끼셨던 성취와 감격, 그리고 그리움과 아쉬움의 감정이 오롯이 담겨져 있는 이번 산문집은 교육자로서, 그리고 학자로서 최선을 다 해 오신 교수님의 고결한 삶의 기록인 동시에 전통과 명예를 빛내 온 우리 대학의 지난 발자취 중 의미 있는 일부분이라 생각합니다.

교수님께서는 우리 대학을 졸업하시고 일본 쓰쿠바(筑波)대학에서 문학박사 학위를 수득하셨으며 1973년 교수로 부임하신 이래 우수인재 양성과 학술 발전에 헌신해 오셨습니다. 『국어특수조사 신연구』를 비롯한 25권의 저서와 3권의 번역서, 그리고 외국학술지 게재 10편을 포함한 103편의 논문은 국어학 연구자나 한·일어 대조언어학 전공자에게는 금과옥조의 선편(善篇)으로 평가받고 있습니다. 학자로서의 성실성과 학문에 대한 열정, 교육자로서의 소명 의식이 없었다면 이루기 힘든 성과라 할 것입니다.

또한 교수님께서는 일본 쓰쿠바대학 객원연구원과 시마네 현립 국제단기대학 교류교수로 활동하시는 등 한·일어 대조연구의 선구자로서, 최고권위

자로서 학술 연구의 국제화를 앞장서 실천하셨고 한일 양국의 학술교류 활성화에 기여하셨습니다. 우리 대학이 해외 대학 및 기관들과 학술교류를 활발히 전개해 올 수 있었던 데에는 홍 교수님의 이러한 역량과 활동이 큰 힘이 되어 왔습니다. 특히 2003년에는 우리나라 민법 전문 1,118조를 일본 민법문과 대조 분석하여 국민에게 쉽고 정확하고 친근한 것으로 다듬어 주심으로 법령문 개정에 크게 이바지하셨습니다.

교수님께서는 일찍이 우리 대학 기획연구실장과 장기발전계획연구위원장 등의 여러 중책을 맡으시어 정책을 입안하고 대학 운영의 효율성을 제고하는 등 행정가로서의 면모도 보여 주셨습니다. 일어일문학과의 태동에서는 초대 학과장을 맡으셔서 학과 위상을 공고히 해 주셨고 국어생활상담소장으로서 학내외 학생, 시민들의 국어의식을 고취하고 언어생활을 순화하는 데 진력하셨습니다. 갈등을 조율하고 넉넉하게 포용할 뿐 아니라 구성원들의 열정을 한데 모으는 데 탁월한 역량을 발휘하신 선생님을 통해 학과와 우리 대학은 그 동안 많은 성과와 발전을 이루어 왔습니다.

저는 청빈하고 고결한 학자적 삶을 추구하시면서도 열정적으로 봉사해 오신 교수님의 모습에서 겸허한 신앙인의 자태를 읽습니다. 교수님께서는 1975년 우리 대학 합창단을 창단하여 현재까지 지도교수를 맡고 계시고 30년간 변함없이 대구삼덕교회 성가대를 지휘해 오셨을 뿐 아니라 여러 학교의 교가와 사단가 등을 작사, 작곡하여 많은 사람들에게 기쁨을 안겨주셨습니다. 사람들과의 작은 관계들도 소중히 여기셨고 폭넓은 예술적 소양을 자랑하기보다는 하나님이 주신 달란트를 이웃과 함께 나누고 봉사해 오신 교수님의 모습은 참다운 기독인의 표상이라 할 것입니다. 교수님께서 봉운학술상과 원암학술상, 대구광역시 문화상 등을 수상하시고 한국어문학회 회장과 언어과학회 회장 등에 선임되신 것도 교수님의 삶에서 본다면 당연한 결과이며 그 동안의 헌신에 대한 하나님의 은총이 아닌가 생각합니다.

교수님께서는 평소 현상학에 머무는 국어학보다는 심리학과 사회학, 생태학 등 본질적인 영역까지 아우를 것을 강조해 오셨고 인문학이자 인간학으로서의 국어학을 강조하셨다고 합니다. 여러 교수와 연구자들이 문하에서 배출되어 교수님의 학문을 계승하고 있고 학부의 학생들도 깊이 존경하고 있는 것을 볼 때 교수님의 지난 삶이 참으로 보람차고 의미 있는 시간이었다고 생각합니다.

이제 교수님께서는 36개 성상을 함께 했던 강단을 떠나시게 되었습니다. 평생에 걸쳐 모든 것을 바친 강의실을 떠나야만 한다는 사실에 만감이 교차하실 것이지만 교수님을 보내야 하는 동학 문하들도 커다란 아쉬움과 안타까움을 느낄 것이라 생각합니다. 그러나 퇴임 이후에도 교수님께서는 여전히 교육계의 큰 어른으로서 후학들을 지도해 주실 것이며 펼쳐 놓은 학문들을 더욱 정심하게 갈무리하여 발전시키실 것이라 저는 믿고 있습니다.

교육자로서, 학자로서 대학의 성장과 학술 발전에 크게 기여하셨으며 우리나라 국어국문학을 이끌어가는 동량들을 키워 내신 교수님의 삶에 경의를 표하며 교수님의 앞날에 끝없는 영광과 건강이 함께 하기를 기원합니다.

2009. 7. 7.

경북대학교 총장 **노동일**

정년(停年) 기념 출판을 기림

학자로서 논저(論著)의 출판은 그의 학술적 기능의 중심 되는 성취일 것이다. 홍사만 교수는 이번 8월에 정년을 맞이하게 되었고 이를 기념하기 위하여 "다섯 순간 이야기"라고 제목한 역저 『정년기념 산문집』을 출판하였다. 그의 생애 속에 장구한 인고(忍苦)와 탁마 끝에 이루어낸 다이아몬드 같은 것이다. 그 동안의 탁마의 노고를 위로하며 이를 통한 그의 영광을 널리 드러내고 싶다. 홍 박사에게 축하의 정을 아끼지 아니하며, 하자(賀者) 스스로의 흥과 기쁨 또한 이만저만이 아니니, 어찌 촌지(寸紙)로써 이를 다 표현하랴?

교수의 정년 퇴임은 오늘의 귀한 축하의 정점에 서는 과정이다. 학계와 사회에 공을 세우고, 국가와 사회적 사명과 의무를 기필 완성하는 일이며, 그로부터 훌쩍 벗어나 완벽한 자유 해방이 되는 것이기 때문이다. 이는 결코 직장을 떠나는 서글픈 일이 아니다.

특히 홍 박사는 36년간의 교수 연구 업적과 대학 교육의 공적을 크게 이루었으므로 개선의 환호와 찬양의 축하가 응당 있어야 할 것이다. 빛나는 공적과 충실한 결실은 그의 연구 능력과 자질의 수일(秀逸)함으로부터 형성된 것이다. 선친의 엄한 카리스마(charisma)적 가정교육 아래, 당시 중고교의 꽃이었던 경북대 사대 부속중·고등학교를 거쳐 우리 대학 문리대 '수석 입학'에다가 졸업 시 대학교 '총 1등 졸업'의 영광을 일구어 낸 것은 결코 우연한 일이 아니다.

학인(學人) 인생으로서 다양한 성취와 기여를 이루어낸 것을 스승인 내 눈으로 보아왔으니 내가 그 증인이 될 것이다. 당시 홍 학사는 졸업에 이어 석사 학위를 취득하고 29세라는 약관으로 본교에 교수로 취임하였고, 그 후 쌍(雙)스크류(screw) 추진의 연구를 이어가 일본에서 국제적인 문학박사 학위를 수득하였다. 이 같은 청춘 초기에 학인 진취의 정신력이 간단(間斷)을 물리치고 면려(勉勵)할 수 있었으리!

학부 학생이었던 당시 그의 수학 과정을 더듬어 보면, 시험지 채점에서 그의 답안이 모델이 되어 우선적으로 골라내어 졌고, 96-99점의 포인트를 사뭇 누리었다. 대학원의 최초 학위 논문에서는 자료 수집과 논문의 작성 조직, 그리고 미개척 이론의 취택과 탐색에 있어 지도교수의 암시를 제외하고는 독자적인 날카로움이 작동하였고, 한 가지가 지적되면 딱하나 알맞은 자료로써 재창조해 내는 학술적 사고 감각이 뛰어났다. 1983년에 펴낸 그의 저서 『특수조사의 연구』가 그것인데, 이 책은 조사의 심층적 체계 연구의 남상이 되기도 했다. 그의 연구 실적은 이 같은 대작으로 이어졌으니 2002년에 와서는 『국어 특수조사 신연구』로 총결산의 금자탑을 이룩했고, 2003년 『국어 어휘의 사적 변천』에서는 어휘의 역사적(historical) 연구로써 학문 접근의 공시와 통시의 입체적 연구에 이르렀다. 25권의 저서를 출판하여 다양다량의 높은 연구 역량을 과시했으니, 정년에 임한 홍사만 학인의 열정과 정신력과 외골스런 학문에의 의지는 참으로 놀랍다는 평가를 받고도 남음이 있어라!

교육에 있어서도 홍 교수의 강의를 청강하려고 개강 때마다 100명이 넘는 클래스 학생들이 운집했는데, 흥미와 충실한 내용을 겸한 강의 매력에 만족하는 소문이 파다했다. 그의 명강의는 캠퍼스 내에만 한정된 것이 아니라, 지역사회의 초청 교양 강좌에도 자주 부름을 받아 미개척, 미보급의 새로운 언어문화에 대하여 눈을 뜨게 함과 더불어 독특한 문화 풍토를 일구는 파이니어(pioneer)적 참신성을 던짐으로 이 방면에도 기대가 적지 않았다고 할 수 있다.

홍 박사는 독실한 신앙인이다. 삼덕교회 장로로 교회를 운영하고 있는, 성도들의 표본적 인도자의 한 사람이다. 경북대학교 기독교수회 회장과 복음화 후원회 회장, 대구·경북 교수선교회 회장과 전국 교수 선교연합회 이사 등을 맡아 기독교계 지성인들 모임의 리더로서도 힘을 쏟았다.

그는 음악에도 깊은 조예를 가지고 있다. 경북대학교 합창단을 35년간 지도교수로 꾸준히 육성해 왔으며, 종교 음악을 기초로 하여 대구 삼덕교회 성가대를 30년에 걸쳐 지휘한 것도 봉사에 빛나는 업적이다. 직접 성가합창곡을 작곡, 편곡하여 『주여, 내 맘에 오셔서』의 찬양곡집을 출간하기도 했다. 성악과 지휘 외에도 작곡과 작사 능력까지 갖추어 속칭 음악 예술의 3위 일체를 넘어 4위 일체를 이루었다고 할 수 있다. 그의 노래는 한때 전국 대학가에 널리 보급되기도 했다.

홍 교수의 65년간의 생애는 인고와 열정과 인격 치성(致誠)의 점철이 참으로 또렷또렷하다. 이에 따라 상찬(賞讚)과 수훈도 알차다. 각종 학회의 ‘학술상’, 역저 출판의 ‘우수저술상’, 대구시 문화상(학술 부문), 교육공로상, 홍조근

정 훈장의 영예(榮譽)가 한층 빛나도다!

이와 같은 업적의 과정이 엉겨 있는 홍 박사의 인격은 저절로 드러난다. 그는 진실에 대한 소신이 강잉하여 연구에 있어서나 대인 관계에 있어 부드러우면서도 고집 같은 주장이 있다. 경쟁에 있어서는 오만이 작용하는 것 같으나, 그건 자신감과 신념에서 우러나오는 것이며 성취를 이끄는 신앙의 힘인 것이다. 정직하고 재질이 유능하매, 이것이 바탕이 되어 이뤄진 인품은 어렵고도 힘든 대학 본부의 기획연구실장 등 행정 책임을 연거푸 맡게 되었고 수행(遂行)의 꽃을 곱게 피웠다.

용기와 의지로 전진할, 정년 후의 남은 인생 여정이 더욱 기대된다. 자녀 교육과 부창부수(夫唱婦隨)를 위하여 온갖 사랑을 다 기울이고 오늘의 부공(夫功)과 자녀 영육(英育)이 있게 한 우리 대학 출신 허복자 귀부인을 아울러 기리며, 건강과 희락을 길이 누리기를 바라는 마음 간절하다.

2009년 8월 광복의 그날

전재호(경북대 명예교수, 한·일언어문화연구소장)

나는 전문적으로 글을 쓰는 사람이 아니다. 시인, 소설가는 물론 수필가도 아니다. 그러므로 해맑은 시정(詩情)도, 인생을 통찰하는 애깃거리도, 삶의 해학과 심오한 철학도 가지지 못했다. 그저 말의 질서와 원리와 규칙을 찾아 이를 과학적으로 설명하고, 언중에게 올바른 언어 생활을 종용하는 언어학자일 뿐이다.

정년퇴임이다. 우리 대학에서 스무 아홉 살에 강의를 시작한 나는 36년을 하루같이 강의와 연구에 몰두해 왔다. 퇴임이라 해도 남들처럼 내외의 해외 나들이도, 기념 문집의 봉정도 내겐 관심거리가 아니다. 그저 알뜰히 살아온 대학 생활을 매듭지어 놓고 또다시 인생을 시작하는 마음으로 남은 내일을 부끄럽지 않게 살고자 한다. 어릴 적 즐겨 가지고 놀았던 딱지를 접듯이 또 한 겹 접어놓고 새로 출발했으면 한다. 나의 삶도 학문도 신앙도 딱지처럼 접어 소중히 간직해 두고 싶다. 두꺼운 종이만 보면 그렇게나 열심히 접어 딱지를 만들던 어린 시절이 그리워서 그런다. 골목에 나가서 딱지치기를 하면, 나는 곧잘 헛배가 잔뜩 부른 두꺼운 놈들도 싹 쓸어 와선 내 서랍에 헤아려 챙겨 두곤 했다. 딱지 부자였던 것이다.

이 여름 호젓한 어느 밤을 택해 한적한 산골 통나무집이라도 찾고 싶다.

지금까지 학문을 논하던 문하의 제자들과 함께 밤이 새도록 얘기를 나누었으면 한다. 같이 합창하고 찬양하던 벗들과도 정 깊은 하모니에 젖어들고 싶다. 한평생 목이 쉬도록 강의하고 노래한 나로서는 그러한 바람이 가장 적절한 내 격(格)일 것이다.

이 책은 그간 집필했던 여러 권의 언어학 연구서와는 달리, 주로 나의 감성적인 넋두리를 엮어 놓은 것이다. 살아오는 동안 타의적인 청탁에 따라 내놓은 글들을 모은 단상집이다. 졸속의 일천한 글들이지만 나의 체취가 묻은, 나에겐 소중하고 진실한 것이라는 데 의미를 두고 싶다. 여기에는 고매한 현학과 들뜬 과장과 현란한 기교가 완전히 배제된, 순수한 나의 심서(心緒) 그대로 여과 없이 담겼음을 밝혀 둔다.

'삶과 사색', '대학과 학문', '신앙과 찬양'의 세 토막으로 나눈 것은 내 생애의 단층을 들여다보면 그와 같은 세 개의 세계가 비쳐지기 때문이다.

한평생 공부했다. 노래했다. 사랑했다. 그걸 얻으려고 그토록 찾고 두들기고 고뇌했던 나였다. 그 날들이 이제 정년이란 큰 단락을 만들어 낸 것이다. 때론 찾아온 행운 앞에서 주저하기도 했고, 열망하여 얻은 성취 뒤에 따라오는 허탈감에 몸을 가누지 못한 때도 있었다. 아버지, 어머니의 임종을 지켜보지 못한 나는 그 큰 상실감에 지향 없는 나그네의 모습이 되기도 했다.

내 이름은 조부께서 지어 주셨단다. 작명이라 해 봤자 가운데 항렬자인 '思'자를 빼고 나면, 선택의 여지는 마지막 한 글자를 줍는 것이 고작이었다. 생각하시다가 '滿'을 얻어 "생각이 가득한" 사람으로 날 만드신 것이다. 이름자대로 살아온 나는 인문과학 교수가 되었다. 옛날 내 주위에는 '思'자를 '恩'자로 잘못 읽어 곧잘 '은만(恩滿)'이라고 부르는 사람들이 있었다. '恩滿'이 되어 "은혜가 충만한" 사람이었다면, 나는 아마 성직자가 되었을 것이다. 이름에 부끄럽지 않은 여생을 살련다. 또 그렇게 궁구하고 숙고하고 고뇌하는 모습으로 말이다.

이 책은 우리 대학에서 함께 머리를 맞대고 국어국문학 연구에 혼신의 열정을 쏟아온 가족들이 엮어 준 것이다. 참으로 고맙고도 송구스런 일이다. 과분한 찬사로 축하의 말씀을 해 주신 노동일 총장님과 전재호 은사님께 감사를 드린다. 출판을 맡은 도서출판 「역락」(글누림출판사)의 이대현 사장께도 감사를 드린다. 이 출판사에서는 지금까지 나의 저서 다섯 권을 출간해 주었다. 이번에 또 이 무미한 글들을 엮어 다시 세상에 나오게 했다.

2009년 7월 31일

저자 씀

목 차

제1부 삶과 사색

제2부 **대학과 학문**

말과 글

축하 · 격려 · 인사

일본에서

저술(주요저서 서문)

제3부 신앙과 찬양

‘信’・‘望’・‘愛’

교회 교육

제 1 부
삶과 사색

부조화의 조화

비 오는 밤이면 유학 시절의 기숙사 생각이 난다. 성가신 개구리의 합창 때문에 짙은 불면의 밤이 잦았다.

몹시도 둔탁한 저음을 소유한 놈이 있다. 아마 두꺼비같이 비대한 체구에다 큰 공명 구강을 지녔나 보다. 무던히도 성미가 급하고 신경질적인 놈도 있다. 음정도 높고 '템포(tempo)'도 빠른데다가 '비브라토(bibrato)'까지 곁들여 울어댄다. 그뿐이랴, 시집 못 간 둘째 누나의 서정적인 소프라노도 있고, 맏형뻘 되는 놈의 우람한 극적 테너도 있다. 때론 어린 꼬마들까지도 서툰 아성(兒聲)으로 한몫 끼려 든다.

어느 놈인가 깔끔한 선창(先唱)이 한 모퉁이에서 시작되면, 삽시간에 온 연못은 요란스런 합창제에 돌입하게 된다. 혼성 6부, 7부의 웅장한 대 코랄로 번져 간다. '카논(canon)'을 연상하듯 원근으로 흘러 오가는 감미로운 선율도 있고, '투티(tutti)'로 목이 터져라 부르짖는 열띤 축가도 있다. 느린 연가(戀歌)도 흐르고, 저음의 '피치카토(pizzicato)'까지 동반한 절도 있는 행진곡도 연주된다.

합창이란 부조화를 재료로 하여 조화를 창출하는 위대한 마술인가 보다. 높고 가는 소프라노가 낮고 굵은 베이스와 어떻게 조화될 수 있는가? 뜯어보면 좀처럼 어울릴 것 같지 않은 음색과 개성, 그 분위기가 그처럼 완벽하게 결합되는 것을 보면 참으로 경이롭다.

현대는 관계의 사회이다. 가정에는 부부와 가족 관계, 학교에는 교우와 사제 관계, 직장에는 동료와 선후배 관계로 얽혀 있다. 때때로 우리는 서로 이상이 맞지 않고, 개성이 너무 판이하고, 인생관이 다르다고 하여 이러한 관계의 단절을 결단하려는 사람들을 본다. 무엇이 맞지 않고, 무엇이 판이하다는 것인가?

저 개구리의 합창에 귀를 기울여 보라. 너와 나는 맞지 않다는 그것 때문에 결합될 수 있다고 하는 이 역설적인 진리, '부조화의 조화'를 겸허하게 받아들이자. 그리고는 서로 마주 잡은 두 손을 감격으로 확인해 보자.

≪1981년 7월 4일. 매일신문≫

산새 한 마리

산새 한 마리가 바다로 날아갔단다. 바다를 메우려고 진종일 모래를 물어다 바다에 던졌단다. 그런데 달이 가고 해가 바뀌어도 바닷물은 조금도 변함이 없었단다.

'밑 빠진 독에 물 붓기', '달걀로 바위 치기' 격의 어리석은 산새일 것만 같다. 그러나 하나의 순수한 집념에 지칠 줄 모르는 그 산새는 정녕 위대하다고 평가되어야 할 것이다. 빛도 찬사도 없는 일, 되풀이되는 단순 작업에 흥미도 없는 일, 그 무미한 일에 그렇게 몰두하고 있는 산새이다.

우리는 주변에서 흔히 이 위대한 산새들을 본다.

오늘도 오지, 벽지를 불사하고 지친 다리를 쉴 줄 모르는 집배원 아저씨, 그는 갓 입대한 막내둥이의 사연을 두 손으로 움켜잡은 어느 노모의 환한 얼굴을 바라보며 하루의 피로도 잊고 있는 것이다.

이른 새벽 어둠을 밟으며 5리 길 걸어 예배당을 찾는 할머니가 있다. 그 할머니의 조리 없는 기도 속에는 막연하게나마 이 하루 이 거리의 평화와 질서를 간구하는 대목이 분명 들어 있다.

밤 열차를 타고 시골 역을 지나치노라면 퇴색된 제모에 야윈 할아버지 모습이 차창에 비친다. 깊게 패인 주름살에는 반생의 건널목지기 생애가 역력히 새겨져 있다. 깊은 주름살만큼이나 분명한 충직의 신념 때문에 그 할아버지는 노년에 흔하다던 초저녁잠도 잊으셨나 보다.

"새 나라의 어린이는 일찍 일어납니다.······"

차임벨의 명쾌함과는 대조적으로 원색조차 알아 볼 수 없는 더러워진 마스크, 그 혼탁한 공간 속에 큰 숨 한번 들이쉬지 못하는 환경미화원 아저씨. 이들은 모두 우리 사회에서 빼놓을 수 없는 위대한 산새들이다.

이들은 우리를 대신해서 잠을 설쳤고 발이 부르텄고 먼지를 마셨다. 이 성실하고도 위대한 삶 때문에 나는 오늘 늦잠을 잘 수 있었고, 때론 게으름을 피울 수 있었다. 이들은 위험한 현장을 직면할 때마다 무의식적으로 자기를 투신하는 용기를 가지고 있다. 정녕, 결재 서류에만 익숙한 웃어른들은 현장에는 약하디약하다.

하잘것없는 자선과 봉사에 엄청난 대가를 얻어먹는 이들보다는 얼마나 숭고한 삶을 살고 있는가?

고마운 분들, 이들에게는 신문 지상의 굵직한 활자도, 가슴에 커다란 훈장도 무의미하다. 그저, 어제도 오늘도 모래를 물어다 바다에 던지는 데 전념하고 있을 뿐이다.

≪1981년 7월 11일, 매일신문≫

삶과 죽음의 거리

교통 사고의 현장을 목격한 일이 있다. 단지 두 개의 순간이 잔인하게 만났다는 것, 그게 바로 그 삼대 독자의 귀한 생명을 중앙로에 내동댕이치게 한 장본(張本)이었다. 어찌하여 쌍방은 단 몇 초의 시간 오차를 허여하기에 그토록 인색했단 말인가? '삶'과 '죽음'이 지척에서 손짓한다. 겨우 몇 초 몇 센티의 시공간 속에 이들은 공존하고 있었다. 너무나 용이한 죽음이었기에 살아 있다는 사실을 틈틈이 확인해야 하는 불안이 짙어졌다. 사실, 구천(九天)에 있는 게 '삶'이라면 지축 끝에 존립해야 할 '죽음'이다. 살기만큼이나 죽기도 어려워져야 한다는 뜻이다.

이처럼 현존하는 상반 개념들의 원형은 서로 극과 극의 거리를 유지하는 곳에 머무르고 있었다. 그런데 문제는 본원적으로 격원했던 이들의 양극이 상대를 향하여 깊숙이 접근하고 있다는 사실이다.

접근이란 타협을 의미한다. '眞'과 '僞'가 그렇고, '實'과 '虛'가 또한 그렇다. 우리 주변에 '眞'한 듯한 '僞', '僞'스러운 '眞'이 갈등 없이 대치하고 있다면 지나친 표현일까? 어제까지도 감격으로 지켜보던 '善'이 오늘 돌변하여 '惡'으로 현신한다.

동과 서에 각각 양립되어야 할 '정상'과 '비정상'이 서로 등을 보이며 접근하고 있다. 아니, 이젠 맞붙어 표리가 된 느낌이다. 비정상 쪽에서 보면 정상도 비정상이라는 논리이고 보면……. 어쨌든 편리한 해석이다.

억지를 부린다면 '남'과 '여'의 상대 개념도 마찬가지다. 남과 여의 소성(素性)이 차츰 불투명해져 가는 현실을 본다. 남자는 보드라워져 가고, 여자는 거칠어져 간다. 남자 같은 여자가 급증하고, 여자 같은 남자가 늘어가고 있다. 쉰 듯한 저음의 여가수가 각광을 받고, 거리에 오가는 남성들의 티셔츠가 점점 별난 색조를 띠고 있다. 유니섹스라고 하던가?

실제로 사내아이들은 모두가 소꿉놀이에 넋이 빠져 있고, 계집애들은 검술을 익히는 데 여념이 없다는 남태평양의 사모아섬을 상상해 보라.

아무튼, 양극이 거리를 잃고 동일 범주 속에 공존한다는 사실은 불순한 타협이며 혼돈이다. 진정 '實'에서는 '虛'의 개연성이 완전히 배제되어야 하고, '眞'에서는 '僞'를 상상할 수 없어야 한다. '愛'에서는 '憎'이 전제될 수 없고, '美'에서는 '醜'가 예측될 수 없는 것이다.

그러나 필자는 이러한 상반 개념을 본래의 위치로 환원시켜 보자는 주장에 집착하고 싶진 않다. 다만, 서로 접근하고 있는 현실만을 명확히 인식하자는 것이다. 어쩌면 어느 얘기처럼 접근은 분신에서 일체가 되려는 간절한 향수의 발로인지도 모를 일이니까.

≪1981년 7월 18일, 매일신문≫

'니 배는 똥배'

"니 배는 똥배, 내 손은 약손.……"

부채표 활명수가 무색해지던 엄마의 약손이다. 하지만, 그 위대한 약손 이전에 위력적인 언어가 존재했다는 사실을 우린 간과할 수 없다. 똥배로 무시당하면서도 엄마의 약손을 절대적으로 의지하는 믿음은 언어에서 왔다.

동네 옛 할머니, 햇신부가 얻은 첫 사내아이를 안아 보면서 한다는 말씀은,

"고놈 참 밉상으로 생겼네."

"고녀석 충실하기도 하지."

가 고작이다. 왜 이다지도 칭찬하기에 인색하실까? 요는 방정스런 말 한마디 때문에 옥동자에게 화가 미칠까 두려워하는 심사에서이다.

언어는 마력을 가지고 있다. 우리의 오욕 칠정과 삼라 만상의 말초까지도 묘사할 수 있는 이 언어는 조물주가 준 지상의 선물임에는 틀림이 없다. 그러나 때로는 화약처럼 위태로운 것이기도 하다. 귀중한 것일수록 잘 쓰면 복이요, 잘못 쓰면 화가 되는 것이 많다. 돈과 권력이 그렇고, 지혜가 그렇다.

해서, 論語 學而篇에는 '敏於事而愼於言'이라는 말이 나오고, 특히 옛말

에 '입은 화가 드나드는 문이요, 혀는 자신을 자르는 칼이다.'라는 과장된 경구도 있다. 과묵한 사람이 수다한 사람보다 인격적으로 대우를 받게 되는 것도 말이 화를 자초한다는 사실을 전제하고 있기 때문이다.

오늘도 우리의 생활 전면에서 사고와 행동을 지배해 오던 숱한 말들, 수없이 구사했던 어휘이며, 수없이 생성해 냈던 문장이다. 이 언어 때문에 숱한 내 동료들이 깊은 실의에 빠졌고 모욕을 당했으리라. 내 이웃들이 검은 저주와 분노를 가슴에 안았으리라.

축복의 언어로 우리의 언어들을 다듬자. 병든 이웃에게 주는 위로의 언어이며, 구만 리 장공을 날아오르는 청소년에게 던져 주는 격려의 언어이며, 불운을 만난 내 동료에게 나눠 주는 온정의 언어이며, 굳게 잡은 두 손에 서린 환희의 언어가 그것이다.

따사로운 자애의 언어로 우리의 아들딸들을 양육하며, 밝고 진지한 언어로 우리의 후배들을 가르치자. 위로의 언어를 줄 때 그 위로가 나를 향하여 되돌아오며, 축복과 격려의 언어를 줄 때 그 놀라운 감격이 나에게로 반향되어 오는 언어의 마력을 체험하자.

우리 엄마의 그 자애로우신 말씀 덕분에 내 복통이 멎었다.

'니 배는 똥배, 내 손은 약손.'

≪1981년 7월 25일, 매일신문≫

인생도 푸르고

하늘이 푸르고 바다가 푸르다. 산천이 푸르고 초목이 푸르다. 그 가운데 생멸하는 인생 역시 푸르리라.

푸르게 사고하고 푸르게 사랑하리라. 푸르게 가르치다가 푸르게 늙어가리라.

그 언제부터인지 '綠'과 '靑'에 통칭되는 이 푸른 빛이 나는 좋아졌다. 그건 대자연의 바탕색인 이 빛깔이 우리의 주변에서 너무나 쉽게 퇴색되어 가고 있다는 아쉬움 때문인지도 모른다. 눈을 뜨면 모든 게 노르께하고 불그죽죽하게만 느껴지는 착각마저 든다. 적자 생존 군상들의 핏발 선 눈빛이며, 성하(盛夏)의 낡은 아파트에 이글대는 태양이며, 먼지를 뒤집어쓴 오후의 아스팔트가 모두 그렇다.

흔히들 인생은 자연에서 와서 자연으로 돌아간다고 한다. 이는 무엇보다 자연과 인생이 동색이라는 의미를 강하게 함축하고 있다. 인간이 자연을 닮아야 한다는 것은 이렇듯 당위이며, 생리요, 순리이다.

그래서인지, 인간은 푸름에 대한 태고적 동경을 지니고 있다. 푸른 가슴을 열고 푸른 하늘을 호흡하려 하고, 푸른 내음 나는 푸른 소채를 씹고 싶어 한다. 그뿐이랴, 이른 새벽, 푸른 생수 한 구기를 얻으려고 어느 할아버지는 풀 이슬을 흩뿌리며 이 골짝까지 찾아오셨다.

우리의 인체도 이 자연의 땅덩어리를 닮을 때 최선의 건강 상태를 유지할 수 있다고 한다. 지심(地心)처럼 뜨거운 심장을 가지며, 지표(地表)처럼 냉철한 머리를 가지는 것이 정상이다.

어쩌면 익지 못해 서툰 빛깔인지도 모른다. 싱싱하다 못해 차가운 빛깔인지도 모른다. 하지만, 무르익어 닳아진 주홍빛보다는 순수해서 좋고, 칙칙해서 피곤한 암갈빛보다는 산뜻해서 좋다.

푸름은 생동을 주며 안식의 보금자리를 준다. 희망과 환희로 엮은 푸른 꿈을 우리의 후손에게 유여하며, 전진과 도약을 담은 푸른 조국을 우리의 아들딸에게 물려주자. 늙지 않는 푸른 스승 되어 긍지와 인내로 살아가는 푸른 지혜를 우리의 제자들에게 가르치자. 너와 내가 푸르러지고, 우리가 푸르러지면 이 사회는 푸름투성이. 정의와 신뢰가 그 속에 서식하게 될 것이다.

푸름 속에 나는 많은 소리들을 듣는다. 근면하며, 성실하며, 정직하며, 순수하라는 살아 있는 권고를. 푸름 속에 나는 숱한 긍정을 본다. 오늘도 내 생활 정면에 마주할 푸른 신호등을 열망하면서.

≪1981년 8월 1일, 매일신문≫

디딘 땅이 어디든

요즈음 방영되고 있는 TV 주간 연속극 중 KBS의 '소망(素望)'과 MBC의 '전원 일기'에 눈길이 잦아졌다. 우선 두 작품은 사건 전개의 무대 설정에서 서로 명확한 대조를 보여준다. 한쪽 카메라는 어느 종합 병원의 병실을 크게 겨냥했고, 다른 한쪽은 툇마루 앞의 평상, 댓돌 위의 강아지 한 마리를 무시하지 않은 어느 농촌을 스케치하고 있다.

그런데 이 두 작품에서 두드러진 공통점은 작품 속에 흐르고 있는 인간성 추구의 주제가 강하게 노출되고 있다는 점이다. 비단 자기의 콩팥을 제공하는 어느 사형수의 얘기가 아니라 해도, 극중의 형형색색 크고 작은 삽화들은 모두 휴머니티에 귀결되면서 급기야 우리의 눈시울을 뜨겁게 해준다.

인간은 생동하는 것들 중에서 가장 존귀한 존재이다. 그가 디디고 있는 땅이 어디든, 그가 가진 것이 얼마든, 그가 살아온 생애가 어떠하든, 그는 인간이기에 병들었을 때 고침을 받아야 하고, 불운을 만났을 때 도움을 받아야 한다.

이런 의미에서 작품 속의 두 현실은 인간성 추구를 지향하고 실현하는 보람의 터전으로서 동일한 가치를 지니고 있다. 우리는 이 두 작품 속에서 많은 동류항을 얻게 된다.

포르말린의 냄새와 두엄 냄새는 똑같이 고귀한 생명의 밑거름으로 동류항이 된다. 청진기를 든 희뿌연 손이나 괭이를 잡은 검고 거친 손은 함께 인류의 공영을 위한 위대한 손으로 동류항이 된다. 타는 가뭄에 소나기를 기다리는 농부의 애타는 갈망은 외아들의 마지막 병상을 지켜보는 애끓는 어머니의 심정에 못지 않은 절박한 의미를 지니고 있다.

밤새 큰 수술을 끝내고 곤히 잠든 어느 외과 의사 선생의 체취는 깊어 가는 전원의 모깃불만큼이나 향기롭다. 위암으로 투병하는 어느 할머니를 동정하는 반백의 할아버지, 그의 맹목적인 사랑은 전원극 속의 '일용이' 엄마가 구사하던 사투리의 어조만큼이나 정겹고 따스하다. 결국, 상이한 삶의 현장도 인간성 존중이라는 대전제하에서는 동일한 의미와 보람을 구비하고 있다는 얘기다.

왜 농촌을 떠나려 하는가? 보라, 고개만 들면 빌딩의 숲이 그어 놓은 직선과 직선, 낮게 드리운 허공에 웅크리고 있는 매연의 무거운 위협, 쫓고 뛰고 부딪치는 인파들의 열기, 이 속에서 눈이 지치고, 코가 지치고, 마음이 지치고……

전원이 그리워져야 한다. 더군다나 지극히도 짤따란 인생이고 보면. 진정, 냉해와 병충해, 비료 값 폭등이라는 순수한 농촌의 고민은 이웃집처럼 값비싼 장롱을 얻지 못해 불면하는 도시의 고민보다 가치 있는 것이다.

아울러, 더 분명한 고백 하나는 도심지 한복판에서 태어나서 앞집 추녀 끝만 쳐다보며 반생 이상을 살아온 필자 자신도 전원의 값진 고민을 모르는 무미한 인간임에는 틀림없으리라는 자조 섞인 푸념.

≪1981년 8월 8일, 매일신문≫

적정선(適正線)을

중학 시절에 "세 개씩 나눠 주면 두 개가 남고, 네 개씩 나눠 주면 두 개가 모자란다면 사과는 모두 몇 개인가?"라는 이원 연립 방정식을 풀어 본 기억이 난다. 이 수수께끼 같은 문제로부터 산뜻한 정답을 얻어내고도 어딘가 남고 모자란다는 상념 때문에 개운치 않은 심회를 안아야 했다. 문제 속의 사과를 균배하기 위해서는 어쩔 수 없이 그 중의 몇 개는 조각이 나야 했다.

우리 안면에 있는 이목구비는 서로 '寸'을 양보하지 않는 인색함과 스릴로 배치되어 있다. 미인이란 결국 그 '寸'이 왜곡되는 위기를 교묘히 탈출하여 제 자리를 지키고 있는 조화에 불과하다고 할 것이다. 두 눈이 조금만 오르내렸거나 좌우로 도망질쳤거나 서로 접근해 왔다고 하면, 그는 결코 미인이 될 수 없었을 게다. 요는 안면 공간 속에서의 구성 요소들은 잔혹할 정도로 일탈을 허용하지 않는다는 얘기다.

암실에서 사진 인화를 하고 있는 친구 곁에 앉았노라면 또 그런 생각이 든다. 인화지 위에 비치는 확대경의 불빛이 몇 초만 방치되면 시커멓게 타 버리게 되고, 몇 초만 인색해지면 흐리뿌연 것이 되고 만다. 그 때문에 작업실 속에서 그는 시간 감각을 빼앗는 나의 감미로운 얘기를 꺼린다.

한 치를 더하면 지나치고, 한 치를 빼면 부족한 것. 물감 한 방울 때문에 너무 짙어진 색조, 간장 한 숟갈 때문에 너무 짜진 찌개 맛. 이처럼 현존하는 만상은 그 대부분이 적량 적정되지 않은 채로 내동댕이쳐져 있다.

실로 우리의 삶 가운데 걸치면 딱 들어맞고, 나누면 소수점 없이 딱 떨어지는 현실을 만나기란 엄청난 행운을 짝해야 가능한 것이다. 어쨌든, 맞지 않은 현실을 적정하기 위해 현대인들은 '寸'을 다시 쪼개어야 하는 고통을 감수할 수밖에 없다. 실상, 촌보(寸步)가 쌓여 최정상을 정복하게 되고 촌각(寸刻)이 모여 영원을 형성하는 걸 보면, '寸'도 분명 적은 수치는 아닌 모양이다.

인격이란 일종의 평형이라 할 수 있다. 이는 적정선을 취하려는 번민의 의미와도 상통한다. 하나를 더 먹어 과식이 되고 하나를 덜 먹어 허기증을 느낀다면, 그 하나의 형태가 어떻든 반으로 쪼개어 먹는 것이 인격이란 말이다.

우리 주변에 만연되어 있는 풍조, 머리가 되지 않으면 꼬리가 되겠다는 첨단 의식 속에 이 적정선은 생존해야 한다. 휘어지기보다는 부러지리라는 극단의 사고 속에 이 적정선은 건재해야 한다.

구태여, '과불급'(過不及)을 지양하고 '불편 부당'(不偏不黨)을 추구하는『中庸』의 도에는 귀의할 수 없다 해도, 우리의 사소한 생활 언저리에서 이 적정선을 모색하는 노력은 현대를 사는 생활인의 예지로 길이 빛날 것이다.

≪1981년 8월 15일, 매일신문≫

영특한 그들

"아이 앰 해피."

오래 전 어느 미국 선교사의 가정을 방문했을 때, 세 살과 다섯 살박이 두 사내놈이 연발하던 말이다. 그들은 모국을 떠나와 낯선 이 땅에서 태어났고, 친구라곤 형과 아우, 놀이터라곤 제집 정원 아니면 아버지의 지프 안이 고작이었다.

이 제약된 환경을 밟고 서 있는 두 아이는 우리 자녀보다는 훨씬 불행한 걸음마를 하고 있다는 생각이 들었다. 그런데도, 그토록 자주 자신의 행복을 입으로 확인해 가고 있는 꼴은, 물론 제까짓 놈이 행복이 무엇인지 어찌 알랴만, 그냥 입버릇만의 것은 아닌 듯 싶었다.

우리는 앞서 간 사람들의 행복론에 곧잘 귀를 기울이게 된다. 알랭(Alain)은 행복의 원천을 마음의 균형에서 찾았고, 힐티(Hillty)는 불행의 정돈에서 구했다. 러스킨(Ruskin)은 진실에서 행복이 파생된다고 믿었고, 세네카(Seneca)는 험난한 길에서 도래한다고 외쳤다. 제각기 소유한 행복의 양태가 다르듯이 그 개념도 각양 각색일 게다.

몇 해 전 역시 행복이란 주제를 놓고 남녀 대학생들끼리 토론을 벌인 적이 있다. 무지개를 휘어잡으며 백마 탄 왕자를 꿈꾸고 있는 젊음이었기에 실로 낭만과 사치투성이의 행복론이 다투어 제기되었다. 그 중에도

'지극히도 짧은 것, 잡았다 하면 이미 달아나 버린 것, 품었다 하면 이미 멀리 사라져 간 것, 그게 행복'이라는 대목은 지금도 나의 뇌리에 역력히 살아 있다. 어쩌면, 이 땅 위에 존재하지 않는 행복을 인간은 싫도록 향유하고 있는 게 아닌가도 싶었다.

나는 두 꼬마가 남발하던 그 행복이, 비탄과 좌절을 쫓아 주고 희망과 환희를 어린 가슴에 심어 주려는 그들 부모의 따스한 애정에서부터 생성되고 있음을 알았다. 그 긍정감과 만족감은 필경 그들을 진취적이고 낙천적이며, 적극적인 인간상으로 성장시켜 줄 것이다.

돌이켜, 우리의 가정으로 눈길을 돌려보자. 그 티 없이 맑은, 맑다 못해 푸른 눈망울에 무엇을 비춰 주고 새겨 주었던가? 사흘이 멀다 하고 잦은 부부 싸움, 가난보다 더 심각한 엄마의 넋두리, 이게 영롱한 어린 가슴을 피가 나도록 할퀴어 놓았다. 이 부질없는 전장에 백의의 어린것들이 어처구니없이 화해의 사절 노릇을 해야 하니 뼈아픈 장면이다. 평생에 단 한번, 들고 있던 물바가지를 마당에 내동댕이치시던 어머니를 의아스럽게 바라보았다던 어느 명사의 고백이 기억난다.

자녀 사랑이라는 명분은 한갓 끝없는 부모 욕망의 변신에 불과하고, 목적을 위해선 거짓과 과장된 수단 방법도 불사하는 이지러진 어버이들을 영특한 그들은 멍청한 체하며 바라보고만 있는 것이다. 과연 그들의 언어 속에 행복이란 말이 존재할까?

시나 노래에서 흔히 만나는 행복이 아니라, 오늘 우리 가정 속에서 우리의 아들딸들이 알뜰히 누리는 행복이 영특한 그들의 언어 속에 차고 넘치게 하라.

≪1981년 8월 22일, 매일신문≫

어른 아이

"요놈은 어린애가 아니야, 말과 행동이 그렇게 어른스러울 수가 없으니까 말이야."

"글쎄, 고놈 속에는 영감이 들었다니깐."

초등학교 2년생의 머리를 쓰다듬으며 주고받는 동네 어른들의 얘기에 마냥 흐뭇해하는 그의 어머니다. 덩달아 어느 아낙네도 제 자식 자랑에 침이 마르는 불출을 연출한다.

"우리 둘째 놈은 확실히 정신 연령이 높은가 봐. 제보다 다섯 살 위인 중학생들하고만 어울리려는 걸 보면."

골목 한 모퉁이에서 이런 얘기들을 훔쳐 듣노라면, 그 무엇에 대한 상실감에 쓸쓸해지기가 일쑤다. 왜 어린애들로부터 어른의 모습을 기대하는가? 그건 연륜에 걸맞은 제 모습을 유린당하는 비극의 한 형태이다. 아이들은 아이다워야 하며, 그들의 원형은 그대로 보존되어야 한다.

나무의 나이테를 보라. 봄 한철 씩씩하게 자라던 세월, 겨울이 되어 호흡조차 폐칩된 삶의 흔적을 또렷이 새기며 자라 가고 있지 않은가? 인생도 살아 온 연륜이 명확하게 새겨질수록 의미 있는 삶을 영위했다 할 것이다.

그 속에는 성겼든 조잡했든 간에 어느 개구쟁이 시절의 나이테도 분명히 새겨져 있어야 한다. 미완의 연륜을 소유하지 못한 자는 완성에로의 지향이 불가능하다. 언제, 어떻게, 무얼 하며 자라 왔는지, 아니 자라 왔다기보다는 자라져 온 사람은 나이테 없이 둥치만 굵어진 나무와도 흡사하다. 그들의 절박한 고백은 소유하지 못한 어린 시절을 통한하는 후회가 전부일 것이다.

왜 어린이의 체구에다 반백이 된 장년의 머리통을 접목시키려 드는가? 왜 새처럼 가냘픈 가슴에다 고래같이 커다란 심장을 이식하려 드는가? 조숙이란 오히려 불행의 의미를 내포하고 있는 것인지도 모른다. 10살짜리는 그 연륜이 점유하고 있는 세계만큼의 사고와 행동으로 족한 것이다.

야구공으로 창문을 깨뜨리던 말썽꾸러기의 시절을 만끽하도록 내버려 두라. 노트 구석마다 자학과 푸념으로 메우던 초라한 시인의 계절을 향유하도록 도와주고, 그 사춘의 연륜을 마음껏 고민하도록 버려두라.

구공을 비상하는 독수리 같은 기품과 터무니 없는 내일의 망상이 갈등 없이 공존하는 모순된 자신을 발견하고는 한바탕 실소하도록 그대로 내버려 두라. 온감 있는 커피 한 잔에 숱한 의미를 부여하면서 따스한 우정과 사랑을 경험하도록 해 주라. 무수한 계획에 거듭되는 시행 착오, 실의하고 또 좌절하면서도 다시 그 자리에서 일어서는 노력이 반복되게 방치해 두라.

이렇듯, 명확한 자기 연륜을 그리면서 자라온 사람은 그의 삶 속에서 "가자, 가면 길이 있다."라는 의지와 "바쁠수록 돌아가야 한다."는 지혜가 어느 명사의 얘기가 아니라, 절실한 자기 고백으로 용해되고 있음을 발견할 것이다.

우리는 동네 어머니들의 얘기를 수정해야 한다.

“요놈은 진짜 어린애야, 말과 행동이 요토록 어린애다울 수가 없으니까
말이야.”

≪1981년 8월 29일, 매일신문≫

마라톤 한국

마라톤만큼이나 고독한 극기의 스포츠가 또 있을까? 겨우 두 자 남짓한 촌보를 모아 장장 1백 5리를 달려야 하는 인내야말로 초인적인 자기 성취라 아니할 수 없다. 다른 스포츠처럼 득점 순간에 터지는 우레 같은 함성도 없다. 짧은 왼손 주먹 하나에 상대가 허물어지는 뚜렷한 승리의 쾌감도 없고, 철벽 같은 방어를 미꾸라지처럼 뚫고 들어가 골인하거나, 백구를 창공에 날려 관중을 열광시키는 홈런의 통쾌함도 없다. 은세계의 산야를 종횡 무진 누비는 호쾌감도, 물개처럼 수면을 미끄러져 가는 감미로움도 없다.

그저, 이글대는 태양을 바라보며 가도 가도 끝없는 가로수와 끈적거리는 아스팔트길, 그 위에 비취는 자기 그림자를 밟으며, 한 줄기 몰려오는 강바람에 미소 지을 뿐이다.

'시작이 반'이라는 터무니 없는 속담을 씹으며 첫 코스를 달리고, 멀지 않아 절반이 되리라는 소망 속에 다음 코스를 달린다. 곧 내리막이 이어지리라는 기대감으로 언덕길을 용케도 오르고, 확실히 존재하는 결승점을 그리면서 이마의 땀을 훔친다.

'마라톤 한국'은 86 아시안게임과 88 서울올림픽을 대비하기 위한 표어만으로 그쳐서는 안 된다. 필경 이는 애국 충정의 숭고함에 결부되어야 하는 정신 스포츠이다. 그리스의 전령병 페이디피데스를 생각해 본다. 마라톤 전장의 승전보를 전하기 위해 아테네까지 달려가 쓰러졌던 그의 끓는 조국애를 오늘에 다시 되새겨 본다.

지난 4월 24일 한강변에서 열렸던 '서울 국제 마라톤 대회'에 참가한 7천여 건각만이 아닌, 4천만 겨레 모두가 통일에의 의지를 두 손에 움켜쥐고 백두산, 두만강까지 달려가야 한다. 그 길이 얼마나 멀고 험난하며 외롭고 고달픈가 하는 것은 마라토너들에게는 숙명적으로 감수되지 않으면 안 되는 필연이다. 목이 마르고 숨이 차고 발바닥이 부르터도, 이 길은 우리가 가야 할 길. 우리는 조국과 민족을 짊어지고 달려야 한다.

진정, '마라톤 한국'은 통일에의 마라톤으로 승화되어야 할 것이다.

≪1983년 5월 2일, 매일신문≫

물고기의 떼죽음

"요놈은 인물도 좋고 빛깔도 좋으니 한 짝에 기만 원씩은 수월케 받을 거야."

후지 능금 한 개를 두 손으로 닦으며 감격해 하는 어느 과수원집 아저씨였다. 외형 하나로 상품 가치의 판단은 이미 끝난 셈이다. 그저 곧고 반듯해야 하고 우람하게 커야 하며 산뜻한 빛깔을 가져야 한다.

그러나 그 아저씨는 외형을 바라보는 기쁨만큼이나 짙은 고민의 아이러니를 함께 지니고 있었다. 그건 탐스런 결실을 위해 그의 땀만큼이나 투여한 농약의 불안 때문이었다.

우리의 들판에 메뚜기가 사라진 지 오래고, 봇물 속의 우렁이는 전설 속의 존재로 묻혀 버렸다. 벌, 나비들이 유실수 꽃들을 외면하고 있다고 한다.

동구 앞에 흐르는 얕은 개울마다 놀던 미꾸라지와 피라미 떼들이 종적을 감추었다. 윤기 흐르던 땅들이 지력을 잃고 희뿌옇게 거칠어 간다. 그래도 해마다 맞이하는 대풍은 비를 내리게 한 기우제의 덕분인가? 쌀통 속에 쌀벌레가 생기지 않는다고 좋아하는 부녀자의 가슴속엔 무언지 야릇한 불안이 도사리고 있다.

도시는 더 말할 나위도 없다. 빌딩보다도 낮게 드리운 대기에 웅크리고 있는 매연, 파란 빛깔마저 잃어버린 채 칠흙빛으로 변해 가고 있는 강바닥의 폐수, 도회 변두리마다 뿜고 토하는 가스와 오물들의 위협……. 이런 것들로 오염된 생선을 우린 먹었고, 그것이 채 침전되지도 못한 우물물을 우리가 마셔 왔다고 생각해 보자.

"애들아, 과일은 껍질 부분에 영양이 많으니 벗기지 말고 먹어라."

오래 전 얘기가 아니다. 수년 전 우리의 자녀들에게 타일러 주던 엄마의 얘기였다. 지금 이 얘기를 다시 자신 있게 들려줄 수 없는 것은 무슨 연유인가?

지극히 당연한 향수. 외형은 왜곡되고 왜소하여 볼품 없지만, 오염에서 벗어난 순수한 맛을 우린 동경하고 있다. 작고 썩은 게 맛이 있다고, 그런 능금만을 골라 먹던 우리의 어릴 적이 그리워진다. 삶에 대한 날카로운 애착만큼이나 오염으로 서서히 죽어 가고 있다는 사실에 둔감해진 현대인의 아이러니를 직시하라.

며칠 전 신문 지상에 보도된 금호강 물고기의 떼죽음은 어쩌면 공해 속에 찌들어 죽어 가는 우리 자신의 모습을 보는 것 같아 섬뜩한 느낌마저 떨쳐 버릴 길 없다.

≪1983년 6월 13일, 매일신문≫

'인스턴트' 인생

물 한 잔 타면 주스가 되고 커피가 되고, 끓는 물만 부으면 수프가 되고, 라면이 되고…….

오늘날 우리들은 인스턴트 시대에 살고 있다. 이는 속도를 요구하는 현대인들의 생활과 함수 관계를 가지면서 개발되어 온 산물들이다. 심지어 서너 시간을 우려내야 약효가 있다는 한약조차도 정제 한 알에 농축되어 있다. 셔터를 누르기 무섭게 튀어나오는 폴라로이드(polaroid) 카메라 사진을 바라보노라면 더욱 그런 생각이 든다.

그뿐이랴. 요즈음 우리 주변에는 속성반이라는 게 인기리에 늘어가고 있다. 자동차 운전 교습을 비롯하여 여러 가지 기술과 자격을 취득하기 위한 연수, 주산과 암산, 속독과 웅변, 말 교정까지도 속성 과정이 도입되고 있다.

유한하고도 짧은 인생이고 보면, 주어진 시간을 아껴 쓰려는 것은 어쩌면 경제성과 효율성을 추구하는 인간에게는 본능적 욕망의 발로라는 긍정적인 생각도 든다. 또한 바쁘게 산다는 것은 장수하는 것으로도 계산될 수 있다. 하루를 40시간 이상으로 사는 사람은 6순을 살아도 백수를 했다는 계산이 나오기 때문이다.

그런데 문제는 우리의 사고조차도 차츰 인스턴트식이 되어 가고 있다는 데 있다. 매사를 화끈하게 속전 속결하려 하고, 중대한 일을 앞에 두고도 속단을 서슴없이 감행하고 있다. 이 때문에 우리의 고유한 전통이라던 은근과 끈기가 퇴색되고 있는 것이다.

뜸이 덜 든 밥을 설익었다고 한다. 바로 이 인스턴트적 사고가 인간을 설익게 하고 사회를 설익게 하는 장본이다. 뿌리는 팽개치고, 예쁘고 달콤한 꽃과 열매만을 의식하는 두뇌로 변질되고 있다. 본질보다는 임기 응변이 각광을 받는 풍조가 만연해 지고 있다.

옛날 서당 훈장이 어느 도련에게 5년 동안 『童蒙先習』만을 가르치다가 쫓겨났다는 얘기가 생각난다. 그런데 놀랍게도 그 도련은 『四書三經』까지도 숙지하고 있었다고 하지 않았는가?

인생사에 인스턴트로 형성되는 것이라곤 하나도 없다. 인격이 그렇고, 교양과 지식이 그렇다. 그저 몇 년간의 교육과 수련, 몇 권의 독서로 인격자가 되고 지식을 갖춘 교양인이 될 수는 없는 것이다. 천신 만고(千辛萬苦), 칠전 팔기(七顚八起), 절차 탁마(切磋琢磨)의 과정이 거듭됨으로써 거우 형성되는 것이 인격이요, 교양이다.

우리 집 딸아이의 피아노 진도가 가속되기를 바라지 않는다. 속성이란 미숙의 위험을 동반하고 있기 때문이다.

≪1983년 6월 27일, 매일신문≫

내 누님같이 생긴 꽃이여

그립고 아쉬움에 가슴 조이던
머언 먼 젊음의 뒤안길에서
인제는 돌아와 거울 앞에 선
내 누님같이 생긴 꽃이여.

가을의 애송시 '국화 옆에서'의 제3연이다.

흔히, 시학을 하는 사람들은 이 시의 주제에 대해 논하기를 제재인 국화를 통한 '생명의 신비와 존엄성', 또는 누님에 영상된 '중년기 한국 여성의 안정미'를 읊었다고들 한다.

어쨌든, 작자 서정주님은 이 시에서 국화와 내 누님의 두 이미지를 오버랩시킴으로써, 시작의 의취와 시상을 전개해 가고 있는 것만은 틀림없다.

대학 시절 어느 늦가을의 기억이다. 11월의 합창제를 위한 준비 연습이 석 달 전인 9월서부터 연일 이어졌다. 당시 지휘를 맡았던 나는 피날레의 막이 내리자 쏟아지는 박수 소리만큼이나 허전한 가슴을 가눌 길이 없었다. 그 공허감이야말로 출연자 모두에게 공통되는 감정이었다. 그도 그럴 것이, 단지 하룻밤의 무대를 위해 우린 그토록 오랜 날의 인고를 감내해야 했기 때문이다.

집으로 돌아오는 내 텅 빈 가슴속엔 그나마 국화 몇 송이가 담뿍 웃음을 머금고 있었다. 그해 겨울맞이는 그것만으로 충분했다.

국화는 온 가을을 지키는 외로운 파수꾼이다. 낙목 한천(落木寒天)에 홀로 피어 있는 자태는 분명 군자의 기품을 지녔건만 어딘지 모를 외로움이 있다. 그 까닭에 고산(孤山)의 「오우가(五友歌)」 가운데도 제외되었나 보다. 오상 고절(傲霜孤節)의 모습이 너무나 고고해서 그렇게 외톨이가 되었을 게다. 삭풍의 난무에 시달리면서 쇠잔한 낙엽들이 보도에 실려 간 뒤에도, 차라리 얼어 죽을지언정 군화(群花)와 짝하지 않으려는 의지와 오만이 있다. 지난밤 내린 무서리에 함초롬히 젖어 있으면서도 타다 남은 태양을 그리지 않는 절개가 있다.

내 누님같이 생긴 꽃이여.

나는 노란 꽃 잎사귀 한 잎 두 잎을 들여다보며 숱한 삶들을 상념하게 된다. 아니 숱한 삶의 고뇌를 응시하고 있다.

봄비에 소망과 환희를 안고 우리 집 화단에 심겼고, 멀리 소쩍새의 피나는 사연을 밤새껏 들으면서 성장했다. 여름철 지겹던 장마를 이겨냈고, 따가운 태양엔 고개를 숙였다. 잦은 진디물의 성가심에도 꿋꿋하게 인내해 왔다. 무거운 천둥의 위협에도 묵묵했고, 곁에서 피고 지는 백화(百花)의 생애를 말없이 지켜보기도 했다. 어쩌면, 현란하고도 단명한 그들의 일생에 해설품을 지녀 왔는지도 모른다.

이렇듯 인고의 나날의 독백들이 이제야 한 잎 두 잎 노랗게 하얗게 옷

을 입었다. 거울 앞에 선 자신의 모습을 관조하고 있는 것이다. 고뇌를
인내해 온 자신의 역사를 오만스러우리만큼 대견스럽게 바라보고 있는 것
이다.

젊음의 뒤안길에서 돌아 온 우리 누님.

때로는 스민 그리움과 아쉬움에 가슴 조이기도 했고, 잦은 풍상과 회한
을 숙명처럼 감수하려던 우리 누님이었다. 절망과 좌절에는 눈을 감아 묵
묵했고, 짧은 행복에는 옅은 미소를 띠기도 했다. 그러던 우리 누님도 이
제 40대가 되었다. 공자의 불혹을 터득한 연륜이 된 것이다.

꿈틀거리는 금욕에 군살이 붙은 여인이 아니다. 현실에 매정하게 물어
뜯긴 생활인도 아니다. 그저 달관이라는 주름살이 가르쳐 준 까다롭지 않
은 삶의 원리를 체득한 여인이다.

이젠 돌아와 거울 앞에 섰다. 자신의 중년의 삶을 관조하고 있는 것이
다. 청상에 홀로 되어 돌아온 소복의 여인은 아니라 해도 퇴색된 듯 연보
라빛 한복으로 단장한 모습일 게다. 뾰족하고 화려한 바이올린보다는 부
드럽고 검소한 어느 목관 악기의 음색을 닮았을 게다. 조금 무겁지만 그
다지 청승스럽지 않은 단조의 알토를 소유하고 있을 것이다.

밤을 지새우며 끝없는 얘기를 들려주던 단아한 누님이다. 그 노래 속에
가을은 저물고 음산한 겨울의 입김이 다가선다.

가랑잎 데굴데굴 어디로 굴러가니.
발가벗은 이 몸이 춥고 추워서
따뜻한 부엌 속을 찾아갑니다.

내 누님같이 생긴 꽃이여.

너는 순교자의 고결한 소명을 지닌 거룩한 존재이다. 너의 향기는 벌 나비를 유혹하려는 천박한 것이 아니라, 헌신과 사랑의 도구로 쓰이는 고귀한 것이다. 그랬기에 너의 향기는 어느 죽어 가는 사람의 병실에 가득했고, 그의 관을 시들도록 지켜 주었다. 너는 사랑하는 이의 무덤을 찾아온 여인의 가슴속 깊이 안겨 해가 저물도록 만단 정화하였다.

가을이 저문다. 창턱에 야윈 북풍이 머물고 있다.

내 온 가을을 지켜 주던 이 한 송이의 국화를 누군가 정겨웠던 사람에게 보내고 싶다. 얼마 전 조서(早逝)한 Y형의 묘소 앞에도 이 한 송이를 드리고 싶다.

옛날 풍상이 섞어 치던 날에 활짝 핀 황국(黃菊)을 옥당(玉堂)에 내리신 명종 임금의 성은을 되새기면서.

《1983년 11월 1일, 『동아백화점 사보』 32》

다섯 순간 이야기

Nathaniel Hawthorne의 단편 소설 『David Swan』을 읽은 적이 있다. 청년 David Swan이 공용 마차를 타고 보스턴에 사는 삼촌 집을 찾아가고 있었다. 그런데 잘 달리던 마차는 어쩌다 바퀴에 고장을 일으켜 그만 멈추어 서고 말았다. 바퀴를 손질하는 동안 Swan은 마차에서 내려 근처에 있는 호숫가에서 잠시 쉬게 되었다. 피곤했던 그는 물 한 모금을 마시고는 그만 잠이 들어 버렸다. 그가 잠든 짧은 시간에 세 차례의 행운과 비운이 그의 곁에 다가왔다 사라졌던 것이다.

첫 번째 행운은 지나가던 은행장 노부부가 Swan의 잠든 모습을 바라보게 된 것이다. 얼마 전 외아들을 잃은 그 부부는 청년을 보자 그를 양자로 삼아 자기 재산을 물려줄 생각을 했다. Swan이 잠에서 깨어나기를 기다렸지만 끝내 깨지 않아 그냥 지나치고 말았다.

두 번째의 행운은 한 아름다운 소녀가 그 곁에 다가온 것이다. 곤하게 잠든 Swan의 평화로운 모습에 반해 잠을 깨워 청혼이라도 할까 했지만, 이러한 사실을 모르는 그는 안타깝게도 잠에서 깨어나지 않았다.

세 번째는 강도들이 그에게 다가와 그를 해치고 머리 밑에 베고 있는 보따리를 빼앗아 가려고 했다. 그 순간 마차로부터 출발 소리가 들려 왔다. 그때서야 비로소 그는 잠에서 깨어났다. 지금까지 곁에서 벌어진 일들을 알 턱이 없는 그는 마차 위에 올라 목적지를 향해 달렸다는 이야기다.

고등학교를 졸업한 나는 뜻하지 않은 어려움에 부딪쳤다. 가정 형편으로 서울로의 진학이 어려워진 것이다. 당시 공직에 계셨던 아버지께서 갑자기 퇴임하시고 가산이 기울기 시작했기 때문이다. 그때 우리 7남매는 모두가 초등학교에서 대학교까지 다니는 학생들이었다. 매달 엄청난 학비가 필요했던 당시, 차남인 내가 서울 유학의 길을 떠난다는 것은 생각하기조차 어려운 정황이었다.

나는 실의에 빠져 주저앉고 말았다. 고교 3년 과정 동안 밤을 새워 가며 익혀 온 공부가 허공으로 달아난 것이다. 생애에 처음 겪는 좌절이었다. 그로부터 장장 3년이란 세월 동안 학업을 완전히 팽개쳐 버렸다. 그저 시름을 달래려고 몸부림치며 가까이 한 것은 음악이었다. 피아노 공부를 하면서 스스로 작곡의 기법을 익혔다. 당시 일기를 쓰듯 하루 한 곡씩의 소품들을 남겼다. 그 노래 속에는 내 삶의 애환과 슬픔이 소박하게 담겨 있었다.

2년을 그러고 나니 징병 신체 검사 통지서가 날아왔다. 나는 아무 생각 없이 검사를 받았다. 건장했던 나는 갑종 판정을 받아 이듬해 4월 입대 영장을 접수하게 되었다. 그때부터 내 마음속엔 예상했던 초조감이 감돌기 시작했다.

"대학에 가야 하는데, 입대하게 되면……."
하는 생각은 날이 갈수록 더욱 나를 불안하게 했다. 2년 이상 버려둔 책들을 꺼내 보니 먼지가 두껍게 쌓여 있었다. 책을 펴니 생소한 내용들이

나를 외면하는 듯했다. 게다가 그해부터 국정 교과서가 개편되어 상황은 더욱 어렵게 전개되어 있었다. 뛰어났던 암기력도 어디에 가 버리고 영어 단어 하나도 제대로 머릿속에 남아 있지 않은 것 같았다. 내년에 군에 입대하게 되면 다시는 대학의 문에 들어설 수 없다는 사실이 자명해졌다. 그러나 어찌할 도리가 없었다. 집안 사정은 해가 갈수록 더 어려워졌고, 게다가 나에게 남아 있던 자신감마저 소멸되어 간 것이다.

그해 우울했던 성탄절을 보내고 나니 1965년 새해가 어김없이 밝아 왔다. 1월 6일, 그날도 나는 방바닥에 누워 라디오에서 흘러나오는 음악을 듣고 있었다. 오후 4시가 되자 지방 뉴스가 들려 왔다. 아나운서는 원서 마감을 한 시간 앞둔 국립 경북대학교의 지원자 경쟁 비율이 4대 1 정도 된다는 소식을 전해 주었다. 나는 그 소리를 듣자 미친 듯이 자리에서 벌떡 일어났다.

"올해 4월이면 입대해야 한다. 그렇다면……. 어차피 군에 가야 한다면 어디든 한번 시험을 쳐 보기라도 하자."

이렇게 생각한 나는 평소 염두에 두지 않았던 경북대학교에 시험을 치기로 한 것이다.

원서를 쓰려고 집 가까이 있는 모교 경북대 사대부고를 찾아갔다. 마침 수험생들의 원서 작성 때문에 대기 중이시던 선생님이 일을 끝내고 퇴근 채비를 하고 계셨다. 만일 그때 그 선생님을 만나지 못했다면 난 경북대학교와는 관계가 없는 몸이 되었을 것이다. 그러나 막상 원서를 쓰려고 하니 지망 학과를 선정할 수가 없었다. 재학 시절 자연계 반에서 공과대학 건축공학과에 가겠다고 공부해 온 터이라 마땅한 학과가 눈에 들어오지 않았다. 당시 경북대에는 공과대학이 없었던 때였다. 선생님과의 몇 차례 이야기가 오고 간 끝에 문리과대학을 지망하게 되었다. "학문을 연마하고 인격을 도야하는 대학 중의 대학"이라고 말씀해 주셨다. 나는 그 말씀이 귀에 들어오지 않았다. 입학하여 대학에 다니겠다는 생각은 추호도 없었기 때문이다. 그저 한번 응시해 본다는 것 외에는 아무런 의미도 바람도 없었다. 학과도 문리과대학(현 인문대학, 사회대학, 자연대학의 통합대학) 13개 학과 중 생각지도 않았던 국어국문학과를 썼다. 단지 학과 순서가 맨 앞에 있었기 때문이다.

입학 원서를 들고 대학으로 달려갔다. 이미 마감 시간이 끝나 접수 창구에는 마지막 늘어선 줄만이 나를 기다렸다. 맨 끝이었다. 당연히 수험 번호도 끝번이다. 원서를 접수하고 집에 돌아온 나는 참담한 마음을 가눌 길이 없었다. 물론 원서를 낸 사실을 부모님께는 한 마디도 얘기하지 않았다.

2월 1일로 예정되었던 입학 시험 날짜가 구정과 겹쳐 며칠 연기되었다. 원서를 내기는 했지만, 나는 그 며칠 동안도 시험에 응하리라고 생각하지 않았다. 그러면서도, 입시 당일이 되자 낡은 외투를 걸치고 대학으로 향했다. 나에겐 3년 아래인 여동생이 있다. 그 아이의 친구들을 그 자리에서 만났다. 그 당시에는 명문 대학에 가기 위해 재수, 삼수를 하는 것은 생각하기 어려운 정황이었는데, 나는 3년을 묵혀 여동생 친구들과 함께 시험을 치게 된 것이다. 오랜 세월 책에서 떠나 아무 준비 없이 받아 쥔 시험지였지만, 이왕 시작한 것이니 해 보자고 이를 악물었다.

그 당시 국립대학교의 본고사 시험 과목은 전국 공통으로 5개 과목이었다. 국어, 영어, 수학의 필수 과목과 사회와 과학 중 하나씩을 선택하도록 했다. 이틀에 걸쳐 치러진 시험의 첫날은 국·영·수였다. 첫 시간 수학 과목 문제지를 받아 들었다. 3년 전 자연계 반에서 열심히 공부했던 나는 그 동안의 공백에도 불구하고, 문과 수학의 주관식 문제 11개 문항을 거침 없이 풀어 내려갔다. 모르는 것이 하나도 없었다. 부등식, 번분수, 2차 방정식, 기하, 삼각 함수, 확률, 통계 등의 문제가 골고루 출제되었는데, 수험 표를 뒤집어 놓고 검산까지 했지만 하나도 틀린 것이 없었다. 그래도 시간이 남아 시험 종료 시간 전에 답안지를 제출했다. 그 시험에서 내가 99점을 받았다고 훗날 어느 교수님께서 말씀해 주셨다.

둘째 시간에 영어 시험이 치러졌고, 그리고는 점심 시간이었다. 영어 시험을 끝낸 나는 생각 없이 20분간 버스를 타고 집에 돌아왔다. 점심을 먹고 나니 오후 시험을 치러 가고 싶은 마음이 생기지 않았다.

"그만둘까?"

몇 번을 망설이다가 이미 내친 일이니 오후 시험도 치기로 하고 집을 나섰다. 그 당시 경북대학교 교정에는 시내 노선 버스가 다녔다. 집 앞 버스 정류장에서 차를 기다리고 있는데 좀처럼 버스가 오지 않았다. 시각을 보니 지금 타고 간다고 하더라도 늦을 것이 확실해 졌다.

"그만 집에 돌아갈까?"

하고 생각하는 순간, 내 머릿속에는 기막힌 운명의 도박이 벌어지고 있었다. 5분만 더 기다려 보고 버스가 나타나면 타고 가고, 오지 않으면 집에 돌아가겠다고 마음을 정한 것이다. 나는 그걸 하나님의 뜻에 결부시켜 놓았다. 결국 그 5분은 내 생애의 행로를 결정짓는 관수(關數)가 된 것이다.

그러던 중, 저 멀리 기다리던 버스가 보이질 않는가? 무의식적으로 그 버스를 탔다. 지금 빨리 닿는다 해도 5분 이상은 늦어질 것이 분명했다.

시험장에 도착하니 예상대로 5분이 늦어졌다. 예종이 이미 울렸고 시험지가 배부되고 있었다. 감독하시던 연세 높으신 두 교수님은 내가 지각한 연유를 물으셨다. 나는 학교 주위의 식당이 마땅치 않아 집까지 갔는데, 돌아오는 차편 때문에 늦었다고 정중하게 말씀 드렸다. 3년을 겪은 노숙함 때문인지 그 감독 교수님은 나를 훑어보시더니 들어가서 시험을 치라고 허락해 주셨다. 만약 그때 그분의 허락이 없었던들 나는 경북대학교와는 상관없는 사람이 되었을 게다. 국어 시험을 치고 이어서 '우정'이란 주제의 글을 쓰고는 집에 돌아왔다. 온 몸에 맥이 탁 풀렸다.

이튿날은 선택 과목의 시험일이다. 사회 과목 중 국사를 선택했고, 과학 중에는 화학을 선택했다. 아침에 일어나니 시험을 치러 가고 싶은 마음이 내키지 않았다. 몇 번을 생각하다가 어쩔 수 없이 집을 나섰다. 물론 부모님은 이 사실을 아실 리가 없다.

두 과목의 시험을 끝내고 나니 무거운 허기증이 전신에 엄습해 왔다. 점심 식사 후 면접 시험이 있는데, 어떻게 할까 결정의 길에서 또 우왕좌왕하는 것이었다. 수험 번호가 맨 끝이라 마지막까지 기다려야 할 형편이었다.

내 마음속에 면접 시험을 잘 봐야겠다는 의욕이 도무지 생기지 않았다. 두 분의 면접 교수께서 제대로 입을 열지 않는 나에게 면접 태도가 불성실하다고 주의를 주시는 것이었다. 그 교수님은,

"자넨 어쩌다가 이렇게 대학이 늦었지?"

"명문고를 졸업했는데, 어디 다른 대학에 몇 차례 실패한 게로군."

"졸업한 지 3년이나 되었는데 그 동안 군대에 갔다 온 거니?"

하고 줄곧 물으시는 것이었다. 나는 입을 다문 채 그냥 가만히 있었다.

"이번 우리 학과 입학 경쟁률이 4.4대 1이라 합격이 쉽지 않을 건대, 시험은 어떻게 보았지?"

또 이렇게 물으셨다.

며칠 후 나는 신문 지상으로부터 내 사진을 볼 수 있었다. 문리과대학 수석 합격이라는 기사였다. 내 생애 중 그날만큼 표현할 수 없는 허탈감에 휩싸인 적은 없었다. 머리와 온 가슴이 진공 상태가 된 것 같았다. 놀란 분은 부모님이셨다. 내가 시험을 친 사실을 몰랐기 때문에 당연히 그러셨을 것이다. 나는 입학하려고 친 시험이 아니니, 등록을 하지 않겠다고 버티었다. 물론 입학금은 면제를 받았다. 다급해 지신 분은 아버지셨다.

아버지의 설득과 당신께서 몸소 대학에 가셔서 등록 수속을 마침으로, 나는 결국 경북대 문리과대학 국어국문학과에 입학하게 되었다. 어느 기업체로부터 축하 선물로 받은 감청색 양복감으로 교복을 맞추었다. 6월이 되어 더워질 때까지 이 교복을 입고 다녔다. 고등학교 후배들의 끈질긴 만류에도 아랑곳하지 않고 즐겨 교복을 입었다. 그들은 나이가 든 나에게 교복이 어울리지 않는다는 것이었다. 그러나 때늦은 프레시맨의 계절을 소유하게 된 나로서는 교복만큼이나 소중한 것은 없었다. 나는 시위라도 하듯이 어느 곳에든 보란 듯이 교복을 입고 다녔다.

3년 후배들이 빽빽이 모인 교양과정부 강의실에서는 여기저기에서 나에게 "형", "오빠"라고 부르는 소리가 들려 왔다. 그런 중에서도 열심히 공부했다.

어느 날 자연과학개론을 강의하시던 교수님이 날 부르셨다. 중간고사를 치고 난 뒤였는데, 그 교수님은 나의 답안지를 보여 주시면서, 그분이 지금까지 경북대에 재직해 온 이래 이와 같은 답안지를 본 적이 없었다고 말씀하셨다. 문제지는 앞면이 객관식의 문제로 가득 채워졌고 뒷면은 주관식 문제였는데, 내 답안지가 미리 작성해 둔 모범 답안과 꼭 같아서 문제지가 시험 전에 유출되었는지 의심했다는 것이다. 생각 끝에 교양과정부 사무실에 가서 입학 성적을 확인하고 나서야 안도했다는 말씀이셨다. 그 교수님은,

"그렇게나 높은 성적을 가지고 왜 국어국문학과에 왔느냐?"

하고 의아한 듯 물으셨다. 그리고는,

"마침 ××과에 결원이 생겨 자리가 있으니 거기로 전과하지 않겠느냐?"

고 제의하시는 것이었다.

나는 그러한 호의에 언짢은 대꾸를 했다.

"교수님, 제가 그곳에 입학을 원했었다면 당초 거기를 지원했지 왜 이곳에 왔겠습니까? 제가 우리 대학에 오기까지에는 말 못할 사연이 있습니다."

라고 말했다. 지난 3년의 상흔이 되살아난 것이다. 그 교수님은 나의 예상 밖의 반응에 민망해 하시면서,

"그렇다면 졸업 때까지 자네를 잘 지켜 볼 테니 열심히 정진하라."
하고 격려하셨다. 지금 생각하면 고맙기에 앞서 너무나 황공 무례한 일이
었다. 3년간의 뼈아팠던 세월이 내겐 더 없는 콤플렉스로 둔갑하여 잔존
했던 것이다. 철이 없었다기보다는 마음에 한 치의 여유도 찾을 수 없었
던 긴박한 국면이었다.

2학년이 되었다. 교양과정부에서 가장 우수한 성적으로 전공 학부에 진
입하게 되었다. 전과를 생각해 보았지만 마땅하게 옮기고 싶은 곳이 없었
다. 고심하고 있던 중에 내 손을 붙든 분은 학과 교수님들이셨다. 교수님
들은 나에게 구체적인 장래의 비전을 제시해 주면서 면학을 독려하시는
것이었다.

이렇게 하여 공학도가 꿈이었던 나는 결국 언어학의 길에 들어서게 된
것이다. 언어학은 언어를 과학적으로 연구하는 학문이다. 나는 국어학을
공부하면서 언어학의 원리가 자연과학과 같은 맥락 속에 공존하는 것을
깨닫고는 참으로 놀랐다. 오히려 나처럼 수학을 좋아하는 사람이 공부하
기에 적합한 학문이 아닌가 싶었다. 학구에 전념하면서 새롭게 알게 된
사실에 흥미를 느꼈고 깨닫는 희열이 넘쳤다.

졸업이 가까워졌다. 4년의 종합 평균 성적이 전교에서 가장 두드러졌
다. 나는 교양과정부 시절 나에게 전과를 제의하셨던 그 교수님을 찾아갔
다. 그분은 이미 학과 교수님들을 통해 나에 대해서 잘 듣고 있다고 말씀
하셨다.

졸업식에서는 단과 대학의 순서에 따라 나에게 문교부장관상이 수여되
었다. 그리고는 수석 졸업의 보너스로 미국 대학의 장학생으로 추천되었

다. 유학의 길이 열린 것이다. 그러나 그 동안 연기해 두었던 군 입대 문제가 앞에 가로놓이게 되었다. 나는 용단을 내렸다. 미국 유학을 포기하고 바로 입대했다. 피해서 안 될 일에 대해서는 무조건 수용하겠다는 것이었다.

다섯 개의 순간, 그것은 갈림길에서 지금 내 삶의 좌표를 설정해 준 변환의 접점이었다. 몇 개의 이슬아슬한 순간들이 오늘의 나를 형성한 것이다.

1965년 1월 6일 오후, 만일 내가 라디오 뉴스를 듣지 않았다고 한다면, 나는 지금 몸을 담고 있는 경북대학교 국어국문학과 교수와는 멀고도 먼 거리의 직종에서 일하고 있을 것이다.

그날 바로 모교에 달려갔을 때, 선생님이 퇴근하고 안 계셨다고 한다면, 입학시험 당일 점심 시간에 기다리던 버스가 더 늦게 나타나 오후 시험을 포기했다면, 늦게 도착한 나를 감독관이 입실시키지 않았다고 한다면, 다음 날 면접 시험에 응시하지 않았다고 한다면 나는 경북대학교와는 상관없는 사람이 되었을 것이다. 순간은 영원을 이어 주는 징검다리이다. 그러나 이러한 기막힌 가상을 허물어뜨린 필연의 힘, 그것은 하나님의 계획과 손길의 흔적이었다고 나는 굳게 믿고 있다.

다섯 개의 순간이 만들어 준 지금 나의 모습은 국어학과 언어학을 전공하는 교수이다. 한평생 저술하고 연구 논문을 쓰며 학생들에게 목청 높여 강의하고 있는, 이제 40대의 중반에 들어선 인문학 교수이다. 한때 내가 꿈속에서 거닐었던 건축가만큼이나, 아니 그 이상으로 소중하고 보람 있는 자리이다. 국어문법론과 의미론에 심취하면서, 특히 일반언어학적 보편 원리 속에서 국어의 양태를 분석하고 탐색하는 것이 참으로 흥미롭다. 더욱이 일본어와의 대조 분석에 착수하면서 양 언어의 동질성과 이질성을 언어 이론의 기저 위에서 추구하고 논하는 것이 더없이 재미있다.

나는 가끔 연구실에서 학과 전공에 관한 적성 문제 때문에 찾아오는 학생들과 이야기를 나눈다. 대화 가운데 살아 있는 나의 역사 이야기가 불쑥 튀어나오는 것은 당연한 일이다. 나는 진로에 관한 한 양극을 넘나든 사람이다. 중·고교 시절 가장 좋아했고 자신이 있었던 수학과 화학 과목을 버리고 인문계로 몸을 바꾸었다. 바꾸었다기보다는 바뀌었다고 하는 것이 더 옳을 것이다. 적성으로 따지자면, 자타가 인정하는 음악과 미술 등 예술 쪽의 기능이 탁월했던 내가 아니던가? 그러한 내가 우여 곡절 끝에 한 필연의 섭리에 의해 인문과학 중 언어학에 몰입하게 된 것은 어쩌면 기적의 한 형태일 것이다.

요즈음 수학 능력 시험과 내신 성적에 맞추어 대학과 학과를 선택하고 지원하는 현실을 바라보면서 나는 쓴웃음을 짓는다. 우리의 그 시절에는 서울의 명문 대학에 가고도 성적이 남는 학생들이 지방 대학에 장학생으로 남아 두각을 나타내는 경우가 많았다.

이 글은 지금도 나에게 "그때 무엇이 어긋나서 진학하지 않고 3년이나 버티었었나?"라고 묻는 이들에 대한 구차스런 해명의 넋두리이기도 하다.

≪1990년 1월, 입학 계절에≫

책 곁에서

등화 가친의 계절이 온다.

'秋夜長'은 독서와 회인(懷人)을 연상시킨다던 萬海 선생의 얘기가 기억난다. 그렇다고 어찌 가을밤에만 책을 읽고 연인을 생각하는 것이랴?

이 가을, 줄지어 늘어선 연휴에 우린 벌써부터 설레는 가슴을 억누르지 못한다. 설악산 등반이며, 내장산 단풍 놀이며, 숨 막히는 프로그램이 뇌리와 가슴속에 가득하다. 그러나 이 연휴 기간을 독서의 적기로 가늠하며 들떠 있는 군상들이 과연 얼마나 있는가? 땀 흘려 산 정상을 정복하는 성취감이나 천자 만홍의 단풍을 만끽하는 것도 감격적이겠지만, 고요히 책 속에 마련된 사념의 오솔길을 거니는 것도 더할 수 없는 기쁨이 되리라.

흔히 책 속에 길이 있다고 한다.

'길(way)'의 어의(語義) 속에는 진로(course)와 방향(direction)과 방법(means)의 의미를 함축하고 있다. 책 속의 길은 우리에게 삶의 진로를 제시하고, 행신과 입지의 방향을 지시하며, 진실을 추구하는 방법을 가르쳐 준다. 책은 선택의 기로에서 방황하는 사람에게 올바른 길을 제시해 준다. 크게는 일생 동안 걸어가야 할 길에서부터, 작게는 시시 각각으로 해후하는 미로의 진로를 제공해 준다. 진로는 지향하는 방향 의식과 직결된다. 현존하고 있는 동적 존재는 반드시 좌표와 방향 의식을 가지지 않으면 안 된다. 지금 서 있는 자리가 어디며, 어디로 가고 있는지를 자각하는 의식이다. 망망 대해를 항해하는 한 척의 배에 나침반이 없다거나, 구만리 장공을 날고 있는 비행기에 레이더가 없다고 상상해 보라. 방향이 설정되면 반드시 푯대가 존립한다.

이와 같이 책은 농무 속을 거닐고 있는 사람에게 좌표와 방향을 의식시켜 주며, 도달해야 할 푯대를 제시하는 표지 역할을 한다. 책은 지혜롭고 진실하게 살아가는 방법을 가르쳐 준다. 책은 눈이요, 귀다. 괴리와 왜곡을 눈으로 보여주고, 진실과 사랑을 귀로 들려준다.

책은 자기를 발견하고 확충하고 형성하게 하는 스승이다.

장 파울(Jean Paul)은 책을 인생에 비유했고, 한스 카로사(Hans Carossa)는 인생을 만남이라 했다. 어쩌면, 인생은 만남에서 시작해서 만남으로 끝나는 것인지도 모른다. 책은 만남의 징검다리 구실을 한다. 책을 통해 우리는 고인들을 만나고 위인들의 사상과 인격을 만난다. 만남에는 반드시 대화가 수반되며, 우리는 그와의 대화 속에서 보다 착해지고 강해지고 깊어지고 넓어지는 정신적 성장을 체득하는 것이다. 양서(良書)란 정신적 성장을 주며 낡은 자아를 새롭게 하고, 닫힌 자아를 열게 하며 고뇌를 환희로 승화시키는 생명의 빛을 던져 주는 책이다.

어떤 책을 읽어야 하는가?

영국의 소설가 모옴(Maugham)의 문학성은 전적으로 그의 독서 편력에 의존되어 있었다 해도 과언이 아니다. 그는 페루의 역사, 프로바운스의 시 논문, 어거스틴의 참회록 등을 즐겨 읽었다. 그뿐만 아니라, 셰익스피어와 입센의 희곡, 랜손의 프랑스 문학사 등 많은 양의 책을 독파한 근면

한 서생이었다.

역사책을 읽음으로써 세계를 지배해 온 흥망의 원리를 깨닫고 사관을 정립하게 되며, 철학서를 읽음으로써 형이상학에의 깊은 통찰력을 배양한다. 숱한 철인들의 깊은 고뇌를 사숙하여 자신의 것으로 용해시킨다. 종교 서적을 통해 우리의 양심과 진정한 삶의 의미를 추구하고 우주에 충만한 신의 섭리를 맹목이 아닌 실존으로 인식하게 된다. 시를 읽어 우리의 심상을 순화하고 미적 감수성을 심화하며, 논리서를 읽어 체계적이고 조직적인 사고의 질서를 형성한다.

그러면 우리나라의 독서 현실은 어떠한가? 5년 전 어느 언론사의 통계에 의하면 서울의 직장인 중 41%가 월 2권 정도의 책을 읽고 있으며, 하루 평균 1시간을 독서하는 사람이 약 45%가 된다고 한다. 이러한 수치는 오늘에 와서 점차 감소의 추세를 보이고 있지 않은지 염려스럽다. 현대인의 고질증인 분주와 피로는 독서의 시공간을 점멸시킨다. 이보다는 가벼운 TV매체의 오락물에 쉽게 눈이 간다. 영국의 관영 방송이 시, 소설, 수필의 낭독 시간을 늘여 국민의 독서 의욕을 고취시킨 사실은 중요한 의미를 지니고 있다. 목전의 시급한 것에 집착하다 보면 영원한 자신의 실상이 망실된다. 우리의 눈은 항시 먼 해원을 향해 지평을 응시하는 각도를 유지해야 한다.

나무를 자르면 성장 표지인 나이테가 나타난다. 잘 자란 여름 한철과 호흡이 멎은 겨울의 모습이 역력히 새겨져 있다. 그러나 나무 중에는 단풍처럼 나이테를 가지지 못한 독특한 수종이 있다. 행락객들에게는 항상 즐거움을 안겨 주지만, 자신은 불행을 숙명처럼 감수하는 외로운 나무다.

책을 읽지 않는 사람은 나이테 없이 일생을 살아가는 단풍나무와도 같은 존재이다.

책을 사는 마음은 꿈을 사는 마음이다. 쓰다가 망가지면 버리는 물건과는 달리, 꿈은 더욱 아름답게 가꿔 가는 것이다. 좋은 집을 사고 값 비싼 가구를 들여놓고 계절 따라 화사한 커튼으로 거실을 장식한다 해도, 그것을 향유하는 환희는 몇 달이 가지 못한다. 꿈을 사서 가꾸고, 가꾼 푸른 꿈을 후손에게 유여하는 것은 영속하는 기쁨이 그 속에 건재하게 될 것이다.

책을 사는 마음은 꽃이나 나무를 사는 마음과도 같다. 국화 몇 송이는 존경하는 스승의 서재와 사랑하는 친우의 병실을 환하게 밝혀 주고, 때로는 어느 고인의 영전을 지켜 주는 값진 의미를 담고 있다. 미래를 심은 나무 또한 마찬가지다. 그것이 자란 동구 밖 정자나무 밑에는 매미가 날아들고 까치가 둥지를 틀며, 그 그늘 아래 땀을 씻는 여름의 노래가 흐른다.

필자는 올해 중학교를 졸업하는 사내아이를 두고 있다. 그 녀석을 대견스럽게 바라보는 시선 중의 하나는, 그가 참고서나 명작을 사줄 때마다 감출 수 없는 기쁨을 표출한다는 점이다. 그의 학교 성적은 최상위권을 벗어나 본 적이 없다. 이는 극성스런 엄마의 들볶음 때문도 아니요, 아비의 우격다짐이 있었기 때문은 더욱 아니다. 나는 그가 책을 살 때마다 품는 화안한 환희가 그의 가슴속에서 사라지지 않는 한, 공부 걱정은 하지 않아도 된다고 확신하고 있다.

그런데 어느 돈 많은 사람의 거실에서 외면당하고 있는 책 무리들은 우리를 허탈하게 한다. 이들은 스크린의 한 구석에 놓여 있는 세트 노릇을 할 뿐이다. 금박의 호사스런 양장본에 한 치의 드나듦도 없이 가지런하게 정렬된 죽은 병사들의 시체이다. 생명을 잃은 활자와 종이장은 평생 햇볕 한번 봄바람 한번 쐬지 못했고, 나프탈렌에 질식된 채 미라가 되고 말았다.

정작, 읽고 싶은 사람은 돈이 없어 책을 가질 수 없고, 돈이 있는 사람은 미라를 만들려고 책을 사고 있으니, 이러한 난센스가 독서의 현실에서 사라지지 않는 한 독서의 유통 구조는 파격을 면하기 어려울 것이다.

선진이란 경제적인 풍요만을 의미하는 것이 아니다. 문화와 의식이 동반되어야 한다. 전자오락실에 들끓는 청소년들이 서점으로 몰려 와야 하고, 그들의 손에 항상 책이 쥐어져 있어야만 조국의 장래는 확약될 수 있을 것이다. 할아버지께서 서점을 찾으시는 모습은 더욱 아름다운 정경이다. 이는 후손들을 위해 한 그루의 나무를 심어 주는 의지가 담겨 있기 때문이다.

필자 자신도 전공에 이끌려 다니다 보니 교양 독서에는 심한 허기증을 느끼고 있음을 고백한다. 먼 훗날 건강한 나의 소망은 모시 적삼에 철학서를 펴 들고 서재에 앉아 있는 자화상일 게다.

≪1990년 제일서적 사보≫

인기의 허(虛)와 실(實)

고등학교 시절, 사회 과목을 가르치시던 김 선생님은 학생들로부터 가장 큰 인기를 모은 분이셨다. 조리 정연한 화술이며, 명시적인 교과 내용의 강의는 이른바 실력 있는 선생님으로 정평이 났다. 김 선생님의 매력은 그것만이 아니었다. 온통 웃겨 놓고는 쌀쌀하리만큼 담담하시던 얼굴 표정이며, 그와는 반대로 때때로 터지던 너털웃음이며, 바지 주머니에 곧잘 왼손을 꽂아 넣고 강의하시던 포즈 또한 멋이 있었다.

나는 어느 모임에 가면 자주 그 선생님의 흉내를 내곤 했다. 어투와 표정과 몸짓까지 그분의 것을 은연중 재현시켰다. 하기야 동일시(同一視) 일색의 고교 시절이고 보면 누구나 그런 기억은 있을 게다.

인기란 '세상 사람들의 좋은 평판'이라고 사전은 말한다. 본래, 사람의 기개(氣慨)나 의기를 지칭하던 이 단어가 어떤 유연성 때문에 그렇게 전의(轉義)되었는지 모르겠다. 어감이야 어떠하든, 결과적으로 격상(格上)의 의미 변화이리라.

인기는 현대인의 삶의 도처에 분포되어 있다. 인기를 얻으려고 필사의 노력을 경주하는가 하면, 인기의 소재와 대상을 찾아 그렇게 혈안이 되는 것이 현대인의 본능적인 행태이다. 자녀들로부터 인기 있는 부모가 되려 하고, 부하들로부터 인기 있는 상사가 되려 하며, 제자들에게 인기 있는 스승이 되려 한다.

　우리 주변에 세인들이 만들어 놓은 인기의 양태는 실로 다양하다. 인기주(人氣株)가 있고, TV의 인기 드라마가 있으며, 인기 소설이 있다. 인기 직업이 있는가 하면 인기 스타가 있고, 인기 운동 선수가 있다. 상(賞) 중에도 인기상이 있고, 강의에도 인기 과목이 있으며, 심지어 아파트 분양 시에도 인기 평수와 인기 층이 있다. 어느 정치인은 인기성 발언을 즐겨 구사하고, 정부도 인기 정책에 매달려 골몰할 때가 있다. 유세장의 어느 후보는 유권자들의 인기를 위해 피를 토하는 열변으로 벌써 목이 쉬었다.

　이처럼 출몰 무쌍한 인기는 무엇으로부터 생성되는가?

　인기주란 주식 시장에서 상승 전망을 예측할 수 있는 유망주를 가리킨다. 그러나 최근 장기간 바닥세의 늪을 헤매고 있는 주가이고 보면, 이 단어는 이미 종적을 감춘 지가 오래일 게다. 높은 시청률에다 황금 시간대에 방영하는 연속극이 인기 프로그램이다. 그러기에 '배반의 장미'는 어느 주부의 저녁 부엌 설거지를 서두르게 했고, '심야 토론'은 아빠의 밤잠을 설치게 했다. 청소년들에게 장래의 희망을 물으면, 서슴 없이 튀어나오는 외교관, 판검사, 사업가, 의사 등 소위 1등 신랑감을 만드는 이 선망의 직업이 인기 직업인가 보다. 그들은 이러한 청운의 꿈을 안고 오늘도 안두에서 재수, 3수의 땀방울을 감내하는 것이다.

　독집 음반을 수십 장 내놓고 많은 팬들 속에서 높은 출연료를 받는 인기 가수, 미모와 연기력으로 대종상을 받은 인기 배우, 신선한 해학과 유머와 재담으로 건강하게 웃기는 인기 개그맨, 이들은 우리의 삶 언저리에서 자주 접하는 스타들이다.

쌓인 스트레스를 심심찮게 두들겨 주는 홈런 왕, 모래판을 휩쓸고 드럼통만한 트로피를 껴안은 천하 장사, 이들의 인기는 자주 TV 광고에도 육중하게 등장한다. 전국 노래 자랑 대회, 노래 솜씨로는 대상(大賞) 감이 못 되어도, 청중들의 우레 같은 박수 소리 덕으로 받는 상이 인기상이다.

인생과 형이상학을 강론하는 권위 있는 인기 강의, 그러나 요즈음 대학가에는 학점 잘 주는 과목에 수강생이 들끓고 있다니 슬픈 현실이다. 결국 인기의 초점은 세인들의 애정과 선망이 있는 곳에 상존하며, 환호의 갈채 속에서 꽃을 피운다.

그러나 그 애정과 그 갈채는 변화 난측하여 매우 변덕스럽고 권태가 잦다는 데 인기의 허가 있다. 인기는 영속하지 않으며 참으로 단명한 것을 특징으로 한다. '반짝 인기'라고 하던가? 그래서 우리는 '왕년의 누구'라는 얘기를 곧잘 듣게 되는 것이다.

인기인에게서 인기가 빠져 버리면 석고상과 같은 모습이 되고 만다. 왕년에 은막을 주름 잡던 명배우도, 가요계의 엘레지 여왕도, 트로트의 풍운아도 그들로부터 인기가 사라질 때 허망한 허수아비로 변신한다. 그러기에 위대한 연극배우는 퇴장의 무대를 알고 있다고 했던가?

타석에 들어선 인기 타자는 오늘도 속 시원한 한 방을 고대하는 관중의 시선을 의식하지 않을 수 없다. 그래서 그의 어깨에는 더욱 힘이 들어간다.

세인들의 외면을 염려하고 두려워하는 것은 인기인들에게는 숙명처럼 감수해야 하는 고통이다. 따라서 인기 관리란 참으로 고독한 행보일 수밖에 없다. 무대 위에 서면 초라한 영웅이 되지만, 그 무대 뒤에선 두견새우는 슬픈 사연을 지닌 외로운 군상들이 얼마나 많은가?

화가 로댕은 명성을 얻기까지 매우 고독했다. 그러나 그 후에 찾아온 명성은 그를 더욱 고독하게 만들었다는 얘기가 있다. '유명이라는 불행'이 바로 그것이다. 이는 인기의 허실과 명암을 대변한 말로서, 양자는 모순 없이 공존하는 이율 배반을 낳는다. 한 면으로는 실(實)하고 밝으면서도, 또 한 면으로는 허(虛)하고 어두운 일장 춘몽이 도사리고 있다는 사실을 시사해 준다.

인기의 허상은 살얼음처럼 얇고, 바닥이 드러난 개천처럼 얕다. 용돈 잘 주는 아빠가 인기 있고, 팁에 후한 사장님이 인기 있고, 학점에 넉넉한 교수님이 인기 있다면, 그 얇고 얕은 인기는 실로 씁쓸한 뒷맛을 남기는 것이다. 심지어, 인기에 노예가 된 사람은 자신의 몸은 없고 그림자만 가지고 살아가는 것과도 흡사하다. 우리는 흔히 나귀를 몰고 시장에 간 아버지와 아들의 옛 얘기를 상기하게 된다. 동리 사람들의 입들 때문에, 그 부자는 나귀를 끌고 갈 수도, 타고 갈 수도 없어, 마침내 다리를 묶어 어깨에 메고 가다가 강물 속에 빠뜨리고 말았다는 어리석은 얘기다.

안톤 슈낙의 「우리를 슬프게 하는 것들」에서 '출세한 부인의 좁은 어깨'는 무엇을 말해 주는가? 영속할 수 있는 인기의 실상은 덕(德)으로부터 도출된다. 덕으로 형성된 인기는 무한한 생명력을 가진다. 설령 그가 이 땅에서 사라진다 해도 그의 덕은 살아남아 영원한 우리의 인기인이 되는 것이다. 그래서 장수도 용장(勇將)보다는 지장(智將), 지장보다는 덕장(德將)이 훌륭하다고 했던가?

역사 속에 이와 같은 인기를 소유한 선인들은 적지 않다. 노비에게 뺨을 맞은 명재상 황 희는 우리의 가슴속에 역력히 살아 있는 인기 정승이요, 집무에는 무능했지만 청렴 결백으로 고을을 잘 다스린 동지 부사 김현성은 인기 사또이다.

인기의 허상과 실상은 표리로 맞붙어 공존한다. 무엇보다 세인들이 아닌 자기 자신에게 인기 있는 자신이 되라.

≪1990년 11월, 社報 『金福』(秋)≫

「망각」과 「잔해」

　　고등학교를 졸업한 1962년, 그 해로부터 3년간은 나에게는 큰 시련의 날들이었다. 가정 형편으로 원하는 대학에 진학하지 못하고 그대로 주저앉아 세월을 허송하는 안타까운 날들이 이어졌다. 나는 이러한 시름을 달래기 위해 작곡 공부를 하면서 일기를 쓰듯이 하루 한 곡씩 애환의 노래들을 남겼다. 그건 답답한 현실로부터의 도피이기도 했고, 내 자신에 대한 분노와 절규이기도 했다. 즉흥적으로 써 내려간 곡들이었기에 거기에는 기교나 예술적 가치는 완전히 배제되었고, 따라서 수정을 허용하지 않는 소품들이었다.

　　그해 나온 노래 중에 「망각」이라는 세간에 많이 알려진 곡이 있다. 그때 나는 갓 18세가 된 청소년이었다.

황혼녘 잿빛 구름에 감추어진 그 얼굴
소라 귀에 담긴 바다 소리는 임의 목소리
메아리 아닌 반향이 기슭에 남아도
지워지지 않던 속삭임은 망각, 망각

저녁놀 타는 황혼에 사라지던 너의 꿈
파도 위에 숨진 물새 노래는 임의 자장가

모래 바닷가 거닐며 목메어 불러도
남은 사연 잊을 수 없어서 망각, 망각

가사에서 이미 짙은 센티멘털을 읽을 수 있다. 모두 24소절의 2부 형식
으로, Eb장조와 C단조를 채택하여 썼다. 그 후 이를 합창곡으로 편곡하여
널리 부르게 되었는데, KBS와 MBC TV에서도 몇 차례 방영한 일이 있다.

훗날 이 노래는 내가 경북대학교 합창단의 지도 교수를 맡고 난 이후
부터는 합창단의 단가처럼 불리게 되었다. 졸업생 환송회와 신입생 환영
회, 연주회의 피날레, 합창 경연 대회, 체육 대회 등 행사 때마다 이 노래
는 가슴과 가슴으로 불렸다.

1985년이라고 기억된다. 우리 경대합창단은 매년 서울에서 문교부 주
최로 개최되는 전국 대학생 합창 경연 대회에 참가하여 줄곧 입상의 영예
를 얻었다. 그 해도 유관순 기념관에서 전국 40여 개 대학 합창단이 열띤
경연을 벌이게 되었다. 이틀에 걸친 대회를 끝낸 뒤 성적 발표를 기다리
고 있었다. 해마다 성적 집계에 시간이 많이 걸려 입상 발표까지 한 시간
정도의 공백에는 주최 측에서 마련한 공연을 보게 되었는데, 그 해는 미
처 준비가 되지 않아 그냥 기다려야만 했다. 참가팀 40여 대학의 단원 수
천 명이 남아서 마지막 발표를 기다리는 그 홀은 초조와 긴장, 그리고 흥
분과 열기로 가득했다. 그 긴 시간을 무료하게 그냥 기다릴 수가 없게 되
자, 한쪽 구석에서 우리 가곡 「보리밭」 합창을 시작했다. 그러자 홀 전체
에 모인 수천 명의 합창 단원들은 일제히 합창에 들어가는 것이었다. 참
으로 천국에 온 감흥을 나는 그 자리에서 맛보았다. 온 홀이 떠나갈 듯

웅장한 대코랄로 번졌다. 누가 말하지 않아도 합창은 가슴과 입으로 전해지는 공통의 언어였다. 합창의 놀라운 위력이었다. 다음 「그리운 금강산」이 이어졌고, 그 다음 「그 집 앞」으로, 「고향의 노래」로, 「아지랑이」로, 「청산에 살리라」로, 합창은 끊어질 줄 모르고 메들리로 이어져 갔다. 한 소절의 선창이 나오면 자동적으로 하모니로 연결되는 것이었다.

그러던 중, 갑자기 서울 소재의 어느 대학 합창 팀에서 나의 「망각」이 나오는 게 아닌가? 그러자 홀은 삽시간에 수천 명의 전 합창 단원들이 모두 이 노래를 불렀다. 나는 소스라치게 놀랐다. 그들은 작곡자인 내가 지금 이 자리에 앉아 있는 줄은 꿈에도 생각하지 못했을 것이다. 나는 몸을 가눌 수 없는 흥분에 사로잡혔다. 이 노래가 이렇게 전국에서 불리다니, 정말 합창곡의 파급에 놀라움과 두려움을 절감했다. 앞으로는 좋은 곡만을 써야겠다는 생각이 들었다. 우리 경북대 합창단원들은 자랑스러운 듯이 나를 쳐다보며 더욱 목청을 돋우어 감격으로 「망각」을 불렀다.

경북대 합창단은 창단의 해이던 1975년부터 10년이 넘도록 나의 「망각」을 소중히 불러 왔다. 86년에 와서 이들은 나에게 「망각」 후편을 작곡해 주기를 요청해 왔다. 그 해 여름 방학 나는 그 후편을 작곡하기로 마음먹고 오선지를 찾았다. 그런데 왜 이럴까? 떠오르는 악상은 25년 전의 「망각」과는 아주 거리가 먼 것이었다. 기교가 붙고 스케일만 커졌지, 그때와는 전혀 다른 분위기의 「망각」이 나온 것이다. 나는 내 삶의 모습이 이렇게 변모해 있다는 사실을 실감했다. 오늘의 나는 고등학교를 졸업하고 대학에 진학하지 못해 실의에 빠져 있었던 당시의 나 자신과는 너무나 동떨어진 거리에 있는 존재임을 발견했다. 경륜 위에 군살과 요령이 붙어 순수한 매무새에 때가 낀 모습이었다. 사치스럽고 오만한 지금의 내 자화상이 그대로 노출되었다. 그러나 억지로 이 곡을 완성하여 전편보다 4배가 넘는 길이를 가진 후편을 만들었다. 나는 이 곡을 내놓으며 「망각」 전편의 이미지와는 전혀 맞지 않은 괴리의 정서임을 단원들에게 고백했다.

경북대 합창단이 애창하는 나의 노래 중 「잔해」라는 곡이 있다. 원제목은 「계절의 잔해(殘骸)를 안고」인데 그렇게 줄어진 것이다.

> 밤비에 사라진 나의 여인아.
> 어느 날이 준 패배의 인식으로
> 산발된 너의 형체를 어쩔건가 어쩔거나만
> 계절의 잔해를 모아 흔적을 만들고 사라진
> 밤비에 사라진 나의 여인아.

1966년, 대학의 학우 중 시를 쓰는 어느 친구의 실연의 정서를 담은 노래이다. 우리는 그때 팔공산의 어느 산장에서 밤을 보냈다. 그 친구는 즉흥적으로 이 시를 써서 나에게 건네주었다. 나는 버릇대로 산장 앞에 흐르는 계곡의 찬물로 머리를 씻고 이 시를 세 번 거푸 읽었다. 그리고는 마련된 오선지에 떠오르는 악상을 거침없이 단숨에 써 내려갔다. 그 다음 한 곳도 수정하지 않았다. 가사의 이미지대로 D단조로 32소절을 채웠다. 그 후 이를 합창곡으로 편곡하여 부르게 된 것이 「잔해」이다. 전형적인 화성스런 단음조로 애상과 좌절을 담고 있다.

경북대 합창단은 「망각」과 「잔해」의 두 곡을 합쳐 곧잘 「망해」라고 불렀다. 지도교수가 쓴 곡이라고 더욱 애중하게 불러 주는 그들이 그저 고맙고 사랑스럽기만 하다.

1977년 나는 그 동안 지도해 온 이들을 떠나 2년간 일본 유학의 길에 오르게 되었다. 당시 외국에 나가는 일이 흔치 않았던 때라, 교수들의 유학행은 참으로 대단한 것이었다. 특히 인문·사회계에서는 더욱 그러했다. 서울 김포공항으로 가는 동대구역에는 합창단원 모두가 강의를 빠뜨리고 나를 환송하러 나왔다. 플랫폼까지 들어와 불러 대던 「망각」과 「잔해」는 2년 후 유학에서 돌아오는 그날까지도 내 귓전에서 떠나지 않는 감동이었다.

≪1992년 가을≫

"지루한 장마 속에 가끔 겹쳐지는 더위가 참을 수 없는 정도다. 이 무더위가 이어질 때 사람들은 누구나 일상을 떠나는 거창한 행사(?) 하나를 치른다. 여름휴가, 다람쥐 쳇바퀴 돌 듯 하는 일상을 벗어나기 위해, 한여름 무더위를 피하기 위한 사람들은 너나 할 것 없이 여름휴가를 떠난다.

해마다 이 맘 때쯤이면 떠오르는 가곡 한 곡이 있다. "황혼녘 잿빛 구름에"로 시작되는 「망각」이라는 곡인데, 이 곡은 향토의 홍사만 씨가 쓴 작품이다. 작곡가가 아닌 홍 씨가 언제 어떻게 해서 쓴 작품인지 모르지만 여름이면 어김없이 떠오르는 특별한 곡이다. 아름다운 가사와 차분한 리듬이 적절한 조화를 이루고 있을 뿐 아니라, 유연하고 도도하면서도 애잔한 기품이 느껴지는 것이 이 곡의 특징이다. 그렇다고 이 곡이 한여름에 떠오르는 이유가 그것에 있는 것은 아니다. 무엇보다 이 곡은 휴가의 진정한 의미와 맥을 같이 하고 있기 때문이다. 이 곡은 재충전의 힘이 느껴진다. 망각을 하되 언제나 재기를 하라는 의미를 지니고 있는 듯하다. 그래서 나는 혼자 있을 때 가끔 이 곡을 흥얼거린다. 또 용기가 필요할 때 큰 소리로 이 가곡을 불러 보기도 한다. 가곡으로서도 적당한 카타르시스를 전해주는 「망각」을 부르다 보면, ……(중략) ……

슬플 때 더욱 슬픈 노래를 불러 그 슬픔을 잊듯이 망각을 하면서도 잊지 말아야 하는 것을 분명한 교훈으로 삼는 슬기를 갖도록 하자."

망 각

홍사만 시, 곡
Moderato
황 혼 녘 잿빛 구름 에 감 추 어 진 그 얼 굴
소 라 귀 에 담 긴 바 닷 소 리 는 님 의 목 소 리
메 아 리 아 닌 반 향 이 기 슭 에 남 아 도
아
아
poco cresc.
p
p
poco cresc.

Fine
Fine
지 워 지 지않던속ㅡ삭임은 망 각 망ㅡ각
아
sop. descant
저 녁 놀 타 는 황ㅡ혼ㅡ에 사ㅡ라ㅡ진ㅡ 꿈ㅡㅡ
저 녁 놀 타 는황혼 에 사 라 지 던너의 꿈
파 도 위 에숨 진 물새 노래는님 의 자 장 가

poco cresc.
모래바 닷가거닐며 목메어 불러도
바닷가 ——— 거닐며 ——— 목메어불러도
poco cresc.
남은사 연잊을수— 없어서 망 각 망 각
D.C.
D.C.

‘상호(相互)’와 ‘호상(互相)’

“그쪽에서는 상호주의라고 얘기하는데, 우리는 호상주의라고 합니다.”

이는 지난 평양에서 열린 남북 정상 회담 때, 김정일 국방위원장이 우리측 임동원 특보에게 한 말이다. 그는 작별 오찬에서도 “북·남 호상간에 비난하지 말자.”라는 인사를 남겼다.

남북한의 언어 이질화는 분단 국가가 안고 있는 또 하나의 아픔이다. 분단 반세기의 시간적 단절은 말에 있어서도 많은 변화를 초래했다. 이러한 변화의 원인은 남북 간의 언어관의 차이, 언어 정책의 차이, 언어 사회 구조의 차이 등에서 비롯된 것으로 분석되고 있다.

한자어인 ‘상호’와 ‘호상’은 형태적으로 어순만이 도치된 것일 뿐, 남북 양측에서 통용되는 의미는 “서로서로, 피차”로 동일하다.

어순(語順)은 사고하는 방식에 의해 결정된다. 특히 단어 내에서의 병렬의 어순은 시간적으로 앞서는 것(始終, 古今), 공간적으로 위에 있는 것(天地, 上下), 긍정적인 개념을 가진 것(善惡, 吉凶), 중요성이 높은 것(日月, 主從)이 선행하는 게 보통이다. 그러나 ‘相’과 ‘互’의 결합에 있어서는 그 자석(字釋)이 둘 다 “서로”로 동일하기 때문에, 이들의 어순은 앞뒤 어느 쪽이라도 상관없다. 이를 합성해 낸 중국어에서도 ‘相互’와 ‘互相’은 같은 의미로 양용되고 있다. 중국어에서 이처럼 고정된 어순을 갖지 않는 유동적인 합성어로는 '兄弟/弟兄', '報答/答報', '山河/河山' 등이 있다. 결국 북에서는 '互相'을 차용했고 남에서는 '相互'를 받아들인 것에 지나지 않는다.

문제는 남북이 통일로 달려가고 있는 역사적인 길목에서, 이와 같은 언어 이질화가 그 장애 요소가 되어서는 안 된다는 것이다. 다행히 금년에 새로 펴낸 국립국어연구원의 『표준국어대사전』에 북한말이 다수 수록된 것은 남북 언어 통일의 전망을 밝게 해 주는 청신호이다. 통일의 과제들 중, 언어 통일의 과제 또한 중대한 요소로 부상되지 않으면 안 된다.

≪2000년 9월 7일, 매일신문≫

향기

꽃의 생명은 요염한 자태와 현란한 색조와 그윽한 향기에 있다. 이는 벌 나비를 유인하기에 앞서 사람들에게 환희와 안식을 준다.

동양 사람들이 난을 좋아하는 까닭은 사군자(四君子)로서의 의젓한 기품과 동양란 특유의 향기 때문이다. 녹차를 즐기는 것도 입안에 오래도록 머무는 깊은 향취 때문일 것이다.

국향(菊香)의 계절이라지만, 언제부터인가 우리의 코끝에서 국화의 향기가 사라진 지 오래다. 일정한 개화기를 외면한 온상 재배로 가을 꽃인 국화가 고유한 계절을 잃어버린 탓일까? 아니면, 온갖 방향제에 만성이 된 우리의 코가 그 향기를 감지하지 못하기 때문인가? 어쨌든, 현대를 살고 있는 우리는 왠지 모르게 감각과 감성이 둔해져 무엇에든 감격할 줄 모르는 절연체와도 같은 불구를 연출하고 있다. 그저 자기주의에 빠져 눈앞의 손익에만 극도로 예민해진 메마른 군상으로 전락하고 있다.

한때 향나무 제품의 가구와 목각들이 인기를 끌더니, 요사이 청소년들 사이에는 향료가 든 유리병이나 꽃 주머니를 선물로 주고받는 것이 자주 눈에 띈다. 세월이 가면 그 향기도 옅어지기 마련이지만, 이는 우리의 삶의 공간을 향기롭게 하려는 무의식적인 욕구의 발로가 아닌가 싶다. 최근에는 향기 마케팅 회사까지 있다고 하니, 향기도 사고파는 시대가 된 것이다.

도처에 환경 공해의 위험이 도사리고 있고, 무엇을 해도 답답한 현실의 시공간 속을 서성이는 오늘이기에, 우리가 향기를 동경하는 것은 지극히 당연한 일이다.

그러나 지금 이 시대가 요구하는 것은 우리의 내면적 향기이다. 옷깃에 숨어 있는 향수의 냄새보다는 우리의 가슴속 깊은 곳에서 스며 나오는 향기가 우리 사회를 더욱 따습고 정겹게 할 것이다. 인격과 교양의 향기, 인내와 양보의 향기, 사랑과 절제의 향기가 우리의 체내에 배어 있는가? 나의 체취를 점검할 때이다.

≪2000년 9월 16일, 매일신문≫

향수

'…… 그곳이 차마 꿈엔들 잊힐리야.'

귀에 익은 정지용의 시 「향수」 중 후렴구다.

어린아이들이 물놀이와 시소 타기를 좋아하는 것은 향수의 발로라고 한다. 열 달 동안 어머니 뱃속의 양수 속에서 흔들리며 지냈던 그 시절이 그리워 그렇게 한다는 것이다.

처칠은 자신이 죽으면 어린 시절 친구들과 함께 뛰놀던 고향의 언덕에 묻어 달라고 했다. 그는 웨스트민스터 국립 묘지보다 고향 마을 동산이 더 소중한 안식의 터전으로 생각했던 것이다. 인생의 가슴을 채워 주는 것은 돈도 명예도 아닌 향수라는 얘기다.

요즈음 어린이들의 입에서 동요가 사라지고 있어 안타깝다. 어릴 적 즐겨 부르던 동요는 향수를 일깨워 주는 노래가 아니던가. 그 속에는 개구쟁이 우정담도, 수줍은 사랑 얘기도 모두 소슬바람 같은 그리움으로 용해되어 있다.

사람은 반추하는 존재이다. 과거를 되씹으며 오늘과 내일을 살고 있는 것이다. 그의 가슴속에 생동하는 향수의 깊이와 넓이와 높이는 그가 살아온 생애의 단층이 얼마나 깊고 넓고 높은가를 측정해 준다. 정녕 꿈에도 잊히지 않는 고향이 오늘날 우리에게 있는가? 눈만 뜨면 아파트와 고층

빌딩이 그어 놓은 직선의 무미한 생활 공간, 그 속에 살고 있는 현대인들은 모두가 실향민이나 다를 바 없다.

마음속의 고향을 찾아가자. 추억의 그 길에는 역시 지절대는 실개천과 얼룩배기 황소가 있고, 동구 밖에는 잠시 쉬어 가는 정자나무도 우뚝 서 있을 것이다. 그 그늘 아래 작은 평상에는 여름의 노래가 흐르던 곳이다. 이 가을, 허허로운 가슴을 해맑은 향수로 채워 보자. 하늘은 점점 멀어져 가고, 우리에겐 맑고 고운 시간들이 다가 오고 있다.

≪2000년 9월 23일, 매일신문≫

진·선·미

미국 텍사스주 출신의 피아니스트 반 클라이번은 1958년 4월 모스크바에서 열린 제1회 국제 차이코프스키 피아노 콩쿠르에서 23세의 약년으로 우승했다.

세계적인 명성을 얻은 그는 여러 나라들로부터 높은 출연료의 연주 초청을 받았다. 그러나 그는 출연료는커녕 연주할 만한 피아노조차 마련하지 못한 흑인 교회를 찾아가 가난하고 불쌍한 사람들을 위해 연주하기를 기꺼워했다.

흔히 '진'과 '선'과 '미'는 가치에 있어 우열의 층위를 가지는 것으로 이해되고 있다. '진'이 가장 고매한 가치를 머금고 있고, 그 다음 '선'에 이어 '미'가 상대적으로 낮은 가치를 가지는 것으로 자리를 매기는 경향이 있다. 이는 어순(語順)도 그러하려니와 미인 선발 대회의 관습에 이끌린 순위의 고정 관념 때문일 것이다.

하긴 꽃꽂이에도 이와 같은 층위는 적용되고 있다. 일반적으로 꽃꽂이를 하는 데는 세 개의 지주를 필요로 한다. 중심 되는 긴 가지를 '진'이라 하여 수반의 한가운데 자리에 높이 세우고, 그보다 짧은 가지인 '선'과 가장 짧은 '미'를 조화롭게 배치함으로써 삼각형의 구도가 되게 한다.

'진'·'선'·'미'는 별개의 가치로 분리되어 존재하는 것이 아니다. 이들은 속성과 모양이 다를 뿐 서로 연동성(連動性)을 띠는 동일체이다. '진'하면 '선'하고, '선'하면 '미'하며, '미'하면 '진'하다는 논리이다. 진실한 것이 선하지 않으면 참된 진실이 될 수 없고, 선한 것이 아름답지 않으면 진정한 선이 되지 못한다. 아름다움도 그 속에 진실을 담고 있지 않으면 보기 흉한 것이 되고 만다. 결국 '진'·'선'·'미'는 서로를 전제하고 서로를 함축하는 것으로, 가치 역학적으로는 등가 관계를 형성한다.

음악은 소리를 통해 미를 창출하는 예술이다. 클라이번의 음악이야말로 '진'과 '선'과 '미'가 한데 어우러진 완미(完美)한 예술이라 할 수 있다. 이른바 삼위 일체인 '진'·'선'·'미'는 유기적으로 결합된 한 덩이 지상의 덕목이다.

≪2000년 9월 30일, 매일신문≫

질서와 조화

기차는 항상 철로 위에 있어야 운행이 가능하다. 민물고기는 강물 속에, 바닷고기는 해수 속에 있어야 생존할 수 있다. '질서'란 모든 것이 모두 제 자리에 있는 상태를 의미한다. 줄 서기 질서도 결국은 순번에 따라 정해진 자기 자리를 지키는 행위이다.

자연은 서로 질서와 조화 속에서 존재한다. 물과 공기와 흙이 그렇고, 동물과 식물과 미생물이 그러하다. 바닷물은 지구의 온도를 조절하는 작용을 한다. 달에는 물이 없기 때문에 기온이 낮에는 섭씨 130도까지 올라가고, 밤에는 영하 165도까지 떨어진다. 금성의 온도는 500~800도로 뜨거워서 생물들이 살 수 없고, 화성은 추워서 살 수 없다. 산소가 좋다고 하지만, 공기 중에 35%만 증가한다고 하면 화재가 발생할 경우 불을 끌 수 없게 되고, 수중에 함유된 산소량이 부족하면 물고기가 살지 못한다. 대기 중의 탄산가스와 수증기도 공기를 따뜻하게 하고 압력을 적당하게 조절하는 역할을 한다. 이들의 조화는 적정량을 취하고, 한 치의 일탈도 허용하지 않는 질서를 요구하고 있다.

사람의 체내에 있는 혈관의 총 길이는 10만Km나 된다고 한다. 심장에서 뿜어 나온 혈액은 산소와 영양분을 싣고 멀고먼 말초 모세 혈관에까지 질서 있게 흘러간다. 만일 이 정치한 교통망 중 좁은 골목길 어느 한 곳이라도 막힌다면 우리 몸은 경색과 경화의 심각한 질병에 직면하게 된다.

줄지어 날아가는 가을의 기러기를 배우자. 그들의 적확한 방향 감각과 질서와 협동은 인간의 스승이 된다. 오스트레일리아의 서해안에 살고 있는 어미 거북은 산란기가 되면 멀리 떨어진 조그마한 섬에 가서 알을 낳고 그냥 돌아와 버린다. 부화한 아기 거북이 어미를 찾아 수천 마일을 헤엄쳐 오는 것을 보면, 그들의 행보는 그저 본능으로만 이해하기에는 너무나 조화롭고 위대하다.

만물의 영장이라는 인간은 자연으로부터 질서와 조화를 배우지 않으면 안 된다. 인간도 자연의 하나이니까.

≪2000년 10월 7일, 매일신문≫

침묵의 힘

성공적인 대화를 하기 위한 1·2·3 전법은 우리에게 잘 알려진 얘기다. 하나를 말하고 둘을 듣고 셋을 맞장구치면 누구나 원활한 대화를 이루어 낼 수 있다는 것이다. 그래서 "대화는 말하는 것이 아니라 듣는 것이다."란 얘기가 나온다. 성서에도,

"듣는 것은 속히 하고, 말하는 것은 더디 하라."

라는 경구가 있다. 철학자 제노는, 사람의 귀는 둘인데 입이 하나인 것은 말하는 것보다 듣는 것을 갑절로 하라는 조물주의 섭리라고 했다.

언어는 사람과 사람 사이의 관계를 맺어 주는 교제의 수단이기도 하다. 사랑과 존경, 미움과 멸시가 언어로부터 태동한다. 지구상에 난무하는 폭력과 무서운 전쟁이 말 때문에 파생되었다면 지나친 말일까.

말은 씨앗을 뿌리는 것이다. 말한 대로 그 결실을 거두게 된다. 예로부터 말을 경계하는 주제의 속담이 많은 것은 이 때문이다.

"가루는 체로 칠수록 고와지고, 말은 할수록 거칠어진다."

라는 우리 속담도 수다함의 위험을 경고한 것이다. 우리나라 사람들이 하루 동안 입 밖에 내놓는 말은 평균 2만 단어나 된다고 한다. 이 가운데 90%는 말하지 않아도 될 불필요한 사설들이다.

미국의 매스컴 학자인 윌슨은,

"후진국 사람들의 말을 들어 보면, 대체로 톤이 높고 길고 횡설 수설하는 것이 특징이며, 반대로 선진국 사람들의 말은 낮고 짧으며 조리 정연하다."

라고 했다. 아인슈타인도 말에 관한 깊은 통찰을 체득하고 있었다. 그는 사람이 성공할 수 있는 세 가지 요건으로 열심히 일하는 것과 충분히 쉬는 것과 '입을 닫는 것'을 들었다.

침묵은 위력적인 언어 수단이다. 인도의 간디는 매주 월요일을 무언일로 정하여 하루의 함구 불언을 실천했다. 침묵은 사념의 깊이를 심화하는 힘을 가지고 있기 때문이다. 변명과 공박, 비방과 저주, 타협과 설득의 언어 홍수 속에서, 자신의 입을 지키는 인내를 기르자.

"말로써 말 많으니 말을 말까 하노라."

≪2000년 10월 14일, 매일신문≫

선진 의식

선진국으로 가는 길은 멀고도 험난하다. 국력과 경제력도 신장되어야 하지만, 그 위에 선진 국민으로서의 의식이 수반되어야 하기 때문이다. 아무리 높은 경제력으로 국가 경쟁력을 과시한다 하더라도, 국민 의식이 그에 못 미치면 사회 혼란만이 가중될 뿐이다.

문민정부 시절이었던 1996년, 공보처에서는 3개월에 걸쳐 국민 1,522명을 대상으로 국민 의식에 관한 여론 조사를 실시한 바 있다. 조사 결과, 한국인의 장점으로는 근면 성실하고, 끈기와 인내력이 있으며, 인심이 좋고 인정이 풍부하고, 예절과 미풍 양속을 잘 보존하고 계승한다는 것으로 나타났다. 단점으로는 이기주의가 팽만하고, 사치와 낭비로 물질 만능주의가 만연하며, 매사에 성급하고, 질서 의식이 부족하다는 점이 지적되었다.

선진 국민으로서 갖춰야 할 의식의 덕목은 말할 것도 없이 질서와 협동 의식, 근면과 절약 의식, 교양과 가치 의식이다.

21세기의 사회는 정보 지식 사회요, 고도의 산업 사회이다. 정보 사회는 수평적인 통신망의 사회이다. 따라서 공동체에 대한 연대 의식과 협동은 불가결한 요소가 된다. 이러한 시대적 상황 속에서 우리 사회가 요구하고 있는 것은 우수한 개인보다 우수한 집단이다.

훌륭한 국민이란 IQ가 높은 사람이기보다는 EQ(정서 지수)와 SQ(사회성

지수), 그리고 MQ(도덕성 지수)가 높은 사람을 가리킨다. 자아를 사회아로, 소아를 대아로 승화시키고, 이질적인 개체 속에서도 전체의 조화를 추구하는 친화력을 소유한 사람이다. 자신이 소유하고 있는 물질적인 자기권을 좁힘으로써 세계권을 확장하려고 애쓰며, 끊임없는 자기 연마를 위해 고뇌하는 사람이다. 긍정적인 가치관을 견지하여 새 역사를 창조하고, 따뜻한 손의 윤리를 가져 이웃과 더불어 사는 사람이다. 냉철한 머리와 뜨거운 가슴으로 고매한 도덕을 실현하는 깨끗한 사람이다. 이러한 사람이야말로 21세기의 선진 한국을 이끌어 갈 수 있는 '슈퍼 휴먼'이 될 것이다.

《2000년 10월 21일, 매일신문》

지금 일본은

지난 2월 일본의 어느 공직자 모임에서 강연한 일이 있다. 그들이 요청해 온 대로 "한국에서 본 일본의 현상(現狀)"이란 연제로 두 시간을 술회했다.

일본 교토를 중심으로 조직된 「한자능력검정협회」라는 단체가 있다. 연말이 되면 이 협회에서는 한해의 일본 사회상을 반영하는 "올해의 한자"를 제정한다. 수만 명의 일본인들이 이에 흥미와 관심을 가지고 참여하고 있다. 한 해 동안의 사회 모습을 점검하고 반성하며, 이를 새로운 교훈으로 삼으려는 것이다.

그 동안 제정된 한자를 살펴보면, 95년 고베(神戶) 대지진이 있었던 해는 '震'이었다. 0-157 식중독으로 일본 국민들이 고통을 받았던 96년은 '食'이었다. 97년 일본의 경제가 어려움을 만나 기업과 금융 기관들이 연쇄 도산했던 당시는 '倒'였다. 카레 독극물 사건과 관료의 부패가 드러났던 98년은 '毒'이었다. 그리고 세기말을 맞은 99년에는 이바라기(茨城)현의 핵 누출 사고와 어린이 납치 살해 사건 등이 반영되어 '末'로 결정되었다. 그 후보로는 '亂', '崩', '核'이 거론되기도 했다.

이들 한자들은 하나같이 어둡고 부정적이고 퇴영적인 일본의 현실상을 반영한 것이다.

그럼에도 불구하고, 1999년 말 IMD(국제경영개발원)가 발표한 '세계 경쟁력 보고서'에 따르면, 일본은 아직도 무역 수지 흑자액과 외화 준비액에서, 노동 윤리와 국민의 문자 해독률에서 세계 1위를 점유하고 있고, GDP와 연구 개발비의 규모에서도 세계 2위를 차지하고 있다. 그들은 여전히 친절하고 검소하며, 정확하고 부지런하다.

필자는 새 천년이 시작되는 2000년에는 보다 밝고 긍정적이고 미래 지향적인 "올해의 한자"가 채택되기를 기대한다는 말을 남기고 그 자리를 떠났다.

≪2000년 10월 28일, 매일신문≫

강아지 두 마리

오래 전부터 우리 큰집에는 '하리'라는 독일산 세퍼드 한 마리를 기르고 있었다. 얼마나 사나운지 낯선 사람이 그 대문 앞에서 어정거리지 못했다. 10년이 넘도록 기르다 보니 가족들과는 뗄 수 없는 깊은 정이 들었다. 하리는 큰집 가족 중에서도 어머니를 가장 가까이 따랐다. 그도 그럴 것이 밥은 늘 어머니께서 주셨기 때문이다.

그러던 하리에게 큰 문제가 생겼다. 큰집이 지금까지 살아온 단독 주택을 팔고 아파트로 이사를 하게 된 것이다. 그 큰 개를 아파트 안에 기를 수도 없고, 어쨌든 처분하지 않으면 안 되게 된 것이다. 어머니께서는 이 놈을 누구에게 맡길까? 마땅한 곳이라도 있으면 어느 과수원에라도 보낼까? 이 궁리 저 궁리를 다 해 보았지만 별 도리가 없었다. 결국 어느 애견사에 연락이 닿아 그 개를 죽이지 않는다는 약속으로 넘겨주게 되었다.

하리와 작별해야 할 날이 다가왔다. 어머니의 섭섭함은 이루 말할 데가 없었다. 그런데 하리는 그 사실을 알고 있기라도 한 듯이 그 전날부터 밥을 전혀 먹지 않는 것이었다. 어머니는 그날도 맛있는 아침밥을 지어 떠나는 하리에게 주었으나 입에 대지도 않았다. 그날 따라 하리는 짖지도 않고 개집 밖으로 나오지도 않았다.

약속한 시각에 애견사에서 사람들이 왔다. 그렇게나 사납던 놈이 짖지도 않고 꾸벅꾸벅 그를 따라가는 것이었다. 고개를 떨어뜨린 채 애써 어머니를 외면하더란 것이다. 하리를 보내고 난 뒤 어머니는 깊은 슬픔에 빠졌다.

이 얘기를 들려주시면서 어머니는 눈물을 흘리시는 것이었다. 그리고는,

"앞으로 너희들은 절대 개를 기르지 말아라."

라고 몇 번이고 당부하셨다. 비록 축생이긴 하지만 그와 맺어진 끈끈한 정을 끊는 것이 그렇게나 가슴 아프고 슬픈 일이었던 것이다. 그러던 어머니도 이사 후 일년을 더 사시고는 어느 부활절 저녁에 세상을 떠나셨다.

어머니의 유언 같은 이 말씀에도 불구하고 우리 집에는 '송이'라는 흰색 몰티즈 한 마리와 '마룽이'라는 갈색 푸들 한 마리를 기르고 있다. 어머니의 말씀을 거역한 일이지만 이들이 살아 있는 동안은 절대로 헤어지지 않는다는 다짐으로 그렇게 기르게 된 것이다.

눈송이, 꽃송이처럼 희고 예쁘다고 아내가 이름 지어 준 송이는 올해 9살박이 암컷이다. 생후 42일 되는 어린것을 집 가까이 있는 약국집에서 사 온 것이다. 어미와 떨어졌지만 그날도 전혀 보채지 않고 우리들을 잘 따라 주어 기특했다. 데려 오자 화장실에 깔아 둔 신문지에 소변을 보더니만, 지금까지 그 자리는 대소변의 처소로 엄수되고 있다. 하루는 어쩌다 화장실 문을 잠근 채로 외출을 한 일이 있었다. 송이는 온종일 소변을 참고 주인이 오기만을 기다리고 있었던 것이다. 사람보다 낫다는 생각이 들었다.

그러던 송이는 철이 들자 딸아이가 치는 그랜드 피아노 밑에 들어가 노래를 불러 대는 재롱을 부리기 시작했다. 머리를 쳐들고는 우는 듯이 노래를 부르는데, 피아노 음정이 올라가면 더 격한 소리로 부르짖었고, 템포가 빠르면 그에 맞추어 더 빠른 소리를 냈다. 그런데 그처럼 귀염을 받으며 살아오던 송이는 외상으로 왼쪽 눈 하나를 잃고 말았다. 우리 내외는 그의 눈을 고치려고 우리 대학 동물 병원이랑 여러 곳을 찾아다니면서 무진 애를 썼지만 헛수고였다. 한쪽 눈을 잃은 것이 측은하여 더욱 애중하게 보살피게 되었다.

98년부터 2년간 우리 내외는 일본에 교류 교수로 가 있게 되었다. 그동안 집 아이들이 알뜰히 보살피지 못해 송이는 피부병까지 얻게 되었다. 집안에 어른들이 없는 것이 그에게 정신적인 불안과 스트레스를 가중시켰던 것 같다. 그 후 피부병이 너무 심해져 급기야 안락사의 제의를 받는 지경에까지 이르게 되었다. 이를 결정하기 위해 가족 회의를 열었지만, 두 아이는 펄펄 뛰며 어림도 없었다. 송이의 노래는 그 후에도 계속되었지만, 옛날처럼 우람하지 못하다. 지금 독일에 유학 가 있는 딸아이는 전화 때마다 한번도 빠짐없이 송이 안부를 묻고 있다.

밑엣놈 마롱이는 우연히도 어느 애견사에서 만났다. 어느 집에서 기르다가 사정이 여의치 않아 그곳에 맡긴 것이었다. 제대로 길이 들지 않아 행동은 이리 뛰고 저리 뛰며 그야말로 천방 지축이었다. 지금까지 '아롱'이라 불러 왔다고 하기에 이름을 약간 바꾸어 '마롱'이라 부르기로 하고 우리 집에 데려왔다. 수놈이라 아무 곳에나 소변을 보는 버릇이 있었다. 참으로 애정이란 놀라운 힘을 가진 것이다. 정서적으로 불안하여 집안에

서도 늘 뛰어다니기만 하는 놈을 우린 매일같이 쓰다듬고 타이르기 시작
했다. 지금 우리 집에 온 지 7개월이 된 마롱이는 제법 소변도 가리고 행
동도 차분해졌다.

가정에 동물을 기르는 것은 가족의 정서 순화에 큰 도움이 된다. 때로
귀찮고 신경을 써야 할 일도 있지만, 나는 누구에게나 애완동물의 가정
사육을 권하고 싶다. 외출하고 돌아오면 자지러질 듯 반기는 그 모습은
사람이 할 수 없는 짓을 연출해 낸다. 외출의 시간에 비례하여 길면 길수
록 그놈의 감격의 시간은 자동적으로 길어진다.

나는 두 강아지로부터 많은 것을 배운다. 우선 요놈들에게는 불면증이
없다는 것이다. 언제 어디에서든 입 주둥이만 묻으면 몇 초 안에 잠이 드
는 것이다. 한때 오랫동안 불면증에 시달렸던 나로서는 충격이 아닐 수
없다. 그렇다. 그건 "단순함" 때문이다. 나의 불면증의 요인은 다름 아닌
내 자신의 "복잡함"이 주범이었다는 것을 깨닫게 되었다. 삶과 학문, 그리
고 신앙, 이 모든 문제가 복잡하게 얽히고설킨 것이 불면의 요인이 된 것
이다. 어린이 같은 순진함, 강아지 같은 단순함, 그것은 불면을 쫓고 건강
을 유지시켜 주는 지상의 파수대가 될 것이다.

동물은 사람보다 더 예민한 감성을 지닌 것 같다. 아내는 3,4일 또는 일
주일에 한 번씩 개 두 마리를 목욕시킨다. 그런데 송이는 목욕을 퍽 싫어
한다. 그도 그럴 것이, 목욕 후에는 성가신 털 깎기나 발톱 깎기가 뒤따르
기 때문이다. 그런데 놀라운 사실은 아내가 오늘 목욕시키겠다고 마음 먹
는 날이면 송이는 아침부터 제 집에서 나오지 않는다는 것이다. 아무리

밥을 주며 불러도 꼼짝도 하지 않는다. 개가 사람의 마음을 미리 읽고 있는 듯하다. 이는 어떤 모티브에 의한 조건적인 반사도 아닌, 본능적인 센스라고밖에 해석되지 않는다. 무언지 사람보다 한 수 위인 부분이 있다.

≪2000년 봄≫

사고의 깊이와 넓이와 높이

파스칼은 저 유명한 단장(斷章) 347에서,

"사람은 한 개의 갈대에 지나지 않는다. 그러나 생각하는 갈대이다. 인간의 존엄성은 그의 사고에 있는 것이다. 나는 사고로써 우주를 포용할 수 있다."

라고 말했다. 인간은 우주에 비하면 하잘것없는 존재이지만, 생각하는 존재이기에 위대하다고 갈파했다.

'생각'이란 말은 여러 가지 뜻이 있다. '사고', '사념', '사유', '사료', '사색', '회상', '사모' 등으로부터 '고찰', '고안', '사량'(思量), '궁리'에 이르기까지 매우 다양하다. 이들의 의미를 포괄하고 있는 말이 '사고'이다. 사고의 '思'와 '考'는 사물을 이해하고 감수(感受)하기 위한 정신 작용이라는 공통점을 가지고 있지만, 엄밀하게 따져 보면 서로 다르다. '思'는 주로 감성적이고 주관적인 생각을 말하고, '考'는 지성적이고 객관적인 생각을 가리킨다. 따라서 전자는 상상이나 결의, 염려나 희망, 연정 등 가슴으로 하는 생각이고, 후자는 궁리, 궁구, 판단 등 머리로 하는 생각이다.

사고는 '사유', '사색'과 유의 관계를 형성하면서 철학적인 용어로 그 의미 가치가 격상되기도 한다. 어느 철학자는,

"사람은 생존하는 것이 아니라 생활하는 것이다."

라고 했다. 사고는 인간 생활의 행동 양식의 방향타요, 지침이 되는 것이다. 사고의 질과 양은 사람의 사람됨을 측정하는 저울이 될 것이다.

깊은 사고는 동요 없는 인격의 안정감을 준다. 넓은 사고는 삶의 포용력과 융통성을 가져다준다. 높은 사고는 도약과 웅비의 내일을 지향하는 시야를 제공해 준다. 시간으로 보면 깊이는 과거이고, 넓이는 현재이며, 높이는 미래이다.

깊이와 넓이와 높이는 입방체를 형성한다. 사고의 부피는 사람됨의 전부를 가늠하는 척도가 될 것이다.

흔히 사람은 나무에 비유된다. 깊이 뿌리박고 높이 가지를 뻗고 큰 등걸을 가진 거목이 되라. 이는 깊이 기초한 토대 위에 넓게 자리 잡아 높이 지은 빌딩과도 같다. 위대하고 웅건한 인간상은 깊고 넓고 높은 예지의 사고에서 형성된다.

≪2001년 가을≫

음악과 나

어린 시절 나는 내 나름대로 작은 음악의 세계와 접촉하고 있었다.

7살 되던 해에 경북사대 부속국민학교에 입학했다. 당시에도 남녀 공학이었는데, 기껏 두 클래스밖에 되지 않았던 모집 인원에 입학 시험까지 봤다. 시계 바늘 맞히기, 두 개의 직각 삼각형으로 직각 사각형 만들기, 달리기 등의 시험을 치른 것으로 아직도 기억하고 있다.

1학년에 입학하자 한국전쟁이 발발하여, 우린 학교 교실을 잃고 향교의 옥외 돌 계단을 빌려 학업을 계속했다. 그런 경황 속에서도 중구에 있는 교정에 돌아올 때까지 하루도 수업을 쉬는 날이 없었다. 나도 6년을 개근하여 졸업할 때에는 개근상으로 두꺼운 국어사전을 부상으로 받았다.

당시 전란 중 의식주 생활은 지금의 삶의 형태와 질에 비하면 상상하기조차 어려운 실상이었다. 그저 무명옷에 검은 물을 들인 바지저고리와 검은 고무신을 신고 다녔고, 가방이란 큰 보자기로 책을 싼 보따리가 고작이었다. 그런 와중에서 교과목 중 예능 과목은 등한시될 수밖에 없었다. 그러나 부속국민학교는 달랐다. 담임 선생님의 오르간 반주에 맞추어 합창도 하고, 미술 선생님이 따로 계셔서 그림 감상과 사생 대회도 자주 가졌다.

이러한 교육 환경 속에서 나는 일찍부터 음악을 좋아했다. 어릴 적 하모니카와 리코더를 배워 학교 학예회나 학급 발표회 때에 자주 독주로 나섰다.

2학년 때의 기억이다. 온통 나라가 전란으로 들끓던 때였다. 집 마루에 앉아 있으려니 한길에서 군악대 소리가 들려 왔다. 길거리에 달려 나가 보았더니 미군 군악대가 아주 느린 행진으로 음악을 연주하며 걸어가고 있었다. 나는 직감적으로 전사한 어느 높은 분의 장례 행렬임을 알 수 있었다. 그 느린 곡조는 참으로 슬펐다. 나는 행렬을 따라가며 그 음악을 들었다. 반복되던 멜로디는 몇 번 듣지 않아도 머릿속에 그대로 각인되었다. 나는 그 슬픈 멜로디를 집에 돌아와서도 계속 입으로 흥얼거렸다. 누나는 그 노래가 무슨 노래냐고 물었다. 지금 와서 보니 그 음악은 쇼팽의 피아노곡 중 "장송행진곡"의 주제 가락이었다. 어릴 적 뇌리에 저장된 그 선율은 무려 50년이란 세월을 내 속에서 잠자다가 오늘에야 비로소 내 귓전에 다시 들리게 된 것이다.

4학년이 되자 선생님은 음악 시간이 되면 학급 학생들을 두 파트로 나누어 2부 합창을 하도록 했다. 그때의 노래 중 지금은 잘 불리지 않는 "하늘 향해 두 팔 벌린"과 "금강산 찾아가자 일만 이천 봉"은 매일같이 부르던 단골 합창곡이었다. 그 시절부터 나는 화성 개념을 체득했다. 협화음과 불협화음을 분간할 수 있었다. 합창 시간 중 음정 감각이 없는 내 곁의 친구에게 나는 자주 짜증을 내며 그와 여러 차례 싸운 적이 있다. 그 친구의 음정이 틀려 화음을 깨는 것이 내 귀에 몹시 거슬렸기 때문이다.

그러던 내가 6학년이 되면서 교회를 찾게 되었다. 대구 삼덕교회이다.

이 교회는 한평생 나를 믿음으로 묶어 둔 생명의 방주이다. 교회 문을 들어서는 순간 흘러나오는 찬송 소리와 조화된 찬양대의 혼성 합창이 어린 나의 마음을 사로잡았다. 찬송가의 아름다운 선율이며, 성가대의 짜임새 있는 하모니가 경이롭게 들렸다.

중학교에 입학하자 나는 곧장 학생 찬양대에 들어갔다. 아직 변성이 되지 않아 남성의 저음이 제대로 나오지 않았지만, 테너 파트의 한 자리에서 열심히 성가곡을 불렀다. 그때로부터 내 합창 생활이 시작된 것이다. 그 당시 남학생이 피아노를 치는 것은 그리 흔치 않은 일이었다. 그런 중에 나는 피아노를 배우기로 하고 집 가까이 있는 피아노 교습소에 다니면서 교본의 초급 단계부터 익혔다. 학교에서도 틈만 나면 음악실에 달려가 피아노를 쳤다. 피아노 교본 연습곡과 찬송가, 명가곡 등 가리지 않고 훑어 나갔다. 미숙하게나마 내 손가락에서 처음으로 "소녀의 기도"와 "엘리자를 위하여", "은파", "터키행진곡" 등 피아노 소품들이 흘러나왔을 때 이루 헤아릴 수 없는 기쁨과 감격이 솟았다.

이러한 과정은 고등학교에까지 이어졌다. 대입 공부에 밤잠을 설치면서도 학교에 가면 하루 몇 분씩이라도 피아노 앞에 앉아 있었다.

고등학교 졸업이 가까워졌다. 아버지의 갑작스런 퇴직과 어려워진 가정 형편 때문에 나는 서울로의 대학 진학이 좌절되는 불행에 마주치게 되었다. 그로부터 3년 동안은 음악으로 세월을 보냈다고 해도 과언이 아니다. 이 시기에 나는 화성학과 작곡법을 익히면서 작은 곡들을 썼다. 작곡이라기보다는 내 생활 단상을 읊조린 미셀러니의 한 형태였다. 당시 내 일기장에는 다음과 같은 푸념이 씌어 있었다.

순간이 공허해지면
오선 위에 네 마음을 빼곡히 메우고 잠이 들던
네 심성의 순수함이여.

잠을 깨면
강아지 자장가처럼 정답던 너의 선율들이
널 외면하는데.
그래도
넌 너의 노래를 버리지 않았다.

(1964년 가을에)

고등학교를 졸업하자 교회의 고등부 찬양대 지휘를 맡게 되었다. 찬양대는 60여 명의 우람한 목소리를 가진 고등학생들로 구성되었다. 그들은 형, 오빠와도 같은 나이 어린 지휘자를 잘 따르고 열심히 연습과 예배 찬양에 참석해 주었다. 나는 학생회 회가를 직접 작사 · 작곡하여 이들에게 긍지심과 유대감을 환기시키려고 애썼다. 그로부터 성가대는 단합된 모습으로 급속도로 성장 발전해 갔다. 당시 시내 고등학생 성가 합창 경연 대회에 출전하여 두 차례나 대상을 받기도 했다. 가을이면 시내 여러 교회의 고등학생들을 초청하여 성가 합창 발표회를 정기적으로 가졌다. 이와 같은 일은 훗날 내가 대학 생활을 마치고 군에 입대하기까지 8년간이나 계속되었다.

대학에 가기까지 3년간 나는 교회의 성가대와 교회학교 교사의 일에 혼신의 힘을 기울였다. 이러한 모습을 바라보시던 교회 어른들은 날 대견스럽게 생각하면서도, 한편은 대학을 가지 못하고 있는 내 장래에 대해 무척이나 걱정하셨다. 나에게 음악대학에 진학하기를 권하는 장로님들이 여러 분 계셨다. 심지어는 입학 원서를 사 주면서까지 입학을 종용하는 분도 계셨다. 음대를 졸업시켜 우리 교회 성가대를 맡을 훌륭한 지휘자를 만들어 보겠다는 생각이셨다. 참으로 고마운 일이었다.

그러나 나는 음악을 전공하고 싶지 않았다. 그저 그것을 향유하고 찬양으로 하나님께 영광을 돌리는 것으로 나를 제한하고 싶었다.

그러던 중, 우여 곡절 끝에 경북대학교 문리과대학에 입학하게 되었다. 나는 면학하면서도 음악 활동을 계속해 나갔다. 경북대학교 합창단의 지휘봉을 잡았고, 가을이면 예술제로 열리는 음악회에 문리대 합창단 지휘도 맡았다. 그런 한편, 나와 같은 음색을 가진 의예과 손영철, 배영천 두 학형을 만나 남성 트리오를 조직했다. 당시 잘 알려진 멕시코 남성 보컬인 Los Tres dia Mantes의 "희미한 옛사랑의 그림자"와 "Cu-ku-ru-ku-ku Paloma"를 즐겨 불렀던 우리는 시내 대학가에서 유명해졌고 갖가지 무대에 초청되었다. 젊음의 축제, 대학 페스티벌이 있는 곳에는 늘 우리도 거기에 있었다. 때로는 가을 밤 낙엽이 흩날리는 어느 간호대학 기숙사 주변을 돌며 애상의 낭만을 구가하기도 했다.

1965년, 대구 시내 대학생들이 모인 '대학생 선교회' 합창단이 조직되면서 초대 지휘자로 내가 선임되었다. 1966년 KBS공개홀(지금 시민회관)에서 개최되었던 "그리스도의 계절이 오게 하자" 주제의 음악회는 김준곤 목사님의 메시지와 함께 대구 시내 대학생들의 힘찬 선교 역량을 보여 준 큰 잔치였다.

대학원을 졸업하고 군 복무를 마친 나는 곧바로 경북대학교의 전임 교수로 부임했다. 1975년에는 뜻 있는 몇몇 대학생들의 요청에 따라 '경북대 합창단'을 내 연구실에서 창립하기에 이르렀다. 합창에 대한 애정으로 들끓던 이들의 열망은 참으로 뜨거웠다. 창단 발표회를 치른 우리 합창단은 날이 다르게 일취 월장의 가도를 달렸다. 나는 이들의 지도교수로 오늘까지 그들 곁에 있게 되었다. 문교부에서 주최하는 전국 대학생 합창 경연 대회에 1989년까지 10여 차례 이들을 인솔하여 8번이나 입상하는 성적을 거두었다. 우량상 4번, 은상 2번, 장려상 2번의 실적이었다. 비록 아마추어들이긴 하지만 합창을 사랑하는 이들의 애정과 환희로 결집된 하모니는 에너지가 넘쳤다. 특히 멤버들은 대다수가 교회의 찬양대원으로 활동하고 있는 터이라 합창에 대한 감각과 발성을 구비하고 있었다. 나는 이들을 지도하면서 내가 작곡한 합창곡들을 소개했다. '망각', '잔해'를 비롯하여 '코스모스', '우리들의 노래', '귀뚜라미', '만가' 등의 소품들이 복현합창제와 정기 연주회의 레퍼토리로 연주되었다.

1979년, 2년간의 외국 유학을 마치고 돌아온 나를 교회에서는 갈릴리 찬양대 지휘자로 임명했다. 몇 차례 사양을 했지만, 생각 끝에 20여 년 전 나를 음악대학에 보내어 찬양대의 훌륭한 지휘자를 만들겠다던 당시 장로님들의 사랑의 빚이 불현듯이 떠올랐다. 나는 이로부터 22년이라는 시공간 속에서 찬양대의 지휘석에 서 있게 된 것이다. 대원의 수가 풍만하여, 많은 해에는 100명이 넘는 장대한 합창을 이끌어 가며 놀라운 하나님의 섭리와 사랑을 체험했다. 금요일 저녁 연습 시간은 한 주일의 피로와 고뇌가 눈 녹듯 사라지는 시간이었고, 주일날 드리는 찬양의 시간은 평안과 감사의 순간이었다.

1993년 송년 음악예배에서 연주한 구노(C. Gounod)의 「장엄 미사」(Messe Solennelle "St. Cecilia")는 내 생애에 잊지 못할 감격의 기억으로 살아 있다. 나는 전곡을 외어 눈을 감은 채 지휘했다.

2000년이 되자, 대원들의 권유에 따라 그 동안 작곡하고 편곡한 성가곡들 중 50여 곡을 뽑아 성가 합창 작곡·편곡집 『주여, 내 맘에 오셔서』를 편찬했다. 비매품으로 만든 이 자작 찬양곡집은 이 찬양을 정성스럽게 불렀던 우리 찬양대원들과 성가 합창을 사랑하는 사람들에게 보내졌다. 나는 그 책의 서문에 다음과 같이 썼다.

"찬양은 나의 간절한 기도요, 힘 있는 메시지였다. 내 삶의 우주에 이처럼 찬양의 세계를 두신 하나님께 감사를 드린다."

반평생을 합창과 성가곡으로 살아온 나는 지금도 찬양하면서 연구하고 노래하면서 집필하는 데에 익숙한 특이한 체질의 소유자이다. 나와 함께 입과 가슴을 열어 찬양하고 노래한 모든 사람들에게 감사한다.

나의 얕은 음악의 세계는 딸아이에게 이어져, 그는 지금 독일 Leipzig 국립 음대의 최고연주자 과정에서 피아노를 공부하고 있다.

≪2001년 12월 31일, 「갈릴리 찬양대」 지휘에서 물러나며≫

십자매 3대 가족

1970년 이후 우리 집에는 여러 종류의 군식구들이 살고 있었다. 문조, 금화조, 잉꼬, 십자매 등 잘 알려진 조류들과 열대어, 금붕어, 청거북을 길렀고, 거기에다 강아지와 고양이가 보태어져, 그야말로 육해공군에다 해병대까지 우리의 더부살이 권속으로 주둔하고 있었다. 어린 딸 아들의 정서 순화에도 도움이 되었고, 그보다는 갇혀진 아파트 공간 속에 살아 움직이는 생명체가 있다는 것이 생활 환경에 생기를 주는 작용을 했기 때문이다.

그 중 잉꼬는 1988년 급작스럽게 작고하신 어머니의 장례식 날, 장지에서 돌아오던 길에 빈 가슴을 채우기 위해 노란색 한 쌍을 사 온 것이다. 어머니를 보듯 그토록 정성스럽게 보살폈지만, 금실이 좋다던 잉꼬 부부는 몇 해 살지 못하고 죽어 버렸다. 그 후 우린 기르던 모든 것들을 어느 친지에게 맡기고 조용하게 몇 해를 보냈다.

일본에 교류 교수로 나갔다 돌아온 2000년, 우리 집에는 또다시 한 교우로부터 선물로 받은 예쁜 새장과 십자매 한 쌍이 있었다. 준 정성을 생각하여 소중하게 보살폈더니 건강하게 잘 자라 갔다.

새들 중에는 칼슘 부족으로 알을 낳다가 곧잘 죽는 암컷이 많았다. 그 때문에 달걀 껍질과 노른자, 그리고 멸치 가루까지 빻아 먹였더니 알도 잘 낳고 아기 새를 여러 마리 부화하기도 했다. 그런 아기 새가 자라서 지금 모두 12마리를 헤아리게 된 것이다. 아기 새들은 알에서 나와 몇 주간을 둥지 속에서 어미가 물어다 주는 먹이를 먹고 자랐다. 그러다가 처음으로 날개짓을 하는 광경은 참으로 경이롭고도 감격적이었다. 그날은 어미가 밖으로 나와 아기 새가 날아 나오도록 유도하는데, 그 시간에는 온 십자매 가족이 온통 축제의 분위기를 연출했다. 드디어 어린것이 나는 것을 보고 어미는 횃대를 오르내리며 온갖 칭찬의 언어와 격려의 제스처를 다 구사하는 것이었다. 마치 기어 다니던 갓난아기가 처음 일어설 때, 그를 칭찬하고 대견스러워 하는 부모들의 모습과 조금도 다를 바 없었다.

지난 여름 더위 속에 한 달 가까이 알을 품던 어미는 또 세 마리의 아기 새를 깠다. 그리하여 조부모와 어버이와 아들딸들이 한 둥지 속에 사는 3대 대가족을 이룬 것이다. 새장 두 개 중 작은 것에는 어미 새 한 쌍을 넣어 두었고, 큰 것에는 나머지 10마리를 모두 한 집에서 웅거하도록 했다. 그러던 중 따로 분가한 한 쌍의 수컷이 죽어 버렸다. 청상 과부가 된 암컷은 독수 공방 홀로 그 집을 지켰다. 그런가 하면, 큰 새장에는 아기 새가 자라 둥지가 비좁아졌다. 밤에 한 곳에 모여 잘 때에는 옹색하여 둥지가 터질 것만 같았다.

어느 날 나는 아내와 함께 두 개의 새장을 차에 싣고 조류사를 찾아갔다. 더 큰 새장을 마련하여 집을 옮겨 주려는 것이었다. 생전 처음 차를 타 본 새들은 놀라서 이리 날고 저리 날며 혼비 백산이었다.

여러 놈들이 편하게 살 수 있도록 가장 넓고 큰 집을 골라서, 그곳에 둥지도 두 개를 넣어 이사를 시켰다. 그리고 수놈이 죽어 외톨이가 된 작은 새장에는 10마리 중 수컷 한 마리를 잡아다가 짝을 맞추어 주었다. 그런데 공교롭게도 잡힌 놈은 그들을 통솔하던 수놈 왕초였던 것이다. 어린것들을 대신하여 십자가를 지기로 작심한 것일까? 지금까지 아침에 일어나면 이 왕초의 주재 하에 모두 횃대에 올라앉아 한 시간이 넘도록 도란도란 이야기를 나눈다. 큰 소리를 지르는 놈 없이 그저 조잘조잘거릴 뿐이다. 아내와 나는 저들이 아침 조회를 한다고 이야기하곤 했다. 모이와 물을 갈아주면 가장 먼저 그곳에 다가오는 놈은 수컷 왕초였다. 이놈의 선도 하에 하루 두 차례의 목욕도 빠짐없이 한다. 그러던 놈이 붙잡혀 다른 새장으로 옮겨졌으니, 그로부터 그들 세계에 힘의 균형이 깨어진 것이다.

이런 사실도 모르고, 우리 내외는 새장과 새들을 다시 집으로 싣고 와서 본래 있던 자리에 나란히 붙여 놓았다. 새장 안에는 온통 북새통이 벌어진 것이다. 건너간 왕초는 거느리고 있던 권속들을 바라보며 어쩔 줄 몰라 했고, 왕초를 잃은 아홉 마리 새들은 횃대를 오르내리며 좌충 우돌하여 마치 전쟁터를 방불케 했다. 이런 사태는 그날 밤까지 진정될 줄 몰랐다. 더 깨끗하고 더 넓은 새 보금자리를 마련해 주었는데도 그들은 그 둥지 속에서 자지 않았다. 그 중 한 마리는 횃대에 오르지도 않고 새장 밑바닥에 내려앉아 하룻밤을 새웠다.

아내는 이 광경을 보자 마냥 안타까워 새 집으로 바꾼 것을 후회했다. 다시 원래 위치로 돌려주자는 것이었다. 그러나 나는 언젠가 시간이 지나면 또 그렇게 적응할 것이라고 생각하고 그냥 두었다. 그날 밤 다른 새장으로 끌려간 왕초도 새로운 짝을 만났지만 딴전을 피우고 암컷 곁에 가지 않았다.

　이튿날 새벽, 이들의 행동은 다소 차분해졌으나 어제와 다름 없는 분위기가 그대로 계속되었다. 한 울타리의 질서가 깨어지고 공동체가 흔들리는 느낌이 역력했다. 옆집으로 건너간 왕초는 계속 사랑하는 자기 가족에 눈을 떼지 않았고, 아기 새들을 포함한 아홉 마리의 시선도 창살이 가로막힌 왕초 쪽만을 바라보는 것이었다.

　그러던 중, 나흘이 지나고 나니 조금씩 변화가 나타났다. 다른 집으로 간 수컷 왕초가 그곳 암컷과 함께 둥지에서 잠을 자게 된 것이다. 그로부터 지금까지 횃대에서 자던 아홉 잔류 십자매 가족들도 한 둥지에 들어가 잠을 자는 것이었다. 큰 새장 안에는 둥지가 두 개가 있는데도, 그들은 나뉘어 잘 줄 모르고 그 비좁고도 불편한 둥지 하나에 포개어 잔다. 게다가 매일같이 방을 바꾸는 변덕을 부렸다. 그걸 지휘하는 새 리더가 있는지, 그놈이 누구인지 우린 알 수가 없다.

　그런데 이상한 것은, 그 중 한 마리는 그들 속에 끼지 않는다는 것이다. 아홉 마리 속에 끼어 자지 않고, 여덟 마리가 자는 둥지 위에 올라가 혼자 자는 것이었다. 한 달이 훨씬 지난 오늘까지도 그 한 마리는 그렇게 혼자서 잔다. 우리는 그가 다른 집에 건너간 수놈의 짝이라고 믿고 있다. 제 짝을 잃은 암컷을 가족 전체가 몰아내어 ‘왕따’가 된 것인지, 제 짝을 잊지 못해 스스로 절개를 지키는 것인지 알 수 없다. 가금들 속에서도 이와 같이 그들 나름의 질서와 절개가 형성되어 있다고 한다면, 이는 필시 창조의 신비가 아닐 수 없다.

　언제까지 그 수절의 행보가 계속될지 우리는 지켜보고 있다. 겨울이 지나면 잊어질까. 내년 봄이 되어 새로운 후손이 그들 속에서 태어나면 잊어질까. 어쩌면 외로운 한 마리의 암컷이 하루하루 그토록 절절한 기다림과 통한으로 살아가고 있다면, 그걸 방치하고 흥밋거리로 바라보고 있는 우리 인간이 너무나 잔인한 존재가 아닌가도 싶다.

《2004년 초겨울》

주례 유감(有感)

　내가 결혼식의 첫 주례를 한 것은 정확하게 마흔 살 되던 해였다. 아내의 거센 반대 때문에 몇 차례 요청을 거절하기도 했지만, 제자인 신랑 신부는 한사코 내가 주례를 해 주지 않으면 결혼하지 않겠다고 협박하는 바람에 어쩔 수 없이 맡게 된 것이 첫 주례였다. 아내의 반대는 다름 아닌 주례를 하고 나면 쉬 늙는다는 이유에서였다.

　하기야 서른 살이 넘은 신랑과 비교하면 맏형뻘밖에 되지 않는 내가 주례석에 서서 그들에게 인생을 얘기하고 앞날을 축복하는 것은 격에 벅찬 일이었다. 그러나 이왕 맡은 것, 총각 시절에 잦았던 결혼식 사회로 보고들은 대로 충실하고 정성어린 주례를 해냈다.

　첫 주례 후 지금까지 180여 쌍의 집례를 맡았다. 40세부터 약 20년간, 외국에 교류 교수로 나간 2년을 빼고 나면 한 해에 10차례만 했다 하더라도 그만한 숫자가 나올 것이다. 어느 날은 하루에 3건이 겹치는 때도 있었다.

　결혼 당사자들은 대체로 학과에서 나에게 배웠던 제자들이 주류를 이룬다. 그리고 대학에서 합창단을 오랫동안 지도해 오다 보니 타학과 학생이라도 합창단 멤버의 커플 주례도 많았다. 그리고 양가가 기독교 가정이 아닌 교회 청년들과 일가 친척들의 자녀들, 심지어 나와는 아무 관계도 없는 친구의 지인들도 있었다.

　나로부터 주례의 말을 들은 그들은 지금 모두 흩어져 각계 각층에서 열심히 살아가고 있다. 모두가 바쁜 생활을 하다 보니 주례와 가까운 관계를 맺고 있는 사람이 아니면 자주 상면하기가 쉽지 않은 현실이다. 나는 그러한 사정을 잘 아는 터이라, 내가 수소문하여 그들의 근황을 추적하고 있다. 지금까지 모두들 아들딸 낳아 단란한 가정을 꾸려가고 있는 걸 보면 나의 축원과 격려가 그래도 효험이 있었다고 자부하고 있다.

　그런데 그렇게 가볍게 행해지던 나의 주례에 반성의 계기가 다가왔다. 서울에 살고 있는 한 친구가 회사를 경영하고 있었는데, 마침 밤에 출강하는 안양 전문대학 제자가 강사인 이 친구에게 주례를 부탁한 것이었다. 생전에 처음이자 마지막이 될 주례를 앞에 두고 그는 무척 깊은 생각에 빠졌다. 남을 축복하고 격려하기 위해서는 나의 생활을 깨끗하게 해야겠다는 마음을 먹고 그는 그날부터 자기 부인에게 궂은 말을 삼갔고, 부정한 생각을 차단하면서 주례사를 준비했다는 것이다. 결혼식 당일에도 여느 때보다 일찍 일어나 대중 목욕탕에 가서 목욕하고 이발하여 몸을 단정히 재계한 다음 오후 결혼식 주례석에 올랐다는 것이었다.

　친구의 이 얘기는 나에게 큰 자책과 충격을 안겨 주었다. 그도 그럴 것이 나의 주례는 지금까지 주말의 행사처럼 신랑 신부 이름 하나 쥐고 가서 주례사를 늘어놓는 것이 통상적이었기 때문이다.

　그 후부터 나의 주례 횟수는 급격히 줄어들었다.

≪2004년 봄≫

내친 김에 한 친구의 자랑을 늘어놓을까 한다. 위에서 언급한 서울 친구는 다름 아닌 대학 시절 동기 동창생인 이춘호 사장이다.

당시 15명밖에 되지 않았던 우리 학과 동기생들은 제각기 개성이 매우 뚜렷했다. 그 중에서도 이춘호는 순박하고 진실한 성품을 가진 학동으로 소문이 났다. 상주 함창에서 고등학교를 졸업하고 우리 대학에 입학하여 재학 시에는 누구보다도 열심히 공부한 학구파였다. 그의 사고는 소박하고 절실하면서도 단순했다. 어머니 슬하에서 독자로 자라나 누구보다도 정이 많은 친구였다. 그래서 그 누구와의 대화에서도 우람하게 큰 덩치와는 달리 다정 다감한 이야기꾼이었다.

대학을 졸업하고는 대구 시내 중고등학교에서 교편을 잡다가 큰 꿈을 안고 서울 공립 한강중학 국어 교사로 자리를 옮겼다. 둔탁하고 무딘 경상도 말씨 때문에 처음엔 수업하는 데에 어려움도 있었다고 들었다. 그러던 어느 날 갑자기 그는 교편을 접어 버리고 사업장에 뛰어들었다. "건설 합판주식회사"를 경영하는 사장이 된 것이다. 타고난 성실함과 인내로써 사장이 직접 합판을 세일즈하러 다니면서 몇 년을 씨름한 끝에 그는 탄탄한 재력가가 되었다. 사업장을 키우고 빌딩을 지어 임대하여 우리 국어국문학과 동문 중에서 가장 튼튼한 사업가가 된 것이다. 우리 학과 출신들이 졸업 후 진출하는 곳은 대체로 학계, 교육계, 언론계, 문필계, 출판계 등이다. 간혹 가업을 이어받아 사업에 종사하는 졸업생도 있었지만, 이 사장만큼이나 짧은 기간 동안 무에서 큰 유를 창출한 자는 없었다.

그의 강점은 사람과의 관계가 원만하면서도 철저하다는 것이다. 때로 내가 서울에 공무 출장을 갈 때면 그 현장까지 찾아와 저녁 대접이라도 하고 보내어야 직성이 풀리는 그였다. 학과의 크고 작은 행사에도 적지 않은 출연금으로 일들을 호의적으로 도왔다.

2004년 가을, 나는 그의 막내딸 결혼식에 참석하여 주례를 보았다. 그의 질박하고 절실한 대인 관계는 혼례식의 자리에서도 빛이 났다. 노보텔 호텔에서 열린 결혼식에는 지금까지 그가 베푼 것만큼이나 많은 축하객들이 찾아왔다. 나는 그 자리에서 신랑, 신부를 번갈아 바라보며 평범한 축하와 격려의 얘기를 들려주었다. 마침 삼십 수년 전 신랑의 아버지, 어머니 결혼식에서 내가 사회를 보았는데, 오늘 그 아들과 친구의 딸과의 결혼식에서는 주례를 보게 되어 "나도 많이 컸다."는 농담을 했더니 하객들이 웃었다. 예식을 마친 후 대구로 돌아오는 기차 안에서, 나는 신부 아버지인 이 사장에 대한 내 추억담을 한 마디 언급하지 못한 것을 못내 아쉬워했다.

그는 재빠르게 어떤 것을 잡아채 수중에 넣는 기동력을 가진 사람이 아니다. 그저 끈끈한 노력과 성실함으로 하나둘씩 바구니에 담아 가득 채우는 스타일이다. 온갖 요령과 재치로 부와 명예를 얻으려고 과욕을 부리는 데 그는 그의 인생을 걸지 않았다. 그저 무덤덤하여 세련미는 없지만 그와 가까이 있으면 마냥 편하고 훈훈하다. 현하 첫인상과 현란한 기교에 홀딱 반했다가 서서히 실망하고 좌절하여 그 관계가 퇴색되어 가는 군상들이 우리 주위에 얼마나 많은가?

그러나 그가 한평생 베풀고 다듬어 놓은 인간 관계는 그에게 많은 자리를 제공했다. 그의 명함을 들여다보면 적지 않은 직함이 눈에 들어온다. 국제로타리클럽 남대문클럽 회장에서부터 모교인 함창중고등학교 총동창회 회장직을 맡아 성실하게 책무를 수행하고 있다.

그는 가로 늦게 학구열을 불태워 연세대 경영대학원에 들어가 경영학과 석사 과정을 졸업했고, 서울 불교대학원 대학교 불교학과에 입학하여 명상학 전공 박사 과정을 수료했다. 세상에서 명예와 돈을 가지면 으레 학력을 높이려는 저속한 욕구에서 나온 것이 결코 아니다. 모자라는 자신의 내면을 들여다보며 자기 확충을 하겠다는 것이다. 한평생 공부와 연구에 길 든 그가 아니지만, 사업가이면서도 늘 학자 같은 기품을 지닌 그다.

친구가 잘 되는 것을 그렇게나 기뻐하고 자랑하는 위인이다. 내가 저서를 내놓으면 동네방네 다니며 그 애기를 늘어놓고, 서점을 찾을 때는 서가에서 내 책들을 뽑아 가장 눈에 잘 띄는 곳으로 옮겨 꽂아 놓는 친구이다. 나뿐 아니라 창작을 하는 부산 친구의 시집과 소설집을 받아들고는 또 그렇게 입이 마르도록 극찬을 토하는 것이다. 형제나 사촌 간에도 서로 잘 되는 것을 시기하고 그것으로 마음이 편치 않은 것이 보통인데, 이 친구는 그렇지 않다. 친구의 좋은 점에 대해서는 입가에 거품을 물면서 추스르고, 아쉬운 점에 대해서는 그저 미소에 담아 한 마디로 넘기는 너그러운 그였다.

그는 정신적으로 어려웠던 한때 해인사 근처 마음수련원에 내려와 61일간 두문 불출 수도하며 고행의 길을 걷는 등 한평생 수많은 수행을 통해 심신을 연마해 왔다. 얼마 전 내 전자우편함 속에는 그가 쓴 논문 한 편과 저술의 원고가 들어있었다. "종교 명상의 유사성에 대하여"와 "명상학 개론"이었다. 그는 여생을 명상과 함께 건강하게 사색의 품을 넓혀갈 것이다.

나는 한평생 학계와 교계에서 많은 사람들을 만났고 그들과 사귐을 가졌다. 스승과 많은 제자들, 선후배와 동료 친구들, 기독교 신앙을 추구하는 많은 동역자들을 수없이 만나 교제했다. 때로는 외국에 살면서도 나와 상관되는 많은 외국인들과 교분을 나누었다. 이처럼 많은 만남 속에서도 이춘호 학형과의 만남은 예사로운 것이 아니다.

이제 정년퇴임이라는 반추하는 계절에 들어서서 옛 기억을 더듬다 보니 그가 보내준 몇 통의 짧은 글들이 눈에 들어와 그의 이미지를 다시 새롭게 해 준다. 그 서장 속에는 그 특유의 인격과 겸손과 진실이 묻어 있다.

홍 형께

그냥 늙어가기가 민망스러워서 마지막 안간힘으로 단기 연수 교육을 받기 위해 떠나왔네. 조그만 것도 제대로 운영하지 못하고 학문도 남과 같지 못해 이 좋은 세상 무엇을 하며 살아왔는지 한심하네.

광활한 캠퍼스, 물 주어 기른 우람한 나무들, 공해 없는 공기, 열강하는 교수들, 영어 잘하는 수강생들, 이 모든 것이 나에겐 충격이고 커다란 자극이네. 우리 모두 열심히 노력해서 부끄럽지 않게 살아갑시다.

1985년 2월 6일 미국 UCLA 경영대학원에서
홍 형의 능력을 항상 신뢰하는 춘호가

홍 교수 내외분께

65년에 만나 37년간이나 우정을 나누고 살아왔습니다. 홍 교수는 많은 저서를 남기고 주변의 존경을 받으며 살아왔고, 나는 나의 내면으로 침잠하여 마음의 밭을 일구고 가꾸면서 지내고 있습니다. 지난해 부인이 서울역에서 내 손을 잡아주던 따뜻한 손길을 잊을 수가 없습니다. 히히-

2002년 새해 아침에

思滿 仁兄

어려운 부탁을 해서 미안합니다. 그래도 이 결혼식에 가장 좋은 주례가 홍 형일 겁니다. 부인과 꼭 동행하십시오.

신랑 海武 군은 동경대학 부속중고등과 동경 상선대학을 나와 상선회사에 근무하는 29세 청년이고, 신부 承姸이는 진선여고와 세종대 경제·경영을 복수 전공하고 General Electric Medical Systems의 회계부에서 일하는 27세의 내 딸입니다.

권승현 사돈은 3대째 이어온 安本商會를 경영하고 있고, 대구역 앞 Union Hotel도 모친이 직접 경영하는 친한파 재일 교포입니다. 권 사장의 모친, 부인, 며느리 모두를 한국에서 맞이해 가는 안동 권씨 문중의 뼈대 있는 집안입니다.

나는 서울 불교대학원 대학교에서 상담과 명상, 요가 등 오랜 관심사를 공부하는 중이고, 신랑 해무 어머님과는 38년 전 그분이 중학교 3학년 때 처음 만나 지금껏 양가가 교류해 옴으로써 세교를 쌓아왔습니다. 너무 길었습니다. 재미나고 가볍게 진행해 주시게.

2004년 10월 14일

　정성스런 마음으로 축하해 주신 덕분에 좋은 결혼식이 되었습니다.

　고이 기른 딸아이를 신랑에게 이끌어 주기도 처음이고 듬직한 사위의 절을 받아 보기도 처음입니다. 38년 동안 우정을 맺어온 양가의 인연이 더욱 돈독해졌습니다. 이제 막 피어난 아이들을 보면서 우리가 살아온 세월을 다시 한번 바라보게 됩니다. 양가의 오랜 세교가 아이들의 새 출발에 좋은 밑받침이 될 것입니다. 사랑하는 자녀들이지만 그들의 성장을 위해 훌훌 떠나보냈습니다.

　단풍의 계절에 단풍처럼 고운 한 쌍을 보러 오셔서 포근한 가을 햇살처럼 웃어주시고, 햇과일의 과즙처럼 한 입 가득 덕담을 해 주신 여러분 은혜로 이 가을 가장 알찬 결실을 맺었습니다. 아이들과 더불어 아름답게 사는 모습으로 이 고마움을 갚아 가겠습니다.

　여러분의 대소사에 동참하게 해 주십시오. 거듭 고개 숙여 감사드립니다.

2004년 청명한 가을에 이춘호, 김경희 올림

세계 속의 네 가족

8월 15일, 오늘은 우리나라가 일제에서 광복된 지 62돌 되는 날이다.

공휴일이라 집안을 맴돌고 있는데 미국에 있는 아들로부터 전화가 걸려 왔다. 전화기를 들었더니 갑자기 독일에 있는 딸아이의 음성이 함께 들려 오는 게 아닌가. 깜짝 놀라 어리둥절했는데 아들이 경위를 설명해 주었다. 지금 컴퓨터를 이용하여 세 곳의 전화가 연결됨으로써 다중 동시 통화가 가능하다는 것이다. 지구가 한 집 울타리에 들어와 있는 듯한 'GLOBAL'의 개념이 절실해졌다. 세상이 이렇게 편리해 지다니, 감격 뒤에는 왠지 모를 불안도 있었다.

아들딸 둘은 지금 외국에 유학하고 있다. 아들아이는 미국 남가주대학 에서 화공학 박사 과정을 밟고 있고, 딸아이는 8년째 독일 라이프지히 국 립음대에서 피아노 공부를 하고 있다. 공교롭게도 두 아이의 거처와 우리 집과는 경도상으로 보면 정확하게 정삼각형을 형성하는 지점에 놓여 있 다. 북극점에서 내려다본다면 한국과 미국 L.A., 독일의 라이프지히는 8 시간씩의 시차를 가진 접점으로, 이를 직선으로 이으면 정삼각형이 된다. 전화가 온 시각은 우리 시계로 오후 2시 30분을 가리켰고, L.A.가 하루 전날 저녁 10시 30분이었으며, 독일의 라이프지히는 오늘 아침 6시 30분

(서머타임으로 7시 30분)이었다. 어쩌면 이 세 곳 삼각형의 중심점을 자전의
축으로 하여 지구가 돌아가고 있다는 생각이 들었다.

결국 지금 지구 경도상의 정삼각형 꼭짓점에서 삼부자녀가 입을 맞대
고 얘기하고 있는 것이다. 이 얼마나 절묘하고도 놀라운 정황인가?

서로 그곳 날씨를 물었다. 독일은 며칠 동안 비가 왔는데 오늘은 가을
날씨처럼 선선하다고 했고, L.A.는 습기 없는 맑은 날에 유례 없는 더위
가 엄습하고 있다고 했다. 그러나 그늘에 들어가면 시원하여 불쾌 지수는
높지 않은 것이 통례란다. 나는 어제 밤도 무더위 속에서 열대야에 시달
려 잠을 설쳤다고 말했다.

나는 내가 하고 싶었던 일들을 아들딸들이 대신하게 된 것을 매우 행
복하게 생각한다. 공과대학을 선호했던 내 고등학교 시절의 꿈은 아들에
게 자동 이체된 것이다. 그는 포항공대 화공과를 졸업하고 군무를 마치고
는 곧바로 미국의 유학길에 올랐다. U.S.C.의 대학원 석사 과정을 마치
고, 박사 과정에서 "Polymer"(고분자학)를 전공하고 있다. 건강하게 학구에
전념하여 내년에는 학위를 취득하리라 본다.

딸아이는 내가 좋아 했던 음악을 전공했다. 그것은 우리 내외의 강요에
의해 한 것이 아니라, 늘 음악이 흐르는 가정 분위기 속에서 자연스럽게
그의 몸에 선율이 짙게 배었을 것이다. 어릴 적부터 피아노 공부를 했는
데, 초중고교 시절에는 시내 콩쿠르 때마다 출전해서 대상을 받아왔다.
경북대 예술대에서 피아노 공부를 마친 그는 아버지가 약속한 대로 졸업
바로 다음날 독일행 비행기에 올랐다. 그로부터 무려 8년이라는 긴 시간

을 피아노 앞에 앉아 있었다. 그것도 하루 10시간이 넘은 지루한 분초들이었다. 그 세월 속에서 바흐의 본향이요, 유서 깊은 라이프치히 국립음대(학교 역사 600년)에서 피아노 Diplom을 수료하였고, 곧 이어 최고연주자 과정인 피아노 Koncertexamen에 입학하여 3년간의 절차 탁마로 졸업을 이루어냈다. 거기에다 더 욕심을 부려 실내악(피아노 삼중주) Examen까지 마침으로써 두 개의 학위를 취득하고 이 달 28일에 귀국할 예정이다.

언어학을 전공하고 있는 나로서는 이들이 익힌 언어에 관심을 가지지 않을 수 없다. 나도 30대에 일본에 유학하여 한·일어 대조언어학으로 쓰쿠바(筑波)대학에서 문학박사 학위를 수득했다. 이렇게 되면 우리 가족의 언어 양태도 다양하다. 마침 아내가 국어국문학과를 나왔으니 한국어, 일본어를 위시하여 영어, 독일어의 네 가지 언어가 우리 집에 공존하게 되었다. 어족으로 보아도 아들딸의 영어, 독일어는 인구어 중 게르만 계통의 언어이고, 우리 내외는 아직은 그 계통을 단정할 수 없지만 알타이어계인 한국어와 일본어를 소유한 셈이다. 모국어를 공통어로 구사하지만, 우리 집의 제1세대는 동양계 언어를 가졌고, 제2세대는 서구계 언어를 체득한 것이다.

서로 이질적인 다문화를 경험한 우리 가족들로서는 다채로운 조화의 실내악을 연출해 낼 수 있으리라 믿는다. 언어와 문화, 사고와 정서가 다른 곳에서 살아온 우리 가족들이 한데 어울린다면, 이러한 변화와 통일로써 또 다른 생산적인 삶의 하모니를 창출할 수 있으리라 기대한다.

≪2007년 8월 15일≫

제 1 부 삶과 사색 163

상(賞)복과 상 벌레

초등학교 시절부터 나는 상찬을 받는 데 이력이 나 있었다.

경북대 사대 부속국민학교에 재학한 6년 동안에는 우등상과 개근상을 놓친 적이 없었다. 갓 입학한 1학년 때 한국전쟁이 발발하여 우린 학교 교정을 떠나 임시 교사로 떠돌아다니며 공부했지만, 그때에도 우등상과 개근상을 챙겨 받았다.

그리하여 졸업 때에는 6년 개근상으로 두꺼운 국어사전을 부상으로 받아 이를 껴안고 사진을 찍기도 했다. 1956년 3월 15일 졸업식에서 나와 함께 6년 개근상을 받은 친구는 이인호, 이무수, 김청우, 안순자로 모두 5명이었다. 남녀 공학으로 겨우 두 클래스밖에 되지 않은 100여 명의 학생 가운데 우리 5명이 전란의 소용돌이 속에서도 6년을 개근한 것이다.

초등학교 시절 내가 받은 상은 그것만이 아니었다. 4학년 때에는 전교생을 대상으로 학교 전시회가 열렸는데, 내가 쓴 4년간의 일기장이 거기에 게시된 것이다. 누더기같이 해어진 노트장이 이십여 권으로 두껍게 묶여 교실 벽 한가운데 걸렸다. 그 전시회를 참관한 대구시장을 비롯한 외부 인사들은 모두 내 일기장에서 시선을 떼지 않았다. 그분들은 1학년 때부터 하루도 빠짐없이 4년간 일기를 쓴 것을 가상하게 여기고 칭찬을 아끼지 않았는데, 그 학기말에 나는 이로써 특별상을 받았다.

사대 부속중학교에 가서도 3년간의 개근상을 받았다. 한 차례의 지각도 조퇴도 없었다. 한번은 독감에 걸려 온 몸이 불덩어리 같았지만 하교 시간까지 버티는 나였다.

고등학교를 졸업하고 3년 늦게 대학에 입학한 나는 강의 시간에 여간해서 빠지지 않았다. 학생 데모로 간혹 휴강이 되는 사태가 벌어졌지만 수업 시간을 꼭꼭 지켰다. 대학에도 개근상이 있었다면 졸업 시엔 또 그 상을 받았을 것이다.

학부 4년간 학과 공부를 열심히 한 나는 수석 졸업과 함께 문교부장관상을 받았다. 그 당시 국립대학에서 수석 졸업생들에게 수여하는 상은 대통령상, 문교부장관상, 총장상 세 가지가 전부였다. 대학 당국에서는 이를 단과대학 순서대로 돌아가며 수여하여, 어떤 대학에서는 일등을 하고도 상을 받지 못하는 경우가 있었다. 학점이 지금처럼 평점이 아닌 점수로 평가되는 그 시절, 나는 졸업 시 4년 평균이 93점으로 전교 졸업생 중에서 가장 높은 성적을 받았다. 단과대학 차례에 따라 대통령상은 농과대학 이종성 학형에게 돌아갔고, 총장상은 의과대학 권굉우 학형이 받았다. 나는 그때 부상으로 받은 시티즌 손목 시계를 졸업 후 20년 동안 소중하게 간직했다.

대학을 졸업하자 그 동안 연기해 두었던 군 병역을 치르기 위해 바로 입대했다. 50사단에서 6주간 훈련을 마친 나는 곧바로 대구 소재의 국군 의무사령부 인사과에 배속되었다. 그로부터 3년 동안의 군 복무가 시작된 것이다.

  평범한 사병 생활을 하던 어느 날, 2군사령부 주최로 산하 부대의 군가 경연 대회가 열린다는 공문이 왔다. 이 대회에 우리 부대도 참가하게 된 것이다. 48명의 사병들이 4열 종대로 행진하면서 지정한 군가 3곡을 부르는 대회였다. 그런데 그 군가 지휘자로 내가 뽑힌 것이다. 우리 부대에는 대구 출신자가 워낙 많아 나의 행적을 소상하게 아는 사람이 여러 명 있었다.

  나는 이들에게 군가를 가르치기 위해 2군사에서 보내온 악보를 살펴보니 지금까지 부르고 있는 우리의 군가와는 여러 곳에서 너무 달랐다. 모든 부대에서 악보대로 군가를 부르고 있지 않았다. 나는 그 부분을 바로잡아 사병들을 열심히 가르쳤다. 거기에다가 행진 훈련도 곁들여 연습 기간이 두 달간 계속되었다.

  경연 대회는 2군사령부 무열대 연병장에서 성대하게 개최되었다. 2군사 관할 부대가 모두 빠짐없이 참가했다. 경연 형태는 장병 모두가 웃옷을 벗은 채 군가를 부르며 정연하게 행진하는 것이었다. 그런데 지정된 군가를 악보대로 바르게 부르는 팀은 우리 부대를 빼놓고는 한 곳도 없었다. 2군 군악대장과 사령부 참모들이 심사를 했는데, 성적 결과는 예상대로 우리 팀의 우승으로 끝이 났다. 그 많은 참가 부대에서 우승하는 것은 결코 쉬운 일이 아니었다. 우리 중대장이 부대를 대표하여 우승 트로피를 받았다. 우리 장병 모두는 우승의 기쁨을 감추지 못했다. 중대장은 나에게 그간의 수고를 치하하며 포상 휴가를 다녀오라고 했다. 그러나 나는 주말이면 늘 외출하는 터이라 휴가가 필요 없다고 사양했다.

나는 7살에 초등학교에 입학했지만 고교 졸업 후 대학에 진학하지 못하고 3년을 버티는 바람에 대학에 입학해서도 다른 학우보다 나이가 많았다. 그 후 대학 4년을 졸업하고 입대했으니 그때 내 나이 벌써 26세가 된 노병이었다. 우리 부대 사병 중 가장 나이 많은 축에 속했다. 포상 휴가를 사양한 것도 나이 든 사병이 취해야 할 처신의 맥락에서였다.

대학에 교수로 부임한 이래 지나온 36년, 그 동안에도 나는 강의하며 연구하면서 적지 않은 상을 받았다. 20년, 30년, 35년 근속 포상은 말할 것도 없거니와 임직 후 3년째 되던 해에는 대학으로부터 학술장려상을 받았다. 발 빠르게 영어 원서인 변형생성문법 개론서를 번역한 공적이 인정된 것이다. 1989년에는 언어과학회에서 수여하는 "鳳雲" 학술상을 받게 되었다. "鳳雲"은 계명대 총장이셨던 김태한 박사의 아호로, 사재를 출연하여 제정한 상이다. 나는 그 상이 제정된 후 세 번째의 수상자가 된 것이다. 1995년에는 또 다시 경북대 우수저술상을 받았다. 일본에서 한·일어 대조언어분석으로 문학박사 학위를 받고 돌아와 착수한 대조언어 연구서가 큰 업적으로 평가된 것이다.

2004년에는 대구광역시에서 해마다 문화의 날에 시상하는 "대구문화상"을 수상하게 되었다. 7개 부문(학술Ⅰ(인문·사회), 학술Ⅱ(자연), 예술Ⅰ, 예술Ⅱ, 교육, 체육, 언론)으로 나뉜 상 중 나는 학술Ⅰ부문의 상을 받았다. 재임 기간 동안 25권의 저서를 냈고, 100여 편의 논문을 쓴 연구 업적이 높이 평가되어 받게 된 상이다. 이 상은 시내의 각 대학과 학회에서 선발된 추천자를 놓고 관련 학계 심사 위원들이 심사하여 결정하는 상이다. 나는 대구 문화예술회관에서 열린 시상식에서 수상자를 대표하여 수상 소감을 술회했다. "이 상은 이 시간에도 일터에서 열심히 땀을 흘리며 일하고 계시는 대구 시민 여러분의 몫이다."라고 강조했다.

2007년에는 스승의 날을 맞이하여 교육공로상을 받았고, 그해 초겨울에는 구한말 영남의 유학자였던 四未軒 張福樞 선생의 문학과 사상을 재조명한 공로로 "사미헌" 학술상을 받았다. 그때 나는 한국문학언어학회 회장직을 맡고 있었다.

2008년 5월 개교 기념일에는 경북대학교 학술상 중 원암문화재단에서 제정한 "원암" 학술상을 받았다. 각 단과대학에서 추천한 수상 후보자의 학술적 공적을 심의하여 결정한 것인데, 나는 한평생의 대표 저서 『국어 특수조사 신연구』의 학술적 가치를 인정받아 수상하게 된 것이다. 그때 언론에서는 "저서 『국어 특수조사 신연구』에서 독창적인 언어 이론을 정밀하게 분석 기술하고 실증적인 논거 체계를 구축함으로써 국어학 연구 발전에 크게 공헌했다."고 보도했다. 정년퇴임을 한 해 남겨둔 나로서는 수상의 기쁨보다는 어딘지 모르게 쑥스럽고 다른 경합자들에게 미안한 느낌을 떨칠 수 없었다.

학자로 평생을 살아온 나에게 학술상은 어떤 상보다 가치 있는 자긍심을 고조시켜 주었다. 어느 해는 두 가지 상이 겹쳐 하나를 사양하기까지 한 적도 있었다. 어쩌면 상복이 아니라 상 벌레가 될까 염려되었기 때문이다.

나는 원암 학술상을 받으면서 수여하신 이기남 이사장께 이 큰 상금을 뜻 있는 곳에 유용하게 쓰겠다고 말씀 드렸다. 결국 상금은 우리 대학 발전기금과 이것을 요긴하게 쓸 어느 단체에 기탁되었다.

혹자는, 상은 받을수록 더 받고 싶어지는 것이라고 말한다. 그러나 나의 심회는 그렇지 않다. 그저 민망스럽게도 많은 후보자 중에서 내가 선정되었다는 것 외에는 다른 의미를 부여하고 싶지 않았다. 우리 대학에 나와 같은 학술상을 받을 훌륭한 교수가 참으로 많다고 생각되기 때문이다. 그들은 상 벌레처럼 상에 집착하지 않는다. 상을 받게 되는 것이 복이라고 생각하지도 않는다. 그런 욕심과 의식 없이 그저 자기 연구에 정진할 뿐이다.

나는 상복이 있다는 말을 듣기를 기꺼워하지 않는다. 이 말에는 상을 받게 된 것이 필연이 아니라 어쩌다 운이 있어 그렇게 된 것이라는 의미가 내포되어 있기 때문이다. 모든 일이 그렇듯이 마땅히 수상해야 할 사람이 상을 받는 것이 순리요 당위이다.

상 벌레란 말은 상을 받는 것이 그의 지선의 목표가 되어, 그것을 위해 물불을 가리지 않는 행태를 가리킨다. 학자로서의 연찬의 길이 상을 위한 것이라면 이도 씁쓸한 맛을 남긴다.

흔히 수상 후보자가 자기의 공적 조서를 스스로 써야 하는 경우가 있다. 추천자가 그의 실적에 대해 소상하게 알지 못할 뿐 아니라, 그것에 관한 자료를 가지고 있지 않기 때문이다.

지금까지 내가 써 온 나의 학술적 공적은 대충 다음과 같다. 객관적인 사실을 과장 없이 쓴 것이지만 자기 노출을 통해 무엇을 얻으려는 의도를 생각하면 마냥 쑥스럽기만 하다.

① 경북대학교에 36년간 근속하여 국어학을 강의 연구하면서 저서 25권과 논문 100여 편의 방대한 연구업적을 발표하여 국어학계와 언어학계에 공헌했다.

② 70년대에 도일, 10여 년에 걸쳐 대조언어학을 궁구하여 쓰쿠바(筑波)대학에서 문학박사 학위를 취득했고, 귀국하여 국내 대조언어학의 기틀을 마련했다.

③ 전공 영역은 국어 의미론과 문법론이 주전공이지만, 이 외에도 일반언어학, 대조언어학, 외국인을 위한 한국어교육 등 폭 넓은 연구 외연을 가졌다.

④ 80년대 초부터 남북한 언어를 비교 분석하여 언어 통일의 방안을 모색해 왔고, 2004년에는 『북한 문화어 어휘 연구』(경북대 출판부)를 출판했다.

⑤ 재일 당시 시마네(島根) 현립대학에서 교류교수로 2년간 일본 학생들에게 한국어를 강의했고, 시민 강좌를 통해 일본 시민들에게 한국어와 한글을 가르쳤다.

⑥ 대조언어학의 연구 역량을 실용적인 연구에 적용하여 우리 민법문을 어법적으로 쉽고, 정확하고, 법리적으로 타당성 있는 표현이 되도록 개편하는 일에 착수했다. 1,118개 조의 민법문을 손질하였고, 특히 우리 민법에 남아 있는 일본 민법문의 잔재를 밝혀 용어, 표현, 문법 등을 개정한 보고서를 정부에 제출했다.

⑦ 국내외 여러 학회에서 많은 학술 활동을 했다. 그 중에서도 한국어문학회, 언어과학회, 한국문학언어학회, 경북어문연구회 등의 회장과 한글학회 대구지회장을 맡아 학회의 발전에 기여했다.

⑧ 오랜 기간 경북대 한국어 연수부장을 맡아 외국인을 위한 한국어 교육에 종사해 왔고, 3권의 한국어 교재를 개발하여 재일 기간 이 교재로 직접 강의했으며, 국내에서도 강의 교재로 사용했다.

⑨ 경북대 국어생활상담소장으로 국어 순화와 우리말을 바로 사용하기 위한

각종 프로그램을 개발하여 시행하였으며, 특히 외국인을 위한 한국어교
육 전문가과정을 개설하여 교사 양성에 힘쓰며 직접 강의를 했다.

나는 우리 대학을 떠나면서 이 상만은 하나 더 받았으면 하는 것이 있
다. 내가 사랑하는 학술 잡지인 『어문론총』 특별상이다. 지난 36년간의
재임 기간 동안 나는 이 논문집에 25편이나 되는 연구 논문을 게재했다.
그것도 가장 고뇌하며 다져 썼던 소중한 논문만을 이 책에 실었다. 수상
의 공적 사항은 그저 '애정'이라는 말 한 마디만 있으면 족할 것이다.

오늘 이 글을 쓰려고 하니 문득 내가 이 세상을 하직하고 하늘 나라에
가면 어떤 상을 얼마나 받게 될 것인가 하는 생각이 든다. 주변 사람들의
입에 회자되던 대로 이 세상에서 상복이 있었던 사람이지만, 그 나라에서
는 그 무엇으로 우등상과 개근상을 받을 수 있을지 의문이다.

≪2009년 1월, 정년퇴임의 해에≫

제 2 부 대학과 학문

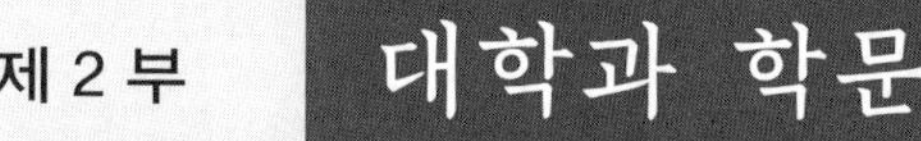

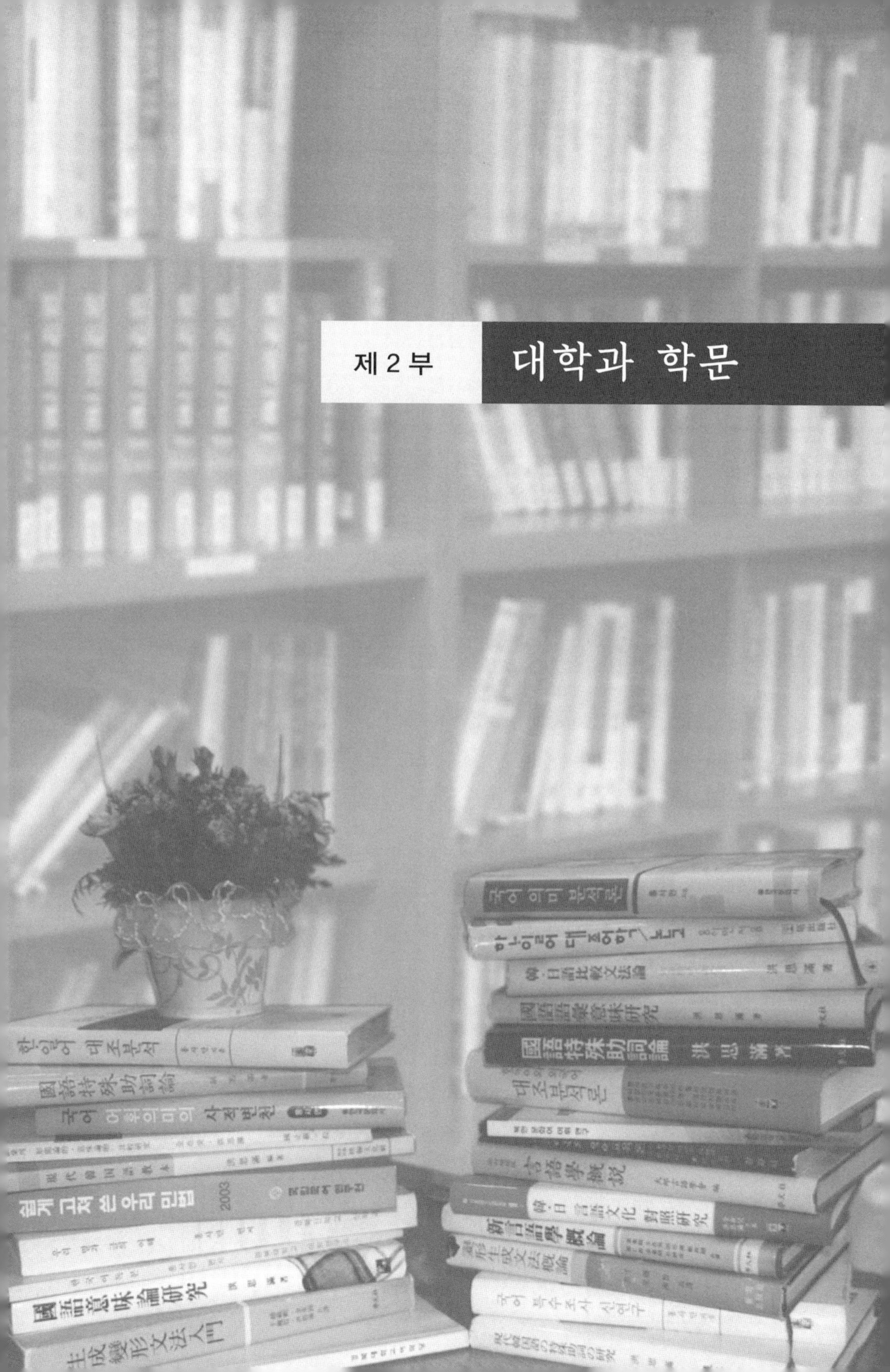

한일어 대조분석
國語特殊助詞論
國語特殊助詞論 洪思滿
대조분석론
古語學概說
韓·日 言語文化 對照硏究
新日語學槪論
國語意味論硏究
生成變形文法入門

말과 글

카피는 시처럼 함축적이며 격언처럼 웅변적이어야 한다. 때로는 감미로운 실내악에서부터 장엄한 교향악에 이르기까지 다이내믹한 언어이어야 한다.

〈언어의 힘, 카피의 힘〉

우리말 자산의 빛깔과 가락을 보존하고 관리하자는 얘기다. 보존은 자산의 퇴락을 막아주고, 관리는 오염과 변질을 방지하는 장치가 된다.

〈우리말 자산, 보존과 관리를〉

걸어온 연찬(研鑽)의 길

고교 시절 공과대학에 가겠다고 마음먹었던 나는 우여 곡절 끝에 인문 과학 중에도 말에 관해 궁구하는 언어학자가 되었다.

문법론과 의미론을 추구하고 강론하는 나는 언어학 속에 자연과학적 속성이 농후함을 발견하고는 참으로 놀랐다. 수학과 화학을 특별히 잘 했던 나에게는 이러한 공부가 전공 연구에 큰 도움이 되었다. 사고력과 분석력, 조직력을 배양하는 밑거름이 된 것이다.

29세의 약년으로 우리 대학 강단에 선 나는 문법론 중 단어를 중심으로 연구하는 형태론에서 출발하여 통사론을 거쳐 의미론에 이르는 연찬의 과정을 거쳤다. 이러한 연구 과정은 마치 하나의 사슬을 엮어가는 것 같은 느낌을 주었다. 강의는 국어문법론, 국어형태론, 국어의미론, 국어학개론, 국어사, 국어학사, 중세국어강독, 한국 언어와 문화, 국어학 연습 등, 국어 음운론과 방언론을 빼고는 국어학의 전 영역에 걸친 광범한 것이었다.

제자들에겐 늘 인문학 전공자는 자연과학적 속성인 객관성과 체계성과 명시성을 염두에 두지 않으면 안 된다고 종용했다. 평소에 버릇처럼 다짐하던 말귀가 떠오른다.

"언어학은 과학이다. 음미하지 말고 과학적으로 따지고 논리적으로 타당성을 부여하라."

- "희미하게 아는 것은 전혀 모르는 것과 같다. 명확히 알아 자기 것으로 용해시키고, 그로부터 새로운 명제들을 재창출하라."
- "언어학자들은 언어의 질서를 발견하고 원리를 추구하며 어떤 경향성이나 규칙을 찾아 논증하는 것을 사명으로 한다."
- "말의 연구는 궁극적으로 그 분포와 기능을 깊고 정확하게 기술하는 것이다. 그건 어떤 사람을 품평할 때 그가 어디에 살며 무엇을 하는 사람인지를 밝히는 것과 다를 바 없다. 언어의 분포 환경은 사람이 거처하고 일하는 가정과 일터이며, 문법적·의미적 기능은 그가 하는 일들을 가리킨다. 이를 밝히기 위해 그의 성격과 능력과 재능을 논하는 것이다."
- "사람이나 동식물이 환경 의존적인 존재인 것처럼 언어도 환경의 지배를 받는다. 언어가 환경에 적응하면서 동화하는 원리와 상황을 정밀하게 기술하는 것이야말로 언어 연구의 신비이며 요체이다."

처음 교수직에 임용되었을 때, 나는 재임 기간 동안 내가 해야 할 연구의 업적 분량을 정해 놓았다. 정년퇴임까지 20권의 저서와 100편의 논문을 쓰는 것이었다. 이러한 목표는 정년에 이르기 전 이미 온전하게 달성되었다. 그러나 나는 연구 업적의 양을 자랑하지 않는다. 또 그것에 대해 큰 의미를 부여하고 싶지도 않다. 아무리 많이 일구어 놓아도 바닷가의 모래알 몇 톨에 지나지 않으니 말이다. 그저 그걸 구축하기 위해 고뇌하고 애써온 연구 과정에다 의미를 둘 뿐이다. 왜냐하면 나의 연구 생활은 크고 작은 것으로 상승 하강하는 부침을 거듭해 왔기 때문이다. 작은 성취에 도취되어 희희 낙락하던 사이클이 하나의 나이테를 이루었고, 그러던 내가 어떤 때는 논문의 서론이 잡히지 않아 쩔쩔 매던 그 나약함의 사이클이 또 하나의 나이테를 이룬 것이다. 이 두 사이클의 오르내림은 나의 학문 생활을 지탱해 주는 큰 지주가 되었다. 그래서 동학의 길을 걸어가는 문하생들에게 이렇게 말한다. "자만도 말고 좌절도 말라. 그리고 자만도 하고 좌절도 하라."라는 역설적인 메시지다. 또한 "그대들은 스승의 학문에 대해 섣불리 칭송도 논평도 하지 말라. 언젠가 내가 학문을 거두는 종국의 날에 나를 얘기하라."라고 말한다. 이는 그날이 이르기까지 나는 손에서 책과 붓을 놓지 않겠다는 결단이기도 하다.

연구 업적이 많다는 수치적 성취는 연구자에게 결코 지상의 자랑거리가 아니다. 나는 곧잘 영국의 분석철학자 Austin의 얘기를 제자들에게 들려준다. 그는 한평생 단 한 권의 저서도 남기지 못했지만 당대의 석학이었다. 지금 전해지고 있는 유일한 책 "How to do Things with Words"(1962)는 그가 고인이 된 후 제자들이 스승의 강의록을 정리하여 책으로 엮어 드린 것으로 불후의 명작이 된 것이다. 집필자의 혜안과 인생이 전폭적으로 배어있는 한 권의 역저로 족하다는 말이다.

그러나 또 한편 생각하면 25권의 저서와 100여 편의 논문은 나에게는 더할 수 없이 소중한 것이기도 하다. 40대의 젊은 시절 나는 세 편의 논문을 동시에 쓴 적이 있다. 서재의 책상만 옮겨 앉으면 다른 논문이 나왔다. 불면증으로 시달리던 그때, 밤늦게 침실에 들어 눈을 감으면 방 천정에는 온통 구석구석마다 지금 쓰고 있는 여러 가지 논문의 주제와 내용이 어른거려 잠을 이룰 수 없었다. 지금은 그때의 순발력도, 반짝이는 아이디어도, 집요한 끈기와 집중력도 무디어져 버렸다. 시력마저 가물거려 펜을 들어도, 컴퓨터 앞에 앉아도 효율적인 글의 행렬이 제대로 발진되지 않을 때도 있다. 그러나 그간 쌓아온 학문의 경륜은 더 진지하고 깊은 지혜의 세계로 나를 이끌어갈 것이다.

대학에 임용된 지 4년 되던 해에 일본으로 유학의 길이 열렸다. 교수들의 해외 파견이 어려웠던 당시의 정황으로 보면 나에겐 큰 행운이었다. 우리 대학과 일본 쓰쿠바(筑波)대학과의 교수 교류 프로그램에 따라 내가 선정된 것이다.

도일 후 일본에서 10년 걸려 취득한 문학박사 학위는 나에게는 생명과도 바꿀 수 없는 귀중한 것이다. 30대 초, 가족 없이 혼자 떠난 외국 생활 속에서 불면에다 거듭된 무리로 얻은 십이지장의 출혈은 나로 하여금 여러 번 사경을 헤매게 했다. 귀국하고서도 다섯 차례나 그것이 재발하여 입원하는 몸이 되었다.

일본에서 소위 구제 학위라고 하는 논문박사는 당시 3, 40대의 내 나이로는 바라보기 어려운 강 저 너머의 것이었다. 연륜과 경륜을 요하는 학위였다. 그걸 따려고 그토록 잠을 설치고 피와 땀을 흘렸다.

1990년 3월 23일 쓰쿠바대학에서의 학위 수여식, 일본의 온 천지가 벚꽃으로 뒤덮인 그날, 그 대학에서 세 명의 문학박사가 탄생했다. 가운데 앉은 내 양편의 두 학위 취득자는 그해 그 대학을 정년퇴임하는 노교수였다. 한 분은 민속학, 다른 한 분은 철학 사상을 전공하는 교수였다. 40대의 젊은 한국인인 나에게로 온통 시선이 집중되는 것은 극히 당연한 일이었다.

앞서 나는 한국어 특수조사와 일본어 부조사(副助詞)의 분포와 기능에 대한 대조 연구 논문을 학위 논문으로 제출했다. 그 후 수년에 걸친 예심과 1년 동안의 본심의 심사 기간은 참으로 길고도 먼 각고의 시간들이었다. 하루 한두 쪽씩을 읽는다는 심사 위원들은 내 논문에 대해 나만큼이나 내용을 꿰뚫고 있었다. 심사 위원으로서의 권위와 책임의 무게가 실려 있었다. 논문 심사가 끝난 뒤에도 나는 그들로부터 축하의 인사를 듣지 못했다. 그 후에도 두 개의 관문이 남아있기 때문이다. 최종적으로 학위 통과를 위한 문예·언어학계 전체 교수 회의가 열렸다. 그 자리에서 나의 문학박사 학위 취득에 관한 전반적인 사항이 심의되는 것이었다. 어쨌든 알뜰히 읽고 지도해 준 네 분의 심사 위원에게 깊이 감사한다.

심사 위원 중 한 분은 학위 수여식 당일 나에게 축하 선물로 예쁜 청동 꽃병 하나를 건네주었다. 그러면서 이 꽃병을 거실 한 곳에 놓아두고, 앞으로 행여 어려운 일을 만나게 되면 바라보라는 것이었다. 그리고는 "홍 교수의 생애에 이번 박사학위만큼이나 어렵고 힘들었던 일이 또 다시 있겠는가?" 하고 회고했다. 참으로 더할 수 없는 격려의 언어였다.

이처럼 엄밀하고 철저한 심사를 거친 내 학위 논문은 지금 보아도 세상 무엇에도 견줄 수 없는 값진 것이다.

나의 학문 연구는 크게 세 분야로 나뉜다. 국어학 영역의 형태론과 어휘론, 그리고 대조론이다. 그 중에서도 특수조사론, 어휘의미론, 한·일어 대조분석론이 주류를 이룬다. 25권의 저서 중 이 세 분야를 대표하는 책을 하나씩 뽑으라면 아마도 『국어특수조사론』(1983, 2002), 『국어 어휘의미의 사적 변천』(2003)과 『한・일어 대조분석』(2004)이 될 것이다.

100여 편 되는 논문을 분야별로 나누어 보면 의미론・어휘사 관련 논문이 30여 편, 특수조사를 중심으로 한 문법론이 22편, 한・일어 대조언어론이 24편이고, 남북 언어의 비교 분석과 민법 순화에 관한 것, 순수 일본어에 대한 연구가 각각 5편씩이며, 그 외에도 10여 편의 논문이 있다.

의미론・어휘사에 관한 논문은 일반적인 의미 이론을 해설한 것 1편, 전제와 함의에 대한 논구 3편, 신체어의 다의성을 분석한 것 6편, 반의어의 개념 대립 유형 1편 등과 어휘사에 관한 통시적 연구 12편, 어휘생태론과 표현론에 관한 것 4편 등이다.

문법론에는 필자의 주요 논문인 특수조사에 관한 것 13편, 접미사・접두사의 분포와 기능 2편, 정도 부사의 분포와 하위분류 3편, 형용사의 기능적 분류 시론 1편, 분류사에 관한 것 2편이 있다.

한・일어 대조언어학에는 특수조사와 부조사의 대조론 10편을 위시하여 대조언어학 일반론 2편, 음운 대조 2편, 격조사 대조 3편, 파생어 대조 3편, 정도 부사 대조 1편, 정중성 표현 대조 1편, 고대어의 대조 2편, 외국어 교육에 관한 것 3편 등이 있다.

남북한 언어 비교는 주로 남북어 이질화의 원인과 현황, 그리고 언어 통일의 전망과 대책을 중심으로 5편의 논문을 발표했다.

민법 개정에 관한 논문은 국립국어연구원에 연구 보고서로 제출한 「우리 민법에 남아 있는 일본어식 용어와 문체」로부터 장별로 5편의 논문이 나왔다.

이 밖에도 근대 국어 자료인 『倭語類解』의 분석과 현대 국어의 신문 오류 분석, 성서 분석, 일본어 통사론 등이 뒤따른다.

나의 논구 특징은 대비적 성격을 띠는 것이 많다는 점이다. 한·일어 대조 언어 분석에서 양 언어의 상이점을 밝히는 데 주력한 것도 그러하거 니와, 그 외의 일반 논문에서도 A를 설명하기 위해 非A(~A)를 가져와 비교하는 기술 방식을 취한 것이다. 이를테면, '남자'를 설명하기 위해 반 드시 그와 대립되는 '여자'를 가져와 대비적으로 논구하는 시각이다. 이러 한 논제들을 찾아보면 도처에 분포되어 있다.

- 조사 {-는/-은}과 {-도}
- 조사 {-는/-은}과 {-이/-가}
- 정도 부사 {뭇}과 {구장}
- 정도 부사와 상태 부사
- 전제와 함의
- 외연적 함의와 내포적 함의
- 상태 형용사와 속성 형용사
- '표별'(表別)과 '협수'(協隨)
- 기지(旣知)와 미지(未知)
- 중세·근대어 명사 {빋}과 {값}
- 중세·근대어 형용사 {어리다}와 {졈다}
- 중세·근대어 동사 {짓다}와 {만들다}
- 중세·근대어 의존 명사 {두}와 {줄}
- 언어의 보편성과 특수성
- 특수조사와 격조사
- 동심 구조 접미사와 이심 구조 접미사

- 접두 파생법과 접미 파생법
- 연역적 논증과 귀납적 추론
- 외적 상태 형용사와 내적 상태 형용사
- 실질적 의미와 형식적 의미
- 중심 의미(주의)와 주변 의미(부의)
- 의미 충돌과 어형 충돌
- 하의 관계와 비양립 관계
- 보조동사 {내다}와 {버리다}의 양태 기능

이들 논구 중 지금도 자긍심을 환기시켜 주는 몇 개의 주요 대목이 있다.

1975년에 발표한 논문 "특수조사의 격과의 무관계성"은 어떤 사실 범주의 공하위 개념이 가지는 대립성을 조직적으로 밝혀준 것이다. 특수조사는 격 표시 기능이 없다는 점에서 격조사와 대조되는 사실을 격조사 생략의 원리로써 실증적으로 증명한 것으로, 종래 제 학자들의 주장을 뒤집는 내용이었다. 이는 같은 맥락에 놓여있는 일본어학에도 영향을 미쳤다.

국어 어휘 의미의 사적 변천에서는 어휘의 생태가 동식물과 같은 경쟁과 질서, 평형의 관계를 유지하면서 존립하는 역학 관계를 밝힌 것이다. 따라서 어휘의 사적 추이도 이와 같은 생태론적 가치와 원리 위에서 진행되어 왔고, 향후 또 그렇게 진전될 것임을 예단해 주었다. 이는 마치 물이 높은 곳에서 낮은 곳으로 흐르는 것과도 같은 자연 현상의 보편성 원리 위에서 이들이 생존하는 것임을 입증하는 내용이다.

한·일어 대조 분석론은 일본에서의 학위 취득 이후 이어져 온 연구 테마이다. 양 언어의 음운(음성), 문법, 어휘, 언어 행위 등을 대응 요소로 비교 분석하여 동질적인 보편성과 이질적인 특수성을 기술한 것으로, 국내에 대조언어학을 수립하는 계기를 만들었다. 그러한 특수성이 어떤 원리에 의해 생성되는지를 밝히고, 이러한 성격이 양 언어를 외국어로 배우고 있는 양 학습자들에게 교수 자료로 활용될 수 있게 했다. 뿐만 아니라, 양 언어의 대조는 언어학 연구 방법과 내용의 대조로 발전하여 한 쪽의 언어에서 보이지 않던 어떤 원리가 상대방 언어에서 나타나는 효용성을 제공하는 데 유용한 실마리가 되기도 했다.

이러한 연찬의 길을 걸어가는 동안에는 훌륭하신 여러 은사님의 도움이 있었다. 학부 시절부터 오늘까지 나의 일거수 일투족을 지켜보면서 지도와 격려를 해 주신 전재호 교수님과 일본 학위 과정의 대장정 속에서 편달을 아끼지 않으신 馬淵和夫 교수님의 은혜를 잊을 수 없다. 두 분은 이미 8순과 9순을 넘기신 인생의 스승이시다.

≪2009년 7월, 정년퇴임을 앞두고≫

* 때마침 『문초』라는 학과 교우지에 나에 관한 글이 실려 있어 이 글을 옮겨 놓는다. 2003학번의 제갈 덕주라는 남학생이 나의 강의에 대한 소감을 쓴 글이다. 어쩌면 실상 이상의 과분한 글이라 쑥스럽고 계면적은 느낌이 들어 망설이기도 했지만, 나의 정년퇴임을 아쉬워하는 그의 마음을 고맙게 생각하여 감히 소개할까 한다. 이렇듯 늙어지면 부끄러움도 체면도 없어지는가 보다. 제갈 군은 나의 강의를 '판소리'에 빗대어 쓰고 있다.

판소리 「홍사만」

2003학번 제갈 덕주

만류귀종(萬流歸宗)이라는 말이 있다. 어느 길을 가든 높은 경지에 이르면 근본은 서로 통한다는 말이다. 아마 홍사만 교수님의 강의가 그렇지 않나 생각한다. 평소 '위대한 교육자는 위대한 예술가'라고 생각했던 나로서는 홍사만 교수님의 강의가 단지 강의로만 여겨지지 않는다.

고대에는 교육과 예술이 분리되어 있지 않았다. 위대한 스승이 곧 위대한 지도자요, 예술가였던 시절이 있었다. 오늘날 인류가 겪는 정신문화의 빈곤이 바로 이러한 종합예술인의 부재에서 온 것은 아닐까? 만약 그렇다면 홍사만 교수님의 강의는 살아있는 종합예술 그 자체라는 점에서 우리 경북대학교 국어국문학과의 역사에서 두고두고 자랑거리로 삼을 만하다고 생각한다.

그런 위대한 작품이 이제 장장 36년의 대장정 끝에 막을 내린다 하니 아쉬움을 감출 수 없다. 다행히 운이 좋아서 홍사만 삼종 세트라 할 수 있는 [한국어학일반론], [한국어문법론], [한국어의미론]을 모두 수강할 수 있었던 나는 그 감동을 부족하나마 글로써 남겨놓고 싶었다. 그래서 고민하던 끝에 마침 올해 『문초』 발간에 맞추어 이렇게 글을 쓰게 되었다.

나는 감히 홍사만 교수님의 강의를 판소리라 부르고자 한다. 혹자는 어떻게 감히 제자가 스승을 그렇게 비유할 수 있느냐고 할지 모른다. 하지만 앞서 말한 바와 같이 나는 위대한 교육자는 위대한 예술가라고 생각한다. 예술의 본질은 바로 소통에 있다. 자신이 깨달은 삶의 진실을 가장 아름답고 재미있게 전달하는 행위, 나는 그 속에 예술이 있다고 생각한다. 따라서 정말 위대한 강의는 단지 지식을 전달하는 것이 아니라, 스승과 제자가 희로애락을 공유할 수 있어야 한다는 것이다. 내가 본 홍사만 교수님의 강의가 바로 그러했다. 교수님의 강의는 한 편의 판소리를 듣는 듯한 즐거움을 주었다.

일찍이 판소리 이론의 대가 신재효 선생께서는 명창의 4대 조건으로 "인물치레, 사설치레, 득음, 너름새"를 말씀하셨다. 이제 나를 감동시킨 판소리 [홍사만]의 명창 洪思滿의 4대 조건에 대해 말해 보도록 하자.

먼저 명창의 첫 번째 조건인 인물치레에 대해서 생각해 보자. 내가 교수님의 강의를 처음 들은 것은 약 5년 전쯤이다. 2003년 3월 전공수업으로는 처음 듣게 된 것이 홍사만 교수님의 강의였다. 그때 하얀 머리카락을 곱게 빗어 반올백으로 넘긴 교수님의 모습은 영락없는 신사 그 자체였다. 그리고 전역을 하고 복학을 한 오늘날에도 여전히 한결같은 그 모습에서는 전형적인 교수님의 품위가 느껴졌다. 언젠가 한번은 다른 교과 수업 때문에 인터뷰를 신청한 적이 있었는데 그때 교수님께서 자신의 헤어스타일에 대해 이야기하시던 것이 생각난다. 아침부터 머리에 신경을 많이 써서 왔다며 너스레를 떠시던 교수님의 정겨운 말씀 덕분에 당시 나는 편안하게 인터뷰를 끝마칠 수 있었다. 또 한번은 수업 중에 "전형적인 교수의 외모란 무엇일까?" 하시며 "깔끔한 정장, 지긋한 흰 머리, 돋보기 볼록한 안경에 강의 노트를 낀 모습"이 그것일 것이라고 말씀하셨는데, 영락없이 딱 교수님 자신의 모습이었다. 나는 그때 교수님께서 자신이 생각하는 인물치레를 갖추기 위해 항상 다듬고 노력하고 계시다는 사실을 알 수 있었다. 역시 멋이란 건 거저 얻어지는 것이 아닌가 보다.

다음은 두 번째 조건인 사설치레에 대해서 살펴보자. 멋진 공연이 되기 위해서는 아는 노래가 많고 목소리가 좋아야 하고, 그때그때 무대 매너도 있어야 한다. 하지만, 무엇보다 중요한 것은 변함없이 준비되어 있는 사설일 것이다. 그날 기분에 따라 애드립을 칠 수도 있지만, 뛰어난 명창은 항상 기본적인 사설을 유지하면서 그것을 그때그때 적절히 활용하는 법이다. 강의에서도 이러한 준비된 사설이 수업의 질을 결정하는 것이 아닐까 생각해 본다. 요즘 강의를 듣다보면, 그때그때 애드립한 내용이라는 생각이 들 때가 적지 않다. 물론 그런 강의도 나름 재미가 있긴 하지만, 강의를 듣는 입장에서 명확성이 떨어진다는 아쉬움이 없는 것은 아니다. 홍사만 교수님의 강의는 언제나 명쾌하고 확실하다는 점에서는 많은 사람들에게 들어도 들어도 감동을 주는 것 같다. 나는 되도록 앞쪽에서 강의 듣기를 즐긴다. 그러다 보면 교수님들이 준비해 오신 것들을 보게 되는 경우가 많다. 그러다 어느 날 홍사만 교수님께서 항상 노트 한 권과 교재를 들고 오시는 것을 알게 되었다. 그리고 생각했다. "아, 저것이 바로 교수님의 명쾌한 강의의 비밀 노트구나!"라고 말이다.

셋째는 득음이다. 아무리 얼짱 스타에 좋은 곡을 얻어도 반짝 스타가 되고 마는 경우가 많다. 그래서 연예인들이 살아남기 위해 피나는 노력을 한다는 이야기를 많이 들었다. 역시 예술의 기본은 실력일 것이다. 홍사만 교수님의 강의가 몇 십 년째 가장 큰 인기를 누리고 있는 것도 이처럼 튼튼한 실력이 바탕이 되기 때문일 것이다. 처음 입학해서는 어학을 볼 줄 아는 눈이 없어서 교수님의 연구가 얼마나 위대한 업적인지 알 수 없었다. 지금도 그렇게 대단한 실력은 아니지만, 그래도 몇 학기를 어학 수업을 접하고 나니 이제 홍사만 교수님의 논문들이 굉장한 가치를 가지고 있다는 것을 알 수 있었다. 특히 특수조사에 대한 연구가 단지 지엽적인 연구의 결과물이 아닌 한국어만의 특징을 표지하는 매우 중요한 의의를 지니고 있다는 것을 알았다. 강의 중에 교수님께서 이건 홍 아무개가 알아냈다며 능청을 떠시던 모습이 떠오른다. 그때 교수님께서 우리에게 보다 높은 경지의 소리를 듣고 즐길 수 있는 귀를 튀어 주시고자 했었다는 것을 이제야 어렴풋이 느껴진다. 명창들이 수리성을 얻기 위해 폭포 아래서 피를 토하듯, 나도 책과 싸워 코피를 흘리면서 언젠가는 교수님 같은……아니 더 위대한 언어학자가 되고 싶다.

마지막으로 너름새에 대해 생각해 보자. 너름새는 발림이라고도 하는데, 일종의 퍼포먼스라 할 수 있다. 사설과 노랫소리에서 부족한 점들을 행동을 통해 묘사해 주는 일종의 무대 매너이다. 강의를 듣다보면 책만 쭉 읽거나, 설명만 쭉 해서 수면 효과를 높이시는 교수님이 간혹 있다. 물론 교수님 나름대로 교육의 신념을 가지고 있으시리라 생각한다. 하지만 강의를 듣는 입장에서는 교수님의 손짓 하나, 눈짓 하나까지도 이미지가 되어 수업의 내용을 이해하는 데 영향을 줄 때가 많다. 그래서 나는 너름새가 좋은 교수님의 강의가 좋다. 홍사만 교수님의 경우, 목소리는 마치 노래하듯 강약의 변화가 있다. 간간히 들려오는 특유의 감탄사는 심금을 울리고, 때때로 들리는 우렁찬 목소리와 강렬한 몸짓은 듣는 이의 몸을 긴장시킬 뿐 아니라 뇌 속 깊숙이 인상을 남긴다. 또한 또박또박한 그 판서는 눈을 즐겁게 해 준다.

어찌 이 같이 명쾌한 강의가 하루아침에 되었겠는가. 이같이 감동적인 작품이 하루아침에 만들어졌을까? 다만, 강의를 마칠 때마다 느끼는 것은 적절한 추임새를 넣을 재간이 없는 내 자신에 대한 아쉬움이다. 이제 겨우 약간이나마 그 말씀에 같이 웃고 같이 울 수 있는 눈구멍과 귓구멍이 뚫리려하는데, 남은 시간이 얼마 없다고 하시니 그 안타까움을 감출 수 없어 이렇게 글로나마 아쉬움을 달래본다.

≪2009년 1월, 『문초』 20집≫

내일을 여는 국어 생활

'국어의 장래'라는 명제는 어느 나라에서나 그 나라의 미래상과 결부되는 정책적인 문제로 중대성을 띠고 있다.

우리나라는 역사적으로 오랜 기간 동안 중국의 영향을 받아 왔고, 일제 35년간은 일본의 지배하에 있었으며, 광복 후로는 서양 문물의 영향을 받아 온 터이라, 국어에 다분히 중국과 일본과 서양의 것이 혼재해 있는 상태이다. 특히 반세기 동안의 남북의 분단은 한 민족어를 이질화하는 비극을 낳았다.

이와 같은 난맥상 속에서 오늘의 국어가 처한 현실을 진단하고, 내일을 위한 대책과 방안을 모색하는 것은 21세기를 맞이하는 이 시점에서 요긴한 현안이라 인식된다.

민족과 언어

"한 민족이 다른 나라의 노예가 되어 끌려가더라도, 제 민족의 말을 잘 보존한다면 감옥의 열쇠를 쥐고 있는 것이나 다름 없습니다."

알퐁스 도데(Alphones Daudet)의 『마지막 수업』에서, 프랑스 알사스 지방 어느 초등학교의 마지막 국어 시간에 남긴 선생님의 말씀 중 한 대목이다.

민족이란 혈통과 문화적 전통을 공유하고 있는 사회 집단을 일컫는다. 이런 점에서 민족은 신체적 특징으로 구분되는 종족과는 다르다. 민족을 특징지어 주는 문화적 전통에는 민속과 언어와 종교 등이 있지만, 이 중에서도 언어는 가장 영속적이면서도 두드러진 특징이라 할 수 있다. 같은 혈통이지만 언어가 다른 집단은 하나의 민족이라고 하기 어렵다. 따라서 민족은 민족어와 운명을 같이 해야 하는 것이다.

프랑스 언어학자 안톤 메이에(Antoine Meillet)는 언어와 민족 사이의 관계에 대해,

"민족을 구별하는 특성 중 가장 명백하고도 유일한 제일의 특성은 언어이다. 언어의 차이가 소멸하는 곳에 민족의 차이도 점점 없어져 가며, 민족 감정이 결한 곳에 언어의 차이도 사라져 간다."
라고 역설했다.

민족과 언어가 얼마나 절실하게 밀착되어 있는가는 엘릭스 헤일리(Alex Haley)의 소설 『뿌리』에서도 여실히 찾아 볼 수 있다. 아프리카에서 미국으로 이주하여 200년간 7대를 살아온 만딩가족이 당시 부족의 성씨였던 '킨데'라는 말과 강 이름이었던 '캄비볼롱고', 기타 이름이었던 '코'라는 세 개의 단어를 기억해 냄으로써 자기 종족의 뿌리를 찾게 되었다는 얘기다. 언어가 민족의 동일성과 역사를 알려 주는 명확한 열쇠라는 사실을 실증해 주는 예가 될 것이다.

흔히 나랏말 속에는 그 민족의 숨결이 들어 있다고 한다. 이런 점에서 우리의 말은 우리 민족의 영혼의 목소리이며, 그 속에 민족의 혼을 보존

해 주는 큰 동력이 들어 있다. 뿐만 아니라, 국어는 한국인을 한국인답게 하고, 민족 정신으로 국민 상호간의 일체감을 고취시켜 주며, 나아가서는 자립과 자존의 의식으로 올바른 국민상을 정립하는 데 크게 이바지한다. 그러므로 한 민족이 그 민족어를 보존, 계승, 발전시키지 못하면 민족성을 상실하는 비운을 맞이하게 되는 것은 당연한 일이다. 우리의 선조들이 일제의 강점으로 나라를 빼앗겼을 때, 우리말을 보존하려고 목숨을 걸고 투쟁해 온 것은 이 때문이다. 우리나라 개화기의 선각자인 유길준 선생은,

"제 나라의 말과 글을 사랑하고 그것을 잘 쓸 줄 아는 나라는 국기(國基)가 튼튼해지고 부강해진다."
라고 하고, 나라 사랑의 이념에 기초를 둔 국어 연구에 몰두했다.

유구한 역사와 맥락을 같이해 온 우리말 속에는 우리 민족의 전통과 풍속, 생활 정서와 문화가 그대로 용해되어 있다. 즉, 국어에는 우리 겨레의 전통 속에서 성장한 얼이 담겨 있으며, 그 얼은 우리의 사상과 감정, 나아가서는 우리의 행동까지 지배하는 것이다. 이에 대해 훔볼트(Humbodlt)는, "언어는 문화적인 전통 속에서 형성된 일정한 세계상(Weltansicht)과 세계관(Weltanschauung)을 표현한다."라고 했다.

우리말의 특징으로는 음운의 수가 비교적 많고 그 조직이 복잡하다는 것과 문법적으로 후치 형식인 조사와 어미가 다양하게 분화되어 있다는 점을 들 수 있다. 어순은 동작주→동작 대상→동작의 순서로 배열된다. 어휘 면에서는 감각어와 상징어가 발달되어 있고, 음상의 차이에 의해 어휘의 분화와 대립 양태가 현저하다는 사실도 간과할 수 없다. 그뿐만 아

니라, 우리말에서 경어법의 발달도 빼놓을 수 없는 특징 중 하나이다.

이 중에서도 감정·감각 표시어의 발달은 우리 민족의 역사와 우리 겨레의 민족성에 연계시켜 설명될 수 있지 않을까 한다. 이는 극히 감성적이며 감각적인 우리 민족의 성정이 우리말에 반영되었기 때문이라고 생각된다. 우리 민족은 예로부터 냉철한 머리보다는 뜨거운 가슴과 훈훈한 인정으로 살아왔기에 이와 같은 성향이 나타난 것이다. 이성보다 감성이 우선시되는 민족의 언어에 감성적인 어휘가 발달하는 것은 필연적으로 수반되는 현상으로 보인다. 예컨대, 형용사에서 평음과 경음과 유기음 사이의 음상 관계로부터 어감의 차이가 변별되고, 감각어에서 정도의 차이를 보여 주는 어휘 분화는 다른 나라의 말에서는 찾아볼 수 없는 우리 민족 특유의 것이다.

- 감감하다/깜깜하다/캄캄하다, 검다/껌다/시커멓다
- 발갛다/벌겋다/붉다/불그데데하다/불그뎅뎅하다/불그스레하다/불그무레하다/불그숙숙하다/불그스럼하다/불그죽죽하다/새빨갛다/시뻘겋다
- 달다/달콤하다/달삭하다/덜큰하다/덜지근하다

모음 조직에서 양성 모음과 음성 모음 사이의 음상 차이도 특이하다. 이들 모음의 대립은 무게, 부피, 크기, 깊이, 밝기, 빠르기 등의 정도를 감각적으로 드러내 주는 기능을 한다.

우리 민족의 풍부한 감수성은 상징어의 발달에서도 찾을 수 있다. 상징을 나타내는 의성어, 의태어가 발달하여 다기한 국면과 상황을 섬세하게 표현하기에 충분하다.

다음은 우리나라의 오래된 민요인 「새타령」의 한 대목이다. 온갖 새들의 의성음이 얼마나 절절하고 사실감 있게 묘사되고 있는지 음미해 보자.

> 장끼 까투리가 울음 운다. 껍껍꾸루룩 울음 운다. … 〈중략〉 …
> 뻐꾹새가 울음 운다. 이 산으로 가면 법국, 저 산으로 가면 법국 법버국 법국.
> 저 꾀꼬리가 울음 운다. 이리로 가면 꾀꼬리루, 저리로 가면 꾀꼬리루 …
> 저 할미새 이리로 가며 팽당그르르, 저리로 가며 쟁당스르르, 가가강실 날아든다.
> 저 머슴새 날아든다, 초경 이경 삼사경에 사람의 간장을 녹이려고, 이리로 가며 붓붓, 저리로 가며 붓붓 …
> 오색 단청 때저구리 연년 묵은 고목나무 벌레 하나 얻으려고, 오르며 딱따그르, 내리며 딱따그르 …

두레와 계를 조직하여 마을 공동체 의식을 다지면서 대가족의 틀 속에 살아오던 우리 조상들은 어휘 선택에 있어서도 '나'보다는 '우리'를 선호하는 경향을 나타내고 있다. '내 나라'보다는 '우리나라'라고 쓰기를 즐겨 하고, 심지어는 '내 마누라'가 '우리 마누라'로 호칭되며, 외아들도 '내 엄마'가 아닌 '우리 엄마'로 통칭하는 것이다. 이는 한 가정이나 나라에서 모든 것이 나 개인의 소유가 아니라, 우리 가족, 우리 민족 전부의 것이라고 하는 공동체 의식이 드러난 것으로 해석된다. 또한 가족의 호칭 중 형제 자매를 가리키는 '오빠', '언니', '누나', '아우', '누이' 등이 고유어로 분화되어 있다. 이것도 'brother', 'sister'만으로 쓰는 영어와 비교된다.

한편, 사회적인 계층 관념에서 생성되긴 했지만, 존칭어와 비칭어의 발달은 우리 사회의 신분과 친소, 때로는 발화 상황적 관계성을 구분하는 기능을 수행하고 있다. 그것도 대상에 따라 주체 존대, 객체 존대, 상대 존대 등으로 나뉘고, 존비의 층위에 있어서도 극존칭에서부터 보통 존칭, 반말, 보통 비칭, 극비칭 등 정밀한 단계로 분화되어 있다.

사람을 표시하는 대부분의 접미사가 비칭의 의미를 머금고 있는 것도 특징적이다. 이들이 가진 의미의 뉘앙스는 다른 실사(實辭)로써는 설명하기 어려운 미세한 어감을 머금고 있다.

> 키-다리/잠-꾸러기/겁-보/욕심-쟁이/시골-내기/촌뜨기/장사-치/부엌-데기/
> 악-바리/노름-꾼/도둑-질/주책-바가지/가난-뱅이/애-숭이/고집-퉁이/식-충
> 이

뿐만 아니라, 접미사 '-머리'가 사람의 신체 부위나 사람의 행동 거지, 또는 속성을 나타내는 말에 붙어 형성하는 파생어들도 모두 비속의 의미를 함유하고 있다.

- 잔등-머리/엉덩-머리/대갈-머리/골-머리
- 성깔-머리/성정-머리/속알(소갈)-머리/소견-머리/싹수-머리/심술-머리/
  씨퉁-머리/구변-머리/귀살-머리/앙달-머리/얌통-머리/염통-머리/염치-
  머리/인정-머리/자발-머리/진절-머리/주책-머리/지각-머리/체신-머리/
  넌덜-머리/띠앗-머리/고집통-머리

우리말이 우리에게 소중한 것은 다른 나라 말과 비교하여 절대적으로

우수해서가 아니라, 우리말 속에 우리 겨레의 역사와 진솔한 생활 정서가 담겨 있기 때문이다. 국어는 우리 민족의 역사와 전통과 더불어 사회적, 문화적 범주 속에서 끊임없이 그것과 교감하면서 성장 발전해 왔다. 따라서 우리말에는 우리 배달민족 특유의 체취와 숨결이 스며 있는 것이다. 이는 한국인에게 치마저고리의 한복이 잘 어울리고, 된장찌개나 김치찌개가 제격인 것과 마찬가지다. 아프리카 토인들에게도 한복이 잘 어울리고, 된장찌개가 진미일 리는 없을 것이다.

국토는 민족의 유형한 몸집이요, 말은 겨레의 무형한 정신이다. 정신이 없는 몸집은 허수아비요, 민족혼이 깃들지 않은 말 또한 실체가 없는 그림자에 불과하다. 민족 문화의 정수인 우리말을 더욱 아름답게 가꾸고, 순정하게 다듬고, 풍부하게 살찌워 발전시켜 나가야 하겠다.

국어의 세계화

21세기 지식화·정보화 시대가 도래한다. 국가 간의 장벽이 무너지고 세계는 하나의 지구촌으로 개방화될 것이다. 이러한 세계적 환경 속에서 국가의 존망과 성패는 경쟁력의 제고에 달려 있다 해도 과언이 아닐 것이다.

세계화란 단순히 외국의 문물과 과학 기술을 받아들여 우리의 것으로 소화하고, 그것과 겨룰 수 있는 자생력을 마련하는 것만을 의미하지는 않는다. 우리의 고유한 것을 세계의 시장에 내놓아 경쟁력 있는 것으로 승화시키는 것이 더욱 중요하다. 유입의 세계화와 더불어 유출의 세계화가 균형 있게 이뤄져야 한다. 다시 말하면, 우리가 세계 속으로 나아가는 것과 세계를 우리 속으로 끌어들이는 것이 병존되어야 한다는 것이다. 이는 언어에서도 마찬가지다. 우리가 선진국으로 진입하기 위해서는 외국어를 익혀 자유롭게 구사할 수 있는 능력을 길러야 하겠지만, 국어를 세계의 무대로 내보내어 국제적 언어로 위상을 높이는 것이 더욱 요긴하다. 이러한 의미에서 국어의 세계화는 국어의 장래를 가늠하는 필요 불가결한 과제이다.

한동안 동남아시아 시장에서 우리의 화폐가 통용되었듯이, 한국어가 국제어로서 선진국의 언어들과 어깨를 나란히 할 수 있는 기틀을 마련해야 한다. 그러기 위해서는 국력과 경제력의 신장이 뒷받침되어야 할 것이다.

그러나 세계화 추세에서 우려되는 것은 젊은이들의 탈국어화 현상이다. 세계가 한 이웃처럼 가까워진 오늘에 있어서는 외래 문화의 유입으로 우리의 것에 대한 기존의 가치가 흔들리고, 우리의 고유한 전통성이 상실되기 쉽다. 외국어의 유입과 습득이 우리말과 글의 독창성과 정체성을 저해해서는 안 된다. 우리나라는 지난 2천 년 동안 중국 문물의 도입과 그에 대한 사대 모화 사상으로 고유어가 한자어에 잠식되었고, 35년간 일제의 강점으로 일본어가 침투해 왔으며, 해방 후 서양 문물의 유입으로 영어가 범람하는 등, 염량 세태를 뼈저리게 경험한 민족이다. 그 결과 국어 어휘는 한자어와 외래어투성이가 되고 말았다. 실제로 한글학회의 통계에 의하면 국어사전에 등재된 표준어 14만 단어 중 한자어가 8만이 넘고, 순수한 우리말은 겨우 5만 6천 단어에 불과한 것으로 나타났다.

우리말 속에 모자라는 어휘를 외국어로부터 차용하는 것은 어쩔 수 없는 일이지만, 우리말 속에 외래적 요소가 마구 쓰이는 것은 어떤 의미에서든 막아야 한다. 이는 국적 없는 문화와 국적 없는 언어의 바탕을 만들기 때문이다. 외국어의 범람과 일본어 잔재의 상존은 우리말의 형식과 그 속에 담긴 민족 얼을 침탈할 우려가 있다. 텔레비전은 지금 우리 생활에 가장 친숙하게 다가와 있는 방송 매체이다. 이를 보고 있노라면 때때로 경악을 금치 못하는 장면을 만난다. ‘뉴스’라면 모르겠거니와, ‘뉴스쇼’, ‘뉴스파노라마’, ‘와이드뉴스’, ‘뉴스데스크’, ‘스파트뉴스’ 등의 외국어가 종횡 무진 표제로 등장하고 있다. 이뿐이랴. 빈도 높은 생활 구어에 ‘왔다리 갔다리 한다’, ‘수순(手順)을 밟는다’, ‘고수부지(高水敷地)’ 등이 일본어로 인식되지 않은 채 사용되고 있다. 어휘는 한 나라의 문화의 색인이라고 한다. 부족한 어휘의 확충을 위해서는 고어와 방언 어휘로부터 필요한 어휘들을 찾아내고 다듬어 사용함으로써 더욱 풍부한 어휘 생활을 영위할 수 있다.

외국의 것을 선호하는 우리의 국민 의식은 궁극에 가면 고유성, 자립성, 주체성이 망실되고, 좌표를 잃은 혼으로 전락하고 말 것이다. 우리말과 글 속에 자라난 외래적인 잡초를 뽑아 내고, 우리의 토양에 맞은 고유한 언어로 정제해야 할 것이다. 우리말답고 우리글답게 다듬어 쓰는 국어 생활이야말로 우리의 비뚤어진 마음 가짐과 병든 정신을 고치는 첩경이 된다.

여기, 우리의 고유한 고시조와 현대시조 한 편씩을 소개하면서, 순정한 우리말의 체취를 느껴 볼까 한다. 얼마나 진솔하고 소박한 우리의 정서와 감흥을 돋우어 주고 있는가?

대추골 붉은 골에 밤은 어이 듯들으며,
벼 벤 그루에 게는 어이 나리는고.

술 익자 체장수 돌아가니 아니 먹고 어이리.　　　〈황희〉

무우 배추 밭머리에 바구니 던져두고,

젖 먹는 어린 아기 안고 앉은 어미 마음.

늦가을 저문 날에도 바쁜 줄을 모르네.　　　〈이병기〉

국제화 시대에는 다중 언어 교육과 더불어 국어 교육의 보강이 절실히 요구된다. 초등학교 조기 영어 교육은 국가 경쟁력 제고라는 시각에서 보면 바람직한 면도 있지만, 자칫 우리의 어린이들이 무의식 중에 우리 것을 소홀히 하여 민족 정체성의 보존에 차질이 생길 우려가 있다. 혹자는 초등학교 교육 과정은 전적으로 국어 교과를 중심으로 이뤄져야 한다고 강조하기도 한다. 이는 어쩌면 우리나라의 정체성을 구현하기 위한 중요한 단서가 될 것이다.

국어의 세계화는 정치적, 외교적, 경제적 차원에서 국책적으로 실현되어야 한다. 무엇보다 세계 속에서의 한국어 사용 인구를 늘려야 한다. 프랑스의 예를 보자. 지구상에 프랑스어를 쓰고 있는 인구는 약 2억으로 추산하고 있다. 프랑스 외무부와 문교부에서는 프랑스어 보급을 위해 3만 2천 명의 프랑스어 교사와 1만여 명의 기술지도원을 국외에 파견하고, 1,300여 곳의 프랑스어 교습소를 설치 운영하여 자국의 문화와 언어 파급에 힘을 쏟고 있다. 또한, 이를 중요한 외교 목표의 하나로 삼고 있다. 프랑스의 언어 정책은 한 국가 언어 공동체 내의 통일성을 확보하기 위해, 첫째 방언을 추방하고 표준화하며, 둘째 어휘 표현의 풍부성을 확대하며, 셋째 외국어 또는 타민족의 언어로부터 자국어의 순수성을 지키는 것이다. 그들은 언어를 민족의 본질로, 국민 대중의 구체적인 삶의 근거로 생각하고 있다.

국어의 세계화를 위한 선행 과제는 맞춤법의 준용과 생활화, 표준어의 보급, 전통성 있는 국어의 위상 정립, 표현의 논리성 제고, 로마자 표기의 통일, 국어 순화, 국민들의 독서 생활 권장 등이다. 특히 문자적으로 한글 세대에 속하는 젊은이들은 민족 문화의 정체성 확립을 위해 최선을 경주해야 할 것이다. 한글은 우리의 참된 민족 문화를 꽃 피운 시금석이기 때문에 그러하다. 우리나라의 참된 문화의 역사 시대가 한글로부터 시작되었다고 해도 지나친 말이 아닐 것이다.

우리말과 글을 사랑하고 아끼며, 우리말을 더욱 조리 있고 아름답게, 깨끗하고 풍부하게 갈고 다듬어 품격을 높이는 데 노력을 기울여야 하겠다. 오용과 억지 신조어의 범람, 속어, 비어의 난무로부터 우리 언어를 보호해야 한다. 특히 국어 교육 담당자들은 긍지와 자부심을 가지고 우리말의 표준 발음과 표준말과 정서법을 정확히 익혀야 하고, 말하기, 듣기, 읽기, 쓰기 등 네 가지 영역에 걸친 국어 교육이 올바르고 철저히 이뤄질 수 있도록 혼신의 힘을 쏟아야 할 것이다. 우리말을 깨끗하고 쉽게, 바르고 풍부하게, 그리고 널리 퍼지게 할 때, 우리나라의 탐스런 문화 발전은 확약될 것이다.

≪1998년 2월 28일, 『한국의 언어와 문화』≫

언어의 힘, 카피의 힘

언어는 놀라운 힘을 가졌다. 사랑이 이로부터 움텄고 무거운 분노와 증오가 이로부터 태동했다. 그래서 예로부터 "말 한 마디에 천 량 빚을 탕감한다."는 경구가 상존했던가?

뜨겁게 사랑하는 연인들에게는 고백의 언어가 필수적이며, 진실한 신앙인들에게는 절대자에 대한 귀의와 헌신의 언어가 필연적으로 요구된다. 혼인 서약을 하는 신랑 신부는 주례가 묻는 말에 나란히 '예'라고 대답한다. 이 짧은 한 마디는 한 아내의 남편으로서, 한 남편의 아내로서 해야 할 의무와 책임을 다짐하는 강한 구속력을 가진다.

언어는 말하는 이(話者)와 듣는 이(聽者), 그리고 전달 내용인 메시지(傳言)와 상황을 필요 조건으로 한다. 이로부터 생성되는 언어는 정서적, 명령적, 정보적, 미학적, 친교적 기능을 두루 가진다.

언어학자 스터트번트는 언어를 '사회 집단의 구성원들이 협동하고 교제하는 자의적(恣意的) 음성 기호의 체계'라고 정의했다. 아침 저녁마다 주고받는 인사말 한 마디가 존경과 우정을 환기시키고, 상호 관계를 인식케 하는 교제의 수단이 된다.

카피란 광고 문안을 일컫는 말이다. 어떠한 공익적, 상업적 메시지를 대중(소비자)에게 효율적으로 전달하기 위해 음성 형식이나 문자 형태를 빌려 쓴 언어 매체이다. 매스 미디어의 홍수 속에 살고 있는 현대인들은 어제도 오늘도 숨 쉬듯, 밥 먹듯이 카피를 접촉하며 생활하고 있다. 어쩌면 언중들은 보다 정제되고 세련된 카피를 만나면서 단조롭고 평판적인 일상 언어에서 맛 보지 못한 어떤 탈피감과 청량감을 음미하게 되는지도 모른다.

그러나 건강하지 못한 카피는 언어 생활을 해친다. 언어 공해가 바로 그것이다. 이는 왜곡되어 저속하고, 격렬하고 비열한 언어의 남발로 인한 언중들의 피해를 말한다. 특히, 카피는 일상 구어나 문어와는 달리, 매스 컴이나 강렬한 시각적 매체를 통해 소비자에게 투사되는 것이기 때문에, 그로부터 오는 영향은 자못 큰 것이다. 은연중 언중들의 뇌리에는 카피의 이상적인 대목들이 자리 잡고 고착되어, 마침내 그것이 절실한 자신의 언어가 되고 마는 것이다. 이런 의미에서 카피는 이해(利害)가 상반되는 양면을 소유하고 있는 것이다. 따라서 언어 순화의 일환으로서 카피도 순화되어야 한다. 언어 순화가 사회를 순화하고, 순화된 사회는 다시 언어를 순화하듯이, 카피의 순화도 언어 순화의 순행과 직결되는 것이다.

그렇다면, 바람직한 카피의 위상은 어떠한 것인가?

카피는 소비자에게 친숙한 언어이면서도 진부하지 않아야 한다. 주의와 호기심을 환기시키기에 충분하리만큼 인상적이어야 한다. 시처럼 함축적이며 격언처럼 웅변적이어야 한다. 속담같이 우리의 가슴에 절실하게 와 닿아야 하며 삽상한 질감이 있어야 한다. 때로는 감미로운 실내악에서부터 장엄한 교향악에 이르기까지 다이내믹한 언어이어야 한다.

결국, 카피는 소비자에게 정다운 속삭임으로도, 힘 있는 설교로도 들려

저야 한다. 그렇지 않고는 권태에 익숙한 현대인들에게는 외면당하기 일
쑤다.

카피라이터는 일반 언중이 창출할 수 없는 살아 있는 언어를 생성해
내는 곡예사이다. 그만큼 그들에게는 사회적, 윤리적 책임도 무겁게 부과
되는 것이다. 이들에게는 이미지의 '크리에티브'가 생명이지만, 그것을 현
현하는 언어적 표현 능력까지 구유하지 않으면 안 된다. 흔히 우리는 어
휘 선택이 잘못 되었거나 의미가 애매한 중의적 문장, 과도한 생략과 군
더더기가 난무하는 카피를 종종 보게 된다. 특히 억지 조어(造語)나 지나
친 비약으로 언어 유희를 도모하는 것은 카피에 있어서는 금물이다. 또한
난해한 한자어나 외래어투성이의 카피도 생명력을 잃고 만다.

우리의 고유한 것이 보존된, 순전하고 진솔한 숨결을 맛 볼 수 있는 카
피가 바람직하다.

진정, 카피다운 카피는 용광로에서 정금을 제련해 내듯 정제된 언어이
어야 한다.

≪1991년 10월 10일, 사보 우진기획 9/10 「WJ 칼럼」≫

잘못 쓰이고 있는 우리말들

"우리 과장님은 주책이셔."

"김×× 타자, 오늘 잘 맞고 있습니다."

"손님을 싣고 달리던 버스가 해변가에 이르러 문득 멈췄습니다."

"문 닫고 나가."

TV극에서, 야구 중계 방송에서 자주 들어 귀에 익은 말들이다. 그냥 들고 지나쳤지만, 따져 보면 어휘적 오류와 논리적 모순이 그 속에 들어 있다.

'주착(主着)'이 '주책'으로 둔갑했고, 본래는 '주착이 없다'였던 것이 꼬리를 잃고도 같은 뜻으로 건강하게 살아 있다. 우리 할머니께서 쌀을 사러 가게에 가시면서 '쌀 팔러 간다'고 하시던 형국과 통하는 것인가?

야구 시합에서 잘 맞는 것은 타자가 아니라 공이다. 타자는 그저 잘 치고 있을 뿐이다.

짐은 싣는 것이고, 사람은 태우는 것이다. 그런데도 버스에 사람을 싣는 것은 사람을 짐짝 취급한 소치인가? '해변가'는 '해변'만으로 족하며, '바닷가의 가'가 허용될 리 없다. '문득'은 '생각이 나다'와 호응하는 부사로, 여기에는 적합하지 않다. 이는 마치 '휘영청 해가 밝다'라든가 '엉금

엉금 달린다'가 이상한 것과 같은 이치이다.

한편, 사람이 유령이 아닌 이상 문을 닫은 채로 방을 나갈 수는 없는 것이다. 그렇다면 '나가서 문 닫아'가 되어야 사리에 맞다.

혹자는 생활어에 대해, 의사만 통하면 되지 어법이 맞고 틀리고를 따질 필요가 어디 있느냐고 반문한다. 이는 마치 뚱뚱하면 어때, 병만 없으면 그만이지 식의 사고와도 같다. 비만은 어쩔 수 없이 심장과 관절에 기능 부담을 가중시키지 않던가?

말은 사람의 생각과 행동을 지배하는 힘이 크다. 오류와 왜곡의 언어는 그것이 범람하는 사회 언중들의 사고 방식과 행동 양식을 은연중에 비뚤어지게 한다. 이러한 병리 현상은 수질이나 대기 오염 같은 환경 공해에 못지않게 심각한 언어 공해를 유발하는 것이다.

말과 사회와의 함수 관계는 비례적인 교호 작용을 한다. 말이 순화되면 사회가 깨끗해지고, 사회가 깨끗해지면 다시 말이 고와지는 것은 순리이다. '바른 말 고운 말'의 표어는 궁극적으로 우리 사회를 바르고 곱게 가꾸자는 데 목적이 있다. 건강한 언어 생활은 건전한 사회와 건실한 자아를 형성하게 한다.

말의 오용은 발음에서부터 문법, 어휘, 철자법에 이르기까지 언어의 모든 영역에 걸쳐 분포되어 있다. 생활 구어에 부단히 출현하는 이들 어휘와 표현의 오류를 사례 중심으로 살펴보자.

첫째는 겹말의 잉여성 문제이다.

'고목'이면 될 것을 왜 '고목나무'라고 하며, '낙수'가 어때서 '낙숫물'이라고 하는가? 왜 '박수하다', '결실하다'면 족할 것을 구태여 '박수를 치

대체로 겹말은 한자어와 고유어가 중합하여 구성되는 것이 일반적이다. 따라서 그 생성 요인은 한자어가 국어에 동화되지 못해서 나타난 것으로, 그 난삽성에 대한 부연 설명이 필요하기 때문에 생긴 것이다. '시(時)도 때도 없이'라는 항간의 관용구가 이를 잘 대변하고 있다. 그러나 '바윗돌', '틈사이', '뺨따귀', '빨래를 빨다'처럼 고유어끼리 겹치는 경우도 있고, '과반수 이상', '양친 부모', '객지 타향' 등 한자어끼리 중복되는 예도 있어 반드시 그런 것 같지는 않다. 그보다는 반복에 의한 말하는 이의 강조 심리가 더 크게 작용하고 있는 듯하다. 같은 말을 몇 번이고 되풀이한다면 잔소리가 되겠지만, 메시지의 강도 면에서 부각되는 인상 효과는 배증하는 것이다. '어서 퍼뜩 싸게 빨리 오너라'라든가, '진짜 정말 순 참기름 팝니다' 따위는 네 개나 되는 비슷한 말을 유희적으로 겹쳐 놓은 것인데, 우리에게 그다지 생소하지 않다.

이제 우리의 생활 언저리에 서식하는 겹말들을 비교적 충실하게 늘어 놓을까 한다. 이들은 그 사용 빈도가 높아 이미 생활 구어에 정착된 인상을 준다.

1) 산채나물, 사월달, 생일날, 외가집, 양옥집, 분가루, 면도칼, 철로길, 국화꽃, 단발머리, 사기그릇, 석유기름, 역전앞, 기적소리, 홍도섬, 산촌마을, 황토흙, 기간동안, 배트방망이, 깡통, 로스구이

2) 속내의, 새신랑, 모래사장, 돈금고, 돌비석, 옛 구습, 붉은 단풍, 큰 대문, 넓은 광장, 젊은 청년, 늙은 노인, 흰 백묵, 주어진 여건, 들리는 소문, 빈 공간, 죽은 시체, 다시 부활, 함께 동행, 둘로 양분, 스스로 자각, 혼

자 독점, 앞으로 전진, 미리 예습, 서로 상의

3) 낙엽이 지다, 피해를 입다, 수확을 거두다, 순찰을 돌다, 준비를 갖추다, 고독감을 느끼다, 판이하게 다르다, 유언을 남기다, 히트를 치다

이들을 다듬기 위해서는 겹말의 어느 한쪽을 잘라 내야 한다. '산채'이거나 '산나물'이 되어야 하고, '철로'이거나 '철길'이 되어야 한다.

둘째는 어휘 선택이나 어형의 오류이다.

어휘 선택에 있어서는 의미 관계와 논리의 적절성, 그리고 호응 관계가 고려되어야 한다. 특히, 의미가 비슷하면서도 구별하여 쓰는 두 단어는 철저하게 그 용법을 익혀 두지 않으면 안 된다. '보슬비'와 '이슬비', '가랑비'가 구별되는가? '초대'는 '초청'과 어떻게 다르며, '발전'과 '발달', '토론'과 '토의'는 각각 어떻게 변별되는가? 이들을 옳게 구별하여 쓰지 못할 때 오류의 위험은 그 자리에 도사리고 있는 것이다.

호응이란 말과 말 사이의 유기적인 결속 관계를 일컫는다. 예컨대, 같은 착용의 의미를 가진 동사이지만, 옷은 '입다'를, 신과 양말은 '신다'를, 장갑과 안경은 '끼다'를, 모자는 '쓰다'를, 목도리는 '두르다'를 각각 선택하여 어울리는 것과 같다.

'그림자가 지다'가 아닌 '그늘이 지다'이며, '점심이 너무 빠르다'가 아니라 '점심이 너무 이르다'이며, '입 닥쳐'가 아니라 '입 닫아'이다. '발자국 소리'가 아니라 '발걸음 소리'이며, '마개를 덮다'가 아니라 '마개를 막다, 끼우다'이며, '예산을 쓴다'가 아니라 '돈을 쓴다'이다. 이뿐이랴? '행여나 다칠세라', '부상당할 가능성이 있다', '놀라운 솜씨에 모두들 혀를 찼다',

‘오만상을 찌푸리다’, ‘열심히 노력한 탓이다’, ‘실오라기가 얽혔다’, ‘강에
는 노폐물로 가득하다’, ‘논밭이 폐허가 되었다’, ‘포유류가 번창했다’, ‘길
의 넓이’ 등은 모두 어휘 선택이 잘못된 예들이다. ‘혹시나 다칠세라’, ‘부
상당할 위험성이 있다’, ‘모두들 혀를 내둘렀다’, ‘오만상을 짓다’, ‘열심히
노력한 덕이다’, ‘실오라기가 엉켰다’ 등으로 고쳐 써야 한다. 이 예들이
초등학교 교과서와 유명 인사들의 글에서 따 온 것이라면 놀라지 않을 수
없으리라.

대중 가요의 노랫말 속에서도 ‘불러 주는 휘파람소리’, ‘헤어지면 그리
웁고’, ‘낯설은 타향에서’와 같은 오류가 발견된다. ‘불어 주는’, ‘그립고’,
‘낯선’으로 바로 잡아야 할 것이다.

흔히 경어에서 갖가지의 난센스가 드러난다. ‘격려의 말씀이 계시겠습
니다’, ‘할머니께서 귀가 잡수셔서’는 잘못되었다. ‘있으시겠습니다’와 ‘먹
으셔서’로 고쳐야 한다.

음악회의 프로그램에 실린 연주자의 약력을 보면 한결같이 ‘××× 교
수에게 사사’로 되어 있다. 사사(師事)란 스승으로 모신다는 뜻으로, ‘×××
교수를 사사’가 되어야 옳다. 이 밖에 ‘날으는 새’, ‘날이 개이다’, ‘마음이
설레이다’도 ‘나는’, ‘개다’, ‘설레다’로 어형이 조정되어야 하며, ‘장을 담는
다’, ‘총뿌리를 겨눈다’, ‘두터운 모직’, ‘간척지 개간’ 등도 ‘장을 담근다’,
‘총부리를 겨눈다’, ‘두꺼운 모직’, ‘간석지 개간’으로 고쳐져야 한다.

셋째는 사리에 맞지 않거나 모순을 연출하는 오류이다.

‘비가 와서 해갈을 면했다’, ‘노란 백묵’, ‘작은 대문’, ‘배아픈 약’, ‘종아

리 걸어 올려', '꼼짝 말고 손들어', '피해를 최대한으로 줄여라', '주가가
하락세로 치닫고' 따위는 그야말로 말이 안 되는 말이다. 이들은 '비가 와
서 해갈했다', '노란 분필', '작은 문', '배아픈 데 먹는 약', '바지 걸어 올
려', '손들고 꼼짝 말아', '피해를 최소한으로 줄여라', '주가가 하락세로
가라앉고'가 되어야 한다.

　넷째는 한자의 오용과 외래어의 남발이다.

　우리는 종종 '虎視耽耽'이 '호시 침침'으로, '造詣가 깊다'가 '조지가 깊다'
로 읽히는 웃지 못할 현실을 만난다. 때로는 이와 같은 오독이 관용화되어
화석화하는 경우도 본다. '風飛雹散'이 '풍지 박산'이 되고, '附和雷同'이 '뇌
화 부동'이 되는 유들이다. 언제부터인지 '平安監事'가 '평양 감사'로 변신
하여 '평양 감사도 제 하기 싫으면 그만이지'가 서슴없이 발화된다.

　일본어의 찌꺼기는 우리의 언어 질서를 혼란시킨다. '왔다리 갔다리 한
다'는 우리말에 일본어가 덧붙은 잡탕말이다. '수속', '매출', '할증', '계출'
등은 일본에서 조어한 한자어로 '절차', '판매', '증액', '신고' 등과 혼용되
고 있으며, '순서', '경우'가 엄존하는 데도 불구하고 '수순(手順)', '장합(場
合)'이 매스컴에 자주 등장하여 우리를 긴장시킨다. '소라색', '곤색' 따위
도 이젠 사라질 때가 되지 않았는가?

　이 밖에도 요즈음 젊은이들 사이엔 '맛있는 것 같아요', '있잖아요……',
'이번 시험 참 어려운 거 있죠' 식의 말투가 범람하고 있다. 이는 그들의
정신 세계 속에 잠재된 불확실성과 소극적 가치관이 언어에 투영된 것으
로 여겨지며, 이 또한 언어의 파행적 국면의 하나로 이해할 수밖에 없지

않을까 한다.

한편, 여자가 시집 식구를 부르는 호칭에도 문제가 있다. 흔히 자기 남편을 '아빠'라고 부르고, 시동생을 '삼촌', 시누이를 '고모'라고 부른다. 호칭은 인간을 관계로 묶어 주는 역할을 하는 말인데, 이 경우는 자녀의 호칭을 차용한 대용 호칭으로, 어쩌면 거북한 시집 생활에서 직접적인 관계를 기피하려는 심사의 반영인지도 모른다.

≪1992년 9월 1일, 『빛』 9월호≫

우리말 자산, 보존과 관리를

지난해 한글날에 즈음하여 우리 대학 한국어문화원에서는 대구광역시 아름다운 우리말 간판 공모전을 열었다. 200여 응모작 중 어느 주문 가구점 이름인 '손때'가 대상으로 뽑혔다. 손때가 묻어 있는 가구는 우리 가족의 애정이 깃든 삶의 표상이며 제작자의 기술과 땀이 서린 결정체이다. 이 짧은 이름 속에 향수 같은 그리움이 가득히 녹아 있다. 이 공모전은 곱게 다듬어진 언어 환경을 조성하여 시민들의 국어 의식을 드높이고 생활 정서를 순화하려는 것이 목적이었다.

2006년 7월 12일자 문화일보에 한국인이 가장 많이 쓰는 말로는 '진짜'와 '솔직히'가 으뜸이라는 기사가 실렸다. 늘 거짓말만 하고 살았는지 너나 할 것 없이 우리의 입에 습관적으로 이 말이 배어버렸다. 그 다음이 '인간적으로', '까놓고 말해서', '막말로', "너 이러는 거 아니다'의 순이었다. 어쩌면 불신과 극단적인 시대 상황을 반영하는 것 같아 입맛이 씁쓰레하다.

인디언들은, 말이란 생명의 숨결이며 자신의 영적 상태를 나타내는 상징으로 믿고 있다고 한다. 그들에게 말은 곧 호흡과도 같은 실체이며, 영혼을 표출하는 숭고한 것으로 인식되고 있다.

국어 순화는 우리말을 곱고 바르고 깨끗하게 다듬어 언어 사회를 그것처럼 곱고 바르고 깨끗하게 만들자는 의취가 그 바탕에 깔려있다. 말과 사람, 말과 사회는 함수 관계에 있기 때문이다. 품격 있는 말은 품위 있는 사람과 격조 높은 사회를 만든다.

우리말은 우리 겨레의 얼을 담은 그릇이다. 우리가 가진 자산 중에 무엇보다 크고 소중한 것은 말이다. 우리말은 겨레의 꽃으로 그 속에서 우리의 정체와 민족혼이 피어난다.

어느 공방의 제품 이름을 지으려고 고어사전을 뒤적이던 중 '손씸'이라는 낱말에 눈이 멎었다. 마치 진주알을 찾아낸 것 같았다. 이 말은 '손때가 묻어서 생기는 윤기나 물건에 남아 있는 옛 사람의 흔적'을 가리킨다. 지금은 자취를 감추었지만 맵시 있고 단아하기가 이를 데 없다. 이토록 품위 있고 고결한 말이 왜 사라졌는지 모를 일이다.

번역가들은 자주 우리말의 어휘 부족을 아쉬워하지만 우리의 어휘 자산은 결코 부족하지 않다. 사전 속에는 언중의 사랑을 받지 못해 겨울잠을 자고 있는 훌륭한 낱말들이 얼마든지 있다. 사라진 옛말을 되찾아 쓰고, 그늘진 곳에 갇혀있는 정갈한 우리말에 햇볕을 쬐어주자. 질박한 향수가 묻어있는 우리말을 추스르고, 시대성과 지역성이 되살아나는 고어와 지역어를 개발하여 푸지게 하자. 이렇듯 고전적, 지역적인 자산을 현대화, 일반화하는 노력이 필요한 때이다.

무분별한 언어 유희와 언어 혼입의 난무 속에서 시처럼 아름답고 노래처럼 달콤한 우리말을 가려 쓰자. 우리말 자산의 빛깔과 가락을 보존하고

관리하자는 얘기다. 보존은 자산의 퇴락을 막아주고 관리는 오염과 변질
을 방지하는 장치가 된다.

≪2008년 10월 9일, 「경북대소식」 1049호 권두 칼럼≫

어휘 생태계의 역학적 현상

통시적이거나 공시적이거나 언어의 생태계는 마치 자연계의 생존 원리와 같은 맥락으로 평형과 질서를 유지하고 있다. 언어 연구에 생태학적 접근이 가능한 것은 언어가 환경 의존적인 존재이며, 그 내부에는 어떤 역학적인 힘이 작용하여 이에 따른 생멸과 조화와 균형을 이루는 질서가 발견되기 때문이다. 그러므로 언어에서 일어나는 각종 현상들은 동식물의 생태적 보편 원리와 보조를 같이하고 있다고 할 수 있다.

이는 어휘 면에서 더욱 확연히 드러난다. 어휘사적으로 보면, 단어의 군집들은 동일한 어형끼리 경쟁 관계를 갖게 되고, 유의적 의미를 가진 단어끼리도 경쟁을 벌인다. 이를 흔히 동음 경쟁과 유의 경쟁, 또는 어형 충돌과 의미 충돌이라 일컫는다. 어휘계에 있어서도 동물의 세계처럼 약육 강식과 적자 생존의 냉엄한 힘의 논리가 존재한다. 동음 경쟁이나 유의 경쟁에서 강자가 살아남고 약자가 도태되어 퇴화하는 것은 자연의 철리이다. 어휘들의 생멸은 이처럼 숙명적인 충돌과 경쟁의 결과 얻어지는 산물이라고 할 수 있다. 그런 한편, 어휘 생태계에는 항상 죽고 사는 투쟁만이 있는 것이 아니라, 상호간의 경쟁에서 타협점을 마련하여 쌍방이 공존하기 위한 길을 모색하는 노력도 있다. 그들은 서로 경쟁의 원인을 찾아내어 자기를 수정함으로써, 피차간의 경쟁을 회피하는 공생의 원리를 터득하고 있는 것이다.

한편 어휘는 보수적인 힘이 있어 어떤 변화를 꺼리는가 하면, 개혁적인 성향이 있어 끊임없이 자기 변화를 추구하기도 한다. 이와 같이 수구와 개혁 간의 알력과 갈등을 겪으며 그 속에서 조화를 이루어 가는 것이다. 언어의 제 부문 중 가장 보수적인 것이 문법 부문이고, 가장 개신적인 것이 어휘 부문이다. 어휘는 문화적 맥락에 따른 변개와 생멸의 빈도가 높다. 때로는 부족한 것을 외국어로부터 차용하기도 하고, 어휘 상호간의 간섭과 감염에 의해 형태와 의미를 바꾸기도 한다.

어휘 의미에 있어서도 생태적, 역학적 현상은 존재한다. 단의어가 다의화하려는가 하면, 다의어는 다시 단의화하려는 경향을 보여준다. 단어의 다의화 현상은 한정된 어형으로 만상을 표현하기 위해 부득이한 것이지만, 과도한 다의화로 기능 부담량에 과부하가 걸리는 다의어는 자신의 의미 중 일부를 다른 유의적인 단어에 넘겨주고 다시 단의화하려는 경향을 통시적으로 보게 된다.

이제 필자가 어휘 의미에 대해 통시적으로 관찰한 몇 가지 예를 들어 보겠다.

15세기 어형 「어리다」의 의미 변화는 지금까지 "愚" > "幼"의 변화로 알려져 있지만, 실제로 중세·근대 국어의 문헌을 면밀히 살펴보면 "愚" > "愚"·"幼" > "幼"로 의미가 바뀐 것이다. 당시 「어리다」는 "愚(어리석다)"의 의미로부터 "幼(어리다)"의 의미를 파생시켜 양의화(兩意化)했다가, 그 후 "愚"의 의미를 버리고 "幼"의 의미만으로 단의화한 것이다. 단의화의 과정에서 자신의 어형으로부터 분화된 「어리석다」에 "愚"의 의미를 전담시켰다. 또한 「졈다」와의 관계를 살펴보면, 15세기의 「졈다」는 현대 국어의 「어리다(幼)」와 「젊다(若)」라는 두 가지 의미를 가지고 있었는데, 근대·현대 국어에 오면서 <u>"幼"·"若"</u> > "若"의 의미 변화를 겪었다. 따라서 중세 국어의 「졈다」는 현대 국어의 「젊다」보다 연령층의 외연이 넓어 「어리다」의 영역까지를 포함하고 있었던 것이다. 그러던 것이 양의의 하나인 "幼"의 의미 때문에 「어리다」와 유의 경쟁을 벌인 결과, 「졈다」는 "幼"의 의미를 「어리다」에 넘겨주고 "若"의 의미 하나만으로 단의화한 것이다.

「스랑ᄒ다」와 「싱각ᄒ다」의 유의 관계에서도 동일한 현상을 볼 수 있다. 일반적으로 「스랑ᄒ다」의 의미 변화는 "思" > "愛"로 주지되고 있지만, 엄밀하게 살펴보면 그렇지 않다. <u>"思"·"愛"</u> > "愛"로 변한 것으로, 이것도 양의의 단의화 현상으로 설명할 수 있다. 15세기에 "思"와 "愛"의 양의를 지닌 「스랑ᄒ다」는 당시 사용 빈도 면에서 비교될 수 없었던 「싱각ᄒ다」와 "思"의 의미로 유의 경쟁을 벌였다. 그 결과, 양의를 가진 「스랑ᄒ다」 쪽이 "思"의 의미를 포기하고 "愛" 하나만으로 단의화한 것이다. 결론적으로 양의를 가진 단어에서, 그 의미 중 하나가 유의적인 다른 단어와 유의 경쟁을 벌이게 되면 양의를 가진 쪽이 불리하다는 것을 알 수 있다. 이는 양의의 기능 부담량의 경감이라는 욕구와 함께, 한편으로는 단의 쪽의 퇴화로 인한 한쪽의 사어화를 막는 균형의 원리가 내재되어 있기 때문이라고 설명할 수 있다.

이와 같은 예는 명사인 「빋」과 「값」에서도 볼 수 있다. 「빋」의 의미 변화도 단순히 "價" > "債"로 기술하고 있지만, 실상은 <u>"債"·"價"</u> > "債"로 양의의 단의화를 경험한 것이다. 15세기 국어에서 「빈」은 양의인 "債"와 "價"를 가졌다. 그런데 당시 "價"의 의미를 가진 「값」이 건재하여 이와의 유의 경쟁은 필연적인 것이었다. 유의 경쟁 결과, 단의인 「값」이 승리함으로써 「빈」은 양의 중 "價"의 의미를 「값」에 넘겨주고 "債"의 의미만으로 단의화한 것이다.

이러한 어휘 상호간의 역학적 경쟁 원리는 어떤 단어가 스스로 유연성을 띠는 의미를 파생시켜 다의화하려는 의미 확장의 욕구와 다의가 다시 단의화하려는 기능 부담 경감의 욕구가 모순 없이 공존하는 결과를 낳는다. 다의의 단의화 과정에는 반드시 타경쟁어와의 유의 경쟁을 치르는 것이 철칙이며, 그런 과정의 소산물이 바로 단의화이다. 다의어의 기능 부담 경감의 욕구는 단의화뿐만 아니라, 다의 중의 어떤 파생 의미가 중심 의미로부터 유연성이 소멸되는 경우, 그것이 동음어화하여 분가하는 현상과도 통한다.

지금까지 어휘의 생태와 관련하여 '경쟁', '포기', '승리', '욕구', '공존', '경험' 이란 단어를 쓴 것은 어휘가 일종의 유기체로서 생태적 현상을 지니고 있기 때문이다. 이처럼 어휘의 생태적 추이는 향후 생태어휘론의 정립을 가능케 할 것이라 믿어진다.

II

우리의 일상 발화 중에서 가장 많이 출현하는 조사 「-은/는」과 「-이/가」의 상호 관계를 살펴보면 상반적 기능의 조화가 나타난다. 지금까지

여러 각도에서 양자의 이질적인 표현 기능이 탐색되었지만, 그 중에서도
전자가 소위 구정보 표지(old information marker)로, 후자가 신정보 표지
(new information marker)로 질서 있게 역할 분담을 하고 있다는 사실은 참
으로 경이롭다.

    (1) a. 철수는 무엇을 하고 있니?
        b. 철수는 공부하고 있지.
        c.   ø   공부하고 있지.

    (2) a. 누가 공부를 하고 있니?
        b. 철수가 공부하고 있지.
        c. 철수야.

(1)a의 원인문에 나타난 「철수는」은 그 응답문인 b에서도 반드시 「철수
는」으로 대답하지 않으면 안 된다. 그리고 (2)a의 「누가」의 경우도 응답
문 b에서 「철수가」로 대답해야 하는 엄격한 준별성을 보여준다. (1)b에서
「-는」의 피접어는 기지의 사실인 구정보를 나타내고, (2)b에서 「-가」의
피접어는 미지의 사실인 신정보를 나타낸다. 따라서 (1)b에서 구정보인 「철
수는」은 정보전달력(communicative dynamism)이 약하여 그것이 초점(focus)
이 될 수 없고, 그에 따라 c처럼 생략되기도 한다. 이에 반해 (2)b에서 신
정보인 「철수가」는 문의 초점으로 생략될 수 없다. 오히려 c처럼 기지의
요소인 '공부하고 있다'는 사실이 생략될 수 있을 뿐이다.

이러한 상반적 기능은 어디에서 왔으며, 무엇이 그렇게 규정하여 양자

의 쓰임에 적용시킨 것인가? 이는 말을 사용하는 언중도 아니요, 국어학자도 아닐 것이다. 결국 그들끼리의 역학 관계에 의해 자생적으로 역할 분담이 되었을 것이다. 이들의 상반적인 역할 분담은 일말의 중복이나 예외도 없이 상호 배타적인 상보 관계 기능을 온전히 수행하고 있는 것이다.

한편, 우리 생활 주변에서 자주 구사되는 한자 접미사 「-的」의 경우를 보아도 또한 그렇다. 명사 어기에 「-的」이 붙어 파생어를 조성하는 경우는 대체로 동일 어기에 형용사 파생 접미사 「-답-」, 「-롭-」, 「-되-」, 「-스럽-」 등이 붙을 수 있는 경우를 피하고 있다. 예컨대 「남자답다」가 있으므로 「*男子的」이란 파생이 저지되고, 「향기롭다」가 있으므로 「*香氣的」이 저지되며, 「복되다」가 있으므로 「*福的」이 불가능하다. 또한 「사랑스럽다」가 있으므로 「*사랑的」의 파생이 형성되지 않는 것이다. 이에 반해 「積極的」이 조어될 수 있는 것은 적극{*스럽다, *롭다, *되다, *답다}가 되지 않기 때문이고, 「一般的」도 일반{*스럽다, *롭다, *되다, *답다}가 되지 않기 때문이며, 「生産的」은 생산{*스럽다, *롭다, *되다, *답다}가 되지 않는 것과 유관하다. 물론 이러한 원리는 연역적으로 파악되는 것이 아니라 자료를 통해 귀납적으로 추론되는 것에 지나지 않지만, 어쨌든 어휘 사이에는 상호 역학적 관계를 통해 철저하게 견인하고 배척하여 균형과 조화를 이루고 있는 것이다.

보조동사 「-내다」와 「-버리다」의 대치적 의미 기능에 있어서도 이러한 역학적 관계를 볼 수 있다. 양자는 공통적으로 "종결"의 의미 기능을 수행하는데, 그 지향성이 상반된다.

(3) a. 사업에 성공해 {내다, *버리다}. / 실패해 {*내다, 버리다}.
    b. 병마를 이겨 {내다, *버리다}. / 병마에 져 {*내다, 버리다}.
    c. 입학시험에 합격해 {내다, *버리다}. / 떨어져 {*내다, 버리다}.
    d. 시합에서 승리해 {내다, *버리다}. / 패배해 {*내다, 버리다}.

「-내다」는 화자의 기대가 +지향적이고, 「-버리다」는 -지향적이다. 그러한 기대가 +쪽으로 성취되었을 때는 「-내다」, -쪽으로 끝났을 때는 「-버리다」를 취하는 경향이 있다. 이와 같은 상관적 대립성도 어휘 사이의 역학 작용을 통해 자생적으로 형성된 것이라 여겨진다. 언어 사용자인 언중이 그렇게 유도하거나 규정하여 쓰도록 조장한 것이 결코 아니다.

이로써 보면 언어 연구란 이미 언어 자체 속에서 형성된 원리를 귀납적으로 찾아내고 파악하는 것일 뿐, 어떠한 연역적인 대전제를 제시하고 그것을 논증하는 것이 아니라는 생각이 든다. 따라서 귀납적으로 찾아낸 규칙이란 결코 사람이 인위적으로 제정하여 언어에 적용시킨 것이 아니라, 언어 속의 역학적인 힘에 의해 자생적으로 만들어진 원리일 것이다. 언어학자들은 이러한 규칙을 찾아내고, 구명하고, 해석하여 이론 체계를 수립할 뿐이다.

인간이 언어 생태계의 혜택으로 언어 생활을 하는 것이나, 자연 생태계의 혜택으로 의식주 생활을 영위하는 것은 동일 맥락으로 파악된다.

언어 생태계의 질서와 조화를 잘 보존하도록 도와주는 것은 언중의 몫이다.

≪2002년 12월, 『새국어생활』 11-3≫

습작하는 자세로

가도 가도 그 길, 멈춰 서서 뒤돌아보아도 역시 그 길. 이렇듯 외로운 여정이 학문의 길이었다고 했던가?

벌써 쉰이다.

해가 바뀌었다지만 학구의 길에는 어제와 오늘이 유효할 뿐, 묵은해와 새해의 단락이 존재하지 않는다. 그러기에 새해 아침의 해맞이도 팔공산 정상의 등반도 나에겐 무의미한 것이다.

93년 한 해, 또 그렇게 국문학과와 일문학과를 넘나들며 문법론, 의미론, 비교 어학을 강론할 것이고, 쫓기듯이 논문 쓰기에 매달리는 평범을 연출할 것이다.

다만, 새해 벽두에 두 권의 책이 출판 중에 있어 대춘하는 마음이 환희롭다. 『韓・日語對照語學論攷』와 『한국어독본』이 그것이다. 한 권은 77년 첫 일본 나들이로부터 장구한 세월 동안 고심해서 얻은 대조언어학의 박사학위 논문과 그로부터 수행된 한・일 양 언어의 음운, 문법, 어휘, 표현의 대조 연구를 묶은 것이다. 또 한 권은 우리 대학에 특례 입학한 해외 동포 학생, 외국인, 중국 화교 등 재학생들의 한국어 교육을 위한 한국어 특강 교재이다.

지금까지 만용과 열정만으로 내놓던 저서들을, 이젠 나의 50 인생이 묻어 있는 더욱 절실한 것으로 승화시키고 싶다. 인격과 학문이 뜸이 들어 겸허한 필단으로 조심스레 다져 써야 겠다.

문득 일본 어느 노교수의 말이 생각난다.

"인문과학은 인생의 경륜과 관조 없이는 이뤄지지 않는다. 그러기에 죽기까지 습작하는 자세로 학문에 몰입하라."고.

≪1993년 1월 25일, 「경대신문」 1097호≫

〈知와 삶〉 영향 받은 책

北原保雄 著『日本語助動詞の研究』

1977년 일본 쓰쿠바(筑波)대학에서 일본 문법학계의 거봉인 기타하라(北原保雄) 교수를 만나게 된 것은 큰 행운이었다. 그의 주저인『日本語助動詞の研究』(1981)는 지금까지 국어학 연구에만 전념하던 필자의 학문의 물줄기를 국어학과 대조어학의 두 가닥으로 갈라놓는 계기가 되게 했다.

650쪽이나 되는 방대한 이 책은 일본어의 조동사를 구문론적으로 분석한 것이다. 투명한 논지며, 조리 정연한 논조며, 명쾌한 논증은 그 누구의 추종도 불허하는 압권 중의 압권이다. 예리한 착상과 탁견, 설득력 있는 해석은 가히 논문형 저서의 전범(典範)이라 할 수 있다. 특히 조동사 상호 승접의 배열 순위를 기계적으로 논한 대목은 무릎을 치도록 공감되는 부분이다. 관련 연구사의 역사적 맥락을 수용하면서, 거기에다 참신한 자기 견해를 접목시켜 새롭게 구축하는 안정성이 전면에 배어 있다.

이 책은 필자의 뇌리를 구조화하여 논리적인 질서 체계를 확립하는 데 큰 도움을 주었다. 고교 시절에는 자연계 클래스에서 수학과 화학 과목을 즐겼던 나 자신에게, 언어의 원리 추구에 자연과학적 방법론의 적용이 유효하다는 사실을 명시적으로 일깨워 준 것이다. 하나에 하나를 더하면 어김없이 둘이 된다는 확정성과 언어 속에 내재하는 규칙의 형이상학을 홍

미룹게 시현해 주었다. 언어 연구는 말 속에 감추어진 비밀과 숨어 있는 질서를 발굴하는 작업이다. 그로부터 필자는 보다 과학적인 사고로써 언어의 본질에 접근하게 되었고, 언어 형식의 연구보다 내용의 연구인 의미론에 더 큰 관심을 기울이게 되었다. 또한, 범언어의 보편성 속에 엄존하는 특수성에 매료되어, 이로부터 시선을 떼지 못하는 자신이 되기도 했다.

"인문학은 인간의 휴머니티를 추구하는 경륜의 과학이다. 서두르지 말고 평생을 습작하는 자세로 정진하라."

이는 일본에서의 힘들었던 연구 생활을 통해 체득한 독백이다.

≪2001년 1월 22일, 매일신문「知와 삶」≫

밝고 깊고 정직한 눈을
「경대신문」 913호~916호 게재 수필평

  나름대로 진귀한 생활 단상을 현장감 있게 묘사하려고 애쓴 흔적이 역력하다. 그러나 아름답고 훌륭한 글을 쓰기 전에 정확하고 논리적인 글을 쓰는 훈련이 필요하다는 생각이 전편에 공통되는 아쉬움으로 남는다. 문미(文味)보다는 문리(文理)가 우선되는 요소이기 때문이다.

  수필은 수필가의 전유물이 아니다. 그러나 수필을 쓰는 사람은 반드시 밝고 깊고 정직한 눈을 소유하지 않으면 안 된다. 생활 언저리의 평범 속에서 비범을 발견하는 눈, 무가치한 사상(事象) 속에다 심오한 의미를 부여하는 눈, 자연 그대로의 모습을 담백하게 바라보는 눈이 필요하다.

  이제 조략하게나마 각 작품을 읽고 난 소감을 적어 본다.

'나무처럼 자라고 싶다' (913호)

  대학 초년생의 교정 생활에 대한 상념을 쓴 글이다. 미괄식으로 전개하고 있는 이 글은 계절 감각의 삽입으로 글 전체가 싱그럽고 소박한 분위기를 담고 있다. 그러나 사용된 소재들이 하나의 단일한 효과를 위해 집중되지 못하고 다소 산만하게 배열되고 있다는 점이 마음에 걸린다. 절정을 이루고 있는 "나도 나무처럼 자라야 겠다. 다가오는 여름엔 더욱 짙은 물을 머금어 더욱 서늘한 그늘을 만들어 주고, 가을이 오면 더 보람찬 내일을 위해 나무는 잎을 떨구고 나는 낙엽을 보면서 웃을 것이다."의 대목에서는 표현상의 모순이 노출된다. 나무와 자신을 동일시하는 발상에서 이 구절이 시작되고 있는데, 여름에는 주객이 일체가 된 서술이었으나, 가을 이야기는 주객이 분리되는 오류를 범하고 있다. 즉, 나무가 자기 자신이 되다가 다시 객체로 환원되고 말았다.

'앉은뱅이 철학' (913호)

다섯 토막의 단락을 설정하면서까지 자신의 푸념을 정리하려고 애썼다. 이 글은 어쩌면 시의 세계에 접근하고 있는 듯한 난해성도 가미되었다.

글이 전개되는 과정에서 두드러진 것은 '어둠'-'위선'-'절망'-'허무'-'고뇌' 등의 침울한 사념과 '태양'-'배움'-'밝은 아침'-'젊음'-'진실' 등의 긍정적 소재가 대조를 이루면서 궁극적으로는 극복과 승화의 의지를 나타낸 점이다.

다만 극히 철학적이고 추상적인 논조는 현학적인 일방 통행의 우려가 도사리고 있음을 명심해야 할 것이다.

'평범한 곳에서 참 행복을' (914호)

제목이 말해 주듯이, 필자는 자신 속에 존재하는 평범한 행복과 인간성 회복의 의지를 강조하고 있다.

쉽게 말하면, 자기 언어와 자기 목소리의 빈곤이 확연한 글이라고 할 수 있다. 늘 듣던 어느 선생님의 얘기가 자기 언어로 변신하기까지에는 숱한 고민이 따라야 한다.

'멋있는 여성' (915호)

서두에 멋을 정의하려고 하면서 여성이 갖추어야 할 네 가지 멋에 대하여 마치 친구에게 들려주듯 조목조목 술회하고 있다. 역시 범상한 눈을 탈피하지 못했다는 느낌이 든다. 좋은 눈을 가진 사람이 좋은 글을 쓸 수 있다.

'꿈으로 이끈 별과의 만남' (916호)

어느 서클 모임에서 별 관측을 갔던 현실적 얘기에서 출발하여 이상적인 꿈의 세계로 영상화한 감미로운 글이다.

현실 얘기에 너무 집착하면 딱딱한 글이 되고, 꿈속 같은 얘기만 늘어놓으면 허공을 잡는 글이 되기 쉬운 위험을 모면하여 양자를 적절히 조화시키고 있다.

6인치 반사 망원경이 소재로 등장하고 이로부터 우주의 신비에 연결되면서, 급기야 탄생과 죽음을 투영시키려는 필자의 의도가 그런 대로 잘 나타나 있다. 그 한 대목을 인용해 보자.

"지금이라도 창문을 열면 와르르 쏟아져 금방 내 곁에 다가올 것만 같이 다정하게 느껴진다. …… 바램으로 조그마한 별지기가 되고자 한다."

대부분 저학년의 글이어서 더 큰 욕심을 부릴 순 없다. 다만 보다 밝고 깊고 정직한 눈으로의 성장을 기대할 뿐이다.

≪1983년 6월 13일, 「경대신문」 918호≫

On Essay-Type Written Test

This year, we have witnessed the birth of the essay test. Formerly, the state-run college entrance examination and shown a deplorable tendency to measure only a testee's memorizing capacity by means of multiple choice items. Orchestrated efforts had been exerted by the authorities concerned to better the sad situation and to provide greater autonomy to four year colleges and universities in recruiting their own students. The painstaking endeavour finally led to the introduction of the essay test.

Designs to evaluate the independent thinking ability of college applicants, the test consisted of essay topics that were not confined to any high school subject or textbook. Since the test was administered in our country for the first time, students did not know how they should be best prepared. Colleges and universities had their share of confusion and agony to create objective test items and an adequate marking system.

Launched a year ago, our university's Essay Test Preparation Committee had been occupied developing detailed plans. Our university decided to employ essay topics, requiring that testees finish writing on the given data within ninety minutes. Constituting 4.8% of total score for admission, the essay test aimed at measuring critical, analytical, intuitive, analogical and synthetic abilities. Two different essay topics were presented, one for those who applied for the social sciences and humanities, and the other for those who applied for engineering and natural sciences. Critical opinions about materialism and humanism were asked of the former group, and views on the possible relationship between mechanical power and industrial societies of the latter.

In formulating the test, ten test writers took into careful consideration the reliability, validity and educational value of each essay topic. Every answer sheet was graded by three professors who gave scored whose numerical mean responded to the final score of the testees. Clarity, coherence, depth and expressive ability served as the major criteria for evaluation.

An introductory instruction for the scoring professors was offered to promote adjective marking and to help establish fairly stable standards. The Committee did not spare any effort to eliminate shifting standards, personal impressions and concentrating tendencies in the scoring process.

Scores varied from 16 to 24, the average being 20.7 points. And

87% of all the testees received scores ranging from 19 to 23.

No doubt the ultimate objective of the essay test lies in helping to produce creative human beings rather than mere intellectuals. Concerned people, however, believe that the essay test will not be necessary only if high school students manage to acquire the ability to think clearly and the capacity to express themselves concisely and coherently.

To maintain its existence, the essay test should meet several conditions. First, colleges and universities should demonstrate strong commitment to equitable test-writing and unbiased scoring procedure. Second, change in high school curriculum, along with advanced instructional mechanism, should be presupposed. Particularly, sound understanding of the test significance should be attained and the essay test should not be regarded as a simple Korean composition test. In writing an essay, one needs to be logical, lucid and creative. For an essay demands neither literary talent, emotional sensitivity, nor showy phrases.

No extracurricular preparation seems required for essay test. One cannot hope to enhance his writing ability by a short-time intensive training. This specific ability is promoted naturally by experiencing everyday life creatively. Put the other way round, abundant reading, observational exactness and clear thinking become the guarantee for successful acquisition of essay writing skills.

Similar test have been administered in many foreign countries. Among them are Abitur in West Germany(college entrance qualifying examination), General Certification of Education and Certification of Secondary Education in England(essay writings on overall high school curriculum), English Composition Test with Essay in the United States(test of expressive abilities through essay), and Short Essay Test in Japan(test of thinking ability).

I hope that the essay test will enjoy steady improvement, produce fruitful results, and stimulate educational specialists to seek healthy educational break-throughs in Korea.

≪1986년 2월 25일, The Kyungpook University Times≫

* 이 글은 1986년 처음 실시한 경북대 입시 논술고사의 시행 결과를 분석하여 영문으로 옮겨적은 것이다. 당시 필자는 출제·채점의 책임을 맡고 있었다.

논술 심사 강평

* 주제(1)

아래의 글은 '평화'를 '권리'의 문제로 다룬 존 F. 케네디의 말이다. 이 말을 해설하고, '평화'에 대한 자신의 견해를 '의무'의 문제에 결부시켜 논술하라.

> 결국 평화란 근본적으로 인권이 짓밟힐 염려 없이 생활을 영위할 수 있는 권리, 자연이 준 그대로의 공기를 호흡할 권리, 장래의 세대가 건전한 생존을 이어나갈 수 있는 권리의 문제가 아닐까.

자료 제시형의 논술 문제는 다음 몇 가지 유형으로 분류된다.

1. 주어진 자료에 대해 자기의 주견으로 해설, 예시 또는 논증하는 것
2. 자료의 내용을 비판하거나, 이와는 다른 시각에서 자기 주장을 새롭게 제시하는 것
3. 상반된 두 개의 주장 중 어느 하나를 선택하여 지지하고, 그 이유를 논리적으로 기술하는 것
4. 자료와는 무관한 주제에 대해 자료의 논조에 따라 논술하는 것(이때

자료는 글의 방향만을 지시함.)

5. 자료로 제시된 몇 개의 단어를 일정한 주제에 맞게 유기적으로 조합
   하여 논술하는 것
6. 어떤 글의 일부가 소개된 자료에다 나머지 부분을 보충하여 완성하는
   것(예: 결론에 대한 본론 쓰기 등)

이번 논술 문제의 형태는 위의 유형 중 1과 2가 복합된 부류에 해당된다. '평화'의 개념을 '권리'의 문제로 다룬 케네디 대통령의 주장을 해설하고, 이와는 다른 시각인 '의무'의 관점에서 '평화'의 개념을 규명하라는 것이다. 따라서 그 논조는 우리 국민이나 사회가 권리만을 행사한다고 평화가 도래하는 것이 아니라, 각자가 마땅히 지켜야 할 의무를 충실히 수행할 때 비로소 평화가 정착될 수 있다는 내용이 될 것이다.

응모해 온 글들의 수준이 엇비슷하여 그 우열을 가리기가 쉽지 않았다. 대부분의 글들이 무난하고 짜임새가 있으나, 핵심 부분에 대한 집중적인 파악과 묘사가 다소 부족한 것이 아쉬웠던 점이다. 게다가 한 문장의 길이가 너무 길어져 장황한 감을 주는 예도 적지 않았다. 긴 문장은 문법적인 일탈을 초래하기 쉽고, 문의가 흐려지고 산만해질 우려가 있다.

우수작으로 선정된 글은 논술 방향이 출제 의도에 부합하고 논지가 선명하여 좋았고, 무엇보다 글의 내용이 쉽다는 점이 인상적이었다. 난삽하거나 현학적인 글은 설득력이나 공감을 떨어뜨리는 결과를 낳는다. "권리는 의무를 수반한다."고 하는 논조로 끌고 간 이 글은 구성에 있어 조맥이 있고, 단락 구분이 뚜렷하여 문의가 용이하게 노출되었다. 그러나 지

문 자료에 대한 의존도가 너무 높아 자신의 견해를 술회하는 데 극히 제약적인 반응을 보인 점이 흠이었다. '의무'의 관점에서 '평화'를 다루는 데 있어, 지문에 나타나 있는 인권과 환경권, 생존권 등의 '권리'에 관한 논항을 그대로 의무 항목으로 처리한 것은 스스로 자신의 사고의 폭을 제한시킨 것이다. 왜냐하면, 평화를 위한 의무 사항은 이것 외에도 얼마든지 더 있을 수 있기 때문이다. 논술은 틀에 박힌 고정적이며 제한적인 관념을 탈피하여, 다양하고 광범위한 사고의 폭을 요구하는 것이 원칙이다.

이 밖에도 접속사가 너무 많이 쓰인 것도 세련된 글을 다듬는 데는 장애의 요소가 되었다. 이 짧은 글 가운데 '그러나'가 4차례, '그러므로'가 3차례나 쓰였다. 일반적으로, 접속사를 쓰지 않아도 문장과 문장이 자연스럽게 연결될 수 있는 글이 바람직하다. 이런 점에서 글 중의 몇몇 접속사는 삭제해도 무방할 것이다. 그리고 서두에 나오는 접속사 '그러나'는 문맥상 '그러면'이나 '그렇다면'으로 바꾸어야 한다. 또한, '말한다'는 과거형인 '말했다'로 고쳐야 하고, 밑줄 친 "그 말의 뜻은 …… 뜻한다는 것이다.", "다른 관점 즉 '의무'라는 관점에서 평화라는 개념을 살펴보자." 등에서는 한 문장 속에 동일어가 두 번씩 반복되어 문장 흐름의 유연성을 깨뜨리고 있다.

가작으로 뽑힌 글은 인간 존중의 권리와 의무가 평화의 요체이며, 권리는 의무의 바탕 위에서 형성되는 것임을 밝힌 논설문이다. 주견이 투명하고 논지가 명료한 점이 돋보인다. 다만 표현상 어휘 선택과 호응 관계가 잘못된 곳이 몇 군데 눈에 띈다. 밑줄 친 "삶을 누리기를 원한다."는 그저 "살아가기를 바란다."로, "조용하고 동요되지 않은 사회"는 "평온하고 안정된 사회"로, "우리에게 …… 어떤 의미를 <u>가지는가?</u>"는 "어떤 의미를 주는가?"로 바꾸었으면 좋겠다. 또 한편, 글의 제목으로 '인간 존중'이 대두되어 자칫 '평화'의 주제로부터 이탈된 감을 주지 않을까 염려되기도 한다. 글의 제목은 주제를 떠받치고 현시하며, 글 전체의 내용을 압축한 것이 채용되어야 한다.

≪1994년 11월 18일, 영남일보≫

* 주제(2)

아래 자료를 읽고, 이 글이 의미하는 바를 "인간만사 새옹지마(人間萬事 塞翁之馬)"라는 고사 성어에 결부시켜 논술하라.

> 행복과 불행은 같은 지붕 밑에 살고 있으며, 번영의 바로 옆방에 파멸이 살고 있고, 성공의 옆방에 실패가 살고 있다.

논술의 절차는 착상, 구상, 집필, 퇴고의 4가지 단계로 이루어진다. 이 중에서도 착상과 구상은 글의 주제와 내용과 방향을 결정짓는 가장 중요한 과정이다. 따라서 논술자는 집필에 앞서 글을 착상하고 구상하는 데 충분한 시간을 투여하고 심사 숙고해야 한다.

이번 논술 과제는 주어진 짧은 자료의 글을 고사 성어에 결부시켜 자신의 주견으로 해석하는 것이다. 대다수의 응답자들이 자료의 해석뿐 아니라 이에 대한 자신의 태도와 자세까지 술회하는 의욕을 보였다.

행복과 불행, 번영과 파멸, 성공과 실패 등 상반 대립적인 요소가 한 울타리에 공존한다는 사실은 양자의 근접성과 표리적 상관 관계를 의미하는 것이다. 양자의 출몰은 변화 난측하여 한쪽이 다른 한쪽의 출현을 예측, 전제하고 있으며, 이것이 발전하면 '복은 곧 화요, 화는 곧 복'이라고 하는 역설의 논리에까지 비약할 수 있는 것이다. 여기에서 우리는 인생사의 길흉과 화복을 의연한 자세로 받아들이며, 불행에서 좌절하지 말고 행복에서 자만하지 않아야 한다는 교훈을 얻을 수 있다. 양자는 양극의 극단에 놓여 있는 것이 아니라 표리로 맞붙어 있기 때문이다.

우수작으로 뽑힌 글은 인생사에 있어서 행복과 불행은 예측 불능한 것이라고 전제하고, 자신이 '塞翁'의 입장이 되어 삶의 불확정적인 현실을 묵묵히 수용 긍정하는 한편, 그 대처 방안으로 실력을 배양해야 한다는 주장을 편 것이다. 논지가 명료하고 글의 짜임새도 있으며, 특히 서두에서 매우 세련된 필치를 보여 글쓴이의 독서량을 짐작케 해 준다. 세 개의 단락으로 된 이 글은, 첫째 단락에서 주요한의 시 '불놀이' 중 한 구절을 인용하여 논술의 실마리를 마련했고, 둘째 단락에서는 '새옹지마'의 고사를 풀이, 음미했으며, 마지막 단락에서는 자신 있는 삶을 위해 실력을 배양해야 한다고 결론을 내렸다.

그러나 붙인 제목이 너무 길어 느슨한 느낌을 주는 것이 흠이었다. 표현이 미숙한 곳을 몇 군데 지적하면, "우리들이 잘 알고 있는 '人間萬事 塞翁之馬'란 고사 성어가 있다."는 "우리들이 잘 알고 있는 고사 성어 가운데 '人間萬事 塞翁之馬'가 있다."로 고쳐 쓰는 것이 더 자연스럽다. 또한, "거의 예측이 불가능하다."는 "거의 장래를 예측하기 어렵다."로, "불행할 수 있으며"는 "불행해 질 수 있으며"로 바꾸었으면 한다. 그리고 "행복하다가도 …… 존재하는 것도 아니다."는 접속된 두 개의 명제 사이에 의미상의 유기성이 결여된 문장이다. 이는 "행복하다가도 불행해질 수 있으며, 불행하다가도 행복해질 수 있다."라든가 "인생 행로에는 늘 행복과 성공과 번영만이 존재하는 것이 아니라, 때때로 불행과 실패와 패망이 엄습하기도 한다." 식의 글투가 되어야 한다. 이 밖에도 "삶의 불확정적 성질"은 그냥 "삶의 불확정성"으로 묶는 것이 좋을 것이다.

가작으로 뽑힌 글은 인생에 있어 행복과 불행, 성공과 실패는 표리의 관계에 있으며, 진정한 행복과 성공을 위해서는 불행과 실패를 경험하지 않으면 안 된다는 점을 강조한 내용이다. 이 글에서는 "겨울이 있기에 봄이 더욱 찬란하다."와 같은 비유로써 오늘의 불행과 실패는 내일의 행복과 성공을 만드는 밑거름이 된다는 긍정적인 극복의 의지를 부각시킨 대목이 돋보인다.

글의 방향이 '새옹지마'의 뜻 중 전화 위복의 경우만을 중점적으로 다루는 데 치중했다. 둘째 단락의 앞부분을 보면 '새옹지마'를 단순한 행복과 불행의 되풀이로 설명하고 있는데, 이는 참뜻에서 벗어난 것이다. '새옹지마'의 메시지는 '화'와 '복'의 단순한 교차나 반복이 아니라, 한때의 '화'가 훗날의 '복'이 되고, '복'인 줄 알았던 것이 '화'가 되는 전전 무상(轉轉無常)을 뜻하는 것이다.

표현상으로 서툰 곳이 몇 군데 눈에 띈다. "작가의 필요에 의해 창조된 인물들일 뿐"에서 "필요에 의해"는 "의도에 따라"로, "창조"는 "가공(架空)"으로 어휘 선택에 유념했으면 한다. 또한, "징병이 되는 것을"은 그냥 "징병을"로 쓰면 되고, "더 큰 결실을 맺게 하는"의 "결실을 맺다"는 겹말로

"결실을 하다"라든가 "열매를 맺다"로 바로잡아야 한다. 좋은 논술이 되게 하는 문장의 요건으로 독창성, 정확성, 일관성, 명료성, 간결성 등을 들 수 있다. 어떠한 주제나 어떠한 내용의 글에서도 이와 같은 요건은 필수적인 구비 요소가 되므로 항상 유의하여야 한다. 그리고 자기 경험 중심의 절실한 글을 쓰는 훈련이 요망된다.

≪1995년 2월 3일, 영남일보≫

* 주제(3)

아래의 글은 소혜(昭惠)왕후가 언해한 『內訓』(1475)의 한 대목이다. 이를 참고하여 '현대 여성의 말씨'에 대한 자신의 생각을 논술하라.

> 여자의 말은 반드시 구변이 좋아서 이익을 도모하는 그런 언사라야 하는 것이 아니다.
> 말은 언사를 가려서 쓰고 거친 말을 쓰지 않으며, 시간을 두고 여유 있게 말함으로써 남에게 싫지 않게 하는 것, 이것을 여자의 말(婦言)이라고 한다.　　-육관정 역주-

말은 언어 사회와 밀접한 함수 관계를 맺고 있다. 흔히 '말씨'란 사람 개개인의 말하는 태도나 버릇을 지칭하는 말인데, 이것 또한 그 사회상을 반영하고 있으며 시대에 따라 변하기도 한다.

이번 논술 과제는 조선시대의 문헌 『內訓』의 한 토막을 자료로 하여 현대 여성의 말씨를 논하는 것으로, 이는 오늘에 이르기까지의 시간적 간극이 야기한 여성의 말씨 변화와 그 원인을 논리적으로 설명하는 것이다.

응모해 온 대부분의 글들은 이러한 출제자의 의도를 명확하게 간파하여, 여성의 말씨 변화를 시대 사회상과 가치관의 변화에 결부시켜 비교적 타당성 있게 해석했다. 대체로 현대 여성의 말씨가 거칠어지고 조급해지고 비속화하는 등 부정적인 측면을 많이 지적했는데, 이러한 현상을 시대 상황의 당연한 귀결로 이끌고 갔다.

이러한 당위성에 반해, 과거 전통적인 유교 사회가 현대의 개방적인 산업 사회로 변모했지만, 여성의 말씨에 대한 윤리적 기대 가치는 바뀌지 않는다는 논조가 대두되었다. 실제로, 자료로 제시한 대목을 자세히 음미해 보면, 당시의 여성에게도 구변이 좋아 이익을 도모하는 면을 전적으로 부정하지는 않았고, 거기에다 필요한 말만을 골라 하고, 거친 말을 피하여 고운 말을 쓰며, 경박하게 서둘러 얘기하여 식언하는 일이 없도록 경계한 것이다. 이는 시대가 달라져도 모든 여성들이 한결같이 추구해야 할 언어의 미덕임에 틀림이 없다. 따라서 자료에 비친 시대적 상황에 대해 과도한 선입견을 가질 필요는 없다.

출제자는 이번 논술의 방향을 '현대 여성의 말씨에 대한 심층 분석', '현대 여성의 말씨의 특징과 그 원인', '시대의 변화에 따른 여성의 말씨 변화', '현대 여성의 바람직한 말씨', '말씨로 본 여성의 가치관' 등으로 상정하고 논술자들의 반응을 기다렸다. 다행히 응모자의 주제 설정은 이 테두리를 벗어나지 않았지만, 오히려 논술 방향이 너무 비슷하여 우열을 가리는 데 어려움이 뒤따랐다.

우수작으로 뽑힌 글은 제시한 자료를 충실히 활용하여 체계적인 논술을 편 점이 좋았고, 특히 현대 여성의 말씨를 긍정적인 면과 부정적인 면으로 나누어 분석한 점이 돋보였다. 다만, 결론 부분에서 여성의 바람직한 말씨 정립을 제언했으나, 그 구체적인 대응 방안이 나오지 않아 아쉬웠다. 또한, "말은 마음의 창이다."로 시작하는 이 글은 도입 부분이 다소 부실하고 세련미가 결여된 점이 안타깝다. 서두는 글의 주제를 유도하고 논구의 방향을 제시하는 요긴한 단락임을 유념해야 한다.

표현상의 오류나 어색한 곳을 손질한다면, "긍정적 변화"와 "부정적 측면"은 각각 "긍정적인 변화"와 "부정적인 측면"으로, "생각을 논리적으로 보인다거나"는 "생각을 논리적으로 개진한다거나"로 바꾸었으면 한다. 그리고 글을 진행하는 데 있어 접속사의 선택이 적합한지를 살피고, 조사가 과다하게 생략된 부분이 없는지를 따져 보아야 한다. 이는 글의 유연성 여부를 가늠하기 때문이다.

가작으로 선정된 글은 현대 여성의 말씨에 대한 특징을 크게 두 가지로 묶어 그 문제점을 지적한 것이다. 이 글은 무엇보다 표현 어휘가 풍부하고 다양하게 구사된 점에 호감이 간다. 그러나 제시한 두 가지의 특징 중 뒷부분은 그 지시 내용이 불투명하며, 결론이 너무 포괄적인 것도 흠이라면 흠이다. 표현상으로나 어휘 선택에 있어서도 부분적인 결함이 눈에 띈다. "두 가지로 꼽을 수 있는데"는 "두 가지로 나누어 생각할 수 있는데"로, "감정적인 면을 띠게 되기에"는 "감정적인 경향을 띠게 되기에"로 바꾸어야 호응 관계가 바르다. 결론 부분의 "우리 사회가 여성들에게 민족사회 구성원들에게 합당한..."에서는 조사 「-에게」가 중출하여 문장 전체가 어색해진 예이다. 이는 "여성들로 <u>하여금</u>……"으로 고쳤으면 하고, 말미의 "<u>해결되어질</u> 수 있다."는 "<u>해결될</u> 수 있다."로 족한 것이다.

입선작도 주제나 내용이 다른 글들의 틀에서 크게 벗어나지 않는 평범성을 보였다. 현대 여성의 말씨를 부정적인 시각에서 따지고, 곱고 바른 여성의 말씨를 회복해야 한다는 의지를 담았다. 글의 짜임에 무리가 없고 도입 부분이 다른 글에 비해 적절하다는 것이 강점이다. 그러나 본문의 내용 중 "비속어의 난무"를 연이어 중복시켰고, "급하게 하는 말은 상대방을 <u>불쾌하게 한다.</u>"란 대목은 공감이 가지 않는다. 어휘 선택에 있어 '예전'은 '과거'나 '옛날'로 고쳤으면 하고, '조상'과 '선조'도 '조상' 하나로 통일했으면 좋겠다. 또한 "사회를 더욱 각박하게 만드는 데 <u>한몫을 담당하고 있다.</u>"에서 "한몫을 담당하다."가 부정적인 내용과 어울리는 것은 부적당하다는 점을 유의해야 하겠다.

≪1995년 5월 20일, 영남일보≫

* 이 글은 1994년 7월 15일부터 1996년 7월 29일까지 영남일보에 연재한 대구 시내 고등학교 논술 모의고사 답안지를 분석하여 강평한 것 중 세 대목을 뽑은 것이다.

글짓기 심사 강평

경북신학교 백일장

몇 편 안 되는 시와 소설, 논문 등이 제출되었지만, 학업에 쫓기면서 틈틈이 다져 쓴 정성들이 놀랍다. 그 중에서도 입상한 수필 작품은 소박한 감동과 삽상한 애정이 깃들어 있어 좋았다.

수필 '가을에'는 주부로서의 진솔한 감정과 소녀 같은 서정이 꾸밈없이 담겨진 글이다. 사념의 정리도 없이 붓 가는 대로 생각을 옮겨 적은 것이지만, 나름대로 조맥이 있고 여성다운 섬세한 필치를 곳곳에서 엿볼 수 있다. 가을 앞에 서 있는 자신을 애상의 눈으로 조명하고, 자신의 소망을 하나님의 섭리와 사랑으로 승화시킨 내용이다. 이 가을에 고마웠던 분들에 대한 감사와 베풂과 사랑의 대상을 찾는 기도로 자신의 신앙과 정서의 세계를 순화시키고 있다.

"주님, 당신의 손을 잡고 가을 속을 걷고 싶습니다."

수필 '가을 나기와 쌍화탕'은 가을의 상념과 더불어 강의실에서 벌어진 한 토막의 삽화를 아름답게 구상화한 미셀러니이다. 가을 앓이가 감기로 다가와 머리에는 열이 끓고 있는데, 누군가 건네준 쌍화탕과 알약을 삼키면서 우정 한줌을 손에 쥐고 가을빛을 그리는 심상을 소묘했다.

시 '하늘'은 삶 속에서 육안으로 바라본 하늘과 믿음으로 우러러본 하늘을 대비시킨 것으로, 그런 대로 시정이 깃든 작품으로 평가된다.

사행시 '경·신·축·전'은 현실과 믿음과 소망을 조화시킨 정형조의 4연 4행시이다.

논문 '성경적 신유 은사에 관하여'는 세 개의 아이템으로 다룬 본론, 그리고 서론과 결론이 논문다운 체제와 내용을 제대로 갖춘 것으로 평가된다.

좋은 글은 밝고 진실하고 깊은 눈을 소유한 사람의 것이다.

≪1993년 6월≫

　하나님은 정상인들이 볼 수 없는 아름다운 세계를 장애인들에게 보여 주신다고 나는 믿고 있다. 그러므로 이들이 가진 심상의 세계는 평상인보다 곱고 맑고 순수하고 진실하다.

　투고해 온 글들은 대체로 시가 주류를 이루었고, 산문에 있어서는 수필에서 단편에 이르기까지 다양했다. 무엇보다 여러 가지 제약 속에서도 훌륭한 글들을 쓴 정성들이 놀랍게 여겨졌다.

　글의 내용을 장애인에게 소망을 심어 주고 재활에 도움이 되면서 복음에 초점이 맞춰져 있는 것으로 제한하고 있기 때문에, 심사 과정에서도 문학성이나 예술적 기교보다는 평이하고 진술한 감동을 담은 글을 중심으로 뽑았다. 또한, 맞춤법의 오류나 표현상으로 미숙한 점은 크게 문제 삼지 않았음을 밝혀 둔다.

　당선작으로 선정된 수필 '화려한 외출'은 다리를 쓰지 못하는 장애인의 애환을 그린 글로서, 꾸밈 없는 소박한 필치에 호감이 간다. 내용은 기도로 준비해 온 화려한 외출에서 일어난 몇 가지 얘깃거리들을 엮은 것이다. 치마 밑으로 보이는 다른 사람의 예쁜 다리를 부러움으로 자신의 현실에 투영시켜 가며 사소한 일들 속에 일어나는 심적 갈등을 제법 실감 있게 묘사했다. 버스 기사들의 잇단 푸대접으로부터 우리나라의 복지 선진을 갈망하는 염원을 담기도 했다. 다만 예수 그리스도의 고난과 십자가의 희생, 부활·승천의 역사를 이야기 속에 모자이크하는 형식적인 기교를 부려 보았으나, 양자 사이의 유기성이 제대로 드러나지 않는 것이 아쉬움으로 남는다.

가작으로 뽑힌 시 '작은 세상'은 어항 속에 갇힌 붕어의 작은 세상과 어항 바깥의 넓은 세상과의 넘나들 수 없는 갈등과 고민을 읊은 것인데, 극복과 초탈의 이미지보다는 비관의 색조가 너무 짙어 안타깝다. 그러나 함께 제출한 몇 편의 시 작품에서 보인 작자의 시상과 시 감각은 매우 섬세하며 착상도 참신하다고 평가하고 싶다.

장려상인 시 '섭리'는 자신의 부기에서도 밝혔듯이, 장애인들을 돌보는 보육사로서의 애절한 사랑과 소망을 깃들인 작품이다. 아홉 살 되는 뇌성마비 아이 금숙이를 껴안고 사는 따뜻한 휴머니즘은 냉랭한 오늘 속의 우리를 한결 훈훈하게 해 준다. '겨울', '회색빛', '아픔', '냉소', '어둠' 등의 침울한 이미지의 단어들이 많이 등장되었으나, 이를 '봄', '새 빛', '미소', '기쁨', '자유' 등의 밝은 것으로 극복하려는 의지가 역력하다.

또 한 편의 산문 '영혼의 아버지께로……'는 자신의 간증을 담은 일종의 신앙 수기이다. 사념의 정리 없이 붓 가는 대로 쓴 글이지만, 그런 대로 맥락이 서 있고 진솔한 감흥을 환기시켜 주는 것으로 평가된다.

어쩌면, 이 세상 사람 모두가 장애인이요, 또는 예비 장애인이라 할 수 있다. 자신의 아픔을 믿음으로 극복하며 좋은 글로써 현실을 승화시키는 보람을 엮어, 좌절 없는 승리의 삶을 영위해 가기를 바란다.

≪1995년 4월 18일≫

"대구시 아름다운 우리말 간판" 사진 공모

우리 상담소에서는 작년에 이어 두 번째로 대구광역시 아름다운 우리말 간판 사진 공모전을 열었습니다. 곱게 다듬어진 언어 환경을 조성함으로써 시민의 국어 의식을 고취하고, 생활 정서를 순화하려는 것이 목적입니다.

응모 작품을 심사하는 데 몇 가지 기준을 마련했습니다. 첫째, 고유한 우리말을 잘 살렸는지, 둘째 상호가 참신성과 호소력을 가지고 있으면서 가게의 특성과 잘 어울리는지를 살폈고, 셋째 간판으로서의 글자 디자인과 주변 경관과의 조화 등 심미성을 고려했습니다.

작품 모두가 훌륭한 소재와 이미지를 담고 있는 것이었는데, 그 중에서 선정된 몇 개 작품을 간단히 소개할까 합니다.

대상으로 뽑힌 '손때'는 어느 주문 가구점의 상호입니다. 손때가 묻은 가구는 우리의 애정이 깃들어 있는 삶의 표상이며, 제작자의 땀과 노력이 서린 결정체이기도 합니다. 목각으로 된 현판식 간판에는 나무 소재의 자연미가 묻어 있습니다.

최우수상인 '한 처음에'는 친환경 유기농으로 된 전문 음식점입니다. 이는 '태초에'라는 한자말을 고유어로 다듬은 것입니다. 내재된 의미는 농약이 사용되지 않았던 오랜 옛날의 친환경 음식을 형상화하는 함축적 메시지를 담고 있습니다.

'공부의 즐거움'은 대학 내에 자리잡고 있는 카페 이름입니다. 학구에 몰두하는 학생들이 커피 한 잔으로 마음의 휴식과 여유를 찾고 책을 읽는 즐거움을 얻는 승화된 공간입니다. 간판은 벽걸이 액자 형태로 제작되었으며 서체에서도 정형을 벗어난 자유로움이 돋보입니다.

우수상으로 선정된 '산에 들에'는 천연 염색 공방의 옷집입니다. 산과 들에 피어나는 풀과 꽃들로부터 얻은 천연 염료를 강조함으로써 상호 속에 업종의 색채가 잘 용해되어 있습니다. 정면에 보이는 대형 간판의 구도가 짜임새 있고 시각적으로 상쾌감을 줍니다.

'늘빔'은 한복 가게입니다. '빔'은 우리나라에서 명절이나 잔치 때 차려 입는 새 옷을 가리키는데, 이 고유 합성어는 "새 한복으로 치레하는 나날"이라는 의미를 머금고 있습니다. 간판에도 씌어 있듯이 우리의 얼을 잘 드러내고 있습니다.

이번 공모전을 통해 대구시민의 언어 환경 의식이 한층 고양되기를 바랍니다.

2007년 10월 9일
경북대 국어생활상담소장

'손다치기반칙'과 '그물다치기반칙'

"左翼手 門前迫頭ᄒ야 左足으로 强蹴ᄒᄃᆡ, 門守 球를 捕獲ᄒ디 몯ᄒ야 一點을 失ᄒ얏도다."

이는 어느 코미디 속에 나오는 조선시대 축구 중계 방송의 한 대목이다. 외국어 축구 용어가 모두 한자어로 바뀌었다.

북한 주민들도 스포츠를 매우 좋아한다. 특히 그들의 국기인 축구는 많은 주민들이 열광적으로 시합을 관전하는 인기 구기 종목이다. 몇 해 전 평양 능라도 경기장에서 벌인 남북 대결의 중계 현장이 연상될 것이다.

북한의 스포츠 용어는 소위 '말 다듬기 운동'의 대상이 되어 고유어로 많이 다듬어졌다. 60년대 이 운동은 내각 직속으로 국어사정위원회, 사회과학원을 두고, 언어학연구소 산하 전문 용어 18개 분과위원회를 구성하여 대대적으로 전개되었다. 그 중 스포츠에 관한 것은 체육 용어 분과위원회에서 다뤄졌는데, 대체로 영어로 된 용어를 순수한 우리말로 바꾸는 작업이었다.

다듬어진 축구 용어를 살펴보면, 우선 선수의 역할 위치에 따라 '문지

기'(골키퍼), '왼쪽방어수'(레프트풀백), '오른쪽방어수'(라이트풀백), '중앙방어
수'(센터하프), '왼쪽공격수'(레프트윙), '오른쪽공격수'(라이트윙), '중앙공격
수'(센터포드) 등이 있고, 경기 규칙에 따라 '구석공차기'/'모서리뽈'(코너킥),
'오른쪽구석차기', '왼쪽구석차기', '손다치기반칙'(핸더링), '11메터벌차기'
(페널티킥), '머리받기'(헤딩), '중앙으로꺾어차기'(센터링), '긴연락'(롱패스) 등
이 있다. 이 밖에도 '문대'(골포스트), '문가름대', '문금'(골라인), '꼴문그물'
(골네트), '문선바깥' 등이 쓰이고 있다.

배구 용어로는 '쳐넣기'(서브), '자리바꾸기', '돌기'(로테이션), '살짝쳐넣
기'(연타), '강한쳐넣기'(스파이크), '배구그물'(네트), '네번치기반칙'(오버타임),
'그물다치기반칙'(네트타치), '금밟기반칙'(라인크로스) 등이 나온다.

대부분이 고유어로 다듬어진 것으로 서두에 보인 조선시대 한자어와
비교된다. 흠이라면 음절이 너무 길어져 비경제적이라는 점이다.

≪1995년 9월 15일, 매일신문≫

잡곡밥이 북은 주식, 남은 별미

북한의 식량난은 참으로 심각하다. 지형적으로 산지가 많아 논농사가
어려운데다 해마다 찾아 드는 흉작과 특히, 올해는 7, 8월의 홍수 때문에
농작물의 피해가 컸다.

얼마 전 TV에서는 북한의 '강냉이 오사리'에 대해 그들의 홍보 자료를
소개 방영한 일이 있다. '오사리'는 옥수수의 이삭 껍질을 가리키는데, 북
에서는 이것을 옷감을 짜거나 종이를 만드는 원료로 쓰고 있다. 이는 자

연 자원 부족으로 고심하고 있는 그들 생활의 한 단면을 보여주는 예가 될 것이다.

북한 주민들의 식생활은 주로 잡곡이나 밭작물에 의존하고 있으며, 식량은 보름씩 받는 배급으로 조달한다. 밀과 강냉이(옥수수), 감자를 비롯하여 보리, 콩이 주산물이며, 쌀이 부족하여 중국, 태국 등지에서 수입하고 있다. 따라서 잡곡류로 된 먹거리의 어휘 분포를 보면, 남한에서는 사용되지 않는 말들이 다량으로 눈에 띈다.

북한 말에서는 '추수'를 '가을걷이'로, '타작'을 '마당질'로 다듬어 쓰고 있어 '보리가을', '밀가을', '보리마당질', '콩마당질' 등의 낱말이 언중 속에 널리 유통된다. 잡곡이 주식이 되다 보니, 자연히 그것으로 만든 음식의 종류가 다양할 수밖에 없다. '강냉이밥', '밀밥', '감자밥', '귀리밥' 등 잡곡밥을 늘 먹는가 하면, '감자가루', '감자농마'(감자녹말), '강냉이가루', '강냉이농마', '밀가루', '보리가루'로 만든 '감자찰떡', '감자시루떡', '밀가루설기떡', '밀떡', '밀찰떡', '밀겨떡', '귀밀떡', '남새설기떡'을 특별한 날에 먹는다. 뿐만 아니라, 튀김류인 '감자튀기', '강냉이튀기', '콩튀기', '남새튀기'와 지짐류인 '감자지짐', '강냉이지짐', '밀지짐'이 있는가 하면, 감자로 빚은 '감자술'이 있어 남쪽 애주가들의 호기심을 돋운다. 한편, 그들은 '감자국수', '강냉이국수', '귀밀국수', '남새비빔국수' 등 면류도 즐기는데, 평양 냉면과 함흥 냉면의 원조가 그곳이고 보면 그도 짐작이 간다. 게다가 '국수떡'과 '국수강정'도 있다고 듣고 있다.

잡곡밥은 우리에게는 때때로 입맛을 돋우어 주는 별미로 생각되지만, 소위 '이밥'을 먹기 어려운 북한 주민들에게는 '잡곡밥'을 주식으로 식탁에 올릴 수밖에 없는 형편이어서, 이것이 주는 의미와 감정 가치는 서로 판이하다. 요즈음 우리는 지난날 어렵고 가난했던 시절에 먹었던 '꽁보리밥'과 '주먹밥', '옥수수빵'과 '우유빵'에 대한 향수로 가끔 이것을 찾아 상미하기도 한다. 잡곡밥에 대한 남북의 상반된 두 가지 현실은 아이러니가 아닐 수 없다.

≪1995년 9월 22일, 매일신문≫

「문화어」는 평양말 중심의 표준어

"상기 아이 갔습지비." "기리니까니 나도 아이 갔습메."
"날래 쓰겠습메다만, 내레 이거은 너무 길어서 못 쓰갓는데요."

어느 나라 말에든 지역적인 위상 차이를 보이는 방언(사투리)이 있다. 우리나라도 좁은 땅덩어리에 비해 지역마다 다른 다양한 방언을 가지고 있다. 우리나라의 방언권은 대체로 동북 방언, 서북 방언, 중부 방언, 동남 방언, 서남 방언, 제주 방언 등 6개로 구획되고 있는데, 북한 방언은 서북 방언과 동북 방언, 그리고 일부 중부 방언에 속해 있다. 현재 9개 도(道)로 나뉘어 있는 북한의 행정 구역으로 보면, 함경남북도와 양강도가 동북 방언권에 해당되고, 평안남북도가 서북 방언권에 속하며, 황해남북도는 지역에 따라 서북 방언권과 중부 방언권에 걸쳐져 있다.

지역 간의 방언 차이는 음운, 문법, 어휘 면에서 확연하다. 서두에 내놓은 예문은 함경도 방언과 평안도 방언으로 구사한 대화의 한 토막이다.

이들은 문법적으로 종결 어미와 연결 어미에서 다른 지역과 큰 차이를 보여준다. '가다'를 그 한 예로 든다면, 함경도 방언은 '갔슴다', '갔수다', '갔지비', '갔슴메', '갔슴둥'과 '갔스메로', '갔스문', '가멘서', '가니까니'와 같은 형태로 쓰이고, 평안도 방언은 '가갓다', '가가시오', '가간', '감네다', '감메다', '감네까'와 '가니끼니', '가멘서', '가멘' 등으로 실현된다. 이는 경상도 방언의 '갔심더', '가는구마', '가제', '가니더', '가능교', '가니껴', '가는개', '가시이소'와 '가이끼네', '가문', '가가주고' 등의 특징과 비교된다.

북한의 표준어인 문화어는 평양말을 중심으로 제정되었다. 이는 대부분의 나라가 수도의 말을 표준어로 삼는 통례에 준한 것이겠지만, 그들은 특히 평양이 김일성의 출생지요, "혁명의 붉은 수도"이기 때문이라고 명분을 붙이고 있다. 그러나 문화어에는 함경, 평안도의 방언 어휘도 적잖게 포함되어 있는 게 사실이다. '게사니'(거위), '마스다'(부수다), '장'(늘), '얼치다'(얼빠지다), '푸승개'(허파), '구새'(굴뚝), '햄'(반찬) 등은 함경도 방언에서 온 말이고, '수태'(많이), '숙보다'(업신여기다), '어방'(어림), '피게'(딸꾹질), '허분하다'(느슨하다), '빨다'(흘겨보다), '뽐'(뼘), '무리'(우박), '우등불'(화로불) 등은 평안도 방언에서 채용한 문화어 낱말이다.

지역 방언은 때로는 듣는 이에게 구수한 체취와 친근감을 주기도 한다. 어쩌면, 방송 매체에서 가끔 듣는 개그맨들의 모화(模話)가 아닌, 생동감 있는 북한 방언의 실화(實話)를 듣는 통일의 날이 기다려진다.

≪1995년 9월 29일, 매일신문≫

'달린옷'과 '동강옷'

평양 거리에 흰색 저고리와 검정 치마를 입은 여성의 모습이 사라진 지가 오래다. 요사이는 그곳에도 서구 바람이 불어와 다양한 색조에다 제법 세련된 무늬의 원피스, 투피스가 포도를 누비고 있다. 그러나 식량난이 북한의 절박한 현실 문제이고 보면, '의식주'는 '식의주'로 바뀌어 입는 것이 먹는 것의 뒷전으로 밀려났다.

분단 50년 동안 북한의 의생활 변화는 세 단계로 나뉜다. 그 첫 단계는 해방 후 50년대 말까지 전통적인 복식을 계승하여 간편복을 입던 때이다. 전란 속에서 우리 할머니들이 입었던 '몸빼'를 상기하면 될 것이다. 둘째 단계는 그로부터 70년대까지인데, 사회주의적 생활 양식에 적합한 다양한 옷차림으로 변한 시기이다. 이는 김일성의 담화인 "시대가 변하는데 따라 사람들의 미감도 달라지고 생활 풍습도 달라졌습니다. 우리는 민족적 전통을 바로 살리면서 현시대 사람들의 미감에 맞게 의복 제도를 발전시켜야 합니다."에 근거를 두고 있다. 양복과 양장이 등장했고, 전국에 방직 공장과 옷 공장이 세워져 섬유와 기성복 생산에 불이 붙었다. 60년 초 재일 조총련 북송 사업과 70년부터 열린 남북 회담도 이에 큰 영향을 미쳤다. 그 후 오늘날까지는 화학 섬유 생산과 의류 공업화가 이뤄져 현대적 미감에 따른 그들 나름의 '패션' 시대를 연 때이다. 이는 80년대에 '패션 쇼'가 평양에서 첫선을 보인 것을 보면 짐작이 간다.

지금 북한 여성들의 의생활에 관한 안내 책자로는 『천리마』, 『조선녀성』 등이 있다. 이 잡지에는 그들 사회주의 체제에 맞는 여러 가지의 의류 정보가 실려 있다. 예컨대, 옷감의 질감과 무늬, 얼굴색과의 조화, 옷의 품, 나이와 계절에 맞는 옷 색깔의 선택 등이 그것이다. 그러나 열악한 경제 여건으로 피복감은 주로 테트론, 비닐론 등의 합성 섬유에 의존하고 있고, 고급 천연 섬유나 다양한 모직물은 찾아보기 어렵다. 평상복과 외출복의 품등 차가 현격하며, 반바지와 팬티, 심지어는 가슴띠(브래지어)까지 집에서 스스로 만들어 입는 실정이다. 따라서 가정마다 재봉기(재봉틀)는 필수품으로 되어 있다. 북한 가정의 세간으로는 소위 5장 6기가 있는데, 5장이란 옷장, 이불장, 찬장, 책장, 신발장을 가리키고, 6기란 TV 수상기, 냉동기(냉장고), 세탁기, 선풍기, 축음기와 재봉기를 일컫는다. 그러나 이것 모두를 갖추어 놓고 사는 일반 가정은 흔치 않다.

그들은 원피스를 '달린옷'으로, 투피스를 '동강옷'으로 부르고 있다. 이는 우리에게 생소하지만 외래어를 기피하는 점에서는 긍정적인 것으로 평가된다. '손기척'(노크), '창문보'(커튼), '꽃댕기'(리본) 등이 그런 낱말류이다.

≪1995년 10월 6일, 매일신문≫

* 이 글은 1995년 8월 18일부터 11월 3일까지 매일신문에 연재한 "언어로 본 북한" 중 일부를 전재한 것이다.

남북 언어 통일의 전망과 대책

　필자는 10여 년 전 남북 언어 이질화의 현상을 실감하고, 당시 국토통일원의 연구 용역으로 「남북한 어휘에 대한 형태론적·의미론적 비교 연구」를 수행한 바 있다. 그 후 본지 970호에도 「남북한 언어 이질화의 실태 분석과 그 통일 방안」을 게재하여, 북한말의 표기, 음운, 형태, 어휘, 의미, 문체에 대한 개략적인 성격과 남북 언어 이질화의 원인을 분석하고, 그 통일 전망과 방안에 대한 관건을 제시했다.

　근년 정부의 북방 정책과 남북 총리 회담 등 일련의 정치적, 경제적, 문화적 접촉과 교류를 통해 통일 논의가 성숙됨에 따라, 남북의 언어 통일 문제도 활기를 띠고 제기되었다. 특히, 1989년 4월 22일에는 한국국어교육학회가 주최하고 관련 학회 및 언론사가 참여하여 '남북 언어 정책 대토론회'를 가졌으며, 그 자리에서 남북 언어의 동질성 회복과 국어 교육 정책의 통일 방안을 추구하는 결의문을 채택했고, 국어국문학회를 위시한 7개 학회의 공동 명의로 국어 정책 통합 기구를 상설해 줄 것을 정부에 건의했다. 또한, 국어연구소에서는 『남북한 언어 차이 조사』란 자료집을 출간함으로써 남북 언어 이질화의 실태를 현시하고, 언어 통일의 필연성을 고취시켜 주었다.

　이 글은 북한의 언어관과 언어 정책에 대해 재론하고, 이의 산물인 '문화어'와 '말 다듬기 운동'의 성격을 구명함으로써, 향후 남북 언어 통일의 전망과 대책을 모색하려는 것이다.

북한의 언어관을 알기 위해서는 북한 사전에 등재된 '언어'에 대한 뜻풀이를 검토할 필요가 있다.

"사상을 나타내며 사람들이 서로 교제하는데 쓰이는 중요한 수단, 혁명과 건설의 힘있는 무기로 이바지한다."『조선문화어사전』(1973), "사람들이 서로 교제하며 사상을 나타내며 서로 리해하는데 가장 중요한 수단, 민족어는 혁명과 건설의 강력한 무기로 복무한다."『현대조선말사전』(1968)

이로 보면, 북한은 언어의 본질인 의사 전달과 교제의 기능을 인정하면서도, 그보다 언어가 혁명과 건설의 강력한 무기로 사용된다는 점을 강조한 언어 도구관을 견지하고 있다.

이러한 언어관에 입각하여, 그들은 언어를 사회적 의식과 혁명 투쟁에 연결시킴으로서, "인민들의 사상 의식 수준을 높이는데 크게 작용하고, 사상 혁명, 기술 혁명, 문화 혁명을 수행하는데 힘있게 이바지한다."고 주장했다(사회과학원『주체사상에 기초한 언어 이론』(1975)).

북한의 언어 이론은 김일성과 당 중앙에 의해 계획, 실시되는 것으로, 주체 사상을 구현하기 위한 언어 이론이 그 중심이 되고 있다. 이는 1964년과 1966년 두 차례의 김일성 교시에 잘 나타나 있다. 이 교시에는 문자 개혁, 한자, 외래어, 어휘 정리, 언어 생활, 조선어 교육 등의 문제에 대한 독자적인 언어 정책이 제시되고 있는데, 그 골자는 '주체성 구현의 일환으로 된 민족어의 육성'이다. 이는 1970년과 1980년의 조선로동당 5차, 6차 전당 대회에서 거듭 강조되고 촉진되어 오고 있다.

이러한 언어 정책의 가시적인 형태는 한자어와 외래어를 없애고 고유어를 살려 쓰는 등, 이른바 '말 다듬기 운동'으로 나타났고, 이는 다시 사회적 변혁의 일환인 어학 혁명으로 강화되었다. 따라서 북한에서의 언어학은 언어를 혁명과 건설의 힘 있는 무기로 더욱 발전시키는 데 이바지하는 혁명적인 과학으로 인식되고 있다.

1980년대에 들어와서는 지금까지 추진해 온 말 다듬기 운동과 문화어 보급 운동에 주력하는 한편, 독자적으로 개정한 철자법의 고수 등을 주요 목표로 삼고 오늘에 이르고 있다.

남북 분단 이후 현재까지의 북한말은 대체로 세 시기로 나눌 수 있도록 그간의 변화가 있었다.

제1기를 맞춤법 시대(1945~1953), 제2기를 철자법 시대(1954~1965), 제3기를 규범집 시대(1966~)라고 부르는데, 이렇게 구분하는 데는 『조선어철자법』(1954)과 『조선어규범집』(1966)의 편찬이 중요한 역할을 했다.

제1기는 해방 이후 철자법과 한자 폐지에 주력한 때였으며, 제2기는 사전 편찬, 외래어 표기법, 문법 문제를 다루었던 시기였고, 제3기는 두 차례의 김일성 교시로부터 탄생된 말 다듬기 운동과 문화어 보급 및 그 문법을 규범화하는 데 역점을 둔 시기라 할 수 있다. 남북 언어가 이질화되기 시작한 것은 철자법 시대에 들어와서 북한이 독자적으로 철자법을 개정한 때부터이며, 그 후 규범집 시대의 문화어에 이어지면서 더욱 심화되었다. '문화어'는 평양을 중심으로 다듬어진 북한의 공통어라고 할 수 있는데, 이는 김일성 교시 "조선어의 민족적 특성을 옳게 살려 나갈데 대하여"(1966년 6월 14일)에 의해 제정된 것이다. 교시의 일부를 소개하면, "혁명의 수도이며 요람지인 평양을 중심지로 하고, 평양말을 기준으로 하여 언어의 민중적 특성을 보존하고 발전시켜 나가도록 하여야겠습니다. '표준어'라고 하면 마치 서울말을 표준하는 것으로 그릇되게 리해할수 있으므로 그대로 쓸 필요는 없습니다."로, 문화어는 평양말을 기준으로 하고, 서울의 표준어를 배격하는 내용이다.

그들은 문화어가 형성된 역사적 근거를 항일 혁명 투쟁의 반제 민족 해방론에 두고, 문화어는 "혁명적으로 세련되고 문화적으로 다듬어진 우리 민족어의 최고 형태이며, 자본주의 사회의 수도의 말과는 본질적으로 구별되는 언어적특성을 가진다."고 했다(최정후 『조선어학개론』 1983).

뿐만 아니라, 문화어는 1) "로동계급의 계급적 지향과 생활 감정에 맞는 언어이며", 2) "전체인민의 규범으로 풍부하게 발전된 민족어이며", 3) "혁명적으로 세련되고 문화적으로 다듬어진 언어이며", 4) "당과 수령동지의 주체적언어사상을 구현한 언어이며", 5) "혁명의 붉은 수도 평양을 중심으로 한 평양말이며", 6) "가장 발달된 아름다운 언어"라고 자찬하고 있다(『문화어학습』 1981. 2호).

북한은 문화어의 보급과 발전을 위해 1968년 『문화어학습』을 창간했고, 1969년 김일성 교시에 의해 『현대조선말사전』을 편찬했으며, 이를 토대로 1973년 『조선문화어사전』을 내기에 이르렀다. 그밖에도 이론적 체계와 연구를 위해 김일성 대학 출판부에서 『문화어문법규범』을 간행했다. 1966년 이래 내각 직속으로 국어사정위원회와 사회과학원 국어사정지도처 및 언어연구소를 설치하여 어휘 정리 사업을 추진하면서 문화어를 민족어로 확정해 나가려고 했다. 그들은 "오늘의 남한말은 서양화, 일본화, 한자화된 잡탕말이고, 인민들의 언어 생활은 극도로 혼란 상태에 빠져있다."고 비난하고, "문화어는 우리 조국이 통일된 다음, 남조선이 우리말을 수습하고 민족어로 통일적으로 발전시키기 위한 귀중한 밑천으로 되고 있다."고 주장하고 있어(『문화어학습』 1981. 2호), 문화어로써 한반도의 언어 통일을 성취하겠다는 의도가 자못 주목된다.

한편, 북한의 국어 사전 편찬 원칙은 언어학 토대 위에 세워진 것이 아니라 사회 이념과 체제의 바탕 위에 서 있다. 따라서 '주체성, 당성 로동 계급성, 인민성' 등의 원칙이 중시되며, 올림말도 어학 혁명의 목적과 내용, 특성과 방식에 맞게 한다는 원칙을 세워 두고 있다.

『조선문화어사전』은 문화어의 보급을 목적으로 편찬한 혁명적 사전이다. 이 속에는 김일성의 '로작'과 교시로부터 나온 어휘와 뜻 풀이가 다량 실려 있는 반면, 인민이 쓰는 말 중에도 혁명과 건설에 관계 없는 말은 누락시켰다.

특히, 이 사전의 뜻 풀이에서 남북 언어는 심각한 차이를 보여준다.

첫째, 의미 영역의 축소·특수화를 들 수 있다. 이는 주로 특정인의 찬양과 혁명·건설 사업, 그리고 자본주의를 비난하기 위한 것으로, 어떤 단어를 특정인이나 특정 대상에게만 국한시킴으로 일반성이 상실되고, 외연이 축소·특수화된 것이다(예: 교시, 수령, 로작, 어버이, 간부, 동지, 령도, 고용 등).

둘째, 의미 가치의 격상 및 격하이다. 특정인 찬양과 혁명·건설 사업에 관계되는 말들의 원의미의 가치가 상승하는 반면(예: 혁명, 선동, 인민

등), 이른바 제국주의, 자본주의의 정치, 경제, 사회, 문화, 종교에 관계되는 말들은 의미 가치가 추락되는(예: 경찰, 민주주의, 주식회사, 이민, 아씨 등) 경향이 두드러졌다.

문화어가 평양말을 중심으로 형성되었다지만, 실제로 이 사전에 올려진 어휘 중에는 함경도 등지의 방언 어휘도 적지 않게 수록되어 있다. 예를 들면, 기와깨미(기와), 더수미(덜미), 두리(둘레), 되박(되), 먹사리(먹살), 당돌(맷돌), 수더구(숲), 게사니(거위), 까박(말대꾸), 수집다(수줍다), 마스다(망가뜨리다), 끌끌하다(깨끗하다), 걸씨(빨리), 망창(마구)이 있다.

북한의 말 다듬기는 일종의 어휘 정리 작업으로 남한의 순화 운동에 대비된다. 이 운동은 1) "김일성의 주체 사상을 언어 분야에 철저히 구현하며", 2) "조선말을 더욱 혁명적으로 세련된 아름다운 민족어로 발전시키며", 3) "혁명과 건설의 강력한 무기로 잘 복무할 수 있도록 하며", 4) "조국 통일의 맞이하기 위한 준비를 갖추며", 5) "문화어를 더욱 혁명적으로 세련시키고 주체성 있게 발전시키기 위한 목적으로 이루어졌다"고 되어 있다(김관의 『문화어학습』 창간호, 1968).

말 다듬기 운동의 요목은 언어의 주체적 발전에 장애되는 외래적인 어휘들을 없애고, 민족어의 통일적 발전을 위한 토대를 마련하려는 것으로, 자료에서 노정되는 그 방향과 규정은 대체로 다음과 같다.

첫째, 가능한 한 한자어는 고유어로 바꿔 쓴다(노안→돋보기눈, 공명→꺼울림, 초산→첫몸풀기, 부력→뜰힘, 여과지→거르는못, 수선→손고르기, 정체→바른 몸매, 촉각→더듬뿔, 암송→따로 외우기).

둘째, 외국어는 고유어로 풀이해 쓰되, 적당한 고유어가 없을 때는 한

자어로 쓴다(커브→굽이길, 커튼→창가림, 레코드→소리판, 리본→꽃댕기, 노크→
소리기척, 헬리콥터→직승비행기, 프로필→옆모습, 피크닉→들모임, 슬리뻐→끌신,
발코니→내민대).

셋째, 기본적인 한자어는 그대로 쓴다(동서남북, 교육, 강산, 학교, 조국).

넷째, 합성어일 경우에는 어느 한쪽만 다듬어도 좋다(살균→균죽이기, 사
선→빗선, 이중창→겹창, 초인종→부름종, 미달량→못한량, 굴절률→꺾임률, 폐활량
→폐숨량).

다섯째, 국제화된 외래어는 그대로 쓴다(라디오, 샤쓰, 텔레비젼, 카메라, 가
스).

여섯째, 일본어의 잔재를 근절한다(운동화→헝겊구두, 시아게→끝손질, 뎀뿌
라→기름튀기, 다다미→누비돗자리).

한편, 18개 전문용어 분과위원회는 몇 차례의 사정을 거쳐 전문 분야에
대한 용어를 고유어로 다듬었다(외파음→겉터짐소리, 합성어→합친말, 다항식→
여러마디식, 십진법→열올림법, 적립금→세운돈, 출고→내기, 음정→소리사이, 오페
라→노래이야기, 명암→검밝기, 장르→갈래, 각색→옮겨지음, 비중→견줄무게, 초점
→모임점, 월식→달가림, 유성→별찌, 휴화산→멎은화산, 탄전→탄밭, 유충→새끼벌
레, 응고→엉겨굳기, 이모작→두그루짓기, 탈곡→벼훑기, 타작→마당질, 시비→거름
놓이, 주차장→차마당, 종착역→마감역, 어장→고기소, 한류→찬물흐름, 서브→던지
기뿔, 합병증→따라난 병, 해열제→열내림약).

이상의 규정은 남한의 순화 운동의 맥락과 기본적으로 다를 바 없다.
그러나 다듬어진 어휘 중에는 첫째, 음절이 너무 길어져 노력 경제에 역
행되는 어형이 많고(소리같은말(동음어), 바로풀이법(직설법), 여러마디식(다항식),
물결움직임(파동), 해가까운점(근일점), 바투보기눈(근시), 중앙으로 꺾어차기(센터

링), 균깡그리 죽이기(멸균) 등), 둘째, 단어 내부의 일부만이 다듬어져 균형이 맞지 않은 것들도 많다(고름도, 꺾임률, 겹창, 이끌선, 폐숨량 등), 셋째, 생소한 조어로 어감이 좋지 않아 수용도가 낮은 유들도 있고(견줄무게(비중), 튐힘(탄력), 올림닭기(역행동화), 뺄물길(배수로), 이끌선(도선) 등), 넷째, 합성어와 구의 구조와 준별되지 않는 것들도 다수이다(옷벗는칸(탈의실), 허리넓은옷(임산부복), 균깡그리죽이기(멸균), 맞섞은물질(배합물), 못한량(미달량) 등).

국토는 민족의 유형한 몸집이요, 말은 겨레의 무형한 정신이다. 정신이 없는 몸이 존속할 수 없고, 몸 없는 정신이 존립할 수 없다. 이런 점에서 국토 통일과 언어 통일은 상보적 관계에 있다 할 것이다.

분단 반세기의 남북 언어는 그간의 격리와 북한의 주체 사상의 구현을 위한 언어 정책으로 여러 분야에서 이질화를 초래했다. 더욱이, 북한은 앞으로도 문화어 보급과 어학 혁명을 지속적으로 추진할 계획이어서, 통일의 날이 멀어질수록 언어의 격차는 더욱 심화될 것이 명약 관화하다.

남북 언어 통일의 길은 무엇보다 남북이 자주 접촉함으로써 언어 이질화의 심각성을 절감하고, 통일을 위한 쌍방의 공동 연구와 일관성 있는 언어 정책을 수행하는 것이 급선무이다. 비록 언어관과 언어 정책이 서로 다르다 하더라도, 남북 언어는 근원적으로 동일한 언어이며, 그 이질적 요소는 서로 다른 언어 사회의 체제와 구조에서 파생된 것임을 인식해야 한다. 우리는 이질화의 원인 소재를 추궁하는 데 급급할 것이 아니라, 동일 민족으로서의 동질성 회복이라는 긍정적인 대전제를 붙잡고, 북한 언어학자들을 만나 가장 합리적이고 타당한 공통분모를 모색하는 데 진력해야 할 것이다.

다행히, 최근 우리 학계에서는 국어 정책의 통합 기구를 상설하여 북한의 대표들과 협의할 수 있도록 정부에 건의하고 있으며, 남북한 국어 통일 연구 회관 건립을 계획하고 있어 매우 고무적이며 기대되는 바가 크다.

막상 언어 통일에 있어 대두되는 가장 큰 장애물은 북한의 '문화어 꽃 피우기 운동'이다. 그들도 "남과 북의 언어학자들이 공동으로 우리말과 글을 연구 발전시켜 나가기 위하여 해야할 일들은 참으로 많다."고 전제하고(『문화어학습』 1981, 2호), 통일적인 규범을 확립하기 위한 공동 연구와 연구 과제에 대해 언급하고 있으나, 문화어로써 한반도의 언어 통일을 성취하겠다는 구상은 버려야 할 것이다.

언어 통일은 국토 통일을 이루는 첩경이 된다. 앞으로 점진적, 단계적으로 이질화를 극복해 간다면, 남북 언어 통일은 가까운 장래에 반드시 결실을 거두리라 확신한다.

≪1991년 6월 10일, 「경북대 신문」 1067호≫

우리 민법문을 손질하며

우리 법령문에 일본어투 표현의 찌꺼기가 많이 남아있다는 것은 수년 전부터 지적되어 온 사실이다.

우리 민법은 1958년에 제정되어 그간 11차에 걸쳐 개정되었다. 법리적 내용이 첨삭되었고 표현과 용어가 부분적으로 다듬어지기도 했지만 전면적인 개정 작업이 이루어진 적은 없었다. 1999년 법무부에서 「민법개정 특별분과위원회」를 구성하여 법률 용어와 문장을 다듬기도 했는데 그 수준은 미흡했고, 2002년 3월에는 국립국어연구원과 협정을 체결하여 법령문 제정이나 개정 과정에 국어학적 검토를 자문하도록 한 바 있다. 이번 연구도 이와 같은 배경에서 국립국어연구원의 요청으로 착수하게 된 것이다.

법령문의 순화와 개정은 시대적인 요청으로, 광복 후 반세기가 지난 오늘에 이르러 사회 질서의 기준이 되는 우리 법령문이 우리말답고, 우리의 것답게 정체성을 확립해야 할 단계에 다다르게 된 것이다. 특히 법조문이 너무 어렵기 때문에 국민 생활과 법과의 거리가 멀어져 버렸다. 법이 일반 국민에게 더 가까이 다가가야만 준법 정신이 고취되고 국민의 권리와 의무를 바르게 행사함으로써 선진 사회를 이룩해 갈 수 있을 것이다.

이번에 육법 중 민법을 다루게 된 것은 이것이 국민의 일상 생활에서 가장 중요하고 방대한 기본법이기 때문이다. 법조문 전체가 1,118개조에

달하는데, 모두 5편으로 구성되어 있다. 1-3편은 재산편, 4편은 친족편, 5편은 상속편으로 나뉜다.

한편 일본 민법은 1896년과 1898년에 제정한 1,044조로 구성된 것이다. 이 연구에서 양 민법문을 조목조목 비교 분석하여 일본 민법의 영향을 받은 우리 민법의 용어와 문체를 항목별로 대비했다. 이러한 연구 분석은 앞으로 법조문의 순화와 개정 대상의 자료로 활용될 것이다.

양국의 민법을 비교 분석한 결과, 일본 민법문으로부터 직역의 형태로 옮겨진 부분이 약 60%에 달했다. 이는 우리 민법문이 일본 민법문을 저본으로 하여 번역의 형식을 취했다는 것을 뜻한다. 직역이란 일본 민법문의 문장 형식을 옮겨 와서 술어 어휘는 그대로 채용하고 조사와 어미만 우리말로 바꾼 것이다. 이러한 형태는 4조, 5조, 12조, 13조, 15조 등 초두부터 나타났다.

우리 민법에 영향을 준 일본 민법에서 먼저 용어 면을 살펴보면 일본어식 어휘가 다수 채용되었다는 사실을 들 수 있다. 예컨대, "居所를 떠난 者"(사람), "賣渡하다"(팔아넘기다), "買受하다"(사들이다), "貸主"(빌려준 사람), "借主"(빌린 사람) 등이 모두 일본어이다. 심지어 "그의 父, 母, 子"도 우리말이 아니다. 일본어에서는 한자를 훈독하는 경우가 있기 때문에 이와 같은 말이 나온 것이다.

또한 일본에서 들어온 어려운 한자말이 다수 나타난다. 예를 들면, "起算하다"(헤아리다), "改任하다"(바꾸어 임명하다), "轉置하다"(옮겨두다), "委棄하다"(내버려두다, 방임하다), "毁滅하다"(헐어 없애다), "邂怠하다"(게을리 하다), "元本"(원금), "資力"(자금 능력, 지급 능력) 등이 있다.

법률적인 전문 용어에서도 "果實"(이득)(天然果實, 法定果實), "始期/終期"(법률 행위의 효력이 시작하고 소멸하는 시기), "主物"(주된 물건), "從物"(딸린 물건) 등은 일본어의 전문 용어를 그대로 받아들인 것이다.

격조사의 용례에서도 일본어식의 용법이 우리에게 적용된 예가 있다. "지시에 좇다", "규정에 위반하다", "법인의 목적에 유사한", "사회 질서에 관계없는", "소유자에 속한" 등에서는 격조사 「-에」가 잘못 쓰인 것으로, 이들은 "지시를 좇다", "규정을 위반하다", "법인의 목적과 유사한", "사회 질서와 관계없는", "소유자에게 속한" 등으로 고쳐야 한다. 게다가 속격 조사 「-의」의 중출은 국어문으로서는 매우 어색한 경우가 있다. "변제로서의 타인의 물건의 인도"(제463조) 같은 것은 국어에서는 수용하기 어려운 표현이다. 이와는 달리 불필요한 「-의」의 첨가를 볼 수 있다. "실종의 신고", "법률 행위의 당시"에서 속격 조사 「-의」는 없는 것이 낫다. 그런 한편 조사 생략이 너무 남발되는 예들도 있다. "법정 대리인의 동의 있는", "국내에 주소 없는 자", "의무 권리가 있다", "규정에 불구하고" 등에서는 조사를 붙여 "동의가 있는", "주소가 없는 자", "의무와 권리가 있다", "규정에도 불구하고" 등으로 쓰는 것이 옳다. 속격 조사 「-의」의 쓰임은 "유언자의 사망한 때"라든가 "일의 종료한 날"에서는 "유언자가 사망한 때"와 "일을 종료한 날"로 고쳐 써야 한다.

또 한편으로는 부적절한 어휘를 사용한 경우가 눈에 띈다. "相當한 담보"(적당한, 적절한), "通常總會"(정기총회), "공연하게 점유한"(공공연하게 점유한), "손해를 加하다"(입히다), "利子를 加하다"(가산하다, 더하다), "이익을 받다"(보다), "손해를 받다"(보다, 입다), "의무를 부담하다"(지다), "책임을 보닳하다"(지다), "기간이 <u>만료하다</u>"(만료되다), "업무가 <u>종료한다</u>"(종료된다) 등을 들 수 있다.

문체 면에서도 어색한 명사구나 명사형이 많은 것도 일본어투의 영향이다. 예컨대, "규정에 의함이 아니면"(규정에 따르지 않고는), "소유의 의사로 점유한 자"(소유한 의사로 점유한 자) 등이 그러하다.

또한 한문투 표현이 비대하여 "확답을 <u>發하다</u>"(발신하다), "효력이 <u>生하다</u>"(발생하다), "계약에 <u>基한</u>"(기초한)은 현대 국어에서 쓰이지 않는다.

일본어를 직역하다 보니 접속어가 너무 많아진 것도 좋지 않다. "취소 <u>또는</u> 제한할 수 있다"는 쉽게 "취소<u>하거나</u> 제한할 수 있다"로 하면 자연스러워 진다.

문법적으로 용언의 관형사형이 가지는 시제 표현에도 잘못이 발견된다. "계약을 <u>해지한</u> 때에는", "청구가 <u>있는</u> 때에는"은 "<u>해지하였을</u> 때에는"과 "<u>있을</u> 때에는"으로 쓰는 것이 옳다.

'하다'의 대동사적 기능 남용으로 "이의를 <u>한</u> 때에는"은 "이의를 <u>제기하였을</u> 때에는", "양자로 할 수 있다"는 "양자로 <u>삼을</u> 수 있다"로 바꾸어야 한다.

이 밖에도 지시어 '이', '그'가 불필요하게 쓰였고, 문장 길이가 너무 길어진 것과 구두점이 잘못된 것도 일본어 표현에 영향을 받은 것이다.

이번에 제출한 연구 보고서 「쉽게 고쳐 쓴 우리 민법」은 A4 용지로 606쪽에 이르는 방대한 것이다.

　제1부는 국립국어연구원의 학예연구사인 김문오 박사가 집필한 것으로 현행 민법과 고쳐 쓴 민법 전문을 대비한 것이고, 제2부는 필자의 "우리 민법에 남아 있는 일본어식 용어와 문체"라는 논제로 쓴 논문 형식의 글이다. 연구 방향은 대조언어학적 분석으로 그 내용은 제1부의 사항들을 뒷받침하고 논증하는 내용이고, 뒷부분에는 일본 민법의 직역 부분을 우리 민법과 짝을 지어 게재한 것이다.

　이 연구 보고서는 국립국어연구원에서 비매품으로 1,500부를 발간했다. 관계 부처인 법무부, 법제처, 대법원, 한국법제연구원, 국회 등과 여러 법률 연구소, 법률학자, 법률전문가, 그리고 국어학 관계 학회와 연구소, 대학 도서관, 국어학자들에게 배부되었다.

　향후 우리 법조문들이 법리적으로, 국어학적으로 더욱 심도 있게 검토되고, 특히 민법 개정 주무 부처인 법무부 「민법 개정 특별분과위원회」에서 구체적으로 논의하여 가까운 장래에 우리 민법이 온전한 것으로 전면 개정되기를 기대한다. 그 지침서로 이 보고서가 전폭적으로 활용되기를 바란다. 또한 이어서 육법 중 상법, 형법 등의 개정도 뒤따를 것으로 전망한다.

　필자는 이 보고서를 통하여 법령문을 개정하는 데 있어 다섯 가지의 방향을 설정해 두고 있다.

　첫째는 평이화의 원칙인데, 한글 전용문으로 써서 누구나 쉽게 이해할 수 있게 하고, 둘째는 정확화의 원칙으로 법리의 의미가 명확하게 드러나도록 해야 하며, 셋째는 고유화의 원칙으로 우리의 법, 우리의 말다운 정체성을 고수하도록 할 것이다. 넷째는 표준화의 원칙으로 우리말 표준 규범에 맞도록 작성되어야 하고, 마지막으로 탈권위화의 원칙으로 국민에게 늘 친숙한 것으로 다가가는 것이 되어야 할 것이다. 법리적으로 법 의미에 차질이 발생하지 않는 범위에서 개정되고 다듬어져야 할 것임은 더 말할 나위가 없다.

이 연구 보고서가 각종 언론에 보도된 뒤 국민들로부터 많은 격려와 질의의 전화를 받았다. 보고서로 제한되었기 때문에 서점에서 손쉽게 구해 볼 수 없는 만큼, 저서로 출판해 주었으면 하는 요청이 많았다. 출판이 어렵다면 필자의 홈페이지에라도 올려달라는 요구도 있었다. 생각 끝에 결국 여러 가지 논문집에 몇 장으로 나누어 게재하기도 했고, 그 논문을 홈페이지에 등재하기도 했다.

한편 관공서와 국세청, 금융 기관으로부터도 행정 공문, 세무 공문, 금융 용어 등의 다듬기에 자문할 것을 요청해 왔다. 그러나 필자 자신의 전공 연구에 골몰하다 보니 제대로 이러한 요구에 성의 있게 도움을 드리지 못해 송구스럽게 생각할 뿐이다.

특별히 어느 건강 식품 대리점에서 필자를 격려하는 글과 함께 발효 음료 한 상자를 선물로 보내온 일은 잊을 수 없는 감동이었다. 아직까지 세상은 이렇게나 따뜻하며 살맛나는 곳이구나 싶어 감사에 또 감사를 드렸다.

다음은 이러한 보고서의 내용이 경북대학교 인터넷 신문인 「웹진」에 한 달 여 동안 올려 둔 것을 옮긴 것이다.

"국어 생활과 법과의 괴리, 꼭 없애야 합니다"

언제부터인가 솔로몬의 선택, TV생활 법정 등 일상 생활에서 흔히 일어나는 민사 소송 사례들을 다루는 프로그램들이 일반인의 관심을 끌고 있다. 딱딱한 법정 이야기를 이해하기 쉽게 다룬 이러한 프로그램이 인기를 끌고 있는 이유는 피해자와 피의자의 입장, 그에 따른 법의 적용이 제3자인 시청자에게도 충분히 일어날 법한 일들이기 때문은 아닐까. 우리의 일상 생활에 꼭 필요한 아주 사소한 계약 하나도 법에 의거해 이루어지고 있으니 말이다.

그러나 이토록 우리 국민들의 생활과 밀접한 우리의 민법은 '가까이 하기엔 너무 먼 당신'이다. 두꺼운 법전 속 어려운 한자어와 권위적이고 딱딱한 문체는 마치 전문가들만을 대상으로 만들어진 것처럼 보인다. 이렇게 난해한 '민법'에 날개를 달아주려는 움직임이 있다. 일반인들이 이해하기 쉬운 우리말로 민법을 풀이한 책, 우리 대학 국어국문학과 홍사만 교수가 집필한 「쉽게 고쳐 쓴 우리 민법」이 등장한 것이다.

일본식 문체 탈피한 『쉽게 고쳐 쓴 우리 민법』

민법은 육법 가운데 가장 방대하고 중요한 국민의 기본법이다. 1958년 2월 22일 제정된 민법은 제정 당시의 시대적 상황에 의해 일본식 용어와 문체를 바탕으로 만들어졌지만 46년이 지난 지금까지도 부분적인 '개정'으로만 버텨왔다. 전면 개정이 필요하다고 판단한 법무부는 1999년 「민법 개정 특별분과위원회」를 구성하여 법률 용어와 문장 순화를 검토했지만 이는 대체로 법리적 연구 위주이고, 법률 용어나 문장 개선은 미흡하다는 지적을 받아왔다. 이에 법무부는 2002년 3월 국립국어연구원과 협정을 체결하고 법령문의 순화 방안을 연구 분석케 했다. 홍사만 교수가 이 연구에 참여하게 된 것도 그 즈음이다.

"광복 이후 반세기가 지났지만 민법 법령문의 오류는 그대로 남아 있습니다. 저는 국립국어연구원의 요청으로 제정 당시의 일본 민법과 우리 민법 전체를 조목조목 대조하여 용어(형태, 어휘) 면과 문체(문법, 표현) 면에서 일본어투의 것을 찾아내어, 이를 우리말다운 것으로 바로잡는 연구를 수행한 것이지요."

이렇게 약 1년여의 연구 기간을 거쳐 606쪽의 방대한 분량으로 집필된 『쉽게 고쳐 쓴 우리 민법』은 2부로 구성되어 있다. 1부는 홍사만 교수의 제자이며 우리 대학을 졸업한 김문오 학예연구사가 현행 민법 전문 1,118조와 부칙 원문을 한글로 순화한 안을 대비표로 제시한 내용이다. 그리고 2부는 홍사만 교수가 우리 민법에 남아 있는 일본어식 용어와 문체를 대조언어학적 기법으로 상세히 비교 분석한 내용을 담고 있어, 1부의 순화안을 잘 설명해 주고 있다.

법령문 개정, 쉽고 정확하며 친숙해야

홍 교수는 일본 쓰쿠바대학에서 한·일 대조언어학으로 문학박사 학위를 취득하고 한·일 양국어를 자유 자재로 소화해 내는 국내 몇 안 되는 대조언어학계의 대표적 연구자이다. 이번 연구에서 홍 교수는 전공인 대조언어학적 기법을 사용해 백년 전 일본 당시 문어체의 민법과 대한민국의 민법을 하나하나 대조한 결과 우리 민법의 60%가 일본 민법을 직역한 것임을 밝혀냈다. 또한 어법상, 문맥상 잘못된 표현을 다듬어 책에 실었다. 몇 가지 예를 들자면 민법 197조의 '공연하게 점유한'을 '공공연하게 점유한', 8조의 '취소 또는 제한할 수 있다'를 '취소하거나 제한할 수 있다', 670조의 '일의 종료한 날'을 '일을 종료한 날'로 바꾼 것들이 있다. 동사화시켜야 할 것을 명사로 취급하는 등 우리 문법과 어긋난 일본식 표현의 잔재들을 하나하나 짚어낸 것이다. 그 결과 일반인들에게 한발 다가선 이 책은 특히 민법 조문 전체의 문장을 국어학적으로 분석하여 의미와 문법 양면에서 문제가 될 만한 부분을 모두 다듬었다는 점에서 주목을 받고 있다.

"우리나라 법조문에 남아 있는 부자연스러운 표현과 일본식 용어와 문체를 개정해야 하는 기본 방향은 크게 5가지입니다. 법령문은 이해하기 쉬워야 하고(평이화), 의미상으로 분명해야 하며(정확화), 우리말다운 정체성을 가져야 하고(고유화), 우리말의 표준 규범에 맞아야 하며(표준화), 법령문으로서의 권위를 불식하고 국민에게 친숙한 것으로 고쳐져야(탈권위화) 합니다. 이는 한글 세대를 비롯한 많은 국민들이 법률 내용을 이해하는 데 많은 도움이 될 것입니다."

언어학의 매력은 자연과학만큼이나 정확한 법칙과 객관성

국어 순화 운동의 대상은 법문뿐 아니라 건축 현장, 기술 산업 현장,

학술 용어에까지 이를 정도로 다양하다. 민법을 시작으로 앞으로 법령문 순화 연구에 본격적으로 나서게 될 홍 교수는 모든 분야에서 국어 순화가 이루어져야 한다고 말한다. "법은 이제껏 어려운 문체와 용어로 일반인들의 접근을 거부해 왔습니다. 이제는 바뀔 수 있을 것입니다. 그러나 법이 바뀌기 전에 평소 우리말을 바르고 곱게 쓰는 것이 더욱 중요합니다. 저는 언어를 연구하는 학자이지만 결국 언어를 순화할 힘을 가진 이들은 그 언어를 사용하는 국민들이기 때문이죠."

지난 30여 년간 대조언어학 연구에 몰두해 온 홍 교수는 스스로를 언어학의 매력에 푹 빠진 연구자라 밝힌다. "언어는 인문학의 중심이며 그 어떤 연구 대상보다 조직적이고 객관적입니다. 언어가 없다면 모든 학문의 존립이 불가능하죠. 언어학은 철학, 심리학, 사회학, 인류학, 교육학, 수리학, 정보 과학 등 많은 주변 학문과 연계되어 있습니다. 언어에 대해 공부하면 할수록 참 신비하다는 생각을 해요."

언어학에 대한 열정으로 30여 년을 살아온 홍사만 교수. 국어학적 관점에서 법문으로 파고 들어간 것은 처음이니만큼 계속해서 공부해야 할 것이라고 의욕을 불태우는 홍 교수의 열정이 민법 개정, 나아가 육법 전문 개정의 발판을 마련할 것이라 기대가 된다.

글 : 리포터 방그래

▸ 보도된 언론 기사

영남일보(2004.2.12.) "'해태(懈怠)하다'란 말 일반인이 알겠어요?", 경북대 홍사만 교수 민법조문 손질, 순우리말로 출간 …개정 시 지침 기대

대구신문(2004.2.12.) 경북대 홍사만 교수, 김문오 학예연구사 『쉽게 고쳐 쓴 우리 민법』 공동 출간

대구일보(2004.2.12.) 경북대 홍사만 교수팀 『쉽게 고쳐 쓴 우리 민법』 발간 "일본어 잔재 청산해야죠."

경북매일(2004.2.12.) 경북대 홍사만 교수 『쉽게 고쳐 쓴 우리 민법』 출간

경북일보(2004.2.12.) 경북대 홍사만 교수 『쉽게 고쳐 쓴 우리 민법』 발간, "일본식 용어·문체 자세히 분석"

내일신문(2004.2.12.) "우리 민법 쉽게 고쳤습니다." 경북대 홍사만 교수, 일본식 표현 순화 대비표 출간

동아일보(2004.2.13.) "일본말투성이 법률용어 쉽게 바꿨죠.", 우리말로 풀어 쓴 민법책 펴낸 경북대 홍사만 교수

중앙일보(2004.2.13.) "법은 쉽게 이해할 수 있어야", '쉬운 민법' 낸 홍사만 교수

매일신문(사람들, 2004.2.13.) "민법 조문 이해 쉽게 바꿔야", 『쉽게 고쳐 쓴 우리 민법』 발간, 경북대 홍사만 교수

신아일보(2004.2.13.) 홍사만 경북대 교수 『쉽게 쓴 우리 민법』 발간, "법조 문 한글로 순화 정리 일본식 용어 상세히 분석"

세계일보(속보, 인물/2004.2.15) "일본식 민법 용어 모두 손질", 홍사만 교 수 "우리 민법" 출간

KBS 대구 방송총국 인터뷰(뉴스 와이드 김찬형 리포터, 2004.3.4.)

KNU Webzine(2004.2.27-3.20.) "국어 생활과 법과의 괴리 꼭 없애야"

KBS 인터뷰 내용

1. 일본어식 용어, 문체를 고친 민법을 발간하게 된 계기는 무엇입니까?

2. 민법에 일본어식 조문이 많은가요? 예를 들어 어떤 것이 있습니까?

3. 이 민법책은 어떻게 구성되었나요?

4. 민법책을 만들면서 기억나는 에피소드나 힘든 점은 없었는지요?

5. 민법책을 떠나서 우리말에 남아 있는 일본어 잔재에 대해서 어떻게 생각하십니까?

6. 앞으로 이 책은 어떻게 활용될 예정입니까?

7. 민법책을 떠나서 마지막으로 국어사용에 있어서 국민들에게 하고 싶은 말은 무엇입니까?

≪2004년 12월 31일≫

인간 중심에 선 언어, 연구할수록 새롭다

질문 1: 국어학을 선택하게 된 계기와 그 매력은?

고교 시절에는 자연계반에서 공부했는데, 공과대학 건축공학과에 갈 생각을 했다. 수학과 화학을 특히 잘 했었는데, 그러던 것이 곡절 끝에 뒤늦게 문리과대학 국어국문학과 들어오게 됐다. 교양 과정을 마치고 전공에 진입했을 때, 국어학(언어학)이 자연과학에 가깝다는 것을 깨닫고 놀랐다. 언어학의 조직성, 체계성, 객관성, 논리성, 합리성은 자연과학의 원리와 같은 맥락인 것으로 생각되었다. 그때부터 국어학에 큰 흥미를 가지고 더욱 열심히 공부하게 되었다.

일찍 대학 교단에 선 나는 자연과학적인 사고와 원리가 국어학, 언어학을 연구하는 데 큰 도움이 되는 사실을 알았다. 아직도 그 생각은 변함이 없다. 어쩌면 인문과학을 하는 사람은 자연과학적인 사고가 필요하고, 반대로 자연과학을 하는 사람은 인문과학적인 사고가 필요하다고 강변하고 싶다.

그 동안 국어학, 언어학을 연구하면서, 말이란 것은 이 지구상에 존재하는 것 중 가장 신비롭고 진귀한 것이라는 생각이 든다. 언어 속에 내재하는 원리와 규칙과 유기성을 발견하는 것이 참으로 흥미롭고 값 있는 것으로 여겨진다. 언어라는 구조 속에는 찾으면 찾을수록 심오한 원리와 형이상학이 들어있다.

무엇보다 언어는 인간의 중심에 자리잡고 있다고 할 수 있다. 언어 없이는 모든 사고와 논리와 학문이 형성되지 않는다. 따라서 언어학은 철학, 사회학, 인류학, 심리학, 논리학, 교육학, 수리학, 전산학 등 여러 학문과 제휴하여 학제적으로 널리 연구되고 있다. 찾을수록 새로운 것이 발견되고 전개되는 세계를 보는 것이 참으로 경이롭다. 이것이 국어학의 매력이라고 할 수 있다.

질문 2: 그간의 연구와 이번 작업의 바탕이 된 연구는?

일찍이 우리 대학에 재직하면서 1977년에는 일본 쓰쿠바(筑波)대학으로부터 연구 초청을 받고 도일했다. 그때만 해도 교수들이 외국으로 유학하기란 정말 쉽지 않은 때였었는데, 특히 인문계에서는 더욱 그랬었다. 그곳에 가서 한·일어 대조 연구에 착수하여 오랜 세월 끝에 대조 문법론으로 문학박사 학위를 취득하게 되었다. 우리말의 특수조사와 일본어 부조사(副助詞)를 대비하여 그 동질성과 이질성을 분석하는 연구였다. 귀국후 국어학을 연구하는 한편 일본어학을 공부하게 되었고, 한·일어 대조분석을 단계적으로 수행하여 음운, 문법, 의미에 관한 대조언어학 저서 4

권과 30여 편의 연구 논문을 국내외에 발표하게 되었다.

이러한 연구가 바탕이 되어, 2003년에는 국립국어연구원으로부터 연구 요청을 받고 우리 민법과 일본 민법을 비교 분석하는 작업을 수행하게 된 것이다.

지난 30여 년간 국어학, 언어학에 관한 논문 90여 편과 저서 20여 권을 저술하면서 탐색해 온 연구 장르는 여러 가지이다. 당초 국어 문법론에서 출발했는데 어느 새 의미론에 이르게 되었고, 이에 관한 이론적 바탕을 위해 일반언어학을 공부하였다. 일본 유학을 통하여 대조 연구에 입문하여 대조언어학의 길을 열게 된 것도 한 분야이다. 언어학 연구에는 수평적인 공시론뿐만 아니라 수직적인 통시론이 있다. 고전 문헌 자료를 통하여 어휘사를 기술하는 데 힘을 쏟기도 했다. 이러한 연구 업적 중에서도 어디까지나 나의 학문의 표상이라면 "특수조사"에 관한 총체적인 연구를 빼놓을 수 없다.

그 동안 내 나름대로는 연구에 전념한다고 했지만 뒤돌아보면 아무 것도 자랑할 만한 것이 없고, 끝이 보이지 않는 학문의 여정에서 지금까지 이루어 놓은 것은 그야말로 바닷가의 작은 모래알 한 개를 주운 것에 지나지 않는다는 사실을 깨닫고는 늘 부끄러워한다.

질문 3: 민법에 일본어의 잔재가 많은 이유와 개정의 목표는?

우리 민법은 신정부 수립 후 1958년에 제정되었는데, 우리 법령문에 일본어의 잔재가 많은 이유는 그 당시 법 수용이 일본을 통해 이루어졌고,

일본법을 저본으로 번역의 형식을 취했기 때문이다. 그래서 일본어투의 용어와 문체가 우리 민법에 그대로 유입된 것이다. 제정 당시 입법을 서두르다 보니 국어학자들이 참여하여 어법이나 표현, 용어를 다듬을 시간적 여유가 없었다고 할 수 있다. 민법 제정 후 11차례나 개정이 있었지만. 이 모두가 법조문의 신설이나 법리적 내용의 보충과 삭제였을 뿐, 국어학적 검토를 위한 전면 개정은 없었다.

향후 우리 법령문의 전면 개정에서 지향해야 할 바는 무엇보다 법이 국민에게 가까이 다가갈 수 있는 친숙한 것이 되어야 한다는 것이다. 그러기 위한 개정의 목표는 법령문의 평이화, 정확화, 고유화, 표준화, 탈권위화가 될 것이다.

이번 연구서 『쉽게 고쳐 쓴 우리 민법』의 출간이 언론에 보도되자, 많은 단체들과 개인들이 공감과 함께 격려를 보내주었다. 어떤 분은 좋은 일을 해서 정말 고맙다고 사랑의 선물을 직접 들고 찾아온 분도 계셨다.

어쨌든 이런 연구 결과가 실용적인 면에서 나라와 국민들에게 작으나마 기여하게 되어 참으로 기쁘다. 앞으로 이는 법무부와 법제처에서 법리적, 어학적인 검토를 거쳐 완미한 것으로 개정하고 시행하게 될 것으로 본다.

아시다시피 민법은 육법 가운데 분량이 가장 방대하고(1,118조) 국민의 생활에 직접적인 관계를 가진 기본법이다. 이를 모델로 하여 다른 법도 이어서 손질이 될 것이다. 어떤 법이든 법령문은 그 문체나 용어나 표현에서 대체로 비슷한 형태와 성격을 가지고 있다. 따라서 이 연구 분석이 지침이 되어 다른 법들도 다듬어지리라 기대한다.

말은 사람이나 사회와 함수 관계를 가지고 있다. 말은 개인의 인격과 소양과 지식을 가늠하는 척도요, 사회의 건강도를 비춰주는 거울이다. 이런 의미에서 우리가 구사하는 말은 바르고 정확하고 순정하고 고상해야 한다. 국어 순화 운동을 수 세기 동안 추진했던 독일과 프랑스가 떠오른다. 우리말 순화의 제1선에 서 있는 사람은 바로 여러분 대학생들이다.

≪2004년 5월 3일, 「경북대신문」 1334호≫

선생님, 구학(龜鶴)의 하령(遐齡)을 향유하옵소서. 선생님의 장목비이(長目飛耳)가 우리의 교정과 우리 사회의 앞날에 더욱 밝은 등불로 비치기를 기원합니다.

〈김한수 교수 정년기념 축하의 글〉

합창은 자아의 높은 담을 허물고 순수하게 결합하는 사랑 같은 것입니다.

〈경북대합창단 정기연주 격려사〉

가을 갈대의 몸짓에서 자유함을 구가하고, 떠오르는 태양에 소년 같은 희망을 껴안는 모습이 되시라. 손자 손녀들에게 크고 깊은 가슴을 길러주고, 그들의 효도를 감격으로 향유하시라. 완벽한 사람이 아닌 진실한 친구를 사귀어 끝 날까지 깊은 우정을 지키시라.

〈성실한 믿음의 여정〉

『文草』 속간에 부쳐

『文草』 7집의 속간을 기쁘게 생각하며, 투고한 여러분의 순정한 체취와 편집자들의 맺힌 땀에 감사를 표합니다.

『文草』란 싱싱한 사념으로 엮어진 '글풀'이요, 이들이 자라나는 푸른 초장입니다. 지성들의 고뇌와 진실과 애정이 여기에 담겨 있고, 절실한 대화들이 실려 있습니다. 새 날을 살아가는 예지와 더불어 진지한 몸짓이 단아한 풀 한 포기가 되어 심겨진 풀밭입니다.

그간 7개 성상의 성장 속에서 『文草』는 지금 뺨 붉은 미소년의 용태를 지니게 되었습니다. 이 속에서 응집된 인생을 발견하며 모순과 불합리를 광정하고, 순화의 지평을 열어 갈 수 있어야 하겠습니다.

아울러, 『文草』는 창작의 꿈을 가꾸는 소박한 습작의 장이 되기를 바랍니다. 생동적이고 현란한 글을 쓰기 전에 논리적이고 정확한 글을 쓰는 훈련을 쌓기 바랍니다. 항시 문리(文理)는 문미(文味)에 선행하는 요소이기 때문입니다.

특히, 글을 쓰는 사람들은 눈을 연마해야 합니다. 주변의 평범한 소재 속에서 비범을 창출하는 눈, 무가치한 사상(事象) 속에서 심오한 의미를 발견하는 눈, 그리고 자연을 순수하고 담백하게 응시하는 눈이 필요합니다. 진정 밝고 깊고 정직한 눈을 가진 사람만이 진솔한 감동의 글을 쓸

수 있습니다.

한편, 어학에 뜻을 두고 있는 사람은 조맥이 있고 체계적이며, 정치(精緻)한 과학적 사고를 가지도록 훈련해야 합니다. 어학은 인문과학과 자연과학의 두 범주를 넘나드는 학문이기에 철저한 주관성이나 애매 모호, 융통성이 허용되어선 안 됩니다. 조직적이고 논리적인 사고는 그와 같은 삶을 소유하고 있는 사람만이 도출할 수 있는 전유물입니다. 이처럼 사고와 인간은 불가분의 함수 관계를 지니고 있습니다. 우주와 삼라 만상은 창조주의 질서에 의해 생성된 것입니다. 질서는 우리의 인간 사회와 학문 세계에서 가장 우선적으로 존립되어야 하는 필수 요소입니다.

대학은 학문하는 집이요, 대화하는 마당이요, 사색하는 마루입니다. 우리는 학문의 탐구를 통해 전공의 심오한 원리를 체득하고, 대화를 통해 인간 관계를 정립하고, 사색을 통해 자아를 확충하는 끊임없는 노력을 경주해야 하겠습니다. 우리가 국어국문학과라고 하는 이 절실한 공간 속에서 한 가족이 된 것은 결코 우연한 일이 아닙니다. 우리의 공동체는 함께 면학 정진하고, 함께 대화하고 사색하는 국학도로서의 지상 과제를 완수해야 할 임무가 있습니다. 이로부터 대학의 추락된 권위와 퇴색되어 가는 '아카데미즘'이 소생될 수 있을 것입니다.

언어학과 문학은 가장 긴밀하게 인간과 호흡하는 형이상학입니다. 이들은 인간이 삶을 영위하는 방법을 제시해 주고, 삶의 장르와 양태를 진솔하게 명시하는 기능을 가지고 있습니다. 이런 의미에서 『文草』는 인간성 추구와 형이상학에로의 승화가 밀도 있게 담겨져 있어야 할 것입니다.

1991년의 새해가 밝았습니다. 20세기의 마지막 열 계단, 그 첫 발을 디

딘 시점입니다. 또한 21세기의 관문을 쳐다보는 희망찬 시공간 속에 우리
는 서 있습니다. 『文草』도 공고한 좌표 의식과 소망과 사명감으로 충만한
새해의 모습이 되기를 기원합니다.

인문대학 국어국문학과장

≪1991년 2월 23일, 『文草』 7호≫

경북대 합창단 창단 20주년 기념식 축사

경북대학교 합창단의 창립 20주년을 맞이하여 이 기쁨과 영광을 KUC 가족 여러분과 함께 나누고자 합니다.

회고하건대, 강산이 두 번이나 변한 지난 20여 성상 동안, 우리는 창단의 주초를 다지고 도약의 날개를 달아 자랑스런 오늘의 KUC를 이루어 냈습니다.

해마다 이어져 오는 지휘자, 반주자들의 열정적인 모습들이며, 단원들의 결속을 위해 땀과 눈물을 투여했던 여러 단장과 임원들의 노고를 잊을 수 없습니다. 이들은 짙은 애정으로 캠퍼스 삶의 지표를 면학과 합창으로 전부를 삼았던, 훌륭한 우리의 언니들입니다.

합창은 "나"보다 "너"를 중시하는 앙상블의 결정체입니다. 우리는 합창 속에서 색깔이 서로 다른 너와 나의 노래가 어떻게 조화되며 그토록 아름다운 하모니를 창출해 내는지를 생각해야 합니다. 합창 속에서 길들어진 인생은 어느 곳에 가도 평화와 환희를 생성해 내는 긍정적인 삶의 소유자입니다. 이는 그 동안 졸업하여 사회 여러 곳에서 열심히 일하고 있는 건실한 우리 선배들의 모습에서 역력히 확인할 수 있습니다.

이제 창단 20주년을 맞은 오늘, 세 가지의 상념으로 우리의 의지를 공고히 해야 하겠습니다.

첫째, 우리는 우리의 과거를 돌아보는 눈을 가져야 합니다. 몇몇 발기인으로 초라하게 출범했던 우리 합창단이 20년의 역사 속에서 어떻게 오늘을 낳았는지 생각해 봅시다. 뒤돌아보면, 미국공보원 강당에서 토레스와 연합하여 조촐하게 마련된 창단 기념 연주며, 100여 명 대가족의 힘찬 서울 나들이와 입상의 감격이며, 개선에 이은 교수·학생을 향한 입상 기념 공연이며, 시민 회관의 정기 연주와 눈물로 부르던 "망각", "잔해"의 감격 등, 우리의 지난날은 지워질 수 없는 한 폭의 정겨운 그림입니다. 이 세상에서 가장 행복한 사람은 소중한 추억을 많이 간직한 사람입니다. 한평생 동안 엮어진 KUC의 추억장은 가장 소중하고 찬란한 페이지로 길이 보존될 것입니다.

둘째, 우리는 선대의 역사와 전통을 이어받아 오늘을 다듬어 가는 현실 추구에 최선을 경주해야 합니다. 역사는 새롭게 모색하고 창조하기 위해 혼신의 힘을 쏟는 사람들에 의해 이룩되는 것입니다. 지나간 연륜 속에 어떤 현란하고 진지하고 승화된 노래가 있었다 하더라도, 오늘 우리의 노래가 기름지고 윤택하지 않으면 안 됩니다. 이 일을 위해 현 단원들의 단합된 노력과 정성이 요망됩니다.

셋째, 우리의 소망은 먼 미래의 보람에 두어야 할 것입니다. 정녕 나약해지지도 쇠약해지지도 않을 초석과 기반을 지난 20년 동안 다져 왔던 우리는 "KUC여, 영원하라. 무궁하라."를 힘껏 구가할 수 있어야 합니다. 이어받은 전통을 더욱 빛나는 것으로 꽃 피워 우리의 후손들에게 최선의 것으로 물려주어야 할 것입니다.

이제 창단의 그날부터 소중한 땀을 흘린 우리의 언니들이 벌써 장가

가고 시집 가서, 그의 각시와 지아비와 함께 이 자리에 모였습니다. 재롱 떠는 그들의 어린 아들딸들이 이 자리에 나왔습니다. 모두가 자랑스럽고 대견스러울 뿐입니다. 이러한 감격 속에 빛나는 우리의 내일을 창조하고, 우리의 보람을 고양하기 위해 다시 한번 굳게 두 손을 잡읍시다.

하나님의 축복이 우리 경북대학교 합창단 위에, 단원 여러분의 가정 위에, 여러분이 일하는 직장 위에, 지금 노래하고 있는 재학생들의 "ROOM" 위에 항시 머물러 있기를 기원합니다. 대단히 감사합니다.

1994년 7월

경북대 합창단 지도교수

일어일문학과 개설 10주년 기념식 축사

일어일문학과 창립 10주년의 기쁨을 함께 나누며 진심으로 경하 드립니다. 아울러 오늘이 있기까지 분골 쇄신하신 학과 교수님들과 학생 여러분들의 노고에 초대 학과장으로서 치하의 말씀을 드립니다.

학과를 개설한 것이 바로 엊그제 같은데, 세월은 저만큼 10개 성상이나 흘렀습니다. 회고컨대, 1985년 초 학과 개설 준비의 책임을 맡아 황무지 같은 망망한 터 위에 땅을 다지고 주춧돌을 놓고 기둥을 세우는 등, 학과 탄생을 서둘렀습니다. 훌륭한 교수님들을 모셔 와야 했고, 우수한 신입생들도 받아들여야 했으며, 효율적인 교과 과정과 아담한 사무실도 마련해야 했습니다.

1기생 언니들이 입학한 3월은 참으로 감격적인 달이었습니다. 신설 학과에 대한 기대감 때문인지 우수한 학생들이 많이 지원하여 입학 커트라인이 인문대학에서 2위에 이르는 성적을 나타내었습니다. 나는 초대 학과장을 2년 동안 맡아 이들을 학구적으로, 전인적인 인격자로 기르는 데 적으나마 힘을 쏟았습니다. 선배 없는 외로움이며, 여학생 중심의 학과가 되다 보니 학과를 역동적으로 이끌어 가는 데에는 어려움도 많았습니다. 그러나 이들 속에 성장한 애정과 기대와 긍지는 전 학생들이 한 마음으로 단합하는 데 충분했습니다.

인문대학 체육 대회에 한 학년만으로 출전한 우리는 경쟁이 되지 않는 경기장이었지만, 학생 모두가 해가 저물도록 자리를 뜨지 않고 응원을 하여, 폐회식에서는 급조된 특별상을 받기도 했습니다. 첫해에 우리는 '기모노'를 입고 서툰 몸짓이지만 "일어일문학과의 밤"을 가졌고, 청람제(靑嵐祭), 번역 시화전, 일본어 연극제 등을 개최하여 비상의 용트림을 시도하기도 했습니다. 타학과들의 반대에도 불구하고 교양 일어를 제2외국어 과목으로 개설하여 가장 많은 수강생을 획득하기도 했습니다.

나는 대학이란 학문과 대화와 사색의 보금자리임을 늘 강조하면서, 학생들로 하여금 성공적인 대학 생활을 영위할 수 있도록 독려했습니다. 내가 우리 대학에 처음 부임했을 때는 인문대학이 아직 분립되지 않았던 시절입니다. 그 당시 문리과대학 속에 지금의 인문대학과 자연대학과 사회대학이 함께 있었는데, 인문계 학과에는 국어국문학과, 영어영문학과, 사학과와 철학과 등 네 개 학과가 전부였습니다. 그 뒤 독어독문학과, 불어불문학과, 고고인류학과, 중어중문학과, 일어일문학과, 노어노문학과, 한문학과가 신설되었는데, 그 중에서도 우리 일문학과는 창설된 지 몇 해 되지 않아 학과 기초가 다져지고 어엿한 품격과 위상이 정립되어 타학과와 어깨를 겨룰 수 있게 되었습니다. 이는 학과 여러 교수님들의 끊임없는 노력과 학우들의 뜨거운 애정의 결실이라 믿어 의심치 않습니다.

그 후 우리 학과는 훌륭하신 여러 교수님들을 모실 수 있게 되었습니다. 이분들은 일어일문학의 본 바탕인 일본에서 박사 과정을 수료하고 돌아오신 분들입니다. 이에 편승하여 대학원 석사 과정을 개설하기에 이르렀고, 교육대학원에도 일어교육과를 신설할 수 있었습니다. 이제 남아 있는 과제는 한강 이남에서 처음으로 박사 과정을 유치하는 일입니다. 이도 때가 성숙되면 해결될 문제라고 확신합니다.

이제 창립 10주년이 된 오늘, 우리의 언니들이 260명이나 배출되어 사회의 각계 각층에서 열심히 일하고 있습니다. 이와 때를 같이하여 일전에는 일어일문학과 동창회가 창립된 것도 고무적인 일입니다. 우리 일어일문학과는 명실 공히 앞에서 끌어 주고 뒤에서 밀며 옆에서 서로 부축하는 역학 관계가 형성되었기 때문입니다.

'走馬加鞭'이란 옛말대로 앞으로 더욱 발전을 거듭하여 우리 대학에서 가장 우뚝 서 있는 대일어일문학과가 될 것을 축원하며 나의 소중했던 추억 한 토막을 엮어 축사에 대신합니다. 일어일문인들의 건투를 빕니다. 감사합니다.

1995년 11월

초대 학과장

급변하는 시대의 경북대학교 미래상

열린 교육 실현하는 청춘의 실험장

21세기가 다가오고 있다. 국내외로부터 숱한 도전과 눈부신 웅비의 시대사적 가능성을 머금고 우리 앞에 다가서고 있다. 국제적으로는 지난날의 양극화 세계를 탈피하고 지역 협력 체제를 중심으로 한 다극화 현상이 두드러질 것이며, 국가 간, 지역 간의 이해 관계로 상충과 갈등 구조가 심화될 것으로 예측된다. 이 땅에는 자율화와 민주화가 뿌리를 내려 사회적인 안정과 균형이 이루어지고, 새로운 질서 체제가 정착할 것으로 기대된다. 경제 면에서도 우리나라는 그 동안의 지속적인 성장과 발전에 편승하여 세계 열방과 함께 선진 대열에 합류하게 될 것이다. 그런 한편, 시장 개방에 따른 국제 경쟁력의 제고가 절실하고도 시급한 현안이 될 것이며, 기술 개발과 고급 인력 양성에 전력을 경주하여야 하는 필연의 시대가 도래할 것이다.

이러한 시대적 환경 속에서, 대학은 사회가 요구하는 역할과 기대에 부응하는 모습으로 탈바꿈하지 않으면 안 된다. 21세기가 요구하는 대학인상(大學人像)은 무엇보다 창의적이며 다양성과 수월성을 갖춘 유능한 인재이다. 따라서 대학은 이러한 고급 인력을 양산해야 하는 사명과 책임에 직면하게 될 것이다.

그러면 21세기를 걸어가는 우리 대학의 미래상은 어떠한 모습일까? 이제 그 청사진을 장기 발전 계획의 테두리 속에서 간략하게 상정·조명하고자 한다.

21세기의 우리 대학은 이른바 열린 교육을 실현하는 교육의 장이 될 것이며, 유능한 고급 인력을 양성하기 위한 연구 중심, 대학원 중심 대학으로 정착하게 될 전망이다. 국제 교류를 더욱 활성화하여 지방 대학으로서의 취약성을 극복하고 세계 대학과 함께 어깨를 겨루는 국제적인 대학으로 비상할 것이다. 산학 협동 체제를 완비하여 지역 사회에 봉사하는 대학이 될 것이며, 최첨단의 시설과 연구 기자재를 갖추고 쾌적하고 편리한 교육 환경을 조성하여 선진 대학의 수준에 올라서게 될 것이다. 바람직한 대학 문화를 창출하는 산실이 되며, 나아가 통일 조국의 미래 지향적인 대학으로 좌표를 확보할 것이다.

열린 교육을 실현하는 열린 대학

열린 교육이란 교육의 시기와 장소에 구애됨 없이 누구에게나 균등한 교육의 기회를 제공함으로써 자아 실현을 극대화하려는 이상적인 교육 모델이다. 이는 슬기롭고도 창조적이며 진취적인 인간 교육을 수행하여, 궁극적으로는 교육 복지 국가를 이룩하려는 것이 그 목표이다.

학부제를 정착시켜 전공 영역을 광역화하고, 학과 간의 담을 낮추며, 졸업 학점을 하향 조정하고, 최소 전공 인정제를 도입하여 타전공 복합 학문의 통로를 열어 주게 된다. 지금까지의 2학기제를 개편하여 3, 4학기의 다학기제로 하고, 계절 학기제를 실시하며, 수업 연한과 이수 학점을 다양화함으로써 효율적인 학사 운영과 관리의 자율화를 도모한다. 뿐만 아니라, 학점 은행제와 시간제 등록제를 수립하고, 학생들의 전학과 편ㆍ입학을 자유롭게 허용함으로써 개방적인 면학 분위기를 조성한다.

한편, 대학의 평생 교육 기능을 확대하여 우리 대학교에 사회교육원 또는 평생교육원을 신설하고 다양한 사회 교육 프로그램을 마련하여 지역 사회의 남녀 노소에게 재교육과 성인 교육의 기회를 제공한다. 또한 병원, 식당, 연주홀, 전시관 등 공여 시설을 개방하여 지역 주민들이 이용할 수 있게 함으로써 지역 사회 봉사에 기여한다.

고급 인재 양성의 연구 중심 대학

연구 중심 대학, 대학원 중심 대학은 창조적 학문을 자체적으로 연구 개발하고 기술 혁신을 선도할 수 있는 고급 두뇌, 고도의 전문 인력을 육성하고 배출하려는 데 그 목적이 있다. 이들은 21세기 한국을 이끌어 가는 주역이 될 것이다. 이를 위해 제반 교육 연구 여건을 획기적으로 개선한다. 많은 우수 교수들을 유치하고 석좌 교수, 겸임 교수, 초빙 교수 등 다양한 신분의 교수 제도를 도입하여 교육의 질을 높이고, 교수 수와 학생 수의 비율을 1:15의 수준까지 끌어올린다. 한편, 일정한 교수 평가제를 실시하는 동시에, 교수들의 연구 의욕을 북돋우기 위해 연구년제와 성과급 제도를 정착시킨다. 또한 연구 중심 대학의 목표에 걸맞은 교육 과정을 새롭게 개발하고 현대화할 것이다.

대학원 학생들에게는 전용 기숙사를 제공하고 의료 혜택을 주며, 박사 학위를 취득한 후에도 지속적으로 연구할 수 있도록 연구원 제도와 포스트닥터 제도를 도입하여 연구열을 고양시킨다.

산학 협동 체제를 완비하고, 특히 자연계에는 이미 설립된 테크노파크 내에 산학 협동 센터와 산학 협동 연구원, 기초과학 연구 협력 컨소시엄 등을 부설하여 산·학·연의 협동 연구와 인적 교류를 원활히 하고, 학생들에게 실습 기회를 제공하며, 협동 학위 과정을 두어 연구의 효율성을 증진시킨다. 또한, 전국 대학 사이의 역할 기능을 분화하여 특정 대학과 특정 학부를 특성화하는 작업도 지속적으로 추진할 것이다.

활성화된 국제 교류의 장

21세기는 국가 간의 장벽이 무너지고 지구촌 의식이 더욱 팽배해질 것이다. 이에 대학의 국제화, 학문 연구의 세계화는 시급한 과제로 부상된다. 우리 대학교는 지방 대학의 취약성을 극복하고 국제적 수준의 대학으로 위상을 고양하는 데 전력을 기울일 것이다. 이를 위해서는 무엇보다 교수와 학생들의 외국 대학과의 다양한 교류가 활성화되어야 한다. 국제 교류과를 설치하여 국제 학술 교류 지원 사업과 학술 정보 교환, 교수 교류 증진, 학생 해외 연수, 외국인 학생 유치 등의 업무를 실효성 있게 수행한다. 국제대학원 과정을 신설하여 지역 연구에 대한 전문인을 기른다. 또한, 외국 대학에 한국학 프로그램을 제공, 운용하고 많은 외국인 교수를 유치하며, 이들을 위해 컨벤션 센터와 게스트 하우스도 건립한다.

최첨단 교육 시설 환경의 요람

편리하고 신속한 정보 처리와 연구 환경을 조성하기 위해 캠퍼스를 전산화한다. 멀티미디어 센터를 구축하여 강의 프로그램 제작과 최신 정보를 데이터 베이스화하는 작업을 능률적으로 수행한다. 날로 세계화·정보화의 추세가 가속되고 있는 상황에 비추어 볼 때, 첨단연구소의 신설도 바람직하다. 도서관을 전산화·자동화하고, 광케이블을 구축함으로써 대량의 정보를 신속 정확하게 처리하고, 전자계산소의 기능을 강화하여 효과적인 연구 지원을 조장하도록 한다. 이 밖에도 박물관의 전시 기능을 첨단화하며, 강의실 구조 형태도 다양화하여 이용의 효율성을 높이고, 연구실과 강의실의 냉·난방 시설을 완비하여 쾌적한 분위기를 도모하며, 연구동을 24시간 개방한다.

대학 문화 창출의 산실

캠퍼스 내에 생활 문화 공간을 조성한다. 대학인의 정서를 순화하고 건전한 교양을 습득하기 위해 공연 예술을 확대하며, 조형 예술이나 디자인 상설 전시관을 열어 심미안을 기르도록 유도한다. 특히 세계화 시대에 걸맞은 우리의 전통 문화를 육성하기 위해 다양한 교육 프로그램을 마련하고, 이를 교양 과목에 반영한다. 캠퍼스를 예술적으로 가꾸고 기능별로 배치하여 하나의 대학 문화촌이 조성되도록 하고, 체육 활동을 권장하여 1인 1기를 습득하도록 한다.

21세기 남북 통일 전망을 토대로 하여 통일 시대에 알맞은 대학의 프로젝트를 개발한다. 특히, 통일을 대비한 교육과 통일에 관련된 연구를 강화하여 50년간의 남북 분단으로 야기된 이질성을 극복하고 동질성을 회복할 수 있는 방안을 모색한다. 통일 후 북한의 우수 대학, 우수 연구소와의 교류와 통일을 대비한 제2, 3캠퍼스 계획도 수립한다.

경북대 장기발전계획 연구위원장

≪1995년 11월 22일, 「경북대신문」 1161호≫

경북대 합창단 연주회 격려사

그 하나

만추의 국향이 시들고
음산한 북풍이 창턱에 머무는 즈음,
이들의 하모니는 "甲子"의 회후를 씻고
다가올 동빙 한설을 녹이는 데 충분할 것입니다.

-1984년 11월 29일, 경북대 대강당, 제9회 정기연주회-

그 둘

가랑잎 굴러간 텅 빈 교정에 향내 나는 하모니가 있어,
훈훈히 들으시고 외투 속에 파고드는 추위를 감내하소서.
한양(漢陽) 나들이 여덟 차례,
줄곧 상 보따리 안고 와서,
찬 물에 머리 빗고 분단장한 단아한 노래 속에
생동하는 환희가 있습니다.

-1986년 11월 28일, 경북대 대강당, 제11회 정기연주회-

그 셋

때론 환희와 감격도,

때론 비탄과 좌절도,

때론 사랑과 열정도,

이들은 하모니 속에 용해되는 젊음입니다.

또 한 해를 보내는 아쉬움 속에,

오서서 박수를 보냅시다.

-1987년 12월 18일, 경북대 대강당, 제12회 정기연주회-

그 넷

대학은 부단히 찾고 준비하고 바라는 곳입니다.

합창은 자아의 높은 담을 허물고 순수하게 결합하는 사랑 같은 것입니다.

이제, 이들 둘이 어울려 환희의 오월의 노래가 마련되었습니다.

오서서 아카시아 향훈 속에 스민 「하모니」를 음미합시다.

-1993년 6월 1일, 경북대 대강당, 복현합창제-

그 다섯

경북대 합창단 창립 20주년에 OB 「자금」중창단이 출범하게 된 것을
경하합니다.
이들의 노래는 재학 시절에 익힌 합창적 소양으로 더욱 예쁘게 다듬어
졌습니다.
심저에서 묻어나오는 중후한 하모니와 남성 특유의 감미로운 선율은
우리의 가슴을 그리움으로 적셔줄 것입니다.
무궁한 발전을 빕니다.

–1993년 12월 11일, 경북대 의과대학 학생회관 강당, 「자금」중창단 창립연주회–

그 여섯

창단 20주년,
엊그제 성년식을 치른 우리들이
이제 어른스런 모습으로 무대 위에 섰습니다.
개교 기념의 향그러운 아카시아 축제 속에
우리의 노래는 늦은 봄을 닮아 "찬란한 슬픔"을 속삭일 것입니다.
푸르고 싱그러운 하모니에 박수를 보냅시다.

–1994년 6월 1일, 경북대 대강당, 복현합창제–

그 일곱

가로수가 붉게 물드는가 했더니,
이제 서리 내리고 잎도 떨어져 가을이 저만치 멀어져 갑니다.
계절의 순환은 우리에게 늘 허허로운 상념을 안겨 줍니다.
봄에 씨 뿌려 가꾼 것이 어떤 결실을 거두었는지 헤아릴 때입니다.

겨울맞이 합창제를 올립니다.
'마에스토소'가 아닌 조촐한 코랄이지만,
여기 젊음의 소박한 꿈과 소망이 담겼습니다.
합창을 사랑하는 자,
그는 복된 삶을 소유한 사람입니다.
오셔서 함께 노래하십시다.

-2000년 11월 23일, 경북대 대강당, 제25회 정기연주회-

그 여덟

노란 은행잎이 보도를 쓸고 가면
대지에는 어느덧 만추의 노래가 흐릅니다.

묵은 한 해를 정리하면서
겨울맞이의 합창을 엮었습니다.

교정에 스미는 감미로운 선율이 되고파
우린 정성껏 하모니를 다듬었습니다.

새해의 웅골진 소망을 품으며
승화된 내일의 노래를 부르렵니다.
오셔서 기쁨을 함께 나눕시다.

-2001년 11월 30일, 경북대 예술대 콘서트홀, 제26회 정기연주회-

그 아홉

봄이 오는가 싶더니 어느새 내리는 빗줄기가 굵어졌습니다.
여름의 문턱에 들어선 것입니다.
찬란한 오월이 저물 때면 우린 마냥 복현의 축제에 들떠 있습니다.

한 학기의 마무리가 코앞에 있는데,
면학 중 다듬어 온 선율들이 있어,
오늘 작은 무대를 마련했습니다.

질박하고 순정한 하모니에 격려의 박수를 보내며,
도약을 기원합니다.

-2004년 6월 4일, 경북대 대강당, 복현합창제-

제 2 부 대학과 학문　299

그 열

나는 30년 전 경북대 합창단의 창립을 곁에서 보았습니다.

저들이 소유한 환희와 애정을 늘 감동으로 응시해 왔습니다.

꿈만 같았던 날들이 저만큼 흘러

우린 이제 청장년의 연륜을 머금었습니다.

오늘 창단 30주년을 자축하는 우리들이

"부서진 기억들 다시 사랑이 되어, 푸른 그리움이 파도처럼 밀려오는

곳"으로 모였습니다.

그 찬란했던 시간들을 줍고 보듬어

조촐한 무대 위에 올립니다.

저들의 삶이 순수한 하모니를 닮아 진실하고 값진 것이 되길 빕니다.

합창의 삶은 향기로운 인생 여정과도 같습니다.

오늘을 위해 앞장 서 온 여러 임원들의 노고에 깊이 감사하며,

또 이렇게 외쳐 봅니다.

"KUC여, 그 이름 영원히 부를 나의 노래"라고.

-2005년 8월 27일, 경북대 대강당, 30주년 기념연주회-

〈경북대 합창단 지도교수〉

* 필자는 2006년 경북대 합창단 창단 30주년 기념음악회에서 자작 합창곡 몇 곡을 모아 직접 합창 지휘를 했다(피아노 반주, 딸 홍나영). 이 연주회에서 창단 30주년 기념곡인 "꿈길"이 연주되었는데, 이 곡은 합창단 제13대 단원 (1986년 입학)인 원영진 양이 쓴 시에 필자가 곡을 붙인 것이다.

어제 내가 걸어온 길
돌아보니 꿈길이었네.
눈부신 햇살 아래 부는 바람 소리
꽃바람 노래는 향기가 되고
가을 길 노을 빛 쓰러진 낙엽 위에
사랑이 목말라 그리움이 되던 곳.
아, 친구야. 아, 사랑아.
그 곳으로 오라. 단 꿈을 꾸어라.

어제 우리 걸어온 길
노을 속에 사라져가도
찬란한 시간들을 함께 한 사람아
나의 영원한 꿈길되리라.
부서진 기억들 또다시 사랑이 되어
푸르른 그리움 파도처럼 밀려오는 곳.
아, 친구야. 아, 사랑아.
그 곳으로 오라. 단 꿈을 꾸어라.

신입생들에게 주는 말

"대학은 지상에 존재하는 것 중에서 가장 아름다운 곳이다."

이 말은 영국의 계관 시인 존 맨스필드의 대학 예찬론 중 한 대목이다.

대학에는 싱그러운 젊음이 있고 감미로운 사랑과 낭만이 깃든 곳이다. 또한 고뇌와 갈등의 미학이 공존하는 곳이기에 대학은 더욱 아름다운 곳인지도 모른다.

대학은 학문의 전당이요, 대화의 산실이요, 사색의 요람이다. 이로부터 대학의 권위와 열린 소우주와 자기 성숙이 생성된다. 이제 대학의 문에 들어선 신입생들에게 대학 생활에 대한 몇 마디 제언을 던져 주고 싶다.

첫째, 끊임없이 추구하라. 역사는 부단히 찾고 문을 두드리는 사람의 것이요, 기회와 행운은 그 대가로 치러지는 선물이다. 학문과 진리를 탐구하고 대화를 통해 인격의 완성을 추구하라. 전공 공부를 통해 심오한 이론과 원리를 터득하는 희열을 맛보고 폭넓은 전인적 교양을 체득하여 원만한 인간상을 확립하라.

한스 카로사는 인생을 만남이라고 했다. 교수와 선배, 학우들과의 밀도 있는 대화를 모색하라. 대화 속에서 강해지고 깊어지고 넓어지는 자신을 발견할 수 있기 때문이다.

둘째, 많은 책을 읽어라. 대학은 미숙한 자아를 하나의 완성된 인격체로 승화시키는 과정이다. 책은 이를 도와주는 절실한 스승이자 친구가 될 것이다. 역사서와 철학서를 읽어 사관을 정립하고 형이상학의 깊은 통찰력을 배양하라. 철인들의 깊은 고뇌를 사숙하여 자신의 것으로 용해시켜라. 종교 서적을 통해 진정한 삶의 의미를 추구하고, 시작을 읽어 심상을 순화하라.

셋째, 사색하고 고뇌하라. 먼저 자신의 내면을 바라볼 수 있는 맑고 깊고 정직한 눈을 소유해야 한다. 사색 없는 행동은 얕은 물과 같고, 고뇌 없이 성장한 사람은 나이테 없이 자란 나무 등걸과도 같다. 고뇌는 환희를 창출하는 탄생의 의미를 지니고 있다.

그리고는 긍정하고 수용하라. 흔히 긍정은 긍정을 낳고, 부정은 또 다른 부정을 낳는 수가 있다. 자신과 가정, 이웃과 사회, 국가와 우주에 대한 긍정적인 시각은 미래 지향적인 긍정을 잉태하는 동력이 될 것이다. 현실과 이상과의 엄청난 거리와 모순을 자신의 것으로 수용하고 시행 착오 속에서 실의하고 좌절하면서도, 그러한 자기 모습을 긍정적으로 포용, 인내하는 사고를 길러야 한다.

《1996년 2월 22일, 매일신문》

고락을 같이한 우리의 노래(학과가)

66년 봄이었을까.

당시 우리 학과는 재학생 60명에다 6분의 교수님을 모신 작은 구성체였다. 60명 중 18명이 여학생이라, 전 대학에서 가정학과와 원예학과에 이어 여학생 많은 학과로 알려졌다. 학우들끼리는 한 집안 가족의 형제와 오누이처럼 단란하게 뭉쳐져 있어 다른 학과로부터 많은 부러움을 샀다.

여학생이 많은 학과임에도 불구하고, 문리대 체육 대회가 열리면 늘 종합 성적 2, 3위를 차지하곤 했다. 실제로 의예과를 포함한 자연대학과 사회대학이 함께 있었던 당시의 문리과대학 13개 학과에서, 이러한 성적을 거두기는 결코 쉬운 일이 아니었다. 아마도 여학생들의 열띤 응원 덕분이었으리라. 폐회식을 끝낸 우리 남녀 학생들 전원은 학과 깃발을 앞세우고 지금 시청 뒤에 자리 잡고 있던 학사 주점 '둥글관'으로 행군하곤 했다.

내 후배 중에 이정우라는 학형이 있다. 그는 고등학교 시절부터 시작에 뛰어났고, 우리 학과에 입학한 뒤로는 더욱 이 방면에서 두각을 나타냈다. 그의 시정은 청순하면서도 진지했다. 외모는 왜소하고 가냘픈 편이었지만, 안경 너머 도사리고 있는 눈에는 남다른 의지와 야망과 고민이 엿보였다. 그는 학과의 대표 씨름 선수로 출전하여 곧잘 황소 같은 역사들을 단판에 쓰러뜨리기도 했다. 그는 지금 신부의 서품을 받고 신도를 위해 중보의 기도를 드리는 사제의 길을 열심히 걸어가고 있다.

어느 날 그와 나는 꽃시계 앞 벤치에 나란히 앉아 있었다. 국문학과 학과가(學科歌) 겸 응원가를 만들어 보자는 것이었다. 그러던 며칠 후 그가 작시한 가사가 내 손에 건네졌다.

우리 오뉘 참된 슬기 가꾼 힘을 아느뇨
동방의 밝은 등촉 다시 켜서 빛낸 얼
한밤의 불새가 여기 날아와 젊은 생명을 품었네
백의 종군 그 모습을 자랑케 하리라

우리 오뉘 꽃된 소망 심은 뜻을 묻느뇨
겨레의 오랜 터전 마음 닦아 어진 이
한바다 물결이 여기 오가며 넓은 새 길을 열었네
백의 종군 그 모습을 찬란케 하리라

(후렴)　　아, 그 영광에 보람 있다, 굳세다
　　　　　그 이름 국문학과 영원토록 빛나리

각 행이 4구로 된 4행시에다 후렴을 붙인 정형조였다. 가사 중의 "동방의 밝은 등촉", "한밤의 불새", "백의 종군" 등은 타고르의 시를 연상케 하는 현학성을 다소 머금고 있지만, 학과의 찬가로는 훌륭하다고 여겨졌다.

나는 곡을 붙이기 시작했다. 언제나 버릇처럼 자정이 넘어 짧은 스포츠형 머리를 찬물에 씻고 이 가사를 5번 거푸 읽었다. 그리고는 뇌리에 떠오르는 악상을 더듬어 단번에 곡을 써 내려갔다. 악곡 형식은 F장조에

4/4박자, 2부 형식의 16소절에다 후렴구 8소절을 합한 24소절의 짧은 노래였다. 모데라토 템포에다 행진곡이나 응원가 풍을 담기 위해 부점과 마르카토에 신경을 썼다. 후렴 앞까지는 제창으로 부르도록 하고, 후렴부는 혼성 4부 합창으로 편성하여 곡을 완성했다. 아마도 작곡에 소요된 시간은 30분이 채 걸리지 않았을 것이다.

고등학교 시절, 나는 공학도가 될 꿈을 가지고 있었다. 이는 특히 수리와 자연과학 분야에 흥미가 있었고, 그에 따라 그 과목에 매우 높은 점수를 얻고 있었기 때문이다.

그런가 하면, 나를 잘 아는 주위 사람들 중에는 나를 음악대학에 가도록 권하고 입학 주선까지 해 주는 고마운 분들도 있었다. 그러나 나는 생활의 방편이 아닌 삶의 여백으로 음악을 향유하고 싶었다.

그 후 나는 어느 합창단의 지휘를 맡으면서 피아노를 익히고, 작곡 공부를 혼자의 힘으로 해 나갔다. 그 무렵 작곡한 가곡이 약 100여 편이 된다. 그 중에는 지금 합창곡으로 널리 애창되고 있는 '망각'도 끼어 있다.

나는 내 노래 속에 예술적 가치보다는 내 인생을 담아 두고 싶었다. 작곡 기법은 영감적이며 즉흥적이어서 예술적 빛깔 지향을 위한 가필이나 수정을 허용하지 않았다. 그저 순수하고 진솔한 내 인생의 고뇌와 환희를 표현하고자 했을 뿐이었다.

나는 주말의 밤을 뜻있게 보냈다. 학우 중 어느 시인의 실연담에 귀를 기울이기도 했고, 난해한 불경 한 구절의 형이상학적 해석을 놓고 불도에 심취한 어느 학형과 밤을 꼬박 새우며 얘기하기도 했다. 스산한 늦가을 밤, 동화사 계곡에서 즉흥적으로 쓴 '잔해'는 아직도 애수의 센티멘털로 애창되고 있다.

나의 대학 시절, 우리 국문학과는 모든 면에서 다른 학과의 선두에 서 있었다. 열심히 공부했고 꾸준히 습작했고 진지하게 사랑을 구가했고 튼튼하게 심신을 단련하기도 했다. 그 속에는 늘 학문과 대화와 사색이 건강하게 서식했다.

국문학과의 혼성 합창단이 조직되었고, 이를 바탕으로 문리대 합창단이 결성되기에 이르렀다. 지휘는 물론 내가 맡았다. '국문학과의 밤'이 이로부터 시동되어 오늘에 이르렀다. 서툰 몸짓이지만 우리의 소박한 무대에는 문학과 음악과 연극이 마련되어 다른 학과의 선망의 대상이 되기도 했다.

나는 맨 먼저 이 국문학과가를 우리 합창 단원들에게 가르쳤다. 자부심과 진지함으로 이 노래를 부르는 단원들의 눈은 반짝반짝 빛났다. 지금은 고인이 되신 정주동 교수님이 이 노래를 따라 부르시던 모습은 아직도 내 기억에서 사라지지 않는다. 나는 겨우 2g밖에 되지 않는 누에 고치 하나가 1km의 실을 뽑아내는 사실을 비유하면서, 이 노래의 무한한 잠재적 가능성을 역설했다.

그 후 신입생 환영회, 졸업생 환송회, 사은회, 체육 대회, 국문학과의 밤, 학과 MT, 학과 가족 체전 등, 우리 국문인의 혼이 어우러지는 마당에는 어디나 이 노래가 따라다녔다. 때로는 우리의 새 아우들을 맞이하는 기쁨의 환영송으로, 때로는 졸업생 언니들을 보내는 아쉬움의 석별곡으로, 때로는 승리를 안은 감격의 개선가로 이 노래는 가슴과 가슴으로 열창되었다. 우리의 노래는 체육 대회 응원가로 애창되어, 어느 학과가 부르던

'송아지'의 개사곡보다는 한결 품위가 있고 고상해서 좋았다.

이 노래는 우리 선배들의 다채로웠던 발자취를 더듬는 역사와 전통의 유산 중 하나이다. 아름다운 전통은 소중하게 보존되고 더욱 찬란하게 가꾸어져야 가치가 부여되는 것이다.

이 노래 속에는 우리 국문인의 자긍심이 실존하고 있다. 그것은, 우리는 인문과학이 추구하는 휴머니티의 숭고한 과제를 모색하고 있다는 것과 어문학 전공자로서의 뛰어난 감수성과 정서를 소유하고 있다는 것, 국학도로서의 투철한 나라 사랑을 가슴 깊이 견지하고 있다는 것이다.

≪2001년 10월 13일, 『경북대 국어국문학과 50년』≫

* 이 학과가는 음향으로 제작 녹음되어 2008년 6월 국어국문학과 홈페이지(http://korean.fedora7.dnip.net)에 올려졌다. 서재형 씨가 기악 앙상블로 편곡한 것을 녹음하여 초기 화면에 시그널 음악으로 실은 것이다. 학과 소개 중 '학과가'를 열면 악보를 볼 수 있다. 훌륭하게 다듬어 준 편곡자와 녹음실의 이원준 대표께 진심으로 감사를 드린다.

학회지 연(年) 2회 간행에 즈음하여
언어과학회 창립 20주년 기념

21세기 새 천년이 열린 뜻 깊은 해에, 우리 학회도 창립 20주년을 맞이했습니다. 이제 성년으로서의 성숙과 도약과 웅비를 다져야 할 시점에 이르렀습니다.

활발한 연구 활동과 내실 있는 학회지의 출간으로 학회로서의 막강한 잠재력과 경쟁력을 축적해야 할 때입니다. 이제 경쟁 시대의 도래에 직면하고 있는 현실 상황 속에서, 우리 학회도 이러한 주변의 환경 변화에 잘 적응해 가면서 더욱 충실한 학회로 발전하기 위해 총력을 경주하고 있습니다. 앞서 이 학회를 이끌어 오신 여러분의 노력의 기조 위에서, 명실공히 전국적인 학회로서 손색이 없는 위상으로 고양시키기 위해 필요한 모든 조처를 강구하고, 미비한 사항을 보완하고 있습니다.

이미 발간된 16권의 논문집 전편을 인터넷에 올려 데이터 베이스화했고, 학회의 홈페이지도 개설했습니다. 특히, 지금까지 한 해 한 차례 발간해 오던 학회지를 금년부터 두 번 펴내는 것으로 학술 연구의 폭을 넓혔습니다. 짧은 기간에 논문 원고를 모집하는 데는 어려움도 뒤따랐지만, 회원님들의 적극적인 협조로 이번 호에도 11편의 알찬 논문들이 심사를 거쳐 게재되었습니다. 옥고를 보내 주신 집필자 여러분께 감사를 드립니다.

우리 언어과학회는 한국어학, 영어학, 독어학, 불어학, 일어학, 중국어학 등의 개별언어학에 일반언어학이 접목된 종합적 학회의 성격을 띠고 있습니다. 이러한 개별 언어에 관한 연구는 언어 보편성 원리의 바탕 위에서 언어 간의 유기적인 대비를 통해 대조언어학, 역사·비교언어학, 계통론, 그리고 언어 유형론 등의 학제적 연구 분야로 발전할 것입니다.

우리는 '언어과학회'의 이름 그대로, 보다 과학적이고 창의적인 연구 활동과 체계적이고 심도 있는 언어 연구를 수행하는 산실이 되어야 할 것입니다.

회원님들의 끊임없는 정진과 건승을 빕니다.

2000년 6월
언어과학회장

"「매일신문」 창간 50주년에 바란다"

신문 언어는 곧 대중 언어

창간 반세기를 맞이하는 「매일」의 줄기찬 행진에 감사와 찬사를 보낸다.

신문은 대중들이 가장 친숙하게 접촉하는 보편적 텍스트이다. 이런 점에서 보도와 논평과 광고 속에는 항상 국민 계도의 철학이 숨 쉬고 있어야 한다. 21세기의 지평을 여는 시대적 좌표 의식과 조국의 선진 의식을 고취하는 메가폰이 되어야 한다.

세계적으로 사고하고(think globally), 지역적으로 활동하는(act locally) 시대가 도래함에 따라 애독자들에게 우주적 안목과 비전을 제시하는 동시에, 지역적 편견이 배제된 순정한 향토의 체취와 애정이 묻어 있는 지방지가 되어야 할 것이다.

독자의 흥분과 긴장을 유도하는 특종보다는 평온 속에 함축된 중량감을 주는 메시지와 현상보다 본질에 충실한 생동하는 활자가 담겨 있기를 기대한다.

그리고 신문 언어는 대중 언어의 반영일 뿐만 아니라, 언중의 생활 구어를 직접적으로 선도한다는 사실을 인식해야 할 것이다.

≪1996년 3월 1일, 매일신문 창간 50주년≫

『四未軒 張福樞의 문학과 사상』 간행사

四未軒 張福樞 선생(1815-1900)은 조선 말기 영남 지역을 대표하는 유학자로서, 성리학은 물론 문학과 예학과 경학 등 다방면에 걸쳐 많은 업적을 이루어낸 석학이다. 특히 行檢이 뛰어난 도학자로 널리 알려져 있으며, 격변하는 한말의 시대적 상황하에서 유교적 덕목을 지키기 위하여 혼신의 힘을 다한 실천 유학자이다.

아호인 '四未'는 공자가 『中庸』에서 술회한 것으로, "아직도 '孝敬忠信'의 네 가지 덕목에 모자람이 많다."고 하는 선생의 심회를 삶의 좌우명으로 담은 것이다. 이처럼 선생은 지식보다는 실천을 강조한 '眞知實踐'의 스승이었다.

선생의 저서로는 문집 19권(본집 11권, 속집 2권, 부록 6권)이 있는데, 이같이 방대한 학문 업적과 성과에도 불구하고 지금까지 학계에서나 유림에서 선생의 학술적 조명이 너무 미미했던 사실을 부인할 수 없다. 이러한 현실 속에서 한국문학언어학회가 지역학의 중요성을 인식하고 선생의 학문에 대해 다각적으로 구체화하고 종합적으로 탐색함으로써, 그의 존호와 행적을 새롭게 알리게 된 것은 참으로 다행한 일이 아닐 수 없다.

본 학회에서는 2년에 걸쳐 "四未軒 張福樞의 文學과 思想"이란 주제의 연구를 관련 학계 저명 교수들에게 의뢰했고, 그 결과를 토대로 2006년 11월과 2007년 10월 두 차례의 학술 발표 대회를 개최했다. 첫 발표 대회는 경북대학교 개교 60주년을 경축하는 행사로 거행되었는데, 이 자리에는 선생의 후손들을 비롯하여 유림과 한학자, 한국 고전 문학 전공자들로 성황을 이루었다. 이 뜻있는 일을 기획하고 실행한 총무이사 정우락 교수의 노고를 잊을 수 없다.

이제 연구 발표된 논문을 묶어 한 권의 책으로 출간하게 된 것을 매우 기쁘게 생각하며, 향후에도 선생에 관한 연구의 학술적 깊이를 더함으로써 이러한 연구서가 계속 이어지기를 기원한다.

이 책에 수록된 글들은 주로 四未軒 선생의 ① 문학 사상과 작품 세계, ② 생애와 학문 활동, 학통, 문인록과 문인 집단, ③ 조선 문학사, 영남 유림에서의 위상, ④ 禮說의 論體 경향, ⑤ 성리학설(理氣說, 四七論과 心性論), ⑥ 『中庸』의 해석, ⑦ 정치 사상 등에 관한 내용이다.

이 연구서는 '四未軒先生 記念事業會'의 출판비 지원으로 간행되었다. 1983년에 발족된 이 기념사업회는 四未軒 선생의 학문과 사상을 계승하고 재조명하며, 인간성 회복과 인류에 대한 인식을 제고하는 한편, 斯文의 발전에 기여하는 것을 목적으로 하고 있다. 그 동안 선생의 경모 사업을 위시하여 '四未軒賞'의 제정과 시상, 학술 발표 및 강연회 개최, 연구 활동 지원, 후진 양성, 도서 발간, 유적물 유지 관리 및 원사 건립 등 여러 가지 보람 있는 사업들을 펼쳐오고 있다.

한편 선생의 문학과 사상을 재조명하는 데 일익을 담당한 우리 한국문학언어학회는 1962년 경북대학교 문리대를 중심으로 출범하여 국어국문학에 관한 다양한 학술 활동을 전개하고 있다. 그간 46년이라는 유구한 역사 속에서 학회지『어문론총』48권을 발간하는 등, 명실 상부 국내의 저명 학회로 알려져 있다.

아무쪼록 이 책에서 四未軒 선생의 학문의 진수가 남김 없이 발현되기를 바라며, 선생이 남긴 보배로운 문집과 함께 길이 보존 유여되어 후학들이 선생의 뜻을 기리며 사숙하는 典範이 되기를 기대한다.

마지막으로 선생의 학문과 사상을 고증하고 기술하여 이 책의 수미를 장식해 준 집필자 여러분과 출판비 전액을 지원한 기념사업회 이현시 회장님께 뜨거운 감사를 드린다.

2008년 1월

한국문학언어학회 회장

'선진 봉화(奉化)'의 길로

선진국으로 가기 위해서는 나라의 국력과 경제력이 신장되어야 하겠지만, 그에 앞서 국민들의 선진 의식이 뒷받침되지 않으면 안 된다. 국민의 의식 수준은 낮은데 잘 살기만 하는 나라는 그로부터 파생되는 괴리로 말미암아 많은 사회 문제를 낳기 때문이다.

지난 1996년 공보처가 1,522명의 국민을 대상으로 3개월에 걸쳐 우리나라 국민성에 대한 여론 조사를 실시한 바 있다. 조사 결과, 한국인의 장점으로는 근면, 성실(21%), 끈기, 인내력(17.4%), 인심, 인정 풍부(17.0%), 예절, 미풍 양속 보존, 계승(11.6%) 등으로 나타났다.

그런 반면, 한국인의 단점으로는 이기주의(19.0%), 사치·낭비, 물질 만능주의(15.4%), 성급함(11.3%), 질서 의식 결여(7.4%) 등이 지적되었다.

우리나라가 안정된 민주 복지 국가로 도약하고 선진국에로 진입하기 위해서는 앞에서 제시된 긍정적인 국민성을 더욱 승화 발전시키는 한편, 부정적인 면모를 불식하고 극복해 나가야 할 것이다. 이를 위해 우리의 따사로운 향토 「봉화」가 선두에 서서 선진의 횃불을 높이 들기를 기대한다. 이제 함께 생각해야 할 몇 가지 명제들을 검토하고자 한다.

이기주의의 불식

이기주의란 자아 중심의 사고 방식으로, 자기만의 이익과 행복을 추구하여 타인의 이해를 돌보지 않는 것을 가리킨다. 이는 자기의 마음을 닫고 사는 것으로부터 말미암는다. 마음이 닫힌 사회에는 사랑과 봉사, 협동과 희생 정신이 소멸된다. 이와는 반대로, 마음을 여는 사회는 상호 이해와 동정과 사랑이 서식하는 사회이다. 사랑은 언제나 손의 윤리와 봉사의 정신과 더불어 있는 법이다. 자아가 사회아로 바뀌고, 소아가 대아로 지향하는 데에서 이기주의는 사라지게 된다.

이기주의로부터 벗어나는 길은 어떤 공동체의 구성원들이 한 마음이 되는 것이다. 지구상의 최장수 지역으로 인도네시아의 발리섬을 꼽고 있는데, 이 섬의 특징은 온 주민들이 하나같이 생각하고 합심하여 살아감으로써 같은 의식을 소유하고 있다는 점이다. 하나라는 의식 속에는 갈등도 분쟁도 시기도 질투도 없는 건강한 사회가 형성될 수 있는 것이다.

5%의 소금이 온 바닷물을 짜게 한다는데, 우리 사회가 아직까지 이기주의의 틀을 벗지 못하고 있다고 한다면, 한국인들 중에 이기주의를 타파하고 공익과 사랑을 실천하고 있는 사람이 5%가 되지 못한다는 것을 의미하는 것은 아닐까?

흔히 개인적으로는 매우 우수하지만 함께 모이면 무력해지는 사람들이 있다. 지금 우리나라가 필요로 하는 사람은 혼자서도 잘하지만 여럿이 모이면 더욱 잘하는 사람들이다. 21세기는 정보 사회, 지식 사회, 고도의 산업 사회이다. 정보 사회는 수평적인 사회이며 네트워크의 사회를 가리킨다. 따라서 공동체 의식 속에서 나오는 팀워크는 필수적 요소이다. 팀워

크는 상승 효과를 기대할 수 있고 여러 가지 위험에 대한 공동 대응이 가능하며, 심리적으로 안정을 찾을 수 있다는 강점이 있다. 이러한 파트너십을 얻으려면 무엇보다 공존 공영의 사고 방식을 길러야 하고, 독점적인 이기주의를 버려 양보와 자기 희생의 정신을 체득해야 하며, 맡은 일에 대한 책임감이 투철해야 한다.

피아노 건반은 검은 건반과 흰 건반이 조화를 이룰 때 좋은 음악이 나올 수 있다. 흑과 백은 서로 어울릴 수 없는 대치적 개념이지만, 이들이 조화를 이룰 때 큰 힘이 생성하는 것이다. 현대는 관계의 사회이다. 구성원들의 관계로 어우러진 소우주이다. 부조화의 조화를 배우고 몸으로 익혀야 한다.

사치, 낭비, 물질 만능주의 탈피

우리는 몇 해 전 뼈아픈 IMF 구제 금융을 경험한 바 있다. 그렇게 된 원인으로 여러 가지가 있었지만, 국민들의 사치와 낭비 풍조도 한 요인이 되었다. 국민 소득 1만 불 시대에 벌써 3만 불의 생활을 했기 때문이다. 당시 이를 바라보던 외국은 우리를 향해 "too rich, too soon"의 우려의 표시하기도 했다.

높은 것을 자랑하지 말고 뿌리를 깊이 내려야 한다는 의식이 선진국으로 가는 첩경이다. 한국인의 의식 속에는 과거의 가난으로부터 보상받으려고 하는 자기 보상 심리가 있다. 무엇이든 가지면 뽐내고 자랑하려고 하고, 무엇이든 최고를 획득해야 직성이 풀리는 성향을 가지고 있다. 자기 분수에 맞지 않게 아파트도 커야 하고 승용차도 대형을 소유하려는 욕망이 있다. 스스로의 편리보다는 타인의 시선을 중시하는 의식이다.

자기의 세계를 자꾸만 넓혀 가면 상대적으로 세상은 점점 더 좁아지게 되는 법이다. 겸허하게 자기 자리를 좁힘으로써 세상을 넓히는 의식의 전환이 절실히 요구된다. 높은 산에서 비바람을 견디지 못해 뿌리를 드러낸 나무는 모두 키가 큰 것들이다.

우리 선조들은 청초한 고려 청자와 같은 색조와 조선 백자와 같은 순결한 심상을 가졌는데, 언제부터 그렇게나 찬란하고 야단스러워졌는지 모를 일이다. 버섯 중에 색상이 현란한 것은 독버섯이다.

운동 경기를 하는 데 있어서도 같은 원리가 작용한다. 스포츠 정신인 '빨리', '멀리', '정확히' 하기 위해서는 몸에 힘을 빼고 몸을 낮추어야 한다.

한동안 우리 사회에는 과소비와 사치가 기승을 부리며, 황금만능주의와 배금 사상이 도처에 팽배해 있었다. 오늘날은 어떠한가? 1991년 9월에 실시한 공보처의 여론 조사에 의하면, 응답자의 89.8%가 우리 사회에 호화, 사치, 낭비 풍조가 심각한 정도에 이르렀다고 우려했다.

슈마허는 "작은 것이 아름답다."라고 했다. 분수에 맞추어 작게 살아가는 삶의 모습이 아름답다는 것이다. 가질수록 좁아지고 작아지고 낮아지는 모습이야말로 삶의 철학을 체득한 성공한 국민의 진면목이 될 것이다.

성급함의 극복

우리 조상들은 반만 년 동안 한반도의 좁은 땅에서 서로 부대끼며 살아왔기 때문에 무슨 일이든 하면 극렬하고 극단적인 양상을 보이고 있는 것이 특징이다. 그래서 그런지 매사에 서두르는 데 이력이 났다.

외국인들이 가장 먼저 배우는 한국어는 "빨리, 빨리"라고 한다. 어느 일간지의 보도에 의하면, 한국인의 1분당 보행 수는 유럽 사람들보다 15걸음 정도가 많다고 한다. 매사에 분주하게 뛰며 산다는 얘기다. 그뿐 아니라, 한국인들이 이사하는 빈도는 유럽의 12배, 일본의 5배, 대만의 4배나 되는 것으로 나타났다. 삶의 패턴이 변화 무쌍하며 변덕스럽다는 얘기다.

온 세계가 속도를 요구하는 스피드 시대에 살고 있는 터에 모든 일에 늑장을 피우란 말이 아니다. 속도에다 내실이 따라 준다면 더할 수 없이 바람직한 것이 되겠지만, 서두름은 항상 부실과 졸속을 자초하기 마련이다.

13세기에 착공한 독일의 쾰른 성당과 프랑스 노트르담 성당의 마무리 공사를 아직까지도 진행하고 있다는 얘기는 우리에게 큰 충격을 준다. 음악당을 지어도 연주를 하면서 몇 백년 걸려 끝마무리를 함으로써 완벽을 기하는 것이다.

중국의 역사책에 나오는 한국인의 특징은 흰옷을 입는 민족(백의민족), 노래를 잘하는 민족, 장례식이 성대한 민족으로 기록되어 있다. 자고로 가무를 즐기는 멋과 여유가 있던 민족이 어쩌다 이렇게 쫓기듯이 서두르며 살아가야 하는지 안타까울 뿐이다.

질서 의식의 정착

질서란 어떤 것이 항상 있어야 할 제 자리에 있는 것을 의미한다. 기차는 반드시 철로 위에 있어야 하고, 민물고기는 강물 속에 있어야 하며, 바닷고기는 바다에 있어야 한다. 만약 그로부터 벗어난다면 모든 기능은 망실되고 생존이 불가능하게 되기 때문이다.

한국인들은 줄 서기에 익숙하지 못한 일면을 보이고 있다. 줄 서기는 자기 자리를 확인케 해 주며 인내와 기다림의 힘을 길러 준다. 필자가 대학 강단에서 학생들에게 늘 강조하는 말이 있다. 대학생들은 찾고 두들기고, 그리고는 줄을 서서 기다리라는 것이다.

자연은 조화와 질서 속에 존재한다. 물과 공기와 흙이 그렇고, 동물과 식물과 미생물이 그렇다. 물은 지구에만 있는 것이다. 바닷물은 지구의 온도를 조절하는 역할을 한다. 공기 중의 산소가 35% 많아지면 불이 날 때 끌 수 없게 되고, 물 속에 산소가 감소하면 물고기가 살 수 없게 된다. 공기 중의 탄산가스와 수증기는 공기를 따뜻하게 해 주고 공기의 압력도 적당하게 조절하여 주는 역할을 한다. 이처럼 자연은 한 치의 과부족도 없이 정확한 자기 자리에서 조화와 질서를 지키고 있는 것이다. 자연의 일부인 인간은 자연으로부터 질서와 조화의 원리를 배우지 않으면 안 된다.

가을의 기러기, 그들 행진의 방향 감각과 질서와 협동을 배우고, 비둘기의 속성인 일편 단심을 배우자. 북극의 갈매기는 남극을 향해 대이동을 할 때 한 치의 진로 이탈도 허용하지 않는다. 만일 이탈하면 탈진하여 죽게 된다. 연어의 고향 회귀는 정말 신비롭다. 그뿐이랴? 오스트레일리아의 어미 거북은 어느 조그마한 섬에 가서 알을 낳고는 그냥 돌아와 버린다. 부화한 새끼들은 누가 길을 인도하지 않는데도 어김없이 그 먼 곳을 헤엄쳐 엄마에게로 찾아온다.

공중의 새를 보라. 들의 백합화를 보라. 참새는 독수리의 흉내를 내지 않고, 백합화는 장미의 흉내를 내지 않는다. 모두들 제 모습대로 정확하게 살아가고 있는 것이다.

인체 내에 흐르는 혈관의 총 길이는 무려 10만km에 달한다고 한다. 혈액은 이 길고 멀고 좁은 골목길을 교통 신호 없이도 질서 있게 흘러가는 것이다. 만약 어느 곳에 사고가 나서 통행이 막히면 심각한 혈전과 경색에 이르고 마는 것이다.

긍정적인 가치관 확립

삶에는 긍지와 자부가 뒤따라야 한다. 옛날 독일의 문호 괴테의 저택에 걸려 있던 벽 시계는 200년이 지난 오늘까지도 여전히 잘 가고 있다고 한다. 미국의 한 부호가 거액을 주고 그것을 사려고 했지만, 독일 측에서는 미국을 다 준다 해도 팔 수 없다고 거절했다고 한다. 독일의 자부심이요, 긍지이다.

우리의 자랑거리는 참으로 많다. 합천 해인사에 가면 고려 시대에 제작한 팔만대장경을 볼 수 있다. 이는 신념 속에 죽고 살던 옛날 고려인들의 끈기와 몰아 정신을 담은 결정체이다. 불경의 힘으로 거란의 침략을 물리치기 위해 정성을 쏟아 만든 것이다. 이렇듯, 우리의 옛 유적과 유물을 보면 당시 우리 조상들의 자부심과 긍지가 깃들어 있다.

긍정적인 가치관을 가지고 있는 사람은 역사를 창조할 수 있다. 한 송이의 장미꽃을 바라볼 때에도 꽃을 보는 사람과 가시를 보는 사람으로 구분된다. 꽃을 바라보는 사람의 의식은 "가시가 있지만 꽃이 아름다워 좋다."라고 생각할 것이고, 가시를 바라보는 사람은 "꽃은 예쁘지만 가시가 있어 좋지 않다."라고 생각할 것이다. 만사를 긍정적으로 보는 사람은 모든 것을 미래 지향적으로 개척해 가는 사람이 되고, 부정적 사고만을 소유한 사람은 항상 현실 불만으로 그 자리에서 맴돌게 될 것이다.

생활 철학에서 인격을 갖춘 사람은 복잡한 사회에 살면서도 자신을 간결하게 하는 지혜를 가진 사람이다. 인간은 삶의 연륜이 깊어질수록 본질에 가까워져야 한다. 본질을 추구하고 준비하는 사람만이 역사의 주인공이 될 수 있다.

인생의 성공을 위한 3P는 patience(인내)와 practice(실천)과 peace(평화)이다. 평화를 사랑하는 사람보다는 평화를 만드는 사람이 되어야 한다. 행복이란 만들어져 있는 것을 가져다 쓰는 것이 아니라 부단히 자신을 만들어 가는 것이다.

다이아몬드의 가치는 캐럿과 커팅, 색조와 순도이다. 인간의 가치도 마찬가지다. 삶의 얼마만한 중량을 가졌으며, 그 사람이 잘려진 단면의 모습이 어떠한가. 그 사람이 어떤 인격과 진실성을 가지고 있느냐가 그의 인생의 성패 여부를 좌우하게 된다.

사람의 일생 중 가장 중요한 시간은 오늘이다. 누군가 현재는 화살같이 지나가고 미래는 주저하며 다가오며 과거는 영원히 정지하고 있다고 말했다.

인간은 무한한 능력과 가능성을 가지고 이 세상에 태어났다. 인간은 한평생 동안 자신의 능력 전체의 15%밖에 발휘하지 못하며 살아가는 것이다. 사람의 뇌의 무게는 평균 1.36Kg이며 세포 수는 300억 개인데, 하루 뇌 세포의 소모량은 1,000개 정도이다. 평생을 쓰고도 남고 남는 것이다.

절제와 건강 관리

미국 어느 암연구소의 "NEW START" 건강법에 귀를 기울인 적이 있다. 이들의 두(頭)문자를 가지고 8가지의 실천 요건을 제시하고 있는데, 첫째는 영양(Nutrition)이요, 둘째는 운동(Exercise)이다. 셋째는 좋은 물을 마시는 것(Water)이고, 넷째는 적당한 일광욕(Sunshine)이 필요하다는 것이며, 다섯째는 자기 절제(Temperature)이다. 여섯째는 신선한 공기(Air)를 마시는 것이고, 일곱째는 충분한 휴식(Rest)을 취하는 것이다. 마지막으로 신에 귀의하는(Trust in God) 신앙 생활이다. 이상의 8가지 항목에 유의하여 새롭게 출발한다면 누구나 잃었던 건강을 회복하고 질병에 강해진다는 것이다. 이 중에서도 우리에게 가장 절실한 것은 절제이다. 과음, 과식, 과민, 과로, 과욕이 우리의 건강을 해치는 주범이기 때문이다. 40대 남자 사망률에 있어 우리나라가 세계에서 가장 으뜸이라는 통계는 이로부터 나온 것이다.

본원적으로 사람은 육식하는 존재가 아니다. 사람의 치아 구조나 내장의 길이를 살펴보면 인간은 초식과 채식하는 동물로 창조되었음이 분명하다. 육식 동물들은 송곳니가 발달되어 있고 창자가 매우 짧다. 채 소화시키지 못한 고깃덩어리를 빨리 배설하기 위해서이다. 사람의 이는 어금니가 발달되어 있어 무엇을 찢어 먹기보다는 갈아서 먹고, 대장과 소장도 매우 길다.

현대인의 성인병이 이러한 육식 위주의 식생활 습관에 크게 영향을 받고 있는 것이다. 훈자족은 평균 100세를 사는 장수 민족인데, 식생활은 주로 채식을 하며 소식을 하는 민족이다. Bernard Shaw 박사는 자기의 필요한 양만큼 먹으면 병이 발생하지 않고, 병에 걸려도 저절로 낫는 힘이 있다고 했다. 소식하기 위해서는 자기 절제가 필요하다.

성인병이란 '사람이 만든 병'이다. 마음에서 생기는 병을 심인성 질병이라 하는데, 이것이 우리의 병의 70%나 된다. 질병을 이길 수 있는 힘은 자기 절제와 자기 관리에서 나온다.

해마다 서너 차례 찾는 선친의 고향 「봉화」는 태백의 준령과 소백의 단아함이 어우러진 이름 그대로 「淸凉」의 향리이다. 각박한 도시보다 더 풋풋한 향토애가 있어 좋다. 우리나라가 선진국으로 가기 위한 국민 의식이 창조되고 다져지는 향기로운 고을이 되기를 바란다.

봉화 향우회 이사

≪2002년 10월, 『淸凉』 6호≫

대구·경북 교수선교회 홈페이지를 개설하며

「대구·경북 교수선교회」는 1991년 2월 5일 창립되었습니다. 대학 캠퍼스의 복음화와 지역 사회를 그리스도의 빛으로 밝히는 사명의 기치를 들고 발족한 것이 오늘에 이르렀습니다.

그 동안 여러 수련회와 세미나를 통하여 기독교수의 선교적 사명과 영성의 삶을 공고히 다져 왔고, 이 나라와 우리 사회를 위한 기도를 쉬지 않았습니다.

또한 지역 대학이 각기 캠퍼스에 기독교수회, 교수신우회를 결성하고 대학 간의 수평적인 연합으로 조국의 장래를 짊어질 젊은 영혼들에게 길과 진리와 생명이신 예수 그리스도를 증거해 왔습니다. 회칙에 명시된 대로 우리는 대학 사이의 상호 협력으로 효율적인 대학 복음화 운동을 전개하는 것을 목적으로 하며, 다른 선교 기관과의 유기적 관계를 심화함으로써 지역 복음화의 구심점이 되고자 노력하고 있습니다.

1907년 평양 대부흥의 100주년을 맞이하는 이 해에 우리의 홈페이지를 개설하게 된 것을 의미 깊게 생각합니다. 이 공간은 회원 여러분의 신앙과 삶을 나누는 영적 지성소입니다. 함께 합심하여 기도할 제목들과 각 대학 기독교수회의 동향과 공지 사항, 그리고 회원의 개인적인 길흉사, 승진, 보직, 수상, 저술 등 축하할 일들을 서로 알려서 같이 기뻐하고 슬퍼해야 할 대화와 만남의 장소입니다. 또한 다같이 읽어서 유익한 글들을 여기에 올려 함께 교감하는 값진 자리입니다.

지금 대구·경북 지역에는 42개의 크고 작은 대학에 1,500명을 헤아리는 기독 교수들이 거대한 구성체를 이루어 강의와 연구에 전념하고 있습니다. 복음 선교의 사명으로 대학 교정에 선교사로 파송된 우리들이 이 사역을 충실히 일구어 간다면 이 땅에는 참으로 놀라운 역사가 전개될 것입니다.

우리 교수선교회는 매월 셋째 주 토요일 아침을 정하여 각 대학 주관으로 조찬 기도 월례회를 가집니다. 또한 6월 말에는 전국 교수선교회 수련회에 참석하며, 매년 1월에는 우리 지역의 수련회를 따로 열어 은혜와 결단의 시간을 마련하고 있습니다.

빛으로, 생명으로 오신 주님은 우리 교수선교회를 통하여 크게 일하시며, 도약과 웅비의 내일을 약속해 주실 것입니다.

지금까지 이 회를 헌신적으로 이끌어 오신 여러 선임 회장, 임원, 그리고 회원 여러분의 노고와 섬김에 깊은 감사를 드립니다. 아무쪼록 많은 회원들의 적극적인 참여와 뜨거운 애정 있으시기를 기원하며, 이 대화의 공간을 많이 애용해 주시기 바랍니다.

2007년 4월

대구·경북 교수선교회 회장

"출렁이는 바다가 되라"
이강호 교육감 회갑 기념 문집

'寒溪', 동빙 한설의 얼어붙은 시내라도 좋고, 만추의 높푸른 하늘을 닮은 맑은 개울이라도 좋다. 심산 유곡에 층암 절벽을 벗한 차가운 여울이라도 좋고, 어느 여인의 정화수로 길어지던 정성스런 냇물 한 줄기라도 좋다.

그 속엔 선별된 선어(仙魚)들의 보금자리가 마련될 뿐, 어설픈 미꾸라지, 송사리 떼들이 서식하지 못하였으리라. 그러나 엄동이라 해도 얼음장 밑엔 동면하는 푸른 꿈들이 머물고, 멀지 않은 대춘의 환희가 거기에 침묵하고 있으리라.

한계 선생님을 처음 뵙기는 한창 입시 준비에 분주했던 고교 3년 때였다. 그 당시 자연계 클래스에선 높은 비중을 차지하고 있던 해석 기하 과목을 선생님께서 강론하셨다. 한 시간 내내 흑판을 가득 메우는 판서와 삼각 함수, 미분, 적분 등 밀도 있는 수업의 흥미는 강의 시간의 파종 소리를 무시하기에 충분했다. 그 때문에 수업 시간은 늘 연장되기가 다반사였다. 필경, 휴식 시간의 잠식이라는 뼈아픈 학동들의 조바심마저도 외면한 채, 무표정하게 교실을 나가시던 선생님의 인상은 별명 그대로 냉랭한 시베리아 벌판이었다. 마치 차가운 북풍이 교실 한가운데 진을 치고 웅크리고 있는 듯, 어느 학생 하나 질문이나 대꾸 한 마디 자행하는 용감한 놈이 없었다. 게다가 어설픈 관찰이긴 하지만, 졸업하기까지 한두 차례 외에는 선생님의 드러낸 미소를 발견한 일이라곤 없다.

실로, 한계 선생님은 냉엄하고 준엄하신 분이었다. 그래서 우러러 '寒溪'라고 존호하게 되었는지도 모른다.

이제 와서 필자 자신도 교단을 지키는 몸이 되고 보니, 그때 선생님의 냉엄하신 모습은 또 다른 엄숙한 긍정을 함축하고 있음을 자각하게 되었다. 이는 무엇보다 근엄하고 진지한 자태는 사표로서의 가장 원초적인 품격이라고 단정되기 때문이다. 그것에서부터 스승과 제자 사이에는 숭고한 질서와 기강과 권위가 형성되는 것이다.

사제의 관계에는, 어떠한 교육 상황에서라도 제자가 그 스승을 추종할 수 없는 절대적인 거리가 존립되어 있어야 한다. 우린 그걸 자신감이라고 불러도 좋고 신념이라고 해도 좋다. 요즈음 간혹 교육의 장이 오염되고 타협으로 전락하는 사례가 있는 것은 스승의 이 같은 자신감과 신념의 결핍으로 말미암은 것이 아닌가 여겨진다. 한계 선생님의 위엄과 권위는 바로 이러한 자신감과 교육자로서의 소명 의식에 대한 확신에서 비롯된 것으로 믿어진다.

또한, 그와 같은 위엄이 내면적으로는 심중 깊은 곳의 자애로우심과 너그러우심에 연결되어 있다는 사실을 깨닫게 되었을 때, 우린 새삼 자랑스러운 스승님을 모신 희열을 감출 수 없었다.

회고컨대, 지금으로부터 23년 전 필자의 어린 귀를 울리고 어두운 눈을 열어 주시던 선생님의 말씀이 있다.

"출랑거리며 뛰놀지 말고, 출렁이며 점잖은 바다가 되라."

당시 어쩌면 면학 일변도였던 공부 벌레들에겐 전인적이고 수용적인 인간상으로써 인생 대해를 관조하는 웅건한 군성(群星)이 되기를 바라셨던 경구였다.

그뿐이랴, 학교와 학생은 골육의 관계에 있으므로, 학생은 모름지기 학교를 사랑하여야 한다고 역설하셨다. 지상의 과제였던 학업뿐 아니라, 그것 위에 인간 수업을 게을리 하지 말아야 한다고 강조하시면서 극기하며 칠전 팔기하는 삶을 체득하라고 이르셨다.

돌처럼 꿋꿋하시고 바위처럼 묵묵하신 선생님은 한평생 스승의 길을 아무런 주저함 없이 걸어 오셨다. 이제 화갑을 맞으시는 즈음에 경북 교육 행정의 웃어른이 되시어 지역 사회의 계도와 교권의 정립을 위해 분골 쇄신하시는 중임을 맡으셨다.

오늘같이 염천의 혹서에 시달리는 날이면 더욱 선생님의 용자가 떠오른다. 한계의 시원한 물 한 굽이와 차가운 대륙의 바람 한 줄기를 저의 안두에도 내리신다면 흐르는 구슬땀을 씻을 수도 있을 것을.

수연을 맞으시는 선생님의 만수 무강을 재삼 축수 드린다.

≪1985년 5월 30일, 『寒溪 李康鎬 教育監 華甲紀念文集』≫

선생님, 그 옛날 저와 나란히 심으셨던 교양과정동 앞 느티나무는 그간의 세월을 머금고 저만큼 성큼 자랐습니다. 무성한 잎들을 드리운 나무 그늘에는 여름의 노래가 흐르고, 가을이면 홍엽 되어 우리에게 환희와 안식을 주고 있습니다.

이제 정년퇴임의 자리에 서 계신 선생님을 뵈오니 참으로 '無情歲月若流波'라는 글귀가 실감이 납니다. 춘풍 추우 30여 성상을 한결같이 여기 복현골에서 봉직하시는 동안, 선생님은 파란 만장했던 격동의 날들을 관조하시면서 대학의 희로애락을 묵묵히 지켜보셨습니다.

그저 상투적이고 과장된 찬사를 드림으로 선생님의 영예로우신 퇴임의 아쉬운 정회를 퇴색시키고 싶지 않습니다. 그렇지만 아무리 깎아 놓고 말씀드린다 해도, 선생님의 온유 돈후하시고 자애로우신 성품과 일견 강직하시고 투철하신 교육자로서의 기품은 저의 우둔한 필설로는 표현하기가 어렵습니다. 선생님은 공명 정대하시고 철두 철미하신 공인으로서의 자세를 늘 견지해 오셨습니다. 자애로우신 주름살마다 새겨진 것은 세월만이 아닌 달관의 경륜과 보람이요, 따뜻하신 미소 속에 담긴 것은 애정과 초탈입니다. 매사에 황급히 서두르기만 했던 제가 선생님의 여유로우심 앞에 서면 부끄러워졌고, 자신을 밝히기에 초조했던 제가 선생님의 겸허하심 앞에 서면 머리가 숙여졌습니다. 정확 치밀하시고 용의 주도하신 일거수 일투족은 저에겐 늘 큰 도전과 귀감으로 다가왔습니다.

평생을 두고 연구해 오신 해석학은 함수의 성질을 미분과 적분의 개념으로 풀어내는 학문으로 저는 알고 있습니다. 천품으로 타고나신 정치(精緻)하심은 해석학이라는 학문의 대기 속에서 상승 기류를 타고 더욱 높이 비상한 것 같습니다.

퇴임하시는 어른들께 드릴 마땅한 인사 말씀을 찾지 못해 당황해 하던 제가 오늘 선생님께 주저함 없이 '축하합니다'의 한 마디를 아뢸 수 있을 것 같습니다. 이는 학자로서, 교육자로서 이루어 내신 성공적인 성업의 결실 때문입니다.

맹자는 학문을 우물 파는 것에 비유했습니다. 아무리 깊이 우물을 판다 해도 샘에 이르지 않으면 아무 소용이 없다고 했습니다. 선생님께서 지금까지 힘들여 파 놓으신 우물에서는 앞으로도 그치지 않는 생수가 솟아나리라 확신합니다. 학문에 정년과 고희가 있겠습니까? 시작은 있어도 끝이 없는 것, 한평생 동안 습작하는 자세로 모색하고 고뇌하는 것이 학문이라고 한 어느 외국 은사의 말씀이 생각납니다. 선생님의 혜안과 특유의 분석력과 통찰력은 후진들의 영원한 동경의 대상이 될 것입니다.

선생님이 가지신 '일산(一山)'이라는 아호가 고매하신 품격을 대변해 주고 있는 듯합니다. 산이라면 하나로 족할 뿐이요, 그건 높고 크고 넓고 깊은 것입니다. 그 속에는 온갖 수목과 금수가 서식하는 푸른 삶이 있습니다. 그러나 선생님은 한 번도 태산 준령의 웅건함을 자랑하지 않으셨습니다. '일산(一山)'은 '일월(一月)'을 벗하여 조화의 운치를 더하게 되고, '일송(一松)'을 거느려 더욱 고고해지기 마련입니다.

일찍이 교육에 뜻을 두시고 중등 교육의 현장을 거쳐 대학의 강단에 서셨으며, 앞으로도 내일을 향한 줄기찬 가르침의 항진을 계속하실 것입니다. 이 땅 위에 경서를 가르치는 스승을 만나기는 쉬워도 사람을 이끌어 가는 스승을 만나기는 어렵다는 말이 있습니다. 퇴임하신 후에도 후진들을 위해 사랑과 진실을 담은 값진 질그릇이 되어 주십시오. 이 세상에 존재하는 것들 중 진실한 것이면 모두 선하고, 선한 것이면 모두 아름답다고 저는 믿고 있습니다. '진·선·미' 삼자는 하나의 공통적인 개념이요 따로 분리될 수 없는 함수 관계를 가지고 있습니다. 이런 점에서 선생님은 삶의 진실을 통해 지상의 미학을 창출하신 분으로 생각됩니다. 선생님의 호한한 시선과 손길은 학내의 어느 곳에서든 우람한 나무처럼 서 계시는 모습으로 찾아볼 수 있습니다. 여러 연구소와 부속 기관의 수장으로, 때론 연구 위원으로 해박한 지식과 심오한 경륜을 구석구석 알뜰히 쏟으셨습니다.

오늘 선생님의 학덕을 기리며 아쉬운 정으로 문하생들과 동학의 선후배들이 정성껏 엮은 논문집은 선생님의 학문적 집념과 탐구에서 비롯된 더 풍요한 결실입니다. 이는 필시 선생님의 고결하신 인품과 학덕의 훈향을 체취로 느낄 수 있는 고귀한 결정체로 영원히 남을 것입니다.

선생님, 노익장의 건승을 빕니다. 후학들의 존경과 자녀들의 효도를 받으시면서 구학(龜鶴)의 하령(遐齡)을 향유하옵소서. 선생님의 장목 비이(長目飛耳)가 우리의 교정과 우리 사회의 앞날에 더욱 밝은 등불로 비치기를 기원합니다.

≪1999년 8월 28일≫

ʻ택민(澤民)ʼ과 ʻ묵헌(默軒)ʼ
김광순 교수 정년기념 논문집

ʻ택민(澤民)ʼ은 김광순 교수의 아호이다. 우리나라 한문학계의 거봉이셨던 고 李家源 선생님께서 이 존호를 내리셨단다. 김 교수는 이것이 마냥 영예롭고 소중하여 나에게 몇 차례나 자랑했다.

그러던 어느 날, 김 교수는 ʻ묵헌(默軒)ʼ이라는 두 글자를 내게 건네주었다. 내 품성에 맞추어 며칠을 고심한 끝에 얻은 나의 호라고 했다. 나를 "말없는 집, 조용한 헌함(軒檻)"으로 표상화한 것이다. 언어학을 전공하고 있는데다 한평생 다변으로 살아온 나에게 말이 없다는 것은 어쩌면 부정합(不整合)이요, 반어일 것도 같다. 그러나 강의실에서 곧잘 ʻ침묵의 힘ʼ을 강변하는 나 자신이고 보면 더없이 적절한 호칭이기도 하다. 내 이름자가 너무 밝고 가벼워서 조금은 어둡고 육중한 것을 찾았다는 고뇌도 곁들였다. 어떻든 말을 줄이고 생각을 늘리라는 선생의 권면으로 받아들이고 싶다. 나도 어느 날 학과 교수 회의에서 김 교수로부터 받은 ʻ默軒ʼ을 자랑한 적이 있다.

퇴임하시는 택민 선생의 행적을 적는다는 것은 내겐 여간 부담스러운 일이 아니다. 동료 교수로서의 심서를 소박하게 기술한다고 하지만, 선생과는 몇 년의 연륜차가 있어 선학의 삶과 학문을 논하는 것이 마땅찮고, 게다가 선생에 대한 맹목적인 찬사는 오히려 본인에게 누가 될까 염려되기 때문이다. 다만 김 교수와는 30년이 넘도록 고락을 같이한 남다른 정의가 있기에 사양타 못해 주제넘은 췌사 몇 마디로 퇴임의 아쉬움을 갈음하게 된 것이다.

택민 선생과는 교양과정부 시절부터 가까이 지냈다. 당시 전공 분야별로 '팀 티칭'을 했던 교양국어 과목에서 김 교수와 나는 늘 한 조가 되어 각각 고전 문학과 국어학을 가르쳤다. 그 당시 김 교수는 30대를 넘어서지 않은 청년이었다. 에너지가 넘쳐 강의 시간은 언제나 열강으로 강의실을 울렸다. 복도를 지나치노라면 그의 우렁찬 음성이 교실 밖으로 힘 있게 흘러나오곤 했다. 의젓한 기품에 권위가 배어 전임 강사 시절부터 노교수 같은 풍모를 지니고 있었다. 그러던 김 교수가 벌써 정년퇴임을 맞게 되었다니 참으로 '無情歲月若流波'란 글귀가 새삼스러워진다. 생각하면 바람같이 지나간 격동의 계절과 변화의 날들이 주마등처럼 뇌리를 스친다.

한국 고소설, 한문 소설을 섭렵하고 궁구해 온 김 교수는 불타는 연구 열정으로 태산 같은 연구 실적을 산출했다. 그의 방대한 야심작 『韓國古小說全集』 70권(경인문화사, 박이정출판사)의 출간은 이를 잘 대변해 주고 있다. 끈끈한 집착과 타고난 뚝심이 학자적 자태와 어울려 상승 기류를 형성해 낸 것이다. 학문에 대한 애정과 욕심 없이 어찌 옛 선비들의 '刮目相對'가 존립했으랴?

김 교수는 '溫故知新'만을 고집하는 학자가 아니다. 새 시대에 전개된 세계를 관조하면서 늘 새로운 것을 추구했다. 그러한 의지가 그의 산문집 『하늘로 흐르는 강』에 잘 그려져 있다. '忙中閑'이란 말이 제 격일까? 쌓인 연구 과제로 여념이 없는 중에도 일본, 중국, 미국, 유럽 등지를 소리 없이 다니면서 식견을 넓히는 여유를 보였다.

언젠가 서랍을 정리하다 보니 김 교수로부터 받은 두 통의 서찰이 눈에 들어왔다. 1990년 김 교수가 초빙 교수로 대만에 가 있을 때 보내온 것이었다. 거기에는 이미 50대에 들어선 김 교수의 좀처럼 적응되지 않는 외국 생활과 나를 향한 격려의 염(念)이 담겨 있었다. 문안의 태(態)를 넘어선 이 서장은 그 옛날 내가 장출혈을 겪으며 힘든 일본 유학의 날을 보냈던 회억들을 반추시켜 주었다.

학자로서, 교육자로서 성공적인 여정을 달려온 김 교수는 참으로 다복한 분이시다.

오늘, 우리나라 고소설계의 명망 높은 학자들이 집필한 논문들로 이 압권을 엮어 김 교수께 봉정하게 된 것은 그 동안 선생님이 축적해 온 높은 학덕의 결실이라 믿어진다. 경륜의 학문인 한국 고소설론은 그의 노익장 속에서 더욱 찬란한 꽃을 피울 것이다. 부디 건강하시고 구학(龜鶴)의 수(壽)를 누리시기를 축원 드린다.

≪2004년 8월 20일≫

* 김 교수가 내려준 아호 외에 아내가 지어 준 '頌硯'이라는 호가 있다. 이는 한 평생 곁에서 나를 지켜본 사람이 나의 현신의 이미지로 고심 끝에 얻은 것이다. 찬송과 학문을 합성한 의미를 담았다는 것이다. '頌'은 하나님을 찬송하는 신앙의 모습이며, '硯'은 벼루로 상징되는 나의 학문을 지칭하는 것이다. 내 평생의 삶을 양분한다면 크게 찬양을 중심으로 한 신앙의 삶과 교육과 연구에 골몰했던 학문의 삶으로 나뉜다.

찬송하면서 연구하고, 연구하면서 찬송하는 생애였었음을 부인할 수 없다. 초등학교 6학년 때 찬양에 입문한 나는 무려 50년 동안 한결같이 성가합창으로 점철된 삶을 영위했다. 30년이란 세월을 교회 찬양대에서 지휘했고, 대학 등 각종 합창단의 지휘자로, 지도교수로 수많은 하모니의 찬양을 입으로 가슴으로 하나님께 올려드렸다. 적지 않은 자작 찬양곡을 작곡했고, 찬송가를 편곡하여 찬양대에 올렸다.

36년간의 대학 교수로서의 삶—, 연구하고 발표하고 저술하고 가르치고 토론해 온 나는 그 긴 세월을 짧게 학문에 투신했다. 때론 학위 취득을 위한 유학 생활도, 때론 그들을 가르치기 위해 많은 시간을 일본에서 보내기도 했다.

과학적 사고와 방법
이정도 교수 정년기념 문집

이정도 교수의 정년퇴임을 축하드린다. 지금까지 자세 하나 흐트러지지 않은 건강한 모습으로 퇴임의 길을 걸어가는 용태가 무엇보다 자랑스럽고 부럽다. 이 교수와 필자는 같은 때에 우리 대학 교수로 임용된 동기생으로, 나보다는 연상이지만 특별한 연분으로 동료 관계를 맺어오고 있다. 당시 함께 들어온 10여 명의 교수들은 모두 고매한 학문과 훌륭한 인품을 소유하고 있는 30대의 엘리트 학자들이었다. 우리들 사이에는 남다른 친화감이 있어 곧잘 교감과 사귐의 자리를 마련하곤 했다.

필자도 이제 멀지않은 날에 이 교수를 뒤따라 이 대학을 떠나야 하는 몸이다. 잠시 눈을 감고 이 교수의 족적을 더듬어 보면 그의 지워지지 않는 회억과 상념이 뇌리에 남아 있다.

그는 사소한 대화 중에서도 유익한 말귀 하나를 그냥 지나치지 않고 메모하는 치밀하고 알뜰한 분이다. 그만큼 자기 확충과 관리에 충실했다는 얘기다. 그의 말을 들어보노라면 그는 사람에게 퍽 성실하며 예절을 소중히 생각하는 분이다. 은사의 장례 시에는 통절한 슬픔으로 제자로서의 도리를 끝까지 다 했고, 옛날 동학했던 일본인의 별세 소식을 듣고는 도일하여 간절한 애도의 염으로 조문함으로써 그 땅의 유족들에게 한국인의 깊은 예도와 범절에 머리를 숙이게 했다. 그는 가톨릭 신자로 교회에서의 여러 가지 봉사 활동에 대해 나에게 많은 얘기를 들려주었다.

요즈음도 교수 식당에서 한번씩 만나면, 어김 없는 정장 차림에 군살이 붙지 않은 정갈한 자태로 다가와 철저한 자기 관리를 은연 중 드러내 보이곤 한다.

부디 구학(龜鶴)의 수를 누리며, 가꾸어 온 혜안과 축적된 경륜을 후진들에게 쏟는 데 여생을 투여하기를 기원한다.

● ● ●

필자는 한평생 언어학(국어학)을 붙들고 살아온 인문과학도이다. 이 글은 지난 4월 필자가 속해 있는 한국문학언어학회의 세미나에서 특강한 논지의 일부를 뽑아 재론함으로써 이 교수 퇴임 문집의 구석진 한 곳을 메우려는 것이다.

흔히 인문과학은 자연과학과는 동떨어진 별개의 존재로 생각하기 쉽다. 그러나 인문과학은 자연과학과 더불어 경험과학의 한 갈래이며, 이는 관찰이나 실험 등 인간의 실제 생활에서 경험하는 대상을 연구하는 점에서 동일하다.

때때로 필자는 강단에서 학생들에게 '인격'을 정의하여 그건 '균형'이라고 강조하고 있다. 사람을 구성하는 내적 요소로는 이성과 감성의 양면이 있는데, 이것이 한 곳으로 치우침 없이 균형과 조화를 이룰 때 이러한 사람은 인격의 경지에 서 있다고 할 수 있다. 찔러도 피 한 방울 나올 것 같지 않은 냉혈적인 사람이나 항상 감정에 노예가 되어 현실 세계와는 유리된 삶을 영위하는 사람을 인격자라고 하기는 어렵다. 양자가 조화되어 원만한 인격체를 이룰 때, 그는 건강한 정신과 몸을 가진 온전한 사람이라고 할 수 있다. 과불급(過不及)을 지양하는 중용의 도라고나 할까?

이처럼 인격이 지(知)와 정(情)의 조화에 의해 형성되듯이 우리의 삶 전체는 조화와 평형에 의해 이루어진다. 지극히 편향적인 사고나 이기적인 행동이 위험한 것은 이 때문이다. 자연계 동식물들의 생태가 자연에 적응하면서 균형과 조화를 이루며 살아가는 것과도 다를 바 없다.

필자가 이 얘기를 늘어놓는 것은 학문에 있어서도 인격처럼 균형과 조화가 필요하다는 것을 강조하기 위해서이다. 결론부터 말하자면 인문과학 속에 자연과학적인 사고와 방법이 도입되어 조화를 이룰 때 더욱 내실 있는 학문이 된다는 것이다.

언어학이란 언어를 과학적으로 분석하고 탐구하는 학문이다. 20세기에 들어서서 'linguistics'(언어학)라는 용어 자체가 "science of language"를 뜻하는 것은 이를 뒷받침하고 있다. 언어학이 과학이 되기 위해서는 그것을 설명하는 데 논리성이 있어야 하고 과학적인 타당성이 입증되어야 한다.

'과학'(science)이란 말은 라틴어 'scientia'에서 왔는데, 이는 'sciere'(알다)라는 동사로부터 유래한 것이다. 따라서 과학은 '지식'과는 필연적인 상관성을 가진다. 결국 과학은 "일정한 인지 목적으로 합리적인 연구 결과에서 얻어진 지식 사이의 학문적 체계"라고 정의된다(손연규 외(2004:5) 『기초 과학의 이해』, ((주)북스힐).

과학적인 지식이 갖추어야 할 요건으로는 논리적, 개괄적이어야 하고 합리적이어야 한다. 여기에다 체계적, 통일적이어야 하는 조건이 부가된다. 즉 과학은 논리성, 개괄성, 합리성, 체계성, 통일성이 생명이다.

논리성이란 사고의 형식이나 법칙이 사리에 맞고 타당성이 있는 것으로, 과학에서는 어떤 사항이 사람의 단순한 직관이나 경험에 의존하는 것이 아니라 그것이 타당성, 객관성 있게 개념화되고 판단된 것을 말한다.

개괄성이란 어떤 개념을 외연적으로 확대시켜 그 속에 많은 사항을 포함하도록 형성해 가는 것을 일컫는다. 과학에서는 특별한 사항만이 아니라 동류의 사항을 총괄하는 외연을 가짐으로 모든 사항에 통용되는 점을 분명하게 규정하고 정리하는 것을 가리킨다.

방법성은 어떤 객관적 진리에 도달하기 위해 그 목적에 따른 방식이나 수단을 가지는 장치를 말하는데, 과학 연구는 어떤 일정한 방법에 의해 연구되고 연구된 결과는 일정한 순서에 따라 정연하게 정리되어야 한다는 것이다.

합리성이란 논리적인 필연성에 의해 어떤 사항이 도리와 이치에 맞아 적절성을 획득하게 되는 것이다. 자연과학에서는 어떤 결론이 이유와 근거에 입각한 연역적 논증과 귀납적 추리로써 이루어진 결과임을 말하며, 상상이나 우연적인 것을 배제하고 이치에 타당성이 있어야 한다.

체계성은 어떤 개체의 부분이 일정한 원리에 따라 조직적으로 짜여져 전체적인 통일성을 이루는 것을 말하며, 이로써 보면 과학은 하나의 체계화하는 과정이라고 할 수 있다.

마지막으로 통일성이란 어떤 사상이나 조직 체계 등을 하나의 유기적인 통일체가 되게 하는 것으로, 과학에서 추구하는 통일성은 앞서 제시한 개괄성과 방법성와 체계성의 통합적 산물이라 할 수 있다.

이상 과학적인 지식이 갖추어야 할 요건들은 비단 자연과학에만 국한하여 요구되는 것이 아니라 모든 학문이 가져야 할 필요 조건이라 생각된다. 이는 언어의 연구에서도 절실히 요구되는 명제이다. 언어는 사변과 논리를 근본으로 하고 있기 때문에 그것을 분석하고 설명하는 사실이 직관에만 의존하는 것이 아닌 객관성과 합리성이 담보되어야 한다.

언어학에 있어서 개괄성은 어떤 언어 사실이나 현상, 원리와 규칙이 어느 특수한 부면에만 작용하는 것이 아니라 다른 언어 부면에도 넓게 적용되고, 나아가 범언어적으로 보편성을 띠는 것으로 총괄되어야 한다. 방법성은 어느 학문에 있어서나 목적을 위한 방법의 기제가 필수적으로 요구되는데, 언어의 본질을 찾고 이를 해명하고 규칙화하기 위해서는 여러 가지의 연구 방법론이 도입되어야 한다. 일반언어학적 방법과 특수언어학적 방법이 동원되는가 하면, 공시적 연구와 통시적 연구가 필요하다. 추론과 논증을 위해서는 연역과 귀납의 방법이 도입된다. 이 밖에도 유형론적 방법, 대조론적 방법, 계통론적 방법 등이 유효하며, 향후 언어 연구의 발전은 이와 같은 방법론의 개발과 맞물려 있다고 할 것이다. 언어 연구에서 논증과 설명이 합리적이어야 하는 것은 그것이 인과성이 있고 정확하며 명시적이라는 것으로도 설명된다. 논리의 비약과 과장이나 오류가 허용되어서는 안 된다. 언어의 체계성은 언어 자체의 속성이라 할 수 있다. 언어를 분석하면 가장 작은 단위인 음소로부터 출발하여 이것이 모여 음절, 형태소, 단어, 구, 절과 같은 큰 단위를 만들고, 최종적으로 문장이나 담화를 이루어 내는 것이다. 그것은 모두 일정한 체계에 의해 구성된 것이

다. 음소 체계와 단어 체계, 문법 체계, 어휘 체계, 의미 체계 등이 그것
이다. 언어의 연구는 어쩌면 말을 형성하고 있는 여러 가지 체계를 분석
하여 해석하고, 때로는 규칙화하는 것이라 할 수 있다. 언어 연구에서 통
일성이란 위의 여러 가지 과학적 조건이 충족될 때 나타나는 결과적 현상
을 두고 말한다.

언어 연구에서 위의 일곱 가지 요건은 이와 상관되는 또 다른 조건을
파생하기도 한다. 언어 연구가 과학적인 기초 위에 정립하기 위해서는 정
확성, 명시성, 간결성, 객관성, 보편성 등이 요구되며, 이는 위의 요건으로
부터 직접적으로 파생되는 것이다.

자연과학의 탐구 절차는 문제의 발견에서 출발하여 그에 관한 정보를
수집하고 가설을 설정하여 이를 검증함으로써 설명과 이론에 도달하는 과
정을 밟는다. 이를 위한 구체적인 과정은 세 가지의 단계를 거치는데, 관
찰과 실험, 측정의 단계와 분류하고 기술하는 단계, 설명하는 과정의 단
계이다.

제1단계에 속하는 '관찰'은 일정한 사실이나 현상적인 성질, 상태의
변화 등을 일정한 목적 아래 지각하고 인식하기 위해 대상을 주의 깊게
경험하는 것이다. '실험'은 관찰자의 감각이나 주관을 배제하고 객관화하
기 위한 수단으로, 인위적으로 환경 조건을 바꾸어 현상의 변화를 관찰하
고 재현하는 작위를 말한다. 실험에는 대상물의 성질을 밝히는 정성적인
것과 수량적인 관계를 밝히는 정량적인 것이 있다. 측정은 임의적인 어떤
표준 단위를 정해 놓고 다른 것들의 단위량을 비율로 표시하거나 수량으

로 나타내는 것을 가리킨다. 자연과학의 측정 대상으로는 길이, 무게, 속도, 면적, 체적 등이 있다.

제2단계에서 행해지는 '분류'는 여러 가지 개념 가운데 공통 요소인 하나의 개념으로 총괄하여 다른 것의 개념과 구별 짓는 것을 말하고, '기술'은 분류된 개념의 공통적인 특성을 표시하는 것을 가리킨다.

마지막 단계인 '설명'은 사실 사이에 존재하는 관계 법칙, 또는 원리를 추출함으로써 특수한 사실이 성립하는 원인과 근거를 명확히 하고, 그 개개의 특수성을 전체와 관련지어 이해하는 것이다(손연규 외 2004:15).

이러한 자연과학적인 방법과 절차를 언어 연구에 도입하여 생각해 볼 필요가 있다. 우선 언어 연구도 관찰에서 출발한다. 이러한 관찰은 시각과 시점이 중요하다. 어떤 언어 사실을 어떠한 각도에서 어떻게 보느냐 하는 것이다. 언어 연구에서도 실험은 분야에 따라 실제적으로 이루어진다. 실험음성학에서는 정성적 실험과 정량적 실험이 기계 분석으로 이루어지고, 수리언어학, 계량언어학, 전산언어학 등에서도 통계적 방법에 의해 실험이 따른다. 한편 컴퓨터를 이용한 말뭉치 조사라든가 어휘 사용 빈도수 조사는 일종의 측정 방식에 의한 것이다. 이러한 측정 결과는 기초 어휘를 책정하거나 언어 현상의 분포와 지향성을 설명하는 데 직접적인 자료가 된다. 측정은 정확하고 정밀하여야 하며, 오차가 없어야 자료로서의 신뢰성을 얻을 수 있다.

자료의 분류와 분석은 언어 연구에서도 매우 중요한 과정이 된다. 동류적인 것끼리 유별하는 것은 동류가 공통적으로 가지는 기능과 속성을 파악하는 동시에 이류의 일탈성을 설명하는 데 유효하다. 이는 논증과 유추의 지름길이 되며 인과 관계를 설명하는 요체가 되기도 한다. 하위 범주의 분석도 언어의 본질을 이해하는 데 빼놓을 수 없는 과정이 된다. 예컨대, '사람'을 논하는 데에는 그 하위에 있는 '남자'와 '여자'를 논하지 않을 수 없는 것과 통한다.

마지막 단계인 설명은 언어 연구에서 논구의 방향이 연역적이라면 세운 일반적 가설을 검증한 결과로써 그 가설이 성립하는 것으로 설명해야 하고, 귀납적이라면 언어 현상을 자료를 통하여 보편적 원리를 추론하여 설명해야 한다.

결과적으로 언어 연구를 과학적으로 인식하는 것은 언어를 체계적인 가시물로 인정하고, 그것을 과학적으로 사고하고 과학적인 방법으로 분석하여 이해하는 것이다. 앞에서 논한 대로 언어 연구의 내실을 다지기 위해서는 자연과학이 지향하는 사고와 방법과 같은 맥락에서 추구되어야 한다. 즉 언어를 연구하는 사람은 자연과학적 발상과 사고를 가지고 그 방법을 모색해야 한다는 것이다. 이는 인문과학이 자연과학과 어울려 하나의 온전한 경험과학을 형성해 내기 때문이다. 역으로, 자연과학에서도 인문과학적인 사고와 방법이 요구됨으로써 상호 보완의 의미를 가진다. 인문과학에서는 현상 너머에 있는 실존을 살필 수 있는 눈이 있다는 사실이 무엇보다 중요하다.

≪2007년 10월≫

두 개의 눈
이덕동 교수 정년기념 문집

 이덕동 교수님의 정년퇴임을 축하드린다. 교육계에서 37년이 넘도록 봉직해 오신 그 노고와 절차 탁마의 연구 보람을 드높여 찬사 드리고 싶다. 때론 공대 학장으로, 산업대학원 원장으로, 때론 전자기술연구소 소장으로 두루 땀을 흘리셨다. 200여 편이나 되는 많은 논문은 이 교수님의 궁구와 고뇌의 결정체이다.

 대학의 한 울타리에서 수십 년간 동고 동락했지만 이 교수님과는 남다른 교분을 특별히 가지지 못해 못내 아쉽다. 인문과학에 몸을 담고 있는 필자로서는 자연과학, 그것도 응용과학은 어딘가 멀게만 느껴지지만, 고교 시절 공과대학에 뜻을 두었던 나에게는 남다른 애정을 담은 낯설지 않은 영역이기도 하다. 그래서 때때로 흰 가운을 입고 비커, 플라스크를 매만지고 있는 실험실의 교수님들을 바라보노라면, 문득 내 자신이 그 자리에 서 있는 듯한 착각이 들 때가 간혹 있다. 그러나 한평생 언어과학을 전공하고 있는 필자는 언어학이 자연과학과 일맥 상통하는 동질성을 가지고 있다는 사실을 깨닫고는 새삼스럽게 놀란다.

 하나의 매듭이 새로운 일의 단초가 될 수 있다는 것은 평범한 진리이다. 정년이지만 이 교수님이 지금까지 이룩해 온 학문이 뒤따르는 문하생들에게 남김없이 유여되기를 바라며, 향후 노익장으로 더욱 건강하게 정진하여 큰 열매를 거두시기를 기원한다.

●　　　●　　　●

사람이나 동물의 눈이 두 개인 것은 정면에 보이는 피사체의 거리를 측정하기 위해서이다. 두 눈과 피사체가 형성하는 안각에 따라 뇌의 시각 신경이 거리를 인식하는 것이다. 만약 눈이 하나밖에 없다면 사물의 정확한 거리를 가늠하기가 어려울 것이다. 우리가 눈병이 나서 한쪽 눈을 가렸을 때 계단을 오르내려가기가 힘든 것은 이 때문이다.

학문을 궁구하는 연구자들은 두 개의 눈을 가져야 한다. 연구 대상의 관찰에는 양면적인 시각이 필요하다는 말이다.

우선 본질을 보는 눈과 현상을 보는 두 개의 눈을 가져야 한다. 현상만을 관찰하여서는 본질을 파악하기 어렵고, 본질만을 바라보아서는 현상을 예측하기 어렵다. 이는 본질과 현상은 별개의 것이 아니라 서로 유기성을 가진 동일체인 것임을 말해 준다.

내용과 형식에서도 마찬가지다. 철학적 견지에서 설명하자면, 내용은 형식에 의하여 전체에 결합 통일되는 사물의 속내를 가리키고, 형식은 겉으로 표출되는 외형을 가리킨다. 따라서 내용과 형식은 표리 관계에 있다. 흔히 형식은 내용을 담는 그릇이요, 내용은 형식에 담겨있는 실체라고 말한다. 그러나 이들도 별개의 것이 아니라 상호 유기적 관계를 가지는 것으로 이해해야 한다. 아무리 좋은 내용도 그것을 담고 있는 형식이 부실하면 그 가치는 반감한다. 이는 음식과 그릇에 비유되는데, 좋은 음식은 그것과 어울리는 좋은 그릇에 담겨야만 제 맛을 발휘한다는 것이다. 된장은 뚝배기 맛이라고 하지 않던가. 된장이 유리컵에 담겼다거나 커피가 놋대접에 담겼다고 상상해 보라. 그 맛이 어떨까?

석·박사 학위 논문을 지도하거나 심사할 때는 반드시 그 논문의 내용과 형식의 양면을 살핀다. 논문이 아무리 훌륭한 논지를 가졌다 하더라도 그것이 체계적이고 조직적인 형식을 갖추어 기술되지 않으면 논문으로서의 가치가 인정될 수 없는 것이다. 그와는 반대로 아무리 반듯한 체제로 구성된 논문이라도 그 내용이 허술하면 논문으로서의 가치는 없는 것이다.

'안'과 '밖'은 별개의 것이 아니다. 양자는 서로의 존재를 전제하는 유기성을 띤다. 안은 밖이 있음으로 존립하고, 밖은 안이 있기 때문에 존재하는 것이다. 안이 없는 밖과 밖이 없는 안은 있을 수 없다. 따라서 밖을 볼 때는 안을 생각해야 하고 안을 살필 때는 밖을 관찰해야 한다는 논리이다. 학문에 있어서 시각이 안에만 고착된 연구는 편집론(偏執論)에 빠질 우려가 있고, 밖만을 바라보는 연구는 표피론(表皮論)에 그치기 쉽다.

외면과 내면은 사람에게는 외모와 인품으로 나타난다. 아무리 예쁜 얼굴과 튼튼한 체모를 가졌다 하더라도 내면적으로 가진 성격과 인격이 바르지 못하면 결코 훌륭한 사람이라 할 수 없다. 그와는 반대로 좋은 심성을 가진 자라고 해도 왜곡된 자태와 불결한 외모를 가졌다면 그것도 바람직하다고 할 수는 없다. 사람이 단정한 옷차림과 자세에 신경을 쓰는 것은 이 때문이다.

사람의 내면을 구성하고 있는 요소에는 여러 가지가 있겠지만, 이성과 감성이라는 두 개의 축을 내세우는 것이 일반적이다. 필자는 강의실에서 곧잘 "인격이란 균형"이란 말을 강조한다. 이성과 감성이 적절하게 조화된 사람을 두고 인격자라고 한다는 말이다. 이성 편중주의자로 찔러도 피한 방울 나올 것 같지 않은 냉랭한 사람이나 지나친 감성 신봉자로 항상 현실과는 유리된 삶을 영위하는 사람을 인격자라고는 할 수 없다. 이를 서양에서는 그리스 신화에 나오는 아폴로(Apollo)신과 디오니소스(Dionysos)신에 빗대어 설명하기도 한다. 아폴로적인 것은 이성적, 이지적, 개체적, 조형적, 정적(靜的)인 상태를 가리키고, 디오니소스적인 것은 정의적, 격정적, 도취적, 음악적, 동적인 상태를 말한다. 양자가 잘 조화된다면 더 이상 바랄 것 없는 경지를 연출해 낼 것이다. 이는 굳이 『中庸』에서 말하는 "過不及"의 교훈을 추구하지 않는다 하더라도 상식으로 체득해야 할 덕목이다.

옛날 우리 조상들은 이성적인 면에 비해 감성적인 면이 상대적으로 비대했던 것 같다. 감성이 발달된 국민들의 특징은 예술성과 종교성이 뛰어난다고들 한다. 중국의 고사서에는 조선민족의 상을 세 가지로 기술했다. 첫째, 흰옷을 좋아하는 백의 민족이라는 것이고, 둘째 춤과 노래를 즐긴다는 것이며, 셋째 장례식이 거창하다는 점을 들었다. 이를 필자 나름대로 해석한다면 소박성과 예술성, 그리고 종교성으로 압축하고 싶다. 서양인에 비해 동양인은 이성과 감성이 표출되는 순서에서 차이가 있다고 생각된다. 서양인들은 이성이 감성에 선행하는 것으로 교육 받고 훈련된 것 같다. 그래서 어떤 어려운 일을 당해도 먼저 이성적으로 차분히 대처하고 그런 연후에 감성이 뒤따르게 되는 것이 통례이다. 그러나 동양인들은 감성이 앞서기 때문에 그 뒤에 따라와야 할 이성이 사라지고 마는 경향이 있다. 슬프면 그냥 울기에 급급하고, 분하고 억울하면 이를 갈고 치를 떨기에 바쁘며, 원통하면 땅을 치기부터 한다. 그러므로 그 뒤에 따라와야 할 이성의 냉철한 대처가 자취를 감추고 마는 것이다.

사물을 보는 눈에서도 가로만 보아서는 안 되고 세로도 보아야 한다. 이로써 선조적(linear)인 것에서 계층적(hierachical)인 층위를 보게 되며, 나아가서 입체적 공간까지도 볼 수 있는 눈이 형성되는 것이다. 언어에서 단어는 다른 단어와 어울릴 때 가로 관계와 세로 관계를 맺음으로 통사적인 관계 구성을 형성한다. 계열적 관계(paradigmatic relation)는 세로 관계이고, 결합적 관계(syntagmatic relation)는 가로 관계이다. 양자를 함께 볼 때 단어의 통사론적 지위가 명시되는 것이다.

흔히 언어 연구에서 통시적인(diachronic) 것과 공시적인(synchronic) 것을 별개의 것으로 생각하기 쉽다. 그러나 통시적인 축은 공시적인 언어 사실을 토대로 형성되는 것임을 유념해야 한다. 또한 공시적인 언어 현상은 통시적인 맥락의 소산임을 알아야 할 것이다. 통시적인 동태(動態)는 공시적인 정태(靜態)의 연속선상에서 이루어지며, 동태의 어느 시점을 잘라내면 그 시대 언어 현실의 정태를 현시하는 것이다. 따라서 공시론은 통시론을 위한 한 정태적 언어 현상이며, 통시론은 공시론의 결합에서 이뤄지는 한 산물이다. 양자는 교호 작용을 하면서 상관적인 대립으로 공존한다.

일반성과 특수성에 있어서도 마찬가지다. 양자는 외연과 내포에서 차이를 보이는 범주론에 속한 사항이지만, 일반성 속에서 특수성을 추출하고 특수성에서 일반성을 추론하는 상호 대립적 원리가 존립함을 발견해야 한다. 대조언어학에서 추구하는 원리가 바로 그러하다. 대조언어학은 두 개, 또는 그 이상의 언어를 어떤 관점에서 비교하여 그 일반성과 특수성을 찾아내는 응용적 언어 연구이다. 대조는 비교와는 달리 이질성을 전제로 하여 서로 다른 면을 찾아내는 것이지만, 그 근저에는 동질적 보편성이 내재하는 사실을 고려하지 않으면 안 된다.

외연과 내포는 면적과 질량을 논하는 것으로 상반성을 띤다. 외연은 어떤 개념이 적용될 수 있는 대상의 전체 범위를 말하고, 내포는 개념을 구성하는 공통 성질의 총체를 말하는데, 양자 사이에는 역비례 관계가 성립된다. 논리학에서 내포의 양을 줄이고 외연을 증가시키는 것을 일반화라고 하고, 외연을 줄이고 내포를 증가시키는 것을 특수화라고 하며, 이들이 가진 역학 관계는 상호 의존적인 것이다. 외연이 없으면 내포를 상상할 수 없고, 내포가 없으면 외연 또한 사라지게 된다. 외연의 범위를 생각할 때는 내포의 양을 고려할 수밖에 없고, 내포의 양을 생각할 때에는 외연의 범위를 고려할 수밖에 없다. 개념을 설명하고 기술하는 시각은 양자를 함께 보아야만 올바른 양면 구성인 체적과 질량을 측정할 수 있을 것이다.

이는 두 가지 논증 방법인 연역과 귀납에도 적용된다. 연역법은 일반적인 원리를 바탕으로 하여 특수한 것을 도출하는 것이고, 귀납법은 개개의 특수한 사실로부터 일반적인 명제나 법칙을 이끌어 내는 것으로 대비된다. 양자의 경우는 일반성→특수성의 관계와 특수성→일반성의 논리적 관계에 대한 방향의 차이일 뿐, 양자는 서로 긴밀한 상관성을 띠고 있다. 결국 연역적 접근에서도 귀납적 추론을 생각해야 하고, 귀납적 접근에서도 연역적 논증을 예상하여야만 온전한 해석이 되는 것이다.

　이러한 두 가지 시각은 상반되는 모든 개념 사이에 나타나는 개념화에서도 동일한 논리가 적용된다. 예를 들어, 상위 개념인 '생물'의 공하위 개념으로 '동물'과 '식물'이 있겠는데, 이들은 상위 개념에서 공통성을 가지고 하위의 동위 개념에서 대립성을 나타낸다. 따라서 '동물'을 개념화하는 데 있어서는 '식물'이 절대적인 매체 개념이 된다. 다시 말하면 '동물'을 설명한 데는 '식물이 아닌' 것을 설명하지 않으면 안 된다는 것이다. 결국 '동물'을 개념화하는 데는 '동물'과 함께 '식물'을 보는 두 가지의 시각이 작동될 때 온전한 개념 접근이 가능하다는 것이다. 대비의 논리는 ~A로부터 A의 특성을 찾는 것이다. A 자체만을 탐구함으로써 밝혀지지 않는 성격이 ~A를 봄으로써 현현되는 원리이다.

　원형과 파생을 연결하는 것도 마찬가지다. 샘도 원천이 있고, 흘러가는 강물도 연원이 있으며 그 원류가 있는 것이다. 언어 연구에서도 본원적 형태는 그것으로부터 가지를 뻗어 여러 가지 파생형을 형성하게 된다. 파생형을 관찰함으로써 원형을 재구하고, 원형은 어떤 유계성에 의해 파생형을 낳는가 하는 문제이다. 양자는 하나의 흐름의 가닥이라는 점에서 상관적이며, 지류를 보아야 원류를 알고 원류를 알아야 지류의 형태를 추론할 수 있는 것이다. 양자의 유기성은 무엇이 어디로(원형→파생) 가느냐 하는 것과 무엇이 어디로부터 왔느냐(파생→원형) 하는 방향성의 대비에서 드러난다. 이는 단지 고유한 정체성을 찾는다는 의미뿐만 아니라 그로부터 새롭게 생성되어 확장하는 요소를 해석하는 데 유용한 첩경이 될 것이다.

결국 한 면만을 살피는 시각은 물(物)-사(事)의 개념을 파악하는 데 편향성을 띠게 된다. 양자는 공존하면서 서로의 존재를 전제하고 있으며, 또한 유기적으로 묶여 있는 개념임을 알아야 한다. 양자는 결코 별개의 것이 아니다.

필자는 언어를 전공하는 제자들에게 인문과학적인 눈과 자연과학적인 눈을 함께 구비하라고 주문하곤 한다. 이는 인문과학에서도 자연과학적인 사고와 방법의 도입이 필요하다는 것을 강조한 말인데, 역으로 자연과학에서도 마찬가지라고 생각한다. 자연과학도들에게는 인문과학적 사고와 방법을 도입하는 두 가지 시각을 가져야 한다. 현상 너머에 있는 본질을 인문과학적인 사고로써 바라볼 때 그 원형적 실상의 형이상학이 드러날 것이다.

≪2007년 10월 20일≫

배준웅 교수님의 정년퇴임을 축하하며, 그의 건승하심을 하나님께 감사
드린다.

우리 주님께서 그의 길을 예비하셨고, 여기까지 그를 인도하셨다. 그래
서 그를 대할 때마다 살아계신 에벤에셀의 하나님, 여호와 이레의 역사하
심을 두 눈으로 보는 듯하다.

배 교수와의 만남은 필자가 대학원 석사 과정 2년을 시내 고등학교에
서 교편을 잡으면서부터 비롯되었다. 그와의 사귐에서, 평소에 말 수가
적고 온화한 그에게 하나님이 주신 특별한 지혜와 명철이 실재하고 있음
을 체감했다.

그 후 춘풍 추우 삼십 수년 동안 그의 대학 교수 생활과 삶을 들여다
보면 믿음의 여정을 성실하게 걸어가고 있는 청지기의 모습을 발견하곤
한다. 옛날 사도 바울처럼 달려갈 길을 다 달려간 그에게 우리 주님은 시
들지 않는 영광의 면류관을 준비하고 계실 것이다.

오랜 기간 그리스도의 몸 된 북성교회의 장로로, 경북대학교에서 기독

교수회 회장으로, UBF 선교 단체의 지도교수로 섬겨왔고, 대학의 학과 내에 신우회를 조직하여 매주 예배와 학내 봉사 활동에 힘써 왔다. 학원 복음화 협의회로부터 경북대 캠퍼스 선교사로 파송되어 학원 사역에 혼신의 힘을 기울였고, 대구·경북 교수선교회에서는 부회장직을 맡아 충성의 모본을 보였다.

이렇듯, 주의 일에 온 몸을 드려 분골 쇄신하면서도 천직으로 받은 교수로서의 학문 활동에도 전혀 소홀하지 않았다. 화학을 전공하는 그는 관련 학회의 활동과 학문 연구에 진력하여 『분석화학』 등 7권의 저서를 출간했고 112편의 많은 논문을 학회지에 발표하였으며, 구두 발표만 해도 120여 차례나 되는 기염을 토했다.

한편, 학과 총동창회와 대학원 동창회의 회장직을 맡아 동문들의 종적, 횡적 유대감과 결속을 다지는 데도 기여해 왔다.

흔히 이와 같은 축하의 글을 쓸 때에는 으레 찬사와 칭송이 따르기가 일쑤지만, 나의 심회로는 그저 건성으로 해 보는 사설이 아니다. 나의 과장 없는 고백은 삶을 통해 본 그는 나에게 큰 귀감이 되는 흔치 않는 친우라는 것이다.

나도 내년이면 퇴임을 맞는 연륜에 이르지만, 이 글을 쓰면서도 지금의 내 자화상을 그의 영상에 투영시켜 보면 그에 미치지 못하는 부끄러움이 있다. 그의 삶의 내면에서 추종하기 어려운 거리감이 실존한다는 말이다. 삶의 태도가 그렇고 신앙의 모습이 그렇다. 정녕 우리 주변에 입으로는 믿음을 외치지만 삶이 그것을 따라가지 못해 우리를 실망시키는 사람들이

얼마나 많은가? 그 때문에, 나는 묵묵히 신앙과 삶의 본질에 가까이 다가
서 있는 그를 좋아한다.

나는 그를 만나면 버릇처럼 내 자신의 분주함을 얘기한다. 그러나 그는
단 한번도 나에게 분주함을 토로하는 수다를 떨지 않았다. 그저 분망 속
에서도 여유를 갖고 침묵으로 내실을 추구하려고 고뇌하는 것이 그의 삶
의 한 단면이다.
인생은 어쩌면 자기 자신에 대한 축적의 과정으로 점철되는 것이 아닌
가 싶다. 자신의 존재 속에서 무엇을 형성해 내고 바깥 것을 수용하여 쌓
고 다지는 자기 확충의 과정일 것이다. 한평생 떠들썩하게 살았지만 속은
텅 비었고, 그저 허탄한 침전물만이 잔존하는 사람도 이 세상에는 많다.

언젠가 그의 젊은 시절, 한 제자의 결혼식에서 주례하는 모습을 목도한
일이 있다. 그의 권면은 진지했고 숙연했다. 진정과 영혼으로 그들을 축
복하고 있었다. 신랑과 신부의 인생 안내자로서 준비된 주례사에 나는 감
동을 받았다. 요즈음 흔히 웃음판의 이벤트로 치러지는 혼례식과는 격과
위상이 달랐다.

배 교수는 그렇게 살아왔으며, 여생을 또 그렇게 살아갈 것이다. 기도
로 자녀들을 양육해 온 그는 자녀 모두가 소망했던 훌륭한 삶의 자리에
이르는 복도 받았다.
인생은 60부터라고 하는 고식적인 말보다 삶의 뜸이 든 여생을 더 값

지고 보람진 나날을 꾸려갈 것이다. 지금까지 쌓아온 학문과 믿음의 경륜으로 더 맑고 밝고 찬란한 내일을 향해 힘찬 걸음을 옮겨 놓을 것이다. 그에게는 앞으로도 할 일이 너무나 많이 남아있다. 가정과 교회와 대학을 위한 간절한 기도와 정성이 더해질 것이다. 그리고 절제의 은사를 지닌 그로서는 자신의 건강도 잘 관리할 것이다.

잠언서에 백발은 영화의 면류관이라고 했다. 괴테는 80세에 명작 『파우스트』를 썼고, 갈릴레이는 73세에 지동설을 주장했다. 피카소는 90세에도 왕성한 창작 작품 활동을 했으며, 조지 뮬러는 90세가 넘도록 1,500명의 고아들을 돌보는 데 심혈을 기울였다.

인생이 영원한 하늘 본향을 향해 가는 나그네일진댄, 그도 그의 나라와 그 의를 간구하면서 착실한 순례자의 길을 앞만 향해 걸어갈 것이다.

가을 갈대의 몸짓에서 자유함을 구가하고, 떠오르는 태양에 소년 같은 희망을 껴안는 모습이 되시라. 손자 손녀들에게 크고 깊은 가슴을 길러주고 그들의 효도를 감격으로 향유하시라. 완벽한 사람이 아닌 진실한 친구를 사귀어 끝 날까지 깊은 우정을 지키시라.

부디 강건하고 하나님이 주신 수를 누리며, 믿음으로 승리하는 여생이 되기를 기원 드린다.

≪2008년 2월 10일≫

어느 주례사

오늘 3월 초하루, 봄이 오고 있는 아름다운 길목에 서서, 이제 신랑 김××군과 신부 백×× 양이 백년 가약을 맺고 막 새 가정이 탄생하려는 이 성스럽고도 엄숙한 식전에 주례의 말씀을 드리게 된 것을 매우 기쁘게 생각하며, 두 사람의 혼인을 진심으로 축하합니다.

옛날 서양의 『탈무드』라는 책에 다음과 같은 얘기가 나옵니다. 사람이 배를 타고 바다로 나갈 때에는 반드시 한번쯤은 기도하고 가야 한다. 그리고 장성한 청년이 전쟁터에 싸우러 갈 때에는 두 번 기도를 해야 한다. 그런데 사람이 결혼할 때에는 세 번 이상 기도하지 않으면 안 된다는 말입니다. 이는 우리 인생사에서 결혼만큼이나 중차대하고 어려운 일이 없다는 것을 대변해 주는 이야기입니다.

오늘 이 자리의 주인공인 신랑 김 군은 수원 김씨 문중의 맏아들로 태어났습니다. 보시다시피 체격이 건장하고 풍모가 준수한 청년입니다. 일찍이 서울에서 최고 학부를 졸업하고 지금 잡지사의 기자로 열심히 일하고 있는, 그야말로 장래가 촉망되는 젊은이입니다.

신부 백 양은 수원 백씨의 문중에서 장녀로 태어났습니다. 어릴 적부터 부모님의 알뜰하신 사랑과 엄격한 가훈으로 자랐습니다. 저와는 대학에서 만나 저에게서 배운 제자입니다. 경북대학교 일어일문학과를 우수한 성적

으로 졸업하고, 역시 서울의 잡지사에서 근무하고 있는 재덕과 미모를 겸
비한 요조 숙녀입니다.

이 땅에 많고 많은 청춘 남녀들 중에서, 유독 이 두 사람이 만나서 부부
가 되고 한 가정을 이루게 된 것은 결코 우연한 일이 아닙니다. 이는 필시
하늘이 짝지어 준 천생의 배필임을 본 주례는 확신해 마지 않습니다.

이제 순풍에 돛을 달고 먼 인생 항로를 향해 막 출범하려는 이 두 사
람에게 본 주례는 평범한 진리의 이야기 몇 마디로써 이들을 축복하며 격
려할까 합니다.

먼저, 두 사람은 결혼이란 완전한 결합이요, 제2의 탄생임을 잊지 말아
주기를 바랍니다. 지금까지 두 사람은 각각 다른 집에서 다른 성격과 생
각으로 다른 모습으로 살아왔습니다. 그러나 오늘부터 이 두 사람은 한
집에서 같은 생각과 같은 모습으로 살아가는 부부가 된 것입니다. 공기
중에는 산소와 수소가 있습니다. 산소와 수소가 결합하면 사람이나 동식
물이 하루도 없어서는 살아갈 수 없는 물이라는 귀한 것을 합성해 냅니
다. 이와 같이, 오늘 이 두 사람의 결합은 이들 가정뿐만 아니라, 우리 사
회에 꼭 필요한 소중한 것을 만들어 내기 바랍니다.

두 사람은 지금까지 많은 공부를 했습니다. 학부를 졸업하고 외국어를
익히기 위해 일본에 유학까지 다녀온 것으로 듣고 있습니다. 지금까지 익
히고 연마한 학식과 소양과 재능을 모두 쏟아 붓고 한평생 물 주고 잘 가
꾸어 이 세상에서 가장 소중한 것을 생산해 주기 바랍니다.

둘째로, 두 사람은 한평생 동안 사랑과 인내로 살아가세요.

이 세상을 살아가노라면 늘 오늘과 같이 맑은 날만이 있는 것이 아닙

니다. 때로는 비바람이 불고 폭풍우가 몰아치는 날들도 있으리라 봅니다. 이들이 가는 길은 항상 넓고 평탄한 길만이 있는 것이 아닐 것입니다. 때때로 좁고 험난한 가시밭길을 걸어가야 할 때도 있을지 모릅니다. 살아가는 동안, 어려움을 만날 때마다 서로 사랑으로 굳게 결속하고 인내로 이를 극복하는 지혜를 가져 주길 바랍니다. 먹구름 뒤에는 항상 맑고 밝게 웃는 태양이 있습니다. '人間到處有靑山'이라고 하지 않았습니까? 인생이 황무지를 걸어간다 하더라도 반드시 거기에는 쉬어 가는 아름다운 청산을 만난다는 얘기입니다. 언제나 미래의 소망을 품고 기쁘게 사십시오. 좋은 일을 만날 때마다 서로서로 당신의 덕분으로 돌리고, 궂은 일을 만날 때마다 서로서로 내 탓이라고 얘기하는 아름다운 사랑의 대화가 한평생 동안 이 가정에서 끊어지지 않기를 빕니다.

사랑이 무엇입니까? 사랑은 서로 주는 것입니다. 서로 내어놓아 차곡차곡 쌓아 올리는 공든 탑과도 같은 것입니다. 사랑은 봄 하늘에 피어나는 찬란한 꽃과도 같은 것입니다. 사랑은 그칠 줄 모르고 솟아나는 맑은 샘물과도 같습니다. 사랑하는 사람끼리는 상대방의 허물이 보이지 않습니다. 오히려 나의 부족 때문에 당신을 만났고, 당신의 모자람 때문에 내가 있다고 하는 사랑의 속삭임이 항상 그대들 곁에 있기를 기원합니다.

마지막으로, 두 사람은 서로 존중히 여기며 소중히 생각하고, 타인에게 대해서는 항상 겸손하기를 바랍니다. 흔히 부부를 두고 동심 일체라고 말하지요. 한마음 한 몸이라는 것입니다. 한마음 한 몸이 되기 위해서는 지체 의식을 가져야 합니다. 지체 의식이 무엇입니까? 우리 몸에서 새끼손가락 하나를 다쳐도 온 몸이 괴롭고 아픈 것이 지체입니다. 남편은 아내의 머리요, 아내는 남편의 가슴입니다. 남편의 괴로움은 아내의 괴로움이 되어야 하고, 아내의 슬픔은 남편의 슬픔이 되어야 합니다. 또한 남편의 기쁨은 아내의 기쁨이요, 아내의 즐거움은 남편의 즐거움이 되어야 합니다. 이 세상에서 기쁨은 나누어 가질수록 커지는 법이요, 슬픔은 나눌수록 작아진다고 하지 않았습니까?

그리고 두 사람은 앞으로 사회 생활을 하면서 동료들로부터 더욱 인정을 받게 되고 점차 자신의 지위가 높아질수록 겸손해 지기를 바랍니다. 이 세상에서 겸손만큼이나 강한 무기는 없다고 했습니다. 그리고 지금까지 못다 한 양가 부모님에 대한 효도에 최선을 다 하십시오. 그리고 자녀들에게 그 효도를 가르치십시오.

요즈음 부부들이 지켜야 할 다섯 가지 계명이 있습니다. ABCDE 다섯 가지입니다. 첫째 A는 'ACCEPT'로, 받아들이라는 것입니다. 서로 상대방의 생각을 수용하는 태도입니다. 둘째 B는 'BELIEVE'로, 서로 믿어 주는 거여요. 부부 사이에 신뢰가 없다면 부부가 아닙니다. 셋째 C는 'CARE'로, 돌봐 주는 것입니다. 사람은 약한 존재입니다. 항상 돌봐 주는 것이 필요합니다. 그 다음 D는 'DELIGHT'로, 기쁨입니다. 하루 종일 직장 생활을 하고 돌아온 부부의 만남은 기쁨과 즐거움과 감격이 되어야 해요. 마지막으로 E는 'ERASE'로, 지워 주라는 것입니다. 서로의 실수와 잘못을 기억하지 말아야 할 것입니다. 이와 같은 부부 생활을 영위한다면 한평생 성공된 가정을 이루고도 남음이 있을 것이에요.

부디 한평생 건강하고, 적당한 자녀를 낳아 가장 소중한 것으로 교육하세요. 이웃 사람들로부터 많은 칭찬을 듣는, 아니 이들 때문에 이웃 사람들이 복을 받는 복의 근원이 되기를 빕니다.

한 자루의 촛불이 캄캄한 방을 가득 채워 환하게 밝히듯이, 어두운 우리 사회를 밝히는 겸허한 한 자루의 촛불이 되십시오. 감사합니다.

≪2003년 3월 1일, 파크호텔에서≫

信川康氏定州派奉化家竪碑文

信川 康氏 諱 虎景은 新羅人으로 晉原 景陽里에서 生하니 곧 始祖라. 中始祖 諱 之淵은 高麗 明宗朝人으로 官은 銀紫光祿大夫 門下侍中이요 諡號는 忠烈公이다. 忠烈王時 信城 府院君에 封하였고 墓所는 黃海道 信川郡 北部面 山竹里 廣福洞 子坐에 있다. 이로부터 康氏의 本貫이 信川으로 定해짐이라.

七代孫 諱 允成은 朝鮮 李太祖의 妃 神德王后의 父인 象山 府院君이고 八代孫 諱 得龍은 安陵 府院君으로 諡號가 安靖이며 諱 允忠은 定州派의 派祖로 贊成事를 거처 東萊縣令을 지내다. 二十一代孫 諱 致弘은 嘉善大夫 同知中樞府事 兼 五衛經筵參贊官을 지냈고 二十二代孫 諱 祥驥는 東班의 通德郎職에 올랐으니 品階가 正五品이다.

이곳 慶北 奉化에 定住한 康氏 家系는 定州派 二十二代孫 諱 祥驥가 黃海道 信川으로부터 物野面 月桂里로 移住한 데서 비롯된다. 그 後 一九一九年 物野面 斗文里로 移居하여 定着하게 되다. 二十三代孫 諱 錫疇에 이어 二十四代孫 諱 應洛이 家庄을 堅實히 지키고 살았으니 今日에 古宅은 滅失되고 當時 심은 香木 한 그루와 紀念 香松臺가 옛터를 지키고 있다. 至今에 二十六代 二十七代孫들이 家系를 承繼하여 위로는 父祖를 至誠으로 奉事하고 一家親戚들은 서로 敦睦하여 家門의 坦坦大路를 열었도다.

諱 應洛의 號는 斗山이다. 一八九○年(庚寅) 二月 二十三日 生하여 配 陽川許氏와의 膝下에 四男을 두었으며 일찍이 營農과 華業에 竭力하여 財富의 福祿을 享有하였고 鄕民의 公益을 爲해 財貨를 快擲하는 데 輕忽히 하지 않았다. 新學을 先見하여 子女敎學을 勸勵하니 四兄弟 모두 漢陽의 最高學府를 修學하고 斯界에 進就하여 立身揚名하였다. 一九七三年(壬子) 陰九月 二十七日에 永眠하니 享年이 八十四라. 二十五代 諱 基元의 字는 景章이라. 一九一八年 十月 十一日 生하여 配 宣城金氏와의 膝下에 奎鎬 振鎬 東鎬 承鎬 榮鎬 五男을 두었다. 弱冠으로 公職에 出仕하여 平生 國家를 爲해 獻身奉公하였으니 그 忠直을 欽慕할 만하다. 人品이 謙厚하고 端雅淳實하여 世人의 本이 됨이라. 一九九六年 六月 十九日에 享年 七十九歲로 歿하여 禮葬하니 先考 墓의 左側이라.

二十六代 曾孫 奎鎬의 號는 斗野라. 夫人 昌原黃氏 사이에서 一男(永秀)三女를 得하였고 次男 振鎬는 安東權氏 사이에서 一男(永和)一女를 얻었다. 三男 東鎬는 陽川許氏 사이에 一男(永助)一女를 두었고 四男 承鎬는 慶州李氏 사이에 一男(永成)一女를 두었으며 五男 榮鎬는 醴泉林氏 사이에 一男(永錫)을 두었다. 이제 二十七代孫 永秀가 祖先 華門의 家狀을 받들어 後代에 遺與할 글을 請屬하므로 崇祖尙門의 높은 뜻을 欽仰하면서 그 大綱을 撮要하여 글 지어 기리다.

忠信으로 닦은 터에 孝悌로 씨 뿌리니
太白과 小白 峻嶺의 품에 안겼구나.
蕃衍한 子孫들이 孫孫이 代를 이으니
淸天의 群星되어 萬歲에 遺傳하리라.

二〇〇三年 癸未 孟春

慶北大學校 敎授 文學博士 南陽人 洪思滿 撰

작곡 「풀벌레」

작사 : 김종택(경북대 명예교수)

그대 떠난 언덕에
가을은 오고

남겨 준 이야기는
낙엽에 지네.

긴 추녀 푸른 들창
누가 지키나.

스치며 지나가는
바람이어라.

뜨거운 언약은
이슬에 젖어

부서진 달빛 되어
강물에 흐르고

그대 떠난 빈자리
누가 지키나.

뒹구는 낙엽 따라
우는 풀벌레.

* 이 노래는 1999년 작사자 김종택 교수의 회갑 기념문집 봉정식에서 축가로 연
 주된 바 있다. 경북대학교 예술대학 학장인 테너 심송학 교수가 강중수 교수의
 피아노 반주로 열창했다.

풀벌레

김 교수의 글에 곡을 붙인 것으로 "풍경"과 "대구 동부공고 교가"가 있다. "풍경"은 한 폭의 수채화같이 아름다운 서정시이다.

남도 마을 대숲에
산그늘 내리면
바람은 우수수
어둠을 부르고
처마 낮은 집들은
이마를 맞대고
감자 열매처럼 매달려
골목을 지킨다.
뒷등에 하현달 하나
낙관으로 뜨면
풍경은 이내
수묵화로 끝난다.
남도 마을 하늘은
질그릇 빛이다.

−김종택 시집 『만촌동 수탉』(1999)에서−

* 이 노래는 2005년 8월 27일 경북대학교 합창단 창립 30주년 기념음악회(경북대 대강당)와 2008년 11월 22일(예술대 콘서트홀) 합창단 제33회 정기연주회에서 작곡자 자신이 합창 지휘한 바 있다.

작사
「육군 제70사단가」

1. 동해의 푸른 기상, 태백의 맑은 정기
   감돌아 숫구쳐 이룩한 터전에
   화랑의 굳센 얼 무쇠같이 뭉쳤으니
   청룡의 지평같이 하늘을 오르리라.

(후렴) 아, 아, 필승의 기수, 무적의 용사
          70사단 가는 길에 승전고 울려온다.

2. 한 손에 총칼 들고 한 손에 횃불 들고
   적진에 돌진하는 겨레의 선봉장
   무엇이 두려우며 무엇이 겁나랴.
   질풍의 노도같이 천하를 누비리라.

3. 영광된 조국의 자유와 평화 위해
   빛나는 애국 충정 어깨에 메고
   오늘은 진격이다. 내일은 승리다.
   행군의 고동 소리 지축을 울리리라.

* 이 사단가는 육군 군악대장인 양용환 씨가 작곡했다.

곧잘 침상을 흔드는 지진의 불안이며, 여름밤을 지새우며 울어대는 개구리 합창의 짙은 불면이며, 폭설 속에 철시된 연말의 외로움은 한결 망향의 심회로 치닫게 했지만, ……

그들의 체질화된 친절과 질서는 의식 선진을 실감케 했고, 타고난 근면과 정직은 그들을 경제적으로 성장시켜 주었음에 틀림없다.

〈쓰쿠바대학과 연구 도시〉

쓰쿠바(筑波)대학과 연구 도시

광활한 관동 평야에 인색하지 않게 자리 잡은 쓰쿠바(筑波)대학은 1973년 일본 정부가 국책적으로 설립한 실험 국립대학이다. 쓰치우라(土浦)시로부터 멀리 쓰쿠바산을 바라보며 버스로 약 30분을 달리노라면, 4,000명을 수용할 수 있는 기숙사와 10층 건물의 우람한 대학 병원을 옆에 끼고 교정으로 진입한다. 주변에 웅거한 크고 작은 연구소들은 이름 그대로 연구 도시의 면모를 확인시켜 주기에 충분하다.

쓰쿠바대학은 전신인 동경교육대학의 이전 계획에 따라 설립된 대학으로, 1963년 9월 연구 학원도시로 쓰쿠바 지구에 건설하기로 각의에서 결의하고 1970년 5월 쓰쿠바 연구 학원 도시 건설법을 제정한 데서 비롯되었다. 1971년 10월 문부성에 쓰쿠바대학 창설준비회를 설치하고, 1973년 10월 국립대학 설치법을 수정하여 법률에 의해 쓰쿠바대학을 설립하게 된 것이다. 그 후 동경교육대학은 1978년 3월에 폐교되었다.

"창조적 지성과 풍부한 인간성을 갖춘 인재를 육성하고, 학술 문화에 기여하는 것"을 교시로 하고 있는 이 대학은 여러 면에서 구미 대학의 색채가 짙어, 일본 어느 대학에서도 맛볼 수 없는 국제적 분위기를 느끼게 한다.

대학 기구에 있어서는 교육 조직과 연구 조직으로 양분되어 있는데, 우리나라의 단과 대학을 상회하는 규모의 5개 학군(學群)과 그 하위에 몇 개의 학류(學類)가 있고, 연구 조직으로 26개 학계(學系)가 이를 떠받쳐 주고 있다.

학교 경영에 있어서도 학장(총장) 아래에 다섯 부학장을 두어 각각 교육, 연구, 의료, 후생, 총무 등의 업무를 분담, 관리하도록 되어 있다.

학생 수는 80년 당시 학부 7,000여명, 대학원생 1,500명에 외국인 유학생만도 300명이 넘었다. 교수는 전임 강사 이상이 1,000명이나 되었고, 외국인 강사가 50명에 달했다.

교육 시설로는 최신 기자재가 도입된 강의실과 컴퓨터를 완비한 연구실이 진설되어 있고, 외국어 센터, 학술 정보처리 센터를 위시한 20여 개의 연구 센터가 유치되어 있다. 도서관은 당시 130만 권의 장서를 보유한 현대식 중앙도서관과 각 학군에 분관들이 여러 개 산재되어 있다. 후생 복지를 위한 보건 센터, 대학 회관과 식당 매점들이 큰 건물마다 부설되어 있어 매우 편리하다. 이 밖에도 교직원과 학생을 위한 연수소가 멀리 후지산(富士山) 산중 호숫가 절경을 위시하여 5개소에 건립되어 있다.

한 마디로 일본 정부의 원시안적이고 미래 지향적인 치밀한 계획과 막대한 예산을 투입하여 이룩한 「모델」대학이다. 특히, 얼마 전 이곳에서 국제 과학 박람회가 개최되어 세계의 주목을 끌기도 했다. 그곳 교수들은 필자에게 종종 이런 말을 해 주었다. "우리 대학을 보고 일본 전체의 대학을 얘기해서는 안 된다."고.

학기는 3학기제로 각각 4월, 9월, 12월초에 개강되며, 긴긴 봄 방학과 여름 방학이 있는가 하면 짧지만 가을, 겨울 방학도 있다.

학생들의 수준은 모두가 일류의 영재들이진 않지만, 그들 중에는 장차 일본을 이끌어 가겠다는 야망과 비전을 안고 면학에 정진하는 학구파도 적지 않다. 90분간의 강의 시간은 강론하는 교수의 위엄과 학생들의 활발한 질의 토론으로 조화되는 시간이었다. 특히, 학점 취득을 위한 테스트는 짧은 시간에 많은 지식을 쏟아야 하는 과대량이 특징이었다. OX 문제만을 한정된 시간에 부담스럽게 제시하는 방식도 퍽 인상적이었다. 시험 감독이라는 제도가 없어 우리보다는 교육 선진의 면모를 현시하는 듯했다.

가장 잊히지 않는 것은 소위 '콤파'라고 불리는 세미나 시간이다. 점심 시간이 끝나면 곧 시작되는 이 시간은 해가 지도록 끈적끈적하게 진행되기 일쑤다. 때론 연수소에 연수 여행을 가면서까지 밤을 새우며 하나의 주제에다 자신의 사고 전부를 투입하는 것이었다.

가벼운 논제 하나를 부여잡고 몇 년을 고민하는 학문의 집요한 끈기나 6순이 넘은 노교수의 일말의 초조도 서두름도 없는 연구 자세는 재치와 임기 응변의 졸속 학문을 영위하는 필자에게는 적지 않은 충격을 안겨 주었다. 이들은 필자가 6개월이면 처리해 낼 토픽을 쥐고 3년 이상을 고심하는 존경할 만한 어른들이다. 또한, 정보 과학의 이기로 손쉽게 얻어지는 연구 자료의 수집, 분류, 처리 과정을 목도했을 땐 강렬한 얄미움마저 들기도 했다.

언어학을 전공하고 있는 필자로서는 이 분야 속에서 그들의 학문을 저울질할 수밖에 없다.

이 대학에 일본어 고대음운론의 대가이자 필자의 지도교수인 마부치(馬淵) 교수가 있고, 영어학자로 미국의 촘스키와 동학한 석학 야스이(安井)

교수가 있다. 일본어의 전통적인 문법 사전을 편찬한 기타하라(北原) 교수의 학문에도 고개가 숙여지며, 사회언어학 히가(比嘉) 교수의 명강의도 잊을 수가 없다.

쓰쿠바 학원 연구도시는 일본의 최첨단 기술 연구의 프론티어 중 하나이다. 일본 정부의 과학 기술 정책을 실현하는 국립 시험 연구 기관을 이곳에 모아 추진하고 있다. 그들의 과학 기술 정책은 차세대 산업 기반 기술의 연구 개발, 초고성능 레이저 응용 복합 생산 시스템과 해저 석유 생산 시스템 등 대형 프로젝트, 새로운 대체 에너지 개발 연구인 선샤인 계획과 문 라이트 계획, 유전자 은행 신설, 그리고 우주와 심해에 관한 것이다.

가깝고도 먼 나라, 77년 필자가 처음 동경에 떨어졌을 땐 마치 서울 거리에다 일본어로 쓴 간판을 걸어 놓은 듯 친숙하게만 느껴졌던 그곳이, 거기서 기거하는 동안 엄청난 내재적 거리감을 감지할 수밖에 없었다. 체질화된 친절과 질서는 의식 선진을 실감케 했고, 타고난 근면과 정직은 그들을 경제적으로 성장시켜 주었음에 틀림없다. 그러나 그들은 진지한 고민이 있는 만큼 경박한 오만과 안도가 내재되어 있기도 하다. 경제 대국으로 부상해 있지만 궁극적으로는 작은 섬나라이며, 외형으로 대범한 듯하지만 편견도 소유하고 있는 그들이었다.

그들의 언어는 아기자기한 마스코트를 매만지는 듯했고, 의음(擬音)의 음상은 가볍고 좁고 작은 인상에서 탈피하지 못했다. 선물을 줘도 한 아름 가슴에 듬뿍 안겨 줘야 직성이 풀리는 한국인들의 후덕함과는 달리, 손바닥 위에서 노는 재롱감을 기호하는 그들의 심성은 어쩌면 어느 인사의 말대로 축소 지향의 한 양태인지도 모른다.

곧잘 침상을 흔드는 지진의 불안이며, 여름 밤을 지새우며 울어대는 개구리 합창의 짙은 불면이며, 폭설 속에 철시된 연말의 외로움은 한결 망향의 심사로 치닫게 했지만, 그들 눈에 투영되는 한국인 교수의 영상과 기대 가치를 과민하게 의식하는 필자 자신은 장출혈까지 감내하면서 학구에 전념하지 않으면 안 되었다.

≪1985년 10월 14일, 「경북대신문」 968호≫

원시림 홋카이도 찾기 위한 석 달 동안의 아르바이트

흔히 우리와는 가깝고도 먼 나라, 세계로서는 작고도 큰 나라로 통칭되는 일본.

필자가 연구차 그곳 쓰쿠바(筑波)대학에 첫 발을 디딘 때는 1977년 무르익은 가을이었다. 그로부터 9개월이 지난 이듬해 여름은 참으로 무덥고 따분한 계절이었다. 구름 저편 지척에다 가족을 두고 온 나는 가까이 있어 더욱 강하게 스며오는 회향의 고뇌를 억누를 길이 없었다. 모두가 흩어 간 텅 빈 기숙사를 몇몇 유학생들과 함께 지키노라면, 밤이 새도록 울어대는 개구리의 합창에 짙은 불면의 밤이 잦았다.

일본 대학생들의 여름 방학은 여행과 아르바이트가 주류를 이룬다.

일본은 위도상으로 북위 30도에서 46도까지 뻗쳐 있는 섬나라로, 여름철에도 지역에 따라 사계가 공존한다. 남단에 붙어 있는 규슈(九州), 오키나와(沖繩) 지방은 남태평양의 열기가 올라오는 뜨거운 기온대이며, 북쪽에 위치하고 있는 홋카이도(北海島)는 한낮을 제외하고는 가을을 연상시키는 날씨이다. 그리고 북알프스 산악 중턱에는 여름에도 눈이 덮여 스키를 즐길 수 있다. 따라서 여름의 피서 여행은 전국 각처에서 행해진다. 바다와 강호를 즐기며, 험난한 산악을 오르며, 녹원의 임간을 찾아 든다. 이 며칠 간의 여행을 위해 대학생들은 봄 학기 석 달을 아르바이트에 골몰한다.

이들이 여름 방학에 가장 많이 가는 곳은 뭐니 뭐니 해도 홋카이도이다. 그곳은 광활하고 야성적이며 원시림들이 많아 혼슈(本州)에서 보지 못하는 이색적인 경관을 만끽할 수 있기 때문이다. 따라서 철도 당국에서도 여름이면 도시 역마다 기차 한 칸을 더 붙여 비워 둔다. 여기는 곧잘 대학생들의 잠자리가 되는 것이다.

바다를 찾는 대학생들은 주로 쇼난(湘南)과 이즈시라하마(伊豆白浜) 해수욕장을 많이 찾는다. 가족과 함께 갈 때는 구주쿠리(九十九里)에 가기도 한다. 거기서 서핑과 요트를 즐기고 수영을 하며, 저녁이 되면 술과 가무로 푸른 젊음을 구가한다. 특히 이곳은 해안선이 곱고 바위의 자태가 아름다워 명승지로 손꼽히고 있다.

산 속의 휴양지를 찾는 대학생들은 가루이자와(輕井澤)나 자오(蔵王)로 향한다. 그곳에서 낮에는 테니스와 하이킹을 즐기고, 밤에는 그들 특유의 회식인 '콤파'를 연다. 술을 마시면서 노래하고 춤추는 모임이다. 이 자리에서 그들은 맥주를 많이 마시며 소주에다 콜라를 섞은, 이른바 '코라하이(ㅋㅡㄹ盃)', '추하이(酒盃)'를 즐겨 마신다. 그런데 그들은 술을 마셔도 호기로운 취흥을 연출해 낼 줄 모른다. 게다가 그들의 가창력은 대체로 보잘것없다. 필자가 듣기에는 그들 나름의 특이한 비브라토가 두드러질 뿐이었다.

이곳에는 산장이 많이 있는데, 대학생들은 여기에서 접객, 청소 등의 아르바이트를 하며 장기간 피서를 즐기기도 한다.

그들 여행의 특징은 돈을 흥청망청 쓰지 않는 데 있다. 쓸래야 쓸 것도 없겠지만, 그들의 속성은 본원적으로 절약을 숙명처럼 받아들이고 있는 것 같다. 그들은 값 비싼 니콘 카메라를 가질 엄두를 내지 못한다. 5천 엔짜리 세이코 손목 시계를 구하는 데도 몇 차례의 망설임과 용단이 요구되는 걸 보면 경이롭다.

철도 운임이 비싼 일본에서는 자동차 여행이 주축을 이룬다. 4, 5명의 학생들이 동승하여 먹을 것, 텐트, 슬리핑백, 요트 등을 싣고 등정하는 것이다. 일본은 교통 표지가 매우 잘 되어 있다. 지도 하나만 있으면 전국 어느 곳이든 길을 묻지 않고도 찾아갈 수 있다.

혼자 즐기는 여행은 흔히 오토바이나 자전거로 전국을 누비는 경우가 흔하다. 어떤 여학생은 가벼운 휴대용 자전거를 타고 가다가 피곤해 지면 접어들고는 기차를 타고, 이런 식으로 전국을 일주하는 것을 보았다. 돈을 아끼는 여행자들에게는 역 대합실이 잠자리로 안성 맞춤이다. 더욱이 '히치하이크'라 하여 차비가 떨어진 남녀 학생들이 여학생을 앞세워 지나가는 트럭의 신세를 지는 미인계가 통하는 일본이고 보면, 우리보다 후한 인심임에는 틀림없다.

그들은 발산과 '카타르시스'를 존중한다. 때로는 열락을 추구하는 바람직하지 못한 양태가 노정되기도 한다. 그런 반면, 정적 감동보다는 지적 예지를 더 추구하는 면도 있다. 이는 감성보다 이성을 우선시하는 서구의 '밀가루 문화'에 대한 동경의 산물인지도 모른다. 일출의 환희도 일몰의 아쉬움도 그들에게는 감격 밖의 것으로 방치될 때가 허다하다.

일본의 표상인 후지산(富士山)은 높이가 무려 3,776m에 이른다. 이 산 주변에는 다섯 개의 맑고 고운 호수가 있다. 어느 가을 이곳에 일본 남녀 학생 10여 명과 연수 여행을 간 일이 있다. 호수에 비친 후지산은 정말 현란했다. 우린 석양을 안으며 그 호수를 자전거로 일주했다. 가슴으로 호수를 호흡하며 두 팔로 후지산을 품고 싶도록 정갈한 경관이었다. 그날 밤 일본 전통 문화에 대한 토론회가 날이 밝도록 진행되었다. 나는 피곤하기도 하고 일말의 감격도 없는 그들의 얘기가 흥미 없어 곁에서 그냥 졸고만 있었다. 그런데 며칠 후의 평가회에서는 그날 밤의 토론회가 가장 인상 깊었다고들 입을 모았다.

대수롭지 않은 일에도 큰 흥미를 부여하는 습성을 지녔다. 하기야 내게 손톱깎이를 귀국 선물로 내밀면서 이 속에 자기 마음이 담겼다고 강조하는 그들이고 보면, 크고 묵직한 것을 가슴으로 안겨 줘야 직성이 풀리는 우리와는 얼마나 대조적인가? 상다리가 휘어지게 음식을 차려 놓고서야 손님을 청해도 안도감이 흐르는 우리와는 달리, 그들의 저녁상에는 의미와 정성이 반찬 수보다 많았다.

강호의 태공들은 여름에도 살찐 은어를 찾아 헤맨다. 더욱이, 웅지를 품고 태평양을 낚는 바다 낚시꾼들도 여름 한철 꽤나 붐비고 있다.

한편, 일본 대학생들의 아르바이트 열기는 대단하다. 거의 모든 학생들이 여름 방학에 일자리를 찾아 나선다. 학비와 방세를 마련하기 위해서이며 여행비와 자동차 구입을 목표하는 경우도 있다.

이들의 일자리는 매우 다양하게 분포되어 있다. 식당에서 접시 닦는 일에서부터 차를 나르고 설거지를 하는 다방 일, 코카콜라 배달원, 빌딩 청소부, 공사장의 막일까지도 한다. 이 밖에도 청소차 운전 기사, 생선 시장의 거간, 실외 수영장 안전원, 골프장 캐디 등 얼마든지 있다. 그뿐이랴, 청객꾼, 시장 바닥의 바람잡이, 심지어는 장의사의 시체 만지는 일까지 1

만 5천 엔을 받고 스스럼없이 한다. 또한, 개인 지도를 하거나 교수들의 용역을 도와 자료를 정리하기도 한다. 보수는 대체로 시간당 7~8백 엔 정도를 받으며, 심야 업소나 야밤중 지하철 도색 같은 것은 보수가 높다. 골프장 캐디는 일당 5천 엔을 받지만 팁이 후해서 인기 있는 직종이다.

그런데 놀라운 것은 이들이 어디에서 무슨 일을 하든, 그것을 부끄럽거나 천하게 생각하지 않는다는 것이다. 일하는 것을 신성하게 의식하고 있는 그들은, 결국 천하게 벌어 귀하게 쓰는 원리를 터득하고 있다. 인정에 메여 사양하거나 에누리하는 일도 없다. 필자가 체일 중 어느 대학원생에게 한국어를 가르쳐 준 일이 있는데, 시간이 끝나면 꼬박꼬박 2천 엔이든 '御礼'의 봉투를 내미는 것이었다. 나는 그 학생이 내 논문을 읽어 준 일이 있어 그것을 받지 않겠다고 했더니 그는 다음 주부터는 배우지 않겠다고 정색을 하며 말하는 것이었다.

일본 대학생들의 여름 문화는 외관상으로 보면 우리와 다를 바 없다. 다만, 그것을 향유하는 의식의 차이가 있을 뿐이다.

≪1988년 7월 1일, 『빛』 7월호≫

홍사만 씨 문학박사 학위논문 심사보고서

주 논문 제목: 現代韓国語特殊助詞の研究
　　　　　　 -日本語副助詞との對比を中心に-

1. 논문 심사 요지

(논문 요지)

이 논문은 한국어 특수조사에 대하여 통사론적·의미론적으로 고찰한 것으로, 대조 문법적인 견지로부터 일본어의 대응 형태인 부조사(副助詞)와 비교·대조하여 양자의 동질성과 이질성을 해명함으로써, 그 문법론적, 의미론적 성격을 밝히려고 한 것이다. 전체는 I.「서론」, II.「분포·문법 기능의 대비」, III.「의미 기능의 대비」, IV.「결론」의 4장으로 구성되어 있다.

우선, 제 I 장「서론」에서는 1. 연구의 목적과 방향, 2. 명칭·범주·하위 구분이 서술된다.

제 II 장「분포·문법 기능의 대비」에서는「특수(부)조사」(한국어의「특수조사」와 일본어의「부조사」를 총칭하는 경우, 이 표기에 의한다)가 접속하는 말

(피접어)은 어떠한 것인가, 격조사(격표지)와의 연접에는 어떠한 특징과 제약이 있는가(이상 분포), 특수(부)조사의 문법 기능은 무엇인가(문법 기능) 등의 문제가 특수조사를 중심으로 하여 부조사를 대비시켜 가며 논의된다. 이 장은 5절로 구성된다.

제1절 「연결의 양태」는 피접어에 대한 고찰이다. 체언, 용언, 부사 등의 경우로 나누어 일·한 양 언어를 대비하면서 상세하게 기술하고 있다.

제2절 「복합의 양태」는 특수(부)조사와 다른 조사와의 연접에 관한 고찰이다. 특수(부)조사는 다른 특수(부)조사와 연접하기도 하고, 격조사에 전접하거나 후접하기도 하여 그 연접의 양태는 복잡하다. 그 실태를 한국어의 경우와 일본어의 경우로 나누어 자세히 기술한다. 여기에서, 한국어의 B류 특수조사(일본어의 협의의 부조사에 상당)는 일본어의 부조사와 마찬가지로 격조사에 전접하나, 이것은 {-가} 주격, {-의} 관형격, {-를} 대격 조사의 경우에만 한하고, 일본어의 「*だけ-に*」, 「*ばかり-へ*」 등에 상당하는 것 같은 연접은 없다고 하는 지적이 나온다. 그리고 한국어 {-를}은 다른 소위 부사격 조사 {-에}, {-에게}, {-로}, {-와} 등과는 명확히 구분되지 않으면 안 되는 점에서 일본어의 {-を}와는 꽤 다른 성질을 갖고 있다는 것, {-が}, {-を}, {-に} 등의 소위 강전서(強展敍)의 조사가 생략되기 쉬운 것은 그 약표지성(어휘적 의미가 약한 구문적 조사라는 성질)에 의한 것이라는 점이 논의된다.

제3절 「부사적 연용 수식의 기능」에서는 1. 격조사와의 접속 관계, 2. 용언의 활용형과의 접속 관계, 3. 통시적·어원적 형태, 4. 부사로 전성하는 기능의 네 가지로부터 특수(부)조사가 부사적 연용 수식의 기능을 가

진 것이라는 사실의 검증이 행해진다. 양 언어를 대비하여 고찰한 결과가 5항목으로 정리된다.

제4절 「격과의 무관계성」은 1. 특수(부)조사가 여러 가지 격의 위치에 통용되는 것, 그러나 그것은 특수(부)조사가 격을 표시하는 것이기 때문이 아니라는 것, 2. 특수조사가 격조사와 연접하는 양상, 3. 격표지는 삭제되는 경우가 있으나 영형태라도 그 격 기능은 인정되는 것 등을 많은 구체적 예를 들어 고찰하고, 특수(부)조사가 격 기능과는 무관하다는 것을 논하고 있다.

제5절 「접미사와의 상이」에서는 B류 특수(부)조사와 명사류의 접미사와의 범주상의 판별 문제가 논의된다. 1. 내적 통합의 양상, 2. 외적 통합의 양상, 3. 연체 수식 구조의 형성, 4. 어휘적 자질의 지정·변이, 5. 비관용화의 제약, 6. 가의성, 7. 격표지와의 교섭 등을 고찰하여 통합 구조, 의미 구조, 통사 구조의 3개 관점으로부터 양자의 기능의 차이를 정리하여 결론으로 하고 있다.

제Ⅲ장 「의미 기능의 대비」에서는 주로 화용론의 입장으로부터 개개 특수(부)조사의 어휘적·상황적 의미를 분석하고, 특히 전제와 함의의 분석에 의한 의미의 의존 관계를 고찰하여 각 조사의 상호간에 관한 유의 관계와 추이 관계를 구명하고 있다. 이 장은 6절로 구성된다.

제1절 「하위분류」는 일·한 양국에 있어서의 종래의 문법론에서 특수(부)조사가 어떻게 분류되고 있는가를 조사하여 정리함으로 이하의 고찰의 출발점으로 한 것이다.

제2절 「조사 {-는}과 {-ㄴ}와의 대비」는 1. 화제 제시, 2. 대조 표시의

두 가지 논점으로부터 선행 연구를 매우 세밀히 분석·정리하여 상론한 것이다. '일반적으로 특수(부)조사는 통사적 기능이 없는 것인데 반하여, {-는(-は)}은 화제어로서의 통사성을 가지고 있다고 하는 점에서 다른 특수(부)조사와는 매우 이질적이다.', '화제의 기능은 대조의 기능보다 우선시 된다. 즉, 대조의 기능이 없기 때문에 화제가 나타나는 것이 아니라, 화제로 제시됨에 따라 대조가 소멸되는 것이다.' 등의 결론이 제시된다.

제3절 「조사 {-도}와 {-も}와의 대비」는 1. 동류 제시, 2. 극단 예시, 3. 양보, 허용 표시 등의 관점으로부터 논의된다. 조사 {-도(-も)}의 중심적 의미는 역동(also)으로 제시한 사실 내용과 동류(동일, 유사)의 것이 더 존재하는 것을 보여 준다고 결론하고, 조사 {-도}의 의의소로부터 파생하는 여러 종의 의미는 다른 특수조사와도 부분적으로 유의 관계를 형성한다고 하여 그 관계를 그림으로 나타내고 있다.

제4절 「조사 {-만}과 {-だけ}와의 대비」에서는 1. 유일 한정, 2. 정도의 축소 제한, 3. 강조적 첨의의 세 가지 관점으로부터 {-만}과 {-だけ}의 공통점과 상이점이 구명되고, 더욱이 4. {-만}이 형성하는 관용구에 대하여 상세한 고찰이 전개된다. {-만} 쪽이 {-だけ}보다도 감탄조사적 성격이 강하다고 하는 것이나 격조사에 전접하는 경우와 후접하는 경우와의 의미 차이 등이 논의된다.

제5절 「조사 {-까지}, {-조차}, {-마저}와 {-まで}, {-さえ}와의 대비」는 1. 어원적 의미(극단, 한계, 종결), 2. 의미 의존 관계의 분석, 3. 극단 예시의 논리적 구조의 세 개 항목으로 나누어 논의되고 있다. {-까지}, {-조차}, {-마저} 3자의 의미가 서로 겹치는 부분을 가지면서도(첨가의 의미 면에서는 {-

도)와도 겹친다). 각기 독자의 영역을 가진다고 하는 것을, 전제, 단언, 주장, 함의의 비교와 극단의 것을 제시하는 논리 구조의 면으로부터 고찰하고 있다.

제6절 「조사 {-나}, {-라도}, {-나마}, {-ㄴ들}, {-든지}와 {-でも}와의 대비」는 1. {-나}의 다의성, 2. {-라도}의 유의 관계, 3. {-나마}의 유의 관계, 4. {-ㄴ들}의 유의 관계, 5. {-든지}의 유의 관계에 대해 논하고 있다. 한국어의 5개 조사는 일본어에서는 그저 {-でも} 하나가 대응하는 것처럼 유의적이나 그들의 부분적인 유의성과 이질성이 고구된다. 다른 조사와의 유의 관계가 가장 복잡한 것이 {-라도}이고 다음으로 복잡한 것이 {-나}와 {-나마}, {-든지}이며, {-ㄴ들}은 {-라도}와밖에 유의 관계를 가지지 못한다. 그리고 유의 관계를 많이 가지는 조사일수록 사용 빈도가 높아진다고 결론하고 있다.

제Ⅳ장 「결론」은 이 논문에 있어서 얻어진 결론을 도합 61개 항목의 개조로 종합하여 보인 것이다.

(비 평)

한국어와 일본어의 문법 구조는 매우 비슷하다. 따라서 양 언어는 그 대응하는 문법 요소를 비교·대조하여 고찰하는 데 적합하며 고찰하기에 용이한 관계에 있다고 할 수 있다. 대응하는 문법 형태를 대조적으로 고찰함으로써 한편의 언어만을 개별적으로 연구함으로써 깨닫지 못한 사실이 발견되는 수도 있다.

일본어의 부조사에 상당하는 것은 한국어의 특수조사로, 양자는 그 접속의 양상, 문법 기능, 의미 면에서 공통되는 점이 많다.

이 논문은 상술한 사실 위에서 한국어의 특수조사에 대한 일본어의 부조사와의 대비를 중심으로 하여 종합적 또는 개별적으로 상세하게 고구한 것이다. 우선 첫째로, 양국에 있어서 이 방면에 관해 종래의 연구를 넓게 모아 치밀하게 분석하여 재정리 종합하는 방법을 채용하고 있는 것이 높게 평가된다. 선행 업적이 많은 이 방면의 연구에 있어서는 자기의 분석 결과, 그것에 기초한 바의 자기 견해만을 독단적으로 기술하는 것은 구설을 재설(再説)하는 것이 되기도 하고 오류를 범하는 결과가 될지도 모른다. 이 논문은 특수(副)조사 자체의 연구뿐만 아니라, 일·한 양국에서 수립된 문법 이론 체계를 대비하여 양 언어의 문법 기술과 연구 방법을 연합 또는 보완하는 것도 목적으로 하고 있는 것이다.

한편, 종래의 제설에 대한 검토나 새로 제창하려고 하는 자설(自説)에 대한 논증은 많은 예문을 제시하여 매우 구체적이며 기술적인 방법이 철저하게 나타나 있다. 많은 구체적인 예를 들어 매우 세밀한 관찰을 하여 그것 위에 선 이론이 정립되고 있는 것이 높게 평가되는 점이다. 셋째로, 유의 관계에 있는 특수조사를 여러 가지의 기준에 따라 분석하고 정리하여 그 유의 관계와 추이 관계를 해명한 것도 본 논문의 큰 성과이다.

이 논문에 의거하여 새롭게 제시된 견해는 이 밖에도 적지 않다. 논문 요지의 항에서도 두셋 지적했지만, 일본어에서는 {-を}의 뒤에 부조사가 접속될 수 있으나 한국어에서는 {-를} 뒤에 특수조사는 접속하지 않는다고 하는 것의 지적 및 그것에 대한 해석, 특수조사는 주격, 관형격, 대격의 조사에 접속하는 때에는 반드시 전접하고, 부사격 조사에 접속하는 때에는 후접한다고 하는 것의 지적 및 왜 그러한가에 대한 해석, 일본어의 부조사는 그 대부분이 체언(형식명사)으로부터 왔기 때문에 체언적인 기능이 두드러진 데 대해, 한국어의 특수조사는 용언의 부사형 어미가 허사화하여 된 것이기 많기 때문에 부사적 기능이 더욱 현저하다고 하는 것, 강전서 조사의 무형화에 대한 새로운 해석, {-만}과 {-だけ}와의 상이에 대한 논의 등이다.

다만, 이 논문은 일・한 양국에 있어서 각각 어떻게 문법 기술이 행해져 있는가, 그것에 어떠한 문제점이 있는가 하는 것의 구명에 역점이 두어져 있기 때문에 특수조사와 부조사의 대조적 연구, 그것이 보다 철저하지 아니한 아쉬움이 있다.

그러나 이 논문은 특수(副)조사를 포괄적으로, 또는 개별적으로 고찰의 대상으로 하여, 종래의 연구를 넓고 깊게 검토하여 그것 위에 새로운 언어 이론을 도입하여 매우 치밀하게 논지를 전개한 점 등으로 보아, 이 분야에 관한 최초의 본격적인 연구라고 평해도 좋으며, 현시점에 있어서 기대할 수 있는 특수(副)조사 연구의 최고의 달성을 보여 주고 있는 것이다.

2. 학력의 확인

홍사만 씨의 학력에 대해서는 「文学博士学位審査実施要領」 16의 (2)에 의거하여, 이를 면제하는 것으로 한다.

3. 결론

이상의 논문 심사와 더불어 학력의 확인에 기초하여, 洪思滿 씨는 문학 박사의 학위를 받을 자격이 있는 자로 인정한다.

平成　元年　九月　二日

주심　　　　筑波大学 교수　　　문학박사　　　北原保雄

부심　　　　筑波大学 교수　　　문학박사　　　小松英雄

　　　　　　筑波大学 교수　　　　　　　　　　芳賀　純

　　　　　　前筑波大学 교수　문학박사　　　馬淵和夫

* 이 문서는 필자가 일본 쓰쿠바(筑波)대학에 제출한 문학박사 학위 논문의 심사 결과 보고서(일본어)이다. 심사위원장인 北原保雄 교수(동대학 총장)로부터 학위 축하 기념으로 증정 받아 우리말로 직역한 것이다.

‘통석(痛惜)’의 의미

요즈음 일왕이 발언한 ‘통석(痛惜)의 염(念)’의 해석을 둘러싸고 논란이 난무하고 있다. 사과의 표방인지 위로와 동정의 표현인지 정말 가늠하기 어렵다.

실은 사과해 주기를 간청하는 듯한 모양새도 딱하고, 이를 단어 유희의 연막으로 회피하려는 작태도 우습다. 게다가 구차하게 얻어 낸 사과문을 견강 부회하여 안위하려는 태도 또한 개운찮다. 특히, 이 같은 해석을 양 언어 사이의 뉘앙스 차이에서 얻으려는 궁색한 의도를 엿볼 때 더욱 씁쓸해 진다. 물론 말의 뜻이 사전적·개념적 의미만으로 규정될 수는 없다. 말의 의미에는 감정적, 내포적, 문체적 의미가 복합적으로 내재되어 있을 뿐 아니라, 나라마다 사회적 맥락에 의한 의미 변용이 수반되기 때문이다. 예컨대, 한·일어의 동일 어형인 ‘공부(工夫)’, ‘도합(都合)’, ‘대장부(大丈夫)’, ‘가내(家內)’ 등의 단어들은 양국에서 각각 다른 의미로 쓰이고 있다.

그렇다면, 문제의 ‘통석(痛惜)’은 양 언어에서 각각 어떠한 의미 가치를 현현하고 있는가? 어쨌든 하나의 단어가 우리의 가슴속에 석연치 않은 바람으로 엄습해 오는 걸 보면, 새삼 언어의 놀라운 힘에 경탄을 금치 못한다.

　'통석'의 조어 구성을 분석하면, 어근인 '석(惜)'에 강의사인 '통(痛)'이 접두된 한자어이다.

　'통(痛)'은 '痛恨', '痛憤', '痛烈', '痛嘆'에서처럼 "가슴 아프게", "뼈저리게" 등으로 풀이되는 어소로, 마치 '至急', '切親', '絶好', '極甚'에서의 '至', '切', '絶', '極'과 같이 과장된 정도를 나타내는 수사적 기능을 가진다. 결국 이는 '매우', '몹시', '대단히' 등과 같은 강의의 정도 부사에 상당한다.

　'석(惜)'은 그 자석이 "吝也", "憐也", "愛也"로 "아끼다", "아까워하다", "가엾어 하다", "불쌍히 여기다", "사랑하다"의 뜻으로 풀이된다. 따라서 아깝게 패하는 것을 '惜敗'라 하고, 시간을 아끼는 것을 '惜陰'이라 하며, 이별을 애틋하게 여기는 것을 '惜別'이라 한다. 결과적으로, 형태적 · 어휘적 분석에서 도출되는 '痛惜'의 의미는 정확하게 "매우 애석하다"이다.

　이는 일본어에 있어서도 다를 바 없다. 그 중심 의미(主意)는 "매우 슬프고 아깝다"이며, 파생 의미(副意)는 "대단히 유감으로 생각하다"이다(「日本国語大辞典」, 小学館, 제7권 629쪽). 이로 보면, 일본어가 유감이라는 파생 의미를 추가하고 있다는 점 외에 양 언어 간의 차이는 발견되지 않는다. 이 단어는 과다한 다의성으로 인해 외연이 확장되었다거나 극도의 의미 추상화로 말미암아 뜻 파악이 난삽한 말이 결코 아니다. 단지, 한자어인 이 단어가 양국의 일상 구어에서 흔히 사용되지 않는다는 사실이 어석을 어렵게 할 뿐이다.

　통석(痛惜)을 이른바 "뼈저리게 뉘우치다"로 해석하는 것은 두 가지의 오류를 범하고 있는데 기인한다. 첫째는 '痛'의 의미에 현혹되어 여기에 과대한 의미 가치를 부여하고 있기 때문이며, 둘째는 '석(惜)'과 '회(悔)'의 의미 사이에 지나친 유연성을 제공하고 있기 때문이다.

그러면 일본어에서 쓰이는 이 두 가지의 의미로써 본문을 풀어 보자.

먼저 중심 의미를 이에 적용하면 "귀국민들의 고통에 대해 매우 애석한 (슬프고도 아까운) 마음을 금할 길 없다."가 된다. 이 말에서 노정되는 의미는 분명히 동정과 위로의 심적 태도이다.

다음, 파생 의미를 적용하면 "귀국민들의 고통에 대해 매우 유감의 마음을 금할 수 없다."가 된다. 이는 몇 해 전 昭和 일왕이 말한 "참으로 유감스런 일이며"와 다를 바 없다. 진일보되었다면, 다만 '통석'이 '유감'보다 감정적, 강의적 어감을 준다는 것밖에 없다. 결국 유감이 통석으로 둔갑한 셈이다. 정녕, 그들은 유감이라는 부의를 가진 '통석'을 찾아내는 데 무척이나 고심했을 것이 분명하다.

🔴 통석(痛惜)인가, 통회(痛悔)인가

이번 일본 국왕의 발언이 '통회(痛悔)의 염(念)'이었다면 어떠했을까. 이는 통회의 의미가 바로 '뼈저리게 뉘우치다'이기 때문이다. 왜 '석(惜)'에서 '회(悔)'를 찾으려 하는가? 이를 두고 아전 인수 격이요, 견강 부회식이라 하지 않는가?

통석과 통회는 둘 다 한자로 된 명사 어근이지만, 여기에 '-하다'가 붙으면 그 문법 형태가 달라진다. '통석하다'는 형용사가 되고, '통회하다'는 동사가 된다. 전자는 심적 상태를 객관적으로 나타낸 것이고, 후자는 심적 동작을 주관적으로 나타낸 것이다. 다시 말하면, '통석하다'는 화자가 어떤 사실에 대하여 소극적, 간접적으로 관여하는 것이고 '통회하다'는 적극적, 직접적으로 참여하는 것이다. 따라서 전자에서는 화자와 어떤 사실 사이에 거리가 형성되는 데 반해, 후자에서는 화자가 그 잘못된 사실의 장본이 되는 경우를 나타내는 차이가 있다.

우리는 여기에서 아키히토 일왕의 발언과 가이후 총리의 표명을 비교해 볼 필요가 있다. 왜냐하면, 총리의 문구에는 '반성'과 '사과'라는 말이 분명히 들어 있기 때문이다. 이것은 국왕의 역사적 의식에서 한 발언과 총리의 외교적 시각에서 한 표명과의 차이일 것이다.

한·일 두 나라가 새로운 관계를 정립하려는 지금, 양국의 과거 문제는 매듭지어져야 한다. 비통한 과거에 얽매이는 것은 피차 국익과 발전에 도움이 되지 못하기 때문이다. 그러나 이 매듭을 일왕의 '통석'으로부터 이끌어내어서는 안 된다. 이는 그들에게조차 웃음거리가 될 테니까 말이다. '통석'이란 '반성'도 '사과'도 아닌 '유감' 표시에 지나지 않는다. 우리는 의식 선진화와 경제 성장, 정치 발전을 이룩함으로써 국력을 신장하고, 국가의 수월성을 제고하여 세계에서 우뚝 선 모습으로 변모되지 않으면 안 된다. 그 옛날, 그들에게 한문을 가르쳐 주고 불교를 전해 주고 문화 예술을 심어 주던, 당당한 그 자리에 서서.

≪1990년 6월 3일, 매일신문 「주간매일」≫

일본을 바로 알자

언제부터인가 우리는 일본을 두고 가깝고도 먼 나라라고 일컬어 왔다. 이는 지리적인 근린과 잦은 교류에도 불구하고 역사적으로 응어리진 상흔이 잔존해 있기 때문이다. 그러나 결코 잊을 수 없는 과거사이지만 이에 지나치게 얽매여 감정 일변도의 알레르기를 일으키는 것도 현실을 대처하는 지혜로운 태도라고 할 수 없을 것이다. 그래서인지 근자에는 "일본을 배우되 닮지 말며, 일본을 비판하되 증오하지 말자."라는 말이 우리 속에 회자되고 있다.

일본은 어떤 나라인가? 동아시아에 자리 잡고 있는, 국토라야 불과 37만km²밖에 되지 않는 섬나라이다. 본래 농업국이었으나 전후 공업국으로 변신했고, 60년대 이후로는 중공업, 섬유 공업, 화학 공업, 전자 산업, 서비스 산업의 눈부신 발달로 세계의 경제 대국이 된 작은 거인국이다.

한때 태평양전쟁을 일으켜 세계사에 씻지 못할 전범국이 되었고, 패전 후에는 전 국민이 국가 재건에 총력을 경주하여 오늘의 선진을 이룩한 기적의 나라이기도 하다.

필자는 1977년 일본 문부성 초청으로 쓰쿠바(筑波)대학에서 2년간 대조 언어학을 연구했고, 귀국 후에도 해마다 한 차례씩 학문 정보를 교환하기 위해 그곳에 갔다.

77년 첫 도일 당시, 하네다(羽田) 공항에 내려 동경 시내에 진입했을 때는 마치 서울 거리에다 상점 간판만 일본말로 바꾸어 놓은 듯, 우리나라와 외관적인 차이를 엿볼 수 없었다. 그러나 시간이 갈수록 그러한 표면 속에 숨 쉬고 있는 질서와 선진 의식은 나로 하여금 엄청난 내면적 거리를 실감케 했다. 잘 산다는 의미는 결코 경제적으로만 유족한 것이 아니며, 그 속에 그것을 향유하는 의식이 실존해야 한다는 것을 절감하기에 이르렀다.

이제, 필자의 눈과 가슴에 투영된 그들의 영상을 재조명하고 우리의 모습을 대비함으로써 바람직한 우리의 위상을 다시 한번 새롭게 가다듬는 기회가 되었으면 한다.

근면 검소한 국민

일본인들은 노동을 신성한 것으로 생각하고 있다. 가정 주부의 50% 이상이 직장에서 일하거나 부업을 가지고 있고, 노인들도 거동할 수만 있으면 하루 몇 시간씩이라도 아르바이트를 한다.

독일 IW연구소의 조사 보고서에 의하면, 일본의 연간 노동 시간은 옛날 서독보다 640시간이나 많다고 한다. 이 통계에는 일본이 2,139시간, 미국이 1,849시간, 스위스가 1,764시간으로 단연 일본이 선두를 지키고 있다.

직장인들은 초과 근무 수당 없이도 밤 12시까지 회사 일을 한다. 퇴근

후 맥주홀에 가서도 화제는 회사 업무에 관한 세미나이다. 어떤 외국인은 말하기를 일본의 기적 창출은 국민 모두가 하루 8시간 외에도 24시간 동안 회사원 노릇을 하고 있기 때문이라고 했다. 그들의 특유한 여유는 일과 놀이를 따로 분리하지 않는 데 있다. 어떤 일을 하면서 다른 일을 하고, 두 가지 일을 합쳐 한다는 생각이 체질화되어 있다.

일에 비해 그들이 받는 보수는 넉넉지 못하다. 작년 통계를 보면, 대학 졸업자들의 초임은 사무직이 월 평균 19만 1,266엔이고 기술직이 19만 1,933엔 정도이다. 이러한 급료를 저축하여 고급 양복과 한국 사람들이 많이 가지고 다니는 니콘 카메라를 구입하는 것은 불가능하다.

그러나 그들은 박봉에 대해 불평하지 않는다. 지금 동경에 살고 있는 주민의 3분의 2가 자기의 생활에 만족하고 있는데, 그 이유로는 첫째 교통이 편리하다는 것이고, 둘째 취업의 기회가 많다는 것이며, 셋째 물품이 풍요하다는 것이다. 만족의 조건으로 봉급의 많고 적음을 따지지 않는다는 사실이 놀랍다.

그들의 삶은 검소하다. 일본이란 나라는 부유하지만 일본 국민들은 가난하다는 말이 실감난다. 동경에 사는 4인 가족의 집 규모는 평균 40-50㎡에 지나지 않는다. 이를 두고 영국 사람들은 토끼장이라고 부르기도 했다. 실제로 나와 친분이 있는 어느 교수는 6인 가족이 15평 아파트에 살고 있는데, 방 한가운데 커튼을 쳐서 장성한 아들과 딸이 한 방을 쓰고 있는 것을 보았다. 그런데 중요한 것은 그렇게나 좁고 답답하게 살고 있으면서도 조금도 불편하게 여기지 않는다는 점이다.

그들은 자신의 외형을 확장하여 타인의 부러움을 사는 데 자족하지 않는다. 분수에 맞게 자기를 줄여 가며 사는 데 보람을 느끼는 것이다. 자기의 세계가 좁아져야 외계가 넓어진다는 논리이다. 아파트 평수 자랑에 흥이 나 있는, 심지가 얕은 우리들과는 너무나 대조되는 모양새이다.

원래 '倭'라는 말은 "작다"는 의미를 내장하고 있다고 한다. 어느 인사가 말한 축소 지향의 논리가 아니라 하더라도 그들의 사고는 미니화하는 데 큰 의미를 부여하고 있다. 호텔도 작고 아담하고, 정원과 공원도 오밀조밀한 휴식 공간이며, 시정에 나붙은 상호 간판도 모두 곰살갑고 아기자기하다. 그들은 나에게 환송 선물로 손톱깎이 하나를 주기도 했고 작은 동전 지갑을 내밀기도 했다. 크기보다는 그 속에 담긴 의미가 더 소중하다는 것이다.

그들의 식사법은 소식주의이다. 포만감을 싫어하며 과식은 절대 금물이다. 위장에 부담을 주지 않는 그들은 자꾸 평균 수명이 늘어가고 있다.

미니화는 공업 분야에 있어서도 마찬가지다. 전자 산업에 있어 진공관이 트랜지스터로 축소되더니만, 이젠 IC로 더욱 작아지고 있다. 오래 전 그들은 전자북을 개발했는데, 콤팩 디스크 한 장에 5권의 사전을 수록할 수 있다는 것이다. 거대한 장서각을 짓고 도서를 보관할 필요가 없는 날이 멀지 않을 것이다.

한편, 일본인들은 집착과 집념의 근성을 지닌 철저주의를 신봉하고 있는 듯하다. 그들은 긍지와 신념 속에 산다. 동경 역 부근 3평 되는 어느 우동집은 선대로부터 200년간 5대째 이어오는 가업이었다. 이 우동집을, 일류 대학을 졸업한 그의 아들이 자랑스럽게 이어받는다는 실화는 잘 알려진 얘기이다.

친절과 질서의 산실

　동경 전차 안에서 옆 좌석에 앉은 사람에게 동경대학으로 가는 길을 물었다. 그는 곧 그 방면으로 가는 다른 승객을 찾아내어 나와 동행하도록 주선해 주었다.

　그들의 친절은 몸에 밴 것이다. 그리고 자기가 베풀고 있는 친절에 대해 전혀 의식하지 않는다. 이는 어릴 때부터 가정과 학교의 친절 교육 속에서 체득되어 무의식적으로 형성된 것으로 보인다.

　친절한 사회는 정겹고 깨끗하다. 놀라운 것은 일본에는 욕설이 많지 않다는 사실이다. 그저 '바카'(바보), '마누케'(얼간이)가 고작이다. 이 얼마나 정결한 언어 사회를 소유하고 있는가.

　외국인 등록을 하러 마을 사무소에 갔다. 그때 사람들이 많아 일을 보는 시간이 다소 지체되었다. 답답해 하는 사람은 내가 아닌 담당 직원이었다. 그는 기다리게 해서 죄송하다는 말을 몇 번이고 되풀이하면서 대기실 의자를 나에게 권하는 것이었다.

　일본의 교통 질서는 어떠한가? 동경의 교통망은 지상 차도와 지하철, 고가 도로의 3원적 입체형을 이루고 있다. 그러므로 세계 제3의 도시이지만 길거리에 오가는 사람은 텅 빈 느낌이다. 일본의 교통 표지와 안내판은 정말 명쾌하다. 누구나 지도 하나만 가지면 전국 어디든 혼자 여행할 수 있으리만큼 편리하다.

　필자는 나리타(成田)공항에 도착하면 숙소인 쓰쿠바대학까지 택시를 이용하곤 한다. 그 노정에는 1차선의 도로가 길게 뻗쳐 있는데, 때때로 우리 앞에 느린 화물차를 만나는 경우가 잦았다. 그러나 신기하게도 그 운전 기사는 한번도 그 트럭을 추월하는 일이 없었다. 목적지에 도착하면 그는 반드시 불편한 점이 없었는지를 묻고 지불한 요금의 몇 십 엔까지 잔돈을 정확하게 거슬러 주고는 영수증을 내미는 것이었다.

흔히 자동차 운전 버릇을 보면 그 나라의 국민성을 짐작한다고 한다. 교통 질서는 다른 어느 질서보다 우선적으로 지켜져야 하는 당위성을 지니고 있다. 왜냐하면, 이는 가장 소중한 생명과 직결된 질서이기 때문이다.

일본의 교육 제도는 우리나라와 같이 6, 3, 3, 4제이며 중학교까지 의무 교육을 실시하고 있다. 대학 입시는 1월 중순부터 시작하여 4월까지 3개월에 걸쳐 치러진다. 대학마다 제각기 고유한 특색이 있어 무조건 일류 대학만을 선호하지는 않는다. 적성에 맞은 대학을 찾아 수험생들은 한 해 20여 번까지도 입학 시험에 응시할 수 있도록 대학의 문은 개방되어 있다.

일본의 정치 체제는 안정된 지방 자치제이다. 지역 주민들은 뜨거운 애정과 정성으로 자기 지역을 다듬고 가꾸어 간다. 그 한 예로 1990년 4월 마쓰도(松戶)시에 '쓰레기줄이기課'가 탄생했다. 이 부서가 하는 일은 지역 주민들의 쓰레기를 감량하고 그것을 재자원화하는 운동을 벌이는 것이다. 그 구체적인 활동으로는 해바라기 작전, 후쿠로(자루) 작전, 서미트, 캠페인 노래 및 캐릭터 제작, 심포지엄 개최, 홍보 특집호 발간 등 매우 다양하다. 그들의 슬로건은 "아름다운 환경은 가정으로부터"로, 한 사람이 하루 계란 한 개 정도(50g)의 쓰레기를 줄인다면, 마쓰도시는 일년 동안 8,300톤 이상의 쓰레기가 감량된다는 것이다.

뿐만 아니라, 南部川村이란 마을은 '매실課'를 두고 매실에 관한 연구와 홍보에 진력하여 그 고장을 전국 제일의 매실 마을로 육성시킨 바 있다.

애정은 강한 책임 의식을 낳는다. 오사카(大阪)시에 한 교육탑이 서 있다. 이곳에는 요시오카(吉岡)라는 한 여선생의 칭송비가 있는데, 그는 1934년 일본을 휩쓴 태풍 속에 무너진 학교 건물 속에서 다섯 명의 어린이들을 구하고 자신은 집의 대들보에 깔려 등뼈가 부러진 채 숨졌다. 그들의 책임감은 종교만큼이나 숭고한 것이다. 옛 무사들의 정신인가.

일본은 지상 낙원인가

일본은 경제적 부강과 사회적 안정을 향유하고 있음에도 불구하고 여러 가지의 고민을 안고 있다.

일본인들은 패전 후 물질 생활 면에서는 예상 이상으로 풍요해졌지만, 정신 생활 면에는 그다지 혁명적인 변화를 가져오지 못했다고 자책하고 있다. 의식주 문제에 고민이 없는 청소년들은 보다 나은 내일을 위한 고뇌와 노력을 기피하고 현실에 안주하는 모습을 연출한다. 이로 보면 오늘의 가난을 내일의 풍요로 이끌기 위해 노력하는 우리의 소망은 더 값지고 긍정적인 의미를 함축하고 있다 할 것이다. 특히 일본에는 구미의 향락적인 문화가 아무런 조율 없이 유입되어 청소년에게 유해한 문화 형태가 곳곳에 노출되고 있다.

어느 미국인은 세계에서 다시 가보고 싶은 곳으로 프랑스 파리를 들었고 다시 가서 살고 싶은 곳으로 일본 동경을 꼽았지만, 일본은 결코 지상 낙원일 수는 없다. 치솟는 엔고에 작년 한해만 해도 1만이 넘는 기업이 도산했고, 연초가 되면 국철 3노조가 48시간 파업에 돌입한다. 산업 발달로 인한 공해 문제가 심각하여 소위 공해 선진국이 되었다. 중금속 중독, 대기 오염, 광화학 스모그, 그리고 신간선 연변의 소음과 진동이 주민들을 괴롭힌다.

또한 세계 경제의 블록화 현상과 시장 개방의 물결도 일본의 장래에 어떠한 변수로 작용할지 미지수이다. 지난해 미야자와(宮沢) 총리는 일본을 경제 대국에서 생활 대국으로 전환해야 한다면서, 주택 등 사회 자본의 충실을 도모하고 질 높은 생활 환경을 창조하자고 역설한 바 있다.

일본의 국제화는 스스로 섬나라로서의 폐쇄성을 자각한 데서 출발했다. 이러한 폐쇄성을 극복한 것이 바로 일본의 위대성이다. 그들의 전통적인 스포츠 문화인 '스모'(씨름)를 보라. 편협한 땅에서 농경 생활을 중심으로 살아온 그들은 '土俵'라는 직경 4.55m 되는 좁은 원 안에서 땅 따먹기 시합을 하고 있는 것이다.

일본의 노령화도 주목할 사실이다. 이는 '자녀 적게 낳기'와 장수의 결과이다. 그들은 2010년의 인구가 1억 2,900만이 될 것으로 추정하고 있는데, 현재 65세 이상의 고령이 전 인구의 12%이며, 2,000년에는 17%, 2010년에는 21%로 증가한다는 것이다.

이뿐 아니라, 상존하고 있는 번거로운 격식도 비판의 대상이 된다. 인사법, 차도(茶道), 혼례나 장례 등에는 까다롭고 엄격한 격식 때문에 자칫하면 결례를 할까 머뭇거리게 된다. 이것은 오랜 전통과 관습의 역사적 소산이라지만, 형식에 지나치게 얽매이다 보면 본질이 사라지는 누를 범하게 될 것이다.

그들의 씨름 속에서도 난삽한 격식들을 볼 수 있다. '삽바'가 아닌 거추

장스런 장식을 허리에 두르고 씨름장에 나선 두 '스모도리'(すもう取り)는 마주 서서 두 다리를 공중을 향해 쳐드는 준비 운동을 한다. 그리고는 3, 4 차례 상대를 노려보며 씨름판에 소금을 뿌려 댄다. 심판이 "군바이"라고 부르는 부채 모양의 물건을 들어 시작 사인을 하면 쏜살같이 달려들어 단 한판에 승부를 결정하는 것이다. 지더라도 애석한 표정을 지어서는 안 되며, 이겨도 안면에 웃음을 머금지 말아야 한다.

일본인들은 그들의 국화인 벚꽃(사쿠라)을 매우 좋아한다. 우아하고 현란하게 다투어 피고는 어지럽게 지는 꽃이다. 봄비라도 내리면 가뭇없이 한꺼번에 사라지는 단명한 꽃이다. 어느 일본 시인은 벚꽃이 만개한 공원을 거닐면서 '사비시'(슬프다)를 외쳐 댔다.

본래 한·일 양국은 농경민으로서의 동일한 생활 감정을 공유하고 있었다. 그러나 한국의 문화는 자연적인 조형을 가지고 있는데 반해, 일본의 문화는 인공적인 색채를 띠고 있는 차이를 드러낸다. 한국이 곡선 문화라면 일본은 마치 칼로 베어 낸 것 같은 직선 문화이다. 음식 문화도 정감어린 된장찌개와 칼로 자른 생선회로 대비된다. 혹자는 양국의 문화를 비교하여 붓의 문화와 칼의 문화로 규정했다. 이는 문학 작품에도 잘 반영되어 『춘향전』과 『忠臣藏』이 이를 대표하고 있다고 했다.

이러한 문화적, 민족적 이질성에도 불구하고 양국은 동아시아를 이끌어가는 동반자로서의 우호 관계를 돈독히 하지 않으면 안 된다. 일본은 상존하고 있는 과거 문제에 대한 사죄와 반성의 과제를 안은 채 우리에게 접근해 오고 있다. 작년부터 동경대학 입시 과목 중 외국어로 한국어가 들어갔고, NHK를 비롯한 방송 매체와 많은 대학에서 한국어 강좌가 개설되고 있다. 지금 일본에 유학하고 있는 한국인 유학생 수는 8,000명이 넘는다. 이에 비해 1991년 통계에 의하면, 국내의 일본 유학생 수는 겨우 288명에 지나지 않는다. 그들 속에 "한국을 배우자"는 절실한 요구가 분출할 수 있도록 우리의 학술적, 문화적, 정치적, 경제적 위상과 역량을 높여야 할 것이다. 동반자의 자격은 상호 평행적인 균형을 유지해야만 성립되기 때문이다. 그러나 그들이 아직까지도 과거 조선의 식민지 통치가 한국을 근대화하는 데 기여했다고 하는 주장을 펴고 있는 한, 우리는 그들을 경계하지 않을 수 없다.

우리는 먼 옛날 일본에 불교를 전해 주고 한문을 가르쳐 준 스승의 나라이다. 일본을 능가하려면 먼저 일본을 바로 알아야 한다. 배우되 닮지 말고, 비판하되 증오하지 말아야 한다. 국민의 의식 수준이 그들을 상회해야 한다. 그들보다 더 근면하고 검소한 생활을 영위하며, 질서 의식이 숨 쉬는 정직한 사회를 만드는 것이 그들을 이기는 길이다.

부동산 투기로 졸부가 된 사람들과 자기 과신에 넋을 잃은 사람들이 거리를 누비는 한, 우리는 절대 일본을 따라잡을 수 없을 것이다.

≪1993년 12월 10일, 『慶潮』 10호≫

일본 땅에 다시 와서

일본 쓰쿠바(筑波)대학에서의 한·일어 대조 연구, 10년 걸려 취득한 문학박사 학위는 나에겐 생명처럼 소중한 것이었다. 몇 차례의 장출혈을 겪었고 짙은 불면의 밤이 매일같이 이어졌다. 그 수학 과정은 참으로 길고도 먼 터널 같은 것이었다.

내가 일본에 첫발을 디뎌 놓은 것은 1977년 10월, 스산한 가을 바람이 불어오던 때였다. 당시 일본 筑波大学 학장(총장)의 초청으로 우리 대학과의 교수 교류 프로그램에 따라 내가 선정된 것이다. 그때 나는 대학에 전임으로 부임한 지 5년째 되던 해였다. 평소 일본어 전문서를 자주 읽고 참고하긴 했지만, 일본어 회화가 제대로 되지 않았던 나는 아무런 준비 없이 일본 땅을 밟았던 것이다. 그때로부터 무에서 유를 창출해야 하는 고뇌의 날이 시작된 것이다.

학위 논문을 제출하고 나서도 수년 간의 예심 과정을 거쳤고, 본 심사의 기간도 1년이나 소요되었다. 심사 과정에서는 논문 내용은 물론 논리와 검증, 형식과 체재, 문장 표현 등 어느 하나도 부실을 허용하지 않았다.

나는 그곳에서 얘기했던 대로 귀국 후 일련의 한·일어 대조 어학에 착수했다. 음운론, 형태론, 통사론, 의미론, 표현론 등 제 영역의 대조 논문이 20여 편 나왔다. 양 언어의 문법과 의미 기능을 단편적으로 비교하면, 상호 계통적인 친족 관계가 어떻든 동질적인 가치를 노정하고 있는 부면이 너무나 많다. 일반적으로 비교언어학은 계통적으로 같은 언어 간의 동질성을 전제로 연구하는 것이고, 대조언어학은 이질성에 기초를 두고 있는 것이다. 물론 비교언어학에서는 역사언어학적 고증을 배제할 수 없다. 한·일 양 언어의 대비는 어떤 주제이든 대조론적 발상에서 출발해도 궁극에 가서는 곧잘 동질성에서 머뭇거리고 마는 것을 보면, 대조 쪽보다는 비교 쪽의 접근이 온당할 것 같은 느낌이 든다.

1980년부터 계명대학교 대학원 일어일문학과의 강의를 맡았다. 학기에 따라 일어 형태론, 일어 의미론, 한·일어 대조론, 일반언어학 등 여러 강좌가 주어졌다. 내 전공의 현주소가 그리로 옮겨 간 것이 아닌가 하는 느낌마저 들었다. 그때 국어학계에서는 나를 외도하는 국어학자로 못 마땅하게 바라보았을지도 모른다. 하필이면 국어학자가 왜 일본에서 학위를 하려고 하느냐는 얘기를 여러 차례 들어왔기 때문이다.

1985년에는 우리 대학에 일어일문학과가 신설되었다. 나는 학과 개설의 책임을 맡아 온갖 정성을 다 쏟았다. 몇 해 동안 학과장직에 있으면서 신임 교수들과 함께 학과의 기초를 다지고 학생들을 격려했다. 그로부터 14년이 지난 오늘에 와서도 나는 일어일문학과에 출강하고 있다. 주강좌는 물론 '한·일어 대조론'이다.

내가 일본에서 배운 가장 소중한 정신적 자산은 학문하는 자세와 태도이다. 그들의 학문에 대한 태도는 졸속을 지양하고 완벽을 추구하며, 서두름 없이 진지하게 차곡차곡 쌓아 가는 행동 양식을 중시한다. 그들은 인문과학을 경륜의 학문으로 생각하고 인생의 연륜이 깊어져야 비로소 구축될 수 있는 학문으로 믿고 있다. 30대에 일본에 와서 박사 학위 일념으로 물불을 가리지 않고 서두르는 한국 학생들을 그들은 의아한 눈으로 바라보고 있는 것이다.

당시 지도교수였던 馬淵和夫(마부치) 교수는 벌써 80이 된 고령이지만 아직까지 책을 놓지 않고 있다. 최근에도 얼마 전에 쓴『古代日本語の姿』라는 저서를 내게 보내 주었다. 건강과 함께 인생과 학문을 엄격히 관리하고 있는 것이다. 한때 소나기처럼 공부하다가 나이가 들면 미련 없이 내팽개치는 우리의 현실과 얼마나 다른가? 그는 일본어 고대 음운학계의 거봉이다. 고대 음운론이 전공이다 보니 고대 조선어에도 깊은 관심과 해박한 지식을 가지고 있다. 우리나라를 수차례 다녀갔는데, 특히 가야문화 유적지에 흥미를 가져 고령과 김해 지방을 여러 번 둘러보았다. 그는 내가 일본에 있는 동안 「古代朝鮮語研究会」를 조직하여 우리나라『三國史記』地理誌에 실린 지명과 인명을 수년에 걸쳐 하나하나 분석 궁구해 나갔다. 그 결과 "『三国史記』記載の百済地名より見た古代百済語の考察"등 백제어를 비롯한 고구려어, 신라어에 관한 방대한 연구 논문을 내놓는 성과를 거두기도 했다.

나의 학위 논문은 '國語 特殊助詞와 日本語 副助詞의 對照 研究'이다.

이 방면의 연구는 내가 국내에서 10년 이상 공부해 온 터이라 논문을 제출할 때만 해도 자신 만만했다. 그리고 일본에서 부조사만을 대상으로 하여 전문적으로 깊이 파고든 연구 업적은 거의 보이지 않았다. 그러나 심사 과정 중 생각지 않았던 몇 가지 논의점에 부딪쳐 오랜 토론과 수정의 과정을 거쳤다. 이를 지적해 주고 직접 지도 조언해 준 분은 北原保雄(기타하라) 교수이다. 그의 주저는 『日本語助動詞の研究』로, 일본어에서 두드러진 문법 형태소인 조동사를 통사적으로 분석한 방대하고도 명쾌한 연구서이다. 특히, 국어 선어말 어미(접미사)에 해당하는 조동사의 배열 순위에 대한 구문론적 논증은 탁견 중의 탁견이다. 나는 이러한 논지 몇몇을 골라 국어와 대비하면서 '北原의 構文論(1)～(3)'으로 국내 학계에 소개했다.

내 학위 논문 중 그곳에서 관심을 끌었던 대목은 특수(부)조사의 격무 관계성, 격조사 생략에 있어 '강전서성/약전서성'의 해석, 격조사와 특수(부)조사와의 복합 배열상의 전후 관계 원리 구명, 조사 '-는'(は)의 '-이'(が) 중화 현상에 대한 재해석 등이었다.

훌륭한 스승을 만난다는 것은 금은보다 값진 보화이다. 나를 가르친 馬淵和夫, 北原保雄, 小松英雄, 芳賀 純 교수는 일본 국어학계를 움직이고 있는 중진 석학들이다. 北原 선생은 올해 4월 1일자로 쓰쿠바대학의 학(총)장에 취임했다. 일본 대학의 총장 자격은 무엇보다 학문의 위상적 권위가 가장 으뜸가는 것으로 꼽는다. 이 대학의 전임 총장이었던 江崎(에자키) 교수는 노벨 물리학상을 받은 사람이다.

학위 취득 후, 나는 한·일어 대조론에 대한 두 권의 저서를 냈다. 『韓·語比較文法論』(경북대 출판부, 1988)과 『한·일어대조어학/논고』(탑출판사, 1993)가 그것이다. 이제 양 언어의 언어 현실을 평면적으로 대비하는 것에서부터 탈피하여, 양자 간의 동질성과 이질성을 야기한 본질적인 원인을 밝히는 것이 앞으로의 과제이다. 여기에는 일반언어학적 언어 보편 이론과 개별언어학적 특수성, 그리고 계통론적 친족 관계의 제반 논의가 동원될 것이다. 나는 저서 『한·일어대조어학/논고』의 서문에 이렇게 썼다.

"일본 문법론에 있어 난제인 자물쇠가 국어 문법론의 한 열쇠로 열릴 수 있고, 국어 문법론의 자물쇠 또한 일본 문법론의 열쇠로 열릴 수 있다."

이는 양 언어학의 주된 관심사가 동일한 사안에 집중되어 있다는 것을 말해 준다. 예컨대, 수십 년의 연구사를 지닌 일본어 조사 '-は'와 '-が'의 기능 변별 문제(국어 조사 '-는'과 '-이')라든가, 이중 주어 문제, 사동과 피동의 논리, 상(相: aspect) 등은 양 언어에서 공통적으로 논의된 주제였고, 그 접근 방법이나 해석의 방향도 대동 소이하다.

올해 나는 일본 시마네(島根)현 하마다(浜田)시에 있는 국제단기대학에 교류 교수로 오게 되었다. 전교생이 220여 명밖에 되지 않는 작은 대학이다. 대학의 규모는 작지만 초현대식 건물에 정보화, 자동화된 훌륭한 시설을 갖추고 있다. 5년이란 짧은 대학 역사 속에서도 학장을 비롯한 교수, 교직원들 모두가 대학의 발전을 위해 노력해 온 결과, 전국의 수많은 단기대학 중 취업률 등에서 최상위를 점유하는 대학으로 부상했다. 입학생들이 전국에서 모여들어 올해도 멀리는 홋카이도(北海道)와 가고시마(鹿

兒島)로부터, 가까이는 시마네현에서 많은 학생들이 찾아왔다. 이 대학은 2년 후에는 4년제 현립 대학으로 승격하게 되어 지금 교내 증축 공사가 한창이다. 무엇보다 단기대학 중에서 유일하게 한국어 강좌가 개설되어 있어 우리로서는 참으로 고마운 일이 아닐 수 없다.

5년 전 시마네현과 우리나라 경상북도가 국제 교류 협정을 체결함에 따라, 이 대학과 경북대학도 자매 관계를 맺고 교수를 파견하고 있다. 대학의 설립 초부터 명예 교수이신 전재호 박사께서 부임하여 수고하셨고, 그 자리에 올해 내가 파견된 것이다. '하마다(浜田)'市는 이름 그대로 바다와 산을 끼고 있는 곳으로, 공기가 맑고 한적하여 연구 생활을 하는 데는 더없이 좋은 곳이다.

이 대학에서 내가 맡은 강좌는 韓国語 Ⅰ·Ⅱ·Ⅲ과 아시아 지역 세미나이다. 국제적 감각이 풍부한 인재를 양성하는 것을 교육 목표로 삼고 있는 이 대학은 영어가 필수 과목으로 되어 있고, 제2외국어로 한국어와 중국어 중 하나를 선택하도록 되어 있다. 이번 학기에 한국어를 선택하여 내게 강의를 듣고 있는 학생 수는 약 80여 명이 된다.

지금까지 중국어에 비해 한국어를 선택하는 학생 수가 적어 학교 당국에서는 중국어를 4반, 한국어를 2반으로 편성해 두었다. 나는 학생들이 왜 한국어보다 중국어를 선호하는지를 생각해 보았다. 우선 이들이 국가적 경제 상황과 국력 문제, 그리고 역사적, 문화적 제 여건 등을 저울질할 때 한국이 중국에 비해 열세하다고 생각하는 것도 그 한 이유가 될 것이다. 그러나 그것보다도 언어 내적 문제로, 이들이 생소한 문자인 한글을 배우는 데 큰 부담을 느끼고 있다는 사실이 직접적인 원인이었다. 중국어를 배우게 될 경우, 한자 문화권 속에서 살아 온 일본인으로서는 이미 알고 있는 한자만으로 학습이 가능하므로 새로운 문자를 익힐 필요가 없다는 것이다. 일본에서는 초·중등학교 교육 과정에서 벌써 상용 한자 1,945자를 의무적으로 가르치고 있다.

나는 일본 학생들이 문자의 부담 때문에 한국어 학습을 기피하고 있는 현실을 직시하면서, 문득 500년 전 훈민정음 창제시를 상기하게 되었다. 당시 일부 한학자들이 한글 창제를 반대한 이유로는, 최만리의 반대 상소문에서처럼 중국에 대한 사대 모화 사상 때문이기도 했지만, 또 한편 새로운 문자를 익혀야 하는 데 대한 부담도 한몫을 했을 것으로 짐작된다.

실제로 한글은 제자 원리가 과학적이고 자모의 조합이 매우 합리적, 조직적이라는 점에서 세계 어느 문자보다 우수한 문자로 인정받고 있다. 자음자와 모음자의 기본자를 상형의 원리에 의해 만들어 놓고, 여기에다 가획(加劃)의 기법을 써서 다른 글자를 만들었다. 일본 학생들이 한글 자모를 처음으로 대할 때 느끼는 인상은 하나같이 '기호' 같다는 것이다. 낱개 자모의 모양은 모두가 가로 세로로 그은 짧은 획과 작은 동그라미뿐, 하나같이 단조롭기만 하다. 한글의 '圓方起源說'이 이로부터 나왔는지 모른다. 이와 같은 사실은 같은 음소 문자인 영어의 알파벳과 비교해 보면 더욱 자명해진다. 지금까지 한글 자모를 모아쓰는 데 대한 시비도 있었지만, 만약 영어처럼 한 줄로 풀어쓴다고 하면 얼마나 시각적으로 어지럽고 읽기 어려운 글자가 되고 말 것인가?

그렇지만 나의 강의는 한자의 편방(偏旁) 일부만을 취하여 만든 일본의 가타가나(片仮名)와 한자의 초서체로부터 고안한 히라가나(平仮名)보다는 한글이 얼마나 독창적이며 조직적인가에 힘을 싣고 있다. 우리에게 고유한 문자가 없었던 옛날, 일본의 가타가나와 같은 방식의 문자적 시도가 바로 구결(口訣) 문자에서도 드러나고 있지 않은가.

이 대학의 한국어 강좌는 1학년 전학기에 한국어 Ⅰ, 후학기에 한국어 Ⅱ, 그리고 2학년 전 과정에서 한국어 Ⅲ을 이수하도록 되어 있다. 이와 같은 2년 과정에서 우리말을 능통하게 구사할 수 있는 일본 학생을 단 몇 사람이라도 길러 내고 싶다. 말하기, 듣기, 읽기, 쓰기 등 온전한 언어 활동이 원활하게 이루어지도록 열의를 가지고 집요하게 가르치려고 한다. 그간 두 달 동안 한글을 중심으로 열심히 가르쳤더니, 지금 받침이 붙은 글자까지 대부분 읽어 내어 경이롭고도 만족스럽다. 게다가 학생들 중에는 스스로 한글 서클을 조직하여 한국어 학습에 대한 흥미와 애정과 열의를 보이고 있어 답답하던 마음 한 구석이 꽉 차 오는 느낌이다.

20년 전 내가 일본 땅에 와서 익혔던 일본어의 습득 방식을 경험 삼고, 지금까지 이론적, 학문적으로만 수행해 왔던 양 언어의 대조언어학적 방법을 도입하여, 쌍방의 이질성과 동질성을 분석해 가면서 단계적, 효율적으로 가르칠 계획이다. 다행히 이 대학에 오고 보니 설립 초기부터 계셨던 전재호 박사께서 여기에 많은 한국어 교육 자료들을 마련해 놓으시고, 기초를 공고히 다져 두서서 이들을 가르치는 데 크게 도움이 되고 있다.

언어는 한 나라 문화의 색인이라고 한다. 문화의 범주는 매우 넓은 영역을 점유하고 있지만, 그 중에서도 언어는 가장 영속적이면서 두드러진 문화의 한 장르라 할 수 있다. 따라서 외국인들에게 우리나라의 문화를 소개하는 데 있어서는 무엇보다 우리의 말을 가르치지 않으면 안 된다. 언어 속에는 한 나라의 총체적인 문화 양태가 용해되어 있기 때문이다.

나의 한·일어 대조언어학은 그 옛날 내가 이 땅에서 일본어를 배우던 때부터 비롯되었지만, 이제 다시 이곳에 와서 우리말을 가르치는 데 이르러서는 한 단계 높은 차원의 결실을 거둘 것이다.

≪1998년 11월 30일, 『韓·日言語文化硏究』 2호≫

일본 국제단기대학 교수로 착임한 지 1년이 지났다. 그 동안 이 대학 학생들에게 한국어 Ⅰ, Ⅱ, Ⅲ과 한국 문화에 대하여 주 7시간(90분간 수업)의 강의를 했다. 이들은 지금까지 한국어의 언어와 문자에 대해 전혀 접촉해 본 일이 없는 학생들이다. 외국어 학습의 초급 과정이기 때문에 주 2시간의 강의만으로는 학습이 태부족하여, 이들 중 몇 명에게 '한글 서클'을 통한 과외 지도를 하기도 했다.

이 대학의 교과 과정을 보면, 1학년 제2외국어 과정에서 한국어와 중국어 중 어느 하나를 필수 과목으로 선택하여 이수하도록 되어 있고, 2학년이 되면 제2외국어는 선택 과목이 된다. 이런 상황 속에서 지금까지 한국

제 2 부 대학과 학문 411

어는 중국어의 세력에 밀려 선택하여 수강하는 학생이 중국어의 약 반수 가량에 불과했다. 그래서 중국어 클래스는 4반, 한국어는 2반으로 구성되어 있고, 그에 따라 담당 교수도 중국어는 두 분이 맡고 있다. 그런데 올해 와서 한국어를 선택한 학생들이 중국어를 앞질러 전체 1학년 120명 중 한국어가 80여 명, 중국어가 40여 명이 되는 이변을 낳았다.

강의 교재는 필자가 편저한 『韓国語教本』(東方社 刊, 1998)을 사용했다. 이 책은 전반부 40여 면이 총론으로 한국어의 계통, 특질, 일본어와의 유사성, 문자와 음운, 기본 문형, 표기법 등을 다루었고, 후반부는 기초적인 회화를 중심으로 제22과까지 240면에 이르고 있다. 각과에는 본문과 대역 일어문이 같이 나오는데, 제10과까지는 본문 아래에 로마자로 발음 기호를 병기하여 읽는 데 도움이 되도록 했다. 그리고 본문 뒤에는 발음 연습, 단어 정리, 문형 연구, 문법 해설을 첨부했고, 마지막 부분에는 연습 문제를 붙여 본문에 대한 응용력을 신장하도록 했다.

필자는 이들의 한국어 교육에 있어 크게 두 가지의 목표를 세웠다. 그 하나는 한글을 자유롭게 읽을 수 있는 능력을 기르는 것이고, 또 하나는 간단한 한국어 회화를 가능케 하는 것이다. 대체로 언어 교육은 말하기, 듣기, 읽기, 쓰기, 짓기 등 5분야에 걸쳐 균형 있게 이뤄져야 하지만, 이들의 짧은 교육 과정을 감안하여 가장 효율적인 교육 목표를 설정한 것이다.

강의 방법은 필자의 전공에 의거하여 이들의 자국어인 일본어와의 대조언어학적 방법을 도입했다. 한·일 양 언어의 유사성과 상이성을 각 분야와 사안마다 적용하여 대조해 가면서 가르쳤다. 그리고 가능한 한 한 사람씩 면대 회화 시간을 많이 가지려고 애썼다. 대체로 피교육자들의 반응은 한글 문자의 구조적 용이성에 대해 매우 큰 흥미를 느끼고 있고, 또한 일본어와의 문법적인 유사성에 깊은 관심을 보이고 있어 한국어를 잘 선택했다고 입들을 모은다.

그 동안 1년을 공부하고 지금 한국어 Ⅲ을 이수하고 있는 2학년 학생들에게는 무엇보다 어휘력 증진을 위해 노력하도록 독려하고 있다. 어휘력이야말로 어느 외국어에서나 마찬가지로 언어 교육의 필요 불가결한 요소이기 때문이다. 이들 중 몇 학생은 졸업 후 한국의 대학에 편·입학하여 계속 한국어 공부를 하겠다는 꿈을 안고 정진하고 있다.

마지막으로, 학생들 스스로가 쓴, 1년간 한국어를 배운 소감을 몇 편 소개하여 참고로 삼을까 한다.

　1年間韓国語を習ってきましたが、1年間はあっという間だったと思いました。韓国語というものを短大に入って始めて習いましたが、習い始めの頃は、ハングル文字がさっぱり分からなくて、この先やっといけるのかなと思っていました。しかし学んでいくうちにだんだん理解できるようになってきて授業も楽しくなってきました。また先生も丁寧に優しく教えて下さったので韓国語の授業は好きでした。たった1年間でしたが、ハングル文字を読めるようになってうれしいし、自慢できることだと思います。いつか韓国に行ってみたいと思います。洪先生、1年間ありがとうございました。（吾郷　喜子）

　韓国語は日本語と助詞や文脈などよく似ている点が多かったので英語に比

べると、とても習いやすかったです。また韓国語と日本語の類似点や言語学にも触れられ、とても興味深ものでした。最初、全くわからなかったハングル字も今では口に出して言えるようになりました。1年という期間は本当に短く過ぎていったけど、韓国語はあと単語を覚える数を増やせば、会話はうまく喋れるようになると思います。日本人にとって一番勉強しやすい言語だと思います。先生の授業は、リラックスでき、とても丁寧に教えて下さった事が、私が韓国語に親しめれた一番の理由です。（今村　裕子）

　今までの一年、一週間に二回あったにもかかわらず毎回(事情がある場合を除いて)楽しく勉強することができました。はじめは読んだこともないハングル文字にとまどいまたが、先生が非常に丁寧に教えてくださったので、あせることなく韓国語を習うことができ嬉しくおもいます。先生のつくられた教科書も同じところを何度も反復練習できたので、単語等もすんなり頭に入ってきたし、なによりも授業がとても楽しかったです。ですので授業に行くのが楽しみでした。韓国語の先生が洪先生で本当によかったです。
　来年、というか二年生になったら韓国語3は、卒業後の進路を決める時期なのでとるかどうかは未定ですが、どちらにせよ、また入ってくる一年生にも私たちの時のように楽しい授業をしてあげて下さい。
　後期は忌引、インフルエンザ等で休みましたが、その度報告せずすみませんでした。ありがとございました。（川橋　千春）

　私は韓国語の授業は、毎回とても楽しく感じました。先生は内容をとてもわかりやすく丁寧に教えてさるので、たくさんの言葉を覚えることができました。毎回韓国語の授業に出ることが楽しみで、勉強する意慾も出たと思います。今まで韓国語は自分で勉強していたことがあって、わからなかったことがたくさんあったげれど、授業で習うことで、自分の理解できなかったことを理解でき、とても良かったと思います。これからも韓国語の授業をうけるつもりなので、より多くのことを学び、少しでも早く韓国語を話せるようになりたいです。1年間本当にお世話になり、ありがとうございました。2年生になっても頑張るのでよろしくお願いします。（木村　麻里子）

　一年間、とても楽しく韓国語を勉強することができました。最初は、英語以外の外国語を勉強することは初めてだし、すごく不安でした。でも先生がわかりやすく丁寧にゆっくり教えてくれるので、一年間頑張ることができました。教科書を何度も読むうちに自然に頭に入るし、難しいりころは何度も繰り返し教えもらえました。先生が私たちと一緒にこの学校を出られるそうですが、この大学に来て先生に韓国語を教えてもらえたことをとても嬉しく思います。ありがとうございました。もっと日常会話を勉強して、お金を貯めて韓国に行ってみたいと思います。（野口　由美子）

　日本語と文法的にとてもよく似ていて、とても学びやすかったです。また韓国語は漢字語と固有語があるなど、日本語の特徴と同じなので、勉強していく上で、わかりやすかったです。

　最初は、ハングルを見て「記号みたい」と思い、母音と子音の数の多さを知ってとても覚えられないと思いましたが、毎回、毎回少しずつハングルを知るたびに段々おもしろくなっていきました。

　最後に、私が韓国語に興味を持てたのも洪先生の授業がおもしろく、わかりやすかったおかげだと思います、本当に一年間ありがとうございました。
（吉田　かおり）

≪1999년 11월 30일, 『韓・日言語文化研究』 3호≫

시마네 현립대학 개교기념 축사 및 강연

오늘 시마네 현립대학의 개교를 기념하는 성대한 축하의 자리에 천학 비재인 사람이 초청 받게 된 것을 무한한 영광으로 생각하며, 초청해 주신 우노(宇野) 학장님과 대학 당국자 여러분께 깊이 감사를 드립니다.

새 천년을 앞둔 뜻 깊은 해에 시마네 현립대학이 개교의 힘찬 출범을 하게 된 것을 자매교인 경북대학교 총장을 대신하여 진심으로 축하드립니다. 앞으로 전진 도약하고 웅비하는 진리의 상아탑, 지성의 산실이 되기를 기원합니다. 또한 건학의 이념처럼 실천 능력을 가진 인재들을 육성하고, 세계적인 안목 속에서 지역 연구 활동을 추진하며, 나아가 국제 사회에까지 폭 넓은 사회 공헌을 하는 대학이 되기를 바랍니다. 그리하여 21세기 일본을 선도하는 국제적인 전문 능력을 갖춘 많은 인재들이 배출되기를 바랍니다.

특히 저희 경북대학교는 지난 93년 국제단기대학의 개교 때부터 국제 교류 협정을 체결하여 학술 교류를 해 오고 있으며, 향후 양 대학이 더욱 우의를 증진하고 양국의 친선을 돈독히 하게 되기를 기원합니다.

저는 양 대학의 이와 같은 교류 협정에 따라 지난 98년 4월부터 올해 3월까지 2년간 국제단기대학에 파견되어 한국어와 한국 문화에 대한 강의를 했습니다. 지금 생각하면 참으로 지난 2년은 저의 30여 년의 대학

교단 생활 중에서 참으로 뜻있고 아름다웠던 때가 아닌가 싶습니다. 바다가 보이는 언덕 위에 위치한 아름다운 교정과 맑고 깨끗한 공기와 철 따라 피고 지는 꽃들과 새들의 노래 소리가 저에게는 잊어지지 않는 감동의 추억으로 남아 있습니다. 학생들과의 즐거웠던 강의 시간과 공개 강좌를 통한 시민들과의 만남은 모두 소중한 보화입니다. 특히 재임 기간 동안 따뜻한 배려를 베풀어 주신 학장님과 교직원 여러분께 다시 한 번 감사를 드립니다. 이 자리에서 최종 강연을 한 것이 바로 어제 같은데, 세월은 정말 빠르기만 합니다. 오늘 귀국한 지 6개월 만에 다시 이 교정을 밟게 되어 여러분과 하마다(浜田) 시민들을 뵙게 되니 참으로 감개 무량합니다.

오늘 패널의 주제는 "동북아시아의 전망"으로 알고 있습니다만, 여러분이 잘 아시는 대로 저의 전공이 언어학이라 지역 연구에 대한 깊은 지식과 통찰을 가지고 있지 못합니다. 이 분야의 전문가가 아닌 저로서는 대한민국 국민의 한 사람으로서 평소에 가지고 있는 소견 일부를 잠시 말씀드릴 수밖에 없음을 양지하시기 바랍니다.

21세기 동북아시아를 전망한다면 지정학적으로 그 한가운데 있는 한반도의 역할을 빼놓을 수 없습니다. 역사적으로 한국은 중국 대륙과 일본을 잇는 교량적 역할을 해 왔기 때문입니다. 지금 급박하게 진전되고 있는 남북 관계의 변화에 세계의 관심이 집중되어 있으며, 이러한 한반도의 변화는 필연적으로 동북아시아의 변화에 직결되리라 봅니다. 지난 남북 정상 회담으로 남과 북은 지금까지 50년간의 적대 관계가 화해와 협력 관계로 변하고 있습니다. 이것은 일조 일석에 이뤄진 것은 결코 아닙니다.

그 동안 한국의 지속적이고도 일관된 대북 정책과 북한의 외화, 식량, 에너지 부족 등의 경제난, 그 위에 탈냉전 시대 이후의 개혁, 개방이란 세계사적 흐름의 3박자가 이루어 낸 것입니다.

여러분이 아시는 대로, 지금까지 한국 정부는 대북 정책의 목표를 "평화와 화해, 협력을 통한 남북 관계 개선"으로 설정하고, 남북 경협의 활성화, 금강산 관광의 실현, 남북 사회 문화 교류의 확대, 이산 가족 문제의 해결, 인도적 차원의 대북 지원, 경수로 사업 추진 등으로 남북 대화의 재개를 위해 끊임없는 노력을 경주해 왔습니다.

이제 약속대로 남북 이산 가족의 상호 왕래가 이뤄져 제2차 상봉이 준비 중에 있고, 지난날 끊어졌던 남북의 경의선 철도를 56년 만에 잇는 기공식이 지난 9월 18일에 있었습니다.

그러나 빠른 속도로 진행되고 있는 남북의 관계 개선은 "작은 시작의 시작"일 뿐, 완전한 통일을 이루기까지는 앞으로도 20-30년의 시간이 요할 줄 모릅니다. 증오의 세월이 길었던 만큼 신뢰 회복에도 많은 시간이 걸릴 것입니다.

특히 남북의 경제 협력은 남측의 자본과 기술, 그리고 북측의 자원과 값싼 노동력의 결합만으로는 불가능합니다. 에너지의 공급 체계와 교통 체계, 통신 체계 등 인프라 시설 정비가 시급한 현실입니다. 이를 위해서는 앞으로 많은 비용이 필요합니다. 이러한 대북 투자에 소요되는 막대한 통일 비용은 국내에서 조달하기는 역부족이고, 부득이 대외에서 조달할 수밖에 없습니다. 이와 관련하여, 하와이대학 부설 동서문화센터와 한국개발연구원(KDI)이 공동 주최한 "동아시아 한·중·일 3국의 경제 협력

비전"이란 세미나에서 동북아시아 개발은행(NEADB) 설립의 필요성을 제시한 바 있습니다. 이로써 한·중·일 간의 협력 체계가 구축되리라 믿습니다. 특히 일본은 동아시아 외환 위기 이후 '신미야자와 플랜'과 아시아통화기금(AMF) 등을 구상하여 역내 금융 환경 정비를 위한 적극적인 태도를 보이고 있는 것으로 압니다. 향후 동북아시아의 가장 큰 이슈로 부상될 수 있는 것은 주요 3국의 지역 경제 협력입니다.

한·일 관계는 98년 대통령의 방일 이후 양국이 21세기의 새로운 파트너십으로 발전하고 있습니다. 올해로 한·일 국교 정상화는 35년을 맞이하게 됩니다. 2002년 월드컵 공동 개최 준비로 양국은 경제, 문화, 예술, 학술 면에서 급속한 교류가 이뤄지고 있습니다. 이러한 양국 국민의 부단한 교류 속에 일본의 긍정적인 역할이 기대됩니다. 북·일 대화의 진전은 남북 대화에도 도움이 될 것입니다. 식량난에 처한 북한에 30만 톤의 쌀을 원조하겠다는 일본의 계획은 매우 고무적입니다.

앞으로 남북 간의 경제 교류는 더욱 활발해 질 것으로 예측됩니다. 향후 남북 경협의 활성화 방향은 장기적 목표를 가지고 점진적으로 호혜적인 입장에서 추진되어야 하며, 한편 북한 지역의 투자 환경 개선을 위한 노력이 수반되어야 할 것으로 분석되고 있습니다.

현하 한국 국민들의 통일에 대한 염원은 지대합니다. 2년 전 '국민의 정부'가 새롭게 출범하여 실시한 남북 통일의 가능성에 대한 여론 조사 결과, 10년 이내에 통일되는 것으로 보는 사람이 겨우 29.6%에 지나지 않던 것이 최근의 조사에 의하면 50% 이상으로 급상승하고 있습니다. 근자 어린이들을 대상으로 실시한 설문 조사에서는 3년 내에 통일이 된다고 생각하는 어린이가 40%를 차지하기도 했습니다. 그리고 남북의 관계 개선을 위한 우선 사업으로는 역시 경제 협력과 민간 교류를 들고 있고, 북한에서 가장 가보고 싶은 곳은 금강산이며 그 다음이 백두산으로 나타 났습니다.

앞으로 남북의 교류는 모든 국면에서 이뤄질 전망입니다. 확고한 안보 의 기반 위에서 경제, 사회, 문화, 종교, 언론 등의 교류 협력의 시대가 열릴 것입니다.

특히, 제가 관심을 두고 있는 것은 남북 언어의 이질화입니다. 분단 반 세기 동안 남북의 언어는 여러 측면에서 이질화되었습니다. 이는 양측의 언어관의 차이, 언어 정책의 차이, 언어 사회 구조의 차이에서 유래한 것 입니다. 이제 남북이 통일로 가는 길목에서 언어 이질화가 그 장애 요소 가 되어서는 안 될 것입니다. 저는 최근 남북 언어 이질화의 극복 방안, 즉 언어 통일에 대한 방안과 대책에 대해 모색 중입니다. 미력이나마 통 일에 도움이 되었으면 생각하고 있습니다.

이상으로 저의 두서없는 얘기를 마치겠습니다. 다시 한번 시마네 현립 대학의 개교를 진심으로 축하드리며 무궁한 발전을 기원합니다. 대단히 감사합니다.

≪2000년 10월 8일, 島根県立大学 개교기념식≫

国際短大での2年

　私の27年間の大学生活で、日本と縁を結ぶことになったのは2つの契機からである。その一つは私が助教授であった1977年筑波大学より招請を受け、二年間にかけて韓・日対照言語学を研究したのであり、もう一つは昨年の4月に大学間の交流協定によって本学へきて韓国語を教えることになったのである。

　筑波の時節には高名な良い先生方との出会があって、本当に幅広くて深い勉強ができた。それがきっかけになって何年後に筑波大学から文学博士の学位号を取得した。本当に長くて遠い路程であった。

　秋がきた。去年の春本学に着任してからもう一年半の月日が立った。始めて本学にきた時、目に入ったのはやはり快適な研究・教育環境であった。キャンパスが海の見える山の丘に位置して展望がよかった。自然の空気や水がきれいで、いままで都心の真中に住んできた私には別天地へきたような感じであった。周邊が非常に静かで研究と着想に最適地だと思われた。季節にそって咲いたり散ったりする花や、毎日相逢う鳥たちや、名の知らない様々な草の虫の泣き声が自然の裏に住んでいる私の情緒を一層高調してくれた。

　むこうの慶北大学は韓国第二の国立大学で、人的・物的資源の規模がとても大きい大学である。その大学に比べると大学は小さくて小さい

が、私は常に本学の 「小さくて素晴らしい大学」 であるという点を強調
して来た。教職員と学生との人格的な交じわりができ、皆家族的な雰囲
気であった。さらに研究室や講義室が新しい超現代式建物であって、い
つも大学に出勤する時はさわやかな気持ちであった。その上に情報処理
と各種施設が素晴らしかって、毎事に不便なことが全然なかった。

　一年生を対象とする韓国語Ⅰ・Ⅱには、最初40余名の受講学生が授業
を取った。おそらく親しくないハングル文字を新らたに習わなければな
らないのが負担になったかも知れない。しかし、その問題はすぐ解消さ
れた。ハングルは非常に簡単で科学的・合理的文字であるので、とても
習いやすい文字であるという事実を受講生が分かったからである。今年
度は受講者数がもっとも多く増えた。私は人数が多くなったのに鼓舞さ
れた一方、そのため一人一人との会話の時間が少なくなったのが心配と
なった。教材は私の編著した『韓国語教本』(初級, 東方社)を使った。講義
は、私の専攻である両語の対照言語理論に基づいて、事項毎に両語の同
質性と異質性を分析・浮刻するような方法を取った。何よりも基礎的な
発音から着実にしっかり教えた。韓国語には日本語にない音韻が多く
て、ややこしい音についての発音練習は不可欠なことである。それから3
か月になると、ハングル文字も大体読めるし発音も上手になって大変嬉
しかった。なお前期試験を実施した結果, 去年は4人、今年はおおよそ16
人の学生が満点を取った。又、講義時間には、すきま毎に用意したビデ
オと視聴覚教材を活用して、韓国の文化を紹介し学生に興味をもたらし
た。
　二年生のゼミの時間には、国で編輯してきた韓国の文化(言語、文学、

歴史、芸術、宗教、伝統、風習等)について講論し、一緒にこのテーマに
関して討論しながら日本の文化と比較した。又、毎学期に一回ずつ学生
に特定主題の研究発表をさせ、その後討論する時間を持った。ゼミの時
間を通じて、学生たちとは学問的に人格的により親しくなる契機とな
り、私としても日本を学ぶ有益な機会になった。

　週2時間(一年生)か1時間(二年生)の講義としては、第2外国語の韓国語
を習うのに絶対に足りなかった。この不足を補充するため、学生たちの
自律的な学習活動である「ハングル　サークル」が組織された。　始めての
年にはただ7人しかいなかったが、今年に入っては20人ぐらいに増えた。
一年生と二年生との言語習得の程度差があるので、やむを得ずサークルを
二つに分けた。これから韓国語の駆使能力の向上ばかりでなく、韓国の
文化全体を理解する様々なプログラムを支度する予定である。とくに会
員皆が韓国の料理を作って一緒に味わう「韓国料理食べる会」も計劃中で
ある。

　韓国にいる時より講義時間数がやゝ多い方であるが、合間をぬって論
文を書くのに専念した。本学の紀要に「中世・近代韓国語の語彙意味の
研究(7)」(第6号、1999)を発表し，来年の第7号にも「日本語の副助詞にお
ける格との無関係性の研究」を載せる予定である。又、慶北大学論文集に
も一篇を掲載したし(1998)、今年末にはいま客員研究員としている筑波大
学の特別研究報告書にも「韓・日両語の格助詞省略における対照研究」
を出すつもりである。研究旅行も二度目、東京大学と筑波大学を行って
来た。

　一方、地域社会のための種々のプログラムにも微力ながら積極的に参
与した。

　市民のための地球ビート韓国語公開講座，市民大学、くにびき学園、島根県町村会等の講演で韓国の文化と言語と国民意識等を紹介する機会を得た。とくに日本の老人様の平生教育に向かう熱情に大きな感動を受けた。

　国際短大での二年間は、私の生涯に忘れない貴重な思い出のページになるはずである。来年帰国してから停年まで殘っている9年間の研究活動と、その後にする仕事を準備・設計する大切な期間ともなった。この6年間にかけて、本学を育てて培った島田学長と敎職員皆様のご苦労に心から感謝を申し上げる。因みに、外国人敎員に格別なご配慮とご親切を施した皆様にも熱く敬意を表する。

≪2001년 3월, 『島根県立国際短期大学のあゆみ』≫

　　동식물의 생태계를 지배하는 원리는 균형과 조화이다. 언어가 생명을 가진 유기체의 성격을 띠는 것이라면, 이들의 생태는 동식물의 모습과도 다를 바 없다. 그것은 자연의 철칙과 상식적인 보편 원리에 의해 영위되는 하나의 삶이다.

　　언어연구에 있어서 공시론과 통시론은 별개의 것이 아니다. 공시론으로 통시적 현상이 설명되고, 통시론으로 공시적 규칙이 해명되어야 한다.

〈『국어 어휘의미의 사적 변천』 머리말〉

『現代韓国語の特殊助詞の研究』
－日本語の副助詞との対比を中心に－

　이 논문은 한국어 특수조사에 대하여 통사론적·의미론적으로 고찰한 것으로, 대조문법적인 견지로부터 일본어의 대응 형태인 부조사(副助詞)와 비교·대조하고 양자의 동질성과 이질성을 해명함으로써, 그 문법론적, 의미론적 성격을 밝히고자 한 것이다.

　제1장은 「서론」으로, 연구의 목적과 방향, 명칭, 하위 구분에 대해 논했다.

　제2장 「분포·문법 기능의 대비」에서는 특수(副)조사가 접속하는 피접어는 어떤 것인가, 격조사와의 연접에는 어떠한 특징이나 제약이 있는가, 특수(副)조사의 문법 기능은 무엇인가 등의 문제에 대해, 특수조사를 중심으로 부조사를 대비시켜 가면서 논했다.

　제3장 「의미 기능의 대비」에서는 주로 화용론의 입장으로부터 개개 특수(副)조사의 어휘적, 문맥적, 상황적 의미를 분석하고, 특히 전제와 함의의 분석에 의한 의미의 의존 관계를 고찰하여 각 조사 상호간에 대한 유의 관계와 추의 관계를 구명했다.

　대조의 방법은 양 언어의 대응 예문을 들어 투사 검증하면서 그것에 의한 어떤 규칙을 귀납하는 방식을 취했다.

한국어의 특수조사와 기능적·의미적으로 상응하는 문법 형태인 일본어의 부조사가 있다고 하는 사실은, 역사적인 개연성의 뒷받침이 없다고 해도 양 언어를 동질적인 것으로 생각하는 요건의 하나가 되리라고 본다. 또한, 양 언어에 있어서의 대조문법적 연구의 모색은 구조 면에서 유사성이 인정되는 양 언어가 공통으로 가지는 난제들을 상호 참조하면서 해결하는 주요한 귀결에 통하는 것이라고 믿는다.

그러나 실제로 공시적인 측면으로부터 양 언어의 문법 현상과 언어 사실을 기술·대조하고 추출한 자료에 의해 그 상관성을 논하는 것은 결코 용이하지 않다. 이것은, 양 언어가 구조적으로 비슷하다고 해도 자세히 보면 다른 점이 많고, 양자는 양국에 있어서 각각 별개의 체계와 원리에 의해 분석, 해석되고 있기 때문이다.

필자가 한·일 양 언어의 대조 연구에 착수한 것은 1977년 일본 쓰쿠바(筑波)대학에서 대조언어학을 연구한 때부터이다.

이 논문은 筑波대학에 제출한 박사 학위 논문이다. 졸론으로 이 대학에서 문학박사의 학위를 받게 된 것은 필자에 있어서는 참으로 큰 영광이다.

학위 논문을 작성함에 있어서 연구의 내용뿐만 아니라 일본어의 표현에 이르기까지 깊고 자세한 지도로써 학위 논문의 위상으로 끌어올려 준 北原保雄 교수의 진력과 조력에 깊이 감사를 드리고 싶다. 12년 전 처음 도일했을 때부터 천학 비재의 몸에 학자의 자태와 학문의 길을 보여주고, 여러 모로 지도를 아끼지 않은 馬淵和夫 교수의 은혜에 경의를 표하고 싶다. 또한 따뜻한 격려와 지도를 베풀어 준 小松英雄, 芳賀 純 교수께도 감사를 드린다.

이 논문의 부족한 곳은 장차 보완될 것이라 기대하며, 이제부터 더욱 열심히 양 언어의 대조 연구에 정진할 결심이다.

1990년 1월

복현 연구실에서 저자 씀

≪1990년 2월 20일 발행, 경북대 출판부, 신국판 378면≫

『한 · 일어대조어학/논고』

"두 언어의 대응 문법 형태를 대조적으로 고찰함으로써, 한쪽 언어만을 개별적으로 연구함으로 깨닫지 못한 사실이 발견되는 수도 있다."

이 말은 한 · 일어 대조론으로 쓴 저자의 박사 학위 논문을 심사해 준 北原保雄 교수의 심사평 중 한 구절이다.

대조언어학의 연구 목표는 무엇이며 비교언어학과는 어떻게 다른가?

대조언어학은 언어 간에 내재하는 동질성과 이질성을 대비적으로 추구함으로써 일반 언어의 보편성을 모색함과 동시에 개별적인 언어의 특수성을 탐색해 내는 것이다. 그러나 언어 사이의 이질성에 역점을 둠으로써 계통적, 역사적으로 동질성을 전제하고 접근하는 비교언어학과는 구별된다.

한 · 일어의 대비론은 아직까지 그 계통적인 친족 관계가 확연히 밝혀지지 않은 현 단계로서는 대조론이 될 수도 있고 비교론이 될 수도 있다. 전자는 양 언어의 이질성에 초점을 맞춘 것이고, 후자는 동질성에 바탕을 둔 시각의 차이일 뿐이다.

국어국문학과와 일어일문학과를 넘나들며 한 · 일 양 언어를 강론해 온

지도 벌써 12년이 흘렀다. 하나를 감당하기에도 버거운데 한 어깨에 두 개의 짐을 짊어졌으니 거추장스럽기가 짝이 없으렷다.

당초 국어 형태론에 관심을 가지고 시작했던 저자의 공부는 어느 새 통사론을 거쳐 의미론에 도달했고, 77년 도일하여 筑波대학에서 한·일어 대조 연구를 착수하고부터는 또 하나의 커다란 장르가 연구 과제로 마련 된 셈이다. 그 후 10년 동안의 수학 끝에 취득한 그곳에서의 문학박사 학 위는 저자의 학문에 있어 성취감보다는 이로부터 본격적인 양 언어 대조 연구의 첫 걸음을 내딛게 했다는 의의를 가진 것이다.

학위 논문은 양 언어에서 가장 두드러진 문법 요소인 조사를 중심으로 그 문법적, 의미적 기능을 비교 분석한 것이었지만, 그 후 음운, 통사, 어 휘, 표현 등의 영역으로 그 대조의 범위를 넓혀 가며 양 언어의 대비론에 전념해 왔다. 이제 그 첫 단계로서 그간의 논구들을 모아 이 책을 내놓는다.

제1장은 양 언어의 음운 조직을 대비하여 그 이질성을 기술함으로써, 특히 한국인의 일본어 교육에 있어 예상되는 발음 난이성의 실제를 중심 으로 분석했다.

제2장은 의미 한정과 화용적 기능을 구유하고 있는, 이른바 특수조사와 부조사의 타조사와의 복합 승접 관계를 분석·비교하고, 그 결과가 지닌 형태론적·의미론적 유기성을 밝혔다.

제3장은 양 언어의 격조사 중 가장 역동적인 추이상을 보이고 있는 대 격 조사 「-를/-을」과 「-を」의 분포와 의미 기능을 비교했다.

제4장은 특수(부)조사 중 가장 출현 빈도가 높고, 소위 화제(topic)와 대 조(contrast)의 기능 표지로 대두된 「-는/-은」과 「-は」의 기능에 대해 기

술했다.

제5장은 양 언어의 신체어를 중심으로 그 다의적 구조를 분석·대비한 것으로, 양국의 사회언어학적 맥락과 연계시켜 그 이질성을 해석했다.

제6장은 통사론의 영역으로, 北原保雄 교수의 입론을 소개하고, 이들 논지가 국어 문법론에 어떻게 적용될 수 있을지에 대해 해설했다.

이와 같은 대비론은 양 언어가 공통적으로 안고 있는 어떤 주제에 대하여 일반언어학적인 보편 원리가 투사 적용됨과 동시에, 상호간의 난제들을 이해하는 데 제휴 관계를 형성하는 결과를 낳을 것이다. 특히, 구조적인 유사성을 부인할 수 없는 한·일 양 언어에서, 한쪽에서 문제시되고 관심사였던 대목은 반드시 다른 한쪽에서도 논란의 대상이 되었다는 사실은 매우 흥미로운 시사점을 던져 주고 있다. 이런 점에서, 국어에 대한 선험적인 언어 직관을 소유한 토박이 화자들은 이러한 직관이 그대로 일본어에 추이 적용됨으로써 일어학을 이해하는 데 요긴한 방편이 되리라고 믿는다.

일본 筑波大学에서 학위 논문이 이루어지기까지, 또한 이 책의 원고가 탈고되기까지에는 그곳 여러 교수들의 가르침에 힘 입은 바가 크다. 일어학 음운론 분야의 馬淵和夫, 小松英雄 교수, 통사론·의미론의 北原保雄 교수, 심리언어학의 芳賀 純 교수의 은혜를 잊을 수 없다.

지금까지 여러 권의 책을 펴냈지만, 왠지 이번처럼 소중하게 여겨지고 별난 애정을 쏟은 적은 없었다고 생각된다. 아마 연륜이 깊어질수록 인생도 학문도 뜸이 들어가기 때문이리라. 정갈하면서도 밀도 있는 모습으로 엮고 다듬고 꾸미고 묶어 주신 탑출판사의 김병희 사장과 편집실 여러분들의 노고에 마음속 깊이 감사를 드린다.

1992년   12월

쉼을 바라보며, 연구실에서   저자 씀

≪1993년 7월 30일 발행, 탑출판사, 신국판 360면≫

『國語意味論硏究』

1985년 저자의 『國語語彙意味硏究』가 나올 때만 해도 국어학계에서 의미론, 어휘론에 대한 관심은 그다지 크지 못했다. 그 후 10년 동안 이 분야에 대한 연구 업적은 참으로 눈부신 성과를 나타냈다. 많은 개론서들이 다투어 나오는가 하면, 이에 관한 박사 학위 논문들이 다량 속출하였다.

의미는 언어의 내용이며 언어 행위의 본질이다. 따라서 의미론은 언어의 중핵을 다루는 언어 본질론에 해당된다고 할 수 있다. 의미는 문법과도 불가분의 관계에 있다. 양자는 표리 관계로, 문법은 형식이요 의미는 내용의 성격을 띤다. 형식이 없으면 그 속에 내용을 담을 수 없고, 내용이 없은 형식은 무의미한 쭉정이에 불과하다. 또한, 양자는 상보 관계를 형성한다고도 할 수 있다. 문법은 의미에 해석의 맥락을 제공하고, 의미는 문법에 구성의 논리를 부여하는 작용을 하기 때문이다. 따라서 현하 문법 연구가들이 문법을 추구함에 있어 의미 문제를 배제하지 않고, 의미론자들도 의미에 있어 문법을 도외시하지 않는 학문적 경향을 보이고 있는 것도 이에 상관된다. 이런 점에서 저자가 지난 20여 년 동안 문법론과 의미론을 함께 강론해 온 것은 결코 우연한 사실이 아니라 여겨진다.

국어 의미론과 어휘론에서 다뤄지는 분야는 매우 광범위하다. 어휘 의미와 통사 의미를 비롯하여 어형성과 어원, 화용과 형식 논리, 그리고 사서에 이르기까지 실로 넓은 분야에 걸쳐 있다.

이 책은 10년 전 출판한 『國語語彙意味研究』(學文社)를 새롭게 다듬고 내용을 추가하여 개편한 것이다.

제1장은 어휘 의미의 통시적 변천을 기술한 것으로, 중세·근대어 자료를 통하여 몇몇 유의어 사이에 내재된 의미 차이를 귀납적으로 구명하는 한편, 한자 자석어의 변천을 어휘 교체의 측면에서 분석했다.

제2장에서는 현대어 신체어의 다의 구조를 유사성과 인접성의 유연 관계에 의거하여 가능한 한 세밀히 기술했다.

제3장에서는 전제와 함의의 일반론을 소개 해설하고, 이러한 의미의 의존 관계가 도출되는 통사적, 어휘적, 논리적 기제와 원리를 제시하고 논증했다.

제4장에서는 국어의 첨가 요소인 접사류(접미사, 조사)를 다각적으로 유형 분석하고, 그에 따른 의미 기능을 대비적인 견지에서 기술했다.

제5장에서는 통사·의미론적 관점에서 「-는, -는」에 의한 접속문의 의미 대립 관계의 양상을 밝히고, 부사와 형용사를 의미 기능 중심으로 유별하여 그 범주와 공기의 대비성으로써 기능 차이를 분석했다.

지금까지 저자가 써 온 여러 편의 관계 논문을 들여다보면, 자신의 논조와 기술적인 특징은 주로 대비적 논리를 가지고 논항을 설명하는 방식이었음을 스스로 깨닫게 된다. 이는 "A"를 설명하기 위해 "A"와는 상반적 (~A), 또는 대조적 성격을 띠고 있는 "B"를 이끌어 와 비교하는 기술 형

식이다. 예컨대, '외연'을 논하기 위해 '내포'를 가져와 비교했고, '표별'을
설명하기 위해 '협수'의 원리를 적용 대비시킨 것 등이 그것이다. 이 책의
전면에 흐르는 대비적 논구는 도처에 깔려 있다. 책을 읽는 데 도움이 될
까 하여 그 두드러진 대비의 항목을 몇 개 소개할까 한다.

{표별:협수}, {전제:함의}, {하의 관계:비양립 관계}, {외연적 함의:내포
적 함의}, {동심 구조:이심 구조}, {실질적 의미:형식적 의미}, {상위어:하위
어}, {기지:미지}, {유의 충돌:동음 충돌}, {유사성:인접성}, {주의(중심적 의
미):부의(주변적 의미)}, {속성 형용사:상태 형용사}, {정도 부사:상태 부사}

이 책을 내는 데에 연구실 후학들의 알뜰한 도움이 컸다. 김남탁 씨와
이광호 씨가 자료 정리와 교정에 땀을 흘렸다. 그리고 흥미를 가지고 이
강좌를 경청하고 있는 학생들의 애정이 큰 힘이 되었다. 또 한 권의 졸저
가 나오기까지 출판을 맡으신 형설출판사 장지익 사장님께 뜨거운 감사를
드리며, 폭염 속에 수고한 편집실 여러분의 노고에 감사한다.

1994년 7월
1학기를 마치며 연구실에서, 저자 씀

≪1994년 8월 25일 발행, 형설출판사, 크라운판 388면≫

『국어 특수조사 신 연구』

『國語特殊助詞論』(1983, 學文社)을 펴낸 지 꼭 20년의 세월이 흘렀다. 2년 뒤에 재판이 나왔으나 그 후 여러 가지 사정으로 절판되고 말았다.

특수조사에 대한 연구는 지난 20년 동안도 여러 논자들에 의해 계속 이어져 많은 논고들이 여러 각도에서 새롭게 모색되었고, 이를 주제로 한 박사 학위 논문도 적지 않게 나왔다.

저자도 1977년 도일하여 일본 쓰쿠바(筑波)대학 문예·언어학계에서 국어 특수조사에 대응되는 일본어 副助詞(取立詞)의 연구에 착수했다. 10여 년간의 장구한 기간 동안 양 언어 특수조사와 부조사의 분포와 기능을 대조 분석하여 그 곳에서 문학 박사 학위를 취득했다. 학위 논문은 경북대학교 출판부에서 출간된 바 있는데, 양 언어의 두 문법 요소가 지닌 기능상의 동질성과 이질성을 분석하고 그 원리를 추구한 것이다.

일본어와의 대조 분석은 문법적으로 유사성을 띠고 있는 양 언어의 동일 문법 형식에 대하여 상호 적용 가능성을 시사해 준다. 따라서 양 언어의 대조 분석에서 도출되는 일반 원리는 때때로 개별 연구에서 대두되는 난제들을 풀 수 있는 공통의 열쇠로 작용하기도 한다. 이런 의미에서 한·일어의 대조 분석적 연구는 쌍방의 개별적 연구를 언어 보편성의 기저 위에서 원활하게 수행할 수 있게 하는 데 큰 도움을 준다.

이 책은 20년 전의 저서를 골격으로 하여 그 동안 새롭게 탐색된 내용들을 추가 보완하는 형태로 엮어졌다. 특히 일본에서 추구한 부조사에 관한 이론들을 가능한 한 충실히 소개하고, 국내의 학위 논문을 중심으로 한 최근의 논지들을 폭 넓게 수용하려고 애썼다. 이는 저자의 관견이 이들에 의해 더욱 구체화되고 명시화되며 체계화될 것을 확신하는 믿음에서이다.

전편은 특수조사의 특질론과 의미 분석의 두 갈래로 나뉜다. 제1편에서는 특수조사의 명칭과 범주, 하위 분류, 분포와 기능 등 총론적인 특질을 다루었다. 제2편에서는 특수조사의 개별 의미 분석으로, 전제, 함축, 단정, 기대 등의 의미 의존 관계와 문맥적·해석적 의미를 기술하기 위한 다의성의 원리를 이끌어 왔다. 특수조사는 준어휘적 형태소의 성격을 띠고 있으므로 그 기본 되는 중심 의미로부터 문맥과 환경에 따른 주변적 의미를 가지게 되며, 이들의 의미 사이에는 일반 어휘들이 가진 다의 구조처럼 유연성이 엄존하는 것이다.

이 책을 내면서, 20년 전 저자가 논했던 특수조사론의 골격과 바탕이 그대로 유지되어 온 데 대해 자족하는 심정이다. 어쩔 수 없는 오류가 노출되어 대폭 수정을 요하는 대목은 거의 발견되지 않았다. 더 정밀하게 첨삭되었을 뿐이다. 그러나 향후에도 특수조사에 대한 탐색은 논점과 시각과 연구 방법에 따라 더욱 새로운 논저들이 나올 것으로 예상하며 기대하는 바이다.

이 책의 출판을 맡으신 「亦樂」의 이대현 대표 이사님께 깊은 감사를 드린다. 또한 원고 정리를 도운 연구실의 이숙명 양에게도 고마움을 표한다.

2002년 5월

연구실에서   저자 씀

≪2002년 8월 16일 발행, 도서출판 역락, 신국판 424면≫

『국어 어휘의미의 사적 변천』

언어는 자의적으로 변개할 수 없는 불역성을 가지고 있지만, 시간의 흐름에 따라 그 형태와 내용이 변화하기도 한다. 이를 언어의 가역성이라고 하는데, 수평적인 공시태가 아닌 수직적인 통시태를 전제하고 있으므로 역사성이라고도 한다.

어휘의 변화는 어형 변화와 의미 변화로 나뉜다. 특히, 의미 변화에 대해 종래 구조의미론자들은 그 원인을 역사적, 언어적, 사회적, 심리적인 것에서 추구해 왔으며, 외국어의 영향, 새 명칭의 필요성, 언어 전수의 불연속성 등에서 찾기도 했다.

이 책은 어휘의 의미 관계에서 유의성과 다의성에 대한 생태론적 현상을 밝힌 것이다. 한 언어가 지닌 많은 단어 사이에는 유의, 동음이의, 다의, 반의, 하의 등 여러 가지의 의미 관계로 연결되어 있다. 이러한 관계는 서로 모순(contradiction)과 항진(tautology), 함축(implication)과 부정합(inconsistency), 포섭(inclusion)과 배제(exclusion), 그리고 동치(equivalence), 중첩(overlapping), 교차(crossing), 대립(opposition) 등의 논리적 구속 관계를 가지면서 어휘 체계를 형성하고 있다.

단어들은 외형적, 내면적으로 그 어형이나 의미가 유사한 것끼리 서로 충돌하며 경쟁하기도 하는데, 그 결과 한쪽이 득세하며 또 한쪽이 퇴화하는 역학적 현상이 존립한다. 따라서 어휘의 세계를 하나의 생존하는 장(場)으로 본다면, 그 속에는 생물들이 가진 생태론적 현상이 그대로 실존한다고 할 수 있다. 동식물의 생태계를 지배하는 원리는 균형과 조화이다. 이를 위해 공생이 있고 천적과 먹이 사슬이 있다. 어휘 생태계에도 이와 같은 원리가 작용하며 약육 강식과 적자 생존의 냉엄한 힘의 논리가 있는 것이다. 언어가 생명을 가진 유기체의 성격을 띠는 것이라면, 이들의 생태는 동식물의 모습과도 다를 바 없다. 그것은 자연의 철칙과 상식적인 보편 원리에 의해 영위되는 또 하나의 삶이다.

평소, 필자는 어휘의 생멸의 원리가 상호간의 관계성에 밀접하게 결부되어 있다고 믿고 있다. 이를 지배하는 힘은 그것을 구사하는 언중에게 달려 있다고 생각된다.

이 책은 중세 국어와 근대 국어의 문헌 자료를 통하여 당시 공시적으로 공존했던 유의어 몇몇을 골라 이들의 동의(同義)와 이의(異義) 부분을 찾아 해석하고, 이들끼리의 충돌과 경쟁이 역사적으로 어떠한 생멸의 결과를 낳았는지를 분석한 것이다. 이를 통해 어휘의 의미 변화가 어떠한 동인으로 어떻게 형성되는가 하는 일반적인 원리를 찾아내려는 것이다. 당시 어떤 단어가 쓰인 언어 현실을 추론하기 위해 무엇보다 문헌에 나타나는 문내의 분포 환경과 공기 제약 관계에 초점을 맞추어 그 의미를 귀납하는 방법을 채택했다. 이러한 탐색 과정에서 단어 내부에 확장된 다의를 면밀하게 기술하는 것은 필요 불가결한 요건이 된다.

이러한 논구는 장차 온전한 고어사전을 구축하는 데 기본적인 역할을 하게 될 것이다. 고어사전의 편찬에서 쉽게 범하는 오류는 통시적으로 현대 국어에까지 어형을 유지하고 있는 어휘 항목에 대해서 현대 국어의 어형이 가진 의미의 환영에 사로잡히는 것이다. 이러한 점에서, 완벽한 고어사전을 구축하기 위해서는 어휘의 시대적 추이를 고려하여 당시의 언어 현실을 정확하게 반영하는 어휘 의미가 기술되어야 할 것이다. 따라서 고어사전에 오른 모든 표제항은 그것에 대한 개개의 사적 의미 분석이 수행되고 점검된 연후에만 그 신뢰도가 제고될 수 있을 것이다.

그러나 통시 어휘론 연구의 한계는 옛 문헌으로부터 수집한 언어 자료에 전적으로 의존하는 데 있고, 비교 문헌학(comparative philology)의 성격을 탈피할 수 없다는 점이다. 이는 어휘사뿐만 아니라, 음운사, 문법사 등 국어사 전반의 영역에서 극복해야 할 과제라고 생각된다. 언어의 변화와 발전은 어떤 보편적 원리의 큰 흐름에 의해 이루어지고 있다는 사실이 밝혀져야 할 것이다. 이를테면, 언어의 실현에서 보여주는 동화와 이화, 생략과 첨가, 대치와 이동 등이나 때로 범주화, 단순화, 노력 경제 등의 여러 가지 현상은 어떠한 존재든 생존하는 데 일반적으로 수반되는 필연적 현상이다. 따라서 언어는 인위적인 규범화나 변조에 의한 변화보다는 자연적인 추이에 의한 변화가 본원적으로 타당성과 설득력을 얻게 되는 것이다.

이 책에서 모색하고 있는 것은 어휘 의미의 변천을 생태적 보편성에서 찾으려는 것이다. 문헌 비교는 이를 검증하는 자료가 될 것이다. 언어 연구에 있어서 공시론과 통시론은 별개의 것이 아니다. 공시론으로 통시적 현상이 설명되고, 통시론으로 공시적 규칙이 해명되어야 한다.

연구 대상으로 다룬 유의어군은 모두 19개의 어례들이다. 이들 중에는 이미 선학에 의해 개괄적으로 탐색된 어휘 항목들도 끼어있다. 편의상, 체언어류, 용언어류, 부사어류, 조사어류로 나누었고, 특히 부사어류와 조사어류에서 다룬 「뭇」과 「ㄱ장」, 「-만」과 「-뿐」의 대비는 30년 전 필자의 구고를 새롭게 수정하고 다듬어 재록한 것임을 밝혀 둔다.

고어의 의미 분석은 그 분포 환경을 정확하게 기술하고, 그에 따른 해석과 유형 분류가 유효한 절차가 될 것이다. 어휘 의미는 환경 의존적인 산물이기 때문이다. 이러한 분석을 위해 논자의 보편 타당성 있는 언어 직관은 큰 몫으로 작용하게 될 것이다.

향후 고어의 의미 관계에 따른 관련어 대비는 유의성과 다의성에 의한 것뿐만 아니라, 동음이의성과 하의성에 의한 것도 다루어져야 할 것이며, 이러한 귀납적인 연구 결과가 고어사전에서 어휘 의미를 기술되는 데 반영되기를 기대하는 터이다.

출판을 맡은 한국문화사 김진수 사장님께 감사를 드린다. 분석 기술된 책의 내용에 대해 선학과 동료, 그리고 후학들의 많은 질정을 바라 마지 않는다.

2003년 6월 1일   저자 씀

≪2003년 6월 15일 발행, 한국문화사, 신국판 382면≫

『한국어와 외국어 대조 분석』

대조언어학은 둘 이상 언어의 대조 분석을 통해 개별어의 특성을 밝히고 언어의 본질을 추구하는 언어학의 한 영역이다. 대조 언어의 연구 목적은 비교되는 언어의 전 영역에 대해 그 유사점과 상이점을 명시적으로 기술함으로써 언어의 보편적인 공통성과 개별적인 특수성을 추구하는 것이다. 따라서 대조는 대상 언어의 음성·음운, 문법, 어휘, 언어 행동 등 전 분야에 걸쳐 구체적으로 이루어지고, 그 결과를 총괄적으로 종합하는 방향으로 연구가 진행된다.

대조 연구는 당초부터 효율적인 외국어 학습을 위한 방편으로 시작된 응용언어학적 성격을 띤다. 이런 의미에서 대조언어학은 외국어 교육의 수업 경험에서 발생하는 것이라 할 수 있다. 대조의 연구 결과가 언어 교육에 충실히 반영되어야 하고, 그 실제적인 학습 자료로 활용되어야 한다. 언어 교재의 개발과 교과 과정의 편성, 그리고 평가 및 조사 연구 등에도 직접적으로 적용되어야 한다. 외국어 교육에서 발생하는 목표 언어와 근원 언어 사이의 전이와 간섭에 따른 오류를 분석하고, 이를 예방하는 장치를 모색할 수 있어야 한다.

대조언어학은 국제화 시대를 맞이하여 외국어 교육의 수요 급증으로 국내에서도 상승 기류를 타고 이를 효율적으로 달성하기 위한 학제적 연구 분야로 부상되고 있으며, 멀지않은 장래에 많은 꽃을 피우고 열매를 거두리가 믿는다.

필자는 1977년 일본 쓰쿠바(筑波)대학에서 한·일어 대조론(문법·의미)을 연구하여 학위를 취득한 이래 오늘에 이르기까지 양 언어의 전반적인 대조 연구에 집착해 왔다. 그 결과 5권의 관련 연구서와 37편의 대조연구 논문을 발표했다.

80년 초부터 계명대학교 일문과 대학원에 출강하면서 양 언어의 대조론을 강론했고, 1985년 경북대학교 인문대학에 일어일문학과가 개설된 후에는 학부 강좌로 한·일어 대조론을 신설하여 강의해 왔다. 1998년부터 2년간 시마네 현립 국제대학에 교류 교수로 착임하여 일본 학생들에게 한국어를 가르치고 귀국한 후로부터 국어국문학과 박사 과정에 대조·비교언어학의 강좌를 열어 오늘에 이르고 있다.

2000년대에 와서 세계화의 물결을 타고 국내 대학에는 중국을 비롯한 많은 나라들로부터 한국어를 연구하고자 하는 외국 유학생들이 급증했다. 경북대의 내 연구실에도 중국, 일본, 몽골 등지에서 온 유학생들이 늘어났으며, 한편으로는 외국어를 전공하는 우리나라 학생들 중에도 우리말과 일본어, 중국어, 프랑스어, 몽골어, 우즈벡어 등과의 대조 분석적 논문을 쓰려는 사람이 늘어났다.

이 책은 필자의 재임 기간 동안 교내외에서 함께 대조언어학을 탐색해 온 문하 연구자들의 논문을 모아 엮은 것이다. 주로 한·일어와 한·중어 대조 연구가 주류를 이루고 있지만, 한·불어, 한·우즈벡어의 대조론도 실렸다. 연구 주제는 문법론(형태론·통사론)이 중심이 되나, 어휘론과 음운론, 번역학과 사회언어학적 논고 등 다양한 장르에 걸쳐 있다. 문법론 분야만 보더라도 조사론, 피동문, 상(aspect), '하다'-동사론, 접속 어미, 화제(topic) 구문, 이동 동사, 부정 구문, 관사론, 격 범주론 등 다채로운 색태를 띠고 있다. 논고 내용은 대체로 학위 논문을 수정 보완하여 재구성한 것이 많으나, 이를 토대로 하여 새롭게 작성한 논문도 적지 않다.

오늘 필자의 정년퇴임을 눈앞에 둔 시기에 문하의 글들로써 대조언어학의 또 한 장을 장식하게 된 것을 큰 기쁨으로 생각한다. 뒤돌아보면, 36년간의 교수 생활에서 만난 70여 명의 대학원 문하생 가운데 대조언어학에 입문한 논자들이 30명이나 된다는 사실은 나에게는 참으로 경이롭고도 보람찬 일이 아닐 수 없다. 대조어학을 전공하는 연구자 중 외국인들은 대개가 자국의 대학에서 한국어를 가르치고 있는 전임 교수들이며, 그 중에는 우리 연구실에서 수학하고 교수로 부임한 사람도 있다. 또한 내국인 연구자들 중에는 국내외에서 외국어학을 전공하여 학위를 취득하고 지금 대학 강단에서 후진들을 양성하는 중견 교수들도 있다.

필자는 퇴임 후에도 대조언어학의 연구 모임을 지속적으로 이어갈 것이다. 구축된 연구실의 학통이 잘 보존되고 더욱 발전되기를 바라는 심정이다.

아무쪼록 이 책을 통하여 국내에서 아직은 연구 초기 단계에 있는 대조언어학의 토양이 윤택해지고 학문적 위상이 더욱 고양되기를 바란다. 이로써 외국인을 위한 한국어 교육도 한 단계 더 나아가 대조언어학의 학술적인 토대 위에서 큰 성과를 거두기를 소망한다.

분망 중 옥고를 써 준 집필자 여러분께 고마움을 표하며 더욱 정진하여 큰 학문을 이루기를 기원한다. 이번에도 출판을 맡아준 도서출판「역락」의 이대현 사장님께 뜨거운 감사를 드린다.

2009년 1월
정년퇴임을 앞두고
홍사만 씀

≪2009년 3월 20일 발행, 도서출판 역락, 신국판 612면≫

제 3 부 신앙과 찬양

‘信’·‘望’·‘愛’

　　교우 모두의 애정과 관심이 담긴, 함께 만들어 가는 「신망애」가 되고 싶다. 반드시 있어야 할 당위와 필연의 메시지가 생동하는 창(窓)의 공간이 되고자 한다.

〈200행보의 장정(長程)〉

　　늘 구석진 자리에서 빛도 없이 묵묵하지만, 순수하고 진실한 기도로 교회를 새롭게 하는 성도가 바로 ‘햇곡’이다. 있으나 마나 한 것 같지만, 그가 없으면 교회가 온통 텅 빈 것 같은 사랑의 청지기가 진정한 ‘알곡’이다.

〈햇곡과 알곡의 의미〉

부활의 계절

"그리스도께서 죽은 자 가운데서 부활하사 잠자는 자의 처음 익은 열매가 되셨도다."(고린도전서 15:20)

4월은 부활의 계절이다. 그리스도의 부활은 그가 '메시아'로 이 세상에 오신 사실보다 더 깊은 구주성(saviourhood)을 현현하고 있다. 그리스도가 십자가에서 죽으신 것은 인류의 죄를 대속하기 위한 위대한 사랑의 발현이지만, 그것을 완성한 것은 그의 부활하심에 있다. 예수의 십자가 죽음이 부활 없는 죽음이었다면 한갓 위대한 죽음에 지나지 않을 뿐, 온 인류의 소망의 주, 생명의 주로서의 그리스도가 될 수는 없었을 것이다.

우리는 부활의 감격을 되새기며, 두 가지 부활의 믿음을 마음속에 공고히 해 둬야 할 것이다.

첫째, 완전한 부활은 완전한 죽음을 전제하고 있다는 것을 깨닫는 믿음이다.

우리가 그리스도의 고난과 죽음에 동참한다는 것은 지금까지 우리의 삶을 지배해 오던 육적인 것이 완전히 죽었다고 인정하는 믿음을 의미한다.

"그리스도 예수의 사람들은 육체와 함께 그 정과 욕심을 십자가에 못 박았느니라."(갈 5:4) 우리의 옛것, 즉 육신의 안목, 이생의 자랑, 탐욕과 교만, 투기와 혈기가 이미 그리스도와 함께 십자가에 못 박혔고 죽어 매장되었다고 하는 완전성을 확신하는 것이다. 사람이 자기 스스로의 노력이나 인내, 절제나 수련으로 이것을 이기려는 것은 부질없는 일이다. 완전히 부서지고 완전히 죽어지지 못한 사람은 완전한 새 생명에로의 탄생을 기대할 수 없다. 완전한 자기 부인 없이는 완전한 부활을 체득할 수 없는 것이 진리이기 때문이다.

둘째, 그리스도의 부활이 우리의 '미래의 부활'뿐만 아니라, '현재의 부활'을 이루어 놓으셨다는 사실을 깨닫는 믿음이다. 현재의 부활은 성령의 역사를 통해 우리 마음속에 부활하신 주님을 영접해 들이는 중생의 체험과 지금까지 육신의 일만을 도모하던 옛 사람, 옛 행위를 벗어버림으로 새로운 피조물이 되었음을 고백하는 신앙이다.

부활한 자의 모습은 모든 면에서 확연히 달라져 있어야 한다. 우리의 생활에, 행동에, 언어에, 사고에 부활이 일어나야 한다. 어둡고 침울하던 삶의 모습에서 벗어나야 하고, 자기의 유익에만 집착하던 이기적 행동으로부터 탈피해야 하고, 저주와 비난의 언어에서 떠나 있어야 한다. 자기 중심의 사고로부터 해방되어야 하며, 부활하신 주님의 복음을 자신 있게 감격으로 전할 수 있어야 한다.

진정, 부활을 맞이하는 우리들에게 참된 부활의 역사가 곳곳에서 기동해야 한다. 잠 자던 신앙, 타성적인 신앙, 지식 편중의 신앙, 타협적인 신앙이 새로운 부활을 맛보아야 한다.

흑암한 세상에 빛이 되지 못하고, 무미한 곳에 소금이 되지 못하고, 사회를 선도하기는커녕 노골화된 모순과 불합리로 지탄과 비난을 받아 오던 현대 교회가 부활의 생기를 얻어야 한다. 이를 위해서는 부활에 앞서 완전한 죽음을 체험하는 우리 자신과 교회가 되어야 할 것이다.

"그러므로 너희가 그리스도와 함께 다시 살리심을 받았으면 위엣것을 찾으라. 위엣것을 생각하고 땅엣것을 생각하지 말라. 이는 너희가 죽었고 너희 생명이 그리스도와 함께 하나님 안에 감취었음이니라."(골로세서 3:1-3)

≪1982년 4월 18일, 「신망애」 8호≫

범사에 감사함은

우리가 이 땅에서 삶을 허락 받은 한평생은 안개에 비유되듯 매우 짧다. 성서에서는 풀의 꽃과 같이 지나간다고 했다. 무한의 시간에서 보면 60, 70평생이란 한 개의 작은 점에 지나지 않을 것이다. 이렇듯 제한된 시간 속에서 육신의 것만을 도모하다가 그 짧은 삶마저 단축시켜 가고 있는 게 인생이고 보면, 참으로 우매하고 미련하다 아니할 수 없다.

올해도 우리는 풍성한 오곡 백과의 계절을 맞이하였다. 이 결실의 계절에 서서 우리 신앙의 결실을 점검하며 범사에 감사함을 생활에 정착시키는 데 전심해야 할 것이다.

범사에 감사한다는 것은 이성적으로 감사할 수 없는 일들도 감사의 조건과 대상이 된다는 역설적 비논리성을 함축하고 있다. 하나님의 섭리는 이러한 역설을 초월하고 극복하는 데 위대하신 그의 권능이 나타나 있다.

스스로 한해를 회고해 보자. 내게 내리신 것은 행운과 복락만으로 점철되어 있었는가? 아닐 게다. 물질적인 손재를 당하기도 했고, 병고에 극심하게 시달리기도 했으며, 급기야 사랑하는 가족을 잃기까지 하는 뼈아픈 일을 경험한 사람도 있을 것이다. 그때 나는 역경 속에 역사하시는 하나님을 발견하고 감사함으로 묵묵히 그 고통을 감수할 수 있었던가?

고난 중에 감사하는 삶은 땅에 속한 것이 아니라 위로 하늘의 것을 소망하며 사는 신앙과 직결된다. 이 세상의 것을 모두 잃고 놓친다 해도 그리스도를 붙들 수 있었음에 큰 승리를 확인하는 삶이다.

하지만, 육신을 가진 우리는 그렇게 되기가 쉽지 않다. 정녕 맏아들의 입학 시험 실패는 한 해 가득히 가슴의 상처로 남아 있지만, 그 아들이 신앙에서 떠나 있는 것에는 단 며칠의 부심도 없었던 게 우리의 신앙 현장이 아니던가? 사업 걱정으로 침식을 전폐하면서도 현대 교회에 노출되고 있는 여러 가지 문제에 대해서는 단 하룻밤, 단 한 끼의 은밀한 철야 금식 기도에도 인색했던 것이 나의 솔직한 현실 고백이 아닌가?

요컨대, "범사에 감사하라."고 명하신 것은 하나님보다 세상을 더 사랑하는 인간에 대한 경고의 메시지다.

물론 그리스도인은 세상 사람만큼이나 부귀 영화도 건강도 누려야 한다. 그러나 그것은 결과일 뿐 목표와 동기가 될 수는 없다는 말이다.

궁극적으로 호사보다는 난사, 순경보다는 역경에 대한 감사가 위대한 축복을 시사하고 있다. 아버지의 입장이 되어 보라. 고난 중에 있는 자식이 오히려 감사와 인내로써 아버지께 효도하고 있다는데, 어찌 그에게 복을 주시지 않겠는가?

≪1982년 11월 21일, 「신망애」 14호≫

내 집같이, 내 몸같이
- 제직, 동역자로서의 사명 -

얼마 전 본지에 실린 어느 제직의 신앙 수기를 읽고 깊은 감명을 받은 일이 있다. 그는 넉넉하지 못한 살림살이에서도 밀밥과 날된장을 먹으면서 저축하여 우리 교회 예배당 신축을 위해 정성껏 헌금하였는데, 지금도 그 감격에 벅차 교회에 올 때마다 조심스럽게 교회 마당을 밟는다는 얘기였다.

내 교회, 삶의 일부가 아닌 전부를 지배하고 있는 우리 교회였다. 교회로써 호흡하고 교회로써 자신의 심장이 뛰고 있는 것을 고백하고 있었다.

올해도 우리 교회에서는 400명이나 되는 많은 제직들을 청지기로 세웠다. 제직이란 직분을 맡은 자를 일컫는 말로, 하나님의 일에 참여하는 동역자란 뜻에서 보면 주님의 백성 된 확신이 있는 성도는 누구나 제직이 될 수 있다.

동역자로서의 참여

참여하는 곳에 관심이 생성한다. 관심이 있는 곳에 사랑의 의지가 파생된다. 교회학교에 가서 우리 집 코흘리개 때문에 고심하는 교사들의 노고를 눈으로 보기도 하고, 친교실 주방에도 내려가 이름 없이 봉사하는 종들의 거칠어진 손들도 매만져 보라. 찬양대, 그들이 어떻게 그런 환희와 은혜의 찬미를 드릴 수 있는지 연습의 현장에도 가 보고, 멀지않아 우리 교회를 짊어질 청소년들의 교육장에도 가서 그들이 어떤 소망과 사명으로 양육되고 있는지를 목도하라. 그리고 돌아와서 새로운 기도의 제목을 찾아보라.

의에 기뻐하며 불의를 권면하고 광정하는 용기를 가져라. 흔히 사랑은 큰 소리도 화도 낼 줄 모르는 위인들의 전유물인 것처럼 오해하기 쉽다. 옛날 예수님이 성전에서 장사하는 무리들을 노하심으로 내쫓고 바리새인들의 외식을 저주하셨듯이, 우리는 공의가 사랑의 한 형태임을 알아야 한다. 불의를 묵인하는 것은 사랑이나 용서가 아니라 무서운 무관심이다. 무관심은 인간을 사랑의 절연체로 경화시킨다.

동역자로서의 자질

교회가 손가락 하나를 다쳐도 내 전신이 아파 오고, 교회가 어린 양 한 마리를 잃어도 자신의 혈육을 잃은 것과 같은 괴로움을 체험해야 한다. 주의 머리요, 몸 된 교회와 자신과의 관계가 불완전한 것은 하나님과의 부자 관계와 그리스도와의 구속 관계가 불완전하기 때문임을 깨달아야 한다.

"주의 집에 거하는 한 날이 다른 곳에서의 천 날보다 나은즉,"
이라고 되뇌고 있는 제직들이 왜 그다지도 교회에 시간을 드리는 데에 인색한가? 주일은 영적으로 새로운 힘을 부여받는 날이지만, 육적으로는 피곤한 날이 되어야 한다. 한 주간의 세상사에 고달팠던 몸이 쉬는 휴일로 주일이 전락해서는 안 된다. 주일 낮 예배에 참석하는 것만으로 주일을 성수하고 있다고 안심하는 제직이 혹시 있지나 않은지 염려된다. 분명 이는 기우일 것이다. 눈물로 썩는 위대한 밀알들, 조심스레 교회 마당을 밟는 성별된 동역자들이 우리 교회에 얼마든지 있다고 믿어지기 때문이다.

"교회 돌보기를 내 집같이, 형제 사랑하기를 내 몸같이, 주의 집은 나의 집, 주의 일꾼들은 나의 몸."

이 같은 구호가 이해 동역자 된 우리 제직들의 가슴속에 무르녹아 푸지게 하자.

≪1983년 3월 20일, 「신망애」 17호≫

빛의 논리

"너희 빛을 사람 앞에 비치게 하여 저희로 너희 착한 행실을 보고 하늘에 계신 너희 아버지께 영광을 돌리게 하라."(마태 5:16)

"빛과 어둠이 어찌 사귀며,"(고후 6:14)

선교 100주년의 해가 저문다. 성장이라는 긍정적인 의미만큼이나 부정적인 요소가 산재해 있는 한국 교회의 현실을 응시하면서 자신의 신앙 생활과 교회 안팎을 성찰하는 송구 영신을 다짐해 본다.

예수님이 "너희는 세상의 빛이라."(마5:14)고 말씀하시면서 빛과 어둠이 공존할 수 없다는 진리를 천명하신 것은 양자 사이의 상관 논리를 설명하신 것이다. 이는 우리에게서 빛이 발해 진다면 우리 주위에 어둠이 존재하지 못한다는 확정성을 의미한다. 만약 우리의 안팎이 어둡다고 한다면 우리 자신이 빛을 소유하지 못하고 있다는 역의 논리가 성립된다.

지난 수년 간 우리 교회는 "일어나라, 빛을 발하라."의 표어 아래 성도의 사명을 공고히 다져 왔다. 분열과 부조리가 관영한 세상을 향해 우린 어떤 빛을 얼마만큼이나 비춰 왔던가? 그로 말미암아 세상은 얼마만큼 밝아지고 변화되었는가?

빛과 어둠이 서로 사귈 수 없다는 논리는, 빛은 어떤 형태로든 어둠을 몰아낸다는 것을 의미한다. 천지 개벽의 상황이라 하더라도 어둠은 빛을 이기지 못한다. 우리가 세상을 이기고 있는지 생각해 봐야 한다. 불행히도 세상의 부조리와 불합리한 작태가 교회에 역류되어 성장하고 있지나 않은지 염려된다. 교회가 빛으로 세상을 가르치는 것이 아니라, 세상의 흑암을 교회가 배우고 있지 않은지 두렵다. 때때로 힘의 원리와 방법이 도입되어 교회가 이른바 헤게모니의 각축장이 되기도 한다고 하니 말이다.

너희는 세상의 빛이라고 하셨지마는 인간의 본체가 빛일 수는 없다. 빛의 근원인 예수 그리스도(요8:12)가 우리 속에 거하고 역사하기에 우리도 빛의 형상을 지닐 수 있는 것이다. 우리에게 빛이 망실되었다면 그리스도가 우리 속에 거하고 있지 않다는 논리이다.

세상을 밝힐 빛이 없는 교회는 그리스도가 계시지 않는 빈집이다. 그곳에는 사랑 대신 분열과 겸손 대신 교만과 내용 대신 형식만이 서식하고 있을 뿐이다. 칠흑 같은 야음에는 성냥 한 개비의 빛이 십리 밖에서도 인지된다고 한다. 빛은 무서운 힘을 가지고 있다. 촛불 하나가 캄캄한 방을 가득 밝힌다. 한줌 빛이라도 세상에 던져 질 때 모순과 불합리는 정의로 용해되고, 좌절과 실의는 소망으로 승화될 수 있다. 정처 없이 방황하는 나그네의 새벽별, 흑암의 망망 대해를 향해하는 일엽 편주를 지켜 주는 등대는 빛을 소유하였기에 지표의 사명을 감당하는 것이다. 어둠 속에서 빛을 발하지 못하는 등대가 밝은 날에 그 위용을 과시하고 있다고 하면, 이는 가증스런 일이다. 형체만 남았지 본질이 사라진, 마치 영혼 없는 육체만을 가진 사람이나 다를 바 없다.

외형은 좋으나 빛을 소유하지 못한 등대는 얼마든지 있다. 몇 십년, 아니 모태부터 믿어 왔다는 신앙의 연조를 자랑하는 것으로 빛을 오신하고 있다. 예수님의 진노하심이 여기에 있다. 당시 예수님은 인격적으로, 신앙적으로 그토록 당당했던 바리세인들을 왜 세리나 창기보다 못한 '독사의 자식들'로 낙인 찍으셨던가? 정녕 그들의 외식 때문이다. 실체보다 더 크고 뚜렷한 그림자를 중시하는 사고, 사랑의 결핍에는 관심이 적고 늘어나는 교인 수에 안심하는 통념, 영적으로는 황폐해 가도 육적으로 우량아가 되고 있는 것에 자족하는 풍조가 행여 한국 교회에 털끝만큼이라도 기식하고 있다면, 예수님은 '강도의 굴혈', '회칠한 무덤' 등 당시의 언어로 진노하시리라.

사랑이란 언어로 사랑을 오염시키지 말라. 형제의 괴로움에 한 순간도 같이 아파하지 못하는 우리가 사랑을 외치고 있다. 새끼손가락 하나를 다쳐도 전신이 저려 오는 지체의 개념이 존립할진대, 투기와 견제의 대상을 어찌 지체라 부를 수 있는가? 꺼져 가는 등불이라면 심지를 돋우어야 하고, 이미 꺼진 등불이라면 다시 불을 붙여야 한다.

새해가 다가온다. 그러나 비관도 낙심도 말라. 숨어 있는 빛의 사도와 은밀한 빛의 간구가 우리 속에 실존하는 사실을 우리는 알고 있기에.

≪1984년 12월 30일, 「신망애」 37호≫

제3부 신앙과 찬양 459

친교의 의의와 그 방향

"믿는 사람이 다 함께 있어 모든 물건을 서로 통용하고, 또 재산과 소유를 팔아 각 사람의 필요에 따라 나눠주고, 날마다 마음을 같이 하여 성전에 모이기를 힘쓰고, 집에서 떡을 나누며, 기쁨과 순전한 마음으로 음식을 먹고 하나님을 찬미하며, 또 온 백성에게 칭송을 받으니."(사도행전 2:44-47)

친교의 의의

교회는 성도들이 예배를 통해 수직적으로 하나님을 만나고, 수평적으로 성도끼리 사귀는 영적 교제의 장이다. 신앙 고백을 통한 하나님과의 부자 관계와 사랑의 교제를 통한 성도 간의 형제 관계는 그리스도인의 인격을 형성하는 데 상보적인 기능을 발현한다. 그러므로 초대 교회에서는 사도의 가르침을 받고 기도에 힘쓰는 일과 더불어 서로 교제하며 떡을 떼는 일(행2:42)을 경시하지 않았다.

그리스도인들의 친교는 사회 일각에서 일반적으로 인식되고 있는 교제와는 현격한 개념적 차이가 있다. 성도 간의 교제는 어디까지나 믿음을 주제로 하고 사랑의 바탕 위에서 이뤄져야 한다. 물질이나 이해 관계를 초월하지 않으면 안 된다. 세상에서의 교제는 공생(共生)의 논리가 존립하지만, 그리스도인의 교제는 헌신의 논리가 내재되어 있다.

위에 제시한 성경 구절은 오순절 성령을 받은 초대 교회 성도의 교제 내용을 엮은 것이다. 이를 요약하면 유무 상통하는 일, 구제하는 일, 동심으로 합력하는 일, 모이는 일, 떡을 나누는 일, 찬미하는 일 등으로 압축된다. 위에서 명시하고 있는 당시 교제의 양상은 오늘날 우리의 교회 안에서 베풀어져야 할 친교의 구체적인 요목과 방향을 제시해 준다.

진정한 성도의 교제는 그리스도의 사랑 안에서 한 형제가 된 감격을 서로 고백하며, 닫혀 있던 자신을 열어 형제에게 용서와 사랑을 베푸는 뜨거운 애정을 의미한다. 이는 그리스도의 공동체 형성을 지칭하는데, L. Coleman은 이러한 공동체의 바람직한 인간 관계를 위해서는 첫째 함께 모이고, 둘째 함께 동정하고, 셋째 함께 긍정하고, 넷째 함께 장벽을 헐고, 다섯째 함께 경축하고, 여섯째 함께 파송 받는 일의 끊임없는 훈련이 필요하다고 역설했다.

현대 교회의 양적 팽창은 상대적으로 교우 사이의 친교를 저해하는 요인이 되기도 한다. 그 직접적인 원인을 분석해 보면, 1) 교우 간의 최소 접촉량 감소, 2) 인성(personality)의 분열, 3) 자신의 신앙 교만, 4) 대집단 속에서의 개인 무시, 5) 사랑의 결핍에서 파생되는 무관심, 6) 친교 프로그램의 궁핍 등이 상정된다.

친교의 방향

교회의 양적 성장에 연기된 교제의 결핍 현상은 어떻게 치유 극복될 수 있는지 우리 교회의 시각에서 살펴보자.

1) 조직 내부의 활성화

현대 산업 사회의 대량 생산은 필경 고도의 분업화 시대를 열었듯이 교회의 팽창은 조직적으로 자체 분화하는 것이 필연적인 귀결이다. 즉, 대사회 성원 간의 교섭이 불가한 경우에는 그 하위에 있는 소사회 내부의 교섭으로 축소 영위할 수밖에 없는 것이다.

이에 조직의 활성화가 요구된다. 각 부서는 개성이 다른 구성원들로 이뤄진 조직이지만, 하나의 목표를 향해 동일한 의지와 고민을 쏟는 데서 놀라운 애정이 생성된다. 이러한 과정이 곧 친교에 직결되는 것이다.

그러나 조직 내부의 지나친 애정이 타조직에 대한 배타적 양태로 발전하여, 급기야 교회 내부가 세트화하는 우려도 없지 않다. 따라서 조직이나 개개인의 친교는 반드시 전체 교우의 친교에 공헌해야 한다는 지상 명제를 망각하지 말아야 한다.

나아가서, 조직끼리는 서로 경쟁이나 대립의 대상이 될 수 없다는 사실도 명심해야 한다. 새끼손가락 하나가 아프면 엄지도 괴로워질 수밖에 없는 지체의 원리를 터득하여야 한다.

결국, 자기 부서는 자율적인 사업과 활동을 통해 내부 친교를 도모하면서 타부서와 제휴·상보하는 기능을 감당해야 할 것이다.

2) 성만찬의 친교적 의미 고취

성경에 '떡을 떼다.'라는 기록이 여러 곳에서 나타난다(행2:42, 46/20:7,

고전10:16). 이는 시장하여 배불리 나눠 먹는다는 뜻이 아니라, 회중이 한 마음 한뜻으로 동역한다는 친교의 의미가 강하게 노정된 것이다. 따라서 성도가 함께 모여 먹고 마실 때는 반드시 그리스도 안에서의 교제를 염두에 두지 않으면 안 된다.

우리는 성례식에 참예할 때마다 그리스도의 살과 피를 먹고 마심으로 주의 죽으심을 기념하고, 그의 고난에 동참하는 의미만을 가슴 깊게 새겨 왔다. 그러나 성만찬은 형제들 간의 우의를 공고히 하는 징표로도 받아들여져야 할 것이다.

3) 각부 수련회의 내실화

교육 각부를 중심으로 한 수련회는 성원들 간의 친교를 위한 좋은 프로그램이다. 여기에는 경비 소요와 안전의 위험이 뒤따르기도 하지만, 교회에서는 이를 장려하고 내실을 위한 적극적인 지원과 관심을 아끼지 말아야 한다.

수련회는 신앙을 연단하는 모임이지만 성원들 간의 피상적이고 형식적인 교제를 탈피하여 참된 자기를 보여주고, 협동을 통한 공동체 훈련으로써 그리스도인의 공감대를 형성하는 것을 궁극 목표로 한다. 대자연 속에서 함께 자고 깨며, 함께 먹고 일하며, 함께 생각하고 익히는 것이야말로 너와 내가 동심(同心)으로 응집되게 하는 첩경이라 할 수 있다. 또한 미완의 인간이 지닌 한계성을 자연과 비교하면서 스스로 겸허해지는 체험의 기회가 된다.

4) 친교실 활용의 다변화

친교실은 간이 음식점이나 커피숍의 성격을 띠어서는 안 된다. 음료수 한 잔, 국수 한 그릇을 마주하면서, 우리의 사랑을 확인하는 감격의 장이 되어야 한다. 때로는 말썽꾸러기 주일 학생을 거느린 교사의 권면이라도 좋고, 어느 장로님과 초신자 대학생의 열띤 신앙 토론이라도 좋고, 혼약이 임박한 어느 청년의 혼담이라도 좋으나, 어쨌든 이곳은 만남과 대화와 사귐의 장이 되어야 한다.

5) 전 교인을 위한 친교 프로그램의 개발

교회 프로그램은 하나님의 섭리에 입각한 필연성을 지닌 것이어야 한다. 인위적으로 조형되거나 즉흥적인 아이디어에 의존된 프로그램은 그 효과를 기대할 수 없으며 존속하는 생명도 짧다. 우리 교회에서 수년 전에 실시한 바 있던 '삼덕대행진'도 주제와 목표 성격을 명확히 하고, 형식보다는 내용에 역점을 둔 행사로 발전시켜 계승한다면 좋은 결과를 가져올 것이다.

뿐만 아니라, 각종 절기 행사, 공동 의회, 임직식, 헌당식, 장립·취임식 등 전 교인들이 참여하는 예식은 그 본원적 의미인 절기의 예물을 하나님께 드리고, 주의 종들을 선출하여 세우고, 동역자의 사명을 받고, 교회당을 신축하여 봉헌하는 일을 통해 성도들의 친교에 기여하도록 연구되어야 한다.

모이는 곳마다 친교가 서식할 수 있어야 한다. 구역 예배에, '벧엘성서 공부'에, 권찰회, 철야기도회, '총동원 주일' 파티에 사랑의 교제가 형성되어야 한다.

그러나 그보다 더 놀라운 친교는 합심하여 기도하고 찬미하며, 영의 양식을 공급받는 예배 시간에 은밀히 이뤄진다는 사실을 잊어서는 안 된다.

≪1986년 8월 31일, 「신망애」 54호≫

1960년, 그 해 성탄절

그해도 크리스마스의 계절은 교회 장식으로부터 시작되었다. 강대상 뒷벽에다 커다랗게 아기 예수와 동방 박사를 그려 붙이고, 한편에는 성탄 트리를 만들어 놓았다. 당시 깜빡이 장식등이 없던 때라 조그마한 모터 하나를 얻어다 깡통을 붙여 돌려서 색등을 깜빡거리게 하는 조잡한 것이 제작되었다. 그러나 며칠을 공들여 만든 것이 퍽 애중하고 자랑스럽게 여겨졌다.

그러던 보름 전부터는 매일같이 성탄 음악예배 준비 연습이 이어졌다. 그 해는 눈이 많았던 때라 우린 자주 눈을 맞으며 성가 연습에 빠짐없이 참석했다. 목탄이 타고 있는 난로 가에 둘러앉아 노래하던 우리들은 지금의 에어컨 난방보다 더 짙은 정감의 분위기를 연출해 냈다.

어느 눈 내리던 밤, 새로 지어진 교회 종탑에 누군가가 올라가 트럼펫으로 '징글벨'을 불어 댔다. 그때 남루한 차림의 노인 한 분이 교회당을 찾아 들었다. 그는 해어진 보따리를 풀고는 나무로 된 낡은 플루트 하나를 꺼냈다. 정처 없이 떠돌아다니는 '거리의 악사'라고 자신을 소개하면서, 방금 들려 온 '징글벨' 나팔 소리에 이끌려 여기까지 들어오게 되었다고 했다. 이미 못 쓰게 된 악기는 제대로 소리가 나지 않았다. 그의 눈에는 눈물이 고여 있었고, 깊은 주름살에는 한 많은 일생의 고뇌가 역력히 새겨져 있었다.

12월 22일, 해마다 열리는 신명·계성 연합 성탄 음악회에 갔다. 피날레의 감격을 안겨 주던 '할렐루야' 코러스는 그 시절부터 나의 가슴과 뇌리에 정확하게 자리 잡고 있었다.

성탄 전야의 철야를 위해 밤참 준비를 해야 했다. 방앗간에 가서 가래떡을 인색하지 않게 뽑아 와서는 굳기 전에 우리 손으로 썰었다. 그것 때문에 하룻밤을 하얗게 밝혔다.

성탄 축하 음악예배가 시작되었다. 여학생들은 소복으로 단장하고, 남학생들은 흰 와이셔츠에 검정색 나비넥타이를 걸었다. 우린 말 구유에서 나신 아기 예수를 가슴속에 모셔 들이며 정중하고 엄숙하게 찬양을 드렸다.

자정쯤 떡국을 먹고 선물 교환에 들어갔다. 익명으로 준비한 선물은 각양 각색이었다. 성경책, 일기장, 만년필, 장갑 등. 그 중에서도 열면 상자, 또 열면 또 상자, 이렇게 하여 일곱 개의 마지막 상자 속에 감추인 예쁜 십자가의 감격은 지금도 잊을 수 없다. 나는 어느 여학생이 마련한 「하이네 시집」을 받았다. 책갈피에 꽂힌 예쁜 엽서에는 짧은 성구가 적혀 있었다.

"-하늘에서는 영광, 땅에서는 평화-"

나는 청년 시절까지 이 책을 고이 간직했다.

"기쁘다 구주 오셨네, 만백성 맞아라."

추위에 얼어붙은 평화의 노래가 울려 퍼졌다. 새벽송이다.

지금 생각하면 모두가 눈물 나도록 정겹던 믿음의 벗들이다. 이제 그들은 전국 방방곡곡, 아니 지구촌 곳곳에까지 흩어져 갔고, 그들 중에는 앞서 조서한 그리운 얼굴들도 있고 보니 회억하는 필자의 심사는 마냥 수수룹기만 하다.

≪1988년 12월 24일, 「신망애」 76호≫

교회 발전과 함께 한 「신망애」
- 그 발전을 위한 제언 -

「신망애」의 지령 100호 탄생을 축하하며 그간의 노고에 감사를 드린다.

1982년 창간 이래 100호를 낳기까지에는 10여 개 성상의 숱한 산고가 뒤따랐을 것이다. 이런 점에서 「신망애」는 우리 교회 창립 30년 이후의 발전과 도약과 중흥의 역사를 성실하게 기술하고 평가하고 분석하는 역할을 거뜬히 해낸 셈이다.

필자는 「신망애」에 대한 남다른 애정과 감회를 지니고 있다. 1974년 계간으로 발간되었던 「삼덕평신도회보」의 창간을 도운 일이 있고, 「신망애」에도 그간 여러 편의 권두 칼럼을 써 왔기 때문이다. 특히 11호부터 연재한 '이 달의 찬송'에서는 그 해설을 쓰는 자신이 얼마나 큰 은혜와 감동을 받았는지 모른다. 지금 나의 서재에는 이 「신망애」가 단 한 호의 결질도 없이 다섯 권의 파일에 나뉘어 나란히 꽂혀 있다.

이제 지령 100호를 맞는 성숙한 모습에 격려를 보내면서, 「신망애」의 기능과 사명을 재점검하고, 주마 가편의 의지를 공고히 하는 계기가 되었으면 한다.

「신망애」의 창간호를 보면 발간 의도와 목적과 성격이 뚜렷이 제시되어 있다. '새롭게 시작한다'라는 표제로 쓰인 이 권두언에는 우리 교회의 발전상을 기록하기 위해, 문서 전도와 성경 이해를 위해, 그리고 성도 간의 교제를 목적으로 「신망애」를 발간한다고 명시하고 있다. 이를 집약하면, 「신망애」는 복음 선교와 신앙 교육과 성도 교제를 위한 종합 보도지가 될 것이다.

이제 최근호를 중심으로 내용을 분석하고, 필자 나름의 소견을 정리해 볼까 한다.

첫째, 특집의 분량이 너무 빈약하다는 점을 지적하지 않을 수 없다. 다른 기사를 줄이더라도 특집의 지면을 4면 이상으로 증면했으면 한다. 또한 특집의 주제 구상은 연초의 편집 회의에서 일년 분이 기획되어야 하는데, 이는 절기에 관한 주제, 예컨대 가정의 달 5월에는 '그리스도인의 가정'을 다루어 봐도 좋겠고, 최근에 들끓었던 '환경 공해' 등 사회 문제를 놓고 기독교의 시각에서 현상과 비판, 전망을 조명해도 좋으리라 여겨진다. 우리 교회가 각계 각층의 여러 분야에 종사하는 인사들을 많이 구유하고 있어 어떠한 주제라도 접근하기가 어렵지 않을 것이다. 교회에서 마련한 특강의 내용을 강사의 양해하에 요약 수록하는 것도 한 방안이 된다. 원고 청탁은 구두 청탁이 아닌 서면 청탁으로 하되 주제와 분량과 제출 마감일을 명기하여 정중하게 공식적으로 요청하면 누구나 최선의 것으로 응낙하리라 믿는다.

둘째, 「신망애」는 복음 선교와 성경 말씀의 교육 기능에 역점을 두고 편집되어야 한다. 이를 위하여 때로는 성경 주석서에서 주요 대목을 발췌하여 단계적이며 유기적, 체계적인 해설을 게재하는 것도 바람직하다. 교리 문제에 대한 유권적 해석을 소개하고, 이단을 배격할 수 있는 논리와 신학적 지식을 고취함으로써 요동치 않는 그리스도인의 위상을 정립시켜야 한다.

셋째, 신앙 강좌, 신앙 간증, 성시 감상 등 신앙에 관한 토픽을 한 곳으로 모으고, 일반 상식이나 생활의 지혜를 다룬 내용은 그것대로 한데 묶어 두어야 한다. 그래야만 집중적이고 획일적이며, 명쾌한 효과를 기대할 수 있을 것이다. 교인들은 자신의 신앙 생활에서 체험하지 못한 것을 타인으로부터 얻어 자기의 것으로 용해하려는 강한 욕구와 호기심을 가지고 있다. 기독교 방송의 '새롭게 하소서'가 시청률이 높은 것은 이 때문이다. 따라서 편집자의 초점은 늘 신앙 간증과 체험담에 머물러 있어야 하며, 교인들은 자신의 간증을 다투어 기고하는 풍토가 조성되어야 한다.

넷째, 교회 안의 소교회인 각 기관 활동을 순차적으로 체계성 있게 소개했으면 한다. 교회가 비대해지고 교인 수가 늘어갈수록 소그룹을 통한 교제와 친교가 교인들의 교회 생활 전역을 지배하기 때문이다.

아울러 '모세의 지팡이'는 이스라엘 백성들을 애급에서 인도해 내는 해방의 지팡이 노릇을 수행해야 한다. 해학과 풍자는 반드시 교훈에 귀결되어야 하며, '가십'은 어느 개인의 주관이 배제된 다수의 객관성과 보편성을 생명으로 한다는 사실을 명심해야 할 것이다.

「신망애」는 성년이 된 우리 교회가 걸어가는 발자취를 스케치하는 살아 있는 역사 기록이며, 양떼들을 푸른 초장으로 인도하는 또 하나의 지팡이요, 막대기다. 또한 성도 간의 사랑과 호흡과 체취를 담은 절실한 대화이기도 하다.

입대하여 휴전선을 지키는 우리 아들에게 신앙으로 무장케 하며, 국외로 이주한 우리의 옛 교우들에게 모교회와 조국의 향수를 환기케 하는 놀라운 힘을 「신망애」는 가졌다. 사랑 받아야 할 복음 선교지요, 신앙 교육지요, 성도 교제지인 「신망애」가 더욱 아름다운 꽃을 피우고 풍성한 열매를 맺도록 물심의 지원을 아끼지 말아야 할 것이다.

≪1991년 5월 21일, 「신망애」 100호 특집≫

신구교 공동 「주님의 기도」에 대하여

우리나라 개신교와 천주교가 1971년과 1977년에 공동으로 신약 성경 및 성경 전서를 번역 출판한 것은 한국교회사상 획기적인 일이었다.

최근 1991년 7월 7일에는 서울 YMCA의 '그리스도와 겨레문화 연구회'(회장: 전택부)가 주최하여 신구교 공동 「주님의 기도」 마련을 위한 발표 토론회를 가졌다. 이 공동 주기도문은 그 후에도 시안 작성을 위한 연구가 계속 진행되었다. 나채운 교수(장신대)와 서정수 교수(한양대)를 중심으로 한 시안 마련 및 검토 작업이 3차의 모임(1991년 11월 3일, 12월 1일, 1992년 2월 18일)을 통해 이어졌고, 수정 보완을 위한 확대 모임도 뒤따랐다. 지난 5월 1일에는 시안의 발표 모임이 열렸는데, 그 자리에서 심재기 교수(서울대)와 필자는 이를 논평했고, 참석자들도 이에 관하여 폭 넓은 의견을 제시함으로써 이 작업은 보다 구체화되기에 이르렀다.

마침내 5월 28일 신구교 양측에서 각 5명씩의 위원들(개신교측 : 나채운(장신대 교수), 홍사만(경북대 교수), 최태영(숭실대 교수), 정길남(서울교대 교수), 김창락(한신대 교수)/ 천주교측 : 서정수(한양대 교수), 심재기(서울대 교수), 정양모(서강대 교수), 최혜영(성심여대 교수), 임승필 신부)을 선정하여 장시간 협의한 끝에 「주님의 기도」 최종 문안을 완성하게 된 것이다. 이 문안은 앞으로 양측의 교단과 성서공회 등 관련 기관에 제안, 상정되어 심의를 거친 후

공식적으로 확정, 채택될 전망이다.

이 글은 그 동안 오랜 연구 모색과 논의 끝에 탄생한 공동 「주님의 기도」의 최종 문안을 소개하고 간략하게 해설한 것이다.

시안 작성자들은 헬라어로 된 원문 「주님의 기도」를 번역하는 데 다음 몇 가지의 원칙을 세웠다.

첫째, 원본은 헬라어 성경 Nestle-Aland의 Novum Testament Grace 제26판을 원문으로 하되, 타언어로 번역된 내용을 두루 참조하기로 한다.

둘째, 가능한 한 충실한 직역으로 원문의 뜻을 최대한 표현할 수 있게 한다.

셋째, 직역한 낱말이나 표현이 어색할 때에는 우리말 어법에 맞도록 조정하고, 새 시대의 교회에 알맞은 쉬운 현대어로 한다.

넷째, 어떤 낱말이 특별한 신학적 의미를 가지고 있을 때에는 반드시 한 가지의 대역이라는 번역의 원칙을 따르지 않기로 한다.

다섯째, 전통적인 문체 의미와 아름다운 율조는 그대로 살리도록 한다.

최종적으로 다듬어진 공동 주기도문은 다음과 같다.

「주님의 기도」

L1   하늘에 계신 우리 아버지,

L2   아버지의 이름을 거룩히 받들게 하시며,

L3   아버지의 나라가 오게 하시며,

L4   아버지의 뜻이 하늘에서와 같이

L5   땅에서도 이루어지게 하소서.

L6   오늘 우리에게 일용할 양식을 주시고,

L7   우리에게 잘못한 이를 우리가 용서하였사오니

L8   우리 죄를 용서하여 주시고,

L9   우리를 유혹에 빠지지 않게 하시고,

L10   악에서도 건져 주소서.

L11   나라와 권능과 영광이

L12   영원히 아버지의 것이옵니다.   아멘

주기도문은 예수님께서 전범(典範)으로 가르쳐 주신 기도문으로, 전문은 1) 부름, 2) 하나님에 관한 기원, 3) 우리를 위한 간구, 4) 송영 등 네 부분으로 구성되어 있다. 이 기도문을 하나의 시가 형태로 다룬다면 3연 12행시가 되며, 그 율격은 각 행이 3, 4 음보격의 운율을 지니고 있다.

이를 현용 개신교 주기도문과 비교해 보면, 전체적인 골격은 크게 달라진 것이 없다. 글자 수도 총 153자(아멘 포함)로, 종전의 151자에서 두 자가 늘었을 뿐이다.

무엇보다 먼저 표제명이 논점으로 대두되었는데, 이는 「주님의 기도」라고 할 때, '주님께서 하신 기도'로 오해할 수 있기 때문이다. 따라서 「주님 가르치신 기도」라고 하자는 의견도 있었으나, 그렇게 하면 표제가 너무 길어지므로 속격조사 '-의'의 포괄적인 의미 기능을 최대한 인정하여 그대로 쓰기로 한 것이다.

L₁의 '우리 아버지'는 '우리 아버지여'에서 호격 조사인 '-여'를 뺀 것이다. '-여'는 현대 구어에서 일반 호칭으로 잘 쓰이지 않으며, 여기에서 꼭 써야 한다면 존칭 호격인 '-시여'가 붙어야 할 것이다.

L₂의 헬라어 원문은 명령 피동형으로(hegiastheto), 이 부분은 우리말로 옮기는 데에 가장 큰 어려움을 겪었던 곳이다. 그러나 지금까지의 '이름이 거룩히 여김을 받으시오며'는 억지 조성된 피동문으로, 우리말에서 수용하기 어려운 매우 어색한 표현이다. 이 대목은 오랜 논의 끝에 의역하여 '이름을 거룩히 받들게 하시며'로 조정했다. 또한 L₂, L₃, L₄의 '이름', '나라'와 '뜻' 앞에는 원문에 2인칭 대명사 'sou'가 세 차례 명기된 것을 중시하여 '아버지의'를 붙여 소유 주체를 명시했다.

L₃에서 '나라이'는 고어의 잔재이므로(나랗+이), 주격 조사 '-가'로 고쳐 썼고, '임하옵시며'는 현대 구어에서 그 출현 빈도도 낮고 의미도 확연하지 않아 '오게 하시며'로 바꾸었다. 한편 현용 주기도문에는 '임하옵시며', '주옵시고', '마옵시고' 등의 어형들이 여러 차례 나오는데, 이는 겸양 표시어인 '-옵-'과 존칭 표시어인 '-시-'의 위치가 서로 바뀐 오류의 예이다. 이들은 '임하시오며', '주시옵고', '마시옵고'로 바로 잡아야 할 것이다(참조: *임하옵시소서, *주옵시소서, *마옵시소서).

L₄, L₅에서는 '이루다'가 두 번 나오는 것을 지양했고, '이루어지이다'에서 '-지이다'는 상대 존칭 원망형(願望形)으로 고어 형태이므로 현대어인 '이루어지게 하소서'로 다듬었다.

L₆에서 '오늘'은 하루 24시간을 나타내는 원어 'semeron'의 번역으로, '요즈음'을 나타내는 '오늘날'과는 다르다. '일용할'은 '날마다 쓴다'는 뜻인

데, 실제로 동사 '일용하다'는 현대어에서 상용되고 있지 않지만, 지금까지 신구교에서 공용해 옴으로써 성도들에게 익숙해 진 단어이므로 그대로 살리기로 했다.

L₇과 L₈에서 '잘못'과 '죄'는 어원적으로 '빚'이란 뜻을 지닌 'opheilemata'와 'opheletais'를 구별하여 옮긴 것이다. 이를 구별한 것은, '잘못'이란 수평적으로 사람 사이의 허물과 실수를 포괄하는 외연이 넓은 말이며, '죄'는 수직적으로 하나님과 사람 사이의 것으로 변별되기 때문이다. '용서한 것 같이'는 '용서하였사오니'로 바꾸었다. 그 까닭은 '우리가 용서한 것 같이 우리를 용서하소서'라고 하면, 마치 우리가 용서한 대로 그 모범을 따라 하나님께서 우리 죄를 용서해 달라는 뜻으로 해석될 수 있기 때문이다. 또한 이는 하나님께서 우리들의 죄를 용서하시는 선행 조건으로 사람들 사이의 용서를 요구하는 의미도 강하게 내재되어 있는 것으로 해석된다.

L₉에서 원어 'peirasmon'은 '시험'보다 '유혹'으로 옮기는 것이 원의에 가깝다(영어에서도 temptation). '시험'은 교회 안에서만 통용되는 의미가 특수화한 말이다.

L₁₀에서 종래의 '다만'은 삭제했고, '악에서 구하옵소서'는 '악에서 건져 주소서'로 고쳤다. 후자의 경우는 L₉의 유혹에 빠지는 것과의 대립 관계 형성과 아울러 의미의 호응 관계를 고려한 것이다.

L₁₁에서 지금까지 '대개'를 첨가한 것은 오역이다. 원어 'hoti'는 '왜냐하면'의 뜻을 지닌 접속어로(영어의 for), 이는 번역하지 않는 것이 더 자연스럽다. '권세'를 '권능'으로 바꾼 것은 원어 'dynamis'에 더 충실한 번역이

며, 현실적으로 '권세'는 어감의 감정 가치가 좋지 않기 때문이다.

L₁₂의 '영원히 아버지의 것이옵니다'도 원어 'sou estin'을 충실하게 직역한 결과에서 나온 것이다.

「주님의 기도」는 정확한 신학적 메시지가 올바른 국어의 어법과 적절한 어휘 선택으로 표현된 최선의 것이어야 한다. 특히 150자 남짓한 짧은 기도문인 만큼 일자 일어의 오류나 군더더기도 허용될 수 없는 것이다.

이 기도 문안은 그 동안 수차례의 공청과 토론을 거쳤고, 신학자들과 국어학자들의 면밀한 심의를 통해 다듬어진 것이지만, 결코 완미하다고 할 수는 없을 것이다. 이는 원천 언어인 헬라어와 수용 언어인 국어 사이에 내재하는 구문 구조상, 어휘 의미상의 이질성이 완벽한 번역을 저해하기 때문이다. 또한 번역을 어렵게 하는 언어 외적 요소로는 이 기도문이 씌어진 당시의 시대적 배경과 오늘날 우리와의 비교에서 노출되는 시간적, 역사적 거리와 상황적 간격이 엄존한다는 것이다.

따라서 필자의 머릿속에는 아직도 미진한 몇몇 부분에 대한 아쉬움이 남아 있다.

L₂, L₃, L₅에 등장하는 장형 사동 형태(-게 하다)의 의미, 두 연에서 접속 어미가 각각 '-며, -며'와 '-고, -고'의 형식을 취한 단조성, 기도문에서 겸양 형태소가 단 두 곳밖에 나타나지 않는(용서하였사오니, 것이옵니다) 문체상의 인색감이 그것이다.

어쨌든, 이 공동 「주님의 기도」는 신구교 성경학자들의 합치된 신학적 메시지를 원문 직역이라는 과정을 통해 충실히 반영하였고, 5인의 국어학

자들이 문법, 어휘 및 운율까지 고려하여 다듬은 오늘의 우리말 기도문이
라는 점에서 그 가치가 인정된다. 앞으로 이 「주님의 기도」는 성도의 입
으로 가슴으로 하나님께 드려질 때마다 더욱 절실하고 친근한 '우리의 기
도'로 승화되리라 믿는다.

≪1992년 6월 28일, 「신망애」 112호≫

주기도문

하늘에 계신 우리 아버지,

아버지의 이름을 거룩하게 하시며

아버지의 나라가 오게 하시며

아버지의 뜻이 하늘에서와 같이

땅에서도 이루어지게 하소서.

오늘 우리에게 일용할 양식을 주시고

우리가 우리에게 죄 지은 사람을 용서하여 준 것 같이

우리 죄를 용서하여 주시고
우리를 시험에 빠지지 않게 하시고
악에서 구하소서.
나라와 권능과 영광이
영원히 아버지의 것입니다.   아멘

햇곡과 알곡의 의미

가을이 찾아왔다. 들녘에는 오곡이 익어 고개를 숙이고 철 이른 곳에는 추수가 한창이다. 식탁 위에 오른 햅쌀밥을 대할 때면 새삼 하나님의 섭리의 신비와 사랑을 깨닫게 된다.

'햇곡', 그 한 톨 한 톨에는 인고의 애정과 소출의 감격과 풍작의 감사가 깃들어 있는 순정한 것이다. 추수 감사는 이 순수하고 정결한 모습의 햇곡을 하나님께 드리는 정성의 표현이다.

'햇곡'을 보면서 부활의 첫 열매가 되신 예수 그리스도를 생각한다. 그는 흠도 티도 없으셨으나 세상의 죄를 대속하기 위해 십자가를 지셨다. 부활의 위업을 이루고도 두려워 떨고 있는 제자들을 찾아가 단아하고 소박한 얘기를 나누시던 분이다. 갈릴리 바닷가를 다니시면서 병든 자, 귀신들린 자, 소외되고 가난한 자의 벗이 되셨고, 보잘것없는 시몬을 불러 베드로가 되게 하신 주님이다. 오늘 우리 교회에 예수님이 오셔서 제자를 찾는다면 또 그런 사람을 선택하실 것이다.

하나님은 모든 일에 형식과 내용을 두셨다. 형식은 내용을 담는 그릇이요, 내용은 그 속에 담겨 있는 알맹이다. 양자의 관계에는 형식이 내용을 위해 존재하는 것이지, 내용이 형식을 위해 존립하는 것이 아니라는 논리가 성립된다. 내용은 원초적으로 본질에 가깝기 때문이다.

예수님의 '알곡과 가라지의 비유'에 귀를 기울여 보라. 야단스런 형식보다는 중심의 내용을 귀하게 여기지 않으셨던가? 호사스런 빛으로 외식하던 바리세인들을 경멸하신 것도 이 때문이다.

우리의 신앙 생활과 교회에서도 하나님과의 수직적 관계와 성도 간의 수평적 관계는 그 본질인 사랑이 담겨 있어야 '알곡'이 된다. 본질은 망실되고 형식만이 비대해 진 신앙이나 교회는 그 형식이 아무리 경건하고 훌륭하고 현란하다고 해도 헛것이다. 실체보다 그림자가 크고 화려한 이름으로 역동적인 제스처를 구사하는 사람 곁에는 예수님이 서실 자리가 없다. 현대 교회에 물량과 규모가 본질을 제압하고 인위적인 기교와 수단이 만연하게 될 때, 예수님은 그 곳에 머무르실 수 없다.

늘 구석진 자리에서 빛도 없이 묵묵하지만, 순수하고 진실한 기도로 교회를 새롭게 하는 성도가 바로 '햇곡'이다. 있으나 마나 한 것 같지만, 그가 없으면 교회가 온통 텅 빈 것 같은 사랑의 청지기가 진정한 '알곡'이다. 우리 교회는 이 진실한 '햇곡'들과 사랑의 '알곡'들 덕분에 복을 받고 있는 것이다. 내 자신이 '햇곡'과 '알곡'의 모습인지 살피며, 이 가을에 우리 몸을 '햇곡'과 '알곡'으로 하나님께 드리자.

≪1992년 9월 27일, 「신망애」 114호≫

교회 창립 40주년에

우리 교회가 창립된 지 40개 성상이 흘렀다.

당시 백여 명 되는 성도의 기도 위에 설립된 우리 교회는 교우들의 눈물의 간구와 헌신과 봉사로 오늘의 삼덕을 이룩하게 된 것이다.

옛날 이스라엘 백성들이 애급에서 400년간 종노릇하다가 출애급하여 가나안에 들어가기까지의 광야 생활이 40년 동안이었다. 이 광야의 생활은 해방의 감격과 더불어 복지에 들어가기 위한 준비의 기간이라는 점에서 긍정적인 의미를 함축하고 있다.

이로 보면 40년이라는 성서적 시간 개념은 큰 역사를 위해 예비된 기간이요, 소망의 시간이며, 광야와 같은 고난의 기간이 종결되는 마지막 시기라고 하는 영적 의미를 가진다.

창립 40주년, 이는 우리 교회에 새 역사를 창조하는 새 시대가 열리고 새 세대가 다가오고 있음을 뜻한다. 그 동안 축적된 불신과 원망과 우상 숭배로 점철된 광야 생활에서 가나안으로 진입하는 소망의 의미를 가지며, 이 준비된 시공간 속에서 하나님의 소명을 직접 부여받는 계시적 의의를 지니고 있다.

무엇이든 연륜이 깊어지면 그 모습은 본질에 가까워져야 한다. 교회의 본질은 어디까지나 영성과 사랑에 있다. 하나님의 권능이 상존하는 교회가 되어야 하고, 그 속에 성령으로 충만한 성도의 교제가 이뤄져야 한다. 아무리 교인 수가 많다고 해도 그 가운데 영성이 결핍되어 있으면 그곳은 빈집이나 다를 바 없다.

그리스도의 한 우산 속에 거하는 하나 공동체, 즉 사랑의 공동체인 '코이노니아'를 이룩해야 한다. 이를 위해서는 절실한 성도 간의 지체 의식과 영적 교감이 형성되지 않으면 안 된다. 하나님의 집에서는 돈 많고 사회적 지위와 명망을 가진 자들보다는 가난하고 보잘것없는 사람들에게 더 큰 관심이 쏠려야 한다. 무거운 직분을 맡은 제직들보다는 평신도에게, 신앙의 연륜이 깊은 자들보다는 초신자들에게 더 많은 애정을 기울여야 한다.

이제 40주년을 맞는 우리 교회의 역사 의식 속에는 교회의 장래를 이끌고 나갈 인재들의 육성이 가장 시급한 과제로 대두된다. 이들은 집의 지주와 동량으로 우리 교회를 떠받치고 후진들을 신앙으로 가르치며, 교회 역사와 사명을 두 어깨에 메고 나갈 역사의 일꾼들이다.

우리는 옛날 광야 생활을 통해 준비된 이스라엘 백성의 모습으로, 가나안을 밟는 소망과 환희와 더불어 영성 훈련과 사랑의 계시를 실현하고, 교회의 장래를 짊어질 충성된 청지기를 육성하는 데 전념해야 할 것이다.

≪1992년 10월 31일, 「신망애」 115호 창립 40주년 기념특집호≫

신령과 진정으로

예배(worship)란 겸허한 마음으로 하나님께 나와 경배하는 성도들의 영적 행위이다. 예배는 하나님의 크고 높으신 덕을 기리며 받들어 찬양하고, 우리의 몸과 마음을 드리는 헌신을 일컫는다. 또한 신앙 고백을 통하여 예수 그리스도가 우리의 구주이시며, 우리가 죄 사유함을 받은 감격으로 하나님의 자녀됨을 확인하는 것이기도 하다.

그러면 예배자의 태도는 어떠해야 하는가? 이에 대해 예수님께서는 "하나님은 영이시니 예배하는 자가 신령과 진정으로 예배할지니라."(요한4:24)라고 하셨다. 이때 신령과 진정은 헬라어로 '엔 프류마티 카이 알레데이아'인데, 이를 원어에 가깝게 풀이하면 "영 안에서, 진리 안에서"라는 뜻이 된다.

참된 예배는 영적 존재로서의 자신을 헌신하는 것을 말한다. 사도 바울은 "영으로 기도하고 마음으로 기도하고, 영으로 찬미하고 마음으로 찬미하니라."(고전14:15)고 하여 스스로 영적 예배의 모범을 보여 주었다. 그는, 영(spiritual)이란 하나님께서 인간과 교통하는 통로라고 생각했다. 우리가 영성 훈련을 필요로 하는 것은 영 없이는 하나님을 볼 수 없기 때문이다.

헌신은 성도들이 믿음의 삶을 살아가는 데 필수적인 요소이다. 헌신 없이는 하나님의 뜻을 바로 분별하고 삶의 목표를 바로 설정할 수 없다. 성경은 "너희 몸을 하나님이 기뻐하시는 거룩한 산 제사로 드리라. 이는 너희가 드릴 영적 예배니라."(로마12:1)라고 가르치고 있다. 영적 예배(spiritual service), 합당한 예배(reasonable service)는 예배자가 지향하는 예배의 궁극 목표이며, 이를 위해 하나님이 기뻐하시는 우리의 거룩한 헌신이 필요 불가결함을 일깨워 준다.

다음으로 참된 예배는 진정과 진리 안에서 이뤄져야 한다. 이는 하나님의 특별 계시인 진리의 말씀과 하나님에 대한 명확한 지식을 갖추고 예배에 임해야 한다는 것이다.

오늘날 예배의 형태는 대체로 찬양과 말씀의 계시, 신앙 고백과 기도, 그리고 봉헌으로 구성된다. 따라서 예배하는 성도들은 이러한 예배 요소 중 어느 것 하나도 소홀히 해서는 안 된다.

첫째, 찬양은 예배 중 가장 중요한 경배의 형태이다. 본래 예배라는 헬라어 '라트레이아'는 제사와 찬양을 뜻하는 것이었다. 그러므로 찬양은 예배를 돕는 일부분이 아니라 예배 그 자체인 것이다. 성도들의 찬송은 위대하신 주재자, 전지 전능하신 하나님의 거룩하신 이름을 받들어 기리는 엄숙한 것이어야 한다.

특히 찬양대는 예배 중 선포되는 계시의 말씀과 더불어 예배를 거룩하게 이끌어 가는 견인차 역할을 한다. 이런 의미에서 찬양대원들은 모두가 작은 성직으로서의 소명 의식을 가지지 않으면 안 된다. 찬양 가운을 입을 때마다 스스로의 손과 발, 가슴과 입술이 정결한지를 살피고, 기쁨과 감격을 가지고 자기의 신앙 고백으로 찬양을 드려야 한다.

둘째, 기도는 감사와 고백으로 채워져야 한다. 기도는 하나님과 수직적으로 만나는 대화의 통로이기 때문에 절실해야 하며 외식 없는 순정한 것이어야 한다. 우리가 주일 예배 때마다 주께서 가르치신 기도를 드리는 것은 그 짧은 기도문 속에 부름과 기원, 간구와 송영이 압축되어 있는 최선의 기도이기 때문이다.

셋째, 설교는 선포된 하나님의 말씀이다. 우리는 계시된 말씀인 성경을 항상 묵상해야 하며, 사도의 입을 통해 선포되는 말씀을 하나님의 직접 계시로 받아들이지 않으면 안 된다.

넷째, 하나님께 예물을 드릴 때는 정결하게 구별하여 드리며, 정성을 다해 드려야 한다. 구약 시대의 번제와 속죄 제사에 흠 없는 어린양과 수송아지와 비둘기를 바치던 것을 상기하자. 또한 "형제와 화목하고 그 후에 와서 예물을 드리라."(마5:24)고 하신 말씀을 기억해야 할 것이다. 하나님께서는 큰 예물보다는 정성이 담긴 소중한 예물을 기뻐 받으신다. 누가복음에 어느 가난한 과부의 두 렙돈을 기뻐하시던 예수님을 생각하라.

예배는 외형적으로는 성도가 회집한 모임이지만, 그 가운데 살아 계신 하나님이 임재하신다는 점에서 경건과 외경의 자세를 가져야 한다. 또한 하나님께로 나올 때는 반드시 준비된 마음이 있어야 한다. 예배에 늦는 것은 하나님을 경외하는 마음이 결핍된 데 연유하며, 기도 시간에 몰래 거동하거나 설교 시간에 조는 것은 예배 속에 계시는 하나님을 몰각하고 있는 소치일 것이다.

예배에 참예하는 성도는 정결한 몸과 마음으로 단정한 옷차림을 하고,

은혜를 사모하는 마음으로 시각에 맞추어 나오는 경건한 자태가 요구된
다. 사람을 만나러 오는 게 아니라 하나님을 뵙고자 함이다.

≪1993년 2월 28일, 「신망애」 118호≫

자유로운 삶

우리의 삶은 연속선상을 달리고 있는 '아날로그'의 형태를 취하고 있다. 그러나 우리의 의식은 '디지털'의 양상을 띤다.

나이는 매일같이 조금씩 먹어 가고 있는데도 일년이 지나야 한 살을 더하게 되고, 하루도 순간이 쉼 없이 이어져 흘러가는 것인데도 자정을 넘겨야 날이 바뀌는 것이다. 따라서 인간은 애써 어제와 오늘을 구분하려 하고, 묵은 해와 새해를 단절시키려고 한다. 오늘의 슬픔과 좌절이 새 날에는 가뭇없이 사라지기를 바라고, 한 해의 불운과 불행이 새해에는 말끔히 씻어지기를 소망한다. 그래서 망년회와 신년회가 우리 주위에서 그렇게 법석을 떨고 있는 것이다.

그러나 분명한 것은, 해가 바뀌어도 섣달 그믐날과 새해 아침은 어제와 오늘의 접속에 불과하고, 두 날의 분기점인 자정은 분초가 이어져 가는 연속선상의 한 점에 지나지 않는다는 것이다.

그렇다고 해서, 새 날과 새해의 '디지털'적 단락이 전혀 무의미하다는 것은 결코 아니다. 하루 24시간은 밤과 낮이란 구별된 단락으로 엄존하고, 일년 365일은 사계의 순환에 의해 분명히 구획된 시간적 거리이며, 하나님의 창조 역사의 주요 목차로 등장되어 있는 계획 항목이기 때문이다.

새해 들어 하나님께서는 우리 교회에 "자유로운 삶"이란 표어를 주셨다. 그러나 이런 표어는 올해에만 적용되는 한정적 유효성을 내포하고 있지는 않다. 이는 우리의 일생을 두고 지속적으로 우리 속에 실존해야 할 필수적 테마이다. 해마다 설정되는 표어는 소멸도 교체도 아닌 축적과 성숙의 형태로 존립 생동해야 할 것이다.

"주는 영이시니 주의 영이 계신 곳에는 자유함이 있느니라."(고후3:17)

말씀 속의 "자유"란 율법의 멍에로 종 노릇하던 영혼(딛2:14)이 해방되는 것을 말한다. 이러한 자유는 인간의 노력으로 이뤄진 도덕적이고 관념적인 것이 아니라, 그리스도께서 종의 멍에를 대신 메심으로 우리를 죄로부터 구원하시고 참 자유를 주신 은혜의 산물이다(롬6:15).

"그리스도께서 우리를 자유케 하려고 자유를 주셨으니, 그러므로 굳세게 서서 다시는 종의 멍에를 메지 말라."(갈5:1)

자유는 방종이 아니라 의무를 수반한다. 항상 그리스도를 의지하고 순종하며(요8:36), 말씀 위에 서 있어 성령의 열매를 맺어야 한다(갈5:22- 23). 예수님께서는 "진리를 알지니 진리가 너희를 자유케 하리라."(요8: 32)고 하셨다. 우리가 주님 안에 거하게 될 때 진리를 알게 되고, 예수 그리스도 자신인 진리(요14:6)가 우리를 죄에서부터 자유롭게 해 준다는 말이다.

참으로, 성도들의 삶은 참된 자유를 누리는 승리의 삶으로 승화되어야 한다. 잘못된 인습과 관념으로부터 자유함을 얻어야 하고, 비대해진 자아와 오만한 자신에서 자유로워져야 한다. 인습과 관념의 종이 되면 외식하는 바리세인과 같이 되고, 이기와 자만으로 살이 찌면 세계와 교회는 점점 더 좁아지게 될 것이다.

뿐만 아니라, 물질과 시간의 속박에서 자유로워져야 한다. 현대병인 배금주의적 사고와 분주 때문에 물질과 시간에 종 노릇하던 모습에서 탈피하여 자유함을 얻어야 한다.

이해 벽두에 서서 우리는 신앙적인 승리의 삶을 저해하는 속박이 무엇인지를 점검하고, 그로부터 자유로워지는 삶을 영위하도록 힘써야 할 것이다.

≪1994년 1월 30일, 「신망애」 129호≫

오늘 삼가 고 정환탁 장로님에 대한 추모의 글을 쓰게 된 것은 나 자신 소년기, 청년기, 장년기를 통해 40여 년 긴 세월 동안 장로님의 행적을 보아 왔고, 그보다는 장로님으로부터 누구보다 많은 사랑을 받았다고 자처하기 때문이다.

지난해 12월 30일, 대학 입시 출제를 위한 합숙을 하루 앞두고 우리 내외는 정 장로님 병실을 찾았다. 쇠잔한 기력 속에서도 우리를 잘 알아보고 반가워하셨다. 우린 금 권사님과 함께 한 시간 가까이 찬송을 부르며 예배를 드렸다. 가장 좋아하시는 찬송 "저 높은 곳을 향하여"를 부르는 동안 우리의 가슴은 뜨거워졌다. 이 찬송은 지금까지 하늘 나라의 소망으로 살아오셨고, 장차 들어갈 영원한 본향을 준비하며 여생을 사신 장로님의 간절한 신앙 고백이었다. 그런 중에서도 줄곧 우리의 대접에 신경을 쓰셨고, 무엇을 타고 왔는지 돌아가는 차편은 어떤지 걱정하시는 것이었다. 그것이 나에게 들려주신 마지막 말씀이 되고 말았다.

장로님의 유해는 동해 바다가 바라다 보이는 고향 마을 청하(淸河)의 양지 바른 곳에 안장되었다. 유가족들의 호곡 속에 나는 지난 40년 동안의 장로님 모습을 더듬어 갔다.

내가 처음 장로님을 뵙게 된 것은 중학교 1학년 때(1956년)였다. 수수한 옷차림에 별난 데라곤 어느 한 곳도 찾아 볼 수 없는 친근한 아버지 같은 분이셨다. 때로는 만면의 미소로 우리 곁에 다가오셨고, 때로는 무표정하게 하나님의 섭리를 발견하는 지혜를 터득하려 애쓰셨던 분이다. 불신가에서 태어나 늦게 주님을 영접한 때문인지, 그것을 만회라도 하려는 듯 장로님은 80생애가 짧게 주의 일을 서두르셨다. 구원의 확신을 얻은 환희와 장로의 임직을 받으신 후 착수하신 사역은 농촌 교회에 종을 보내는 일이었다. 그 사업을 20년에 걸쳐 행하셔서 전국 각지에 분포된 교회 종의 수효는 420여 개에 달했다.

부귀의 복도 자녀의 복도 누리셨다. 한때는 동산병원의 수장의 자리에 머무시면서 안팎의 분규와 갈등을 해결하려 애쓰시기도 했다. 호동병원 개업 후 줄지은 어린이 환자로 하루 종일 귀 안이 헐도록 청진기를 떼지 못하셨다는 얘기는 지금 들어도 실감이 난다. 어린 시절 가난 속에 성장하신 장로님은 부를 얻어도 검소하셨고, 재물을 얻어도 자랑하지 않으셨다. 항상 조용하셨고 음성은 언제나 온화하셔서 그분으로부터 한번도 큰 소리를 들은 적이 없다. 한평생 온유를 몸으로 가슴으로 언어로 실천하신 분으로 우리들의 뇌리에 길이 남아 귀감이 될 것이다.

병원의 벽에 걸려 있는 거울에는 여러 가지 성경 구절들이 씌어 있었다. 예수님 당시 소경의 눈을 고치시면서 말씀하신 "너희 믿음대로 되라."(마9:29)의 표어는 아직도 나의 가슴을 뛰게 하는 강한 메시지였다.

1959년 봉산동 교회당을 신축할 때에는 자전거 한 대를 구하셔서 매일같이 틈만 나면 건축 현장에 달려오시는 것이었다. 교회에 대한 애정과 집념은 필시 교회의 주인이신 주님을 향한 사랑과 뜨거운 신앙심의 발로이리라.

장로님은 태어날 때부터 건장한 체구를 가지셨던 분이 아니다. 그러나 한평생 심장병과 당뇨병으로 고심하시면서도 80수를 하신 것은 믿음의 삶 속에 서 있는 절제 때문이라 여겨진다. 1969년 한때 위중하셨던 고비를 벗어나 다시 삶의 길로 나오셨을 때는 남은 생을 하나님이 특별히 주신 보너스의 삶으로 생각하셨고, "내 나이는 지금부터 한 살"이라고 감격으로 말씀하셨다. 그 보너스 삶의 새 연륜이 벌써 25년을 넘으신 것이다.

주일이 어느 때는 안식보다 고통의 날이었다고 회고하시는 장로님의 말씀 속에는 교회에 대한 무거운 책임감과 함께 현대 교회가 지닌 허실과 부침을 목도하시면서 얻은 고뇌였다고 생각된다. 교회를 내 집같이, 주님을 내 몸같이 사랑하신 결과의 산물이리라. 나도 이제 나이 어린 당회원이 되고 보니 그 고뇌가 어느 정도 수긍되기도 한다.

몇 년 전 교회를 위해 간구하시는 기도 제목이 무엇이냐고 여쭈었더니, 장로님은 출석 교인 3,000명이 되도록 기도하고 있다고 말씀하셨다. 이같은 장로님의 간구는 그의 생전에는 하나님의 뜻과 때가 이르지 않아 성취되지 못했나 보다. 아니, 어쩌면 하나님께서는 그의 기도의 응답으로 교인 수의 증가보다 더 놀라운 역사를 우리 삼덕 제단에 예비하고 계시는지도 모른다.

이제 장로님은 가셨지만 그가 보여 주신 온유와 절제의 삶과 순정한 믿음의 시현은 우리들의 가슴속에 영원히 살아 있을 것이다. 그 큰 빈 자리를 무엇으로 메울 수 있을까? 비록 다섯 달란트를 받지는 못했지만 빛 없이 교회를 섬기는 두 달란트의 착하고 충성된 작은 청지기들이 그분의 뒤를 따를 것이다.

장로님, 영원한 그 나라에서도 우리 교회를 위한 중보의 기도를 쉬지 않으실 것이다.

≪1995년 4월 30일, 「신망애」 142호≫

결실의 가을에

"오직 성령의 열매는 사랑과 희락과 화평과 오래 참음과 자비와 양선과 충성과 온유와 절제니, 이 같은 것을 금지할 법이 없느니라."(갈라디아서 6: 22-23)

사람들이 사 계절 중 가을을 좋아하는 것은 여러 가지 이유에서일 것이다. 천고마비, 등화 가친과 더불어 스산한 가을 바람의 쾌적한 생활 감각 때문이기도 하고, 기다리던 천자만홍의 단풍놀이 때문이기도 할 것이다. 그 뿐이랴. 여름 한철 무더위 속의 인고의 보람과 다가오는 북풍에 사라지는 낙엽들에 대한 애상도 한몫을 할 것이다. 그러나 가을은 무엇보다 결실하는 풍요의 계절이라는 점에서 그 의미를 찾아야 할 것이다. 오곡 백과가 삶의 풍성한 원천이 되는 것은 더 말할 나위가 없다.

성경에도 예수님의 천국 비유에서 알곡과 가라지를 든 것(마13:25-40)이라든가, 열매 맺지 못한 무화과를 저주하신 것(마21:19-21)도 결실의 의미를 강조하려 하신 것이다. 식물들이 생장하여 가지를 뻗고 잎과 꽃을 피우는 것은 궁극적으로는 열매를 맺기 위한 수단에 불과한 것이다.

올해도 들녘에는 황금 물결이 넘실대고 그 위에 풍년가가 흐른다. 우리의 삶과 믿음의 밭에도 풍성한 수확의 계절을 맞이해야 할 것이다. 성령

안에서 우리가 얼마나 많은 열매를 맺었는지 점검해 볼 때다.

성령의 열매를 거두기 위해서는 무엇보다 성령 안에 살지 않으면 안 된다. 성령 안에서 그의 능력과 인도하심을 따라 살지 않으면, 인간은 죄악으로 말미암아 올바른 삶의 결실을 기대할 수 없다. 「갈라디아서」에는 성령의 열매와 대조되는 것으로 '육체의 일'(5:19-21)을 들었다. 우리 속에 늘 성령의 뜻을 거스르는 육체의 정욕이 도사리고 있기 때문이다. 그러므로 성도가 늘 싸워야 할 대상은 무엇보다 자기 자신이다. 우리 자신을 쳐서 성령께 굴복시켜야 승리의 삶을 영위할 수 있다. 그 결과 얻을 수 있는 것이 성령의 열매이다.

"열매"에 해당되는 헬라어는 〈카스포스〉로, 성경에는 구체적인 과실인 무화과나무와 포도나무의 열매가 많이 등장하고 있으나(삿9:7-15), 열매는 특히 여러 가지 비유의 대상으로도 널리 쓰이고 있다. 예컨대 "공의의 열매"(히12:11), "말의 열매"(잠18:20), "손의 열매"(잠31:·31), "행위의 열매"(잠1:31), "입술의 열매"(사57:19), "복음의 열매"(골1:6), "회개의 열매"(마3:8) 등이 그것이다. 그리스도인들은 믿음의 열매를 맺어야 하며(막4:20, 골1:10), 열매 없는 사람은 추수 날에 반드시 심판을 받게 될 것이다(요15:2). 참된 그리스도의 종들은 옛 사람의 모든 죄악을 벗어버리고 성령의 아름다운 열매를 맺는다(롬7:4).

그러면 「갈라디아서」에서 사도 바울이 제시한 성령의 9가지 열매를 음미해 보기로 하자.

첫째, 사랑의 열매이다. 사랑은 기독교의 덕목 가운데 가장 뛰어난 것으로(고전13:13), 이는 하나님이 곧 사랑의 본체이시기 때문이다(요일4:8).

〈아가페〉는 세상의 이기적이고 조건적인 사랑이 아니라 헌신적이고 무조건적인 사랑을 가리킨다(요일3:16). 하나님이 외아들 예수 그리스도를 이 세상에 보내어 십자가에 죽게 하심으로 우리의 죄를 대속하신 것이 바로 〈아가페〉의 극치요, 완성이다(요3:16, 엡2:4-8).

성경 전체를 통한 사랑은 세 가지로 구분된다. 먼저 인간에 대한 하나님의 사랑인데, 이는 이스라엘 백성들에게 출애굽 사건으로 보이신 선민사상(신7:6-8)이다. 다음 하나님에 대한 인간의 사랑으로, 하나님의 계명을 지키고 말씀에 순종하는 믿음을 두고 일컫는다. 그리고 인간에 대한 인간의 사랑(레19:18)은 이웃을 사랑하는 것이다(요15:12). 값 없이 받은 은혜로 사랑에 빚진 그리스도인들은 세상을 향해 하나님의 사랑을 실천해야 하는 사명과 의무를 지니고 있다. 주님은 "이웃 사랑하기를 네 몸과 같이 하라."(마22:39, 막12:31,33, 눅10:27, 롬13:9, 갈5:14, 약2:8) 하셨고, "너희 원수를 사랑하며 너희를 핍박하는 자를 위해 기도하라."(마5:44) 하셨다.

둘째, 희락의 열매이다. 헬라어 〈카라〉는 구원받은 자의 거룩한 기쁨을 가리키는 말이다. 주안에서 기뻐하고 즐거워하는 것(민10:10)은 세속적인 그 무엇과도 바꿀 수 없는 믿는 사람의 절대적인 고유 특권이다. 따라서 신약에 나오는 문안 인사의 대부분이 "주안에서 기뻐하라."(마28:9, 눅1:28, 고후13:11, 약1:2)이다. 그리스도인들은 하나님의 은총 속에서 항상 기뻐하며 감사하는 삶을 살아야 한다(롬14:17, 빌4:4, 살전5:16). 이는 비단 우리들이 바라는 일들이 성취되었을 때 얻는 기쁨만이 아니다. 역경과 고난 속에서도 기뻐할 수 있는 것은 인간의 감정적인 발로를 초월한 성령께서 주시는 기쁨이기 때문이다. 우리의 기쁨과 감사와 찬양의 삶을 통하여 세상의 빛이 되어야 할 것이다.

셋째, 화평 〈에이레네〉는 그리스도의 십자가를 통하여 인간이 얻은 하나님의 은사이다(고후5:18-21). 세상의 죄로 말미암아 하나님과 인간 사이에 놓였던 불화와 갈등 관계가 십자가를 통해 화해의 길을 열었다(골1:20)는 뜻이다. 화평의 열매는 우리 성도들의 가정에(고전7:12-16), 교회에(엡4:3, 골3:15), 그리고 모든 사람들 사이의 대인 관계 속에 열려야 한다(히12:14, 벧전3:11). 성도들은 어디에 가든지 화평을 만드는 사람이 되어야 할 것이다.

넷째, 오래 참음 〈마크로뒤미아〉의 열매는 신앙 자체가 오랜 기간의 연단과 인내를 통해 형성되는 것이기에 더욱 값진 것이다. 하나님께서는 오래 참음으로 신앙을 지키는 사람에게 구원을 베푸신다고 했다(마10:22, 눅21:19). 이는 육신을 가진 우리들 주변에는 늘 비신앙적인 장애물이 노출되어 있다는 것을 전제하고 있다. 모진 시련을 참고 견디는 신앙이야말로 사단의 어떤 유혹에도 넘어지지 않는 견고한 승리의 산물이다. 하나님은 그의 사랑하는 자녀들을 불 속에서 연단하여 정금같이 만드신다. 인내는 연단을, 연단은 소망을 이룬다(롬5:4).

다섯째, 자비 〈크레스토테스〉는 사랑으로 불쌍히 여기는 것을 말한다(출22:27). 하나님은 인간을 자비로 다스리신다(느9:17, 사54:8, 욜2:13). 자비에는 긍휼이 수반된다. 하나님의 형상대로 지어진 자녀들은 그의 성품대로 다른 사람에게 자비와 긍휼을 베풀어야 한다(눅6:36, 고후6:6).

여섯째, 양선 〈아가도쉬네〉는 자비보다 더 능동적이고 행위적인 의미를 가지고 있다. 이는 곧 선행과 구제를 뜻한다(롬15:14, 엡5:9). 어려운 이웃을 긍휼히 여겨 도와주며 그를 보살피는 것은 사랑에서부터 출발한다. 우리는 선한 사마리아인의 행적을 통해 양선을 배울 수 있다(눅10: 30-37).

일곱째, 충성은 헬라어 〈피스티스〉에서 진실성과 성실성을 의미한다(민 12:7). 이는 충성된 증인이신 성자 예수 그리스도(계1:5)와 성부 하나님(고전1:9, 살전5:24, 살후3:3)의 성품이며, 또한 그리스도의 종 된 사람들의 성품이다(딤전1:12, 딤후2:2). 맡은 자에 구할 것은 충성(고전4:12)이라 하셨고, 주께서 지극히 작은 것에 충성한 자(눅19:17), 착하고 충성된 종(마25:21)에게 내리실 생명의 면류관을 예비해 두셨다.

여덟째, 온유 〈프라위테스〉는 온화하고 유순한 것을 뜻한다. 예수님 자신도 "나는 온유하고 겸손하니 나의 멍에를 메고 내게 배우라."(마11:29)고 하셨고, 산상 수훈에서도 온유한 자가 땅을 기업으로 차지하는 복을 받는다(마5:5)고 했다. 온유는 겸손을 동반한다. 성경은 온유해야 할 자리와 처지를 가르치고 있다. 우리가 배울 때(약1:21), 규율을 세워 잘못을 바로잡을 때(갈6:1), 반대자를 대할 때(딤후2:25), 그리스도를 간증할 때(벧전3:15, 16) 온유를 잊지 말아야 한다.

마지막으로, 절제 〈엥크라테이아〉의 열매는 욕망을 자제하고 방종하지 않는 것으로, 우리 육신의 정욕을 이겨낼 수 있는 자질을 가리킨다(잠16: 32, 고전9:27). 절제의 대상은 우리의 언어(약3:2)와 일상 생활 속의 먹고 마시는 것에서도(잠23:1-3, 고전7:1-9) 이뤄져야 한다. 우리가 절제해야 하는 것은 그리스도 예수의 사람들은 이미 육체와 함께 그의 정과 욕심을 십자가에 못 박았기 때문이다. 이와 함께 그리스도인들이 지녀야 할 온전한 인격은 균형이다. 무엇이든 지나치면 덕이 되지 못한다. 신앙 생활에 있어서도 너무 냉철한 이성적 태도나 지나치게 감성적인 모습도 온당하지 못하다. 늘 자신이 서 있는 좌표를 발견하고, 어느 한 곳에 치우치지 않도록 조정하는 힘을 성령을 통해 얻어야 한다.

지금까지 살펴본 성령의 열매는 성도들이 반드시 지녀야 할 신앙적인 덕목이니, 이러한 열매는 하늘 나라에 예비된 상의 기준이 될 것이다. 결국 성령의 열매는 우리 주님이 가지신 고유한 성품이며, 그의 형상대로 지어진 자녀들이 지향해야 할 신앙적 귀결이다. 성령의 열매는 대체로 하나님께 대한 것과 이웃에게 대한 것, 그리고 자신에게 대한 것으로 구분할 수 있다. 즉 외적 열매와 내적 열매가 그것이다. 사랑과 화평과 충성은 하나님께로 향한 열매이며, 사랑과 화평, 자비와 양선과 온유는 이웃을 향한 성령의 열매이다. 그리고 희락과 오래 참음과 절제는 자기 자신을 향한 신앙의 내적 충실을 지향하는 것이다.

결실의 가을에 서서, 지나온 한 해 동안의 우리 믿음을 점검하고 남은 날들도 성령 안에서 많은 결실을 거두도록 힘써야 하겠다.

≪1997년 9월 30일. 「신망애」 166호≫

말에 관한 「잠언」서 분석

언어는 하나님이 인간에게 준 값진 선물이며, 그의 섭리를 인간에게 계시하는 수단 중 하나이기도 하다.

언어와 사람과의 긴밀한 유기적 관계는 구구하게 설명하지 않아도 상식으로 인지되어 있다. Herder는 "인간은 언어를 통하여 이성을 갖게 되었다."라고 했고, 이규호는 "인간은 언어의 매개를 통하여 자아를 인식한다."고 하여 인간과 언어와의 불분리성을 강조했다. 특히 말과 사람됨에 있어서 "인간은 그의 성격과 도덕적인 인격과 윤리적인 행위들, 그리고 감정적인 기호 등을 외부 세계의 사물들과 마찬가지로 언어의 해석을 통하여 비로소 분명하게 인식하게 된다."라고 했다(말의 힘: 123).

「잠언」서는 히브리인들의 민족적 문학서로, "지혜"를 주제로 한 시가서 성격을 띤 책이다. 교리에 관한 내용보다는 윤리적 교훈을 많이 담았고, 각 절은 대부분이 반의적 대구(對句) 형식을 취하고 있어 의미의 단락이 명확하다는 점이 격언(proverb)으로서의 문체적 성격을 더욱 짙게 하고 있다.

각 장의 교훈적 특성은 윤리적인 것과 교육적인 것, 신앙적인 것으로 분류될 수 있으나, 그 중에서도 윤리적인 교훈이 가장 넓은 분포를 보여주고 있다. 윤리적인 교훈 중에도 언어에 대한 것, 이를테면 화자(話者)의 언어 행위에 대한 훈계와 권면이 가장 많으며, 이를 사람의 윤리적, 도덕적, 신앙적 양태 위상에 결부시켜 분석한 내용이 주류를 이루고 있다. 이는 사람이 내적으로 지닌 인격이나 윤리나 신앙에 대한 평가가 언어를 통해 가늠될 수 있기 때문이다.

이 글은 잠언서가 말하고 있는 언어의 기능을 일별하여 성도들의 언어 생활에 관련된 훈계를 중심으로 살펴보고, 특히 성경 구절을 중심으로 화자의 신앙적, 도덕적, 윤리적 양태에 따라 긍정적인 화자와 부정적인 화자로 나누어 분석한 것이다.

성서적으로 본 언어의 기능

본서에 기재된 언어의 효능과 역할에 대한 명제들은 대체로 다음 몇 구절에서 노정된다.

> (1) a. 네 입의 말로 네가 얽혔으며, 네 입의 말로 인하여 잡히게 되었느니라.(6:2)
>
> b. 죽고 사는 것이 혀의 권세에 달렸나니, 혀를 쓰기 좋아하는 자는 그 열매를 먹으리라.(18:21)
>
> c. 사람은 입의 열매를 인하여 복록에 속하며, 그 손의 행하는 대로 자기가 받느니라.(12:14)
>
> d. 미련한 자는 교만하여 입으로 매를 자청하고, 지혜로운 자는 입술을 보전하느니라.(14:3)

사람의 언어는 자기 자신을 구속하는 힘이 있다. 위의 잠언 구절에서 보면 사람의 됨됨이는 그 사람의 언어 행위와 함수 관계를 맺고 있으며, 말의 열매에 따라 사람의 생사 화복이 좌우된다고 했다. 생사가 혀의 권세에 달렸다는 것은 언어의 무서운 힘과 그 중요성을 새삼 일깨워 주는 경구이다. 뿐만 아니라, 말의 복음적인 위력에 대해서도 성경의 여러 곳에서 찾아 볼 수 있다.

> (2) a. 사람이 마음으로 믿어 의에 이르고, 입으로 시인하여 구원에 이르느니라.(롬10:10)
>
> b. 사람이 무슨 무익한 말을 하든지 심판 날에 이에 대하여 심문을 받으리니, 네 말로 의롭다함을 받고 네 말로 정죄함을 받으리라. (마12:36,37)

이 구절은 사람이 구원을 얻고 의롭다함과 정죄함을 받는 것이 모두 입의 시인과 말에 의한 것임을 강조한 대목이다.

잠언의 기록자는 무엇보다 사람이 말을 삼가고 입을 조심해야 할 것을 훈계했다. 본서에 나타나는 언어 행위는 "입", "입술", "혀", "말" 등으로 표현되고 있는데, 입과 입술과 혀는 발화의 물리적인 수단 도구이기 때문에 말을 환유적(換喩的, metonymic)으로 표현한 것이다. 아래의 잠언구는 입 조심, 말조심에 대한 경계를 담은 것이다.

> (3) a. 입을 지키는 자는 그 생명을 보전하나, 입술이 크게 벌리는 자에게는 멸망이 오느니라.(13:3)
>
> b. 입과 혀를 지키는 자는 그 영혼을 환난에서 보전하느니라.(21:23)

입과 혀를 지킨다는 것은 말조심하여 발화에 신중을 기한다는 것으로, 이는 성서 중의 "입 앞에 파수꾼을 세우라."(시141:3)나 "듣기는 속히 하고 말하기는 더디 하라."(약1:19)라는 말씀과도 상통한다. 말조심에 대한 훈계는 수다함을 경계하라는 내용으로도 해석되고 있다.

> (4) a. 말이 많으면 허물을 면키 어려우나, 그 입술을 제어하는 자는 지혜
>   가 있느니라.(10:19)
>   b. 말을 아끼는 자는 지식이 있고, 성품이 안존한 자는 명철하느니라.
>   (17:27)

입술을 제어하고 말을 아끼는 것이 지혜롭다고 하는 사실을 강조한 잠언구이다. 이와 더불어 말이 많은 말쟁이의 수다스러움이 어떤 폐해의 결과를 불러오는지를 기술한 대목도 나온다.

> (5) a. 패려한 자는 다툼을 일으키고, 말쟁이는 친한 벗을 이간하느니라.
>   (16:28)
>   b. 나무가 다하면 불이 꺼지고, 말쟁이가 없어지면 다툼이 쉬느니라.
>   (26:20)

말을 많이 하는 것이 분열과 다툼의 근원임을 웅변하고 있고, 심지어는 "입술을 벌린 자를 사귀지 말라."(20:19)라는 극단적 금기까지 나온다. 말쟁이의 속성은 남을 비방하고 중상하며 무고하는 일을 즐기는 자들이다. 침묵이 얼마나 강한 힘을 가졌는지는 다음의 구절에서도 찾아볼 수 있다.

(6) a. 미련한 자라도 잠잠하면 지혜로운 자로 여기우고, 그 입술을 닫히
　　　면 슬기로운 자로 여기우느니라.(17:25)
　　b. 악한 일을 도모하였거든 네 손으로 입을 막아라.(30:31)

　구약 성서 중에도 "그러므로 이런 때에 지혜자가 잠잠하나니 이는 악한
때임이니라."(암 5:13) 하여 침묵을 강조한 대목이 있다.
　그런가 하면, 잠언은 성도들로 하여금 입을 열어 말을 하라고 하는 적
극적인 언어 행위를 권장한 경우도 있다.

(7) a. 입을 열어 지혜를 베풀며, 그 혀로 인내의 법을 말하며,(31:26)
　　b. 입을 열어 공의로 재판하며, 간곤한 자와 궁핍한 자를 신원할지니
　　　라.(31:9)
　　c. 벙어리와 고독한 자의 송사를 위하여 입을 열지니라.(31:8)

　말을 해야 할 경우에 침묵하고 있어서는 안 된다는 것이다. 특히 어려
운 이웃을 위해 변론하고 그들의 송사와 신원을 위해 적극적으로 대변할
것을 다짐하고 있다. 따라서 "입술을 닫는 자는 악한 일을 이룬다."(19:30)
고 하여 침묵의 부정적인 측면을 밝히기도 했다. 뿐만 아니라, "때에 맞
는 말이 얼마나 아름다운고."(15:23) 등의 구절에서는 적절한 언어 구사의
유용성을 나타내고 있다.
　한편 따뜻하고 부드러운 말과 때와 경우에 맞는 말을 칭송하고 권장하
는 대목들이 나온다.

(8) a. 유순한 대답은 분노를 쉬게 하여도, 과격한 말은 노를 격동하느니라.(15:1)

　　b. 온량한 혀는 곧 생명나무라도, 패려한 혀는 마음을 상하게 하느니라.(15:4)

　　c. 오래 참으면 관원이 그 말을 용납하나니, 부드러운 혀는 뼈를 꺾느니라.(25:15)

(9) a. 사람은 그 입의 대답으로 말미암아 기쁨을 얻나니, 때에 맞는 말이 얼마나 아름다운고.(15:23)

　　b. 경우에 합당한 말은 아로 새긴 은쟁반에 금사과니라.(25:11)

　부드러운 말은 분노를 쉬게 하고 듣는 사람에게 생명나무처럼 새 힘과 기쁨을 주는 역할을 한다. 때에 맞는 말과 경우에 합당한 말은 때와 장소에 따라 적절하고 알맞은 방법으로 하는 충고를 가리키는데, 이러한 말들은 모든 사람을 유익하게 하고 다툼과 오해를 풀어 주며 화평을 가져다 준다. "은쟁반에 금사과"는 은유적(metaphoric) 표현으로 아름답고 향기 나는 것을 상징하고 있다.

　이 밖에도 언어에 대한 훈계와 권면은 후술할 긍정적인 화자의 언어에 대한 것을 적극적으로 권장하고, 부정적인 화자의 언어는 금하고 지양하라는 것이 일반적인 맥락이다.

　한편 「잠언」서와 비교하여 우리나라 조선조에 나온 『內訓』의 한 토막을 소개할까 한다. 이 책은 아녀자의 婦道를 가르치기 위해 昭惠王后가 언해 편찬한 것으로, 제1장 언행장(言行章)에는 여자의 언어 행위에 대한 경계의 대목이 들어있다. 당시 봉건적인 유교 사회에서 여인들의 언어는 그 시대와 사회상에 비추어 「잠언」의 배경과는 큰 차이가 있지만, "말조심"에 대한 명제에 있어서는 공통점을 시사하고 있다. 아래에 인용한 두 대목은 언어의 사회적 역할과 이것이 잘못 구사될 때 야기되는 병폐에 대한 훈계를 담은 것이다.

마른 榮華와 辱괏 지두리 조가기며 親과 疎왓 큰 모디니 坐 能히 구든 거슬 여희에 ᄒ며 다른 거슬 몯게 ᄒ며 怨望을 지스며 怨讐를 니르ᄂ니 크닌 나라홀 베며 지블 亡ᄒ고 져그니도 오히려 六親을 여희에 ᄒᄂ니
言語者 榮辱之樞機 親疏之大節也 亦能離堅合異 結怨與讐 大者側覆國亡家 小者猶六親離間

賢女ㅣ 입 삼가호ᄆᆫ 붓그러움과 할아믈 브를가 저호미니 시혹 尊前에 잇거나 시혹 寂靜ᄒ듸 이쇼매 갎간도 對答ᄒᄂᆫ 마를 犯觸ᄒ며 아당ᄃᆞ왼 말 내디 아니ᄒ며 相考 아니혼 말 내디 아니ᄒ며 노릇샛일 ᄒ디 아니ᄒ며 더러운 이레 버므디 아니ᄒ며 嫌疑에 잇디 아니 ᄒᄂ니라
賢女謹口 恐招恥謗 惑在尊前 惑居閑處 未嘗觸應答之語 發諂諛之言 不出無稽之詞 不爲調戲之事 不涉穢濁 不處嫌疑

말은 굳었던 사람 사이를 풀어 주고, 어울릴 수 없는 사람 사이를 하나로 만들어 주는 힘을 가진 것이나 때로는 원망을 짓게 하고 원수를 맺게 하며, 크게는 나라와 집을 망하게 하고 작게는 육친을 등지게 한다고 했다. 한편 부인들은 입을 조심하고 아첨하는 말을 하지 말며, 깊이 생각하지 아니한 말을 내놓지 말고, 희롱하는 말을 하지 않아야 한다고 했다.

긍정적인 화자

1. 지혜로운 자의 말

「지혜」란 히브리어의 〈호크마〉로 "판단력", "인식을 위해 사물을 고정시킴", "꽉 짜임", "굳셈" 등을 의미한다. 성서적인 해석은 하나님과 올바른 관계 속에서 그의 말씀을 청종하여 실행하는 것을 의미한다(여호와를 경외함이 지식의 근본(9:10)). 본서는 히브리인들의 지혜문학(wisdom literature)으로 일컬어지고 있는 만큼 지혜에 대한 교훈은 1:8에서 시작하여 9:18까지 넓은 분포를 보이고 있다. 지혜로운 자의 언어의 위상이 어떠한지를 나타내는 대목이 여러 곳에서 산견된다.

(10) a. 지혜로운 자의 혀는 양약 같으니라.(12:18)
    b. 지혜 있는 자의 혀는 지식을 선히 베풀고, 미련한 자의 마음은 미련한 것을 쏟느니라.(15:2)
    c. 지혜로운 자의 입술은 지식을 전파하여도, 미련한 자의 마음은 정함이 없느니라.(15:7)
    d. 세상에 금도 있고 진주도 많거니와, 지혜로운 입술이 더욱 귀한 보배니라.(20:15)

지혜로운 자의 말은 보배보다 귀하며, 좋은 약처럼 요긴하며, 그 기능은 지식을 선하게 베풀고 전파하는 것이라 했다. 본문에서 지혜로운 자의 속성으로는 "지식을 간직하고"(10:14), "입술로 스스로 보전하는"(14:3) 것으로 설명되고 있다. b, d에서는 지혜 있는 자에 대한 반의어로 '미련한 자'

를 들고 있다.

지혜와 더불어 같은 범주에서 다룰 수 있는 사항으로 「명철」을 들 수 있다. "명철(明哲)"은 히브리어 〈비나〉에 해당되는 말로, "참과 거짓, 선과 악을 분별하는 능력"을 일컫는다. 본서에 나타난 명철한 사람은 "마음에 깊이 숨겨져 있는 모략을 길어내는"(20:5), "마음이 지혜로운"(16:21), "명철이 생명의 샘이 됨"(16:22)의 품성을 지녔다. 명철한 자의 말이 어떠한지를 제시한 다음 비유적인 잠언구를 음미해 보자.

> (11) a. 명철한 자의 입술에는 지혜가 있어도, 지혜 없는 자의 등을 위하여는 채찍이 있느니라.(10:13)
> b. 명철한 사람의 입의 말은 깊은 물과 같고, 지혜의 샘은 솟쳐 흐르는 내와 같으니라.(18:4)

b의 "깊은 물"은 깊은 묵상과 신중함을 가리키고, "지혜의 샘"은 명철한 자의 입에서 나오는 생명력 있는 말을 가리킨다.

또 한편, '지혜로운 자' 대신에 '슬기로운 자'도 등장한다.

> (12) 슬기로운 자의 책망은 청종하는 귀에 금고리와 정금 장식이니라.
> (25:12)

이는 지혜자의 책망을 잘 들으면 듣는 자의 인격이 금고리와 정금 장식처럼 아름답게 된다는 것을 의미한다. 이는 전도서 기자의 "사람이 지혜자의 책망을 듣는 것이 우매자의 노래를 듣는 것보다 나으니라."(전7:5)

와도 같은 맥락이다. 성서의 사적 중 남편 나발의 목숨을 살린 아비가일의 말(삼상25:23-33)이나 나아만 장군에게 진언한 종들의 충고(왕하5:13,14)가 그런 유일 것이다.

이와 같이 사려 깊은 언어 구사는 지혜로운 사람(賢者)을 특징 짓는 중요한 특성이 된다.

2. 의인의 말

「의인」이란 히브리어의 〈차디크〉에서 나온 말로 "올바른", "정당한" 등의 의미를 가지고 있고, 헬라어로는 〈디카이오쉬에〉로 "경건함", "공의"를 가리키는 말이다.

> (13) a. 의인의 입은 생명의 샘이라도, 악인의 입은 독을 머금었느니라. (10:11)
>
> b. 의인의 혀는 천은과 같거니와, 악인의 마음은 가치가 적으니라. (10:20)
>
> c. 의인의 입술은 여러 사람을 교육하나, 미련한 자는 지식이 없으므로 죽느니라. (10:21)
>
> d. 의인의 입은 지혜를 내어도, 패역한 혀는 베임을 당할 것이니라. (10:31)
>
> e. 의인의 입술을 기쁘게 할 것을 알거늘, 악인의 입은 패역을 말하느니라. (10:32)

본서에서 의인의 말에 대한 잠언은 10장에 집중되어 있다. 의인의 반의적 대립어로 '악인', '미련한 자', '패역한 자'로 대응되고 있는데, 특히 '의인'과 '악인'의 대조를 다룬 내용은 아래와 같이 10장과 12장에 많이 수록되어 있다. 그 일부를 대비시켜 보면 다음과 같다.

의　인	악　인	
영혼을 주리지 않게 하심	소욕을 물리치심	(10:3)
머리에 복이 임함	입에 독을 머금음	(10:6)
기념할 때 칭찬함	이름이 썩음	(10:7)
입이 생명의 샘임	입에 독을 머금음	(10:11)
수고가 생명에 이름	소득은 죄에 이름	(10:16)
혀가 천은 같음	마음은 가치가 적음	(10:20)
원하는 것이 이루어 짐	두려워하는 것이 임함	(10:24)
소망은 즐거움을 이룸	소망이 끊어짐	(10:28)
영영히 이동되지 아니함	땅에 거하지 못하게 됨	(10:30)
입술이 기쁘게 한 것을 앎	입은 패역을 말함	(10:32)
뿌리가 움직이지 않음	굳게 서지 못함	(12:3)
생각이 공직함	도모가 궤휼임	(12:5)
집에 서 있음	엎드려져서 소멸함	(12:7)
육축의 생명을 돌아봄	긍휼은 잔인임	(12:10)
뿌리로 말미암아 결실함	불의의 의를 탐함	(12:12)
환난에서 벗어남	입술의 허물 그물에 걸림	(12:13)
재앙이 임하지 않음	앙화가 가득함	(12:21)
이웃의 인도자가 됨	자기를 미혹하게 함	(12:26)

예문에서 a와 b는 비유적 표현으로, "생명의 샘"은 생명이 솟아나는 지혜의 원천을, "천은(千銀)"은 가치가 있고 귀하다고 하는 원관념을 나타내고 있다.

의인의 말과 더불어 다룰 수 있는 것은 '입이 선한 자'와 '입술에 덕이 있는 자'이다.

(14) a. 입이 선한 자가 남의 학식을 더하게 하느니라.(16:21)

　　　b. 마음의 정결을 사모하는 자의 입술에는 덕이 있으므로 임금이 그
　　　　의 친구가 되느니라.(22:11)

　이러한 화자들의 공통적인 특징은 다른 사람을 유익하게 한다는 점이
다. 선한 말의 효능과 그 결과가 어떠한지 본문은 다음과 같이 밝히고 있다.

(15) a. 근심이 사람의 마음에 있으면 그것으로 번뇌케 하나, 선한 말은
　　　　그것을 즐겁게 하느니라.(12:25)

　　　b. 악한 꾀는 여호와로 미워하시는 것이라도, 선한 말은 정결하니
　　　　라.(15:26)

　　　c. 선한 말은 꿀송이 같아서 마음에 달고 뼈에 양약이 되느니라.(16:
　　　　24)

　선한 말은 정결하고 유익하며 감미로워 사람의 마음을 즐겁게 한다고
했다.

3. 정직한 자의 말

　본서에서 「정직」에 관한 교훈은 매우 큰 비중을 차지하고 있으며, 그
출현에 있어서도 넓은 분포를 보이고 있다. 정직한 사람의 행태와 속성은
"정직한 자를 위해 완전한 지혜를 예비하심"(2:7), "땅에 거함"(2:21), "그의
교통하심이 있음"(3:32), "여호와의 도(道)의 산성임"(10:29), "자기를 인도
함"(11:3), "구원을 얻음"(11:6), "여호와를 경외함"(14:2), "은혜가 있음"(14:9),

"그가 기뻐하심"(15:8), "대로(大路)임"(15:19), "행위를 삼감"(21:29) 등 바람직한 지향성을 보이고 있다.

(16) a. 성읍은 정직한 자의 축원을 인하여 진흥하고, 악한 자의 입을 인하여 무너지느니라.(11:11)
  b. 악인의 말은 사람을 엿보아 피를 흘리라 하는 것이어니와, 정직한 자의 입은 사람을 구원하느니라.(12:6)
  c. 의로운 입술은 왕들의 기뻐하는 것이요, 정직히 말하는 자는 그들의 사랑을 입느니라.(16:13)

정직한 사람의 말은 성읍(城邑)을 흥하게 하고 다른 사람을 구원 받게 하며 화자 자신 또한 사랑을 입게 된다. 정직한 발화는 하나님을 유쾌하게 한다는 아래의 잠언 구절은 음미해 볼 필요가 있는 대목이다.

(17) 만일 네 입술이 정직을 말하면 내 속이 유쾌하리라.(23:16)

정직과 더불어 다룰 수 있는 화자의 양태로는 '진실(신실)한 증인'이다.

(18) a. 신실한 증인은 거짓말을 아니 하여도, 거짓 증인은 거짓말을 뱉느니라.(14:5)
  b. 진실한 증인은 사람의 생명을 구원하여도, 거짓말을 뱉는 사람은 속이느니라.(14:25)
  c. 진실한 입술은 영원히 보존되거니와, 거짓 혀는 눈깜짝일 동안만 있을 뿐이니라.(12:19)

진실과 신실의 대립어는 거짓이며, 전자는 영속하는 것이고 후자는 순간적인 것임을 위의 구절들은 말해준다.

이 밖에도 본서에 나타나는 긍정적인 화자의 양태는 '확실한 증인', '진리를 말하는 자', '마음의 정결을 사모하는 자' 등이며, 이들의 말은 각각 다음의 성격을 띠고 있다.

(19) a. 거짓 증인은 패망하려니와, 확실한 증인의 말은 힘이 있느니라. (21:28)

　　 b. 진리를 말하는 자는 의를 나타내어도, 거짓 증인은 궤휼을 말하느니라.(12:17)

　　 c. 마음의 정결을 사모하는 자의 입술에는 덕이 있으므로 임금이 그의 친구가 되느니라.(22:11)

이러한 화자의 말들은 능력과 덕이 있고 의를 나타낸다고 했다.

부정적인 화자

1. 미련한 자의 말

본서는 반의적인 대구(對句) 형식을 취하고 있는 문장이 많으므로, 부정적인 화자에 대해서는 이미 전항의 긍정적인 화자와의 대비에서 그 출현 예를 보았다. 즉 '미련한 자'는 전항의 '지혜로운 자'에 대비되는 항목으로 짝을 이룬다.

(20) a. 마음이 지혜로운 자는 명령을 받거니와, 입이 미련한 자는 패망
하나니라.(10:8)

b. 눈짓하는 자는 근심을 끼치고, 입이 미련한 자는 패망하느니
라.(10:10)

c. 지혜로운 자는 지식을 간직하거니와, 미련한 자의 입은 멸망에
가까우니라.(10:14)

d. 너는 미련한 자의 앞을 떠나라. 그 입술에 지식 있음을 보지 못
함이니라.(14:7)

e. 지혜 있는 자의 혀는 지식을 선히 베풀고, 미련한 자의 입은 미련
한 것을 쏟느니라.(15:2)

f. 명철한 자의 마음은 지식을 요구하고, 미련한 자의 입은 미련한
것을 즐기느니라.(15:14)

g. 미련한 자의 입술은 다툼을 일으키고, 그 입은 매를 자청하느니
라.(18:6)

h. 미련한 자의 입은 그의 멸망이 되고, 그 입술은 그의 영혼이 그
물이 되느니라.(18:7)

i. 저는 자의 다리는 힘없이 달렸나니, 미련한 자의 입의 잠언은 그
러하니라.(26:7)

j. 미련한 자의 입의 잠언은 술 취한 자의 손에 든 가시나무 같으
니라.(26:9)

「잠언」의 기자가 밝힌 미련한 자의 속성은 실로 다양하다. 본서 전편
에 등장하는 이들의 실상을 유형별로 묶어 보면 대체로 5가지로 특징지
어진다.

(가) 지혜와 지식, 훈계를 멸시함.(1:7, 1:22, 14:7, 15:5, 17:16, 23:9)

(나) 자기 멸망, 파멸함.(1:32, 10:8, 10:14, 10:21, 14:1, 16:22, 18:6, 18:7, 26:6, 26:9)

(다) 교만, 자기 행위를 바른 줄로 여김.(12:15, 14:3, 18:2, 28:26)

(라) 분노를 당장에 냄, 다툼을 일으킴.(12:16, 18:6, 20:3, 27:3)

(마) 악에서 떠나기를 싫어함.(13:19, 19:3)

미련한 자의 말은 미련한 것을 쏟고 즐김으로써 궁극에는 패망하게 된다. 예시한 구절 중 i와 j의 비유는 각각 무익함과 해악성(害惡性)을 표현한 것이다.

2. 악인의 말

악인은 전항의 의인과 대비의 짝을 형성함으로써 그들의 말이 어떠한지는 이미 언급되었다.

(21) a. 의인의 입술은 기쁘게 할 것을 알거늘, 악인의 입은 패역을 말하느니라.(10:32)

b. 의인의 머리에는 복이 임하거늘, 악인의 입은 독을 머금었느니라.(10:16)

c. 성읍은 정직한 자의 축원을 인하여 진흥하고, 악한 자의 입을 인하여 무너지느니라.(11:11)

d. 악인의 말은 사람을 엿보아 피를 흘리라 하는 것이어니와, 정직한 자의 입은 사람을 구원하느니라.(12:6)

e. 의인의 마음은 대답할 말을 깊이 생각하여도, 악인의 입은 악을 쏟느니라.(15:28)

f. 망령된 증인은 공의를 업신여기고, 악인의 입은 죄악을 삼키느니라.(19:28)

위의 구절에서 악인의 말은 패역을 말하고, 독을 머금고, 성읍을 무너뜨리고, 사람을 피 흘리게 하고, 악을 쏟고, 죄악을 삼키는 등 무서운 부정적 행태가 노정된다.

또한 악인과 더불어 '불량한 자'와 '사특한 자'의 말도 본 항에서 다룰 성격을 띠고 있다.

(22) a. 불량하고 악한 자는 그 행동이 궤휼한 입을 벌리며,(6:12)

b. 불량한 자는 악을 전하나니, 그 입술에는 맹렬한 불 같은 것이 있느니라.(16:27)

c. 사특한 자는 입으로 그 이웃을 망하게 하여도, 의인은 그 지식으로 말미암아 구원을 얻느니라.(11:9)

이 절에서 '불량한 자'는 히브리어로 〈아담 블리이야암〉인데, 이는 문자적으로는 "벨리암 사람"을 지칭하지만, 그 의미는 사회에 무익하고 적극적으로 남에게 악과 불의를 행하는 사람을 말한다. 이들의 말 속에 "맹렬한 불"이 있다는 것은 혀로써 파괴를 일삼는 것을 말한다(약3:6-8).

3. 거짓 증인의 말

(23) a. 진리를 말하는 자는 의를 나타내어도, 거짓 증인은 궤휼을 말하
느니라.(12:17)

b. 거짓 입술은 여호와께 미움을 받아도, 진실히 행하는 자는 그의
기뻐하심을 받느니라.(12:22)

c. 진실한 증인은 거짓말을 아니 하여도, 거짓 증인은 거짓말을 뱉
느니라.(14:5)

d. 악을 행하는 자는 궤사한 입술을 잘 듣고, 거짓말을 하는 자는
악한 혀에 귀를 기울이느니라.(17:4)

e. 거짓 증인은 벌을 면치 못할 것이요, 거짓말을 내는 자도 피치 못
하리라.(19:5)

f. 거짓 증인은 벌을 면치 못할 것이요, 거짓말을 내는 자는 망할 것
이니라.(19:9)

g. 사람은 그 인자함으로 남에게 사모함을 받으리라 가난한 자는 거
짓말하는 자보다 나으니라.(19:22)

h. 거짓 증인은 패망하려니와, 확실한 증인의 말은 힘이 있느니라.
(21:28)

i. 거짓말하는 자는 자기의 해한 자를 미워하고, 아첨하는 입은 패
망을 일으키느니라.(26:28)

거짓말하는 사람의 실상은 궤휼(詭譎)을 말하고, 사람을 속이며, 악한
혀에 귀를 기울이고, 그 결과 징벌을 받고 패망하는 것이다. "내가 거짓
말을 미워하며"(시119:163)의 시편 말씀은 이를 입증하고 있다.

패려(悖戾)한 자도 거짓말하는 자에 해당하며, 패역(悖逆)한 자와 함께

다룰 성질을 지니고 있다. 「패역」이란 히브리어 〈타부코트〉에 대응되는데, 그 의미는 "돌아서다", "벗어나게 하다"이며, 이는 "심술궂음"을 뜻하는 〈할라크〉에서 파생된 단어로 알려져 있다. 이러한 사람은 다툼을 일으키는 자로, 하나님의 징벌로 멸망하게 된다.

> (24) a. 나는 교만과 거만과 악한 행실과 패역한 입을 미워하느니라.(8:13)
>
> b. 의인의 입은 지혜를 내어도, 패역한 혀는 베임을 당할 것이니라.(10:31)
>
> c. 온량한 혀는 곧 생명나무라도, 패려한 혀는 마음을 상하게 하느니라.(15:4)
>
> d. 패려한 자는 다툼을 일으키고, 말쟁이는 친한 벗을 이간하느니라.(16:28)
>
> e. 마음이 사특한 자는 복을 얻지 못하고, 혀가 패역한 자는 재앙에 빠지느니라.(17:20)

이와 더불어 궤사(詭詐)한 화자와 망령된 증인에 대한 언급도 나오는데, 이들의 언어에 대한 보응도 역시 패망이다.

> (25) a. 여호와께서 지식 있는 자는 그 눈으로 지키시나, 궤사한 자의 말은 패하게 하시느니라.(22:12)
>
> b. 망령된 증인은 공의를 업신여기고, 악인의 입은 죄악을 삼키느니라.(19:28)

이 밖에도 '거듭 말하는 자'와 '사연을 듣기 전에 대답하는 자', '두루 다니며 한담하는 자', '선물한다고 거짓 자랑하는 자', '음녀의 입술' 등을 경고하고 있다.

(26) a. 허물을 덮어주는 자는 사랑을 구하는 자요, 그것을 거듭 말하는 자는 친한 벗을 이간하는 자니라.(17:8)
 b. 사연을 듣기 전에 대답하는 자는 미련하여 욕을 당하느니라.(18:13)
 c. 두루 다니며 한담하는 자는 남의 비밀을 누설하나니, 입술을 벌린 자를 사귀지 말지니라.(20:19)
 d. 선물한다고 거짓 자랑하는 자는 비 없는 구름과 바람 같으니라.(25:14)
 e. 대저 음녀의 입술은 꿀을 떨어뜨리며, 그 입은 기름보다 미끄러우나.(5:3)
 f. 음녀의 입은 깊은 함정이라. 여호와의 노를 당한 자는 거기 빠지리라.(22:14)

이들도 말로써 친구를 이간하고 미련하여 욕을 당하며, 남의 비밀을 누설하고 허황된 약속을 하여 결실하지 못하는 화자류이다. 특히 e, f에 나오는 "음녀의 입술"은 하나님을 경외하지 아니하는 자(시55:19-21)를 비유한 것으로, 이들의 말에 미혹되는 것을 경계한 잠언구이다.

언어의 기능은 대체로 전달 기능과 형성 기능으로 나뉜다. 언어 자체가 사람의 사상과 감정을 전달하는 수단이므로 언어의 전달 기능은 본원적인 기본적 기능이라 할 수 있다. 흔히 일반언어학에서는 이러한 전달 기능을 더욱 세분하여 지시적 기능, 환정적 기능, 욕구적 기능, 상황적 기능, 관어적 기능, 시적 기능으로 나누기도 한다.

그러나 이 글에서 관심을 가지고 있는 것은 언어의 형성 기능이다. 이는 언어가 무엇을 형성하는(만들어 내는) 기능을 가지고 있다는 것이다. 즉 개인의 말은 자기 자신의 인간됨(인격)을 형성하고, 집단의 말은 집단 의식을 형성하며, 겨레의 말은 민족성을 형성한다는 것이다. 따라서 어떤 사람이 지닌 언어는 그 사람의 인품과 가치관, 지식, 성격, 도덕, 윤리, 신앙 등과 유기적인 상관 관계를 맺고 그것을 형성하는 것이다. 이러한 상관 관계는 양방적이어서 한쪽이 다른 한쪽을 형성하고 지배하는 데 상호 작용을 한다. 다시 말하면, 어느 사람의 언어는 그 사람의 됨됨이를 형성해 주는 반면, 그 사람의 됨됨이는 그가 구사하는 언어에 용해되어 있다는 것이다.

이런 의미에서 이 글은 「잠언」서에 기재된 여러 형태의 화자를 유형 분석하고, 그러한 화자의 언어로 말미암아 어떤 열매와 보응이 수반되는지에 대해 기술한 것이다. 이는 말의 윤리는 발화하는 주체인 화자의 윤리와 직결되기 때문이다. 따라서 「잠언」서의 기자는 말의 양태보다는 말을 하는 화자의 양태를 가지고 사람들을 훈계 권면하고 있다.

대체로 화자의 양태는 긍정적인 화자와 부정적인 화자로 양분되었다. 이는 대립적, 반의적인 짝을 형성함으로써 그 메시지를 명시화하고 있는데, 크게 보아 '지혜로운 자'와 '미련한 자', '의인'과 '악인', '정직한 자'와 '거짓말하는 자'로 구분된다. 본서에 기록된 양자의 대비는 그 비유의 대상으로도 확연히 노정된다. 긍정적인 화자의 말을 "생명나무"/"생명의 샘"/"은쟁반에 금사과"/"양약"/"뼈에 양약"/"귀한 보배"/"깊은 물"/"지혜의 샘"/"금고리, 정금 장식"/"천은"/"꿀송이" 등에 비유했는데 반해, 부정적인 화자의 말을 "맹렬한 불"/"깊은 함정"/"술 취한 자의 손에 든 가시나무"/"비 없는 구름과 바람" 등에 비유했다. 이들이 받을 상급과 심판은 그들의 언어 행위로부터 유래하는 것임을 본서는 교훈적으로 강조하고 있다. 이는 현대를 사는 우리 성도들의 언어 생활에 분명한 지향점을 제시하는 '잠언'이 될 것이다.

≪1997년 3월 25일, 나채운 교수 은퇴 기념 논문집 『하나님의 말씀과 우리말 성경』≫

일본에서 쓴 편지

삼덕교회 성도님께

주님의 은총 중에 평강하신지요? 그 동안 틈만 나면 귀국하여 몇 차례 모교회를 다녀왔습니다만, 지금도 마음은 그곳에 가 있습니다. 특히 지난 2월말부터 4월 부활절까지는 고국에서 정말 꿈만 같은 은혜의 사순절을 보내고 돌아왔습니다. 주일 예배 시간이면 귀에 쟁쟁한 언약의 메시지며, 교회당에 가득한 찬송 소리가 저에게는 늘 뜨거운 감동으로 다가왔습니다. 게다가 여러 차례 갈릴리 찬양대의 지휘를 통하여 큰 기쁨과 평안을 얻었습니다. 이 모든 것은 모교회를 떠나 외국에 있어 봐야 느낄 수 있는 감정일 것입니다.

불초 성도, 여전히 교우님들의 기도 덕분으로 건강하게 강의와 연구에 전념하고 있습니다. 주 8시간(90분 강의)이나 되는 많은 강의 외에 때때로 시민들을 대상으로 강연도 하고, 한·일 친선협회의 여러 가지 프로그램에도 참여하여 일본인들에게 고국의 진면목을 소개하고 양국의 우호를 다지고 있습니다.

작년 한 해 동안 일본 학생들에게 열심히 한국어를 가르친 결과, 올해는 수강자가 배로 늘어나 한층 보람을 느낍니다. 이곳 대학의 교과 과정은 1학년 모두가 한국어와 중국어 중 하나를 제2외국어 과목으로 반드시 선택하도록 되어 있는데, 지금까지 중국어의 세력에 밀려 한국어 수강자 수는 그 절반 정도밖에 되지 않은 실정이었습니다. 그에 따라 중국어는 네 클래스, 한국어는 두 클래스로 반이 편성되어 있고, 한국어 담당 교수는 저 혼자인데 중국어를 가르치는 교수는 두 사람이 채용되어 있습니다. 그런데 올해 와서 전체 학생 120명 중 한국어를 선택한 학생들이 80여 명으로 늘었고, 중국어는 고작 40명밖에 되지 않는 이변을 낳았습니다. 학교 당국과 중국어 담당 교수들이 몹시 당혹해 하고 있습니다. 이러한 현상은 이 대학의 개교 이래 처음 있는 일로, 지금 중국이 세계적으로 급부상하고 있는 이 시점에서 도무지 이해가 되지 않는다고 입들을 모읍니다. 어쨌든 우리로서는 기뻐할 일이며, 저 자신도 이에 고무되어 더욱 강의에 정열을 쏟고 있습니다. 무엇보다 저에게 지혜를 베풀어주신 하나님께 감사드리고 있습니다.

이곳에는 「임마누엘」이라는 작은 교회가 하나 있는데, 교인이라고 해 봤자 모두 20명이 채 모이지 않는 약한 교회입니다. 그러나 하나님께서 복음의 사각 지대인 이곳에 요만한 교회라도 설립하신 것이 그저 감사하고 복되게 여겨질 뿐입니다. 교인 중에는 지체 부자유자가 상당수 있는데, 그들의 믿음과 열심이 마치 옛날 예수님을 따르던 무리들을 연상케 합니다. 예배 중에는 가끔 제가 독창을 하는 것으로 찬양대 찬양을 대신하고 있습니다. 예배 시간이 약 두 시간이나 되는데, 그 중 설교 말씀이

1시간을 넘습니다. 다나카(田中) 목사님은 성서에 있는 교리 중심의 말씀만을 체계적으로 알뜰히 가르치고 있습니다. 작년에 이어 사도행전을 강론하고 있는데, '사도의 사명'에 대해 벌써 26번째의 말씀을 전했습니다. 저에게도 참으로 큰 은혜가 되며 새로운 깨달음이 있어 즐겁습니다.

이 연약한 교회를 위해 저 자신 무엇을 해야 할지를 지금까지 생각하고 기도하고 있습니다. 몇 주 전에는 이곳에 10년째 살고 있는 한국인 부인 한 사람을 교회에 인도했습니다. 여기에서의 한 사람이라는 숫자 개념은 수천, 수만 명이 모이는 한국 교회와는 전혀 다릅니다. 한 생명이 소중하다는 것을 다시금 절감하게 했습니다. 이 부인이 결신하고 주님을 영접하는 날이 쉬 오기를 이곳 목사님과 더불어 기도하고 있습니다.

지금 벌여 놓은 논문 정리와 시민 강연 준비로 오늘 저녁도 부산을 떨었습니다만, 이 시간은 주님과 만나는 고요한 밤 시간입니다. 갈릴리 찬양대의 대장 집사님이 매주 정성스럽게 보내 준 주일예배 녹음 테이프를 듣고 있습니다.

7월이면 또다시 여러 성도님 곁에 찾아가 뵙게 되겠습니다. 그간 오랫동안 비운 자리를 귀국하게 되면 더욱 충성스레 메워 갈 결심입니다.

저를 위해 기도해 주시고, 일본의 복음화를 위해 계속 기도해 주십시오. 외국에 파송된 선교사님들의 사역을 위해 기도하시고, 지금 유학 중에 있는 우리 교회 젊은 일꾼들을 위해 함께 기도하십시다. 이들은 21세기의 우리 교회를 짊어지고 갈 동량들입니다.

당회원들에서부터 교회학교 어린이들에 이르기까지 항상 주님의 은총

속에서 승리의 삶을 살며, 모든 기관이 합심하여 주님의 뜻을 이루는 그리스도의 온전한 지체가 되기를 기도합니다. 그리고 우리 교회가 이 시대에 세상을 향해 등불을 돋우어 살아 움직이는 소명의 교회가 되며, 지금 계획하여 실행하고 있는 모든 사업이 주님의 뜻 안에서 훌륭한 결실을 거두도록 기도합니다.

주안에서 강녕하십시오. 할렐루야

1999년 5월 6일
일본에서

「임마누엘」 하나님

「임마누엘」

구약 성서에는 하나님의 현존과 그 의미를 역설한 대목이 많이 출현한다. 이는 하나님께서 자기 백성을 떠나거나 버리지 않으신다(신31:6, 왕상8:57)는 사실을 확증하는 언약이다. 그를 믿고 의지하는 자는 악을 두려워하거나 절망하지 않는다(신31:8)는 위로와 권면의 말씀이다. 그에게는 부족함이 없으시며(신2:7), 자기 백성들에게 평강을 주시는 분(대상22:18)이시기 때문이다.

「임마누엘」의 의미는 신약 성서의 예수님 탄생의 기사에서 명시되고 있다. 이는 "하나님이 우리와 함께 계시다(God with us)"(마1:23)로, 그 어의를 분석하면, 「임」은 "함께 하다(with)"이고, 「마누」는 "우리(us)"이며, 「엘」은 "하나님(God)"을 지칭한다.

이러한 「임마누엘」의 메시아적 맥락은 구약 시대에 예언된 것이다(사7:12, 9:6). 요셉은 이 예언을 통해 마리아의 태중에 있는 아기가 하나님이라는 사실을 확신했다.

하나님께서 우리와 함께 거하게 되신 것은 예수님을 통해 이뤄진 것이다(요1:14). 죄악으로 말미암아 단절된 인간과의 관계를 회복하기 위해 외아들 예수 그리스도를 화목 제물로 이 땅에 보내서서 우리와 함께 거하게 하신 것이다(요일4:10). 이처럼 「임마누엘」은 사람의 모습으로 탄생하신 하나님이신 예수 그리스도의 인격 안에서 완성된 것이다. 하나님이 죄인과 함께 거하게 되신 이 놀라운 은총의 메시지는 우리의 입술로 다 말할 수 없다.

예수 그리스도는 전능하신 하나님임에도 불구하고 인간의 인성을 입고 이 세상에 오셨다. 그는 죄가 없으신 분이시나 우리의 죄를 대신 짊어지셨으며(요1:29), 우리의 허물과 죄로 인하여 그의 몸이 찔리셨고 상하셨다(사53:5). 결국 예수님의 탄생은 「임마누엘」에 대한 궁극적인 성취요, 하나님의 자기 백성에 대한 언약 역사의 절정이요, 죄와 사망으로 멸망하는 인류를 구원하시는 사랑의 징표이다.

대속의 주로 오셔서 십자가에 죽으시고 부활하신 예수님은 장차 우리가 거할 처소를 예비하기 위해 승천하셨고, 우리 안에 그의 영인 보혜사 성령을 보내서서 우리와 함께 거하게 하셨다(요14:26). 지금도 그는 온 우주를 통치하시고 우리를 위해 간구하고 계신다. 그러므로 우리는 어떠한 형편에 있든지 우리와 함께 계셔서 역사하는 예수님을 인식해야 하며, 그분의 주권을 인정해야 한다(갈2:20).

명령과 약속

예수님은 "볼지어다, 내가 세상 끝 날까지 너희와 항상 함께 있으리라."(마27:20)는 말씀으로 「임마누엘」의 축복을 보증해 주셨다. 이 말씀은 부활하신 그리스도께서 승천하신 후, 그의 이름으로 성도들에게 내려 보내기로 하신 성령 보혜사를 통해 성취될 축복의 언약이다(요14:16,17). '세상 끝 날까지'란 역사의 주인이신 예수 그리스도께서 재림하셔서 세상의 모든 역사를 종료하실 때까지 주권적인 은총과 섭리로써 교회와 성도들을 보호해 주시는 것을 의미한다. '항상'은 "매일"이라는 뜻으로, 주님께서는 어느 날, 어느 시간, 어느 한 순간도 그의 교회와 그의 자녀들을 떠나지 않으신다는 약속이다.

이러한 축복의 약속에 앞서, 부활하신 예수님은 제자들에게 오셔서 네 가지의 지상 명령(The Great Commision)을 분부하셨다. 이 강령은 '가라', '제자를 삼으라', '세례를 주라', '가르치라'이다. 이러한 명령은 성도들의 삶의 원리가 되는 지표요, 약속하신 축복의 선행 요건이다. 제자들로 하여금 그들이 천국 대사가 되게 하는 사역의 요목과 사명 의식을 고취시키고, 그것에 권능을 부여한 역동적인 메시지다. 오늘날에도 주님께서는 순종하는 자녀들에게 옛날 제자들이 받았던 이 지상 명령의 특권과 사명을 부여하고 계신다.

'가라(Go)'는 명령은 성도들이 세상을 사는 데에 능동적이고 적극적인 자세를 취하라는 것이다. 우리에게 속한 가정이나 학교, 직장이나 교회, 선교지 등 어느 곳이든 천국 대사의 임지다. "땅 끝까지 이르러 내 증인이 되리라."(행1:8)하신 말씀이 이를 대변한다.

'제자를 삼으라(make disciples)'는 복음을 전하여 죽어 가는 영혼들을 살리라는 명령이다. 그리스도의 증인이 되어 그가 나의 구세주 되신 사실과 그 은총의 감격을 증거하라는 것이다. 전도를 받는 사람에게 전도하는 사람은 영적 부모요, 스승이 된다(고전4:15). 전도의 대상은 인종과 민족과 계층을 초월한 '모든 족속'의 사람들을 망라한다. 우리의 삶의 터전에서 진실한 언행과 숭고한 인격을 통해 주의 복음을 전해야 한다.

'세례를 주라(baptize)'는 명령은 외형적인 면에서 교회의 구성원이 되게 하라는 뜻이다. 그리스도인은 주께서 피로 세우신 공동체인 교회에 소속되어 세례를 받고 한 형제로서의 영적 교제를 나누어야 한다.

'가르치라(teach)'는 우리의 내면적인 신앙 목표를 제시한 것이다. 복음을 듣고 성령의 감동으로 깨달아 교회의 구성원이 된 성도는 구원을 얻은 데에 만족하지 말고 '그리스도의 장성한 분량에 이르기까지'(엡4:13-15) 그 신앙과 인격이 성숙해야 한다. 이러한 신앙과 인격의 성숙은 주님의 말씀을 배우고 생활에 적용하여 실천함으로써 이뤄진다(계1:3). 성도의 자기 성숙과 자기 확충을 위해 교회 교육은 필요 불가결한 것이다.

이상의 4대 강령은 오늘날 우리 성도들의 삶의 방향을 제시하는 구체적이고 실제적인 지표가 될 것이다. 임지에 가서 그리스도의 증인이 되고, 그들에게 세례를 베풀어 한 형제가 되게 하며, 배우고 가르쳐 온전한 그리스도인으로 성장하는 것은 오늘날 우리 교회와 성도들이 마땅히 행해야 할 기본적이고도 필수적인 사역이다. 이러한 사역이 결실하게 될 때, 이 시대의 숙원인 '세계 복음화'는 앞당겨 이루어질 것이다.

2001년 새해, 우리 교회에 내리신 주제 표어는 예수님의 지상 명령을 전제 요건으로 한 실존적인 축복의 약속이다. 하나님께서는 우리의 삶의 시공간 어느 때, 어느 곳이든 우리와 함께 하실 것이다.

≪2001년 1월, 「신망애」 189호≫

200행보의 장정(長程)

「신망애」가 200걸음을 내딛기까지 20년이란 세월이 흘렀다. 창간 당시 출산의 고통만큼이나 컸던 기쁨과 기대 속에서 성장하여 오늘의 성년을 맞이했고, 이제 가지를 하늘로 뻗어 200개나 되는 탐스런 열매를 맺게 된 것이다. 이러한 결실을 위해 동빙 한설의 매서운 추위를 견뎠고, 타는 태양의 불볕 더위도 감내해야 했다. 그 같은 연단 속에서 「신망애」는 더욱 견실한 신앙 홍보지로서의 모습으로 정립하게 된 것이다.

뒤돌아보면, 이는 하나님의 은혜로 구축되고 그의 놀라우신 손길로 다듬어진 한 그루 우람한 나무이다. 물 주고 가꾸신 분도 하나님이시요, 꽃 피우고 열매를 맺게 하신 분도 하나님이시다.

이제 200호를 내면서 그저 추억으로 지나쳐 버리기엔 왠지 모를 아쉬움이 있어 지나온 길을 다시 밟아 되짚어 본다.

실로 「신망애」 속에는 우리 교회의 역사가 숨 쉬고 있었다. 이 소책자가 역사의 기록자로서의 사명을 충실히 감당한 것이다. 오랜 풍우 속에서 생멸하던 크고 작은 일들이 모두 역사라는 타이틀을 얻어 우리 곁에 실존하게 된 것이다.

그 속에는 감동과 환희가 있었다. 소박하고 절실한 신앙 수기와 간증은 그것이 어느 교우의 사연이 아닌 나의 고백으로 각인되었다. 그 감동은 곧 환희와 믿음으로 승화되었다.

나눔과 사귐이 있었다. 너와 내가 어떤 연유로 그리스도의 한 우산 속에서 형제라는 이름으로 공명하는지 깨닫게 된 것이다.

거기에는 도전과 결단이 있었다. 「신망애」는 주님의 말씀으로 그렇게 외치고 있었다. "그리스도인들이여, 이 세대를 본받지 말라.", "빛과 어둠은 공존할 수 없다."라고. 사도 바울처럼 두 개의 자아가 내 속에서 싸우는 영적 갈등과 결단을 체험했을 것이다. 우리가 수용해야 할 도전은 흑암과 불의와 절망의 세상 속에 교회가 빛으로, 사랑으로, 소망으로 우뚝 서 있기 위한 것이다.

그 동안 200호의 결실이 교우들의 가슴속에 안겼고, 교회 밖 1,000여 곳이나 되는 뜻 있는 자리에 보내졌다. 대구·경북 일원의 교회에, 이주와 군문으로 출타한 우리의 형제 자매들에게, 멀리는 이민 가고 유학 떠난 지구촌 삼덕의 권속들에게까지 어김없이 찾아갔다. 그들은 그것으로 '삼덕'을 호흡하며 모교회를 위한 기도를 잊지 않을 것이다.

제작진의 노고와 땀이 기억된다. 하나님은 우리의 연약한 손과 발을 사용하여 크게 일하시는 분이시다. 교우 모두의 애정과 관심이 담긴, 함께 만들어 가는 「신망애」가 되고 싶다. 반드시 있어야 할 당위와 필연의 메시지가 생동하는 창(窓)의 공간이 되고자 한다.

「신망애」, 그 영원한 '삼덕'의 노래, 믿음과 소망과 사랑의 하모니가 이 땅에 길이 울려 퍼질 것이다.

≪2002년 12월 8일, 「신망애」 200호 특집≫

겸손의 주님을

우리가 하나님의 거룩한 백성으로, 그의 자녀로 한평생 순례자의 길을 걸어가는 데는 무엇보다 믿음의 푯대인 예수 그리스도의 형상을 닮아가는 부단한 노력이 요구된다.

예수님이 공생애에서 보여주신 겸손의 모습은 우리가 본 받아야 할 소중한 믿음의 덕목이다. 먼저 예수님의 겸손은 성육신하신 구원의 대역사에서 비롯된다. 하나님의 아들 성자 예수 그리스도가 하늘 보좌를 버리고 낮고 천한 이 땅에 인간으로 오셔서 십자가에서 죽으심은 겸손의 극치이다. 그는 인류를 구원하실 메시아였지만 호사스럽고 현란한 모습으로 이 세상에 오지 않았다. 가난한 목수의 아들로 말구유에서 탄생하신 예수님은 가장 낮고 보잘것없는 처소를 선택하신 것이다. 성경에도 메시아의 모습을 찬란하게 기록하지 않았다. "그는 연한 순 같고 마른 땅에서 나온 뿌리 같아서 고운 모양도 없고 풍채도 없은즉 우리가 보기에 흠모할 만한 아름다운 것이 없도다."(사53:2)라고 묘사하고 있다.

'겸손'이란 히브리어로 〈아나우〉, 헬라어로 〈타페이노프로쉬네〉이다. 그 원의는 교만으로부터 자유롭게 되는 것으로, 겸손의 성경적 해석은 어디까지나 교만으로부터 벗어나는 것이다.

예수님은 "나는 마음이 온유하고 겸손하니 나의 멍에를 메고 내게 배우라."(마11:29)고 말씀하셨다. 예수님의 공생애 행적 가운데 겸손의 자태는 곳곳에서 나타난다.

세례 요한에게 세례를 받으신 것도 겸손에서 나온 것이다. 세례란 스스로 죄인임을 고백하고 그로부터 의롭게 되는 징표이기 때문이다. 아무 흠도 티도 없으신 예수님이 사람이 되어 죄인의 자리에까지 내려가신 것이다.

그는 권력과 부귀를 누리는 사람들 곁에 서 있지 않았다. 병든 자와 가난한 자, 귀신 들린 자의 벗이 되어 그들의 병을 고치셨고, 그들에게 천국 복음을 선포하셨다.

나귀 새끼를 타고 예루살렘에 입성하신 예수님의 모습을 상기해 보라. 이 광경은 성경에도 겸손으로 표현하고 있다. "그는 겸손하여 나귀, 곧 멍에 메는 짐승의 새끼를 탔도다."(마21:5)로 기록하고 있다.

손수 제자들의 발을 씻겨 주면서 남을 섬기는 종의 도리를 가르치셨다. 겸손한 자는 다른 사람을 나보다 낮게 생각하며 그들을 섬기는 사람이다 (빌2:3).

겸손에 수반되는 덕목은 '온유'와 '섬김'과 '순종'이다. 이는 종이 가져야 할 필수적인 행동 양식이다. '섬기는 자'는 헬라어로 〈디아코노스〉이며, '종'은 〈둘로스〉로 노예 신분을 가리킨다. 겸손한 자는 자신을 노예처럼 생각하는 것이다.

이러한 겸손한 자에게 베푸시는 하나님의 복은 그들을 높이시는 것이다. 그러므로 "너희 중에 누구든지 으뜸이 되고자 하는 자는 너희 종이 되어야 하리라."(마20:26-28), "누구든지 자기를 낮추는 자는 높아지리라." (마23:12), "겸손은 존귀의 앞잡이니라."(잠18:12)와 같은 역설의 논리가 성립되는 것이다.

겸손에 대한 하나님의 언약은 참으로 다양하다. "하나님은 겸손한 자를 구원하시느니,"(욥22:29), "겸손한 자의 소원을 들으셨으니,"(시10:17), "겸손한 자를 붙드시고,"(시147:6), "겸손한 자에게 은혜를 베푸시나니,"(잠3:34, 약4:6, 벧전5:5), "마음이 겸손한 자와 함께 거하시니,"(사57:15) 등이 그러하다.

사도 바울은, "자기를 비워 종의 형체를 가지사 사람들과 같이 되셨고 자기를 낮추시고 죽기까지 복종하신"(빌2:1-11) 예수님의 겸손을 가르쳤고, 스스로 겸손의 본을 보였다. 베드로도 소아시아 교인들에게 겸손으로 허리를 동이라고 권고했다(벧전5:5-6). 어쨌든 겸손은 그리스도인들이 새롭게 덧입어야 할 덕목들 가운데 가장 중요한 것이다(엡4:2, 골3:12).

대학 강단에서 지성들을 가르치며 자기 학문의 연구에 몰입하는 교수들은 자칫 겸손의 자태를 잃어버리기 쉽다. 이는 누구를 가르친다는 현학적 우월성과 그 누구도 침범할 수 없는 자기만의 학문 영역을 가진 직업적인 특수성 때문이라 여겨진다.

교수는 당당한 학문적 권위와 인격적인 수월성을 확보하여 제자들에게 인생의 스승으로 체험과 통찰의 철학이 묻어 있는 자태를 견지해야 한다. 그러한 학문적, 인격적 권위 속에 소중한 겸손이 서식할 때, 사제 간의 전도의 교감은 자동적으로 이루어질 것이다. 우리의 언행과 사고 속에 겸손이 충일해지면 대학의 복음화도 더 앞당겨질 것이다.

주님 앞에서 정금처럼 순정하고 발가벗은 모습으로 서 있는, 진실하고 겸손한 자는 이 세상에서 가장 크고 높은 사람이다.

≪2006년 6월 20일, 대구·경북 교수선교회≫

일어나라, 빛을 발하라

이 땅에 봄이 오는 소리가 들립니다. 겨우내 움츠렸던 만물들이 소생하는 생명의 계절입니다. 우리의 영혼과 믿음이 겨울잠에서 깨어나 봄을 호흡하며 부활의 소망을 향해 정진할 때입니다.

우리 대구·경북 교수선교회도 새봄을 맞이하여 주께서 분부하신 선교의 사명을 공고히 하고 새롭게 도약해야 할 계절입니다. 우리들은 이 땅의 젊은이들을 주님 앞으로 인도해야 할 막중한 사명을 가지고 대학에 파송된 선교사들입니다. 주님을 모르고 흑암 속을 헤매는 영혼들에게 길이요, 진리요, 생명이신 예수 그리스도를 감격으로 증거하는 그리스도의 증인들입니다. 우리의 연구실이 기도의 다락이 되며, 우리의 강의실이 전도의 보금자리가 되어야 합니다. 우리가 궁구하는 학문 속에 그리스도의 영성이 생동하고, 우리의 언행과 인격 속에 그리스도의 모습이 투영되어 있어야 합니다.

부족한 제가 힘에 겨운 큰 일을 맡았습니다. 형식에 익숙해진 저의 믿음과 대학에서 얻은 경륜만으로는 이 일을 감당하기가 어렵습니다. 기도로 성원해 주시고 동역에 발 맞추어 주십시오. 그저 소박하게 대학의 복음화를 위해, 그리스도 나라의 건설과 확장을 위해 작은 조약돌 하나가 되겠습니다.

회원 여러분께 몇 가지 부탁 말씀을 드리고자 합니다.

첫째, 모임에 적극적으로 참여합시다. 참여가 있는 곳에 에너지가 생성되고, 에너지가 있는 곳에 생명력이 분출하게 됩니다. 그것이 번져 또 다른 생명을 잉태하는 기적을 창출하게 될 것입니다.

둘째, 기도하는 사랑의 공동체가 됩시다. 올해는 1907년 평양에서 성령의 역사가 일어난 지 백년을 맞이하는 뜻 깊은 해입니다. 나라와 민족의 장래를 위해, 한국 교회의 내실화를 위해, 조국의 장래를 짊어지고 가야 할 우리의 후진들을 위해 기도합시다. 나의 것을 위한 기도보다는 너를 위한 중보의 기도를 우리 주님께 아룁시다.

셋째, 성령 안에서 사귐과 교감의 기쁨을 체득합시다. 내가 믿음의 자리에서 어떻게 당신을 만나 그리스도의 한 우산 속에서 동역하는 형제가 되었는지를 생각하고, 우리의 공동체 속에서 나의 좌표를 확정합시다. 이를 효율화하기 위해 우리 교수선교회에 홈페이지를 개설할까 합니다. 이는 우리의 신앙과 삶을 나누면서 함께 기도하는 공간이 될 것입니다. 좋은 일, 궂은 일 모두가 이 공간 속에서 용해되고 승화하는 능력의 현장이 될 것입니다.

이해에 주님께서 우리에게 주신 말씀은 "일어나라, 빛을 발하라."(사 60:1)입니다. 항상 깨어 기도하며, 세상의 빛이 된 우리의 모습을 통하여 하나님의 영광을 드러내는 선교의 사명을 일깨워 준 말씀입니다.

성령 안에서 회원 여러분의 건승과 평강을 기원하며, 우리 교수선교회의 무궁한 발전을 빕니다.

2007년 3월 1일

대구·경북 교수선교회 회장

허 권사 성경 필사본에 부쳐

성경은 하나님의 말씀이다. 그의 계시를 사도들이 성령의 감동으로 기록한 책이다. 히브리인들과 그리스인들은 성경을 성스러운 책이라 하여 'Biblia Sacra'라고 불렀다. 영어의 'Testament'라는 말은 라틴어인 'Testamentum'에서 유래한 것으로, '언약' 또는 '계약'을 의미한다. 하나님이 모세를 통하여 이스라엘 백성과 맺은 언약이 구약이고, 예수 그리스도를 통하여 완성한 언약이 신약이다.

성경 66권은 구약 39권과 신약 27권으로 구성되어 있다. 구약은 모세오경을 비롯하여 역사서 12권, 시가서 5권, 예언서(선지서) 17권으로 엮어져 있고, 신약은 4복음서와 사도행전, 바울 서신과 공동 서신 21권과 계시록으로 짜여 있다.

성경의 제1차 저자는 성령이고, 제2차 저자는 성령의 영감을 받은 40여 명의 사도들인데, 이들은 약 1,600년에 걸쳐 성경 전편을 기록했다.

성경은 그리스도인의 신앙과 행위에 관한 유일한 규범서이며, 우리가 무엇을 믿으며 어떻게 행해야 하는가를 가르쳐주는 책이다. 성경의 주제는 궁극적으로 "예수 그리스도를 통한 구원과 하나님의 나라 건설"이다.

나는 1944년 대구시 중구의 어느 믿지 않는 가정에서 둘째 아들로 태

어났다. 내 귀에 들려온 복음이란 그저 조모님께서 젊어서 교회에 다녔다
는 얘기와 그분이 남겨 둔 해묵은 찬송가와 성경책이 내 방의 시렁 위에
놓여 있었다는 것이 전부였다.

초등학교 6학년 시절 나는 하나님의 부르심을 입고 대구 삼덕교회에
나왔다. 그 후 연구차 외유한 기간 외에는 나는 이 교회의 울타리를 벗어
난 적이 없다.

1972년 11월 18일, 나는 세 살 아래의 대학 동문과 결혼했다. 아내는
대학 시절 가톨릭 교회를 다닌 적이 있는데, 나의 요청에 따라 시내에 있
는 다른 개신교 교회에 출석하게 되었다.

1991년 나는 본 교회에서 장로로 장립되었고, 아내는 1999년 내가 외
국에 있을 때 권사로 취임했다. 우리 내외는 두 남매를 두었다. 그들은
믿음 안에서 지혜롭고 건강하게 잘 성장했다. 큰놈 대선이는 포항공대 화
공과를 졸업했다. 군문을 마치고는 곧바로 미국에 건너가 남가주대학 대
학원 화공과에서 석사 과정을 마쳤고 내년도에 박사 학위를 취득할 예정
이다. 딸아이 나영이는 경북대 피아노과를 졸업하고 졸업식 다음날 독일
로 날아가 라이프지히 국립음대에서 무려 8년간이나 피아노 공부를 했다.
디플롬을 받은 뒤 이어 최고연주자 과정에 입학하여 피아노와 실내악 두
개의 학위를 취득하고 지난 달 귀국했다. 외국 유학 때문에 늦어진 두 아
이의 결혼이 다음해엔 이루어졌으면 하고 기도하고 있다. 하나님은 때를
맞추어 믿음의 좋은 반려를 마련하고 계시리라 우린 믿고 있다.

이 책은 아내인 허 권사가 1994년부터 2003년까지 만 9년에 걸쳐 손으

로 쓴 성경전서이다. 두 아이를 기도로 뒷바라질 해 가며 틈틈이 베껴 적
은 말씀이 모두 일곱 권의 책에 나뉘었다. 때론 남편이 외국에 교류교수
로 가 있는 동안 시간의 여백을 찾아 밤이 늦도록 눈을 비비며 적기도 했
다. 마지막 장을 보면 2003년 2월 22일 새벽 1시 10분이라고 적혀 있다.

　보는 말씀과 읽는 말씀과 쓰는 말씀이 가슴에 여미어 오는 감동의 파
장이 다를 것이다. 필사 기간 중 때로는 가정의 여러 가지 사정으로 얼마
간 필사가 중단되었던 때도 있었을 것이다.

　오늘 이 필사 노트를 복사하여 7권의 영인본으로 묶게 된 것은 허 권
사의 회갑날인 11월 15일을 기념하기 위해서이다. 남편으로 해 줄 수 있
는 최고의 선물이라 여겨진다. 한평생 믿음의 의미 있는 결정체요, 우리
가정의 귀한 가보로 후손에게 유여할 것이다. 원본은 아들에게 전하고 영
인본은 딸에게 내려줄까 한다. 어머니의 땀과 기도가 배어 있는 말씀집을
대할 때마다 믿음으로 무장하고 새로운 용기를 얻으라는 권면의 메시지가
될 것이다. 이 책장이 다 찢어지고 해어질 때까지 길이길이 후손에게 대
물림했으면 좋겠다.

　두 아이를 건강하게 기르고 성경 말씀으로 권면하면서 그들의 장래를
위해 기도를 쉬지 않는 허 권사에게 그의 회갑을 맞이하여 고마움을 표한
다.

2007년 11월 10일

남편 씀

　가르치는 자는 제2의 자기 탄생에 대한 확신을 가지고 있어야 한다. 비록 완전할 수는 없지만 완성을 위해 고뇌하는 모습이 되어야 한다. 항시 자신의 부족을 겸허하게 시인하고 어떤 인위적이고 도식적인 방법이 배제된, 소박한 자기 능력으로 보완해 가는 고민을 배우는 자에게 보여주어야 한다. 칠전팔기의 끈질긴 신앙 싸움에서 연단된 자그마한 면류관을 제시할 수 있어야 한다.

〈가르치는 자와 배우는 자〉

교회 교육의 지향점

우리 교회 창립 30주년을 눈앞에 둔 오늘, 그간에 질적, 양적으로 성장했던 구석구석을 살펴보며 앞으로의 새로운 좌표를 확립한다는 것은 의의 있는 일이다.

그 중에서도 교육 분야에 대한 검토는 다른 어느 분야에 못지 않은 큰 의미와 중요성을 가진다. 이는 현대 교회가 죽어서 낙원에 가는 소망 하나만의 노인 교회 모습을 탈피하여 청소년의 교육 산실로서도 크게 부상해 있기 때문이다.

이 글은 필자가 보낸 지난 25년간의 우리 교회 교육부 생활을 회고하면서, 그간 피부에 닿아 있는 감상들을 묶어 교회 교육의 중요성을 다시 한번 환기하고, 그 지향점을 모색해 보려는 것이다.

1. 최선의 교육 지표 설정

교육 지표는 신학적으로 타당성이 있고 교육학적으로 당위성을 지닌 최선의 것이 채택되어야 한다. 그것은 항구적인 것으로 가변성이 완전히 배제된 것이어야 한다. 가능한 한 단일한 것이 좋고 실질적이고 구체적인 것이 설정되어야 한다. 연령을 초월하여 유치부에서 장년부에 이르기까지

전 피교육자들에게 긍하는 통용성이 있는 것이어야 한다.

이러한 교육 지표에 도달하기 위해 실행되는 교육 내용의 항목으로는 다음의 것들이 제시될 수 있다.

1) 적확한 성서 지식의 체득
2) 그리스도 공동체 형성
3) 찬송과 기도 생활의 일상화
4) 원만한 그리스도인의 인격 구비
5) 리더십의 양성
6) 의사 표현의 능력 배양
7) 정서 순화 및 함양

교육 방법은 수수의 형식을 지양하고 피교육자가 직접 참여하는 능동적인 활동을 권장해야 한다. 기독교인은 다재 다능하고 모든 분야에서 사회인들을 주도할 수 있는 전인적인 소양을 구비하고 있어야 한다. 교회에서는 우등생이 사회에서는 열등생이 되는 것은 그 자신보다는 교회 교육에 문제가 있다고 보아야 할 것이다. 오늘날 선교의 난황은 교회가 사회를 선도해 가는 능력을 상실했기 때문이다. 말씀과 복음에 권능이 소멸된 것이 아니라, 기독교인들의 흐트러진 모습들이 선교의 길을 막고 있다는 얘기다. 사회 속의 구성원으로서 전혀 적응하지 못하는 유리된 기독교인은 원만한 그리스도의 성품을 소유했다고 할 수 없을 것이다. 성도들의 성별(聖別) 의식은 가끔 사회를 전적으로 부정하는 독선과 아집으로 치닫기 쉽다. 이는 세상으로부터 지탄의 대상이 되며, 사회 복음화의 저해 요소 중 하나가 될 뿐이다. 이질적인 사회를 관대하게 수용하는 아량은 그리스도의 기품이며, 이러한 자질도 역시 교회 교육에 의해 체득되어야 하는 것이다.

2. 교육 중시의 장려 의식 진작

실제로 교육의 비중은 선교를 상회한다고 할 수 있다. 한 생명을 구원의 길로 인도한다는 것도 중요하지만 이들에게 신앙의 결실을 거두게 해 주는 것은 더욱 중요한 일이다. 한번 교회 문을 들어섰다가 실망하여 되돌아 간 생명은 또다시 들어설 용기와 의욕을 상실하기 쉽다. 교회에 대해 부정적인 선입견을 가진 사람들의 대다수가 그러한 경험을 가진 사람들이다.

교회에서 교육은 무엇보다 중시되어야 할 과제다. 특히 우리 교회처럼 30성상이라는 길지 않은 연륜을 가진 교회는 더욱 장래를 짊어질 동량들을 양성하는 데 진력해야 할 것이다. 자녀의 학교 교육에는 엄청난 비용을 투여하면서까지 과열 상태를 연출하면서도 우리의 교회 교육에는 무관심하다고 한다면 그건 부모의 신앙에 문제가 있기 때문이다.

흔히 교육은 '백년지대계'라고들 한다. 우리에게 허여된 교육 기간보다 더 많은 시간을 투자하더라도 그 결실을 기다리는 인내가 필요하다. 한 순간에 목표점에 도달하리라는 과욕은 참으로 위태로운 망상이다. 그건 성숙이라기보다는 변모에 지나지 않을 것이다. 특히 부모들은 자녀에게 완전을 강요해서는 안 된다. 그들이 자라 가고 뻗어 가고 인간이 되어 가고 신앙을 얻기까지에는 무한한 미완의 과정들이 필수의 요소로 내재되어 있어야 한다. 신앙 문제에 있어서도 마음껏 고민하고 회의하고 부정하도록 용납해야 한다. 그 고민과 회의와 부정은 반드시 커다란 결실을 가져올 것이다. 오히려 그것 없이 자라 온 사람들은 허수아비의 신앙으로 안도할 우려가 있다. 그의 기초가 흔들릴 때는 쌓아 놓은 인생 전체가 여지없이 허물어지는 신앙 부재의 인간으로 전락하고 만다.

아울러, 장년 교육의 중요성도 강조하고 싶다. 교회의 장래를 위한 미래 지향적인 교육도 중요하지만, 우선 현실적으로 신앙 체험이나 인격이 완숙된 장년들이 교회에 헌신 봉사할 수 있도록 교육하는 것도 중요하다. 현대 교회의 비대 현상은 교회 내 구성원들의 인성 분열을 유발하기 쉽다. 여기에서 야기되는 여러 문제들을 극복하기 위한 기성 신앙인들의 철저한 교육은 분열과 편견과 괴리를 불식하고 사랑으로 단합케 하는 활력소가 될 것이다.

3. 교사의 자질 향상

교회 학교 교사는 진리를 체득하고 사명감이 충일하며, 창의력과 지도력을 가진 유능하고 성실한 자가 되어야 한다. 피교육자의 모든 것을 최선의 것으로 중시할 수 있는 아량이 있어야 하며, 그러면서도 자기의 것에 대한 신념과 확신이 있는 사람이라야 한다. 교사는 그의 일거수 일투족이 필연의 것으로 점철되어야 하며, 근엄하고 강직할 필요도 있다. 교사는 정신적으로 영적으로 늙지 않아야 하며, 결코 그들의 지쳐진 모습이 피교육자에게 누전되지 않아야 한다. 쉬운 것부터, 자신 있는 것부터 차근차근히 다루어 가는 인내의 철학을 가진 사람이라야 한다.

흔히 부족한 교사의 충원을 위해 권유나 간청에 못 이겨 떠맡겨지는 교사는 부적격자이다. 실상 부족한 교사 실정 때문에 잃어 가는 교육보다는 자질 없는 교사 때문에 야기되는 교육의 허실은 참으로 심각한 것이다.

청소년 피교육자들은 교사의 모든 것을 보고 배우는 동일시의 기간이 너무나 길다. 대학생들까지도 어느 모임에서 2년만 지도하고 나면 모두 그 교사와 같은 인간형이 되고 만다. 사고 방식이나 철학, 생활 태도나 말버릇까지도 그 교사의 것을 은연 중 닮게 된다. 그러므로 교사는 '제2의 자기'가 형성되는 데 대한 자신감과 책임감을 가져야 한다.

나아가서, 연구 전담 교역자 제도를 두어 우리의 실정에 맞은 새로운 아이디어를 창안하고 계획을 수립 시행하며, 그것에 대한 분석과 평가를 담당하는 장치의 유치도 시도해 봄 직하다.

4. 교육 시설의 확충

사회 환경이 사회 현상과 함수 관계를 맺고 있듯이, 교회의 교육 환경은 신앙 교육을 효율적이고 이상적으로 성취시키는 데 큰 영향을 미친다. 우리 교회가 서둘러야 할 교육 시설의 하나는 교육관 건립이다. 그건 무엇보다 예배하는 성전과 구별시킬 필요가 있기 때문이다. 성전에서는 기도하고 찬송하고 신앙을 고백하는 경건한 지성소임을 주지시켜야 한다. 성서의 연구 외에 아카데믹한 활동이나 일반 대화, 리크레이션 등은 교육관에서 이뤄져야 할 프로그램이다.

한편 도서관 시설을 완비하여 열람과 독서의 편익을 주고, 장서의 양을 늘려 기독교 서적뿐만 아니라 유관한 문학 사상 서적도 구비함으로써, 학교에서 학업 때문에 등한시되는 정신적인 양식 배양에도 보비할 수 있어야 한다.

그 밖에도 시청각 교육 시설을 통한 입체적인 산 교육도 바람직하며, 교육 자료의 수집, 교육부 총람 통계 자료, 연감 등의 발행으로 교육 현장과 그 실적을 수시로 점검하는 기구도 필요할 것이다.

교육은 정해진 기간 안에 끝마치는 한시적인 것이 결코 아니다. 한 생명이 우리의 교육 울타리에 들어오게 되면, 그의 일생을 뒤쫓아 가며 보살피는 교육이 수반되어야 한다. 유년부에서 못다 한 교육 과제는 초등부에서 이뤄져야 하고, 중등부에서 남은 교육 활동은 반드시 고등부에서 보충되는 부서 간의 긴밀한 유대 관계가 절실히 요구된다.

이상 네 가지 항목을 들어 교회 교육의 지향점에 대해 술회했다. 이는 필자가 지금까지 우리 교회 교육부에서 피교육자로서 성장해 오면서 느낀 것의 일부이기도 하다. 어쨌든 필자는 교육부를 통해 잔뼈가 굵었고 키가 자랐고 신앙을 얻었다. 지금 그 어릴 적 믿음의 동료들은 모두 흩어져 가고 없지만, 설사 그들 중에 낙심한 자, 실의에 빠진 자가 있다 하더라도 언젠가 우리의 종각을 바라보며 흔연히 교회 문을 찾는 날이 반드시 오리라는 확신 속에 더욱 교회 교육의 중요성을 강조하고 싶다.

지금 대학부 교사인 필자는 나보다 훌륭했던 옛 교사들의 은혜를 생각하며 감사드리고 있다.

≪1981년 10월 11일, 「신망애」 2호≫

교육관, 그 '소망의 장'의 신축에 즈음하여

우리 교회의 숙원 사업이었던 교육관 건립이 이제 그 착공을 서두르게 되었다.

본당을 신축 헌당한 지 4년 만에 다시 교육관 건립을 계획하게 된 것은 날로 팽창하는 교육부의 수용 문제와 아울러 유기적이고 원활한 교육의 장을 확충해 가자는 데 그 의의를 찾을 수 있다.

특히 우리 교회처럼 교령이 깊지 못한 교회일수록 장차 교회를 짊어질 청소년의 신앙 교육은 시급한 현실 문제로 대두되며, 따라서 교회의 교육 사업은 선교 사업 이상으로 중시되어야 할 현안이다.

이제 목전에 다가선 교육관 건립을 두고, 전 교우들로 하여금 다음 몇 가지 사실에 대한 교감과 합심을 공고히 할 것을 환기하고자 한다.

첫째, 교회 교육의 중요성을 실감해야 한다. 교육부는 청소년들을 불러오고 기르고 내보내는, 이른바 선교의 장이요, 양육의 장이요, 파송의 장이다. 저들이 일생 동안 신앙을 지키며, 후배들에게 신앙을 유전하며, 진실하고 유능하여 영향력 있는 사회의 일꾼이 되도록 알뜰하게 보살펴 주어야 하는 곳이 교육부이다. 세상의 지식을 얻기 위해 자녀에게는 온갖 정성을 쏟는 부모들이 그들에게 바람직한 그리스도인상을 심도록 도와주는 데 소홀해 진다면, 이는 필시 그 부모들의 신앙에 크나큰 허점이 있는 것이다.

교육관은 저들의 성장 과정에 있어서 전 영역을 커버하는 값진 터전이 되어야 한다. 이곳에서 마음껏 기뻐하고 즐거워하며, 때론 슬퍼하고 괴로워하면서 신앙과 인격의 완성을 향해 다듬어지는 것이다. 필경 이 보람의 터전은 저들의 생애 가운데 영원한 보금자리로 가슴 깊이 자리 잡게 되는 소중한 공간이다.

둘째, 교육관은 교육 산실 외에 다른 용도로는 사용될 수 없는 철저하게 구별된 공간이어야 한다. 흔히 교육관이란 이름으로 십 수 층 되는 빌딩을 지어 놓고 임대 형식의 상행위를 하는 경우를 우리들은 부러움으로 바라본다. 이는 필시 주종(主從)이 전도된 형태이며 피교육자에 있어서는 비교육적인 부작용을 가져오게 한다. 교육은 순수한 교육 하나만으로 지향되어야 하며, 교육 현장은 순수한 교육의 장으로 보존되어야 한다.

셋째, 스스로 교육관의 한 부분이 되겠다는 사명 의식을 가져야 한다.

외국의 어느 조그마한 교회에서 교육관을 짓기 위해 헌금하는 모습을 보고 크게 감동된 일이 있다. 교회당 입구에 속이 환히 들여다 보이는 커다란 유리 독 하나를 준비해 두었다. 어린 주일학교 학생으로부터 노인에 이르기까지 교회에 나오는 날이면 거기에다 열심히 동전을 넣는 것이었다. 칠순이 가까운 그곳 목사님은 10년 후 정성스럽게 채워진 이 독은 이곳에 멋진 교육관을 짓게 해 줄 것으로 믿는다고 말하며 기쁨을 감추지 못했다.

크든 작든, 많든 적든 건축 헌금은 교우 모두가 정성껏 참여하는 데 의의가 있다. 스스로가 창문 한 장, 벽돌 한 개, 기와 한 장이 되겠다는 의

지는 궁극적으로 교우들 간의 의식과 사고의 분열을 막고, 사랑으로 한 마음이 되게 하는 큰 힘으로 뭉쳐질 것이다.

교육관, 이곳에서 장차 훌륭한 주의 사도가 배출될 것이고, 위대한 스승들이 탄생할 것이며, 윤리와 철학을 가진 사업가와 소명감 있는 의사들이 태어날 것이다.

정녕, 교육관은 우리 교회의 '소망의 장'으로서, 전 교우들이 열정과 합심으로 투자할 만한 가장 가치 있는 터전이 될 것이라 확신한다.

≪1983년 6월 12일, 「신망애」 20호≫

가르치는 자와 배우는 자

"내 백성에게 거룩한 것과 속된 것의 구별을 가르치며, 부정한 것과 정한 것을 분별하게 할 것이며"(에스겔 44:23)

청소년들은 끊임없는 동일시(identification)의 계절로 일관되어 있다. 존경하는 어느 선생님의 제스처를 흉내 내고, 설득력 있는 어느 목사님의 화술을 닮으려 하며, 삼촌의 매력적인 너털웃음을 다른 장면에서 재현한다. 그뿐 아니라, 책 속의 어느 철학자를 깊이 사숙하고 그의 사상에 공명하며 함께 고뇌하려고 애쓴다.

이러한 사실은 필시 그들의 인격과 성격을 형성하는 데에 큰 작용점이 되며, 인생관과 가치관을 구축하는 데에 큰 디딤돌 역할을 하게 된다.

필자는 교회에서나 학교에서나 숱한 청소년들을 대하면서 곧잘 이 동일시의 상념을 벗어나지 못할 때가 있다. 이는 교육자로서, 아니 이들보다 먼저 성장한 기성인으로서의 자화상이 이들에게 어떻게 투영되고 있는지에 대한 불안감으로 귀착되기가 일쑤다.

대학 강단에서 언어 이론을 가르치면서 예리하고 냉철한 사고와 이성을 다짐하는 스승의 모습이나, 찬양대 앞에서 뜨거운 가슴의 찬양을 종용하는 지휘자의 자태나, 두 아이에게 푸른 내일을 제시하며 학구를 권면하는 아버지의 형상에서 이들에게 투영되는 나는 어떤 모습으로 서 있는지 궁금하기만 하다.

교회는 수직적으로 하나님과 만나는 예배의 장인 동시에, 수평적으로는 교우들끼리 만나 서로 영향을 주고받는 교육의 장이다. 그 중에도 우리 교회를 짊어지고 갈 '삼덕 제2세' 청소년과 기성 교인과의 교육적인 교감은 더욱 중요한 의미를 지니고 있다. 이는 궁극적으로 가르치는 자와 배우는 자와의 관계로 발전 귀결된다.

가르치는 자는 무엇보다 제2의 자기 탄생에 대한 확신이 있지 않으면 안 된다. 신앙에의 짙은 불확실성, 자기 내부에 존재하는 모순과 당착, 일탈되고 왜곡된 대인 관계, 시시비비를 가릴 줄 모르는 혼미한 사고, 게다가 체질화된 타협과 가식, 이러한 요소들이 가르치는 자에게서 자연스럽게 노출되고 있다면 배우는 자의 시선은 어디로 향해야 하는가?

배우는 자에게 투영되는 가르치는 자의 모습은 진중해야 하며 확신에 차 있어야 한다. 비록 완전할 수는 없지만 완성을 위해 고뇌하는 모습이 되어야 한다. 항시 부족을 겸허하게 시인하고 어떤 인위적이고 도식적인 방법이 배제된, 소박한 자기 능력으로 보완해 가는 고민을 보여 줘야 한다. 칠전 팔기의 끈질긴 신앙 싸움에서 연단된 자그마한 면류관을 제시할 수 있어야 한다.

그 다음은 배우는 자들을 인정해야 한다. 그들의 고민하고 회의하는 계절을 수용하고 이해해야 한다. 미숙하고 정서적으로 불안한 그들의 몸짓에 긍정적인 의미를 부여해야 한다. 어른 같은 아이보다 아이다운 아이들이 되도록 가르쳐야 한다. 미완의 그들로부터 절대적인 것을 강요하는 폭

력이 있어서는 안 된다. 성(聖)과 속(俗), 진(眞)과 위(僞), 실(實)과 허(虛)의
국면을 엄격히 분별하는 힘을 길러 줘야 한다. 이를 통해 확고한 가치관
이 형성되며, 질서 있는 인생과 신앙을 소유할 수 있게 되기 때문이다.

≪1985년 6월 30일, 「신망애」 42호≫

교회 학교, 무엇을 어떻게 가르칠까?

교회의 기능은 예배와 선교, 교육과 친교, 구제와 봉사 등으로 집약된다. 「교회」의 어원은 헬라어 '퀴기아쿠스'와 신약 시대의 '에클레시아'에서 온 것인데, 그 어의는 "주님에게 속한다", "함께 불러내어 만난다" 등으로, 예배와 친교를 바탕으로 하고 있다. 그러나 우리나라에서 '교회'(敎會: 가르치는 곳)라고 명명한 것은 그 교육적 기능을 중시하고 있기 때문이다.

교육은 예수님 공생애의 행적에서도 잘 나타난다. 예수님의 짧은 생애는 십자가의 사랑으로 인류 구원의 대역사를 이루신 것이었지만, 갈릴리를 다니며 하신 일의 대부분은 제자들과 회중을 가르치고 기사와 이적을 행하심으로 병자들을 치료하며, 귀신 들린 자를 고치신 일이었다. 이런 의미에서 교회의 교육적 사명은 막중하며 오늘날 교회 학교는 소망의 장으로 교회의 중심에 위치하게 된다. 교회의 미래상과 장래에 대한 비전은 저들의 꿈과 의지와 포부에 의존되어 있기 때문이다.

우리 교회도 이제 창립 반세기를 맞이하는 역사적인 시점에 서서 교회의 앞날에 대한 비전과 사명 의식을 꼼꼼히 다지는 시각이 필요하다. 특히 교회 교육에 대한 지대한 관심과 정성을 쏟지 않으면 안 된다. 더군다나 교회 밖에서는 학업 경쟁이 점점 더 치열해지고, 많은 청소년들이 비신앙적 요소에 미혹되기 쉬운 현실을 감안할 때, 우리는 저들의 신앙 교육을 위해 배전의 노력을 경주해야 한다. 교육 내용과 방법에서도 보다 효율적인 방안을 심도 있게 모색하지 않으면 안 된다.

교회 교육은 저들을 온전한 신앙인으로 육성하는 복음적 기능뿐만 아니라, 저들을 다시 세상에 내보내어 가르치고 선교하는 교사의 직분을 감당케 하는 일을 포함하고 있는 것이다. 그러므로 교회 교육의 본질은 피교육자들을 불러오고(call men), 그들을 육성하여(build men), 파송하는(send men) 세 가지의 과정을 충실하게 이행하는 것이다.

　　　　　II

교회 학교에서는 무엇을 어떻게 가르쳐야 할 것인가 하는 명제를 놓고 교육 내용과 교육 방법에 대해 간단히 생각해 보기로 한다.

교육 내용에 있어서는 무엇보다도 명확한 교육 목표가 설정되어야 한다. 교육 목표는 교육 과정의 동인(動因)이자 궁극적인 도달점이다. 쉽게 말하면 왜 가르치며, 가르쳐서 무엇을 만들려는 것인가 하는 것이 요체이다. 교회 교육의 궁극적인 주제는 "예수 그리스도"이며, 그 목표점은 예수 그리스도의 성품과 인격을 본 받으며 그를 따라 가는 신앙이다. 이러한 교육 목표를 달성하기 위한 몇 가지 교육 내용을 제시해 보자.

1. 예수 그리스도의 형상과 그의 행적

교회 교육의 지상 목표는 예수 그리스도의 형상을 닮으며 그의 행적을 따라가는 것이다. "내가 거룩하니 너희도 거룩할지니라."라고 하신 대로 성화의 길을 가도록 독려해야 한다. 우리가 예수님의 행적과 말씀을 세밀하게 가르쳐야 하는 것은 그의 생애 전부인 인류 구속의 대전제를 피교육자 속에 온전하게 투영시키기 위해서이다. 제자들의 발을 씻기시는 모습 속에서 겸손을 가르치고, 겟세마네 기도 속에서 순종을 깨닫게 하며, 빌라도 법정에서의 재판을 통해 하나님의 계획을 알게 하며, 부활하신 후 제자들과의 만남 속에서 사랑을 상기하게 하는 것이다. 그리고 예수 그리스도와 나와의 수직적인 관계를 온전하게 정립하도록 종용하고, 그는 길과 진리와 생명이신 나의 구세주이시며, 하나님의 외아들이심을 감격으로 고백하도록 해야 한다.

2. 하나님의 사랑과 공의

만유를 주재하시고 통치하시는 하나님의 경륜과 권능을 관념이 아닌 실존으로 깨닫도록 가르쳐야 한다. 밤 하늘에 빛나는 수많은 별들을 바라보며 그것들을 운행하는 하나님의 크고 높으신 권능을 머리 아닌 가슴으로 깨닫게 하고 그 크고 높으신 이름을 드높이 찬양하도록 해야 한다. 그는 사랑의 하나님이시자 공의의 하나님이심을 가르쳐야 한다. 그 놀라우신 사랑의 손길을 늘 감사하며 감격해 하면서도, 내가 죄악의 길로 갈 때에는 엄히 꾸짖으시는 진노의 하나님임을 두려워하도록 주지시켜야 한다. 하나님을 경외함이 지식의 근본임을 가르쳐라.

3. 거룩함과 속됨, 선과 악의 구별

오늘날 가치관의 혼돈 속에 살고 있는 우리들에게는 거룩한 것과 속된 것, 선한 것과 악한 것을 분별하는 힘이 매우 부족하다. 시비를 명확히 가려 주며, 신앙에서는 타협의 중간점이 존립할 수 없음을 보여 주어야 한다. 진실과 거짓이 별개의 것으로 엄존하고, 선과 악이 엄청난 거리를 두고 존재하며, 신앙과 불신앙의 경계선이 명확하게 그어지는 사실을 가르쳐 보여 주어야 한다. 이는 빛과 어두움이 공존하지 못한다는 상반 논리를 천명하신 예수님의 메시지와 일치하는 진리이다.

4. 인생의 의미와 시대적 사명

삶의 의미와 인생의 목표를 신앙의 범주 안에서 설정하도록 지도해야 한다. 이 세상의 그 무엇보다 하나님을 최우선시하는 인생관이 정립되도록 도와주어야 한다. 장래 내가 무엇이 되겠다는 포부와 야망보다는 하나님께서 나로 하여금 무엇이 되기를 원하시는지를 묻는 성숙한 지혜를 환기시켜 주어야 한다. 그리스도인이란 세상과 구별되는 삶을 영위하는 사람을 지칭한다. 어두운 세상을 향하여 밝은 빛을 비추는 사명을 감당하도록 독려해야 한다.

또한 21세기를 향해 달려가는 이들이 뚜렷한 기독교적 국가관을 가지도록 주지시켜야 한다. 이 땅 위에 그토록 많은 그리스도인들이 있지만, 우리 사회가 좀처럼 맑아지고 밝아지고 깨끗해지지 못하는 것은 빛을 잃은 기성 교인의 무능과 나약함 때문이 아닌가? "나를 들어 바다에 던지우라."라고 한 요나의 고백을 나의 것으로 수용하고, 할 일 많은 이 땅에 "주여 나를 보내소서."라고 외치는 사명 의식을 고취시켜 주어야 한다.

5. 원만한 그리스도인의 인격

그리스도인들은 사회인들 속에서도 원만한 조화를 이루어내어야 한다.

진실과 성실로 청지기로서의 맡은 바 사명을 잘 감당하는 그리스도인은 우리 사회의 어느 자리에서도 최선을 경주함으로써 그들로부터 칭찬과 인정을 받으며 그들과의 원만한 교제를 이룰 수 있다. 교회에서만의 모범생이 아닌 세상에서의 모범생이 되도록 길러야 한다. 감성보다는 냉철한 이성의 소유자를 만들어 이 땅의 취약한 의식을 순화하고 이 나라를 하나님의 법도 위에 굳게 세우는 데 자신의 인생을 투여하는 일꾼들을 우리 교회에서 배출해야 한다.

좌로나 우로나 치우치지 않는 평형의 인격을 소유하도록 도와주고, 왜곡된 부정적 사고로부터 탈피하여 세상을 넓게 긍정적으로 응시하는 시각을 갖도록 가르쳐야 한다. 봉사와 협력을 익혀 이기심을 불식시키고 원만한 교우 관계를 통해 어디에 가든지 사랑의 공동체 의식을 공고히 하도록 훈련시켜야 한다.

Ⅲ

현실적으로 우리 교회 학교 교육에 있어 요구되는 바람직한 지향점이 무엇인지 살펴보자.

1. 확신 있는 체험적 교사 확보

교사는 구원의 확신과 중생의 기쁨을 체험한 자라야 한다. 그것이 없다면 이른바 장님이 장님을 인도하는 격이 되고 말 것이다. 기교와 요령이 배제된 진솔한 사랑의 교사가 필요하다. 피교육자들을 편애 없이 내 자녀처럼 내 아우처럼 사랑하는 마음이 그에게 내재할 때, 교사와 학생 사이의 사랑의 교감은 혈육보다 더 짙게 형성될 수 있다. 완벽할 수는 없지만 완벽을 위해 고뇌하는 사람이 훌륭한 교사이다.

지식과 인격을 가르치는 교육과 신앙을 가르치는 교육은 본질적으로 다르다. 기독교 교육은 이해하고 깨닫게 하는 것도 중요하지만 체험하여 자기의 것으로 받아들이게 하는 것이 더욱 중요하다. 머리로 이해하게 하는 것이 아니라 가슴으로 영혼으로 받아들여 자기화하는 과정이 바로 기독교 교육이다. 교사들은 편견을 버리고 객관적인 사실을 자기의 체험으로 용해된 것을 자신 있게 가르쳐야 한다. 사도 바울이 "나를 배우라."고 한 것처럼 교사는 학생들이 제2의 자기 모습으로 형상화하는 데 주저함이 없어야 한다. 이는, 청소년은 동일시의 계절을 향유하고 있기 때문이다. 교사의 멋진 모습과 거동과 언어를 흉내 내며 자기의 것으로 재구성하는 데 전념하는 때이다. 자신 있는 교사는 태도에 있어 엄격하다. 그것이 가르치는 사람의 절대적인 권위요, 능력이요, 자질이다.

2. 부서별 유기적·단계적 교육 제고

교회 학교는 연령과 학령에 따라 단계적으로 부서 구분이 되어 있다.

우리 교회도 영아부에서 청년1부까지 열 개의 부서로 조직되어 있다. 교회 학교의 각기 부서들은 하나의 교육 목표하에 통일된 지향점을 가지고 다양한 교육 활동을 전개해야 한다. 각기 연령적·지능적 특성에 맞추어 교육 형태가 다양하고 다채로워야 하지만, 전체적으로 통일된 맥락을 가지도록 조율해야 한다. 때로 상급 부서로 등반할 때 느끼는 이질감과 괴리감으로 인한 신앙 교육의 공백은 교회 학교 발전은 물론 피교육자의 신앙의 성숙을 막는 장애 요소가 된다.

3. 교재 확충과 교육 환경 개선

양질의 교재와 좋은 교육 환경은 교육 활동을 효과적으로 수행하는 데 촉매 작용을 한다. 특히 시청각 교재는 그 명시성과 효율성을 통하여 피교육자들의 관심과 흥미 유발의 직접적인 모티브가 될 수 있다. 또한 교육 시설과 환경의 효과적인 활용과 조직적인 운용은 일반학교 교육에서 체득하지 못하는 수월성을 확보할 수 있을 것이다.

4. 교육 연구 전담 기구 설치

장차 우리 교회도 교육을 전담하는 교역자를 두어 이를 연구하고 기획하며, 실행하고 평가하는 단계에까지 이르기를 기대하고 있다. 우리 교회 현실에 맞은 단계적인 공과 교재를 독자적으로 제작하고, 각기 유기적이면서도 다양한 교육 프로그램을 개발하여 교육의 효율성을 높여야 한다. 교사들을 주기적으로 재교육하여 그 자질을 향상시키고 사명감을 고취하

는 한편, 학생들과 상담하여 그들의 고민을 경청하고 지도 조언하는 것이
반드시 필요하다. 또한 이들의 먼 장래까지도 추수(追隨, follow up)하는 장
치가 마련되어야 한다. 기독교 교육은 '수료'라는 것이 있을 수 없다. 그
가 우리 교회를 떠나 지구촌 다른 곳에 가 있다 해도 그들과의 영적인 만
남과 그들을 위한 배려와 관심은 항상 지속되어야 한다. 그리고 반드시
어떤 프로그램과 행사 뒤에는 이를 분석하고 평가하는 모임을 가져, 한층
발전적인 단계로 고양시켜야 할 것이다.

≪1996년 8월, 「신망애」 156호≫

신학교 강의 시간

대학 시절 나는 전공했던 국어학, 언어학 외에도 음악과 신학을 더 공부하고 싶었다. 언젠가 시간과 여건이 허락되면 음악대학과 신학대학에 취학할 생각까지 했다. 그래서 장차 전공 외에 음악과 신학 분야의 학위도 취득했으면 하는 욕심을 가졌었다.

이러한 생각은 해가 갈수록 외길을 걸어가는 나로부터 변두리로 밀려나게 되었다. 왜냐하면 내 전공 연구만 해도 과제가 벅차고 힘에 겨워 궁구하는 데 많은 시간과 노력이 필요했기 때문이다. 일찍 교수가 되어 대학 강단에 선 나는 일본에서의 대조언어학 박사 학위를 수득하는 데 골몰하여 다른 것을 돌아볼 여력이 없었다. 결국 중년에 들어서서는 자동적으로 그 꿈이 수정될 수밖에 없었다. 그건 "왜 너 한 몸에 그 많은 것들을 다 가지려고 하느냐?" 하는 자문과 나의 과욕에 대한 하나님의 책망의 계시 때문이었다.

실제로 대학 교수 재직 기간 중 몇 차례 그 꿈을 실현할 수 있는 기회가 찾아오기도 했다. 한 음악대학에서 석사 과정 입학을 종용해 오기도 했고, 어느 목사님으로부터 신학대학에 입학할 것을 권유 받기도 했다. 그러나 나의 전공에 대한 연찬의 길은 멀고도 깊어 다른 여백을 마련할 만한 시간이 허여되지 않았다.

나는 이재(理財)에 눈이 밝아 부를 얻거나 정치에 눈을 떠 사회에서 명성을 떨치는 것을 나의 미래상으로 생각해 본 일이 단 한번도 없다. 그저 하나님이 맡기신 청지기의 사명을 다하면서 소박한 그리스도인 학자가 되겠다고 작심했던 것이다.

그 후 공교롭게도 내가 생각해 오던 일들은 아들딸에게 자연스럽게 이양되었다. 고교 시절 공과대학에 가서 테크니션이 되겠다던 꿈은 아들에게 옮겨졌고, 내실 있는 음악인이 되겠다던 꿈은 딸아이의 피아노 전공으로 넘겨졌다.

일본 문부성 초청으로 2년간 쓰쿠바대학을 다녀온 뒤 시내에 있는 경북신학교의 강의를 맡게 되었다. 나는 재임 기간 동안 타대학에 그다지 출강하지 않았다. 이는 내 소속 대학의 교육과 연구에 조금이라도 소홀해질까 우려했기 때문이다. 어쩔 수 없는 사정으로 계명대학 일어일문학과 대학원에 5년간 강의하면서 학생 6명의 지도교수를 맡아 그들에게 석사 학위를 준 것 외에는 교외 활동을 일절 하지 않았다.

그러던 중 경북신학교에서 강의하게 된 것은 이 교단 어느 목사님의 간곡한 요청 때문이었다. 1980년에 시작한 신학교 강의는 1998년 외국에 교류 교수로 나갈 때까지 무려 18년 동안이나 이어졌다. 이는 내가 하고자 했던 신학 공부의 길에서 그들을 가르치는 교수의 길로 하나님이 방향을 돌려주신 것으로 믿었기 때문이다. 나는 이 큰 사명을 끝까지 잘 수행하겠다고 하나님께 서원했다. 그리하여 긴긴 세월 동안 한 학기도 강의를 쉬거나 한번도 휴강한 일이 없었다. 어느 때는 대학 본부의 중책을 맡아 하루 종일 회의를 주재하는 중에서도 하나님과의 약속이자 신학생들과의 약속을 지키기 위해 나는 그곳으로 달려갔다.

경북신학교는 고려파 교단 신학대학의 예비 과정으로, 이곳을 수료하고 나면 고신대 학부 과정에 편입하게 된다. 내가 맡은 강의 과목은 교양국어였는데, 그 과목 외에도 목회에 필요한 잡다한 내 생각을 그들에게 남김없이 전해 주었다. 때로는 교역자가 갖추어야 할 자질과 성품까지도 지금까지 보고 듣고 느껴 온 사실을 토대로 강변했다. 그리고 음악 시간이 별도로 있었지만 자주 합창하는 시간도 가졌다. 그들은 내 강의에 큰 흥미를 가지고 열심히 경청했다.

강의 교재는 이들을 위해 내가 특별히 편저한 『우리말과 글의 이해』를 사용했다. 교역자로서 갖추어야 할 최소의 국어 능력과 문학적 소양을 기르는 데 역점을 두었다. 교재의 목차는 크게 네 단원으로 나뉘었다. 제1장 우리말의 모습, 제2장 삶의 지혜, 제3장 문학 작품의 감상, 제4장 말씀과 교회 등이 그것이다. 제1장에는 언어의 기능, 국어의 표준 발음, 한글 문자의 과학성, 국어의 오류 표현, 그리고 국어사와 고전 문헌 자료 몇 편과 실용문, 동서양의 고사 성어에 관한 것이 수록되었다. 제2장에는 내가 신문 지상에 쓴 칼럼을 중심으로 살아가는 지혜의 단상들을 실었다. 제3장은 문학 작품 감상으로, 장르 중 시와 시조, 소설, 수필, 희곡 등에 관한 기초적인 문학 이론을 소개했다. 제4장에는 성서에 관한 것과 나의 선교 저널 칼럼을 중심으로 강론한 것을 담았다. 특히 장차 저들의 설교 강해를 위해 언어 표현 능력과 작문 능력을 강화하는 내용을 가르쳐 언어를 통한 메시지를 효율적으로 전달하는 데 도움이 되도록 애썼다.

경북신학교의 교육 과정은 목회 연구자 과정 2년, 신학과 4년, 여교역자 과정 2년 등으로 나뉘며, 이를 강의하는 교수가 모두 34명이나 되었다. 나는 갓 입학한 신학과 학생들에게 첫 대면 시간에 반드시 과제 하나를 제시했다. "내가 여기에 오기까지"란 제목으로 자신의 간증담을 써 내는 것이었다. 지금까지 살아 온 자기 인생의 행적을 거짓 없이 소상히 쓰고, 신학의 길로 들어서게 된 동기와 그 전환점, 그리고 앞으로 사역자가 되기 위한 결단의 내용이 주제가 되었다. 나는 그 리포트를 꼼꼼히 읽었다. 감동과 놀람과 실망이 복합된 것이었다. 그들이 신학을 하게 된 전환의 계기는 참으로 다양했다. 세상에서의 계속된 실패와 좌절, 중병으로부터 치유를 얻은 신유의 감격, 자의가 아닌 하나님의 강권적인 부르심, 그리고 주변 사람들의 권유 등 각양의 체험담을 썼다. 그럼에도 불구하고 의외로 그들에게 소명 의식이 투철하지 못한 경우도 있다는 사실에 실망했다. 그러나 확고한 소명감을 가지고 입학한 것은 아니지만 수학 과정을 통하여 그 사명이 형성되고 크게 성장한다는 사실이 놀라웠다. 기숙사 생활에서 새벽 경건회를 가지면서 수련하는 동안 희미하던 소명 의식이 공고해 진다는 것이다. 그리하여 예상치 못한 학생이 졸업 후 안수를 받고 놀라운 사역을 하는 사람이 많았다.

나는 그들에게 장래에 명망 있는 교역자가 되라고 이르지 않았다. 비록 빛 없는 작은 교회를 섬길지라도 영력으로 목양하여 이 땅에 없어서는 안 될 필연의 사역자가 되라고 강조했다. 이런 위대한 종들에 의해 한국 교회가 성장한다고 나는 믿고 있기 때문이다. 사역자가 갖추어야 할 필수적인 덕목은 어디까지나 영적 능력과 사랑이다. 계시의 말씀으로 교회를 채우고 눈물의 기도로 강단을 적시며, 따뜻한 손으로 성도의 아픈 가슴을 어루만지는 목사가 되라고 당부했다. 어린 양들과 함께 울고 웃으며 뜨거운 기도로 사랑의 교감을 실현하는 목자에게 하나님은 지혜와 권능까지 더하신다고 역설했다.

"야망의 목회에서 벗어나 소박하고 진실한 목회를 하라. 그것이 성공 목회의 첩경이다. 하나님이 원하시는 목회의 위상을 새롭게 정립하라. 만약 교회의 영적 성장에는 관심이 없고 우리가 배격해야 할 물량주의와 개교회주의에 빠져 교세 확장에만 집착하는 허황된 꿈을 가졌다면 이제라도 신학의 길에서 떠나라."라고 강변했다. 목사의 생활 수준은 교인들의 평균치에 조금 못 미치는 것이 덕스럽다. 그러한 목사의 메시지 속에 힘이 실린다. 강단에서의 말과 그의 삶이 유리되면 교인들은 갈등하게 된다.

"작은 일로 감동을 주라. 성직자의 모습이 세상 사람들과 구별되는 것을 몸으로 행동으로 보여주라. 그리스도의 성품과 인격을 닮아 온유와 겸손을 실천하며 공의로운 종이 되라. 말 잘하는 목사보다는 투철한 의식을 가진 곧은 사역자가 되라. 그래야만 교회가 건강해진다. 자기 부족의 확충을 위한 고뇌의 철학을 소유한 목사가 되라. 인생의 세파 속에서도 담대하며 긍정적인 해법을 소유한 지혜로운 목사가 되라." 이렇게 18년을 외친 나였다.

이 신학교에서는 그 동안 적지 않은 사역자들을 배출했다. 그들은 옛날을 그리워하는 추억의 모임에 나를 초대하곤 했다. 모두들 크고 작은 교회를 맡아 목회에 전념하고 있다. 지금도 연말 연시가 되면 그들로부터 연하장이 날아오고 전화가 걸려온다. 그들의 목소리에는 그저 하나님께 감사, 스승님께 감사하는 내용이 전부였다. 때로 작은 교회를 개척하여 어렵게 섬기고 있는 형편을 호소하며 기도의 도움을 간청하는 목사님들도 있어 마음이 무겁다. 하나님의 섭리하심과 역사하심을 기도할 뿐이다.

≪2007년 가을에≫

새해 인사

2004년 새해를 맞이하여 경북대 복음화를 위해 기도하시고 후원하시는 여러분께 주님의 이름으로 문안드립니다. 이 한 해도 주님의 말씀으로 승리하시며, 여러분의 삶 속에 그리스도의 평강과 기쁨이 충만하기를 기도합니다.

지금 지구촌 곳곳에 괴질과 재앙이 속출하는 현실을 목도하면서, 이때야말로 우리 그리스도인들이 깨어서 기도하며 선교에 힘써야 할 시점임을 절감합니다. 특히, 이 나라의 장래를 짊어지고 세계를 향해 뻗어 나가야 할 대학생들에게 복음을 전하는 일은 그 무엇보다 시급하고도 막중한 명제로 부상되는 때입니다.

이에 발 맞추어 우리 〈경북대 복음화 후원회〉도 새로운 다짐으로 세상을 향해 등불을 높이 들고 학원의 복음화를 위해 정진해야 하겠습니다. 지금까지 펼쳐 온 복음화 사업을 재점검하고, 더욱 효율적이고 결실 있는 것으로 승화시켜 나가야 하겠습니다.

이를 달성하기 위해서는 주님의 명령과 약속을 굳게 믿고 이를 준행하는 데 혼신의 힘을 기울여야 할 것입니다.

부활하신 예수님께서 제자들에게 "내가 세상 끝 날까지 너희와 항상 함께 있으리라."(마27:20)고 약속하시기 전 네 가지의 지상 명령을 선포하셨습니다. 약속의 축복은 명령을 받들어 행하는 자에게 주어지는 선물입니다. 이 명령은 '가라', '제자를 삼으라', '세례를 주라', 그리고 '가르치라' 입니다.

이는 오늘 우리의 대학 캠퍼스에서 달성되어야 할 선교의 지표가 될 것입니다. 우리가 선교지에 가서 그리스도의 증인이 되고, 그들에게 복음을 전하여 그리스도 안에서 한 형제가 되며, 그들로 하여금 "그리스도의 장성한 분량에 이르도록" 가르치고 기도하는 일입니다. 이는 값 없이 의롭다 함을 받은 주의 백성들이 마땅히 해야 할 의무요, 선교의 지상 목표입니다.

특히, 가치관이 흔들리는 어지러운 현실에 직면하면서, "내 백성에게 거룩한 것과 속된 것의 구별을 가르치며, 부정한 것과 정한 것을 분별하게 할 것이며"(에스겔43:23)의 말씀대로 우리 모두가 영적 분별력을 체득하도록 힘써야 할 것입니다.

이 한 해에 우리의 손과 발과 입을 통해 일하시는 주님의 계획을 묵상하면서, 그의 나라와 그의 의를 위해 우리의 몸 전부를 드리는 헌신의 삶을 이루어 냅시다.

주님의 은총과 보호하심이 여러분과 귀가정에 늘 풍만하기를 기원합니다.

2004년 새해 아침
경북대학교 복음화 후원회 회장

"가라", "가르치라"

'그리스도인'이란 세상과 구별된 삶의 모습을 갖춘 사람들을 이른다. 세상과 구별되는 것은 우리 주님이 분부하신 대로 빛과 소금으로 살아가는 것을 의미한다. 이는 흑암을 쫓고 무미한 곳에 짠맛을 내는 영향력 있는 삶을 지칭한다. 주님께서 우리에게 세상의 빛이 되라고 하시지 않고 "너희는 세상의 빛"이라고 기정 사실화하신 것은 우리가 빛의 근원이신 하나님의 형상을 입고 있기 때문이다. 우리가 가는 곳이 밝지 못하고 짠맛이 없다면 우리는 빛도 소금도 아니라는 논리이다. 어떤 경우에서든 빛은 어둠을 쫓고 소금은 녹아 짠맛을 내는 속성을 지니고 있다.

그리스도인은 진리 안에서 자유를 누리는 사람들이다. 이전에 우리가 죄인 되었을 때 죄의 멍에로 종 노릇하던 영혼이 해방됨으로써, 값 없이 주신 주님의 은총으로 새 생명을 얻은 자들이다(딛2:14). 이러한 감격과 환희가 삶의 모든 곳에 배어 있어야 한다. "그리스도께서 우리로 자유케 하시려고 자유를 주셨으니, 그러므로 굳세게 서서 다시는 종의 멍에를 메지 말라."(갈5:1)고 한 사도 바울의 메시지에 귀를 기울여야 한다.

자유함을 얻은 우리의 삶을 들여다 보자. 잘못된 인습과 생각으로부터 자유로워야 하고, 비대해진 자아와 오만한 자신으로부터 자유로워야 하며, 물질과 시간의 속박으로부터 자유로워야 한다.

자유함을 누리는 자에게 반드시 갖추어져야 할 덕목은 순종이다(요8:36). 자신의 의지보다는 하나님의 뜻을 따르는 것이다. 이는 골고다를 눈앞에 둔 예수님의 기도에서 그 모본을 보이셨다. 이러한 믿음의 여정을 가고 있는 그리스도인만이 성령의 열매(갈5:22)를 거둘 수 있을 것이다.

부활하신 예수님이 제자들에게 오셔서 명하신 지상 명령은 네 가지로 요약된다. "가라", "제자를 삼아라", "세례를 주라", "가르치라"이다. 이러한 강령을 지키는 자기 백성에게 예수님은 "세상 끝 날까지 너희와 함께 있으리라."고 약속하셨다. 임지에 가서 예수 그리스도가 나의 구세주 되신 사실을 담대하게 전하는 그리스도의 증인이 되고, 그들에게 세례를 베풀어 주 안에서 한 형제가 되며, 영원히 썩어지지 않을 신령한 것으로 가르쳐 그리스도의 장성한 분량을 이루게 하는 것이다. 이는 오늘날 그리스도인에게 맡겨진 선교의 지표이자 필연적인 의무이다. 이것이 실현될 때 이 땅에는 그리스도의 계절이 올 것이요, 세계의 복음화도 이루어질 것이다.

우리는 캠퍼스라는 광활한 바다 어장에 파송된 선교사이다. 나라의 장래를 짊어지고 복음을 들고 세계를 향해 달려가야 할 대학생들에게 확신을 가지고 말씀을 전하는 일이야말로 시급하고도 막중한 현실적 명제가 아닐 수 없다. 하나님의 계획은 이를 위해 우리를 대학에 보내신 것이다.

무엇을 어떻게 가르칠까?

예수 그리스도의 실존을 투영시켜 주는 것이 가장 본원적인 선교 내용이다. 그리고 하나님의 사랑과 공의를 웅변으로 시현하는 것도 빼놓을 수 없다. 특히 가치관의 동요 속에서 방황하는 젊은이들에게 "내 백성에게 거룩한 것과 속된 것의 구별을 가르치며 부정한 것과 정한 것을 분별하게 할 것이며"(에스겔43:23)의 말씀대로 저들에게 영적 분별력을 기르도록 도와주어야 한다.

뿐만 아니라, 짧은 인생의 신앙적 의의와 시대적 사명을 주지시켜야 하며, 원만한 그리스도인의 인격과 리더십을 가르쳐야 한다.

행여 가르치는 자의 언행 속에 불신앙의 요소가 노출되고, 그의 내면에 모순과 갈등이 도사리고 있다면, 이는 선교의 큰 장애물이 될 것이다. 왜곡된 대인 관계와 시시비비를 가리지 못하는 무분별한 사고, 체질화된 타협과 합리화, 드러난 가식과 위선은 저들이 주님 앞으로 나오는 데 걸림돌이 될 것이다.

가르치는 자는 무엇보다 체험에서 우러나온 믿음의 확고한 자기 확신과 감격이 있어야 한다. 비록 온전하지는 못하지만 완성을 향해 부단히 고뇌하는 모습을 지녀야 하고, 말씀과 기도로써 끊임없이 자기 확충을 위해 노력하는 자라야 한다. 영적 전투에서 칠전 팔기로 얻은 작은 면류관을 저들에게 제시할 수 있을 때 선교의 문은 열릴 것이다.

강의실에 선 십자가 군병의 당당한 나의 모습과 연구실에서 드리는 세미한 나의 기도는 분명히 작은 복음의 씨앗이 될 것이다.

우리 주님은 우리의 연약한 손과 발과 입을 통해 크고 강하게 역사하시는 분이시다.

2004년 6월 1일
경북대 기독교수회장

대구 삼덕교회 학생회 회가

작사 · 작곡

1. 우뚝 솟은　　십자가에　　세상 구름　　걷히고
　　퍼져 가는　　저 종소리　　주의 축복　　담았네.
　　구주 예수　　모신 곳　　　은혜로운　　터전에
　　하늘 양식　　양육 받아　　자라나는　　어린 양

　　(후렴) 믿음, 소망, 사랑 삼덕
　　　　　아아, 빛나도다 그 이름 우리 삼덕 학생회

2. 몸과 뜻과　　정성 모두　　주를 위해　　드리고
　　타오르는　　소명 충성　　주를 위해　　바치세.
　　사랑으로　　하나 되고　　믿음으로　　뭉쳐서
　　자나 깨나　　주의 영광　　드러내는　　어린 양

3. 정성어린　　기도 소리　　하늘 문이　　열리고
　　청아스런　　감사 찬송　　천군 천사　　화합해.
　　빛을 잃은　　방방곡곡　　주의 복음　　전하고
　　십자가를　　등에 지고　　주님 뒤를　　따르세.

* 이 노래는 필자가 1962년 대구 삼덕교회 고등부 성가대를 지휘할 당시 작사, 작곡한 것이다.

찬양 일기

찬양은 나의 간절한 기도요, 힘 있는 메시지였다. 내 삶의 우주에 이처럼 찬양의 세계를 두신 하나님께 감사드린다.

〈『주여, 내 맘에 오셔서』를 내면서〉

찬양이란 우리의 가슴을 하나님께로 열고, 그를 바라고, 그에게 삶 전체를 드리는 헌신의 한 형태이다. 찬양은 그 형식이 어떠하든 은혜에 대한 감격과 감사 없이는 형성될 수 없는 기도의 분신이다.

〈찬양하는 삶이 주는 복〉

찬양 일기

1981년 12월 23일   연합성가대 「메시아」 연주

「메시아」 서곡 신포니아가 흐른다. 오르간 반주자의 연주이다.

"하늘에는 영광, 땅에는 평화"

이 놀라운 메시지를 가슴에 안으며 다사 다난했던 한 해를 보내는 마음은 감사로 가득하다.

시온·갈릴리가 처음으로 연합한 120명의 대찬양대이다. 우리의 장엄한 합창은 천성에까지 치솟는 힘이 있었다. 제1부 예언과 탄생, 제2부 수난과 속죄, 제3부 부활과 영생 중 합창곡 여덟을 골랐다. 서창과 영창을 합치니 모두 1시간 남짓한 시간이 소요되었다. 나의 가슴에 뇌리에 익숙했던 이 합창곡들은 눈을 감아도 더욱 생생하게 떠오르는 대목들이었다.

시온 찬양대의 지휘자 최명룡 씨가 자청하여 베이스 독창을 해 주었다. 그의 우람한 영혼의 노래는 찬양의 제사를 한층 기름지고 향그럽게 해 주었다. 참으로 감사한 일이다.

한 해가 고요히 저물어 가는 이 밤, 아기 예수가 오신 날을 하루 앞에 두고 우리는 그렇게 목청을 돋우어 '죽임 당하신 어린 양'을 전율로 불렀

다. 올해 우리의 삶은 이것으로 정결하게 정리되고 마무리된 것이다.

　세모의 분망 중, 일주일 동안의 연습에 참석해 준 대원들 모두가 눈물이 나도록 고맙게 여겨진다.

1982년 5월 1일　　**50사단 교회 찬양예배**

　새카맣게 탄 얼굴에는 하이얀 이만이 더욱 희게 드러났다. 훈련병들의 모습이다. 고된 훈련과 망향의 그리움과 신앙이 뒤범벅되어 예배 시간은 온통 눈물 바다를 이뤘다.

　우리 갈릴리 60여 명의 대원들은 군목의 안내를 받아 예배당 한편에 자리 잡고 있는 초라한 찬양대석에 들어섰다. 좌석이 모자라 보조 의자를 놓기도 했다. 낡은 피아노가 제대로 조율되지 않았다.

　준비했던 찬양 ‘주는 나의 큰 소망’ 등 세 곡을 불렀다. 연방 터져 나오는 “아멘” 소리는 우리를 걷잡을 수 없는 감동으로 이끌고 갔다. 저토록 절절한 모습 속에 예수님이 계시리라는 생각이 들었다. 문득 나의 훈련병 시절, 이 사단 교회에서 예배 반주를 하던 모습이 내 눈앞에 휙 하고 스쳐 지나간다. 바로 이 자리다.

　군목은 계속 앙코르를 요청했다. 우리들은 준비가 되지 않아 당황하면서도 뜨거운 가슴으로 주일 예배 때에 드렸던 찬양 여러 곡을 쉬지 않고 불렀다.

　돌아오는 군용 버스 안, 우리 대원들은 아무 말이 없었다.

시민회관, 시내 10여 개 교회 찬양대가 출연했다. 우리 연합 찬양대가 120명으로 가장 규모가 컸다. 여성 파트는 자주색 가운을 입고, 남성 파트는 청색 가운을 입어 외형부터 성숙되고 정연한 모양새를 갖추려 했다. '우리 눈 여소서'와 '성 테오돌프의 찬송' 두 곡이 연주되었다. 모두 힘으로 압도하는 찬양이었다. 몇 차례 클라이맥스로 끊어지는 부분에서는 강한 여운이 음악당 뒤편에서 반향되어 왔다. 게다가 우린 트럼펫 트리오의 조주(obligation)를 곁들여 다채로운 효과를 이끌어 내려고 애썼다.

대원들의 얼굴은 감동과 환희로 상기되어 있었다. 이 밤, 하나님께서 우리의 다이내믹한 찬미 속에 역사하심을 확인할 수 있었다.

찬양이란 우리의 가슴을 하나님께로 열고, 하나님을 바라보고, 하나님께 삶 전체를 드리는 헌신의 한 형태이다. 그건 음악의 형식이 어떻든 은총에 대한 감격과 감사 없이는 형성될 수 없는 기도의 분신이라 할 수 있다.

늦은 봄의 풋풋한 열기 속에 지휘를 끝낸 나는 이마의 구슬땀을 닦았다.

1988년 12월 24일　　**찬양 헌신 예배**

한 해 52주일, 은총으로 우리의 찬양을 채워 주신 하나님께 감사를 드린다. 철마다 절기마다 우리는 예물의 장르를 구별하여 드렸다. 때로는 십자가 군병들의 씩씩한 군가와 행진곡을, 때로는 절절한 회개의 노래를, 때로는 서정적인 목가를 불렀다. 그 중에서도 시23편의 '여호와는 나의 목자'는 그 악곡이 어떻든 우리의 가슴속에 평화와 기쁨을 심어 주기에 충분했다.

건장한 청년들이기에 활기 찬 콘브리오와 웅건한 마에스토소를 즐겨 불렀고, 감상적인 계절을 소유한 젊음이기에 눈물이 나도록 애조 띤 마이너를 사랑했다.

찬송은 가슴으로 부르는 신앙 고백이지 입술로 하는 타령이 아니라고 오늘도 대원들을 종용한다.

이 밤, 한 해의 찬양을 묶어 우리의 몸과 함께 하나님께 드리기를 원한다.

부활의 찬양에서 솟구치는 환희, 회개와 고백의 찬양에서 흐르는 눈물, 감사의 찬양에서 피어나는 감격과 소망의 찬양에서 비상하는 갈망이 이 밤 우리의 영혼과 성도의 가슴속에 메아리치기를 기도한다.

'저 높은 곳을 향하여……'

1991년 7월 28일　　　**안강제일교회 방문 찬양예배**

냉방 에어컨이 가동되고 있는데도 교회당 안의 열기는 몹시도 뜨겁다. 지난 주, 이른바 총동원 주일을 보낸 이 교회 성도들의 가슴은 염천의 태양만큼이나 끓어오르고 있었다.

'주 하나님 크시도다.'

우리의 찬양은 성도들의 열띤 화답과 한 덩어리가 되어 천성의 노래로 승화되어 갔다. 찬양을 통한 은혜의 개념이 내 속에 확연하게 정립되는 순간이었다. 나는 눈을 감았다. 숱한 묵상과 감사와 기쁨이 그 속에 있었다. 등 뒤에서 터져 나오는 "아멘" 소리에 나는 놀란 듯이 다시 눈을 떴다.

찬양이란 크고 놀랍고 존귀하신 하나님의 이름을 영광으로 받들어 올리는 숭고한 노래이며, 벅찬 감사와 감격과 기쁨 없이는 그 누구도 부를 수 없는 구별된 노래이다.

내일부터 우리 갈릴리의 수련회가 이어진다. 오늘 밤의 감격이 그대로 기도로 연결되며, 이름 그대로 낮은 자의 모습 「갈릴리」로서 섬기며 살아가는 겸허한 찬양의 도구가 되고 싶다.

갈릴리 찬양대 지휘자

≪1993년 7월 24일, 「신망애」 123호≫

영원한 찬양의 사랑 공동체 「갈릴리」

18년 전 우리 「갈릴리 찬양대」는 교우들의 기도와 축복과 성원 속에서 출범했다. 당시 우린 찬란한 지명인 예루살렘을 마다하고 낮고 가난한 마을 갈릴리를 선택하여 우리의 이름으로 정했다. 예수님의 공생애 가운데 천국 사업을 행하시던 중심지이다. 가난한 어부인 베드로를 제자로 부르셨던 곳이요, 눈먼 자, 병든 자, 귀신들린 자들을 고쳐 주면서 천국 복음을 선포하시던 실존의 현장이다. 따라서 우린 겸허하고 소박한 감격의 찬양을 원했다. 그것이야말로 하늘 나라에 상달되는, 하나님을 가장 기쁘시게 하는 노래라고 믿고 있기 때문이다. 또한, 창립일로부터 지금까지 금요일 저녁 연습 시간을 바꾸어 본 일이 없다. 이는 그리스도가 십자가에 달리신 성금요일을 기념하기 위해서이다.

그렇게 지내 온 20여 성상, 오늘의 「갈릴리」는 선배들이 물려준 값진 전통 위에 새롭게 음악적 역량과 공동체로서의 유대감을 다지며 성장해 왔다. 이러한 「갈릴리」는 다음의 두 가지 성격과 특징을 지니고 있다.

첫째, 「갈릴리」는 우리 교회의 역사를 주도하는 현장이다. 지금까지 교회의 여러 가지 선교 프로그램을 자율적으로 개발하여 이끌어 왔으며, 교회 어느 부서에서도 착수하기 어려운 일들을 과감하게 시도하여 성공적인 열매를 맺었다. 젊음의 패기와 사랑과 믿음의 추진력이 이를 뒷받침한 것으로 생각된다. 그 한 예로, 10여 년 전 70명의 대원들이 우리나라 최남단에 있는 욕지도를 찾아가 무의촌 진료와 하기학교, 근로 봉사를 했는가 하면, 그 낙도의 어린이들을 초청하여 경주 등지를 견학시킨 일이 있다. 소백산, 태백산 기슭에서의 4박 5일 텐트 수련회에서는 형제들 사이의 신앙적인 교감과 사랑을 다졌으며, 절기마다 다채로운 칸타타, 음악극, 미사 전곡들을 연주하였고, 때로는 군부대 위문 찬양, 복지 시설 방문 등, 어려운 형제들을 찾아가는 일에도 소홀히 하지 않았다. 큰 일을 앞두고는 놀랍게도 굳게 결속되는 응집력이야말로 바로 「갈릴리」 특유의 저력이자 상징이다.

둘째, 「갈릴리」는 교육의 장이다. 창립 후 몇 년까지는 대다수 대원들이 대학부 학생들이었다. 이들에게 신앙을 가르치고 찬양의 복된 삶을 주지시키는 일이 지휘자의 큰 과제였다. 올해도 많은 신입생 아우들이 입대하기를 기대하고 있다. 그 동안 「갈릴리」를 거쳐 간 1,000여 명의 OB대원들이 전국 방방곡곡과 지구촌 여러 곳에 흩어져 살고 있다. 그들 가운데 행여 믿음에서 실족하여 낙심한 형제가 있다 하더라도, 그들은 언젠가 옛적 「갈릴리」의 찬양의 메아리를 회상하며 다시 주 앞으로 돌아오게 되리라 확신한다.

이곳에서 많은 성악 전공자들이 배출되었으며, 이들은 더욱 꿈을 키워 지금 이탈리아, 독일 등지에 유학하고 있는 대원만도 6명이나 된다. 그들이 금의 환향할 때 우린 더욱 기름지고 향기 나는 감사의 찬양을 주 앞에 드릴 수 있을 것이다. 이들이 전공을 통해 하나님께 영광을 돌리는 큰 찬양의 도구가 되도록 우린 늘 기도하고 있다. 뿐만 아니라, 우리 가운데에는 찬양을 통해 사역의 소명을 받아 목회의 길을 걸어가고 있는 형제들도 적지 않다.

밝아 온 1997년에도 주님께서는 우리 「갈릴리」와 함께 하시며, 우리의 찬양을 기쁘게 받으시고 은총을 내리실 것이다. 고뇌와 번민의 찬양으로 주께 아뢰며, 환희와 감사의 찬양을 주께 드릴 때 하나님은 우리의 간구와 기도를 은혜로 채워 주실 것이다. 새로 임명된 임원들의 솔선하는 봉사에 짝하여 계획하고 있는 여러 가지 사업들이 올해도 놀라운 결실을 거두게 될 것으로 믿는다.

「갈릴리」는 찬양의 공동체이자 사랑의 공동체이다. 너와 나의 찬미가 어떻게 조화를 이룰 수 있으며, 어떻게 아름다운 음악을 구성하여 주 앞에 다가가는지를 생각해 보자. 늘 지체 의식 속에 격려하고 권면하며, 서로 위해 기도하는 사랑의 교감이 우리에게 상존해야 하겠다. 이 한 해도 열심을 다해 충성하고 봉사하여 지각에 뛰어나는 하나님의 축복을 체험하기 바란다.

갈릴리 지휘자

≪1997년 1월, 「갈릴리소리」≫

갈릴리, 추억의 소야곡 -첫 여름수련회

갈릴리 찬양대의 제1회 수련회는 1981년 7월 27일부터 31일까지 4박 5일에 걸쳐 어느 산 자락에서 야영으로 열렸다. 사전 답사로 물색된 곳은 소백산 준령의 중턱, 울창한 수목 사이에 낙뢰로 불타 비어진 공간이었다. 겨우 100여 명을 수용할 수 있는 공터였다. 워낙 수목으로 빽빽이 둘러싸인 곳이라 세상과는 완전히 단절되어 있었다. 이 자리에서 무슨 큰일이 벌어진다 해도 산 아래에서는 아무도 알 수 없는 곳이었다.

첫날 가는 길에 천동굴을 답사하느라고 시간이 다소 지체되었다. 캠프 현장에 도착하니 시간이 너무 늦어졌다. 그리고 산 아래에서 그곳까지는 산길로 가깝지 않은 거리였다. 개회 예배를 드리고 텐트를 치려고 했으나 날이 어두워 먼저 텐트부터 쳤고, 그 사이에 대원 몇 사람은 저녁 식사를 마련했다. 20여 개의 텐트가 어둠을 비추는 랜턴 빛 속에서 쳐졌다. 품위를 위해 텐트의 오와 열을 맞추어 치려고 했으나 어두운 밤에 그게 그렇게 쉽지 않았다. 내가 거처한 텐트는 자리를 잡다 보니 조금 경사진 곳이 되고 말았다. 세 분 집사님이 내 텐트에서 함께 잤는데, 누웠다 보면 몸이 밑으로 내려가 텐트 밖으로 발이 쑥 나왔다. 추슬러 다시 올라 가고 하다 보니 새벽이 밝았다.

본래 예민성 체질에다 집에서도 방을 바꾸면 잠자리가 편하지 않은 나로서는 4박 동안의 밤잠을 꼬박 설쳤다. 그러나 피로감이 없었다. 회중을 인솔하고 있는 책임감도 한몫을 했겠지만, 그보다는 맑은 공기의 산소 덕분에 피로가 없다는 것이 주위의 얘기였다.

숲 사이로 흐르는 맑은 물이 너무 차가워 개구리들이 눈에 띄지 않았다. 우린 그 물을 그대로 마셨고 그것으로 밥을 지었다. 모두들 산삼 썩은 물이라고 입을 모았다. 이 단절된 공간은 온전히 우리들의 세상이었다. 그 닷새 동안 외부인이라고는 땅꾼 한 사람을 본 것 외에는 아무도 없었다.

첫날 랜턴이 밝혀주는 텐트 사이의 좁은 공간에서 개회 예배를 드리고 공동체의 밤 친교에 들어갔다. 피로하긴 했지만 밤 하늘의 수많은 별들을 헤아리는 소백산의 밤은 신비롭고도 정갈했다.

둘째 날 새벽에 일어나 보니 산의 정기는 참으로 수정같이 맑고 깨끗했다. 산 속의 하룻밤은 나에게는 꿈같은 시간이었다. 새벽 기도를 마치자 찬송 하모니의 시간이 이어졌다. 나는 혼자 숙소로부터 300미터쯤 떨어진 산 아래로 내려왔다. 울창한 숲 사이라 자칫하면 길을 잃을까 염려되었다. 그 아래에서 저들의 찬양을 듣기 위해서였다. 그 하모니는 참으로 정금같이 순정하고 꿀같이 달았다. 산 아래로 흘러 내려오는 찬송의 하모니가 그처럼 아름다울 수가 없었다.

식사는 조별로 지어 먹었다. 그것을 위해 많은 버너와 코펠이 동원되었다. 식사는 조원 공동의 힘으로 지어졌지만 여집사님들의 수고가 너무나 컸다. 그들은 아침 먹고 설거지가 끝나면 곧바로 점심 준비에 들어가야 했다. 그래서 설거지는 남자 대원의 몫이라고 강조했다.

오전 시간에는 짧은 찬양 연습이 있었다. 오후 비로봉 등반을 위해 점심 식사를 서둘렀다. 비로봉 등정에 나선 대원은 50여 명이나 되었다. 숲 속에서 빠져나와 정상으로 가는 넓은 등산로에 들어서니 내려 쬐는 햇볕이 너무나 강렬했다. 뜨거운 햇살을 막을 길이 없었다. 모두가 조금 걷더니 지쳐 주저앉고 말았다. 그곳에서 등행을 포기하는 대원이 반수가 넘었다. 나는 스스로 산행을 강행할 마음을 먹었지만 낙오된 대원들을 바라보니 힘이 빠졌다. 어쩔까 여러 차례 생각하다가 내가 낙오의 팀에 끼이는 것이 덕이 되겠다고 생각하고 나도 중도 포기를 해 버렸다. 숙소로 되돌아오는 대원들의 어깨는 축 처져 있었다.

비로봉 정상에 오른 대원들은 저녁이 거의 다 되어서야 캠프에 도착했다. 그들은 개선 장군이나 된 것처럼 위풍 당당했고 의기 양양했다. 정상 정복을 이루어낸 성취감에 고무되어 있었다. 그러나 그들은 입이라도 맞춘 듯 아무도 패잔병들 앞에서 웅대한 정상의 모습과 장쾌한 경관에 대한 감탄을 입 밖에 내지 않았다. 공동체에서 가져야 할 미덕이리라.

그 밤에는 피곤함도 아랑곳하지 않고 갈릴리 연극제에 돌입했다. 참으로 젊음의 힘은 대단한 것이었다. 저녁 식사 후에는 조별로 모여 연극제 준비에 들떠 있었다. 캠프의 각조 이름은 '이레', '닛시', '라파', '삼마' 등 네 개조였다.

연극제는 조별 대항의 경연 대회로 열렸는데, 마지막에 출전한 조의 '금관의 예수'는 뜨거운 호응을 받은 감동의 촌극이었다. 그 연극 속에는 줄곧 그 주제곡의 백 코러스가 깔려 있었는데, 나는 그때까지 김민기 작곡·작사인 그 노래를 들어본 적이 없었다. 전형적인 마이너 선율을 가진

이 노래는 산 속의 모기향 냄새와 더불어 멀리까지 울려 퍼졌다. 연극제가 끝난 밤, 나는 그 감동으로 잠을 이룰 수가 없었다. 어서 빨리 이 곡을 편곡해야 되겠다는 생각만이 가슴에 가득했다. 나는 수련회에서 돌아오던 금요일 밤 피곤 속에서도 바로 이 노래를 합창곡으로 편곡했다. 마침 그 다음 주일 밤 예배에 갈릴리 찬양대가 찬양하는 순서가 되어 그 합창곡을 밤 예배 찬양으로 올렸다. 이 노래의 내력을 잘 알고 있는 대원들은 뜨거운 가슴으로 이 찬양을 불렀다.

오 주여, 이제는 여기에. 오 주여, 이제는 이곳에
오 주여, 이제는 여기에. 여기에 우리와 함께
오 주여, 이제는 여기에. 오 주여, 이제는 이곳에
오 주여. 이제는 여기에. 우리와 함께 하소서.

그날 밤 영문도 모르는 교인들은 이 찬양곡을 한번 더 불러 달라는 요청을 해 왔다. 우린 예배 시간 중 이 노래를 한번 더 불렀다.

셋째 날 짧은 잠에서 깨어났다. 새벽의 명상 시간은 또 하루의 계획과 평안을 위해 주님께 아뢰는 시간이다. 나는 어쩐 일인지 어떤 행사에서도 뒤에 따라다녀 본 적이 없다. 어릴 적부터 모든 모임의 앞 자리에 서 있었다. 그러다 보니 행사마다 따르는 책임감으로 내가 가볍게 누릴 수 있는 재미를 향유하기가 어려웠다.

오후에 우리는 캠프를 벗어나 단양 팔경을 유람했다. 곧 단양호로 역사 속에 사라질 수몰 마을까지 샅샅이 돌아보았다. 장차 우리의 후손들에게 얘기해 줄 테마의 현장에 지금 우리는 서 있는 것이다. 새로 부임한 정영

환 목사님이 그곳까지 찾아오셨다. 남한강가 자갈밭에서 드린 예배에서 정 목사님은 돌 하나를 주워 들고, 이 돌 하나가 이 강가에 버려진 쓸모 없는 돌이 될 수도 있고, 어느 사람의 손에 선택되어 거실의 TV 곁에 놓여 사랑을 받을 수도 있다는 설교를 했다.

거기에서 돌아와서는 다시 밤의 합창 경연 대회 준비로 각 조마다 부산했다. 여기저기에서 찬양 합창 소리가 산속에 메아리쳤다. 그때부터 나는 찬양 합창 경연의 고정 심사 위원 자격을 얻게 되었다. 심사 강평에는 합창 자체보다는 합창 외적인 것으로 군소리 사설이 길었다. 각조 지휘자의 생김새와 세련되지 못한 지휘 모습이며, 대원들의 표정이며, 연습 과정에서 일어났던 낙수 이야기까지 곁들여 여지없이 까뭉개는 권위의 심사자로 등극한 것이다. 모기에 물려 찬양하는 중 다리를 긁는 한 대원을 놓치지 않고 지적하면서 그것이 감점의 요인이 되었다고 신랄한 비평을 늘어놓았다. 심사 위원에게 뇌물을 주며 아부하는 습성을 가지라는 둥, 나의 고약한 언어 유희가 거기에서 난무했다.

찬양 경연 대회는 끝이 났지만 찬송은 밤이 샐 줄 모르고 계속 이어졌다. 참으로 갈릴리 특유의 에너지이다. 성가대 수련회라는 상념이 가슴 풋풋이 스며온다.

넷째 날, 오늘을 자고 나면 내일은 하산일이다. 일정표대로 움직이니 우리는 누가 시키지 않아도 자기 일을 찾아서 했고, 밤잠을 설쳐 피곤해도 게으름을 피우지 않았다. 우리의 조직력은 식단표까지 변경 없이 실현하는 정확성을 연출했다.

	27일(월)	28일(화)	29일(수)	30일(목)	31일(금)
조 식	(집에서)	쇠고기국	김치찌개	미역국	통조림찌개
중 식	차 안에서 (도시락)	사라다빵	국수	자장면	차 안에서 (도시락)
석 식	통조림찌개	카레라이스	오므라이스	김치찌개	(집에서)
간 식	(굶식)	(단식)	(절식)	(무식)	(누룽지)

저녁 시간에 모의 올림픽이 있었고, 이어서 캠프파이어 예배에 들어갔다. 낮에 장만해 둔 굵고 마른 통나무로 만든 십자가는 석유를 머금은 채 활활 타고 있었다. 저 불길 속에 우리의 허물과 실수가 가뭇없이 타 없어지기를 소망하며 숙연한 마지막 밤을 보냈다.

마지막 날, 폐회 예배를 드리고 텐트를 걷고 있는 내 마음은 야릇했다. 심중에는 흥분도 남아있고 초조와 긴장도 도사리고 있었다. 작년에 새롭게 태어난 우리 갈릴리가 교인들의 사랑을 듬뿍 받으며 주님을 영화롭게 하는 도구로 크게 쓰일 것을 간절히 기도하며 하산했다.

즐거웠고 기뻤고 재미있었다.

그곳에서 줄곧 불렀던 주제곡은 송문영 작시, 홍사만 작곡의 '우리 마음, 한 마음'이었다.

"저 푸른 하늘과 넓디넓은 수목 사이로 우리의 찬양이 메아리칠 때, 천지간 만물들이 화답하고 소백산 모든 봉우리가 마주쳐 울려 올 것입니다. 크게 깊게 높게 찬양합시다. '주 하나님 크시도다.' 아멘"

≪1999년 7월, 옛 추억을 더듬으며≫

『주여, 내 맘에 오서서』를 내면서

성가합창 작곡 · 편곡집

찬양이란 전지 전능하신 하나님의 권능을 송축하는 경배 행위이다. 찬양은 입술의 노래가 아니라 심령 깊은 곳에서부터 솟아 나오는 감격과 신앙 고백을 가슴으로 표출하는 노래이다. 따라서 우리는 찬양할 때마다 존귀하신 하나님에 대한 경외심과 그의 구속의 은총에 대한 환희와 감사의 정의를 잊지 말아야 한다.

찬양은 나의 삶과 신앙 역정 가운데 가장 커다란 모습으로 내 속에서 생동하는 실존이었다. 나의 학문(언어학)의 언저리에도 늘 찬양이 동행했다. 찬양하면서 궁구하고 탐색했고, 찬양하면서 집필하고 저술했다. 그로 말미암아 나의 학문은 그 태동의 고뇌가 찬양으로 말끔히 정화되고 승화된 것이었다고 자부할 수 있다. 오늘까지 나에게 하나님을 향한 작은 열정과 순종이 실재하고 있는 것은 온전히 찬양의 덕이라고 믿어 의심치 않는다. 나의 생애 가운데 부단히 드린 많은 찬양은 나의 믿음의 전부요, 나의 삶의 가장 순수한 결정체이다. 나는 찬양을 통해 복을 받았고, 찬양으로 하나님의 선하시고 인자하심을 깨닫게 되었다. 찬양은 나에게 있어 간절한 기도요, 힘 있는 메시지였다. 나의 삶의 우주에 이처럼 찬양의 세계를 두신 하나님께 감사드린다.

이 소박한 찬양곡집 하나를 내놓기에 오랜 망설임이 있었다. 그러나 내 자신 작곡을 전문으로 하는 사람이 아닌 이상, 음악적인 결함과 미숙함은 크게 흠이 되지 않을 것이라는 생각으로 용기를 냈다. 찬양은 악곡의 형태가 어떠하든 찬양 그 자체로써 하나님을 영화롭게 하는 데 의의가 있다고 믿고 있기 때문이다. 그저 내 마음에 한 노래가 있어, 그걸 내 믿음과 정서대로 꾸밈없이 옮겨 놓았을 뿐이다. 이를 다시 고치고 다듬는 기교의 과정은 마련되지 않았다. 악곡의 현학성을 완전히 배제하고, 그저 어느 찬양대에서나 가볍게 부를 수 있는 쉬운 소품 몇 곡을 골라 모았다.

이제 내 생명같이 사랑하는 삼덕교회 갈릴리 찬양대가 창립 20주년을 맞이하는 오늘, 부족한 것이 그간 20개 성상을 한결같이 지휘할 수 있게 하신 하나님께 감사를 드린다. 그리고 부실한 지휘자를 항시 사랑으로 밀어 준 여러 찬양 대원들에게 뜨거운 고마움을 표하고 싶다. 뒤돌아보면, 100여 명 되는 많은 대원들이 20년 동안 수많은 찬양을 하나님께 봉헌하면서 우리 스스로가 놀라운 은혜를 받았다. 여기에 수록된 찬양곡들은 그 중에 틈틈이 끼워 두었던 나의 노래들이다. 나의 영혼의 목소리요, 헌신을 다짐하는 삶의 찬가이다. 이 노래 중 어느 한 곡이라도 어느 심령 속에서 기쁨과 평안과 감사의 선율로 메아리친다면 나로서는 더할 수 없는 보람이 될 것이다.

2000년 1월   작곡·편곡자   씀

찬양하는 삶이 주는 복

나는 2000년에 펴낸 성가 합창 작곡·편곡집 『주여, 내 맘에 오서서』의 머리말에 이렇게 적었다.

"찬양은 나의 삶과 신앙 역정 속에서 가장 커다란 모습으로 생동하는 실존이었다. 내 학문의 언저리에도 늘 찬양이 동행했다. 찬양하면서 궁구하고 탐색했고, 찬양하면서 집필하고 저술했다. 내 삶의 우주에 이처럼 찬양의 세계를 두신 하나님께 감사드린다."

"찬양은 전지전능하신 하나님의 권능을 송축하는 경배 행위이다. 찬양은 입술의 노래가 아니라, 심령 깊은 곳에서부터 솟아 나오는 감격과 신앙 고백을 가슴으로 표출하는 노래이다."

찬양의 간증담을 청탁 받고, 한평생 찬양으로 살아온 나의 소중한 회억들을 엮어 소개했으면 한다.

나는 찬양이라는 통로 속에서 존귀하신 하나님을 만났다. 초등학교 시절부터 음악을 좋아했던 나는 6학년 때(1955년) 하나님의 부르심을 받고 우리 교회에 처음 출석하게 되었다. 교회에 들어서는 순간 내 귀에 강하게 부딪쳐 온 것은 찬양이었다. 어린 마음에 강력하게 새겨진 이 찬양은 "내 갈 길 멀고 밤은 깊은데"였다. 이 찬송의 가사와 악곡이 그렇게 아름다울 수가 없었다. 그 후 나는 한평생 이 찬송을 내 곁에 두었다.

중학교에 입학하면서 바로 학생 찬양대에 들어갔다. 형, 누나들 틈에 끼어 변성이 채 되지 않은 목소리로 테너 파트의 내 자리를 열심히 지켰다. 피아노를 익히며 찬양에 음악성을 다져 가는 내 찬양의 삶은 대입 준비에 골몰했던 고교 시절까지 쉼 없이 이어졌다. 그러한 삶은 기쁨이요, 평화 그 자체였다.

고등학교를 졸업하자 고등부 찬양대 지휘를 맡게 되었고 그것을 위해 음악 공부를 시작했다. 피아노와 화성학, 그리고 작곡법을 익혔다. 하나님께서는 나에게 찬양의 새 날개를 달아 주신 것이다. 당시 나를 지켜보시던 교회 장로님들은 나에게 음악대학에 진학할 것을 권하셨다. 음대를 졸업시켜 우리 교회 찬양대의 훌륭한 지휘자를 만들겠다는 생각에서였다.

그때 우리 교회에 둘밖에 없는 찬양대 중, 학생 찬양대의 역할은 대단한 것이었다. 매주일 밤 예배의 찬양을 전담했던 것이다. 60여 명의 우람한 고등학생 찬양대는 무엇보다 힘이 넘쳤다. 그들은 형, 오빠 같은 어린 지휘자를 잘 따르고 열심히 연습과 찬양에 참석해 주어 고마웠다. 그 당시 대구시 고등학생 기독연합회가 주최한 찬양 합창 콩쿠르에 출전하여 두 번씩이나 대상을 받기도 했다. 내 나이 갓 고등학교를 졸업한 18세 소년 때의 일이다. 지금 우리 교회 보조찬송가에 수록된 "주여, 내 맘에 오셔서"도 그 해 작곡한 것이다. 학생 찬양대 지휘는 그 후 내가 군에 입대하기까지 8년 동안이나 계속되었다.

대학 재학 시절에도 교회 찬양대는 물론 시내 대학생선교회 연합 합창단의 상임 지휘를 맡아 대구시를 향한 대학생들의 선교 역량을 과시했다. 1966년 시민회관에서 열린 "이 땅에 그리스도의 계절이 오게 하자"의 대

음악회는 연주홀을 가득 메운 대학생들을 선교 사명으로 뜨겁게 달군 큰 잔치였다.

1964년 여름에는 서울에서 전국 대학생선교회 수련회가 열렸다. 나흘에 걸친 이 모임에 대구에서는 30여 명의 대학생들이 참가했다. 우리는 저녁 6시에 출발하는 서울행 완행 열차를 탔다. 용산역에 도착한 것은 다음날 새벽 5시였다. 무려 11시간이나 걸린 우리의 여정 속엔 찬양이 있었다. 찬양은 메들리로 이어져 그 긴 시간 동안 끊어질 줄 몰랐다. 내 생애 가운데 쉼 없이 부른 가장 긴 찬양으로 기록된다.

대학 졸업 후 입대하여 군문을 마친 나는 29세의 약년으로 경북대의 전임 교수로 강단에 서게 되었다. 학문 연구와 강의에 진력하면서도 내 찬양의 삶은 방향을 바꿀 줄 몰랐다. 대개가 교인들로 구성된 경대합창단의 지도 교수를 맡아 그들과 찬양하는 시간이 잦아졌다.

76년 우리 교회에서는 예배가 2부로 나뉘면서 새로 찬양대가 조직되었다. 당회로부터 나에게 2부 예배 찬양대를 지휘해 줄 것을 요청 받았다. 나는 마침 일본에 2년간 연구차 외유할 계획이 있어 이 직분을 맡기가 어렵다고 말했다.

77년부터 2년간 일본 쓰쿠바(筑波)대학에서의 교회 생활은 역시 찬양 중심이었다. 쓰쿠바 학원교회는 연세 높은 이나가키(稻垣) 목사와 미국에서 온 버튼 루이스 선교사가 목회하는 유학생 중심의 교회였다. 지역 교인을 합쳐 70여 명 되는 교회로 단란한 가정 같은 곳이었다. 나는 거기에서도 찬양대를 조직하여 성탄 칸타타도 하고, 때때로 주일 예배 시 독창을 하여 은혜를 나누었다. 어느 연세 드신 교우님은 내가 부른 찬송마다 자기 찬송가에다 사인을 부탁하는 관심을 보이기도 했다. 그들의 뜨거운 애정 속에 나의 찬양은 더욱 간절해 졌다. 바이올린을 전공하신 어느 일본인 할머니는 그가 어릴 때부터 연주해 오던 소중한 바이올린을 나에게 귀국 선물로 주셨다.

79년 귀국한 나는 다시 모교회 생활에 안착했다. 2년 전에 애기되었던 2부예배 찬양 지휘를 다시 부탁해 왔다. 나는 몇 차례 사양하기도 했으나, 문득 옛날 나를 음악대학에 보내어 우리 교회의 찬양대 지휘자를 만들겠다던 교회 어른들의 모습이 떠올랐다. 나는 이 사랑이 마음에 빚이 되어 결국 지휘를 수락했다. 그때로부터 장장 22년의 갈릴리 찬양대 지휘가 시작된 것이다. 1980년 발족한 갈릴리는 1월 4일 창립 예배를 드리면서 "겸허한 찬양의 도구「갈릴리」"가 되겠다고 하나님께 서원했다. 갈릴리는 그로부터 오늘까지 금요일 밤 연습 시간을 엄수해 오고 있다. 성금요일 밤에 우린 주님의 높으신 이름을 송축하며, 우리의 죄를 대속하신 그리스도를 묵상하며 찬양하겠다고 다짐한 것이다.

81년 성탄절, 시온·갈릴리가 연합한「메시아」연주는 참으로 감동적이었다. 시온 찬양대의 지휘자가 베이스 독창을 하고 내가 지휘를 맡은 것이다. 그로부터 두 성가대는 연합의 힘을 모아 이듬해 시민회관에서 "삼덕 찬양의 메아리"를 가졌고, CBS 주최 성가합창제에도 네 차례 연합으로 출연하게 되었다.

96년 송년 음악회의 구노의 "장엄미사곡" 전곡 연주도 내 생애에 잊을 수 없는 감동으로 남아 있다. 1시간 가까이 연주된 이 찬양은 100여 명 되는 갈릴리 대원들이 한 해 동안 구가한 감사와 헌신과 섬김의 결실이었다. 나는 전곡을 외어 눈을 감고 지휘했다. 갈릴리의 찬양 보따리는 이것 외에도 많다. "시편 찬양의 밤", "시23편의 밤", "보조찬송가 봉헌 찬양

예배", "찬양 헌신 예배", "방문 찬양" 등 생각할수록 새로워지는 감격의 메시지이다.

금요일 저녁 연습 시간이면 나는 찬양으로 한 주간의 피로와 고뇌를 씻고, 정결한 마음으로 우리 주님을 향해 큰 팔을 내뻗는다. 그 시간은 얼굴과 생각과 성격이 각각 다른 모든 대원들이 믿음으로 한 마음이 되는 접점이다. 때로는 주일 예배 때 드린 감동의 찬양이 한 주일 내내 가슴속에 메아리치는 은혜를 누린 적도 있다. 그 누구도 맛볼 수 없는 기쁨과 감사와 평화, 그것은 늘 찬양을 삶 속에 두는 성도의 특권이요, 우리 주님이 내려 주신 복된 선물이다.

2001년 연말 나는 그 동안 생명같이 소중히 여겼던 갈릴리 찬양대의 지휘 자리에서 물러났다. 단지 찬양대에서 같이 호흡해 온 후임자에게 지휘봉을 넘겨줄 때가 되었다는 인식에서였다. 앞으로도 찬양의 복을 체험한 훌륭한 지휘자가 우리 교회에서 많이 배출되기를 바란다. 복 있는 사람, 찬양하는 사람의 표본적 모습이 여러 찬양대 여기저기에서 죽순처럼 솟아나기를 기대한다.

이 애기는 과장 없는 내 찬양 인생의 고백이요, 그로부터 형성된 감사의 역사담이다. 최근 나의 가슴과 입술에 찬양의 양이 급격히 줄어들었다. 그만큼 내 심령은 허허로워졌고, 그 속에는 기쁨과 평화가 쇠잔해 졌다는 말이다. 어떤 모습으로든 나는 찬양을 회복하려고 기도하고 있다. 찬양의 삶은 그 자체가 복락이요, 기쁨이요, 평화이다.

≪2004년 11월 7일, 「신망애」 212호≫

바흐 「마태수난곡」 해설

Passionsmusik nach dem Evangelisten Matthaus BWV. 244

이 종교 성악곡은 바흐의 교회 음악을 대표하는 것으로, 「요한수난곡」 등 그의 생애 가운데 만든 수난곡 중 최대의 작품이다.

작곡 연대는 1726년에 착수하여 3년 걸려 완성한 것으로 추정되며, 1729년 4월 15일 성금요일에 라이프지히의 토마스교회에서 초연되었다. 바흐의 사후에도 이 곡은 고난절에 자주 연주되었으나, 그 후 오랜 세월 동안 세상에서 잊혀 버렸다. 100년이 지난 1829년 3월 11일 멘델스존에 의해 베를린 징아카데미에서 초연됨으로 이 곡은 다시 세상에 널리 알려졌고, 바흐의 음악 세계도 되살아나기에 이르렀다.

'수난곡'이란 예수 그리스도가 십자가에서 당한 수난을 정점으로 하는 극음악으로, 그 연원은 그레고리안 성가에 두고 있다.

이 곡은 2부로 구성되어 있다. 제1부는 마태복음 26장 1절~56절의 가사를 중심으로 '프롤로그', '책략', '베다니의 기름 바름', '유다', '최후의 만찬', '올리브산', '겟세마네', '예수의 체포' 등의 장면이 들어 있다. 제2부는 마태복음 26장 57절~27장 66절의 기사로, '대제사장 가야바 앞의 예수', '골고다', '세 시(3時)', '매장' 등의 대목이 들어 있다.

전체 78곡으로 구성된 이 작품은 연주 시간이 무려 3시간에 달하는 대작이다. 악곡은 관현악과 합창의 두 개 앙상블로 편성되어 있는데. 에반젤리스트(福音史家)라는 해설역(테너)과 그리스도(베이스), 빌라도(베이스), 유다 등의 독창자와 유대 군중 및 병사들의 합창이 등장한다. 가사는 성경 속의 수난 기사를 루터가 독일어로 번역한 것을 취하여 레시타티브로 맞추었고, 코랄과 아리아는 피칸더가 쓴 대본을 바탕으로 한 것이다.

특히 '수난의 코랄'이라 불리는 코랄 선율이 5번이나 반복되어 점차 비극적인 색채를 고조시켜 가는 수법은 매우 정교하며 감동적으로 노정되어 있다. 곡들 중에서도 제10곡의 알토 아리아 '참회의 회오리는 죄인의 가슴을 짓누르고', '나의 눈물 방울 향유가 되어 예수님께 부어지리'와 제44곡의 '당신을 이토록 매질한 자는 누구인가', 제63곡의 코랄 '오, 피투성이 상처 입은 머리, 가시관 썼다' 등은 유명한 대목들이다.

연주 녹음된 레코드는 1950년대의 리히터판(Archiv 4LP)과 1960년대의 클렘페러판(Angel 4LP), 그리고 하르논쿠르판(Telefunken) 등 각각 다른 연주팀이 연주한 것이 전해지고 있다. 국내에 나온 음반은 모두 발췌곡으로 성음사의 Grammophon 라이선스판(2726 041 SEL-200 208)이 있고, CD는 SKC에서 미국 Vanguard Record의 라이선스로 제작한 SKCD-L- 0385 등이 있다.

≪1992년 4월, 「신망애」 110호≫

찬송 해설 "주 예수 내 맘에 들어와 계신 후"

주 예수 내 맘에 들어와 계신 후

변하여 새 사람 되고,

내가 늘 바라던 참 빛을 찾음도

주 예수 내 맘에 오심

(후렴) 주 예수 내 맘에 오심

주 예수 내 맘에 오심

물밀 듯 내 맘에 기쁨이 넘침은

주 예수 내 맘에 오심

1913년, 그는 사랑하던 아들 허스첼(Herschel)의 갑작스런 죽음에 심한 충격을 받고 말할 수 없는 좌절과 비탄에 빠졌다.

그러던 어느 날 그는 신앙을 통해 절망과 쓰라림에서 다시 일어설 수 있는 용기를 얻게 되었고, 주님을 마음속에 모신 후로부터는 그 슬픔과 고통이 변하여 기쁨과 평안이 된 사실을 깨닫게 되었다. 마침내 그는 인간의 슬픔이 구주를 영접함으로써 기쁨으로 승화되는 경이로운 신앙 체험을 찬송으로 옮겨 놓았다.

"너희는 유혹의 욕심에 따라 썩어져 가는 구습을 좇는 옛 사람을 벗어 버리고, 오직 심령으로 새롭게 되어 하나님을 따라 의와 진리의 거룩함으

로 지으심을 받은 새 사람을 입으라."(에베소서 4:22-24)

이와 같이 고백하고 있는 작사자 맥대니엘(McDaniel) 목사는 1850년 1월 29일 미국 오하이오주에서 태어나 1940년 2월 13일 데이튼에서 90평생을 마쳤다. 그는 23세에 목사 안수를 받고 남부 오하이오주에서 목회 활동을 시작했으며, 장남인 클레어렌스(Clarence)를 하나님께 드려 성직의 소명을 잇게 했다.

그는 오랜 목회 생활 속에서 100여 편의 찬송시를 썼는데, 그 중 이 찬송이 가장 많이 알려진 은혜의 노래이다. 이 찬송은 주로 새 사람을 입은 감격과 환희, 옛 사람을 벗어버리는 변화와 회개, 장래의 하늘 나라 소망 등을 읊은 그의 절실한 신앙 간증이다.

흔히 인생을 고해에 비유하곤 한다. 한 치 앞을 예측할 수 없는 인생사에 돌연히 엄습해 오는 죽음과 병마, 궁핍과 파란은 우리로 하여금 실의와 좌절의 골짜기를 헤매게 한다. 이때 우리는 궁핍 중에 오시고 절망과 고통 중에 역사하시는 생명의 주, 소망의 주를 우리 맘 속에 모셔 들임으로 절망을 극복하고 승리하는 삶을 영위할 수 있게 되는 것이다.

이 찬송은 환난을 만난 성도들에게 새 소망과 빛을 던져 주는 환희의 노래이며, 나아가서 자녀들이 우리의 크디큰 우상이 되고 명예와 재산이 나의 위대한 우상이 되고 있는 현대 교인들에게 진노하시는 하나님을 발견케 하고, 참회의 눈을 열도록 권고하는 회개의 노래이다.

곡조는 가브리엘(C.H. Gabriel: 1856-1932)에 의해 같은 해 작곡되었는데, 1915년에는 찬송가집인 「Songs for Services」에 수록되어 세상에 널리 알려졌다.

≪1982년 7월 18일, 「신망애」 11호≫

찬송가 작시 "목이 갈한 어린 양이"

1. 목이 갈한　어린 양이　시냇물　사모하듯
　　주를 찾는　나의 영에　속히　응답하옵소서.

(후렴)
나의 구원　나의 기쁨　나의　주시여
내 마음에　늘 계시고　함께　하옵소서.

2. 세상 풍파　닥쳐와서　내 마음　낙심될 때
　　주의 품에　안기오니　위로하여　주옵소서.

3. 헛된 세상　부귀 영화　내 마음　흔들어도
　　주의 능력　힘 입어서　승리하게　하옵소서.

홍사만 선생님의 삶과 학문

한결같다

2009년 8월로 홍사만 교수께서 36년간의 학교 생활에서 벗어나신다. 65세 생애의 절반 이상을 경북대학교에 몸담으셨다. 그간 성취해 내신 학문적 업적은 저서 24권, 번역서 3권, 연구 논문 103편으로 요약된다. 국어학자로서 이만한 업적을 쌓으신 분은 극히 드물다.

커다란 성취를 일구어 내신 선생님의 인품은 '한결같다'라는 한 마디로 요약된다. '한결같다.' 홍사만 선생님을 오랫동안 대해 온 분들은 누구나 이 말에 동의할 것이다. 홍사만 선생님께서는 한결같은 실천력으로, 36년이란 짧지 않은 세월을 학자로서 그리고 교육자로서의 삶을 살아 오셨다. 제자들에게, 동료 교수에게 선생님의 태도는 늘 한결같았다. 선생님은 정년퇴임에 임한 연세임에도 사십 대 교수보다 더 활발한 저술 활동을 펼치고 계시다. 창의적 논문뿐 아니라 학계의 주목에 값하는 단행본을 지속적으로 출간해 오셨다.

선생님의 이러한 연구 활동은 학문에 대한 선생님의 역량과 깊은 열정으로부터 나오는 것이다. 40년에 가까운 성상을 쉼 없이 학문의 길로 매진하기란 쉽지 않다. 요즈음에도 연구에 대한 선생님의 정열은 조금도 식지 않았다. 오히려 앞으로의 연구가 더 기대된다. 퇴임하신 후 더 자유로운 환경에서 더욱 알찬 성과들을 만들어 내실 것을 믿어 의심치 않는다. 선생님의 한결같음은 앞으로도 여전하실 것이다.

자애롭다

주변 사람과 제자들을 대하는 선생님의 태도는 따뜻하고 부드럽다. 늘 미소를 머금은 표정은 사람들을 편안하게 해 준다. 숱이 많은 머리는 백발이 되어서 보는 이로 하여금 고결하고 깨끗한 성품을 엿볼 수 있게 한다. 이러한 선생님의 성품은 '자애롭다'라는 한 마디로 요약된다. 선생님이 지니신 자애로움의 원천은 어디에서 비롯된 것일까. 타고나신 천성도 있으려니와, 선생님의 독실한 믿음과 실천적 신앙 생활이 그 뿌리가 되었을 것이다. 대구 삼덕교회 시무 장로이시면서, 대구경북 교수선교회 회장 등의 실천적 활동을 하셨다. 선생님의 참된 신앙은 교육과 학문 활동에서 자애로움을 솟구치게 하는 원천이었으리라. 돈독한 신앙심을 지니셨지만, 선생님은 당신의 신앙에 대해 설명하거나 말씀으로 드러낸 적은 한번도 없었다. 오로지 묵묵한 실천으로 교육과 연구 활동을 해 오셨다.

조화롭다

선생님의 전공은 언어이다. 언어는 음(音)으로 표현된다. 음이 조화를 이루면 율(律)이 된다. 선생님은 음률의 조화로 인생을 아름답게 가꾸셨다. 언어에 통하니 음율을 함께 꿰뚫으셨는지 선생님은 음악에도 깊은 조예가 있으시다. 경북대 국어국문학과의 학과 노래를 작곡하셨을 뿐 아니라 예술성 높은 노래를 여러 곡 쓰셨다. 그리고 1975년 경북대 합창단이 창립될 때부터 지금까지 35년 동안 지도교수를 해 오셨다. 이는 어느 대학에서도 찾기 어려운 기록일 듯하다. 또 선생님은 대구 삼덕교회 성가대 지휘를 30년이나 맡아 오셨다. 수학적 재능과 음악적 재능은 두뇌의 같은 부위에 존재한다는 말은 선생님을 통해서 증명이 된다. 대학입시 본고사에서 만점을 받았을 만큼 수학에 뛰어나셨다. 어쩌다가 동료 교수들과 노래방을 가게 되면 선생님의 음악적 재능은 유감없이 발휘된다. 트로트 뽕짝도 선생님의 목소리를 거치면 우아한 가곡풍이 된다. 따님 홍나영 피아니스트를 길러 내신 것도 선생님의 음악 재능이 이어진 것임에 틀림없다. 앞으로 선생님의 삶도 음악처럼 아름답고 조화로운 율려의 세계로 이어질 것을 믿어 의심치 않는다.

한결 같은 연구의 길을 평생 동안 걸으시면서 홍사만 선생님은 질과 양의 면에서 탁월한 업적을 쌓아오셨다. 일본 쓰쿠바대학에서 1989년에 취득하신 선생님의 박사학위 논문은 깐깐하기로 정평이 나 있는 일본학계의 심사를 거친 노작이다.

선생님의 연구는 크게 세 부류로 나누어진다. 첫째는 특수조사 분야이며, 이 분야는 선생님 학문의 출발점이기도 하다. 이에 대한 연구는 『국어특수조사의 신연구』로 결실되었다. 이 책은 특수조사 연구에 큰 획을 그은 저술로서 관련 연구자들이 딛고 건너지 않을 수 없는 징검다리가 되어 있다. 필자가 1979년에 군제대 복학하여 처음 선생님의 강의를 들었는데, 그 강의는 특수조사에 대한 것이었다. 그때 선생님은 매우 젊으셨다. 강의에 대한 선생님의 열정은 물론 정연한 강의 내용이 지금도 뚜렷한 인상으로 남아 있다. 둘째는 어휘사와 의미론 분야이다. 이에 대한 연구는 『국어 어휘의미의 사적 변천』으로 결실되었다. 어휘의미사 연구의 체계화는 물론 심도 있는 연구로 이 분야의 수준을 한 단계 끌어올린 책이다. 셋째는 한일어 대조언어학 분야인데『한・일어대조분석』으로 결실되었다. 이 밖에도 남북한 언어 비교, 법률 용어 문제, 성서 분석 등에 대해서도 연구하셨다.

선생님의 논문과 저술들은 국어학을 연구하는 후학들에게 다양한 아이디어와 영감을 제공할 것이다. 선생님의 연구 업적이 워낙 방대하고 다양하여 이 짧은 글에서 자세히 언급할 수 없음이 아쉽다.

이 책,『다섯 순간 이야기』129편 글에는 학문 바깥에서 이루어진 선생님의 사회 활동과 삶의 궤적이 고스란히 담겨 있다. 선생님의 학문적 탐구가 선생님의 수많은 저서와 논문에 담겨 있다면, 이 책에는 선생님의 또 다른 삶의 노정이 투영돼 있다.

이 책은 크게 세 부로 짜여져 있다. 제1부인 '삶과 사색'에서는 선생님의 삶에서 벌어졌던 크고 작은 사건과 이야기가 참 맛깔난 글로 베풀어져 있다. 이 1부만 빼내어 자그마한 수필집으로 내면 좋겠다는 생각도 든다. 제2부인 '대학과 학문'에서는 한국어 연구의 여정에서 행하셨던 여러 가지 활동과 사색이 다채롭게 전개되어 있다. 각종 행사에 임하셔서 쓴 축하와 격려의 글은 선생님의 활동 폭을 잘 보여 준다. 제3부인 '신앙과 찬양'은 선생님의 인생에서 또 하나의 큰 기둥인 신앙생활에서 겪으신 체험과 사색을 담았다. 열정적으로 이어오신 한국어 연구와 독실한 신앙생활은 선생님의 인생을 받쳐온 두 기둥이며, 날줄과 씨줄이 되어 있다. 여기에 실린 글을 통해서 선생님의 새로운 면모를 읽을 수 있게 되었다.

옛 선비의 문집에 견준다면 이 책의 글들은 '논'(論)이 아니라 '설'(說)에 해당한다. 선생님의 모든 글이 다 들어간 것은 아니지만, 선생님의 쓰신 각종 '설'(說)을 '집'(集)한 것이 이 책인 셈이다. 아울러 앞으로 국어학사의 편찬에도 활용될 수 있는 글이 적지 않으니 이 책의 간행을 새삼 축하할 일이다.

선생님의 수많은 저술과, 이렇게 방대한 '홍사만 집설'(集說)이 탄생하게 된 에너지의 원천은 어디에 있을까? 여기서 우리는 선생님의 사모님에 대해 감사의 말씀을 드리지 않을 수 없다. 왜냐하면 선생님께서 이루어내신 커다란 학문과 사회활동 모두가 사모님의 헌신적 내조를 바탕으로 한 것이기 때문이다. 사모님은 김해 허씨이시며, 경북대 문리대 국어국문학과를 졸업하셨다. 두 분께서는 흔히 말하는 '과커플'이시다. 사모님은 부드럽고 온화한 인품의 소유자이시다. 우아한 외모도 빠뜨릴 수 없다. 홍사만 선생님을 닮으시어 일찍부터 하이얗고 고운 백발이 되셨다. 웬만한 부인네들이 하는 염색도 아니하신다. 두 분의 백발은 서로 잘 어울리셔서 한 쌍의 백학 같은 품격을 자랑하신다. 돈독한 신앙심도 두 분이 같으시다. 사모님의 정 깊은 내조가 있었기에, 홍사만 선생님께서는 자애로운 스승으로서, 우뚝한 학문의 금자탑을 세우신 것이리라. 그리고 지금처럼 건강하신 선생님의 모습도 사모님의 내공을 증명한다. 앞으로 두 분께서 더욱 행복하시기를 진심으로 기원한다.

선생님께서는 얼마 전에 새로 안경을 맞추셨다. 갈색 뿔테 안경이다. 이 안경을 쓰신 선생님은 젊은 학자 같은 풍모가 넘친다. 앞으로도 줄기차게 계속될 선생님의 학문과 교육 활동이 우리를 끌고 미는 힘이 되기를 간절히 빌어 본다.

2009년 7월 4일 복현동 연구실에서

제자 **백두현** 삼가 씀

홍사만 교수 정년기념 산문집 간행위원

위 원 장 : 이 상 규(경북대 교수)
총　　　무 : 백 두 현(경북대 교수)

위　　　원 : 김 기 현(경북대 교수)
　　　　　　서 보 월(안동대 교수)
　　　　　　김 재 석(경북대 교수)
　　　　　　김 지 은(계명대 교수)
　　　　　　김 덕 호(국립국어원 학예사)
　　　　　　김 무 식(경성대 교수)
　　　　　　이 광 호(경성대 강사)
　　　　　　김 주 현(경북대 교수)
　　　　　　정 우 락(경북대 교수)
　　　　　　강 병 주(영진대 교수)
　　　　　　김 문 오(국립국어원 학예관)
　　　　　　박 현 수(경북대 교수)
　　　　　　남 길 임(경북대 교수)
　　　　　　이 지 하(경북대 교수)